白い雌ライオン

ヘニング・マンケル

春の祭典を目前にしたスウェーデンの田舎町で，不動産業者の女性が行方不明になった。良き妻，幸せな母，教会の熱心な信徒がなぜ？　失踪か，それとも事件か，事故か。ヴァランダー警部らは彼女の足取りを追い，最後に向かった売家へ急いだ。ところがその近くで謎の空き家が爆発炎上，焼け跡から発見されたのは，黒人の指と南アフリカ製の銃，ロシア製の通信装置だった。二つの不可解な事件の関連は？　スウエーデンとロシア，そして南アフリカを結ぶ糸は？　EU各国で爆発的な人気を誇るベストセラー作家の，CWAゴールドダガー受賞シリーズ。

登場人物

〈スウェーデン〉
クルト・ヴァランダー……イースタ警察署警部
リンダ……クルトの娘
スヴェードベリ
マーティンソン｝……同署刑事
ビュルク……同署署長
エッバ……同署受付係
ノレーン
ペータース｝……同署パトロール巡査
リードベリ……故人。クルトの元同僚
ステン・ヴィデーン……クルトの旧友
ロヴェーン……ストックホルムの刑事
バイバ・リエパ……リガに住む未亡人
ルイース・オーケルブロム…不動産業者
ローベルト……ルイースの夫
ツーレソン……メソジスト教会牧師
スティーグ・グスタフソン…会衆
アナトリ・コノヴァレンコ…元ＫＧＢの諜報員
ウラジミール・リコフ……旅行業者
タニア……リコフの妻

〈南アフリカ〉
デクラーク……大統領
ネルソン・マンデラ……人種隔離政策反対運動家
ジョージ・シパース……若手の検事
ボルストラップ……捜査官
ピーター・ファン・ヘーデン…秘密情報機関の職員
ヤン・クライン……同、高官
フランス・マーラン……軍の秘密機関の司令官
ヴィクトール・マバシャ…ズールー族の殺し屋
シコシ・ツィキ……殺し屋
ミランダ・ンコイ……クライン家使用人の娘
マチルダ……ミランダの娘

白い雌ライオン

ヘニング・マンケル

柳沢由実子訳

創元推理文庫

DEN VITA LEJONINNAN

by

Henning Mankell

目次

プロローグ　九
第一章　イースタからきた女　二九
第二章　トランスケイからきた男　一七五
第三章　霧中の羊の群　二九一
第四章　白い雌ライオン　四三五
第五章　空っぽの部屋へのカウントダウン　五七九
後記　七〇三
解説　吉野仁　七〇四

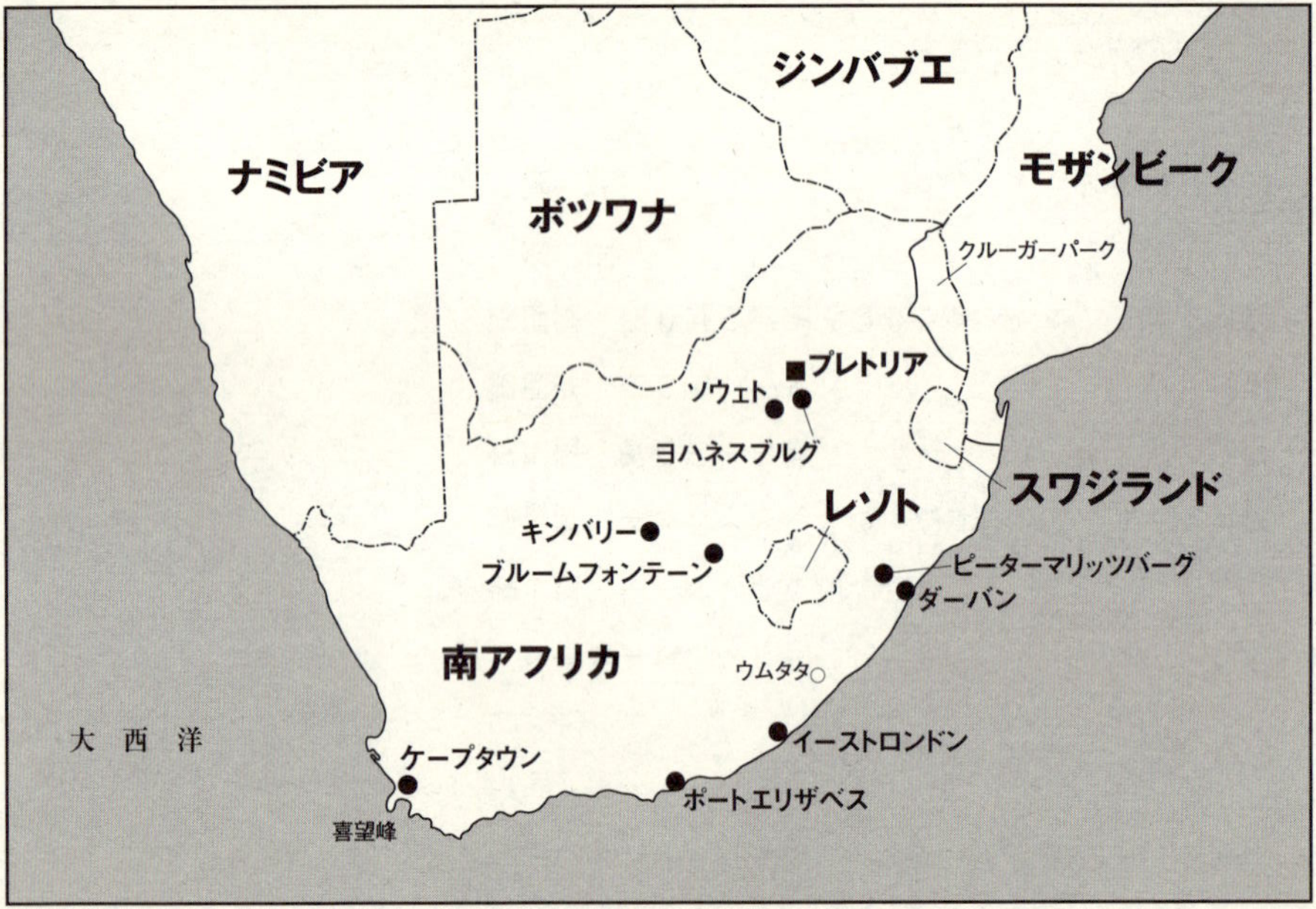

南アフリカ共和国と周辺の地図

白い雌ライオン

《わが国が人と人を肌の色で区別し続けるかぎり、
われわれはソクラテスが言うところの魂の奥の嘘に苦しみ続けるだろう》

南アフリカ首相ヤン・ホフメイヤー、一九四六年

Angurumapo simba, mcheza nani?

《ライオンが吼えているときにだれが遊ぶだろう？》

南アフリカの諺

プロローグ

南アフリカ　一九一八年

一九一八年四月二十一日の午後遅く、ヨハネスブルグはケンジントンの小さなカフェに三人の男が集まった。三人とも若かった。一番年若いヴェルネル・ファン・デル・メルヴェはやっと十九歳になったばかりだ。最年長のヘニング・クロッパーが二十二歳。三番目の男はハンス・ドゥ・プレイスといい、あと数週間で二十一歳の誕生日を迎える。その日三人はドゥ・プレイスの誕生パーティーの計画を立てるために集まっていた。三人のうちのだれも、ケンジントンのカフェでこの日彼らが集まったことが、歴史的な意味合いをもつようになるとは夢想だにしていなかった。その日彼らは、誕生祝いについては話もしなかった。話を切りだしたヘニング・クロッパーさえも、自分自身の、将来南アフリカ社会全体を変貌させようという、まだ十分に練られてもいない考えが、規模と結果においてどのような様相を呈するようになるのか予想もしていなかった。

三人はそれぞれ異なる気質と性格を備えた若者だった。だが、共通点があった。それは決定的な要因だった。三人ともボーア人（南アフリカ共和国のオランダ移住民の子孫。現在では通例アフリカーンスと呼ばれる）という点である。三人はそれぞれ富裕な一族に属していた。三家族は南アフリカに一六八〇年代に押し寄せた第一波の移民、祖国を失ったオランダのユグノー（十六、十七世紀のカルビン派の新教徒たち）の子孫だった。イギリスが南アフリカでしだいに勢力を増し、大々的に他民族の抑圧を始めると、ボーア人は牛車に荷物を載せて国の奥部へと移った。落ち着き先はトランスヴァールとオレンジ、広大な草原地域だった。この三人の若者にとっては、ほかのボーア人同様、自由と独立性はボーアの言語と文化の存続のためになによりも必要なことだった。自由さえあれば、憎いイギリス人と交わらなくてすむ。イギリス人に追従するのはだれも望まないことだった。それだけでなく、この国にもともと住んでいる黒人とも関係をもたなくてすむ。さらには、少数ながらダーバン、ポートエリザベス、ケープタウンなどの沿岸都市で商業を営むインド人とも交わらずにいられる。

　ヘニング・クロッパー、ヴェルネル・ファン・デル・メルヴェ、ハンス・ドゥ・プレイスがボーア人であること。それは彼らが忘れることも記憶からぬぐい去ることもできない事実だった。それどころか、それは彼らが誇りに思っていることだった。赤ん坊のときから、自分たちは選ばれた民であると教え込まれてきた。だが同時にそれは三人にとってしごく当然のことで、その小さなカフェで日常的に会うときに話題になったりすることではなかった。それは三人の友情と信頼の、そして思考や感情の、目に見えない土台となっていた。

　彼らはみな南アフリカ鉄道株式会社の本社で働いていたので、一日の勤務が終わると決まってこのカフェに立ち寄った。いつもは若い娘の話や将来の夢、それに今回のヨーロッパの戦争の話をするのだが、この日クロッパーは考えに沈んでいた。ほかの二人は、いつもは話の中心になる彼を怪訝そうに見ていた。

「具合でも悪いのか？」ドゥ・プレイスが訊いた。「マラリアじゃないか？」

クロッパーは首を振るばかりで答えなかった。

ドゥ・プレイスは肩をすくめ、ファン・デル・メルヴェを見た。

「考えているんだろう」ファン・デル・メルヴェが言った。「今年中にどうしたら給料を一月当たり四ポンドから六ポンドぐらい増やすことができるか、考えているんだろう」

確かに、どうやったらまったくその気のない上司を説得して低い月給を上げさせることができるかは、彼らのいつもの話題の一つだった。三人のうちだれ一人、将来的には南アフリカ鉄道のトップクラスの役職に就くことに疑いをもってはいなかった。彼らは自信に満ち、教育もあれば野心もある。問題は、彼らの目にはものごとがあまりにもゆっくりとしか進まないように見えることだった。

クロッパーはコーヒーカップに手を伸ばして一口飲んだ。それから真っ白なハイカラーの襟を指で触って、正しい位置にあるのを確かめた。そうしてから、真ん中分けの、よく櫛で梳かしてある髪をゆっくりと撫でた。

「きみたちに、四十年前の話をしたい」彼は静かに言った。

ファン・デル・メルヴェは眼鏡の奥から不審そうな目を向けた。

「きみはまだ若いじゃないか、ヘニング」ファン・デル・メルヴェはとがめた。「四十年前の話をするのは、あと十八年後にしてもらいたいな。いまはまだ早すぎるよ」

「ぼくの話じゃない」クロッパーが答えた。「ぼくの話でも家族の話でもない。イギリス軍曹ジヨージ・ストラットンの話だ」

　葉巻に火をつけようとしていたドゥ・プレイスがその手を止めた。

「きみはいつからイギリス人に興味をもつようになったんだ？　われわれにとって、よいイギリス人とは死んだイギリス人のことだ。それが軍曹であろうと政治家であろうと鉱夫であろうと」

「彼は死んでいる」クロッパーは言った。「ジョージ・ストラットンは死んでいる。心配しなくていい。ぼくが話したいのはまさにその死についてなんだ。彼が死んだのは四十年前のことだ」

　ドゥ・プレイスはもっと抗議の声をあげるために口を開きかけたが、ファン・デル・メルヴェがその肩にすばやく手を置いて抑えた。

「待て。ヘニングの話を聞こう」

　ヘニング・クロッパーはさらに一口コーヒーを飲むと、ナプキンで口のまわりと薄い金髪の口ひげを拭いた。

「一八七八年四月」彼は語りだした。「彼らはイギリスの統治に反対するアフリカの部族と戦争中だった」

「イギリス軍が負けた戦争の話だな」ドゥ・プレイスが言った。「原住民に負けるなんて、まったくイギリス人以外には考えられないことだ。イサンドルワナとロークスの戦いで、イギリス軍は本当の実力を見せたわけだ。原住民に負けるとはね」

「ヘニングに話させろよ。いちいち口を挟まないでくれ」ファン・デル・メルヴェが言った。

「ぼくがこれから話すことは、バッファロー川の周辺で起きたことだ」クロッパーが言った。

「その川は土着の人々にはゴングコと呼ばれていた。ストラットンが指揮を執っていたマウンテド・ライフルと呼ばれる部隊は、この川近くの平地に駐屯し野営テントを張った。目前には山がそびえていたが、なんという名前だったかは覚えていない。だが、その山の背後でホサ族の戦士の一団が待ち伏せしていた。彼らの数は多くはなかったし、武器も満足になかった。ストラットンの部下たちは勝ったも同然と思っていた。偵察隊からは、ホサ族は戦闘態勢になく、すでに退却の準備を始めているという報告があった。そのうえ、ストラットンを指揮官とする部隊は、その日のうちにさらに大部隊が送り込まれるのを待っていた。だが、普段は冷静さを失わないことで知られるストラットン軍曹に、その日なにかが起こった。突然軍曹は隊を一まわりして、部下の兵隊たちに別れのあいさつをした。彼を見た者があとで語った話では、まるで熱病に冒されたようだったそうだ。それからピストルを取り出すと、彼は部下たちの目の前で頭をぶち抜いた。この日バッファロー川のほとりで死んだとき、彼は二十六歳だったそうだ。いまのぼくと四歳しかちがわない」

クロッパーは急に黙り込んだ。まるで話の結末が自分にとっても驚きであったかのように。ドゥ・プレイスは葉巻の煙をくゆらせ、話の続きを待っている様子だった。ファン・デル・メルヴェは店の片隅でテーブルを片づけていた黒人のウェイターに向かって指を鳴らした。

「それで話は終わりか?」ドゥ・プレイスが訊いた。

「ああ」クロッパーが言った。「足りないと言うのか?」

「もっとコーヒーがほしい」ファン・デル・メルヴェが言った。

片方の足を引きずる黒人ウェイターは注文を聞いて頭を下げ、厨房に姿を消した。

「きみはなぜこの話をぼくたちにしたんだ?」ドゥ・プレイスが訊いた。「熱射病で頭がおかしくなって自殺したイギリス軍曹の話など？」

クロッパーは驚いて友人たちに目を走らせた。

「きみたちにはわからないのか？　本当にわからないのか？」

その驚きは本物だった。芝居ではなくわざとらしさもなかった。両親の家で雑誌をめくっていて偶然ストラットン軍曹の話をみつけたとき、すぐにこれは自分と関係があると彼は思った。ストラットン軍曹の運命のどこかに自分の運命が見えるような気がした。最初その考えは現実離れしているように思えた。突然気が狂って、こめかみに銃口を当てて引き金を引いたイギリス人軍人と自分に、どのような共通点があるというのか？

じつは、彼の注意を引いたのはストラットン軍曹の運命そのものではなかった。それは記事の最後の行だった。事件を目撃した一兵卒が事件後に語った、軍曹がこの日、まるで諺を暗記するかのように繰り返しつぶやいていたという言葉だった。「ホサ族の戦士の手に落ちるぐらいなら自死するほうがましだ」

しだいに勢力を増してくるイギリスに支配された南アフリカに暮らすボーア人として、クロッパーはまさにそのように感じていた。まるで彼自身、ストラットン軍曹と同じ選択に迫られているような気がした。

屈服などするものか、と彼は考えた。自分がコントロールできない状況で生きなければならないほど屈辱的なことはない。一族全員、ボーア人全員がイギリス人の法のもとで、イギリス人支配のもとで、イギリス人から受ける屈辱のもとで生きるのだ。ボーア人の文化はあらゆるところで脅迫と誹謗の対象となるのだ。イギリス人は組織的にわれわれボーア人を壊滅しようとするだろう。最悪なのは、屈服することが習慣となったとき、血を汚す毒素のようにあきらめが心の中に忍び入ることだ。それもおそらく人がまったく気がつかないうちに。そのとき、降伏が完全なものとなる。最後の要塞が陥落し、意識がなくなりゆっくりと死んでしまうのだ。

彼はそれまで一度も、ドゥ・プレイスとファン・デル・メルヴェに自分の考えを話したことがなかった。だが、彼らがしばしば、イギリス人の卑劣なやり方に腹を立て、辛辣な、ときには皮肉なコメントを口にしていることには気づいていた。しかしそこには、かつて彼の父親をイギリスとの戦争に駆り立てたような当然の激怒というものがなかった。

ヘニング・クロッパーにはそれが恐ろしかった。彼の年代がイギリス人に抵抗しなかったらだれがやるというのか？　自分が、あるいはハンス・ドゥ・プレイスが、あるいはヴェルネル・ファン・デル・メルヴェがやらなかったら、ボーア人の権利をだれが守るというのか？

ストラットン軍曹の話は、それまで彼が認識していたことを明確にしてくれた。もはや自分の考えを直視しなければならないところまできたと思った。

降伏するくらいなら自死を選ぶ。だが自分は生き続けたい。ゆえに自分がやらなければならないのは、降伏の原因を取りのぞくことだ。

選択肢はこれほど単純でかつ複雑、それでいながら明白なことだった。

なぜこの日にストラットン軍曹のことを友人たちに話す気になったのかは、自分でもわからなかった。だが、急にこれ以上待つことはできないと感じたのだ。時節が到来した。毎日仕事が終わると夜までこのカフェでひまをつぶしてきたが、もはや他愛のない将来の夢や誕生パーティーの計画などしているときではない。そんなことよりももっと正しい、もっとやらなければならないことがある。未来があるとすれば、それは未来のための土台となるものだ。イギリス人が南アフリカに馴染めないのなら母国に帰ればいい。あるいは世界じゅうにあるイギリス帝国の支配下の、どこか別のポストに移ればいい。だが、ヘニング・クロッパーにとってはほかのボーア人同様、南アフリカしかない。二百五十年ほど前、彼らは母国との関係を絶ったのである。宗教弾圧を逃れて南アフリカにこの世のパラダイスをみつけたのだ。窮乏の中で南アフリカに逃れた人々は、自分たちを選民と思うようになった。アフリカ南端の尖った土地、まさにこの場所が彼らの未来なのだ。選択肢はそれか、あるいは降伏しかなかった。降伏は神への祈りの届かない、ゆっくりとした死だった。

年老いた黒人ウェイターがコーヒーを載せた盆を持って足を引きずりながら現れた。のろのろとした手つきでテーブルの上のカップを片づけると、新しいコーヒーカップとコーヒーポットを置いた。クロッパーはタバコに火をつけると友人たちの様子をうかがった。

「きみたちにはわからないのか？」彼はもう一度言った。「われわれがストラットン軍曹と同じ立場に立たされているということが？」

ファン・デル・メルヴェは眼鏡を外し、ハンカチで拭いた。

「きみをちゃんと見なければならないからな、ヘニング。いま目の前に座っているのが、本物のヘニング・クロッパーだということを確かめなければならない」

クロッパーは突然無性に腹が立った。この男たちにはなぜ自分が言わんとしていることがわからないのか。こんなことを考えているのは、自分だけだなどということがあり得るだろうか？

「きみたちにはまわりで起きていることが見えないのか？　われわれがボーア人の権利を守らな

ければ、いったいだれが守ってくれるというんだ？　ボーア人は踏みつけにされすっかり弱くなって、しまいにはジョージ・ストラットン軍曹のようになるよりほかないというのか？」

ファン・デル・メルヴェはゆっくり頭を振った。彼が話しだしたとき、クロッパーは言い訳がましい響きを感じた。

「われわれはイギリスとの大きな戦争で負けたんだ」ファン・デル・メルヴェが言った。「多勢に無勢。かつてわれわれの国だったこの国にイギリス人が大勢入り込むのをなにもせず許してしまったためにこうなったのだ。いまわれわれはなんとかイギリス人のお情けで生き延びている。それ以外のことは不可能だ。われわれの数は少なすぎる。それはこれからも変わらない。たとえボーアの女たちが子どもを産むことだけに専念したとしても」

「数において十分であることが重大なんじゃない」クロッパーが声を荒らげた。「問題は忠誠心、責任だよ」

「確かにそれだけじゃないさ」ファン・デル・メルヴェが言った。「なるほど。きみがイギリス人軍曹の話でなにが言いたかったか、よくわかったよ。きみの考えは正しいと思う。自分が何者かということは思い出させられなくとも知っているからね。だが、ヘニング、きみは夢見る人だ。現実はわれわれの目に映るとおりだ。それはきみのイギリス軍曹といえども変えることはできない」

ドゥ・プレイスは葉巻を吸いながら、二人の話に耳を傾けていた。そして葉巻を灰皿の上に置くとクロッパーに目を向けた。

「きみにはなにか考えがあるらしいな。どうしたらいいというんだ？　ロシアの共産主義者のようになれとでもいうのか？　ゲリラ兵のように武装してドラゴン・マウンテンに登れとでも？それにきみは忘れていないか？この国で数が多いのはイギリス人だけじゃない。われわれの生活にとって最大の脅威は原住民の黒人だということを」

「黒人がどうしたというんだ？」ヘニング・クロッパーが答えた。「彼らは劣った人種だから、言われたとおりにするに決まっている。彼らはわれわれの望むとおりに考える。この国の将来はわれわれボーア人とイギリス人の勢力争いにあるんだ。それ以外はなにもない」

ドゥ・プレイスはコーヒーを飲み干すと、厨房へのドアの前に静かに立っていた年寄りのウェイターを呼んだ。店内には、片隅で黙ってチェスをしている男たち以外に客はいなかった。

「きみはぼくの質問に答えていない」ドゥ・プレイスが言った。「なにか考えがあるのだろう？」

「ヘニングはいつもいいアイディアをもっているからな」ファン・デル・メルヴェが続いて言った。「それが鉄道の操車場のことであろうと、美人を追いかけることであろうと」

「どうだろうか」クロッパーはそう言って、ほほえんだ。やっと友人たちが話に耳を傾け始めたことがわかった。未完成で不十分なものではあったが、長いこと温めてきた構想を彼らに話したくなった。

年寄りのウェイターがテーブルのそばまでやってきた。

「ポートワインを三グラス持ってこい」ドゥ・プレイスが命じた。イギリス人が好んで飲むものを注文することに抵抗を感じはしたが、これはポルトガルで生産されるものだ。

「ポルトガルのポートワイン製造所の大部分を所有しているのはイギリス人だ」ファン・デル・メルヴェが口を挟んだ。「やつらはどこにでもいる。いまいましいイギリス人め。やつらはあらゆるところにいやがるんだ」

ウェイターはコーヒーカップを片づけ始めた。ファン・デル・メルヴェがイギリス人のことを罵ったとき、テーブルががくっと揺れ、コーヒークリームの飛沫が彼のシャツに染みを作った。テーブルの三人の動きが止まった。ファン・デル・メルヴェはウェイターを見据えた。立ち上がると、年寄りのウェイターの耳をつかみ、激しく揺さぶった。

「シャツに染みをつけたな！」怒鳴り声が店内に響いた。

次の瞬間、彼はウェイターに平手打ちを喰わせた。その勢いに、老人はうしろにのけぞった。が、なにも言わず、ポートワインを取りに厨房に引き下がった。

ファン・デル・メルヴェは腰を下ろし、ハンカチでシャツの染みを拭いた。

「アフリカはイギリス人さえいなければ天国だ」と彼は言った。「加えて、原住民がわれわれにとって必要である以上に多くさえなければ、な」

「われわれは南アフリカを天国にするんだ」クロッパーが言った。「われわれは南ア鉄道の優れた管理職者になる。と同時にわれわれは優れたボーア人になるのだ。われわれと同年代の若者たちに、われわれのすべきことを示すのだ。ボーア人の誇りを取り戻さなければならない。われわれが絶対に降伏しないということをイギリス人に思い知らせてやるのだ。われわれはジョージ・ストラットンとはちがう。われわれボーア人は決して逃げはしない」

ウェイターがグラス三個と半分まで中味の入ったポートワインをテーブルの上に並べるあいだ、クロッパーは話をやめた。

「おまえは謝っていないぞ、カフィール（侮蔑語で南アフリカの黒人のこと）」ファン・デル・メルヴェが言った。

「不作法をして申し訳ありません」ウェイターが英語で言った。

「将来、おまえはアフリカーンス（オランダ語を基礎とするボーア人の言語、また、ボーア人のこと）を話すようになるんだ」ファン・デル・メルヴェが言った。「英語を話すカフィールは一列に並べて、犬のように撃ち殺してやる。わかったか。失せろ！」

「こいつにポートワインをおごらせろよ」ドゥ・プレイスが言った。「きみのシャツに染みをつけたんだからな。詫びのしるしに、このポートワインはこいつの給料から払わせるんだ」

ファン・デル・メルヴェがうなずいた。

「わかったか、カフィール？」と彼はウェイターに訊いた。

「もちろん私がポートワインのお代を払います」ウェイターが言った。

「喜んで」ファン・デル・メルヴェが付け足した。

「喜んで私がポートワインのお代を払います」老ウェイターが言った。

ふたたび三人だけになったとき、クロッパーはさっき途中でやめた話を続けた。ウェイターとの出来事はすでに忘れ去られていた。

「ぼくが考えているのは、結社を作ることだ。いや、倶楽部でもいい。言うまでもないが、ボーア人だけのものだ。そこでは議論もできるし、われわれボーア人の歴史を学ぶこともできる。そこでは英語は決して話されない。ボーアの歌を歌い、ボーア人作家の本を読み、ボーアの料理を食べる。それをヨハネスブルグのここ、ケンジントンで始めれば、きっと全国に広まるにちがいない。プレトリア、ブルームフォンテーン、キング・ウィリアムズタウン、ピーターマリッツバーグ、ケープタウン、そして全国に。必要なのは覚醒運動だ。ボーア人は決して降伏しない、たとえ体が死んだとしても決して精神は支配されることはないということを、喚起させる運動だ。まさにそれが起きるのを待っている人間は多いと思うよ」

彼らはグラスを上げた。

「きみの考えは素晴らしい」ドゥ・プレイスが言った。「だが、ときには美しい女と遊ぶ時間も少しはあるんだろうね」

「もちろんだ」ヘニング・クロッパーは言った。「すべて、いままでどおりだよ。ただ、いままで心の奥に閉じ込めてきたものを加えるだけだ。それはわれわれの生活にまったく新しい意味合いをもたせてくれるだろうよ」

ヘニング・クロッパーは自分の口から出る言葉が雄弁で、芝居じみているように思えた。だが、いまはそれでよいと思えた。言葉が偉大な思想を包含しているのだ。全ボーア人の未来に関わることだ。なぜ雄弁であってはならないのだ？

「女もその結社に入れるのか？」ファン・デル・メルヴェが慎重に訊いた。

クロッパーは首を振った。

「男だけのものだ。女は集会には入れない。昔からのボーアの習慣だ」

彼らは乾杯した。クロッパーはそのとき、友人たちが、十六年前の戦争で敗れて以来失われてきたものをふたたび甦らせようというこの考えを、まるで自分たちが思いついたことであるかのように振る舞っていることに気がついた。だがそれでもかまわないと彼は思った。それどころか、気が軽くなった。つまり自分の考えは間違っていなかったということだ、と思った。

「名称を考えなければ」ドゥ・プレイスが言った。「会則、理事選出法、集会の形式。これらは当然きみのことだからもう考えているのだろうな」

「まだ早すぎる」クロッパーが言った。「慎重に考えなければ。ボーア人の自信を甦らせるのは急がなければならないが、手順は慎重にやらなければならない。急ぎすぎると、失敗の危険性がある。失敗は絶対に許されないことだ。若いボーア人の結社はイギリス人を不快にするだろう。彼らはあらゆる手を使って妨害するだろう。われわれを潰しにかかるだろうし、脅迫するだろう。われわれは十分な防衛態勢を調えなければならない。だから、むしろこうしようじゃないか。詳しいことは三ヶ月後に決めるということでどうだ？　それまでは十分に話し合うんだ。これからもいままでどおり、毎日ここで会おう。友だちを招き入れて、意見を聞くんだ。しかしなによりも自分たち自身の考えを固めることだ。自分はこれを始める用意ができているか？　民族のために自分を捧げる覚悟があるか？」

クロッパーは黙った。視線が二人の友人の顔の上を交互に動いた。

「遅くなったな。腹が減った。家に帰って食事をすることにしよう。この話はまた明日続けようじゃないか」

ドゥ・プレイスはボトルに残っていたポートワインを三つのグラスに空けた。そして立ち上がった。

「ジョージ・ストラットン軍曹のために乾杯しよう」と言った。「死んだイギリス人に乾杯して、ボーア人は決して征服されないことを示そうではないか」

ほかの二人も立ち上がってグラスを高く掲げた。

厨房への入り口の暗がりには、老ウェイターが立っていた。三人の若いボーア人を見ている。

さっき殴られた頭がまだ激しく痛んでいたが、それはきっともうじき消えるだろう。早晩それはすべての悲しみを麻痺させる忘却の淵に沈んでしまうことを彼は知っていた。翌日もまた彼は三人の若者にコーヒーを運ぶのだ。

数ヶ月後の一九一八年六月五日、ヘニング・クロッパーはハンス・ドゥ・プレイスとヴェルネル・ファン・デル・メルヴェ、さらに数人の友人とともに組織を結成し『南アフリカ青年同盟』と呼ぶことに決定した。

それからさらに数年後、会員数が大幅に増えてから、ヘニング・クロッパーはこの組織を『兄弟の絆《ブローダーボンド》』と改称することを提案した。もはや二十五歳以下の若者だけの会ではなくなった。だが、女性は決して会員として認められることはなかった。

だが、もっとも重大な変化はヨハネスブルグのカールトン・ホテルの会議室で一九二一年八月二十六日の夜遅く起きた。その会議で、この組織は入会儀式を伴う秘密結社とすること、会員は結社の目的達成のために無条件の忠誠を誓うことが決定された。目的とは、南アフリカ共和国における選ばれた民であるボーア人の権利を保護することである。南アフリカ共和国は彼らの祖国であり、彼らはいつの日か自由にこの国を支配する。『兄弟の絆』については決して口外せず、会員は秘密裡に活動することが決められた。

三十年後、『兄弟の絆』が南アフリカ社会の重要部分に与える影響力はほぼ絶対的なものになった。国の大統領になる人物はこの結社の会員か、この結社をうしろ盾にしていなければならなかった。閣僚も同様、社会で権力をもつ重要なポストならなんであれ『兄弟の絆』の指名あるいは推薦がなければ決して就くことができなかった。牧師、裁判官、大学教授、新聞社社主、事業主などなど。影響力と権力をもつのはすべて『兄弟の絆』の会員で、彼らは全員、選民であることを守るという重要な会員義務に対し秘密裡に忠誠を誓った者たちだった。

この結社がなかったら、一九四八年にアパルトヘイトを制定した法は決して制定されることはなかっただろう。だが、ヤン・スムッツ大統領と彼の属する統一党には迷いがなかったにちがいない。『兄弟の絆』を背景に、劣った人種と言われていた人々と白人支配階級とのあいだの距離は法律や規則によって厳密にコントロールされるようになった。これらすべての枠組みは、南アフリカ共和国がボーア人の望むように発展することを保障するためのものだった。

一九六八年、『兄弟の絆』五十周年を記念する祝賀会が開かれた。一九一八年に結成された当時からの唯一の生き残りメンバーだったヘニング・クロッパーは演説の最後をこう結んだ。「諸君は本当にわかっているのか？　意識の奥の奥で、今宵この部屋の四つの壁の中に、どれほど強大な力が集まっているかを。これよりも大きな力をもつ組織がアフリカにあるか。これよりも大きな力をもつ組織が世界にあるか！」

一九七〇年代末になると南アフリカにおける『兄弟の絆』の影響力は著しく縮小した。黒人と有色人種を制度的に抑圧することに立脚したアパルトヘイト制度は、構造自体のもつ不条理性によって崩れ始めた。リベラルな白人たちはもはや大惨劇が起きるのを黙って見ていることも、なんの抗議もしないでいることもできなくなった。

なにより、黒人と有色人は我慢の限界に達していた。非人道的なアパルトヘイト制度はすでに筆舌に尽くしがたい辛苦を彼らに舐めさせていた。抵抗は日に日に盛り上がり、和平のための交渉をしなければならない時期が近づいていた。

しかし、ボーア人の中ではすでに将来に向けた別の力が動き始めていた。

選民は決して降伏しない。一つのテーブルで黒人や有色人と食事をするくらいなら死ぬほうがましだというのが、彼らの拠って立つところだった。その狂信的な信条は『兄弟の絆』の影響力が弱まってからも決してなくなってはいなかった。一九九〇年、政治囚として三十年近く投獄されていたネルソン・マンデラ（一九一八年トランスケイ州ウムタタ生まれ。弁護士、人種隔離政策反対運動家。ＡＮＣ議長。南ア共和国の初代黒人大統領（一九九四―九九）。一九九三年ノーベル平和賞受賞）がロベン島から釈放された。

世界がこの釈放を祝っていたとき、ボーア人の多くはネルソン・マンデラの釈放を、目にこそ見えないが、またどこにも文章として書かれてはいないが、立派な宣戦布告として受け取った。デクラーク大統領（フレデリック・ウィレム・デクラーク。一九三六年ヨハネスブルグ市生まれ。南ア共和国の政治家で、白人体制最後の大統領（一九八九―九四）。人種隔離政策を廃止、ネルソン・マンデラを釈放した。一九九三年、マンデラとともにノーベル平和賞受賞）は憎き売国奴となった。

同じ頃、一握りの人間がボーア人の未来を守るため極秘の会合を開いていた。それは冷酷な男たちだった。と同時に彼らは自分たちの任務は神に与えられたものとみなしていた。彼らは断じて降伏などするつもりはなかった。またジョージ・ストラットン軍曹の運命をたどるつもりもなかった。

彼らは自分たちが神聖な権利とみなすものを守るためなら手段を選ばない覚悟だった。秘密の会合で、彼らは結論を出した。国内に紛争を起こすのだ。その目的はただ一つ。血で血を洗う大惨事を引き起こすことである。

同じ年、ヘニング・クロッパーが死んだ。九十四歳だった。死期を迎えて、彼はしばしば夢の中でジョージ・ストラットン軍曹の中に溶け込み、一体化した。そしてピストルの銃口をこめかみに当てた瞬間に、全身に汗をかいて真っ暗な寝室で一人夢から覚めるのだった。すでに高齢で、まわりで起きることすべてに通じていたわけではなかったが、南アフリカに新しい時代がやってきたことはわかっていた。それは彼が決して心地よく思わない世界だった。暗闇に横たわり、彼は未来がどんなものになるのか、想像してみた。だが漆黒の闇でなにも見えない。彼はときどき大きな不安を感じていた。ぼんやりした遠い夢のように、彼は自分自身とハンス・ドゥ・プレイスとヴェルネル・ファン・デル・メルヴェがケンジントンの小さなカフェに座っているのを見た。そしてボーア人の未来の責任は自分たちが負わなければならないと演説をぶっている自分の声が聞こえた。

今日も若いボーア人の若者が、どこかで、どこかのカフェで未来を自分たちの手に納め、ボーア人の未来を自分たちの手で守ろうと考えているにちがいないと彼は思った。われわれ選民は決して降伏しない、決してあきらめない。

夜中の暗い寝室で、ヘニング・クロッパーは、さまざまな心配はあったけれども、自分のあとに続く者たちは一八七八年四月ゴングコ川のほとりで死んだジョージ・ストラットンの運命を決してたどりはしないという確信をもって死んだ。
ボーア人は決して降伏しない。

第一章　イースタからきた女

1

不動産業者ルイース・オーケルブロムはスクールップのスパルバンケン銀行を出た。四月二十四日金曜日、午後三時過ぎのことである。歩道に出ると、彼女は一瞬立ち止まり新鮮な空気を深く吸い込んだ。さて、これからどうしようか。できれば、今日の仕事はもう終わりにして、まっすぐイースタにある自宅に戻りたかった。だが、今朝、家を一軒売りに出したいと電話をかけてきた老婦人に、近くまで行ったらついでに立ち寄ってみると言ったことを思い出した。どのくらい時間がかかるだろう。時間を計算してみた。たぶん一時間、それ以上ではない、と彼女は結論を出した。今日はパンを買って帰らなくちゃ。いつもは彼女の夫のローベルトがパンを焼くのだが、今週は忙しくてできなかった。彼女は広場を横切ってパン屋のある角を左に曲がった。古風なドアを開けると、ドアに付いているベルがチリンチリンと鳴った。店にはほかに客がいなかった。店員のエルサ・ペアソンはのちに、やっと春がやってきて気持ちがいいこと、とルイース・オーケルブロムが機嫌よく笑顔で話しかけてきたと語っている。

ルイースはライブレッドを買った。それからミルフィーユを買って家族を喜ばせようと思いついた。パン屋を出ると、彼女は銀行の裏の駐車場へ行った。途中、さっき銀行で家を一軒売りつけた、マルメからの若いカップルにばったり出会った。彼らは家の購入取引が成立したあと銀行に残って家の売り主に金を払い、売買の書類とローン契約にサインするなどの書類上の手続きをしてきたのだった。若いカップルは一軒の家を買った喜びにあふれていた。だが、ルイースは不安になった。この人たちにローンが返せるかしら。むずかしい時世だ。仕事があっても決して安心できない時代である。夫のほうが失業したらどうなる？ 彼女は若いカップルの経済状態をしっかり把握したつもりだった。ほかの若者たちとちがって、このカップルにはカードローンがなかった。若い妻はしっかり者のようだった。彼らなら家のローンをちゃんと払い続けるだろう。さもなければ、〈この家売ります〉の看板をまた目にするだけの話だ。もしかすると彼女自身、あるいはローベルトがその家をまた売ることになるかもしれない。同じ家が短期間に二、三回売りに出されることもまれではなかった。

車のロックを解除して自動車電話でイースタの事務所に電話をかけた。だが、ローベルトはすでに帰宅したあとだった。彼女は留守番電話に吹き込んである夫の声に耳を傾けた。「オーケルブロム不動産会社は本日の業務を終了しました。土日は休業しますが、月曜日の朝八時にふたたび業務を開始します。……」

最初彼女は夫がこんな時間にオフィスを閉めたことを不審に思ったが、すぐに今日の午後は会計士に会いに行くと言っていたことを思い出した。「わたしだけど、これからクラーゲホルムにある家を一軒見てくるわ。それからイースタに戻ります。いま三時十五分過ぎだから、五時には家に着くと思うわ。それじゃね」と留守電に吹き込むと、受話器を戻した。ローベルトは会計士に会ったあとオフィスに戻ってこれを聞くかもしれない。

彼女は手を伸ばして脇の座席の上に置いてあったクリアファイルの中から手描きの地図を取り出した。老婦人の説明を聞きながら自分で描いた地図だった。その家はクラーゲホルムとヴォルシューのあいだにあった。

しかし彼女は迷い始めた。そこまで車で約一時間、家と土地をざっと見てイースタに戻ればいい。下見は今日じゃなくてもいいと思った。海岸道路をイースタに向かって走り、途中どこかで車を止めて海を見たい。今日は家を一軒売ったのだもの。十分に働いたわ。

彼女は賛美歌をハミングし始め、車のキーをまわしてスクールップを出発した。しかしトレレボリ方面へ行く道まできたとき、また気が変わった。月曜日も火曜日もこの家を見る時間はない。いま行かなければ老婦人はがっかりしてほかの不動産屋にまわしてしまうかもしれない。彼らにはそんな余裕がなかった。不景気のため、オーケルブロム不動産も厳しい経済状態だった。競争も激しい。よっぽどひどい物件でないかぎり、せっかく客がもってきてくれた話を断る不動産業者はいない。

彼女はため息をついてイースタとは反対方面に車を走らせた。海岸道路を走って海で一休みするのは別の日にしよう。ときどき地図に目を走らせた。来週こそ車内用地図ホルダーを買おう。そうすれば運転しながら地図を見るときに頭を傾げずにすむ。老婦人の家はきっと簡単にみつかるはず。たとえ説明してくれた枝道がいままでに乗り入れたことのない道でも、あの界隈なら限なく知っている。ローベルトといっしょに営業しているこの事業所は来年で十年になるのだもの。

そう考えて彼女は驚いた。もう十年も経つのだ！　時間の経つのは速い。速すぎる。この十年間に彼女は子どもを二人産み、家族経営の不動産会社を軌道に乗せるためにローベルトといっしょに一生懸命働いてきた。この事業を始めたときは、時代がよかったのだ、と彼女は思った。いまならきっとこの業界に参入するのは無理だろう。ここまでよくやったと満足していいはずだ。神さまがわたしたちをよく導いてくださったのだ。レッダ・バーネン（セイブ・ザ・チルドレン基金）への献金をもっと増やしてもいいのではないかとローベルトに提案してみよう。きっと彼は渋るだろう。自分よりも彼のほうがお金に関する考え方がシビアだから。でも最後にはきっと折れてくれる。いままではたいていそうだったもの。

突然、彼女は道を間違えたことに気がつき、急ブレーキを踏んだ。家族のことやこの十年のことを考えていたために、最初の枝道に気がつかなかった。彼女は苦笑し、首を振りながらあたりをよく見まわして慎重に方向転換し、もときた道を引き返した。

スコーネは本当に美しいわ、と彼女は思った。美しくて開放的だ。だが、秘密めいたところもある。一見平坦に見えても、次の瞬間深い窪地になり、そこには家や畑がまるで孤立した島のようにひっそりとたたずんでいる。客に物件を見せるために車で案内してまわるのはよくあることだが、いまでもスコーネの景色が変化に富んだものであることに驚く。

エーリクスルンドを通り過ぎてから最初の小道に入り、老婦人が電話で説明してくれたとおりに描いた地図をチェックした。これで正しいと確認し、左に曲がって、クラーゲホルムへの道に出るのを楽しみに車を走らせた。それは美しい道だった。クラーゲホルムの森の中を通るその道は上り下りやカーブに富んでいて、木の生い茂った森の左手には湖面の輝きが垣間見える。その道はいままで何度も通ったことがあるが、彼女は決して飽きることがなかった。

そこから七キロほど運転して、地図の教えるとおり、彼女は最後の枝道を捜した。老婦人はそこはトラクターが通れる湿地の道で、砂利は敷かれていないが乗用車も十分に通れると言っていた。枝道がみつかったのでブレーキを踏み、右に曲がった。ここから約一キロ行ったら、その家が左手に見えるはずだ。

三キロほど行って、突然行き止まりになったとき、彼女は注意していたにもかかわらずまたもや道を間違えたことに気づいた。

一瞬彼女はもうこの辺で家捜しはやめてイースタに戻ろうかと考えた。だが、すぐにその誘惑を振り払ってふたたびクラーゲホルムの道まで引き返した。五百メートルほど北に走ったところにあった小道を右に曲がったが、ここにも老婦人が説明したような家はなかった。彼女はため息をついて車の向きを変え、この辺の人に訊くのがいいと思った。さっき通り過ぎた木立の中に、家が一軒あったはず。

車を止め、エンジンを切って外に出た。新鮮な緑の匂いが鼻孔をくすぐった。彼女は行く手に見える、スコーネ地方の家に特有なしっくい壁のスコーネレンガ（中庭を囲む四つの棟からなる農家）に向かって歩きだした。家は一棟しか残っていなかった。中庭の真ん中に、黒く塗られた鋳物ポンプの井戸があった。

彼女は足を止め、迷った。この家は空き家のようだ。やっぱり帰ることにしよう。老婦人が腹を立てませんように。

でもせっかくここまできたのだ。ドアくらいノックしてみようか。

家の近くまできたとき、赤く塗られた大きな納屋のような建物を通り過ぎた。丈の高い入り口のドアが半開きになっている。彼女はのぞき見をしたい誘惑にあらがえなかった。

そこにあるものを見て、彼女は驚いた。車が二台あった。彼女の車の知識は決して豊かではなかったが、一台は最高級のメルセデス・ベンツ、もう一台もおそらく同じくらい高価なＢＭＷであることはすぐに見て取れた。

だれか家にいるんだわ、と思い、彼女は白壁の家に向かって進んだ。

だれか、よほどお金に余裕のある人だろう。

彼女はドアをノックした。なんの反応もない。もう一度ノックした。今度はさっきより少し強く叩いた。が、やはり返事はなかった。ドアのすぐそばの窓から中をのぞこうとしたが、カーテンが引かれていた。三度目のノックをしてから、家の裏手にもドアがあるかもしれないと思い、家のまわりをまわって裏庭に出た。そこにはうち捨てられた果樹園があった。リンゴの木は二十年も三十年も手入れをされていないように見えた。半分腐った庭用家具が梨の木の下に放置されていた。カササギが羽を羽ばたかせて飛んでいった。裏手に出入り口はなかった。彼女はまた家の正面に戻った。

もう一度ノックしてみよう。それでだれも出てこなかったら、イースタに戻ろう。途中海岸で一休みしても、夕食の時間までに帰れる。

今度は乱暴にドアを叩いた。

やはりなんの返事もない。

そのときうしろに気配を感じて彼女は振り返った。足音は聞こえなかった。ただ人の気配を感じたのだ。

男は彼女から五メートルほどのところに立っていた。身じろぎもせずに彼女を見下ろしている。額に傷痕が見えた。

急に彼女は不安になった。

この人はどこから現れたのだろう？　なぜ足音が聞こえなかったのだろうか？　中庭には砂利が敷かれていた。こっそりと忍び寄ったのだろうか？

彼女は二、三歩彼に近づき、平静を装った。

「ごめんなさい、お邪魔してしまって」彼女は言った。「不動産業を営んでいる者ですけど、道に迷ってしまったのです。それで教えてもらおうと思って」

男はなにも言わなかった。

もしかするとスウェーデン人ではないのかも？　もしかして言葉がわからないのかも？

男の外見にどこか見慣れないものがあって、外国人かもしれないと彼女は思った。

突然、彼女はここにいてはいけないと思った。身じろぎもせずに冷たい目で見ている男は彼女をおびえさせた。

「ごめんなさい、もうお邪魔しませんから」

彼女は歩きだそうとしたが、その足を途中で止めた。動かない男がいきなり動いたのだ。ポケットからなにか取り出した。最初彼女はそれがなにかわからなかった。だが次の瞬間ピストルであることがわかった。

男はゆっくりとピストルを上げて彼女の頭にねらいを定めた。

全能の神さま、と彼女は最後の瞬間に思った。

全能の神さま、助けて。この男はわたしを殺すつもりだ。

全能の神さま、助けて。

それは一九九二年四月二十四日、午後三時四十五分のことだった。

2

四月二十七日月曜日の朝、イースタ警察署に現れたクルト・ヴァランダー警部は怒り心頭に発していた。最後にこんなに腹を立てたのはいつだったか、思い出せないほどだった。怒りは顔にも痕を残していた。ひげを剃っていたときに片方の頰を切ってしまったのだ。いまはそこに絆創膏が貼ってある。

朝のあいさつを投げかけてくる同僚に不明瞭な言葉を返し、自分の部屋に入ると電話の受話器を外して窓の外をにらんだ。

クルト・ヴァランダーは四十四歳である。優秀な警察官とみなされている。一徹で、鋭い洞察力を発揮することもある。だが、その日の朝はただ怒りとしだいにつのる不機嫌を感じるばかりだった。日曜日のことは、できれば全部忘れてしまいたい気分だった。

理由の一つはルーデルップの近くの畑の中の一軒家に住んでいる父親だった。父親とヴァランダーとの関係は複雑なものだった。年とともにそれはますますやっかいになってきた。というのも、ヴァランダーは不愉快なことに、自分がだんだん父親に似てきていることに気がついたからである。父親に自分の老いの姿を見るような気がしてますます嫌になってしまうのだ。自分もまた父親のような気むずかしい、気分にむらのある老人になってしまうのだろうか？　急に、頭がおかしくなったかと思うようなことをしでかすのだろうか？

日曜日の午後、ヴァランダーはいつものように父親を訪ねた。トランプをしてから、春の穏やかな日射しの中、ヴェランダでコーヒーを飲んだ。事前になんの予告もなく、父親は突然結婚すると言った。ヴァランダーは最初自分の聞きちがいだと思った。

「いや。私は結婚なんてするつもりはないですよ」

「おまえのことを言っているのではない」父親が応えた。「わしが結婚すると言っているのだ」

ヴァランダーは眉をひそめた。

「もうじき八十歳の父さんが結婚することはないじゃないですか」

「わしはまだ死んでおらん」父親は話をさえぎった。「わしは自分のしたいようにする。それよりだれと結婚するのかと訊いたらいいではないか」

ヴァランダーはその言葉に従った。

「だれと？」

「見当がつきそうなものだがな」父親が言った。「警官は推測するために給料をもらっているんじゃないのか？」

「同年配の人とは付き合いがない。もともとだれとも付き合うってことのない人ですからね、父さんは」

「一人知っているさ」父親は言った。「それに、同年配の相手でなければ結婚してはならないという法律でもあるのかね」

ヴァランダーはすぐにぴんときた。イェートルード・アンダーソンだ。週に三回父親のもとに洗濯と掃除のためにきてくれる五十年配の女性だ。

「相手はイェートルードですか？　彼女の意思は確かめたんですか？　三十歳も年が離れている人じゃないですか。それに、父さんはほかの人と暮らせる人じゃない。母さんとさえうまくいかなかったのに」

「わしは年とともに穏やかな性格になったよ」

ヴァランダーは自分の耳を疑った。〝年とともに穏やかな性格になった〟だって？　親父はいま、これまでにも増して気むずかしくなっているというのに。

それから彼らは口論した。しまいに父親はコーヒーカップをチューリップの花壇に投げつけ、アトリエになっている外の小屋に閉じこもってしまった。彼はそこでいつも決まったモチーフの絵を描いている。日没の秋の風景、注文に応じて手前にキバシオオライチョウを描き込むこともある。

ヴァランダーは父の家から引き揚げた。思いきりスピードを出して運転してしまった。この馬鹿げた親父の思いつきをやめさせなければ。親父のところで一年も働いてきたイェートルード・アンダーソンは、彼が人といっしょに暮らせる人間ではないということがわからないのだろうか。イースタの自分のアパート近く、マリアガータンに車を駐めた。すぐにもストックホルムにいる姉のクリスティーナに電話するつもりだった。スコーネにきてくれとたのもう。父親を説得することはだれにもできない。だが、イェートルード・アンダーソンに分別をもつようにと請うことはできるはずだ。

ヴァランダーは姉に電話をかけなかった。アパートの最上階にある自分の部屋まで上がったとき、ドアが破られていることに気がついたのだ。数分後、新しく買ったばかりのステレオ、CDプレイヤー、大量のレコードとCD、テレビ、ビデオ、時計、カメラが盗まれていることがわかった。ヴァランダーはすっかり気落ちして椅子に腰を下ろし、これからどうするべきか考えた。日曜日だが、しまいに職場に電話をかけ、犯罪捜査官の刑事マーティンソンと話したいと言った。彼は働いていると知っていた。

マーティンソンが電話口にくるまでずいぶん長い時間待たされた。ヴァランダーはマーティンソンがきっと、週末の大規模な交通安全キャンペーンの担当警官たちとしゃべっていたのだろうと推測した。

「マーティンソン。ご用件は？」

「ヴァランダーだ。こっちにきてほしい」

「どこですか？　警部の部屋ですか？　今日は休みかと思いましたが？」

「家だ。きてくれ」

重要なことだとわかったらしい。マーティンソンはそれ以上なにも訊かなかった。

「わかりました。すぐに行きます」と彼は答えた。

その後はずっと鑑識係がアパートを調べ、報告書を書くことに費やされた。マーティンソンはヴァランダーが日頃からいっしょに働いている若手の警察官だが、ときに仕事が雑だったり衝動的だったりする。しかしヴァランダーは彼を評価していた。ときどき虚を突くような鋭い意見を言ったりすることがあるためでもあった。マーティンソンと鑑識課の警官が引き揚げてから、ヴァランダーは自分でドアを一時的に修繕した。

その夜は一晩じゅう眠れなかった。そのあいだずっと彼は、もし泥棒を捕まえたら徹底的に叩きのめしてやると心の中で罵り続けた。レコードを一度に全部失ってしまったことの悔しさがなんとか鎮まった頃には、父親のこともなるようにしかならないというあきらめの気持ちが強くなっていた。

明け方起きあがってコーヒーをいれると、彼は保険証書を取り出した。台所のテーブルに向かうと書類に目を通し、保険会社の難解な言語に腹を立てた。しまいに書類を床に叩きつけると、バスルームに行ってひげを剃った。片頰を切ったとき、今日は病欠すると電話して一日じゅう布団をかぶって寝ていようかと思ったが、音楽も聴けずにこのアパートにいると思うだけでたまらない気がした。

いま時刻は七時半。ヴァランダーはドアを閉めて自室にいた。しかし、大きくため息を吐き出すと、受話器をもとに戻し、自分を奮い立たせてふたたび警官に立ち返った。

すぐに電話が鳴った。受付のエッバだった。

「空き巣に入られたんですって？　大変でしたね。CDもレコードも全部盗られたって本当ですか？」

「七十八回転のレコード以外は。今晩はそれを聴こうと思うんだ。もし昔の蓄音機がどこかでみつかれば」

「ひどい話ですね」

「まったくだ。ところで、用事は？」

「いま受付にどうしてもあなたと話したいという男の人が一人きているんですけど」

「用件は？」

「だれかが失踪したらしいです」

ヴァランダーは机の上の書類の山に目をやった。

「スヴェードベリに頼めないかな？」

「スヴェードベリはいま外で追跡中です」

「なにを？」

「どう言ったらいいのかしら。マースヴィンスホルムの農家から逃げ出した雄の子牛なんです。それがE14号線を走りまわっているので、交通が混乱しているらしいんです」

「そんなことは交通巡査の仕事だろう。いったい仕事の分担はどうなっているんだ？」

「スヴェードベリを送り込んだのは、ビュルク署長です」

「お手上げだな」

「それじゃ部屋に通しますね？　失踪者の届けを出したいというこちらの人を？」

ヴァランダーは受話器を持ったまま、うなずいた。

「ああ、そうしてくれ」

数分後、ドアを叩いたその音はごく低く、最初ヴァランダーは聞きちがいかと思ったほどだった。だが、「どうぞ！」と声をかけると、ドアはすぐに開いた。

ヴァランダーはいつでも、第一印象が大事だと思っている。

ヴァランダーの部屋に足を踏み入れた男は、とくにどこといって特徴のある男ではなかった。だいたい三十五歳前後だろうとヴァランダーは見当をつけた。ダークブルーのスーツを着ている。髪の毛は金髪で短く刈り込んであり、眼鏡を掛けている。

ヴァランダーはすぐにほかのことにも気がついた。

男は見るからに不安そうだった。昨晩眠れなかったのはヴァランダーだけではないらしい。

ヴァランダーは立ち上がり、握手の手を伸ばした。

「クルト・ヴァランダー、犯罪捜査担当警部です」

「ローベルト・オーケルブロムです」男は言った。「妻がいなくなったんです」

ヴァランダーは男がずばりと用件を切りだしたことに驚いた。

「初めから話してもらえますか。腰掛けてください。その椅子は左の肘掛けがときどき取れてしまいますが、座るのに不都合はありませんから」

男は椅子に腰を下ろした。

と、突然泣きだした。胸も潰れるような、途方に暮れたようなおろおろとした泣き声だった。

ヴァランダーは机の前で泣く男をただ呆然として見ていたが、泣きやむまで待つことにした。

訪問者用の椅子に座った男はしばらくして泣きやみ、涙を拭いて鼻をかんだ。

「失礼」と男は言った。「でも、ルイースにきっとなにかが起きたんだと思うのです。彼女が自分からいなくなるなんてことは絶対に考えられませんから」

「コーヒーを飲みますか？」ヴァランダーは訊いた。「甘いものもなにか用意できると思いますよ」

「いや、いりません」オーケルブロムは答えた。

ヴァランダーはうなずき、机の引き出しを開けてメモ用紙を捜した。彼はいつも自分の金で買った大学ノートを使う。警察庁が全国の警察署に配布する使用目的別の規定の用紙を使うのが煩わしかったからだ。いつか、時間があったら、ついでに記載するべき答えまであらかじめ印刷したらどうだと警察庁に提案してやろうと思っていた。

「まず個人情報から話していただきましょうか」ヴァランダーが言った。

「ローベルト・オーケルブロムです」男は繰り返した。「妻のルイースといっしょにオーケルブロム不動産会社を営んでいます」

ヴァランダーは書きながらうなずいた。その事務所が映画館サーガの近くにあることを知っていた。

「子どもが二人います」ローベルト・オーケルブロムは続けた。「七歳と四歳で、二人とも女の子です。オーケルヴェーゲン一九番地にあるテラスハウスに住んでいます。私はイースタ生まれですが、妻はロンネビー出身です」

ここで彼は話をいったんやめると、上着の内ポケットから写真を取り出してヴァランダーの前に置いた。それは平凡な外見の女性の写真だった。カメラに向かって笑っている。写真館で撮影した写真だった。ヴァランダーは写真を見て、この女性がオーケルブロムの妻なのは自然な気がした。

「この写真を撮ってからまだ三ヶ月しか経ってません」オーケルブロムが言った。「妻はこの写真のとおりです」

「それで、彼女がいなくなったのは？」ヴァランダーが訊いた。

「金曜日です。その日、妻はスクールップの銀行で一件商談を成立させたあと、売りに出したいという家を一軒、下見に行きました。私自身はその日の午後は、会計士の事務所にいました。しかし、家に帰る途中でうちの事務所に立ち寄ったのです。彼女は留守番電話に五時までに帰るとメッセージを残していました。電話をしたのは三時十五分だと本人が言っています。その後、いなくなったのです」

ヴァランダーは額にしわを寄せた。今日は月曜日だ。彼女は今日でほぼ三日行方不明ということになる。幼い子どもたちを家に残したまま三日も姿を消したままだ。

ヴァランダーは直感的にこれはよくある失踪とはちがうと思った。失踪者はたいていの場合、姿を現すものだということを彼は経験から知っていた。そしてたいていはちゃんと説明がつくものなのだ。たとえば、二、三日、あるいは一週間、旅行に出かけるということを家族に告げるのを忘れたということは、よくあることだった。だが、彼はまた、幼い家族を残して姿を消す女性はほとんどいないことも知っていた。ふつうではない。

彼は大学ノートにメモを書き付けた。

「留守電に残してあったという奥さんのメッセージはまだありますか？」ヴァランダーが訊いた。

「はい」オーケルブロムが答えた。「でも、カセットテープを持ってきませんでした」

「それはあとでいいですよ。どこから電話をしているか、わかりますか？」

「車についている自動車電話からです」

ヴァランダーは机の上にペンを置き、訪問者用の椅子に座っている男を観察した。男が心配しているのは芝居ではないように見えた。

「奥さんがいなくなったことについて、なんの心当たりもありませんか？」

「ええ、ありません」

「だれか、友だちのところに行っているとかいうことは？」

「ありません」

「親戚には？」

「行ってません」

「まったく心当たりがないのですね？」

「ええ」

「ちょっと、個人的なことを訊いてもいいですか？」

「夫婦喧嘩はしていません。もしそのことであれば」

ヴァランダーはうなずいた。

「ええ、それを訊こうと思ったのです」

彼はもう一度始めから訊くことにした。

「奥さんは金曜日の午後、いなくなったと言いましたね。だが、あなたはすぐに警察に届けなかった。なぜですか？」

「怖かったからです」

ヴァランダーは怪訝な顔つきで彼を見た。

「警察に行くということは、なにか恐ろしいことが起こったということを認めるのと同じです」オーケルブロムは言った。「だから、くるのが怖かったのです」

ヴァランダーはゆっくりとうなずいた。彼の言わんとしていることは理解できる。

「あなたはもちろん、自分で奥さんを捜しましたね？」

オーケルブロムはうなずいた。

「ほかにどんなことをしましたか？」ふたたびメモを取りながらヴァランダーは訊いた。

「神に祈りました」オーケルブロムはぽつりと言った。

ヴァランダーはメモをしていた手を止めた。

「神に祈った？」

「私たちはメソジスト教会の信者です。きのうは教区のみなさんとツーレソン牧師といっしょに、ルイースに凶事が起こったのではありませんようにと祈りました」

ヴァランダーは胃の中がひっくり返るのを感じた。訪問者用の椅子に座っている男を前にして、彼は自分の動揺を必死に隠そうとした。

自由教会（国家の規制を受けない非国教派教会。プロテスタント。メソジスト教会もその一つ）の信者で二児の母。そんな女性が自分から姿を消すだろうか。突然気がふれたとでもいうのでなければ、あり得ないことだ。あるいはなにか、特別な信条によるとでもいうのでなければ。子ども二人を残して山奥に入り自殺する母……。あり得ないことではない。が、きわめてまれなことだ。

ヴァランダーはことの重大さを理解した。

まず、可能性として、事故に遭遇したのかもしれないということがあり得る。さもなければ、事件に巻き込まれたのか。

「事故に遭ったのかもしれませんね？」

「スコーネ中の病院という病院に電話をかけました」オーケルブロムは言った。「彼女はどこにも運び込まれていません。それに、もし彼女が事故に遭ったのなら、病院から私のほうに連絡がくるはずです。ルイースはいつも身分証明書を携帯していますから」

「車の種類は？」

「トヨタ・カローラの一九九〇年型。ダークブルーです。ナンバーはＭＨＬ449」

ヴァランダーは書き留めた。

彼は先週金曜日の午後のルイースの行動で、ローベルト・オーケルブロムが知っていることを、一つひとつ順を追って質問した。地図を取り出して動きを追ってみた。ヴァランダーは不安感が広がるのを抑えることができなかった。

どうか、これが殺人事件ではないように。それだけは、断じてありませんように。

十時四十五分、ヴァランダーはペンをおいた。

「なにごともなく奥さんが現れるということも考えられますよ」と言った。声に自分の不安が表れていないように祈るばかりだった。「もちろん、警察はこの失踪届けを真剣に受け止めますが」

オーケルブロムは椅子に沈んでしまっている。ヴァランダーは彼がまた泣きだすのではないかと心配になった。目の前にいるこの男が急に哀れになった。できれば、彼を慰めたかった。だが、そうすれば自分の不安を彼に見せることになってしまう。

ヴァランダーは椅子から立ち上がった。

「留守電に吹き込んだ奥さんの声を聴かせてもらいましょうか。その後私はスクールップの銀行へ行ってみます。お宅にはだれか、お子さんたちをみてくれる人がいますか?」

「ほかの人の助けはいりません」オーケルブロムは言った。「子どもたちの世話は自分がします。警部、ルイースになにが起きたと思います?」

「いまのところ私はなにも思っていません」ヴァランダーは答えた。「ただ、もうじき戻ってきてくれるといい、と思っているだけですよ」

おれは嘘をついている、と彼は思った。

そう思っているわけじゃない。そう願っているんだ。

ヴァランダーはオーケルブロムの車のうしろを運転した。留守電の伝言を聴き、机の引き出しなどを調べたらすぐに署に戻ってビュルク署長に報告するつもりだった。失踪者捜索のための一定の規定があることは承知だったが、ヴァランダーはいま可能なかぎりの人数を確保したいという気持ちだった。ルイース・オーケルブロムの失踪はすでに最初から犯罪事件の様相を呈していた。

オーケルブロム不動産会社が事務所を構えている建物は以前雑貨屋だった。ヴァランダーは昔、若い警官としてマルメから派遣されたとき、その雑貨屋に入ったことがあるのを覚えていた。いまその店の中には、机が二個と写真入りの物件案内の掲示板がいくつかあった。テーブルがあり、そのまわりには椅子が数脚あって、客が腰を下ろして物件を照会することができるようになっていた。一方の壁に軍隊が作成した詳細地図が二枚貼ってあり、その上にいろいろな色のピンが刺してあった。事務所の裏には小部屋があった。

彼らは裏口から事務所に入った。それでもヴァランダーは表の入り口に〈本日休業〉という手書きの紙がテープで貼り付けてあるのを見逃さなかった。

「あなたの机はどちらですか？」ヴァランダーは訊いた。

オーケルブロムは指さした。ヴァランダーはもう一つの机のほうの椅子に腰を下ろした。机の上には、手帳と娘たちの写真、数個のファイルケース、それにペン立てしかなかった。ついさっき掃除されたばかりだ、とヴァランダーは思った。

「掃除はだれがするんですか？」彼は訊いた。

「週に三回、清掃人がきて掃除します」オーケルブロムが言った。「でも、机の上を拭いたりくずかごを空けたりするのは毎日私たちがやっています」

ヴァランダーはうなずいた。それから事務所の中を見まわした。目に留まったのは、裏の小部屋に通じるドアのそばの壁に掛けられた十字架だけだった。

それから留守番電話装置のほうを見てうなずいた。

「すぐにルイースの声が始まります」オーケルブロムが言った。「先週金曜日の午後三時以降に電話をかけてきたのは、ルイースだけでしたから」

第一印象、とヴァランダーはまた自分に言い聞かせた。よく聴くんだ。

「わたしだけど、これからクラーゲホルムにある家を一軒見てくるわ。それからイースタに戻ります。いま三時十五分過ぎだから、五時には家に着くと思うわ。それじゃね」

うれしそうだ、とヴァランダーは思った。元気でうれしそうな声だ。脅かされたり怖がっている声ではない。

「もう一度」ヴァランダーは言った。「今度は、この声の前の、あなたが吹き込んだ応答メッセージも聴きたい。まだ消してなければ」

オーケルブロムはうなずいてテープを巻き戻し、ボタンを押した。

「オーケルブロム不動産会社は本日の業務を終了しました。土日は休業しますが、月曜日の朝八時にふたたび業務を開始します。ご用件をこの留守番電話にお話しください。ファックスの方は信号音のあと送信してください。お電話ありがとうございました」

ヴァランダーはオーケルブロムが留守番電話に録音するのが苦手であることがわかった。声にぎこちなさが感じられた。

それから、ルイースの声に戻った。ローベルト・オーケルブロムは何度もテープを巻き返した。ヴァランダーは言葉の背後に隠されたメッセージを聴きわけようと耳を澄ました。なにを探しているかは自分でもわからなかったが、それでもなにかふつうではないニュアンスを探した。

十回ほどテープを聴いたあと、彼はオーケルブロムにもういいとうなずいた。

「このカセットテープを署まで持っていかなければなりません」と彼は言った。「警察署には音を拡大して聞かせる装置があるもので」

オーケルブロムは小さなカセットテープを取り出してヴァランダーに渡した。

「これから私は奥さんの机の引き出しを調べますが、そのあいだにやっておいていただきたいことがあります」ヴァランダーは言った。「金曜日に彼女がやったこと、あるいはやる予定だったことを全部リストアップしてほしいのです。だれに、どこで会う予定だった、というようなことです。どの道を運転したか、あるいはどの道を通ったと思うかという推察まで書いてください。

時間も忘れないように。それからもう一つ、彼女がクラーゲホルムの近くで下見するはずだった家の正確な位置がほしい」

「それはできません」ローベルト・オーケルブロムが言った。「その家を売りたいという女性からの電話を受けたのはルイースで、電話を聞きながら描いた地図を持って出かけたからです。本来なら今日、彼女はそれをファイルに入れるところでした。実際にその家の売却を引き受けたら、彼女か私があらためてその家に下見に行って写真を撮る、というのがいつもの手順です」

ヴァランダーは考え込んだ。

「ということは、いまの段階でその家の所在を知っているのはルイースだけなのですね?」

オーケルブロムはうなずいた。

「その家を売りたいという人が次に電話をかけてくるのはいつですか?」ヴァランダーが訊いた。

「今日です」オーケルブロムが答えた。「だからルイースは金曜日じゅうに見ておこうと、急いでいたのだと思います」

「その人が電話をかけてくるときに、必ず事務所にいるように」ヴァランダーは言った。「いいですか。電話があったら、妻はその家を見たけれども、今日は調子が悪くて休んでいる、と言うんです。そしてもう一度家の場所を説明してくれと頼むのです。むこうの電話番号を訊くのを忘れないように。電話があったらすぐに私に連絡してください」

オーケルブロムはうなずいた。それから机に向かい、いま頼まれたことを紙に書き留めた。

ヴァランダーは机の引き出しを一つずつ開けていった。とくに目に留まるものはなにもなかった。不自然に空っぽな引き出しはなかった。机の上の緑色の下敷きを上げてみた。ハンバーグの作り方の切り抜き記事が差し込んであった。それから机の上にある娘たちの写真を見た。

ヴァランダーは立ち上がると、裏の小部屋に入った。壁には予定表と、聖書の言葉を刺繡した布が飾られていた。棚には未開封の小さなコーヒー缶があった。紅茶はいくつもの種類が置いてあった。冷蔵庫を開けてみた。ミルクが一リットルとマーガリンが入っていた。

ヴァランダーは留守電に残されたルイースの声と話を思い出してみた。彼女が留守電に吹き込んだとき、車はおそらく停止していただろう。声に安定感があった。もし運転しながら話をしていたら、ちがう響きだっただろう。あとで、警察署で声を再生したら、車が停止していたかどうかは明白になる。それにルイースは、運転しながら電話をして自分の命や他人の命を危険にさらすような無謀なことはしない、注意深く法律を遵守するタイプの人間のようだ。

もし彼女の言った時間に間違いなければ、彼女はそのときスクールップにいたにちがいない、とヴァランダーは思った。銀行での仕事が終わって、クラーゲホルムに向かおうとしていた。ただ、その前に夫に電話をかけたかったのだ。銀行での仕事がまとまって満足していた。そのうえ、金曜日の午後で、もうこれで仕事は終わりだ。天気もよい。うれしそうな声を出すだけの理由はそろっていた。

ヴァランダーは事務所に戻り、もう一度彼女の机に向かった。机の上にある手帳をめくってみる。オーケルブロムはヴァランダーにたのまれたことを書いた紙を渡した。

「一つだけ、訊きたいことが残っています。いや、これは質問というのではないのですが、重要なことです。ルイースは性格的にはどういう人ですか？」

彼は注意して現在形で話した。なにも起きていないというように。しかし彼の頭の中では、ルイースはもはや過去の人だった。

「みんなに好かれています」オーケルブロムは言った。「穏やかでよく笑う、人なつっこい性格です。本当を言うとビジネスにはあまり向かないんです。金銭的なことややこしい交渉は、みんな私に任せています。感激屋で、すぐに胸を痛める。ほかの人の苦しみを自分のことのように感じる性格なんです」

「なにか変わったところは？」ヴァランダーは訊いた。

「変わったところ？」

「人はみんな、弱点をもっているものですよ」

オーケルブロムは考え込んだ。

「いや、ないと思います」としばらくして答えた。

ヴァランダーはうなずき立ち上がった。時刻はすでに十二時十五分前になっていた。ビュルクが昼食のために帰宅する前にどうしても報告したかった。

「午後連絡をします」と彼は言った。「心配しすぎないように。なにか忘れたことがないか、私が知っておくべきことはないか、考えておいてください」

ヴァランダーはきたときと同じ出入り口へ行った。

「いったいなにが起きたのだと思います？」オーケルブロムは握手をしながら訊いた。

「おそらくなにも起きてはいませんよ。たいていのことは、そういうことだったのか、とあとで説明がつくものです」

ヴァランダーは帰宅寸前のビュルクをつかまえた。いつもどおり、彼は急いでいた。ヴァランダーはいつもながら警察署長の仕事はうらやむようなものではないと思った。

「空き巣に入られたとは、気の毒だったね」とビュルクは言い、同情の表情を見せた。「新聞が書きたてないといいが。犯罪捜査担当の警察官が空き巣に入られたと書かれたんでは聞こえが悪いからな。われわれの事件解決率は悪い。スウェーデンの警察のそれは国際的な統計を見ても決して上のほうじゃないからね」

「ま、それが現実ですね。ちょっと、話があるんですが、いいですか」

彼らはビュルクの部屋の前の廊下で話をしていた。

「昼食後まで待てない話です」ヴァランダーは説明した。

ビュルクはうなずき、二人は彼の署長室に入った。

ヴァランダーはいま知っているかぎりのことを報告した。オーケルブロムの話を詳細にわたって伝えた。

「宗教心の篤い二児の母親か」ヴァランダーが話し終わると、ビュルクが言った。「金曜日からいなくなったんだな。これはよくないな、まったくよくない」

「ええ。そのとおりです。まったくよくありません」

ビュルクがヴァランダーを見据えた。

「事件に巻き込まれたか？」

ヴァランダーは肩をすくめた。

「いや、まだなにもわかりません。しかしこれは通常の失踪とはちがいますね。それだけは言えます。ですから最初から捜査員を最大限確保しておきたいんです。失踪者の捜査のとき、通常は少し様子を見て慎重に取りかかりますが、今度のは別にしてほしいんです」

ビュルクはうなずいた。

「わかった。だれがほしい？　ハンソンが休んでいるから、いま人員が不足していることを忘れるな。まったく、まずいときに脚の骨を折ったりして、ハンソンのやつめ」

「マーティンソンとスヴェードベリをお願いします。そう言えば、E14号線を走りまわっていたという子牛はどうしました？　スヴェードベリはみつけたんですか？」

「いや、近くの農夫が投げ縄でしとめた」ビュルクが不機嫌に言った。「スヴェードベリはどぶにはまって足をくじいたそうだ。いや、仕事には差し支えないらしい」

ヴァランダーは立ち上がった。

「これからスクールップへ行ってきます。四時半にまた会って、情報をつきあわせましょう。しかし彼女の車の捜索はそれまで待てません。すぐにお願いします」

彼はビュルクの机の上に車輛ナンバーを書いた紙を置いた。

「トヨタ・カローラ、か」ビュルクが言った。「よし、引き受けた」

ヴァランダーはイースタからスクールップへ向かった。考える時間がほしかったので、海岸沿いの道路をゆっくりと車を走らせた。

風が強くなった。千切れた雲が勢いよく空を飛んでいた。ポーランドからのフェリーボートがイースタ港に向かって入ってくるのが見えた。

モスビー・ストランドまできて、ひとけのない駐車場に車を乗り入れ、シャッターを下ろしたキオスクの前に止めた。車を降りずに、去年のことを考えた。ゴムの救命ボートが男の死体を二体載せてこの海岸に漂着したのだった。それから、リガで会ったバイバ・リエパのことを思った。忘れようと努力したが、彼女のことはまだ忘れられなかった。

一年も経っているのに、彼はまだ彼女のことを思っていた。

今度の事件が殺しでないことを願った。

いま彼に必要なのは平和だった。

結婚するという父親のことを考えた。空き巣、そしてステレオもレコードもみんななくなってしまったことを思った。まるで自分の大切な部分をもぎ取られたような感じだった。ストックホルムの専門学校に通っている娘のリンダのことを思った。娘との関係がうまくいかなくなってきていることも。

なにもかもうまくいっていない。

ヴァランダーは車から降りて、ジャケットのジッパーを上げ、海辺に降りていった。空気が凍るような冷たさで、彼は身震いした。

頭の中で、ローベルト・オーケルブロムの言った言葉を反芻《はんすう》した。そしていくつかの推測をしてみた。彼の妻の失踪は、なにかあとで説明のつくような行動なのだろうか。自殺をしたのだろうか。留守電に残された彼女の声を思った。その明るさを。

午後一時ちょっと前に、ヴァランダーは海岸をあとにして、スクールップへ向かった。

彼の出した結論は避けようがなかった。

ルイース・オーケルブロムはすでに死んでいるにちがいない。

3

クルト・ヴァランダーには繰り返し見る白昼夢があった。ほかの人間もこんな白昼夢を見ているのではないかと彼は密かに思っていた。世の中をあっと言わせるような銀行強盗をする夢だった。その白昼夢の中で彼は、いったいふつうの規模の銀行にはどのくらい金があるのだろうかと考えた。思いのほか少ないのだろうか。それとも大金があるのだろうか。正確にどんなふうに銀行破りをするかまでは考えたことがなかった。しかし銀行強盗をする夢はいつも彼の中にあった。

彼はそのことを思って笑いを漏らした。しかしその笑いはすぐに消えた。良心の痛みを感じたのだ。

生きているルイース・オーケルブロムを発見することはないだろうという確信があった。証拠はなかった。犯罪現場も知らない。死体もみつかっていない。なにもなかった。それでも彼は確信していた。

二人の女の子の写真が何度も頭に浮かんだ。

説明できないことをどうやって説明したらいいのか。それにローベルト・オーケルブロムはどうやってこれから神に祈るのだろう。彼と子どもたちを残酷に裏切った神に？

ヴァランダーはスクールップのスパルバンケンの中を歩きまわって、金曜日の午後ルイースの商談を成立させる手助けをした主任が歯医者から戻るのを待っていた。十五分前に銀行に着いたとき、彼は支店長のグスタフ・ハルデーンと話をした。ハルデーンとは以前から面識があった。彼はことの次第を話し、ある女性が失踪したことに関連して情報がほしいと言った。もちろん、このことについては内密にしてほしいと断りを入れた。

「深刻なことが起きたかどうか、まだわからないので」と彼は説明した。

「もちろんです」ハルデーンは相づちを打った。「捜査は始まったばかりなのですね」

ヴァランダーはうなずいた。そうなのだ。しかし推量していることと事実のあいだに、どこで線引きをしたらいいのだろうか？

だれかから話しかけられて、彼は考えから覚めた。

「私に会いたいというのは、あなたですか？」

聞き取れないような声で男が話しかけてきた。

ヴァランダーはうしろを振り向いた。

「モーベリ主任ですか？」

男はうなずいた。若い男だった。驚くほど若かった。主任行員にはとても見えないとヴァランダーは思った。しかし、それ以外にもヴァランダーの注意を引いたものがあった。

主任行員の片方の頬がふくれ上がっていた。

「まだはっきり話せないんです」モーベリがふがふがと言った。

ヴァランダーは聞き取れなかった。

「もう少し」モーベリが言った。「麻酔が切れるまで待ってもらえますか？」

「いや、すぐにも訊きたいことがあるんです。やってみましょう」ヴァランダーは言った。「申し訳ないが、急いでいるので。話すと痛みますか？」

モーベリは首を振った。

「あの日もこの部屋を使いました。そして銀行の裏側にある小さな会議室にヴァランダーを通した。ちょうどその椅子にルイース・オーケルブロムが座っていました。支店長から彼女のことを話すように言われましたが、行方不明なのですか？」

「ええ、失踪届が出ましたので」ヴァランダーは説明した。「おそらく親戚のところにでも行っているのでしょう。家族にそれを伝えるのを忘れただけかもしれません」

この言葉を聞いてモーベリの顔に怪訝そうな表情が浮かんだ。疑いはもっともだ、とヴァランダーは思った。行方不明の人間は行方不明なのだ。少しだけ行方不明ということはあり得ない。

「なにを知りたいんですか？」とモーベリは訊いて、机の上にあったコップの水を飲んだ。

「金曜日の午後になにがあったか、詳細にわたって知りたいのです」ヴァランダーが言った。「時間、彼女が言ったこと、彼女のしたことを。家の売買だったと聞いていますが、その家を売却した人間と購入した人間がだれかも知りたい。あとで連絡をすることができるように。ルイース・オーケルブロムとは以前からの知り合いですか？」

「ええ、少し前から知っていました。いままで全部で四軒の家の売買をここでおこなっていますから」

「金曜日のことを話してください」ヴァランダーは言った。

モーベリ主任は上着の内ポケットから小さな手帳を取り出した。

「二時十五分に会う予定でした。ルイースは時間の少し前にやってきましたね。天気の話をしましたよ」

「緊張していたとか、心配そうな様子はなかったですか？」ヴァランダーは訊いた。

モーベリは少し考えてから答えた。

「いや、むしろうれしそうでしたよ。それまではどちらかというと無愛想で気むずかしそうに見えましたが、金曜日はそうじゃありませんでした」

ヴァランダーはうなずいて続けるようにうながした。

「家を買ったのはニルソンという若い夫婦でした。彼らが購入した家は、スヴデで身寄りのない年寄りが死んで売りに出されたもので、代理人がきていました。この部屋で必要な書類全部に目を通し署名したのです。手続きはとどこおりなく終了しました。書類はすべて問題ありませんでした。売却、担保、ローン、郵便振り込み手続きなどでした。すべてスムーズにおこなわれました。仕事が終わったとき、よい週末を、などと言って別れたような気がします。はっきり覚えていませんが」

「ルイース・オーケルブロムは急いでいる様子でしたか？」ヴァランダーは訊いた。

モーベリ主任はまたもや考え込んだ。

「もしかすると」と言った。「そうかもしれません。確信はありませんが。しかし、ほかにはっきり覚えていることがあります」

「なんですか？」

「彼女はまっすぐに車へ行かなかった、ということです」

モーベリは窓を指さした。小さな駐車場が見える。

「あれは銀行の駐車場です」モーベリ主任は話を続けた。「やってきたとき、私は彼女がそこに駐車したのを見ました。しかし車を発車させたのは銀行を出てから約十五分後のことでした。私はこの部屋に残って電話をかけていました。ですから、彼女の姿が見えたのです。車に戻ったとき、彼女は紙袋を持っていました。書類カバンのほかに、です」

「紙袋とは？ どんな外見でしたか？」ヴァランダーが訊いた。

モーベリは肩をすくめた。麻酔が切れ始めたらしい、とヴァランダーは見た。

「紙袋がどんな外見をしていたか、ですか」モーベリ主任はつぶやいた。「紙の袋ですよ。ビニール袋ではなく」

「その後彼女は車を出したんですか？」

「いや、車から電話をかけていました」

夫へだ。ここまではすべて合っている。

「時間は三時をちょっとまわったところでした」モーベリは続けた。「四時半にもう一件会合が入っていまして、私は準備をしなければならなかったのです。電話が長引いたので時間のことははっきり覚えています」

「彼女が発車させたのを見ましたか？」

「いいえ、私はもう自分の部屋に戻っていました」

「それじゃ、あなたが最後にルイースを見たのは、彼女が車の中から電話をかけている姿ですね？」

モーベリ主任はうなずいた。

「車の種類は覚えていますか？」

「私は車にあまり詳しくないので」モーベリは言った。「でも、色は黒だったと思います。いやダークブルーかもしれない」

ヴァランダーはメモ帳に目を落とした。

「なにか思い出したら、すぐに連絡してください。どんなに小さなことでもかまいませんから」

家の購入者と売却者の名前と電話番号を聞いて、ヴァランダーは銀行を出た。銀行の正面にまわり、広場に立ち止まった。

紙袋か。ベーカリーだろうか。鉄道と並行した道にベーカリーが一軒あることを思い出した。広場を斜めに横切ると左に曲がった。

カウンターのうしろの若い女性は金曜日の午後は働いていたと言った。しかしヴァランダーがルイースの写真を見せても見覚えがないと言った。

「ベーカリーはもう一軒あるわ」とその若い店員は言った。

「どこに？」

彼女は説明してくれた。その店は銀行からの距離がこの店とほぼ同じくらいのところにあった。彼は礼を言って店を出た。そして広場の左手にあるもう一軒のベーカリーに向かった。店に入ると、年輩の店員が声をかけてきた。ヴァランダーは写真を彼女に見せて身分を明らかにした。

「この女性に見覚えがありますか」と彼は訊いた。「金曜日の午後三時過ぎにこの店にきたのではないかと思うんですが」

店員はよく見るために眼鏡を取りに行った。

「なにか起きたのですか？」彼女は訊いた。「だれです、この人は？」

「この人を見たことがあるかどうかだけ答えてくれればいいのです」ヴァランダーはていねいに言った。女性はうなずいた。

「見覚えがあります」と彼女は言った。「ケーキをいくつか買ったような……。あ、思い出したわ。ミルフィーユだわ。それと食パンと」

ヴァランダーは考えた。

「ケーキを何個買いましたか？」

「四個。箱に入れましょうかと訊いたんです。でも、そのまま紙袋に入れてくれればいいと言われたのを覚えてます。急いでいるようだったわ」

ヴァランダーはうなずいた。

「店を出てからどっちの方向へ行ったか、見ましたか？」

「いいえ。ほかにも並んでいるお客さんがいましたから」

「どうも。ご協力に感謝します」ヴァランダーは礼を言った。

「なにが起きたんです？」女性が訊いた。

「なにも。いつもの巡回です」

店を出ると、彼はルイースが車を駐めていたという銀行の裏手の駐車場にまわった。

ここまでだ、これ以上はわからない、と彼は思った。ここで彼女の足跡が消えるのだ。このあと彼女はいまのところ住所不明の一軒の家を見に行くのだ。留守番電話に声を残して。上機嫌で、ケーキを買って、五時には家に戻るつもりだった。

彼は時計を見た。三時三分前。三日前のこの時間、ルイースはちょうどここにいた。

ヴァランダーは銀行の正面に駐車していた車に戻った。車の中にあって救われたCDの一枚をプレーヤーに入れた。そして考えをまとめようとした。プラシド・ドミンゴの声が車に広がった。

四個のミルフィーユは家族の人数分だ、と思った。オーケルブロム一家はケーキを食べるときにもお祈りをするのだろうか。神を信じるということは、どういう感じなのだろうか。

そのときある考えが頭に浮かんだ。警察で今日のまとめをする前に、もう一人訪ねるだけの時間がある。

ローベルト・オーケルブロムはなんと言っていたか？

そうだ、ツーレソン牧師だ。

ヴァランダーは車を発車させ、イースタに向かった。E14号線に入ってからは、制限速度ぎりぎりの速さで走らせた。イースタ警察署受付のエッバに電話をかけ、ツーレソン牧師の電話番号を調べて、ヴァランダー警部が至急会いたがっていると伝えてくれとたのんだ。イースタに入る直前にエッバが折り返し返事をくれた。ツーレソン牧師はメソジスト教会にいて、ヴァランダーがくるのを待っているという。

「あなたもときどき教会に行くといいかもしれませんね」エッバの笑いを含んだ声がした。

ヴァランダーは去年、リガの教会で一晩バイバ・リエパと過ごしたことを思い出した。だが、彼はなにも言わなかった。いまは彼女のことを考えるひまはなかった。

ツーレソン牧師は、背が高くて恰幅のいい、真っ白いふさふさとした髪の毛の年輩の牧師だった。握手した手ががっしりしていた。

教会の中は質素だった。ヴァランダーは教会に入ったときにいつも感じる、胸が押さえつけられるような感じがしなかった。彼らは祭壇前の椅子に腰掛けた。

「数時間前にローベルトに電話をしました」ツーレソン牧師が言った。「気の毒に。すっかり打ちひしがれていました。まだルイースはみつかりませんか?」

「ええ」ヴァランダーは答えた。

「いったいなにが起こったのか、まったく私にはわかりません。ルイースは危険なものに近づくような人ではありませんから」

「ときには、避けられないこともあるものですよ」ヴァランダーは言った。

「どういう意味ですか?」

「危険には二種類あるということです。一つは自分から近づく危険。もう一つは危険のほうが近づいてくるというもの。この二つはまったく別のものです」

ツーレソン牧師はあきらめたように両手を開いた。彼の心配は本物のようだった。ローベルトと二人の娘たちに対する同情もまた間違いないもののように見えた。

「ルイースについて話してくれませんか?」ヴァランダーは言った。「どういう人でしたか? 昔からの知り合いですか? オーケルブロムはどういう家族でしたか?」

ツーレソンは真剣な顔でヴァランダーを見た。

「その質問のしかたは、まるで過去の人のことを訊ねるようですね」

「あ、これは私の悪い癖なのです」ヴァランダーは言い訳をした。「もちろん、彼女がどういう人かを話してほしいのです」

「私がこの教区にきてから五年になります」牧師は話しだした。「私の発音でわかるかもしれませんが、もともとはヨッテボリの出身です。オーケルブロム一家は私がきてからずっと教会にきています。二人ともメソジスト派キリスト教を信仰する家庭で育ったようです。教会で知り合ったと言っていました。そしていまは子どもたちが正しい宗教の世界で育っています。ローベルトもルイースも勤勉な人たちです。骨身を惜しまず働くし、質素で、寛容です。ほかに言いようがありません。彼ら二人を別々に話すことはむずかしいことです。教区のみんなが、ルイースが行方不明になったことを心配しています。きのう、いっしょに祈ったときに、みんながどれほど心配しているか、よくわかりました」

完璧な家族。ひび一つない家族なのだ、とヴァランダーは思った。何千人に訊いてもみんな同じように答えるだろう。ルイースには弱点がまったくない、と。行方不明になったことが、唯一おかしいことなのだ、と。

おかしい。なにか腑に落ちない。

「警部はなにか心当たりが？」ツーレソン牧師が訊いた。

「私は人間の弱点のことを考えていました」ヴァランダーは言った。「それがすべての宗教の基本的な役割ではありませんか？　弱点に打ち勝つようにわれわれに手を貸すというのが？」

「そのとおりです」

「しかしルイース・オーケルブロムにはなんの弱点もなかったように見えるのです。彼女のイメージにはなんの欠点もなく、だからかえって疑いをもってしまいます。本当にそんな人間がいるものでしょうか？」

「ルイースはそんな人間でした」ツーレソンが答えた。

「それじゃ彼女はほとんど天使ですね？」

「そんなに完璧ではありませんよ」ツーレソン牧師は苦笑した。「ある日、教区のみなさんが集まった午後のこと、コーヒーをいれていて、彼女がやけどをしたことがありました。そのとき彼女が神を冒瀆する言葉を吐いたのを耳にしましたから」

ヴァランダーは始めから質問することにした。

「ルイースとローベルトのあいだにはなんの問題もありませんか？」

「まったくありません」ツーレソン牧師はきっぱりと答えた。

「ほかにだれか男がいたとか？」

「絶対にそんなことはありません。そんな質問をローベルトに向かってしなかったでしょうね？」

「彼女が信仰に疑いをもったということは？」

「その可能性はまったくないと言っていい。もしあったら、一番先に私が知っていただろうと思いますよ」

「自殺するような理由は？」

「ありません」

「突然頭がおかしくなったとは思えませんか？」

「なぜそんなことが起きるのか、考えられません。彼女はとてもバランスの取れた穏やかな人ですよ」

「たいていの人は秘密を抱いて生きているものです」ヴァランダーはしばらく沈黙したあとで口を開いた。「ルイースは夫にさえも言えないような秘密をもっていたとは考えられませんか？」

ツーレソンは首を振った。

「確かにたいていの人間は秘密を抱いて生きているもの」とツーレソン牧師は言った。「それも決して軽くない秘密を。しかし私は、ルイースが家族を捨てたり、こんなに大きな悲しみを与えたりしなければならないほどの秘密を抱いていたとは絶対に思えないのです」

ヴァランダーにはそれ以上訊きたいことはなかった。

なにかがおかしい、と彼は思った。この完璧なイメージの中になにか合わないものがあるのだ。

彼は立ち上がり、ツーレソン牧師に礼を言った。

「教区の人たちにも話を聞くことになるでしょう。もし、ルイースが戻ってこなければ」

「彼女はきっと戻ってきます」ツーレソン牧師は言った。「それ以外のことはあり得ないことですから」

ヴァランダーがメソジスト教会を出たとき、時刻は四時五分過ぎになっていた。雨が降り始め強い風が吹いて、彼はぶるっと体を震わせた。車に戻ると、疲れを感じた。幼い二人の娘の母親は決して生きてみつかりはしないという恐ろしい確信に打ちのめされたようだった。

四時半、みなはビュルク署長の部屋に集まった。マーティンソンはソファに深く沈み込み、スヴェードベリは壁に寄りかかって立っていた。いつもながら彼はまるでなくなった髪の毛を捜しているような手つきで、頭のてっぺんをぼんやりとさすっていた。ヴァランダーは座席が木の椅子に腰を下ろした。ビュルクは机の上に体を乗り出しながら、電話で話をしていた。話し終わると彼は受付のエッバにこれから三十分は電話を繋ぐなと言いつけ、ただしローベルト・オーケルブロムだけは例外だと付け加えた。

「さてと、手持ちの情報は？　どこから始める？」

「なにもありませんよ」ヴァランダーは答えた。

「スヴェードベリとマーティンソンには私から話を伝えてある」ビュルクが話を続けた。「ルイース・オーケルブロムの車の捜索を手配した。それに、失踪者の捜索に関してわれわれが深刻と判断する場合の、一般的手順のすべてを実行せよと」

「判断する場合、ではなくて現実に深刻ですよ、この事件は」ヴァランダーは言った。「もし事故だとしたら、このぐらい時間が経てば、われわれはなにか聞いているはずだ。だが、なにもない。つまりこれは犯罪事件だ。残念ながら私は、彼女はすでに死んでいると確信している」

マーティンソンがなにか訊きたそうにしたが、ヴァランダーはそれにはかまわず、自分が今日なにをしたかを報告した。自分が到達した理解を同僚と共有したいと焦った。ルイースのような人間は自由意思で家族の前から消えたりはしない。

だれか、あるいはなにかが、五時に彼女が帰宅するのを妨げたのにちがいない。五時というのは、彼女が留守電に言い残した時間だ。

「これは間違いなくやっかいな事件になるぞ」ヴァランダーが話し終わるとビュルクが言った。

「不動産業、自由教会、家族」マーティンソンが言った。「もしかすると、彼女には重荷になったのかな、これらのものが？　彼女はケーキを買った。家路についた。しかし突然気が変わってコペンハーゲンに車を走らせた、というのはどうでしょうかね？」

「車をみつけましょう」スヴェードベリが言った。「それなしには、進まない」

「なにより、彼女が下見に行ったという家をみつけなければならない」ビュルクが口を挟んだ。「ローベルト・オーケルブロムはもう電話してきたか？」

だれも電話を受けていなかった。

「彼女が本当にクラーゲホルム付近にあるというその家を見に行ったとすれば、その痕跡があるはずだ。その痕跡をたどれば彼女をみつけることができるはず。いや少なくとも痕跡が消えるところまではたどれるはずだ」ヴァランダーが言った。

「ペータースとノレーンはクラーゲホルム付近の細かな道を調べている」ビュルクが言った。

「だがトヨタ・カローラはみつからない。トラックの盗難車が一台みつかったらしいが」

ヴァランダーはポケットから留守電のカセットテープを取り出した。少し手間取ったが、テープのサイズに合うテープレコーダーが用意された。全員がビュルクの机に乗り出すようにしてテープのルイースの声に聴き入った。

「このテープを厳密に調べてもらう」ヴァランダーが言った。「鑑識がなにをみつけてくれるか見当もつかないが、とにかく鑑識にまわす」

「一つだけ、はっきりしていることがありますね」マーティンソンが言った。「留守電に吹き込んだとき、彼女は脅迫されていなかったし、無理強いされてもいなかった。必死ではなかったし、絶望的でもなかった、ということです」

「つまり、その後なにかが起きた、ということだ」ヴァランダーが口を挟んだ。「時間は三時と五時のあいだだ。クラーゲホルムか、スクールップか、イースタかで。およそ三日前に」

「彼女はどんな服装をしていた？」ビュルクが訊いた。

ヴァランダーは突然、その質問を夫にするのを忘れていたと気がついた。そしてそのことを認めた。

「しかし自分はやっぱり、なにかわけがあって、いなくなったんだという気がしてならないですよ」マーティンソンが考え込んだ口調で言った。「ヴァランダー警部が言ったとおり、彼女のような人が自分の意志で姿を消すとは考えにくい。だが、犯罪が多くなったとはいえ、襲撃や殺人は全体的に見れば少ないと言える。やはり、ふつうの失踪事件とみなして、手順どおりの捜索をしていればいいんじゃないですか、あまりヒステリックにならずに」

「私はヒステリックになっているわけじゃない」ヴァランダーはむっとした。「しかし私には確信がある。状況が事実を語ることがあるのだ」

ビュルクが仲に入ろうとしたとき、電話が鳴った。

「だれにも邪魔されたくないと言っておいたはずだ」ビュルクが不機嫌な声を出した。

ヴァランダーはさっと受話器に手を伸ばした。

「オーケルブロムかもしれませんよ。私が話しましょうか？」

彼はそのまま受話器を取り、名前を言った。

「ローベルト・オーケルブロムです。ルイースはみつかりましたか？」

「いや」ヴァランダーは答えた。「まだです」

「老婦人がたったいま電話をしてきました。聞き取って地図を描きました。これから私はそこまで行くつもりです」

ヴァランダーは考えた。

「いや、私といっしょに行きましょう。それが一番いい。すぐそちらに行きますから。その地図のコピーを取ってくれますか。五部ほどお願いします」

「わかりました」オーケルブロムは言った。

ヴァランダーは、信心深い人々は往々にして、法に従順で権威に弱いことが多いと思った。さもなければ、だれもオーケルブロムが失踪した妻を一人で捜しに出かけることを止めることはできなかっただろう。

ヴァランダーは思いきったように受話器を音を立てて置いた。

「地図ができた。二台の車で行こう。オーケルブロムもいっしょにきたがっている。私の車に乗ってもらおう」

「パトカーも何台か出しますか?」マーティンソンが訊いた。

「まず二台で行こう」ヴァランダーが言った。「まず地図を見て、作戦を立てるんだ。それからできるかぎりの人数を送り込もう」

「なにかあったら連絡してくれ」ビュルクが言った。「署にでも自宅にでもかまわん」

ヴァランダーは廊下を小走りした。この手がかりの先になにがあるのか。ルイースはこの先のどこかに〝存在する〟のか。クラーゲホルムの家に行けば、なにかわかるにちがいない。

彼らはオーケルブロムが電話で説明を受けて描いた地図をヴァランダーの車のボンネットに置いて検討した。スヴェードベリがボンネットの上の雨の水滴を自分のハンカチで拭いてくれた。

「E14号線で」スヴェードベリが言った。「キャットルーサとカーデシューまで行きます。そこでクニックアルプに向かって左折して、すぐに右、そしてまた左に曲がります。トラクターの通れる舗装していない道を探せとあります」

「彼女はそれほど急いでいなかったはずだ」ヴァランダーは言った。「もしおまえさんたちがスクールップにいたとしたら、どの道を行っただろう？」

可能性のある道はいくつかあった。みなの意見を聞いてから、ヴァランダーはオーケルブロムに訊いた。

「あなたはどう思います？」

「ルイースは小さな道を行ったと思います」オーケルブロムはためらわずに言った。「彼女はE14号線の高速運転が好きじゃありませんでした。たぶんスヴァンネホルムとブロッダを通る道を行ったと思います」

「急いでいたとしても、ですか？　五時には家に着きたいと気がせいていたかもしれませんが」

「ええ、そうだとしてもです」

「それじゃ、おまえさんたちはその道をきてくれ。私たちはまっすぐにE14号線でその家に行く。なにかあったら自動車電話で連絡し合おう」

彼らはイースタを出発した。距離の長いほうを行くことになるマーティンソンとスヴェードベリの車を先に行かせた。オーケルブロムは硬い姿勢で座席に座り、まっすぐに前を見ていた。ヴァランダーはときどき彼に目を移した。両手をこすりあわせている。握りしめたらいいのか、離したらいいのかわからない様子だった。

ヴァランダーは緊張していた。その家で、いったいなにをみつけることができるのだろう？　彼はカーデシューへの曲がり角でブレーキを踏み、うしろからきたトラックを先に行かせた。二年前のある朝、この道をきたことがあるのを思い出した。人里離れたこの付近の農家で老人夫婦が殺されたときのことだった。甦った記憶に身震いし、彼は一年前に亡くなった同僚のリードベリをいつものように思い出した。通常の犯罪ではない事件の捜査を担当させられるとき、ヴァランダーはいつもいまは亡きこの先輩の経験と見識を思い出し、不在を寂しく思うのだった。いったいこの国ではなにが起きているのだろう？　昔の泥棒や詐欺師はどこへ行ってしまったのか？　このごろの冷血的暴力はいったいどこからくるのだろう。

地図はギアレバーの側に置いてあった。

「この道で正しいですね？」ヴァランダーは車中の沈黙を破るために言った。

「ええ」オーケルブロムは道から目を離さないまま答えた。「次の上り坂のてっぺんまで行ったら左に曲がるのです」

車はクラーゲホルムの森の中に入った。左手の木々のあいだから湖が垣間見えた。ヴァランダーは車のスピードを落とし、二人は枝道を捜すことに集中した。

その道をみつけたのはローベルト・オーケルブロムだった。ヴァランダーは見過ごしてしまったので、車をバックさせた。

「降りないでください。ちょっとまわりを見てきますから」

湿地の中にあるその枝道の入り口は草木が茂っていてほとんど見分けがつかなかった。地面にしゃがみ込んでよく見るとタイヤの跡がかすかに見えた。ヴァランダーはうしろからローベルト・オーケルブロムの強い視線を感じた。

彼は車に戻り、ちょうどスクールップ方面から到着したマーティンソンとスヴェードベリを呼んだ。

「ここが湿地への入り口だ。気をつけて乗り入れるんだ。タイヤの跡を踏まないように」

「わかりました」スヴェードベリが答えた。

ヴァランダー自身もタイヤの跡を踏まないように気をつけて枝道にゆっくりと車を乗り入れた。二台だ。あるいは同じ車が出ていって、また入ったか。

彼らは沼地のように水の多い、うち捨てられたような土の道をゆっくりと進んだ。売りに出される家まで枝道の入り口から二キロのはずである。地図を見ると驚いたことにその家には〝孤独〟という名前が付けられていた。

三キロほど進んだとき、道が立ち消えた。オーケルブロムは不可解な顔で地図を見、ヴァランダーを見た。

「これは間違った道にちがいない」ヴァランダーは言った。「私たちが家を見逃したはずはない。地図によれば道のすぐそばにあるらしいですから。引き返しましょう」

大きな道路まで戻り、ゆっくりと進んだ。五百メートルほど進んだとき、次の枝道の入り口をみつけた。ヴァランダーは車を降りて地面を見た。最初の枝道の入り口とちがい、ここにはいくつかのタイヤの跡が交差していた。その道は最初の道と比べてもっと管理がよく、またしばしば使われているように見えた。

しかしこの道にも、そのような家は見あたらなかった。木々のあいだから農家が見えたが、売りに出される家の描写とは異なっていたので、彼らは通り過ぎた。四キロほど進んでから、ヴァランダーは車を止めた。

「ヴァリーンというその老婦人の電話番号を持ってきましたか？　どうも、その婦人は方向音痴ではないかという気がしてならないのです」

オーケルブロムはうなずき、胸ポケットから小さな手帳を取り出した。ヴァランダーは天使の絵のしおりが挟んであるのを見た。

「電話をしてください。道に迷ってしまったと言うんです。そしてもう一度説明してもらってください」

何度も呼び出し音が繰り返されたのち、やっとヴァリーン夫人が電話に応えた。

話を聞くと、やはり、ヴァリーン夫人は家から大きな道までの距離にはまったく自信がないことがわかった。

「目印になるものがないか、訊くんです。なにか家の近くに特徴のあるものがないか、と。さもないと、署のほうから車を一台出して、彼女を連れてきてもらわなければならなくなる」

オーケルブロムは自動車電話で話していたが、ヴァランダーはスピーカーを使わずに彼に話し続けさせた。

「雷に打たれた樫の木」電話を切ると、オーケルブロムが言った。「その木の手前で曲がるのです」

車は前に進んだ。二キロほど行ったとき、雷に打たれて幹が裂けた樫の木があった。そこで右に曲がる枝道が見えた。ヴァランダーは自動車電話でマーティンソンに電話をかけ、目印を教えた。そして車を降りて、三度目のチェックをした。驚いたことに、その道に入った車の跡も出てきた車の跡もまったくなかった。もちろん、それはなにも意味しないかもしれなかった。道についた跡は雨によって消されることもある。だが、それでもヴァランダーは失望を禁じ得なかった。

家は地図に描かれてあるとおり、一キロ先の道路のそばにあった。車を駐めて降りると、雨が激しくなり、冷たい風が吹き始めていた。突然、オーケルブロムがしゃがれた大声で妻の名前を呼んで走りだした。ヴァランダーは車のそばに立っていた。予期しないことだったので、彼は呆然としてしまった。オーケルブロムの姿が家のうしろに消えてから、彼は走りだした。

車がない。走りながら彼は思った。車もルイース・オーケルブロムもいない。

家の裏手にまわったとき、オーケルブロムがちょうど壊れたレンガを拾って窓ガラスに投げつけるところだった。ヴァランダーは彼の腕をつかんだ。

「やめなさい」ヴァランダーは言った。

「彼女は家の中にいるかもしれない」オーケルブロムが声を上げた。

「この家の鍵は預かってないと言ってましたね」ヴァランダーがさとすように言った。「石を置いてください。どこかにこじ開けられたドアがあるかもしれない。だが、彼女がここにいないことはすでに明白ですよ」

オーケルブロムは急に地面にしゃがみ込んだ。

「それじゃ彼女はどこにいるんです？　いったい、彼女の身になにが起きたんです？」

ヴァランダーは喉が詰まった。なんと答えていいか、わからなかった。

彼はオーケルブロムの腕を引っ張って立ち上がらせた。

「ここに座り込んで吐き気を起こしている場合じゃない。さあ、立ち上がって、家のまわりを見てみましょう」

だが、こじ開けられたドアも窓もどこにもなかった。カーテンの掛かっていないガラス窓から中をのぞいた。部屋にはなにもなかった。見るべきものはなにもないと思ったとき、マーティンソンとスヴェードベリの車が入ってきた。

「なにもない」ヴァランダーが言った。同時に彼はオーケルブロムに見えないように気をつけて唇に指を立てた。

マーティンソンとスヴェードベリにいまいろいろ質問をされたくなかった。ルイースはおそらくこの家にはこなかっただろうとも言いたくなかった。

「われわれもなにもみつけていません。車も、なにも」マーティンソンが言った。

ヴァランダーは時計を見た。六時十分過ぎ。彼はオーケルブロムに向かい、できるだけやさしく話しかけた。

「ここは警察に任せて、家に戻ってお子さんたちのそばにいてあげてください。スヴェードベリがお宅まで送ります。われわれは残って痕跡を捜してみます。とにかくあまり心配しないように。きっとみつかりますよ」

「ルイースは死んでます」オーケルブロムは低い声で言った。「もう死んでいるんです。帰っては来ない」

　三人の警官は黙って立っているだけだった。

「いや」ヴァランダーはしまいにやっと口を開いた。「そんな最悪の事態を予測しなければならないような状態ではありません。スヴェードベリにお宅まで送らせます。なにかあったら、必ず連絡しますから」

　ローベルト・オーケルブロムはスヴェードベリの車で去った。

「さて、ここからが正念場だ」ヴァランダーは自分に言い聞かせるように言った。不安が胸に広がっているのが感じられた。

　マーティンソンがヴァランダーの車に乗り込み、ヴァランダーはビュルクに電話をかけ、いま手の空いている警官を全部、雷に打たれて根本が割れている樫の木の下に集合させるようにたのんだ。そのあいだにもマーティンソンはその家を中心にこの地方の道と地域を徹底捜索する計画に取りかかった。ヴァランダーはビュルクに詳細地図を用意するようにたのんだ。

「暗くなるまで捜索します。もしなんの結果も出なかったら、また明日、夜明けとともに捜索を再開します。明日は軍隊にも捜索に加わってもらいたい。連絡をお願いします。徹底捜索を繰り広げるんです」

「警察犬も」マーティンソンがそばから叫んだ。「できれば今晩からこっちに送り込んでください」

　ビュルクは自分自身が指揮を執ることを約束した。

　電話が終わると、マーティンソンとヴァランダーは向き合った。

「まとめてくれ」ヴァランダーが言った。「おまえさんの意見は?」

「彼女はここにはこなかった」マーティンソンが言った。「ここの近くか、少し離れたところまではきた。なにが起こったのかはわかりません。とにかく車をみつけることが先決です。この付近から捜索を始めるのがいい。だれかが見かけたかもしれない。一軒一軒ノックしてまわらなければなりません。明日、ビュルク署長に記者会見を開いてもらうんです。そしてこの事件の深刻さを訴えてもらうのがいいと思います」

「なにが起きたのだと思う?」ヴァランダーが訊いた。

「われわれが想像もしたくないようなことだと思います」マーティンソンが答えた。

雨がフロントガラスと屋根を激しく叩いた。

「大変なことになるな」ヴァランダーが言った。

「ええ」マーティンソンが言った。「そのとおりです」


真夜中の十二時直前、疲れきり、雨に濡れた警察官たちが、ルイースがおそらく決してこなかったにちがいないその家の前庭にふたたび集まった。ルイース・オーケルブロムの痕跡はもちろんのこと、濃紺の車の痕跡もまったくみつけられなかった。変わったことといえば、犬がヘラジカの死体を二体みつけたこと。もう一つ、再集合に向かう警察の車の一台が、付近のぬかるみの枝道から飛び出してきたメルセデス・ベンツとあやうく衝突するところだったということぐらいだった。

ビュルク署長が疲れた警官一同にねぎらいの言葉をかけた。すでにヴァランダーと相談したとおり、今日はいったん帰宅してもらうが、明朝六時に捜索を再開するとの旨を伝えた。

ヴァランダーは最後に現場を去った警官だった。車に乗るとローベルト・オーケルブロムに電話をかけて、残念ながら今日はなんの収穫もなかったと伝えた。オーケルブロムは真夜中にもかかわらず、二人の娘しかいなくなった自分たちの家に寄ってくれないかとヴァランダーに尋ねた。

エンジンをかける前に、ヴァランダーはストックホルムに住んでいる姉に電話をかけた。彼は姉の就寝時間が遅いことを知っていた。父親が家事を手伝いにくるヘルパーと結婚しようとしていることを伝えた。思いがけず、姉は大声で笑いだした。しかし、その後、五月にはそっちに行けると言って、彼を安心させた。

ヴァランダーは電話を戻して、イースタに向かって車を走らせた。雨が窓ガラスに降りかかった。

ローベルト・オーケルブロムの住居を捜した。それはほかの何千という戸建ての住宅と同じような外観だった。一階に電気がついていた。

車から降りる前に、彼は座席に背をもたせかけて、両目を閉じた。

彼女はあの家にたどり着かなかった、と彼は思った。

そこへ行くまでにいったいなにがあったのだろう？

この失踪にはなにかおかしなところがある。だが、おれにはそれがなにかわからない。

4

ヴァランダーの枕元の時計が四時四十五分に鳴りだした。

彼はうなって頭を枕に沈めた。

おれはいつも十分に睡眠がとれていない、と彼は思った。なぜおれは家に帰ったらただ寝るだけの怠け者の警官になれないんだ？

彼はそのままベッドに横たわって、夜中にローベルト・オーケルブロムをほんの数分訪ねたときのことを思い浮かべた。オーケルブロムの懇願するようなまなざしには耐えられなかった。奥さんはみつからなかったと言わなければならないのはつらかった。ヴァランダーは報告が済むとそそくさとオーケルブロムの家を退散した。帰宅の車中、彼は気分が悪かった。疲労困憊しているにもかかわらず、そのまま眠れずに明け方の三時まで過ごした。

ルイース・オーケルブロムをみつけなければ。すぐにも。生きているにせよ死んでいるにせよ、とにかくみつけなければならない。

昨晩、彼はオーケルブロムと約束した。朝、捜索がふたたび始まったら、午前中一度、報告にくると。ヴァランダーはルイースという人物を知るために、彼女の個人的な所有物を調べなければならないと思った。彼女の失踪にはなにかおかしなところがあるという思いをどうしても拭い去ることができなかった。もちろん、たいていの失踪には不審なところがある。だが、今回の失踪はいままでの経験とは異なるなにかがあるような気がした。そのなにかがわからなかった。

ヴァランダーは疲れた体にむち打って起きあがった。コーヒーメーカーをセットしてから、ラジオをつけに行って初めて空き巣に入られたことを思い出し、思わず悪態をついた。いまの状況では、自分の家に入った空き巣のことなど、調べるひまのある者はいない。

シャワーを浴び、服を着てコーヒーを飲んだ。天気もまた彼の機嫌をよくするようなものではなかった。雨は激しく降り、風もまた強かった。徹底捜索をするには最悪の天候だった。疲れて機嫌の悪い警察官たち、しっぽを下げた警察犬、それに軍隊から送り込まれた徴集兵たちがクラーゲホルムの野原や森林や谷間をしらみつぶしに捜しまわるのだ。だが、その指揮を執るのはビュルクだ。今日はルイースの私有物に目を通すのが、自分の仕事だ。

ヴァランダーは車に乗り、雷に打たれた樫の木までいっきに走った。ビュルクがすでに到着して、道を不安そうに行ったりきたりしていた。

「なんという天気なんだ」ビュルクが言った。「失踪した人間を捜索するときは必ず雨が降るというのは、どういうことだ?」

「ええ、確かにおかしいですね」

「へーンベリという中佐と話をした」ビュルクが続けた。「徴集兵をバス二台に詰め込んで朝七時に到着する。だが、われわれはいますぐにも捜索を開始していいと思う。マーティンソンがすべて準備してくれている」

ヴァランダーは満足そうにうなずいた。マーティンソンは徹底捜索の計画を立てるのに優れている。

「午前十時に記者会見を開こうと思う」ビュルクは続けて言った。「きみも同席してくれんか。それまでにルイース・オーケルブロムの写真を入手しなければならない」

ヴァランダーは胸ポケットに入れていた彼女の写真をビュルクに渡した。ビュルクは写真をじっくりとながめた。

「かわいい人じゃないか。なんとか生きた状態でみつけたいものだ。この写真は実物と似ているのか？」

「彼女の夫はそう言っています」

ビュルクはレインコートのポケットからビニール袋を取り出して写真を入れた。

「私はオーケルブロムの家に行きます。そこでしなければならないことがあるので」

ビュルクはうなずいた。ヴァランダーが車に向かって歩きだしたとき、ビュルクが彼の肩に手を伸ばした。

「どう思う？　もう死んでいるのだろうか？　これは事件だろうか？」

「それ以外のことは考えにくいと思います。どこかで怪我をして気を失っているのでもなければ。だが、自分としてはそういうことではないと思います」

「ひどい話だ」ビュルクが言った。「まったくひどい話だ」


ヴァランダーはイースタに戻った。灰色の海に白い雁が浮かんでいた。

オーケルヴェーゲンの家の前までくると、二人の少女が並んで彼を真剣な目で迎えた。

「あなたは警察官だと教えました」ローベルト・オーケルブロムが言った。「この子たちは母親がいなくなったとわかっています。また、あなたが捜してくれているということも」

ヴァランダーはうなずき、喉に硬いものを感じながらも女の子たちに笑いかけようとした。

「私はクルトという名前だが、きみたちは？」

「マリア」「マルガレータ」と二人は順番に言った。

「いい名前だね」ヴァランダーは言った。「私にも娘がいる。リンダという名前だよ」

「この子たちは、今日は私の姉の家に行くことになっています。まもなく迎えがくるはずです。紅茶でもどうですか？」

「それはどうも」

ヴァランダーはコートと靴を脱いで台所に入った。二人の少女は戸口に立ったまま彼を見ている。

さて、どこから始めようか、とヴァランダーは考えた。おれが引き出しという引き出しを開けて、彼女の私的な書類に目を通すということにオーケルブロムはどう反応するだろう？

二人の少女は迎えにきた人といっしょに行き、ヴァランダーは紅茶を飲んだ。

「十時に記者会見があります。そこで奥さんの名前を発表します。一般の人々からの協力を呼びかけるのです。奥さんを見かけた人がいるかもしれませんから。おわかりだと思いますが、これにはもう一つ意味があります。つまり、奥さんがなにか犯罪に巻き込まれたかもしれないということです」

ヴァランダーはオーケルブロムが突然泣き崩れるかもしれないというリスクを承知していた。しかし、目が落ちくぼみ顔色を失っていても、いつものようにきちんとスーツとネクタイを身につけている夫は、今朝は落ち着いていた。

「もういっぽうでわれわれは、奥さんの失踪にはなにかわけがあって、きっと時間がたてば戻ってくるにちがいないという推測も捨ててはいません。あらゆる可能性をチェックするのです」

「わかります」オーケルブロムは言った。「最初からわかっていました」

ヴァランダーは紅茶のカップを前に押し出すと、礼を言って立ち上がった。

「なにか私が知っておくべきことを思い出しましたか？」ヴァランダーは訊いた。

「いやなにも」オーケルブロムは言った。「私にはまったくわけがわからないのです」

「それじゃ、家宅捜索を始めますが、手伝ってくれませんか？　私が奥さんのプライベートなものに目を通すことになるのを理解してもらいたいのです。衣類、引き出し、手がかりになるものを捜してあらゆるものに目を通すことになりますが、いいですね？」

「彼女はすべてきちんとしている人ですから、かまいません」と夫は答えた。

彼らは二階から始めた。そこから一階、地下室、ガレージという手順で捜索していった。ルイースは明るいパステルカラーが好きだったにちがいないとヴァランダーは思った。どこにも暗い色のカーテンやテーブルクロスがなかった。家中が楽しそうな色にあふれていた。家具は古いものと新しいものが交じり合っていた。紅茶を飲んでいたときからすでにヴァランダーは、高価な食器洗浄機やレンジなどが備え付けられているのに気がついていた。物質的なものに対して宗教が教える禁欲性は、こと台所に関してはそれほど厳しく守られていないのかもしれない。

「私はちょっと事務所に行かなければならない用事があります」一応上から下まで家を見終わると、オーケルブロムが言った。「一人でもできる仕事ですね？」

「ええ、大丈夫です」ヴァランダーは言った。「質問はあなたが帰ってきてからにしますから。あるいは電話をするかもしれない。ただ、十時前には記者会見のために署に戻ります」

「それまでには私も戻りますよ」オーケルブロムが言った。

ヴァランダーは一人になり、系統立った捜索を始めた。まず台所の引き出しと棚を次々に開けていった。冷蔵庫と冷凍庫も調べた。

台所では、意外なことが一つあった。流しの下の棚にさまざまな種類のアルコール飲料の瓶がたくさん貯蔵されていたのである。それは彼が描いたオーケルブロム一家のイメージとは合わなかった。

次に居間に移ったが、ここには目に付くものはなにもなかった。二階へ行ったが、子どもたちの部屋には入らないことにした。最初に浴室へ行き、棚の上の薬瓶に目を通し、ルイースのための処方箋が貼られた薬の名前を二、三書き写した。体重計に乗り、目盛りを見て顔をしかめた。そのあと夫婦の寝室へ行った。いつもながら女性の衣類に目を通すのは嫌な役目だった。自分からは見えないところでだれかに見られているような気がするのだ。衣類のポケットやワードローブの紙箱の中をのぞいた。それから彼女の下着が入っている引き出しに移った。そこにはなにも意外なものはなかったし、当たり前の下着しか入っていなかった。それが終わったとき、彼はベッドの端に腰を下ろして、部屋を見まわした。

なにもない。まったくなにもない。

彼はため息をつき、次の部屋へ行った。そこは仕事部屋になっていた。机の椅子に腰を掛けて引き出しを次々に開けていった。写真のアルバムや手紙に目を通した。ルイースはどの写真でもほほえんでいるか大きく笑っていた。

彼はすべてをもとどおりに引き出しに戻して次に進んだ。税金の申告書の写し、保険の書類、学校の成績表、不動産取引業者認定書、取り立てて目を引くものはなにもなかった。

驚きは、机の一番下の引き出しを開けたときにやってきた。最初、そこにはただ白い印刷用紙が入っているだけだと思った。しかし引き出しの底に手を入れたとたん、金属の物体に触れた。それを取り出すと、彼はそのまま額にしわを寄せて座り込んだ。

それは一対の手錠だった。それもおもちゃではなく、本物の手錠だった。イギリス製とあった。彼はそれを机の上に置いた。

これは特別の意味はないのかもしれない、とまず考えてみた。しかし、人目に付かないようにしまわれていた。もしオーケルブロムがこの存在を知っていたとしたら、おそらくおれにみつけられる前にほかの場所に移していたのではないだろうか。

引き出しを閉めて、手錠をポケットに入れた。

それから地下室とガレージに行った。小さな大工作業用の机の上の棚に、バルサ材で巧みに作られた飛行機の模型をみつけた。ローベルト・オーケルブロム。彼は若い頃、パイロットになる夢をもっていたのだろうか？

電話が遠くで鳴った。ヴァランダーは一跳びに居間に戻り、受話器を取った。

時刻はすでに九時になっていた。

「ヴァランダー警部をお願いします」マーティンソンの声が聞こえた。

「おれだ」ヴァランダーは言った。

「すぐにこちらにきてください」マーティンソンが言った。

ヴァランダーは鼓動が速まるのを感じた。

「みつけたのか？」

「いえ」マーティンソンは答えた。「車も彼女もまだみつかりません。しかしこの付近で家が燃えだしたのです。いや、正しくは家が爆発したのです。もしかするとなにか関係があるかもしれないと思うので」

「すぐ行く」ヴァランダーは言った。

オーケルブロムに伝言を書いて、台所のテーブルの上に置いた。

クラーゲホルムへ車を走らせながら、マーティンソンの言葉を復唱した。なんのことだろう？　家が一軒爆発した？　どの家のことだ？

彼は続いて走っていた長距離トラックを三台追い越した。雨が激しく、ワイパーは一部しかフロントガラスから雨を拭うことができなかった。

雷に打たれた樫の木の近くまできたころ、やっと雨が少し小降りになった。木の上の空に真っ黒い煙が立ちのぼっていた。木のそばで警察の車が彼を待っていた。枝道に入ったとき、ヴァランダーはそれが、きのう彼が間違った道であることに気づいた。一番タイヤの跡が多かったぬかるみの道だった。その道に関しては、もう一つなにかあったように思ったが、車を運転しながらそれが思い出せなかった。

燃えている家の前まできて、彼はその家のことを思い出した。ぬかるみの道からほとんど見えないが、道の左手にあった家だ。消防団がすでに消火に当たっていた。車を降りると、ヴァランダーはすぐに火の気の熱を感じた。マーティンソンがやってきた。

「人間は？」ヴァランダーが訊いた。

「いません」マーティンソンが答えた。「われわれの知るかぎりは。とにかく中に入ることはできません。ものすごい熱さですから。一度にすべてが燃えだしたときにこうなるんです。住んでいた人が死んでから、一年以上空き家になっていたと、近くの農家の人から聞きました。遺族がこの家を売りに出すか、それとも貸し出すか、決められないでいたらしいです」

「話を聞かせてくれ」ヴァランダーはもくもくと立ちのぼる黒煙を見ながら言った。

「自分は大きなほうの道に出ていました」マーティンソンが話し始めた。「軍隊の捜索隊の一つに小さな問題が起きたので。そのとき、突然爆発音がしたのです。まるで、爆弾が炸裂したような音でした。最初に思ったのは飛行機が墜落したか、ということでした。すぐに煙が立ちのぼりました。自分は爆発の五分後にはここに駆けつけました。すべてが火を噴いていました。家だけでなく、納屋のほうも」

ヴァランダーは冷静に考えようとした。

「爆弾、か。ガス漏れということはないか？」

マーティンソンは首を振った。

「二十個のプロパンガスのタンクがいっきに爆発したとしても、あんな爆発にはならないでしょう。裏庭の果樹園の木は爆発ですべて吹っ飛んでいます。おそらく根こそぎ爆風に煽られたのでしょう。これはきっと爆発物が仕掛けられたのだと思いますよ」

「付近に警察や軍隊がうろうろしているときに、か？　火事を出すにはおかしなときだとは思わないか?」

「自分もそう思います」マーティンソンが言った。「だから関係があるのではないかという疑いをもったのです」

「なにか、考えがあるのか?」ヴァランダーが訊いた。

「いや、なにも、まったくなにもありません」

「この家の所有者を捜し出すんだ」ヴァランダーが言った。「遺族のだれが代表者なのか割り出せ。おれもおまえさんの考えに賛成だ。偶然ではないだろう。ビュルクはどこだ?」

「十時の記者会見に間に合うように、もうイースタに戻っています」マーティンソンが答えた。

「署長は記者会見のときはいつも神経質になりますからね。なにしろ、連中は署長が話すことを絶対にそのまま書きませんから。署長にはここの火事のことは知らせてあります。スヴェードベリが連絡しました。それに警部がここにくることも」

「火が消えたときにしっかり検証しよう」ヴァランダーが言った。「だが、よく捜すようにおまえさんが気をつけて指揮を執ってくれると助かる」

「ルイース・オーケルブロムですね?」マーティンソンが訊いた。

「いや、まず車だ」ヴァランダーが答えた。

マーティンソンは付近の農家に聞き込みに行った。ヴァランダーは立ちすくみ、激しく燃える炎を見ていた。

もしこの火事が関係あるのなら、どういう関係だろう。一人の女性の失踪と爆発した一軒の農家。しかも目の前で大がかりな捜索が繰り広げられているところで?

時計を見た。十時十分前。消防夫の一人を手招きして呼び寄せた。

「火元の捜査には何時頃取りかかれるかな？」

「この火は速いですよ。午後になったら、家の付近まで近寄れるでしょう」

「それはよかった。猛烈な爆発だったようだね？」

「マッチ一本で点火したものじゃありませんね」消防夫は言った。「ま、百キロのダイナマイトに火をつけたというのなら別ですが」

ヴァランダーはイースタに向かって車を走らせた。受付のエッバに電話をして、ビュルクに自分がそっちに向かっていると伝えるようにたのんだ。

そのとき、さっき思い出せなかったことが頭に浮かんだ。前の晩、パトロールカーの一台がぬかるみの道から猛烈な勢いで飛び出してきたメルセデス・ベンツに衝突されそうになったと報告していた。

あれは爆発した家の前の道だった、との確信がヴァランダーにはあった。

偶然があまりにも多すぎる。まもなく、全体がどのようにつながっているのかがわかる手がかりがみつかるだろう。

ヴァランダーが警察署に到着すると、ビュルクが受付の前で待っていた。

「記者会見はいつまでたっても苦手だな」ビュルクがこぼした。「スヴェードベリから家が爆発したという連絡が入ったが、なんのことだ？　その言い方が変だった。家と納屋が爆発した、と言っていたが、どういうことだ？　それに、家とはどの家のことだ？」

「スヴェードベリの報告はまったく正確です」ヴァランダーは答えた。「しかしそれはいまのところ、ルイース・オーケルブロムの失踪とは関係ありませんから、あとで言いましょう。それまでにはもう少し詳しく様子がわかるかもしれませんから」

ビュルクはうなずいた。

「記者会見は短く、簡単にしよう。ルイース・オーケルブロムの失踪を発表し、写真を配り、一般からの協力を請う。捜査についての質問はきみにまかせよう」

「まだ捜査らしい捜査も始まっていませんん」ヴァランダーは言った。「彼女の車だけでもみつかっていれば別ですが、まだ発表できるようなものはなにもないですから」

「なにか適当に話してくれ。なにも用意をしてない警官は恰好の攻撃の的になる。それを絶対に忘れるな」

記者会見にはおよそ三十分かかった。地方紙と地方ラジオ局以外にはエクスプレッセン紙とイダーグ紙の地方局記者がきた。ストックホルムからの記者はいなかった。

あいつらはわれわれがルイースをみつけたときにくる、とヴァランダーは思った。彼女の死体をみつけたときに。

ビュルクが口火を切り、女性が一人、警察が深刻とみなす状況で行方不明になったと言った。彼女の名前と特徴を話し、車に関する情報を伝え、彼女の写真を配った。それから質問はあるかと訊き、彼はヴァランダーのほうに合図して腰を下ろした。ヴァランダーは小さな演台に立って質問を待った。

「なにが起きたと思います？」地方ラジオ局の記者が訊いた。

見たこともない男だった。地方ラジオ局は記者をしょっちゅう替える。

「われわれはなにも予測してはいない。ただ、状況からルイース・オーケルブロムの失踪を深刻に受け止めているだけです」

「それじゃ、その状況というものを話してくださいよ」地方ラジオ局の人間は食い下がった。

ヴァランダーは腹にぐっと力を入れた。

「わが国で行方不明になる人間は、たいていの場合、遅かれ早かれみつかるということを、まず思い出していただきたい。三件に二件はたいていちゃんと説明がつくような理由があります。たとえば、家人に留守にすると言うのを忘れたとか。しかしときにはほかのことを示唆するようなしるしがあることもあります。そのようなときわれわれはその失踪を深刻なものと受け止めます」

ビュルクが手を上げた。

「しかし、そのようなしるしがなければ、警察は失踪を深刻に受け止めないということではない、と断っておく」

まったくビュルクときたら。ヴァランダーは心の中で舌打ちした。

赤いあごひげを蓄えたエクスプレッセンの若手の記者が手を上げた。

「もう少しはっきり話してもらえませんか？　犯罪に巻き込まれたという可能性を否定しない、と言いましたが、その理由は？　また、彼女がどこでいなくなったのか、最後に彼女を見かけたのはだれかも、言ってませんね？」

ヴァランダーはうなずいた。もっともな質問だった。ビュルクは肝心のところをあいまいに発表していた。

「彼女はスクールップのスパルバンケンを、先週の金曜日、午後三時過ぎに出ている。銀行員の一人が、彼女が三時十五分過ぎまでそこにいたのを見ている。その時間は確実です。その後彼女を見た者はいません。彼女の行った道は二つの可能性がある。一つはE14号線をイースタに向かった。もう一つはスリミンゲとルーグラ経由でクラーゲホルムのほうに向かったというものです。さっきも言ったように、ルイース・オーケルブロムは不動産業者です。売りに出したいから下見をしてくれという客の依頼で、家を見に行ったかもしれない。あるいはまっすぐ自宅に帰ったか。いまのところわかっていません」

「家というのはどの家です？」地方新聞の記者が訊いた。

「それは捜査の関係で話すことができません」ヴァランダーが言った。

記者会見は尻つぼみに終わった。地方ラジオ局はその後ビュルクにインタビューした。ヴァランダーは地方新聞の記者と廊下で立ち話をした。記者が引き揚げたあと、コーヒーを取りに行き、それから火災現場に電話を入れた。

「このような火災は見たことがありませんよ」スヴェードベリが電話口で言った。「消火のあとは、梁一本残っていないんじゃないですか」

「そっちには午後に行くつもりだ」ヴァランダーは言った。「これからオーケルブロムの家に行く。なにかあったら、そっちに電話を入れてくれ」

「わかりました。記者会見のほうはどうでした？」

「別になにも。いつもどおりだった」ヴァランダーは答えて受話器を置いた。

そのとき、ドアにノックの音がして、ビュルクが顔をのぞかせた。

「それほどひどくなかったな。まあまあうまくいったほうだろう。質問もよかったし。あとはわれわれが望むように書いてくれることを祈るのみだ」

「明日は何人か電話に張り付けなければなりませんよ」とヴァランダーは言った。ビュルクが記者会見で言ったコメントについては、なにも言うつもりはなかった。「信心深い二児の母が行方不明というニュースを聞いたら、なにも見ていない者まで電話してくるんじゃないかというおそれがあります。警察のために祈禱するとか事件の早期解決を願って祈るというたぐいの電話がおそらくかかってくるでしょう。それと、本当になにか話すことがある人たちも」

「もし、ルイース・オーケルブロムが今日中に戻ってこない場合は」ビュルクが言った。

「彼女が戻ってくるとは署長も思っていないでしょう」

それから彼は不審な火事について、そして爆発についてビュルクに話した。ビュルクは額にしわを寄せて不安そうに聴き入った。

「これらすべて、いったいどういうことなのだろう？」

ヴァランダーは肩をすくめた。

「わかりません。これからローベルト・オーケルブロムの家に行って、話をしてきます」

ビュルクはヴァランダーの部屋のドアを開けて廊下に出た。

「それじゃ、五時に私の部屋で調整会議を開こう」

部屋を出ようとしたとき、スヴェードベリにたのむべきことを思い出した。ふたたび火災現場に電話をかけた。

「きのうの晩、パトカーがベンツと衝突しそうになったということ、覚えているか？」

「ええ、ぼんやりとですが、覚えてます」

「そのときのことを徹底的に調べるんだ」ヴァランダーが言った。「そのベンツが火事と関係があるという気がしてならない。それがルイースの失踪とどう関係があるかはわからないが」

「メモします。ほかになにか？」スヴェードベリが訊いた。

「五時に署で会議がある」そう言うとヴァランダーは電話を切った。

十五分後、彼はオーケルブロム家の台所にいた。数時間前に座っていた椅子にふたたび腰を下ろし、またもや紅茶を飲んでいた。

「緊急の呼び出しがあったもので。突然、大きな火災事件が起きたのですよ。いまはもうおさまりましたが」

「大変ですね」オーケルブロムが言った。「警官の仕事は楽じゃないでしょう」

ヴァランダーはテーブルの向かい側に座っている男を観察しながら、ズボンのポケットの中にある手錠に手を伸ばした。これから始めようとしている取り調べを思うと気が重かった。

「訊きたいことがいくつかあります。このままここで続けてもいいですね？」

「もちろんです」オーケルブロムが言った。「なんなりと訊いてください」

ヴァランダーは彼の穏やかな、それでいて警戒するような口調に苛立った。

「最初の質問は、なにもわからないので教えてほしいのですが、奥さんはなにか病気にかかっていましたか？」

「いいえ。どうしてですか？」

「いや、もしかしてなにか重篤な病気にかかっていることを知ったのではないかと思ったものですから。最近、医者にかかりましたか？」

「いいえ。もしなにか病気にかかっているとすれば、必ず私に話したはずですよ」

「深刻な病気の場合、人は家族にも話さないことがあります。知ってから二、三日、だれにも話さずに考えるということが。病気にかかった人のほうが気丈で、家族を慰めるということさえありますからね」

オーケルブロムは少し考えてから口を開いた。

「いや、やはり病気ではないと思います」

ヴァランダーはうなずき、話を続けた。

「アルコールの問題はありますか？」

オーケルブロムはぎくりとしたようだった。

「なぜそんな質問をするのです？」一瞬黙ってから、彼は訊き返した。「彼女も私もアルコール類はまったく口にしません」

「それでも、流しの下の戸棚は酒類でいっぱいですね」

「客が酒を飲むのには、反対しません。もちろん、適当な量なら、という意味ですが。うちにも客がくることがあるのです。うちのような小さな不動産会社でも、ときどき客を招いてパーティーを開きますので」

ヴァランダーはうなずいた。いまの答えに疑問はなかった。彼はポケットから手錠を取り出して、テーブルの上に置いた。そのあいだずっと、オーケルブロムの反応を見ていた。

それは予想していたとおりの反応だった。不可解な表情である。

「私を逮捕するのですか？」

「いや」ヴァランダーは言った。「だが、この手錠は、二階の仕事部屋にある机の、左袖の一番下の引き出しでみつけたものです。印刷用紙の下に隠されてました」

「手錠とは……」ローベルト・オーケルブロムが言った。「いままで一度も見たことがない……」

「お子さんが隠したとは思えないので、それじゃ、奥さんのしたことだということになりますね」

「しかし、私にはさっぱりわからない」

突然ヴァランダーは目の前の男が嘘を言っているという気がした。ほんのわずか声が揺れ、目に一瞬不安が浮かんだ。しかし、ヴァランダーにはそれで十分だった。

「ほかのだれかがそこに置いたとは考えられませんか？」

「わかりません」オーケルブロムは言った。「うちにくるのは教会の仲間だけです。仕事関係のパーティーをのぞけば。そういう人たちは決して二階へは行きません」

「ほかには？」

「ルイースと私の両親がいます。それと親戚が何人か。子どもたちの友だち、そのくらいです」

「そう少なくない数ですね」ヴァランダーが言った。

「しかし私にはさっぱりわからない」オーケルブロムが繰り返した。

おまえさんがわからないのは、なぜこの手錠をほかの場所に移しておかなかったのか、ということだろう。だが、いま問題なのは、この手錠はなにを意味するのかなのだ。

ヴァランダーはそのとき初めて、オーケルブロムは妻を殺したのかという疑問をもった。だが、すぐにその考えを振り払った。手錠と嘘はいままでの彼の想定をくつがえすほど強い状況証拠にはなり得なかった。

「あなたがこの手錠に見覚えがないというのは、確かですね？」ヴァランダーはもう一度訊いた。

「一応言っておきますが、手錠を家に置いているということは、法律違反ではないですよ。別に許可はいらない。もちろん、手錠でほかの人間を束縛するのは、してはならないことですが」

「私が真実を話していないというんですか？」オーケルブロムが訊いた。

「そうは言ってません。私はただ、この手錠がなぜ机の引き出しに隠してあったのかを知りたいだけです」

「さっき、こんなものがなぜうちにあるのかわからない、と言ったじゃないですか」

ヴァランダーはうなずいた。これ以上問いつめてもむだだと思った。とにかくいまはまだ。だが、この男が嘘をついているということには確信があった。ひょっとすると、この夫婦には変わった、ドラマチックな性生活があるのだろうか？　それがルイースの失踪の原因だろうか？

ヴァランダーは紅茶のカップを前に押し出して、話が終わったことを示した。手錠はまたハンカチに包んでポケットに入れた。鑑識にまわせば、この手錠がなにに使われたものか、わかるかもしれない。

「訊きたいことは、いまのところこれで全部です」と言って、立ち上がった。「なにかわかったらすぐに知らせます。今日、夕刊が出たら騒がしくなるということを覚悟しておくほうがいいですよ。地方ラジオ局も放送するでしょう。もちろん警察は、一般からの情報を期待しています」

ローベルト・オーケルブロムはなにも言わず、うなずいた。

ヴァランダーは握手して、外の車に向かった。天候は変わり始めていた。小雨になり、風はほとんどやんでいる。ヴァランダーはバスの発着所がある広場の片隅のフリードルフというケーキ屋に入り、サンドウィッチとコーヒーをたのんだ。ふたたび車に戻ったとき、時計はすでに十二時半を示していた。火事の現場へ行き、車を駐めて、立入禁止のロープをくぐった。家も納屋もすでに煙がおさまり、廃墟となっていた。だが、警察の鑑識課が調査を始めるにはまだ早かった。ヴァランダーは火災現場のまん中にいた旧知の消防団長ペーター・エドラーに話しかけた。

「大量の水をぶっかけたよ。ほかに手のほどこしようがなかった。これは放火殺人事件か？」エドラーが言った。

「まったくわからない。スヴェードベリかマーティンソンを見かけたか？」

「昼食に出かけたんじゃないか？　きっと、リーズゴードにいるだろう。ヘーンベリ中佐はずぶぬれの徴集兵たちを連れていったん引き揚げた。また戻ってくるだろうが」

ヴァランダーはうなずき、消防団長から離れた。

犬を連れた警官がすぐそばに立っていた。警官は持参のサンドウィッチを食べていたが、犬のほうは熱心に前足で濡れて黒焦げになった地面を掘り返していた。

突然犬が吠えだした。警官はリードを何度か引きながら、犬が掘り出したものを見ようとした。ヴァランダーの目の前で、警官は飛び上がり、サンドウィッチを落とした。

なにをみつけたのだろう。ヴァランダーは数歩近づいた。

「犬がなにかみつけたのか？」

警官が振り向いた。顔色が真っ青だ。震えている。

ヴァランダーは急いで地面にかがみ込んだ。

泥と黒焦げの土の中に指が一本あった。

皮膚の色が黒い指だった。親指でも小指でもない。しかしそれは間違いなく人間の手の指だった。

ヴァランダーは気分が悪くなった。

犬を連れた警官に、すぐにスヴェードベリとマーティンソンを呼ぶように言いつけた。

「食事中でもかまわん。すぐにここにくるように言うんだ。私の車の後部座席にビニール袋がある。持ってこい」

警官はすぐに走りだした。

なにが起きたのだ？　黒い指。黒人の指だ。刃物で切り落とされている。スウェーデンの南部、スコーネの片田舎の火事現場で黒人の指がみつかった。

警官がビニール袋を持って戻ってきた。ヴァランダーは指の上にそのビニール袋を掛けて一時的に保護した。話が伝わり、発見物のまわりに消防の男たちが集まってきた。

「残りの体、死体がこの焼け跡にあるかもしれない。いったいなにがここでおこなわれたのか、神のみぞ知る、だ」ヴァランダーがペーター・エドラーに言った。

「指が一本か」エドラーは信じられないというように首を振った。

二十分後、マーティンソンとスヴェードベリが駆けつけた。彼らは一様に不快を感じながら、呆然とその黒い指をながめた。

だれもなにも言わなかった。

しまいにヴァランダーが沈黙を破った。
「一つだけ確実なのは、この指はルイース・オーケルブロムのものではないということだ」

5

五時、彼らはイースタ警察署の会議室に集合した。それはこれまで経験したことがないほど静かな会議だった。

会議机の真ん中に、ビニール袋に入れた黒い指が一本置かれていた。

ビュルクはその指が視界に入らないように、机に対して体をななめに構えて座っていた。

そのほかの者たちは、全員が指をながめていた。だれもなにも言わなかった。

しばらくして病院から車がきて、その切断された体の一部を持っていった。目の前からその指が消えてやっと一同は動きだした。スヴェードベリはトレーで一同にコーヒーを運んできて、ビュルクは会議を開始した。

「今回ばかりは私もどうしていいかわからない。だれか、説明できる者はいるか?」

だれも答えなかった。質問自体が無意味だった。

「ヴァランダー」とビュルクはあらためてヴァランダーを名指しにした。「概要を言ってくれ」

「簡単には言えません」ヴァランダーは答えた。「しかし、やってみましょう。説明が足りないところがあったら、補ってくれ」と彼は同僚たちに言って、メモノートを取り出した。

「ルイース・オーケルブロムはほぼ四日前に行方不明になった。正確に言えば九十八時間前になる。それ以来、われわれの知るかぎり、だれも彼女を見かけていない。われわれがルイースを、また彼女の車を捜しているとき、彼女がいるのではないかとわれわれが見当をつけて捜索していた地域で、一軒の家が爆発した。いまわかっているのは、その家は住人が死亡して以来空き家になっていたということだ。家の管理は親戚の代理人でヴェルナモに住んでいる弁護士にまかされていた。弁護士はこの火災にすっかり肝を潰している。家は空き家になってから一年以上たっていて、親戚のあいだで売るか貸し出すかで意見が割れていたという。親戚のだれかが、ほかの権利者から買い取るという案も出ているとか。弁護士の名前はホルムグレン。いまヴェルナモの警察に彼を事情聴取するようにたのんである。その家の所有権を相続した親戚の名前や住所を知りたいので」

ここでヴァランダーはコーヒーを一口飲んだ。

「火事は午前九時に発生した。これは強力な爆薬を使った爆発によるもので、爆発時間を設定した時限爆弾であるという推測が成り立つ多くの根拠がある。この火災がほかの、納得のいく理由で発生したと思えるような根拠はまったくない。たとえば弁護士のホルムグレンは、プロパンガスのタンクはこの家に設置されてはいなかったとはっきり言っている。電気の配線は、一年ほど前に交換したばかりだ。消火作業をしているとき、家から約二十五メートル離れたところで、警察犬が切断された指を掘り出した。これは左手の第二指か第三指と思われる。おそらく男性だろう。またこれが黒人の指であることもわかっている。鑑識係は火災現場の家も納屋も徹底的に捜索したが、これ以外の体の部分は発見できなかった。犬もまたこれ以上の発見をしていない。この地域全体を徹底捜索したが、なにもみつかっていない。ルイースは行方不明のままだ。車も依然としてみつからない。家が一軒爆発し、黒人の指が一本発見された。これがすべてだ」

ビュルクが顔をしかめた。

「医者はなんと言っている？」

「イースタ病院のマリア・レスタディウス医師に指を見せました」スヴェードベリが言った。「しかし、この指はすぐに鑑識のラボにまわすべきだと言われました。自分は〝指を読む〟知識と能力に欠けている、と言ってました」

ビュルクが椅子の上で身をよじった。

「もう一度言ってくれ。なんだ、その〝指を読む〟というのは？」

「それはレスタディウスの言葉です」スヴェードベリがため息をつきながら言った。ビュルクがときどきどうでもいい部分にこだわるということは、知る人ぞ知る彼の性格だった。

ビュルクは片手を重そうに机に落とした。

「ひどい話だ。つまりわれわれはなにもわかっていないということじゃないか。オーケルブロムはなにか捜査の進展に役に立つようなことを言ってないか？」

ヴァランダーは当面手錠のことはなにも言うまいと決めた。それを言ったら、捜査がいまのところ直接関係ないと思われる方向に転回するのではないかと恐れた。そのうえ、手錠が必ずしも彼女の失踪と関わるものではないような気がした。

「ええ、なにも。私にはオーケルブロム家はスウェーデン一幸せな家族だったように見えます」

「ルイース・オーケルブロムが急に宗教的な狂気にとりつかれたということはないか？」ビュル

クが言った。「狂信的なセクトなどがしょっちゅう新聞紙面をにぎわせているではないか?」

「メソジスト教会を狂信的なセクトと言うことはできないでしょう」ヴァランダーが答えた。「わが国でももっとも古い自由教会の一つですよ。といっても、私はメソジスト派の教えがなにかは知りませんが」

「それは調べなければならないな。それで、いったいどのように捜査を進めるつもりなのだ?」

「明日に期待しましょう。報道を見て、一般の人々がどう反応してくるか、電話を待つのです」

「電話担当の警官をすでに張りつけた。ほかになにができる?」

「捜査が開始できる物証が一つある」ヴァランダーが言った。「指です。どこかに左手の指が一本欠けている男がいるということです。さらにこの男は、医者か病院の助けを必要としている。すでにそうしているのでなければ、これから、遅かれ早かれ、彼は現れる。もしかすると警察に出向いてくるという可能性もある。すすんで自分の指を切断する者はいない。少なくともそんなことはめったにない。だれかがその男にひどい暴行を加えたということです。もちろん、彼がすでに国外に出ているということも考えられます」

「指紋は?」スヴェードベリが言った。「スウェーデンに合法的に、あるいは非合法的にどれほどのアフリカ人が入国しているかはわからないけれども、警察に記録されている犯罪者の指紋と照合することはできます。それにインターポール(国際刑事警察機構)に問い合わせることもできる。最近、アフリカの多くの国が犯罪者の記録をかなり徹底してやっているそうです。確か数ヶ月前の『スウェーデン警察』誌で読んだ覚えがある。私は警部と同じように考えます。ルイース・オーケルブロムの失踪と直接的に関係ないように見えても、この家の爆発はなにか臭います」

「新聞に書かせるか？」ビュルクが言った。『『警察はこの指の所有者を捜している』センセーショナルな見出しにはなるな』

「いや、冗談ではなく、本当に出してもいいかもしれない」ヴァランダーが言った。「このニュースを出してわれわれが失うものはなにもない」

「考えておこう」ビュルクが言った。「様子を見るんだ。とにかく、国じゅうの病院に知らせるのはいいかもしれない。病院だけでなく、クリニック、医療センター、あらゆる医療機関だ。わが国に医者が何人いるか、だれか知っているか？」

沈黙。

「エッバに調べてもらえばどうですか？」ヴァランダーが言った。

エッバは十分後、スウェーデン医師会の秘書から聞いた結果を伝えてきた。

「二万五千人か」ヴァランダーがつぶやいた。

一同は呆然とした。

「いったいどこにいるんだ、そんなにたくさんの医者は？　必要なときにはいないくせに」マーティンソンが言った。

ビュルクが苛立った。

「ほかに？　もしなければ仕事は山ほどある。会議はこれにて終了。また明朝八時に会議を開く。解散」

「全国の医者たちへの連絡は自分がします」マーティンソンが名乗り出た。

書類をまとめて各自が引き揚げようとしていたとき、電話が鳴った。マーティンソンとヴァランダーはすでに廊下に出ていた。

「大発見だ！」ビュルクの顔が真っ赤になった。「車が発見されたぞ。電話はパトロール警官のノレーンからだ。付近の農家のおやじがやってきて、もしかすると近くの沼で発見したものに警察は興味があるんじゃないかと言ったというのだ。シューボーの近くらしい。ノレーンが行ってみると沼の水面に車のアンテナが突き出ていた。アントンソンというそのおやじは、それは一週間前には絶対になかったと断言しているそうだ」

「さあ、いよいよ始まったぞ」ヴァランダーが叫んだ。「車は今晩中に引き上げるんだ。明日まで待てない。投光器とクレーン車を用意するんだ」

「車に人間が乗ってなければいいが」スヴェードベリがつぶやいた。

「それを調べようとしているんじゃないか」ヴァランダーが言った。「さあ、いっしょにこい」

沼はみつけにくいところにあった。鬱蒼《うっそう》とした森の一角でクラーゲホルムの北、シューボーへの道に近いところにあった。投光器とクレーン車が現場に着くのに三時間かかった。やっと車にワイヤーを取り付けることができたときには、すでに夜の九時半になっていた。そのころにはヴァランダーはもう沼に滑り落ちてズボンも靴も水浸しになっていた。ノレーンの車にあった予備のオーバーオールを借りた。だがヴァランダーは自分がずぶぬれになっていることも、体が冷えてきたことにもまったく頓着しなかった。彼の全神経は車に集中していた。

緊張と不快感の両方が押し寄せてくる。これが問題の車であるように祈った。同時に、ヴァランダーはルイース・オーケルブロムが車の中にいることを恐れた。

「一つだけはっきりしていることがあります」スヴェードベリが言った。「これは事故じゃない。この車は隠すために沼に捨てられたということです。おそらく真っ暗闇の真夜中に。犯人は水面にアンテナが突き出ていることに気がつかなかったんです」

ヴァランダーはうなずいた。スヴェードベリは正しいだろう。ワイヤーがゆっくり引っ張られてまっすぐになった。クレーン車はガタガタ揺れながらワイヤーを巻き始めた。車のテール部分が見えだした。

ヴァランダーは車にくわしいスヴェードベリを見た。

「この車か？」

「少し待ってください。まだよく見えない」

そのときワイヤーが外れた。車は再度沼の中に沈んだ。

初めからやり直しだ。

三十分後、クレーン車がふたたびワイヤーを引っ張った。

ヴァランダーはゆっくりと引っ張り上げられる車とスヴェードベリとを交互に見た。

突然スヴェードベリがうなずいた。

「間違いありません。トヨタ・カローラです」

ヴァランダーは投光器をひねって車に当てた。車の色はダークブルーだった。

車はゆっくりと沼の上に引き上げられた。クレーンの動きが止まった。スヴェードベリがヴァランダーを見た。二人は車に向かって歩き、両側から中をのぞき込んだ。

車は空っぽだった。

ヴァランダーはトランクを開けた。

なにもない。

「車は空っぽです」ヴァランダーがビュルクに言った。

「彼女は沼の中にいるかもしれません」スヴェードベリが言った。

ヴァランダーはその言葉にうなずいて沼をながめた。周囲百メートルもあるだろうか。アンテナが見えたぐらいだから深くはない。

「潜水夫が必要です」ヴァランダーがビュルクに言った。「いま、すぐに」

「こんなに暗くては、潜水夫はなにも見えんだろう」ビュルクが首を振った。「明日まで待とう」

「いや、沼の底を歩いてもらうんです。潜水夫たちに両側から網を引いてもらって、底にあるものをさらってもらうんですよ」ヴァランダーが言った。「明日まで待てません」

ビュルクが折れた。警察の車に行き、電話をかけた。そのあいだにスヴェードベリが沼から引き上げられた車のドアを開け、運転席を懐中電灯で照らした。それからゆっくりと自動車電話を外した。

「最後に押した電話番号は電話に残っているはずです」スヴェードベリが言った。「もしかすると、彼女は事務所以外のところに電話をかけているかもしれない」

「いいぞ」ヴァランダーが言った。「いいところに気がついたな、スヴェードベリ」

潜水夫たちを待っているあいだに、彼らは車を調べた。後部座席にケーキが入っている濡れた紙袋をみつけた。

ここまでは推量どおりだ、とヴァランダーは思った。だが、その後いったいなにが起きたのだ？　ここに至るまでに、あんたはいったいだれに会ったのだ、ルイース？　だれか、会う予定だった者か？　それともそれ以外の人間か？　あんたが知らない人間が、あんたに会いにきたのか？

「ハンドバッグがない」スヴェードベリが言った。「書類カバンもない。車のポケットには自動車の登録書類と保険証しか入ってません。それと、新約聖書が一冊」

「手描きの地図を捜すんだ」ヴァランダーが言った。

スヴェードベリはみつけられなかった。

ヴァランダーは車のまわりをゆっくり調べた。どこも壊れていない。ルイースは交通事故に遭ったわけではないらしい。

パトカーの中に座って、魔法瓶からコーヒーを飲んだ。雨はやみ、空はほとんど晴れ上がっていた。

「沼の中にいるんでしょうか？」スヴェードベリがつぶやいた。

「わからない」ヴァランダーが言った。「もしかすると、そうかもしれん」

若い潜水夫が二人、消防車でやってきた。ヴァランダーとスヴェードベリはあいさつした。以前から知っている顔ぶれだった。

「なにを捜すんですか？」潜水夫の一人が訊いた。

「人間を一体。または書類カバン、ハンドバッグ。あるいはわれわれも知らない、なにかがみつかるかもしれない」

潜水夫たちは準備して、汚れた、腐った植物が浮いている沼に入っていった。二人はあいだに引き網を引いている。

警察官たちは黙って潜水夫たちを見ていた。

潜水夫たちが一回目に網を引っ張って対岸に渡ったとき、マーティンソンがやってきた。

「お、車は当たりですね」マーティンソンが言った。

「もしかすると、彼女は沼の底に沈んでいるかもしれないんだ」ヴァランダーが言った。

潜水夫たちは念入りに仕事をした。ときどき立ち止まって、引き網を引っ張った。沼の外にさまざまな収穫物が並べられた。壊れたそり、脱穀機の一部、木の枝、ゴム長靴。

時刻が零時をまわった。依然としてルイース・オーケルブロムの形跡はみつからない。

二時十五分前、潜水夫たちが陸に上がった。

「これ以上、なにもありません」一人が言った。「もう少し捜したほうがよい場合は、明日の朝、続けます」

「いや、もういい。彼女はここにはいない」

一同は切れ切れの言葉を交わして別れた。ヴァランダーはなにも考えられないほど疲れ切っていた。着替えもせずベッドの上に倒れ込み、毛布にくるまるなり眠りに落ちた。

四月二十九日水曜日の朝七時半、ヴァランダーはイースタ署の自室にいた。

署に向かう車の中で、あるアイディアが浮かんだ。ツーレソン牧師の電話番号を捜し、電話をかけた。電話に出たのはツーレソン牧師自身だった。ヴァランダーは早朝の電話を謝った。それから今日のうちに会いたいのだがと都合を訊いた。

「なにか特別のことですか？」牧師が訊いた。

「いや、そうではありませんが、ちょっと思いついたことがあって、その思いつきに答えがほしいのです。いまはどんな思いつきでも検討しなければならないのです」

「ラジオのニュースを聴きましたよ」ツーレソンが言った。「新聞でも読みました。なにか新しいことがわかりましたか？」

「ルイースは依然として消息が知れません。捜査の途中なので、詳しいことは言えませんが」

「わかります」ツーレソン牧師は言った。「すみません、つい訊いてしまって。ルイースの失踪に、私自身大変動揺しているもので」

十一時にメソジスト教会の一室で会うことにした。

ヴァランダーは受話器を置くと、ビュルクの部屋に行った。スヴェードベリが椅子であくびをしていた。マーティンソンは立ったままビュルク署長の電話で話をしていた。署長自身は椅子に腰を下ろし、机を指で苛立ったように叩いていた。マーティンソンはにやりと笑って受話器を置いた。

「一般からの情報が入り始めました。いまのところ、とくに注目に値するものは入ってきていません。いや、一つだけ。先週の木曜日、スペインの観光地ラス・パルマスで間違いなくルイースを見かけたという人間から電話がありました。彼女が失踪する一日前なのに、です」

「それじゃ、始めるとするか」ビュルクがマーティンソンの話を中断させた。

昨夜は眠れなかったらしく、不機嫌で苛立っていた。

「きのうの最後のところから始めましょう」ヴァランダーが言った。「車は徹底的に調べること。一般からの通報は、入る順から調べていくこと。私自身はこのあと火災現場へ行くつもりです。鑑識がなにをみつけるかを知りたいからです。例の指は警察の特別検査室に送られました。いま問題なのは、マスコミに指のことを知らせるかどうかです」

「知らせよう」ビュルクがいつもとちがって、断定的に言った。「マーティンソンはマスコミへの発表文を書いてくれ。新聞の編集局はいままでにないほど動揺を見せるだろう」

「その仕事はスヴェードベリにたのんでください。自分はいま、国じゅうの二万五千人の医者に連絡するので手いっぱいですから。医療センターと緊急センターもたくさんあります。時間がかかる仕事です」

「それじゃ、スヴェードベリにたのむ」ビュルクが言った。「私はこれからヴェルナモの弁護士と話をしてみる。なにごともなければ、また午後会議をもとう」

ヴァランダーは外に出て駐車場に向かった。今日はスコーネ地方は快晴との予報だった。足を止めて新鮮な空気を吸い込んだ。今年初めて、春が近いという感じがした。


火災現場にきたとき、二つの発見が彼を待っていた。

警察の鑑識の仕事は、朝の数時間でいい結果を出していた。新任のスヴェン・ニーベリがヴァランダーを迎えた。ニーベリは数ヶ月前にイースタにきたばかりだった。それまではマルメの警察署で働いていたが、イースタのポストに任命されると、ためらわずに移ってきた。ヴァランダーはまだ彼と仕事らしい仕事をしたことがなかった。だが、彼がやってくる前に流れたうわさによれば、現場での調査に優れている警官らしい。取っつきが悪く、無口で人間関係が下手であることは、ヴァランダーはすでに体験済みだった。

「いくつか、注目すべきものがある」ニーベリが言った。

彼らは四つの支柱におおいを掛けただけの簡単な雨よけのシェルターへ行った。

ビニールカバーの上にねじ曲がった金属製の物体が置いてあった。

「爆弾か？」ヴァランダーが訊いた。

「いや」ニーベリが答えた。「それは、まだみつかっていない。しかし、これもまた興味深いものだ。いまあんたが見ているのは、大型の無線装置の断片だ」

ヴァランダーは眉を寄せて、わからないという顔をした。

「送信機と受信機がいっしょになった無線装置だ」ニーベリが説明した。「何型か、どこ製のものかは、まだわからない。だが、これだけははっきりしている。この装置はアマチュア無線家の無線装置じゃないってことだ。空き家にそんな装置があったこと自体、おかしい。しかも家そのものは爆発され吹き飛ばされている」

ヴァランダーはうなずいた。

「そのとおりだ。この無線装置について、もっと知りたい」

ニーベリは次にもう一つの物体を取り上げた。

「これも負けず劣らず面白いものだ。なんだかわかるか？」

ヴァランダーにはそれが銃床のように見えた。

「武器か？」

ニーベリはうなずいた。

「ピストルだ。家が爆発したとき、おそらく弾倉には銃弾が詰めてあったにちがいない。空気の圧力が高まったとき、あるいは火力で弾倉が爆発したときピストル本体もまた爆発し、壊れた。さらにもう一つ、おれはこのピストルが非常にめずらしいものではないかという疑いをもっている。見ればわかるように、床尾が広いんだ。絶対にルガーとかベレッタではない」

「それじゃ、なんだ？」ヴァランダーが訊いた。

「まだ答えるには早すぎる」ニーベリが言った。「わかったらすぐに知らせるよ」

ニーベリはここで説明をやめてパイプに火をつけた。

「あんたはこれらすべてをどう考えているんだ？」

ヴァランダーは頭を振った。

「おれはいままでこれほどわけがわからない事件に出合ったことがない」と彼は正直に言った。「関連性がみつからない。わかっているのは、失踪した女を捜しているということだけだ。だが、おかしなものばかり出てくる。切断された指、強力な無線装置、変わった種類の銃……。もしかすると、なにもかもがおかしいということを前提にして捜査をするべきなのかもしれない。いままで自分が警官として経験したことがないようなことに取り組んでいるのかもしれない」

「忍耐あるのみ」ニーベリが言った。「いまに関連性が見えてくるさ」

ニーベリはふたたび泥の中を嗅ぎまわる仕事に戻った。ヴァランダーはしばらく長靴でその辺を歩きまわり、頭を整理しようとしたが、しまいにあきらめた。

車に戻って、署に電話をした。

「一般からの通報はどんな具合だ？」ヴァランダーはエッバに訊いた。

「ぼちぼち電話が入っています。さっきスヴェードベリが通りがけに、そのうちの何人かの情報は信頼できそうだし、興味深いと言ってました。それ以上のことは知りません」

ヴァランダーはメソジスト教会の電話番号を彼女に言い、これから牧師に会いに行くと告げた。その後もう一度オーケルブロム不動産会社の事務所へ行き、ルイースの机を徹底的に調べるつもりだった。初めて事務所に行ったときにざっと見ただけなのが気になっていた。

車でイースタに戻った。ツーレソン牧師との約束時間まで余裕があったので、広場に車を駐めてラジオ店に入った。そしてあまり時間をかけずにステレオを一台選び、ローンで買うことにした。それからマリアガータンの自宅へ行き、設置した。CDも一枚買った。プッチーニのトゥーランドットだった。CDをかけるとベッドに横たわって聴き入った。バイバ・リエパが恋しかった。だが、頭に浮かんでくるのはルイース・オーケルブロムの顔ばかりだった。

びくっとして目が覚め、時計を見て声を上げた。ツーレソン牧師のところに行く時間は十分前に過ぎていた。


ツーレソン牧師は教会のうしろにある部屋で待っていた。物置と事務所がいっしょになったような部屋だった。壁には聖書からの話を布に刺繍したものが何枚も掛けられていた。窓辺にコーヒーメーカーがあった。

「遅れてすみません」ヴァランダーは謝った。

「警察にはしなければならないことがたくさんあるということは、承知していますよ」

ヴァランダーは椅子に腰を下ろし、メモノートを取り出した。ツーレソンはコーヒーを勧めたが、ヴァランダーは断った。

「ルイース・オーケルブロムの人物像を描こうとしているのです」と彼は話を切りだした。「いままで得た情報はどれも一つの像を描いています。完全に調和のとれた人間で、決して夫や子どもを自分から置き去りにしたりしない女性というイメージです」

「ええ。私たちみんなが、そのように感じています」ツーレソンが相づちを打った。

「しかし、私は同時に疑問をもつのですよ」ヴァランダーは言った。

「疑問？」

ツーレソンは驚いたようだった。

「それほど完璧に欠点のない、調和のとれた人間がいるだろうか、ということです」ヴァランダーは説明した。「だれにも暗い面があるではないですか。いっぽう、問題はルイース・オーケルブロムにはどのような暗い面があったか、ということです。彼女が自分の幸運に耐えられないために姿を消したというのではないことは、わかります」

「教会にくる信者なら、だれもがそう答えるでしょう」ツーレソンは言った。

その言葉のどこに不自然な響きがあったのだろう？　ヴァランダーはあとで考えてみたが答えは得られなかった。だが、このときのツーレソンの言葉のなにかがヴァランダーの注意を引いた。牧師がルイースのイメージを守ろうとしているような気がしたのだ。ヴァランダーとしては単に一般的な意見を言っただけで、ルイースのイメージそのものを疑う根拠があるわけではなかったのだが。もしかして、牧師が守ろうとしたのは、なにかほかのことだったのだろうか？

ヴァランダーはそれまではさほど重要とは思えなかった方向に質問を変えた。

「教会の会衆について教えてください。なぜみなさんがメソジスト教会にくるようになったかを」

「われわれの信仰と聖書解釈が正しいものだからです」即座にツーレソン牧師が答えた。

「それが理由ですか？」ヴァランダーが訊いた。

「私と会衆の理解ではそうです」ツーレソン牧師は言った。「もちろんそれは、ほかの宗派から見れば異議のあるものかもしれません。当然のことですが」

「会衆の中に、ルイースのことを嫌っていた人はいますか？」ヴァランダーが訊いた。そして、すぐに、相手が答えを一瞬ためらったことに気がついた。

「そんな人は思いつきませんな」ツーレソン牧師が答えた。

やっぱり、とヴァランダーは思った。なにかを避けている。焦点を避けた答え方だ。

「なぜかあなたの言葉が信じられないのですが？」

「いや、信じるべきです、ヴァランダー警部。会衆のことなら、私はすべて掌握していますから」

ヴァランダーは突然どっと疲れを感じた。そして、もっと明白な答えがほしかったら、別のやり方をしなければならないと思った。真っ正面から攻めるのだ。

「ルイース・オーケルブロムには会衆の中に敵がいた。私はそれを知っています。なぜ知っているかは言いません。ただ、師にはそれについてコメントしていただきたい」

ツーレソンは沈黙したままヴァランダーを見ていたが、しばらくして答えた。

「敵、ではありませんよ。だが、おっしゃるとおり、確かに会衆の中に彼女と不幸な関係をもっていた人がいます」

牧師は立ち上がり、窓辺に行った。

「私はずっと迷っていたのですよ、警部」とツーレソン牧師は言った。「昨夜、じつを言うと、あなたに電話をかけようとしました。が、かけなかった。彼女が戻ってくることを望む気持ちがあったからです。みんなそれを望んでいるのですよ。なにかしかるべき理由があっていなくなっただけで、必ず戻ってくると思いたいのです。しかし同時に不安が胸に広がっているのを感じる。それは認めざるを得ません」

牧師は窓辺から椅子に戻った。

「私にはほかの会衆に対する義務もあります。特定の人の話をして、その人を悪い立場に立たせたくないのです。話をしたあとで、まったく関係なかったということがわかったときのことを思うと……」

「これは正式の事情聴取ではありません。あなたが話すことはほかの者には知らせません。報告書も書きませんよ」

「しかし、どのように話したらいいものか……」ツーレソンが言った。

「心にあることをそのまま話すのです。たいていそれが一番いいものです」ヴァランダーが言った。

「二年前に新しいメンバーが会衆に加わりました」ツーレソン牧師は話し始めた。「ポーランド行きのフェリーボートで働く機械技師で、教会の集まりに顔を出すようになったのです。離婚していて、年は三十五歳、人当たりが柔らかく、思いやりのある人柄のようでした。まもなく彼は会衆に快く受け入れられるようになりました。しかし、一年ほど前、ルイース・オーケルブロムが私と話したいことがあると言ってきました。夫のローベルトには絶対に知らせないでと強くたのまれました。彼女はこの部屋で私に、新しく加わったその男から愛を告白され、つけまわされていると言いました。手紙を送ってくる、外出するとうしろからつけてくる、電話をかけてくる、と。彼女はできるだけことを荒立てないようにして断ったが、彼は決してやめようとしない。彼女はもはや耐えられなくなったと言うのです。私は彼と話をしてくれとたのまれました。そして、そのとおりにしました。すると彼は怒りだし、その様子はまるで別人のようでした。ルイースが裏切ったと言い、私が彼女に悪い影響を与えたと責めだしたのです。彼によれば、ルイースは彼を愛していて、夫と別れると言っていると言うのです。話が支離滅裂でした。教会にこなくなり、ポーランド行きのフェリーボートでの仕事も辞めた。私たちは彼がどこか別の土地に移ったと思っていました。私は会衆に、彼は引っ越した、みなさんによろしくと言っていたとだけ言いました。ルイースは本当にホッとしたようでした。しかし、三ヶ月ほど前に、彼は戻ってきたのです。ある晩ルイースは彼が家の前に立っていることに気がつきました。もちろん彼女にとっては非常なショックでした。ふたたび彼は彼女に言い寄ってきた。ヴァランダー警部、私たちは警察に連絡しようとさえ思ったのです。いま、それをしなかったことが悔やまれてなりません。その晩一回だけのことなのかもしれません。しかし、時間が経つにつれて、そうではなかったのではないかと思えてならないのです」

ついに出た、とヴァランダーは思った。ついに手がかりをつかんだ。黒い指、破損した無線装置、めずらしいピストルなど、これとどう関係するのかまったくわからないことは相変わらずあるが、とにかく、これで動きだすことができる。

「男の名前は？」

「スティーグ・グスタフソン」

「住所は知っていますか？」

「いいえ。だが、彼の住民番号を知っています。いつか教会の配管修理の手伝いをしてくれたので、支払ったことがあるのです」

ツーレソンは机に行き、ファイルを取り出した。

「五七〇五〇三‐〇四七〇、です」

ヴァランダーはメモノートを閉じた。

「今日話をしてくれたこと自体は、まったく正しいことでしたよ」ヴァランダーは言った。「遅かれ早かれ、私は嗅ぎだしたでしょうから。ただ、おかげで早く動きだせる」

「彼女は死んでいるのでしょうか？」ツーレソンが突然訊いた。

「わからない」ヴァランダーは言った。「正直なところ、その質問に対する答えは、私にもわからないのです」

ヴァランダーは牧師と握手して別れた。時計はすでに十二時十五分を示していた。

ついに、ついに捜索の手がかりをつかんだ。

彼は走るようにして車に戻り、まっすぐ警察署に向かった。部屋に担当捜査官たちを呼ぶために自室に走った。机に向かって腰を下ろしたとき、電話が鳴った。火災現場に残っていたニーベりからだった。

「なにか新しくみつかったか？」ヴァランダーが訊いた。

「いや。だが、例のピストルの名前を思い出したのだ。われわれが銃床をみつけたピストルの」

「ちょっと待て。書き留めるから」そう言ってヴァランダーはノートを出した。

「めずらしいピストルだと言ったとおりだった。スウェーデンには何丁も入っていないはずだ」

「それはいい」ヴァランダーが言った。「追跡が簡単になる」

「九ミリ口径のアストラ・コンスターブルだ」ニーベリが言った。「以前フランクフルトの銃器展で一度見たことがある。銃器に関しては記憶に自信があるんだ」

「どこで製造されるものだ？」

「それなのだ、妙なのは。おれの知るかぎり、製造許可のもとでそれが製造されているのはただ一国だ」

「どこだ？」

「南アフリカ」

ヴァランダーは持っていたペンを置いた。

「南アフリカ？」

「ああ」

「どういうことだ？」

「なぜある種の武器がある国で人気があり、ほかの国では人気がないのかという質問なら、おれには答えられない。ただそうなのだとしか言えない」

「こりゃあ驚いたな、南アフリカとは」

「そうなると、あの指が黒人のものだったということにも関連性が見えてくる」

「南アフリカの武器がなにに使われたんだ？」

「それを調べるのがあんたの仕事じゃないのか？」

「よかった」ヴァランダーは言った。「すぐに電話してくれてよかったよ。これについてはまたあとで話そう」

「あんたが知りたいだろうと思っただけだ」

ヴァランダーは椅子から立ち上がって窓辺に行った。

数分後、彼は決心した。

これからは、ルイースを捜し出すこととスティーグ・グスタフソンの調査に集中する。ほかのことはすべてあと回しにする。

ずいぶん時間がかかった。ルイース・オーケルブロムが失踪してからすでに百十七時間も経っているのだ。

彼は受話器に手を伸ばした。

急に疲れが吹き飛んだ。

6

ペーター・ハンソンは泥棒だった。

決して華やかな大物犯罪者ではなかった。だが、マルメに住む盗品売買人のモレルからの注文に応じて、ときどきコソ泥の仕事をしていた。

四月三十日、ヴァルボリスメッソ・アフトン（春の祭典）の日の朝、ハンソンはモレルのことをいつにも増して嫌なやつだと思った。この祭日、ハンソンは仕事を休んでコペンハーゲンにでも遊びに行こうと思っていたのだが、前の晩遅くモレルが電話をかけてきて、急ぎの仕事があると言った。

「井戸のポンプを四台用意しろ」モレルが言った。「旧式の鋳物ポンプだ。田舎の農家の庭にあるような鉄のガッチャンポンプだ」

「祭日のあとまで待てないかな」ハンソンは文句を言った。彼はモレルが電話をかけてきたときすでに眠っていた。起こされて機嫌が悪かった。

「それが待てないのさ」モレルが言った。「スペインに住んでいる人間があさって車で国に戻る。それがな、ポンプを持って帰りたいと言うんだ。それを向こうに住んでいるほかのスウェーデン人たちに売りつけるんだとさ。彼らは故郷を思い出させる旧式のガッチャンポンプがお気に入りで、荘園の中庭に設置したがる。金はいくらでもふっかけられるんだそうだ」

「四台のガッチャンポンプだって？　どうやって手に入れろと言うんだい？　明日は祭日だってこと、忘れてねえか？　サマーハウスはどこも人がいっぱいきてるって」

「それはおまえの問題だ」モレルがぴしゃりと言った。「朝早く始めればいいさ」そう言ってから、彼は口調を変えた。「これをやらないと言うのなら、おまえの兄貴の借金を返してもらってもいいんだぜ」

ハンソンは受話器を叩きつけて電話を切った。モレルがこれを、自分が仕事を引き受けたというサインとして取るということを彼は知っていた。いったん起こされたら寝付きが悪い癖があるので、服を着て車でローセンゴードから街に出かけ、パブに入ってビールを注文した。

ペーター・ハンソンにはヤン・オーロフという兄がいた。この兄がペーター・ハンソンの人生最大の不幸だった。ヤン・オーロフは競馬狂だった。マルメのイェーエスローから、全国競馬まで出かけていく。下手な勝負師で大金を賭けてはいつも負ける。賭事の借金で首がまわらなくなり、モレルの手に落ちた。ヤン・オーロフにはこれ以上借金をするかたがないので、弟のペーター・ハンソンが生きながらのかたにされたというわけである。

モレルの仕事はもともと盗品の売買だった。しかし近年、彼もまたほかの事業主と同じように仕事の将来性を考えなければならなくなった。いまの仕事に集中し事業を特定のものに限定して専門化するか、あるいはいまの仕事の土台を広げるか。彼は後者を選んだ。

顧客の数は多く、特別な品物の特定の型を指定してくる客もいたが、モレルはローン事業を始めたのである。これで収入がいちだんと増えることは間違いなかった。

モレルはおよそ五十歳だった。二十年ほど詐欺師をしていたが、一九七〇年代の終わり頃から盗品の売買を手がけ、いまでは南スウェーデンで闇の一大帝国を築いていた。表には出さない賃金支払い先リストには、三十人ほどの泥棒や運転手の名前が連なっていて、毎週盗品がマルメにある彼の倉庫に運び込まれ、そこから外国に送られる。スモーランド地方からはステレオ装置、テレビ、携帯電話。ハランド地方からは盗品を積んだ車が列を連ねて南に下り、ポーランドや旧東ドイツへと送り込まれた。バルト三国や東欧にも新しい市場を見出し、すでにスロヴァキアに豪華な車を売っていた。ペーター・ハンソンはモレルの組織の中の下っ端だった。彼はハンソンの能力を疑っていて、たまにくる半端な仕事を与えた。四つの旧式ポンプはその意味で彼にぴったりの仕事だった。

春の祭典の日の朝、車を運転しながらハンソンが汚い言葉でモレルを罵っていたのはそんなわけだった。モレルのやつめ、せっかくの休みをつぶしやがって。そのうえ、彼はうまく仕事ができるかどうかが心配だった。どこに行っても人がいて、仕事をするにはやりにくい日だった。

ペーター・ハンソンはフールビー生まれで、スコーネのことは熟知していた。この地方で彼が車を走らせたことのない道はないと言っていいほどだった。また彼は記憶力に自信があった。十九歳のときから四年間彼はモレルの仕事をしてきた。ときどき、自分のオンボロ車に載せて盗み出したあらゆるもののことを考えることがあった。一度など、雄の子牛を二頭盗んだことがあった。クリスマスの時期になると、豚の注文が多くなる。墓石を盗んだことも数回あった。こんな注文主は頭が病気にちがいないと思ったものだ。住人が眠っている家の玄関ドアを運び出したこともあった。臨時にクレーン車の運転手の助けを借りて教会の尖塔を盗んだこともあった。井戸のポンプを盗むことなど、朝めし前にできることだった。が、盗みをする日が問題だった。

スツールップ空港の東で仕事をすることにした。その先の東部、ウスターレーンは最初から対象外だった。どのサマーハウスも人で賑わっているにちがいなかった。うまくいくとすれば、スツールップ、フールビー、イースタあたりと見当をつけた。その辺には、人に見られずに仕事ができる空き家の農家があるはずだ。

クラーゲホルムを通り過ぎてまもなく、森の中を通ってスヴデに抜ける小さな道で、彼は最初のポンプをみつけた。農家は一部崩れていて、中庭は外からは見えない。ポンプは錆びていたが、壊れてはいなかった。バールを使って土台からポンプを外し始めた。だが、ポンプを持ち上げようとしたとき、土台が崩れた。腐っていたらしい。彼はバールを側に置いて、井戸をおおっていた厚い板からポンプを外すことにした。そして、この分なら、午前中に四台のポンプを盗むのは簡単かもしれないと思った。あと三つ、空き家でポンプを盗めば、昼過ぎにはマルメに戻れる。まだ八時十分過ぎだ。もしかすると、夕方にはコペンハーゲンへ行けるかもしれないぞ。

錆びついたポンプを厚板から外した。

板が割れて下に落ちた。

ペーター・ハンソンは井戸の中をのぞいた。

真っ暗な中になにかがある。なにか黄色っぽいものだ。

それが人間の頭で、金髪であることがわかるのに時間はかからなかった。

女だった。

押し込められ、不自然な形にねじ曲げられていた。

彼はポンプを投げ出し、その場から逃げだした。猛烈なスピードで空き家をあとにした。数キロ走ってから、スヴデの直前で車のドアを開けて吐いた。

考えようとした。あれは想像ではない。あの井戸の中にいたのは確かに女だった。井戸の中に女がいるということは、殺されたのにちがいない、と彼は考えた。そのとき、投げ出したポンプに指紋を残してきたことに気がついた。彼の指紋は警察に登録されている。

あわてふためいた彼の頭に浮かんだのはモレルだった。モレルに助けてもらわなければ。彼はスヴデを通り抜けた。猛烈なスピードで。そしてイースタに向かって曲がった。マルメに戻って、あとはモレルに片づけてもらうのだ。スペインへ発つ男はポンプなしで発てばいい。イースタのゴミ処理場まできて、彼のスピード運転は終わった。震える手でタバコに火をつけようとしたときにハンドルがぶれた。走っている車の体勢を整えようとしたが間に合わず、車は塀にぶつかり、郵便箱をいくつか壊したあと止まった。ハンソンはシートベルトを締めていたので、窓から放り投げ出されはしなかったが、激突のために受けたショックで、ハンドルを手に車に座ったまま呆然としていた。

庭の草を刈っていた男が一部始終を見ていた。彼はまず、車へ走って怪我人がいないかどうかを確かめてから、家に戻って警察に電話をかけた。それからまた車に行ってきてその場を動かず、運転していた男が逃げださないように監視していた。酔っぱらい運転だろう、と彼は思った。さもなければまっすぐの道でコントロールを失うことがあるものか。


十五分後、イースタからパトロールカーがやってきた。緊急の電話を受けたのは、イースタのパトロール警官でももっとも経験のあるノレーンとペータースだった。事故で負傷した者がないことを確かめたあと、ペータースは事故現場の交通整理に当たり、ノレーンは車の後部座席にペーター・ハンソンといっしょに座り事情聴取を始めた。ノレーンは彼に風船を膨らませたが、結果はネガティヴだった。男は支離滅裂なことを言って、事故の発生の状況を話す気はまったくないらしかった。ノレーンは男が精神的に不安定な人間かもしれないと思い始めた。ガッチャンポンプと、マルメに住む盗品売買人と、空き家の井戸と、関連性のないことを繰り返し口走るのである。

「そしてその井戸の中に女がいたんだ」

「なるほど」ノレーンが相づちを打つ。「井戸の中に女が？」

「死んでいた」ペーター・ハンソンが声を落とした。

そのとき突然、ノレーンは不快なものが体に走るのを感じた。この男がさっきから言おうとしていることをまとめてみる。空き家の井戸に、死んだ女をみつけたと言っているのだ。

ノレーンは男にここにいろと言って車から出た。それから、好奇心から車を止めて事故現場を見ようとする運転者たちに止まるなと合図をしているペータースに走り寄った。

「あの男、井戸の中に死んだ女をみつけたと言っている。金髪だそうだ」ノレーンが言った。

ペータースは腕をだらりと下ろした。

「ルイース・オーケルブロムか？」

「わからない。男が本当のことを言っているかどうかもわからない」

「ヴァランダーに連絡しろ」ペータースが叫んだ。「すぐにだ！」

イースタ警察署では春の祭典の午前中、犯罪捜査課が異常に緊張していた。朝八時に全員集まり、会議を開いた。ビュルクが急がせたのだ。この特別な日、彼は失踪した女のことではなくほかのことで頭を痛めていた。その日の晩は、伝統的に一年で一番警察が忙しくなることになっていた。その日の夜と真夜中に起きる喧嘩や事件に備えて、準備が必要だった。

その日の会議はもちろんスティーグ・グスタフソンのことが中心だった。前日の午後と夜、ヴァランダーは部下を指揮して、以前ポーランドへのフェリーボートの機械技師をしていたというこの男を捜すことに時間を当てた。ヴァランダーがツーレソン牧師から聞いたことを話すと、だれもがこれで事件解決の手がかりをつかんだと浮き足立った。これで切断された指と爆破された家はあと回しだと納得した。マーティンソンに至っては、なにもかもが偶然で、ルイース・オーケルブロムの失踪とはなにも関係ないのではないか、という意見だった。

「いままでもあったじゃないですか」と彼は言うのだった。「われわれが密造酒製造者を捕まえに行って、その帰りに道を聞こうとして寄った隣の家が泥棒の隠れ家だった、というような偶然が」

その日、木曜日の朝の時点で、彼らはまだスティーグ・グスタフソンの住所を知らなかった。

「今日中に捜し出すんだ」ヴァランダーは言った。「その男をみつけることはできないかもしれないが、住所さえわかれば、追跡できる」

そのとき電話が鳴った。ビュルクが手を伸ばして受話器を取った。耳に当ててすぐにヴァランダーに渡した。

「ノレーンだ。イースタ付近で車の事故現場にいるらしい」

「だれかほかの者にまわしてくださいよ」ヴァランダーは苛立った声をあげた。

しかしそれでも受話器を受け取り、ノレーンの言葉に耳を傾けた。ヴァランダーの反応と気分の変化に敏感なマーティンソンとスヴェードベリは、すぐさま重大な知らせであることを察知した。

ヴァランダーはゆっくり受話器を置くと、部屋の同僚を見まわした。

「ノレーンはいま町はずれのゴミ処理場近くにいる」彼は話した。「小さな交通事故なのだが、車を運転していた男が、井戸の中に死んだ女が押し込められているのを見たと言っているそうだ」

彼らはヴァランダーの話の続きを緊張して待った。

「話に間違いがなければ、その家はルイースが下見をすることになっていた家から五キロ以内のところにある。そしてわれわれが車を引き上げたあの沼からはもっと近い」

彼らは数秒間沈黙した。そしていっせいに立ち上がった。

「犯罪捜査課全員で繰り出すか？」ビュルクが訊いた。

「いや」ヴァランダーは言った。「まず現場に行ってその話を確かめようと思います。ノレーンは楽観視しないようにと警告しています。その男はちょっと混乱しているかもしれないと」

「それがもし自分でも、きっと混乱すると思う」スヴェードベリが口を挟んだ。「まず井戸の中に死んだ女をみつけて、次に車をぶつけたら」

「まったく同感だ」ヴァランダーが言った。

彼らは警察の車でイースタを出た。スヴェードベリがヴァランダーといっしょの車で、マーティンソンはうしろから別の車で追いかけてくる。イースタの北出口でヴァランダーはサイレンを鳴らした。スヴェードベリが不審そうな顔をした。

「車はほとんど走っていないですよ」スヴェードベリが言った。

「ああ、それでも念のためだ」ヴァランダーが答えた。

彼らはゴミ処理場へ向かう曲がり角まできて車を止めた。青い顔をしたペーター・ハンソンを後部座席に乗せると、さっそく彼の説明に従って車を走らせた。

「おれじゃない」と彼は繰り返した。

「なにが〝おれ〟じゃないんだ？」ヴァランダーが訊いた。

「女を殺したのはおれじゃない」

「それじゃ、おまえはそこでなにをしていたんだ？」

「ポンプを盗もうとしただけだ」

ヴァランダーとスヴェードベリは顔を見合わせた。

「モレルがきのうの晩遅く電話をかけてきて、旧式のガッチャンポンプを四台盗んでこいと注文したんだ」ハンソンはもそもそと言った。「だが、女はおれがやったんじゃない」

ヴァランダーはなんのことかさっぱりわからなかったが、スヴェードベリはすぐに合点した。

「なるほど、そういうことか」とうなずいた。「マルメに悪名高い盗品売買人がいる。確か名前はモレルです。彼の名前が広く知られているのは、マルメの同僚たちにとって、彼は一度も捕まえることのできないずるがしこいやつだからです」

「しかし、それにしてもガッチャンポンプとは？」ヴァランダーは眉をひそめた。

「骨董品、でしょうかね」スヴェードベリが言った。

彼らはひとけのない農家の庭に乗り入れ、車を降りた。一瞬ヴァランダーは今日の春の祭典はいい天気になったと思った。空には雲一つない。風もなく、まだ午前九時だが気温は十六、七度はあるだろう。

ヴァランダーは井戸とそのすぐそばに投げ出されているポンプを見た。それから大きく息を吸うと井戸に近寄り、中をのぞいた。

マーティンソンとスヴェードベリはペーター・ハンソンとともにうしろに控えて立っている。

ヴァランダーはそれがルイース・オーケルブロムであることがすぐわかった。

死んでいても、彼女は固まった笑いを浮かべていた。

それから急に気分が悪くなった。彼は井戸に背を向けてしゃがみ込んだ。

マーティンソンとスヴェードベリが井戸をのぞき込んだが、すぐにうしろに下がった。

「ひどいな」マーティンソンが吐き出すように言った。

ヴァランダーはごくりとつばを飲み込み、深い呼吸を繰り返した。ルイースの二人の子どものことを考えた。そして夫のローベルトのことも。母親であり妻であるルイースがこのように井戸に押し込められているのを見たら、どうして全知全能の神を信じ続けられるだろう、と彼は思った。

立ち上がってもう一度井戸のところへ行った。

「彼女だ。間違いない」

マーティンソンが車へ走り、ビュルクに捜査課全体の派遣をたのんだ。ルイースの体を引き上げるためには、またもや消防団の協力が必要だった。ヴァランダーは空き家の壊れかかったベランダに座って、ペーター・ハンソンの話を聞いた。ときどき質問し、答えを得るとうなずいた。ヴァランダーは話を全部聞き終える前から彼が本当のことを話しているとわかっていた。警察はじつのところ、ポンプを盗みにこの家にきたハンソンに感謝するべきなのだ。これがなかったら、ルイースの死体をみつけるのにかなり時間がかかっただろう。

「ペーター・ハンソンの個人登録番号を訊くんだ」とヴァランダーはハンソンの話を聞き終わるとスヴェードベリに言った。「それから家に帰せ。モレルという男から裏をとることを忘れるな」

スヴェードベリはうなずいた。

「今日の当直検事はだれだ？」ヴァランダーが訊いた。

「ビュルクがペール・オーケソン検事だと言っていたと思いますが」スヴェードベリが言った。

「連絡するんだ。そしてルイース・オーケルブロムをみつけたと言え。殺人事件だと伝えるんだ。おれが午後には報告書を届けると言ってくれ」

「スティーグ・グスタフソンはどうします？」スヴェードベリが訊いた。

「それは当面おまえさん一人でやれ。ルイースを井戸から引き上げたら、こっちはマーティンソンに手伝ってもらう」

「外されてよかったです」スヴェードベリは言った。

彼は車で現場を引き揚げた。

ヴァランダーは井戸に戻る前に、またもや大きく息を吸い込んだ。ルイースをどこでみつけたかをオーケルブロムに話すのは、一人ではしたくないものだと思った。

ルイース・オーケルブロムの死体を井戸から引き上げるのに二時間かかった。それをしたのは、二日前に沼でみつかった彼女の車を引き上げ、沼を引き網で徹底的に捜索したのと同じ消防団員たちだった。まず吊り鎖でルイースを引っ張り上げると、井戸のすぐそばに設置したテントの中に横たえた。井戸から上がってくる死体を見てすぐにヴァランダーは、彼女がどのようにして殺されたかを知った。眉間を撃ち抜かれていた。またもや、この事件においてはなにごとも不自然だという思いが強く感じられた。グスタフソンがルイースを撃ったのだろうか。まだヴァランダーは彼に会っていない。だが、もし彼が犯人だとしたら、本当に彼女の額を正面から撃ち抜くだろうか？　腑に落ちなかった。

死体を見ての最初の印象をマーティンソンに訊いた。

「眉間をまっすぐ撃ち抜かれている」マーティンソンが言った。「激情のあまりとか、悲劇的な恋愛の結果などとは思えませんね。これは冷酷な死刑執行じゃないですか」

「おれも同じように感じた」ヴァランダーは言った。

消防団が井戸の水を汲み上げた。それから井戸の中に降りていった。上がってきたとき、彼らはルイース・オーケルブロムのハンドバッグ、書類カバン、そして片方の靴を手に持っていた。もう一方の靴はまだ彼女の足にあった。井戸の水はビニールタンクに電気モーターで汲み上げられた。水をこしてみても、なにもみつからなかった。

消防団の男たちはふたたび井戸の底に降りていった。強い光を当てて調べたが、みつかったのは猫の骸骨だけだった。

テントから出てきた医者は青ざめていた。

「ひどすぎるわ」と女性の医者はヴァランダーに言った。

「そのとおり」ヴァランダーは答えた。「だがいまわれわれは一番重要なことを知った。ルイースは銃で撃たれたということです。病理学者に調べてほしいのは、なによりもまず次の二つのことです。一つは銃弾のこと。もう一つは虐待の痕があるかどうか。閉じ込められしばられていたかどうかということです。わかったことはすべて知らせてほしい。もちろん性的暴行を受けたかどうかも」

「銃弾は頭の中に残っています。弾の出口がみつからなかったわ」

「もう一つ」ヴァランダーが付け加えた。「彼女の腕と足首を見てほしい。手錠をかけられた痕があるかどうか知りたいのです」

「手錠？」

「ええ」ヴァランダーは繰り返した。「手錠です」

ビュルクは死体を井戸から引き上げるときは、どこかに引っ込んでいた。担架に載せられて救急車で病院へ運び出されたあと、彼はヴァランダーを脇に呼んだ。

「われわれには被害者の夫に知らせる義務がある」

われわれか。おれにやってくれと言ってるんだろう、とヴァランダーは思った。

「ツーレソン牧師といっしょに行きます」ヴァランダーは言った。

「オーケルブロムが親戚の人たちに知らせるのにどのくらい時間がかかるか、訊いてくれ」ビュルクが言った。「このニュースを長く抑えることはできないと思う。もう一つ、なぜあの泥棒を簡単に家に帰したのだ？　新聞社に特ダネがあると言って売り込むかもしれないではないか」

ヴァランダーはビュルクの上から話すような口調が気にくわなかった。しかし、言っていることには理があると思った。

「はい。馬鹿なことをしました。私の責任です」

「その男を家に帰したのはスヴェードベリだと思ったが？」ビュルクが言った。

「家に帰したのはスヴェードベリですが、私が帰らせたのです」

「私がこのことを指摘したからといって腹を立てないでほしい」ビュルクが言った。

ヴァランダーは肩をすくめた。

「私はこのようなことをルイースに対して、また彼女の娘たちに対して、そして彼女の夫に対してしたやつに腹を立てているのです」

農家には立入禁止のテープが張られ、捜査が続けられた。ヴァランダーは車に戻り、ツーレソン牧師に電話をかけた。牧師は電話が鳴るなり受話器を取った。ヴァランダーは事実をそのまま伝えた。ツーレソン牧師はしばらくなにも言わなかった。それから教会の外に立って待っているとだけ言った。

「オーケルブロムはこのニュースに耐えられるでしょうか？」ヴァランダーが訊いた。

「神が慰めてくださいます」ツーレソン牧師が答えた。

それはどうだろう、とヴァランダーは思った。それで足りるかどうか、わからない。

しかし彼はなにも言わなかった。


ツーレソンはうなだれて道に立っていた。

そこまでの道々、ヴァランダーは考えを集中させることができなかった。彼にとって、家族の死を知らせることほどむずかしいことはなかった。事故で死んだのか、自殺か、それとも暴行を受けての死か、基本的になんのちがいにもならなかった。伝える人がどのように言葉を選んだとしても、家族にとってその言葉は無慈悲だった。自分は悲劇を真っ先に伝える使者なのだ、とそれまでは考えてきた。リードベリが、友人で同僚のリードベリが、死の数ヶ月前に言った言葉が胸に浮かんだ。〝警官にとって突然の死を伝えるのによい方法などというものはない。だからこそわれわれがこれからもそれをし続けるのだ。それをほかの者に押しつけるのではなく。われわれ警官はおそらくほかの者たちよりも苦痛に強い。それはわれわれがだれも見たくないようなものを見る立場にいるからだ〟。

ほかにもヴァランダーは車の中で、現在進行中のこの事件の捜査にあたって常に感じている、全体的になにかがおかしい、まったく理解できないという不安は、まもなく説明がつくにちがいないと考えた。マーティンソンとスヴェードベリにそのまま疑問をぶつけるべきだと思った。切断された黒い指と、ルイースの失踪と死は、関係あると思うか？　それとも思いがけない偶然の出来事なのか？

いや、第三の可能性がある、と彼は考えた。だれかが意図的に混乱を狙って仕掛けたのか？　そもそもなぜルイースは殺されたのか？　現在までに手に入れた動機らしい動機は、片思いの恨みだ。しかし、その恨みだけで人を殺すところまでいくだろうか？　しかも、その後冷静に車を処理し、死体を別の場所に隠すなどということができるだろうか？

もしかすると、この石はひっくり返すに値しない石かもしれない。グスタフソンはこの事件と無関係かもしれない。

彼は手錠のことを考えた。ルイース・オーケルブロムがいつも浮かべている微笑のことを。もはや存在しない幸せな家庭のことを。

壊れたのは幸せな家庭のイメージか？　それとも現実か？

ツーレソン牧師が車に乗り込んできた。目に涙が浮かんでいる。ヴァランダーはそれを見てすぐに喉が詰まった。

「残念ながら、すでに亡くなっていました。イースタから数十キロ離れたところにある空き家でみつかったのです。いまはそれ以上言えません」

「どのようにして亡くなったのです？」

ヴァランダーは答える前に一瞬考えた。

「撃たれたのです」と言った。

「もう一つ訊きたいことがある」ツーレソン牧師は言った。「この狂気の殺人としか言えない行為をしたのはだれかという質問以外に。死ぬ前に、彼女は非常に苦しんだかどうか、知りたい」

「それはわかりません」ヴァランダーは言った。「もしそうだったとしても、私は彼女の夫には即死だったと言うつもりです。まったく苦しまなかった、と」

オーケルブロムの家の前まできた。メソジスト教会へ行く前に、ヴァランダーは署に寄って自分の車に乗り換えてきた。警察の車でオーケルブロムの家に行きたくなかった。

呼び鈴を鳴らすと、すぐにローベルト・オーケルブロムがドアを開けた。われわれがくるのを見ていたのだ、とヴァランダーは思った。通りに車が入ってきたとき、彼は窓辺に走ってだれがきたのか見ていたのだ。

牧師とヴァランダーは居間に通された。ヴァランダーは耳を澄ました。二人の子どもたちは家にはいないらしい。

「残念ながら、奥さんは亡くなっていたとお知らせしなければなりません」ヴァランダーは始めた。「イースタから数十キロのところにある空き家の庭でみつかりました。他殺です」

ローベルト・オーケルブロムは表情を変えずにヴァランダーを見ている。続きを待っているように見えた。

「悔やまれます。しかし、事実をそのまま述べる以外に方法がありません。また、申し訳ないのですが、彼女であることを確認してほしいのです。それはあとでいいです。もちろん、ツーレソン牧師にたのむこともできます」

オーケルブロムはヴァランダーを凝視し続けた。

「お子さんたちは家にいるのですか？」ヴァランダーは用心深く訊いた。「この知らせはお子さんたちにとっても非常につらいものになるでしょう」

ヴァランダーは懇願するようにツーレソン牧師を見た。

「助け合いましょう、ローベルト」牧師が言った。

「知らせてくれてありがとう」ローベルト・オーケルブロムが突然言った。「不安のうちに待つことがなによりもつらかった」

「残念なことでした」ヴァランダーが言った。「この事件のために働いていた者はみな、きっと奥さんは戻ってくると信じていましたが」

「だれなんです？」ローベルト・オーケルブロムが言った。

「わかりません」ヴァランダーは答えた。「しかし必ず犯人を突き止めます」

「いや、警察には決してわからないでしょう」ローベルト・オーケルブロムが言った。

ヴァランダーは眉を上げた。

「なぜそう思うのです？」と訊いた。

「ルイースを殺したいと思う者がいるはずがない。警察はどうやってみつけるんです？」

ヴァランダーはなんと答えていいかわからなかった。オーケルブロムは彼らの一番大きな問題を突いたのである。

数分後、ヴァランダーは立ち上がった。ツーレソン牧師が玄関まで見送った。

「関係者に連絡する時間は二時間ほどしかありません」ヴァランダーが言った。「連絡が終わらなかったら電話をください。マスコミをそれ以上抑えることはできないと思いますので」

「わかりました」ツーレソン牧師は言った。

それから声を潜めた。

「スティーグ・グスタフソンは？」

「まだ捜しています」ヴァランダーが言った。「彼かどうかはわかりません」

「ほかの可能性もあるのですか?」ツーレソン牧師が訊いた。

「もしかすると」ヴァランダーが言った。「しかし、それは話せません」

「捜査の都合上、ですか?」

「そのとおり」

ヴァランダーは、ツーレソン牧師がまだなにか訊きたそうにしていることに気がついた。

「いいですよ、なんでもどうぞ!」

ツーレソン牧師はさらに声を低めたので、ヴァランダーはほとんど聞き取れなかった。

「性犯罪ですか?」と牧師は訊いた。

「それはまだわからない」ヴァランダーは答えた。「しかしもちろんその可能性は無視できません」


オーケルブロム家を出ると、ヴァランダーは空腹と不快感が複雑に混じり合ったものを感じた。ウスターレーデン道路に面したソーセージスタンドで車を駐めてハンバーガーを食べた。いつ最後に食事をしたか、思い出せなかった。それから警察署に急いで戻った。署に着くとすぐにスヴェードベリからビュルクが緊急記者会見を開いていると知らされた。ヴァランダーが家族に死亡通告をしに行ったと知って、ビュルクは代わりにマーティンソンを記者会見に臨ませていた。

「どうして新聞社に漏れたか、知ってますか?」スヴェードベリが訊いた。

「ああ」ヴァランダーは言った。「ペーター・ハンソンだろう」

「ちがいます！」スヴェードベリは言った。「もう一度当ててみてください」

「署内の者か？」

「今回はちがいます。モレルですよ。マルメの盗品売買人のモレルです。新聞社にタレ込めば金がしぼり取れると思ったのでしょう。あれは本物の悪党だ。ポンプを四台盗めと命じたことで挙げられますよ」

「逮捕したところで、刑には執行猶予がつくに決まっている」ヴァランダーが言った。

食堂に行って、コーヒーを飲んだ。

「ローベルト・オーケルブロムはどう反応しました？」スヴェードベリが訊いた。

「わからない」ヴァランダーは言った。「自分の命を半分失ったようなものだろうよ。こんなことは経験した者でなければ理解できない。おれにはできない。いまおれに言えるのは、記者会見が終わったらすぐに会議を開こうということだけだ。それまでおれは部屋でいままでのことをまとめてみる」

「自分は一般からの通報に目を通してみます」スヴェードベリが言った。「先週の金曜日、ルイースがグスタフソンといっしょにいるところを見た者がいるかもしれませんから」

「そうしてくれ」ヴァランダーは言った。「その男について知ったことは、すべて教えてくれ」

記者会見は長引いた。一時間半かかって、やっと終わった。そのあいだにヴァランダーはこれまでの事件の経過をまとめ上げ、次の段階の捜査計画を立てた。

ビュルクとマーティンソンはげっそりと疲れて会議室にやってきた。

「警部がいつもどんな思いをするか、ようやくわかりましたよ」マーティンソンが言い、ソファにどっかりと腰を下ろした。「訊かれなかったのは、彼女の下着の色ぐらいなものだった」

ヴァランダーはすぐに反応した。

「なんだいまのは？　いらないことは言うな」

マーティンソンは首をすくめた。

「これからまとめを言う」ヴァランダーが言った。「この事件の始まりはみんなが知っている。だからその部分は飛ばすことにする。いま、ルイース・オーケルブロムがみつかった。彼女は殺されていた。額がぶち抜かれていた。至近距離から撃たれたと思われる。それについては検視の結果を待とう。これが性犯罪なのかどうか、いまのところわかっていない。虐待されたか、縛られていたかもわからない。どこで殺されたか、いつ殺されたかもわかっていない。しかし、井戸の中に押し込まれたときには死んでいたことは確かだ。さらに、われわれは彼女の車をみつけた。いま大切なのは、病院からの報告だ。とくに性的虐待があったかどうか。もしあったら、さっそく性犯罪でわれわれのリストに載っている男たち一人ひとりに当たっていくんだ」

ヴァランダーは一休みしてコーヒーを一口飲んだ。

「動機と被疑者に関しては、いまのところ一つしか手がかりがない。船舶機械技師スティーグ・グスタフソンだ。この男はルイースに横恋慕してあとをつけまわし、彼女を悩ませた。彼の住所はまだわかっていない。これについてはスヴェードベリのほうから話してもらう。ついでに、一般からの通報についても彼のほうから報告してもらおう。今回の捜査をいっそう複雑なものにしているのは、切断された黒い指と、爆発した家だ。さらにまた、火災現場で高度な無線装置と、自分が聞いていることに間違いがなければ南アフリカで生産されているというピストルの銃床をニーベリがみつけたことも、ことを複雑にしている。指と銃器には関連性があると言えないこともない。しかしこれでなにかが明白になったわけではない。とくにルイース・オーケルブロム殺人事件と火災現場のあいだに関連性があるのかどうかは、まったくわかっていない」

ヴァランダーは話し終わると、紙をめくっていたスヴェードベリのほうを見た。

「通報から始めましょう」スヴェードベリが言った。「いつか自分は『警察に通報する人々』という書名の本を書きたいです。きっと売れて大金持ちになると思いますよ。今回もまた一般から電話が入りました。いつもどおり、怒鳴る人、嘘つき、宗教を説く人、告白者、夢見る人、幻覚を語る人、そしてほんの少し分別のある通報者というわけです。だが、今回は少しでも意味があると思えるのは、まだ一つだけです。リードゴード農場の管理人が金曜日の午後ルイースが車で通り過ぎるのを見たというものです。時間も合っています。これで彼女がどの道を行ったかわかります。しかしこれ以外はいつもより信頼性のある通報が少ない。経験からわれわれは、そういう通報は数日遅れて入ってくる傾向があるということを知っています。分別のある人たちの中には、通報する前にその分別ゆえに迷う人がいるからです。スティーグ・グスタフソンに関しては、彼の移転先はいまだにわかりません。だが、彼にはマルメに未婚女性の縁者がいることがわかりました。ただし、その女性の姓はわかりますが名前のほうがわかりません。マルメ地域の電話帳でグスタフソンの欄を調べることができます。グスタフソンはもっとも平凡な名前ですから無数にいます。みんなで手分けしてこの女性を捜すしかありません。自分の言いたいのはこれだけです」

ヴァランダーはなにも言わずにこの話を聞いていた。ビュルクが興味深そうに彼を見た。

「集中的に捜査しよう」ヴァランダーは話しだした。「スティーグ・グスタフソンをみつけ出さなければならない。これがいま最優先事項だ。マルメに住んでいるというこの男の親戚をみつけるのがいま、われわれのもっている唯一の可能性なら、さっそくそれに取りかかろうではないか。イースタ署で電話がかけられる人間すべてを動員して電話をかけるのだ。自分もこれに参加する。ただし病院からの検視結果を聞いてからだが」

話し終わると彼はビュルクに言った。

「電話帳で該当者をチェックするのは夜通し続けます。待てないことですから」

ビュルクはうなずいて許可を与えた。

「私も署に残る。決定的なことが起きないとも限らない」

スヴェードベリが船舶機械技師スティーグ・グスタフソンの親戚を捜すための分担を決めることになった。ヴァランダーは自室に戻り、病院に電話をかける前に父親の番号を押した。何度も呼び出し音が鳴った。アトリエで絵を描いているのだろうと推察した。電話に出た父親の声を聞いて、ヴァランダーはすぐに父親が不機嫌であるとわかった。

「ああ、父さん、私ですが」ヴァランダーは言った。

「だれだって？」父親が訊いた。

「だれだかちゃんとわかっているでしょう？」ヴァランダーはむっとした。

「おまえの声がどんな声だったか、わしは忘れたわい」父親が言った。

ヴァランダーは受話器を投げつけたくなる衝動をぐっとこらえた。

「仕事で忙しいんです。井戸の中で女性の死体がみつかった。そう、殺人事件です。父さんのところへ行くひまがないんですよ。わかってほしいんです」

驚いたことに、父親は急にやさしくなった。

「それじゃこっちにはこれんだろう。ずいぶん不快なものだろうな」

「ええ、そうなんです。とにかく今日は行けないけど、父さんはいい晩を過ごしてください。できるだけ明日は行くようにしますから」

「できるなら、でいいよ」父親は言った。「さて、わしはもうおまえと話している時間がない」

「え？　どういうことですか？」

「客がくるのでな」

電話がガチャンと切れる音がした。手に受話器を持ったまま、ヴァランダーは呆然とした。

客だって？　彼は考えた。イェートルード・アンダーソンは働いていないときでも、あの家にくるのか？

彼は長いこと首を振った。

できるだけ早く父と話し合おう。結婚するなんてとんでもないことだ。

ヴァランダーは部屋を出てスヴェードベリのところへ行った。名前と電話番号の載ったリストをもらって部屋に戻り、一番上の名前から電話をかけ始めた。そうしながらも、今日中に担当の検事と話をするのを忘れないように、と思った。

四時になってもスティーグ・グスタフソンの縁者はみつからなかった。

四時半、ヴァランダーはオーケソン検事の自宅に電話をかけた。検事は帰宅していた。彼はそれまでの経過をざっと報告し、警察はいまスティーグ・グスタフソンの居場所を突き止めるのに全力を挙げていると伝えた。検事に異論はなかった。今晩中になにか起きたらまた電話をかけてくれと言った。

五時十五分過ぎ、ヴァランダーはスヴェードベリからまたもやリストをもらった。まだだれも成功していない。ヴァランダーは今日が春の祭典の日であることを思い出してうなった。家にいる人間は多くない。みんなサマーハウスに行ったり、旅行したりしているのだ。

最初の二つの番号には応える者がいなかった。三番目の番号を押すと、年輩の女性が出てきて、親戚にスティーグという名の男はいないと言った。

ヴァランダーは窓を開けた。頭痛が始まっていた。ふたたび机に戻ると、リストの四番目の番号を押した。長いあいだ呼び出し音が続き、受話器を置こうとしたそのとき、相手が出た。若い女性の声だった。ヴァランダーは身分を明かし、用件を言った。

「ええ、いるわ」モニカという名前の女は言った。「腹違いの兄の名前がスティーグというの。船の機械技師をしてるわ。彼になにかあったの？」

ヴァランダーは疲れもやる気のなさも吹き飛んだのを感じた。

「いいや、そうではない。だが、できるだけ早く、彼と連絡を取りたいのだ。義兄《にい》さんの住所を知っているかね？」

「知ってるに決まってるじゃない？　ロンマに住んでるわ。でも、いまはいないわよ」

「どこにいる？」

「ラスパロマスよ。でも明日帰ってくるわ。朝十時にコペンハーゲンに着く飛行機で。スピースの団体旅行で行ったんだと思うわ」

「わかった」ヴァランダーは喜んだ。「彼の住所と電話番号を教えてもらえたらありがたいのだが」

知りたいことに答えを得た。邪魔をしたことに詫びを言うと電話を切った。それから部屋を飛び出し、マーティンソンを呼んでいっしょにスヴェードベリの部屋に行った。ビュルクの所在はだれも知らなかった。

「いいか、おれたちでマルメに乗り込むんだ。マルメの同僚には支援してもらう。コペンハーゲンからのフェリーボートの到着所には厳戒態勢を敷くよう、ビュルクから指図してもらおう」

「スティーグ・グスタフソンがいつラスパロマスに行ったか聞きましたか？」マーティンソンが訊いた。「もし一週間の旅行なら、先週の土曜日に出発したことになる」

彼らは顔を見合わせた。マーティンソンが言ったことは重要なことだった。

「今日はもう帰っていい。明日はわれわれのうち何人かはゆっくり休んで元気でいてほしいからな。明日の朝八時にここで会おう。それからマルメに直行する」

マーティンソンとスヴェードベリは帰宅した。ヴァランダーはビュルクに、マルメの警察の支援と必要な手配をたのんだ。

六時十五分、ヴァランダーは病院へ電話をかけた。医者の答えは煮え切らないものだった。

「体にははっきりと目に見える傷はありません」と女医は言った。「青あざもないし骨も折れていない。表面的には性的な暴行を受けているようには見えませんね。でも、この点はもっと詳しく調べてから知らせます。手首足首に手錠の痕はありませんでしたよ」

「わかりました」ヴァランダーは言った。「それじゃ今日はこれで。また明日電話をかけます」

それから彼は警察署を出た。

コーセベリヤまで車を運転し、丘の上に腰を下ろしてしばらく海をながめた。

九時を少しまわったころ、ヴァランダーは家に戻った。

7

明け方、目覚める直前にヴァランダーは夢を見た。

片方の手が黒くなっていた。

それは黒い手袋ではなかった。手の色がアフリカ人の手のように黒かったのである。

夢の中で、ヴァランダーは恐怖と満足の両方の反応のあいだで揺れた。以前の同僚で一年ほど前に死んだリードベリは、不愉快そうにその手を見た。そして、なぜ片手だけが黒いのかと訊いた。

「明日だってきっとなにかが起きるんだ」とヴァランダーは答えた。

目が覚め、夢を思い出しながら、彼はそのままベッドに横たわっていた。リードベリに答えたことの意味を考えた。なにが言いたかったのだろう？

それから起きあがって窓の外を見た。今年のスコーネ地方の五月一日は、快晴で雲一つない。

だが、風も強い。時刻はちょうど六時だった。

二時間しか眠っていなかったにもかかわらず、疲れが感じられなかった。今日の午前中に、スティーグ・グスタフソンに先週金曜日の午後のアリバイがあるかどうかがわかる。それは、ルイースが殺されたとみなされる時間帯だった。

今日早くも事件が解決すれば、驚くほどの早期解決になる。最初の数日はまったく手がかりがつかめなかった。それからものすごい勢いですべてが展開した。犯罪捜査はめったに日常生活のリズムでは進まない。それぞれのことに生命があるようだ。それ自体の時間で動くのだ。犯罪捜査の時計はでたらめだ。あるときはすっかり止まってしまい、あるときは急に動きだす。だれも予知することができない。

朝八時に、彼らは警察署の会議室に集合した。ヴァランダーが指揮を執った。

「デンマーク警察に知らせる必要はない」開口一番、彼は言った。「グスタフソンの腹違いの妹の話では、彼はコペンハーゲンに朝十時に着く。それはスヴェードベリ、おまえさんがチェックしろ。コペンハーゲンからマルメにくる方法は三つある。リンハムヌ経由の大型フェリー、空港バスでコペンハーゲンの町に入りそのままマルメの港に入るフェリーボート、あとはＳＡＳの水上翼船だ。この三つのターミナルに警官を配置する」

「船舶機械技師なら大型フェリーに乗るんじゃないですか」マーティンソンが言った。

「いや、それにはもう飽きたかもしれない」ヴァランダーは言った。「ターミナルには二人ずつ警官を配置する。彼がきたら捕まえ、その理由を言う。目立たないように行動することを忘れるな。そのあとはここに連れてくるんだ。事情聴取は私がする」

「二人というのは少ないんじゃないか」ビュルクが口を挟んだ。「各所にパトカーを一台配置したらどうだろう？」

ヴァランダーはしぶしぶ同意した。

「マルメの警察には話を通した。必要な協力はしてくれることになっている。グスタフソンが現れたとき、旅券審査の警官がどんなサインをおまえさんたちに出すか、それだけは現場で決めてくれ」

ヴァランダーは時計を見た。

「ほかになにもなかったら、出発することにしよう。マルメには余裕をもって着きたいからな」

「航空機が一日遅れることもあり得ます。待ってください。確かめますから」スヴェードベリが言った。

十五分後、ラスパロマス発の航空機は、九時二十分過ぎにコペンハーゲンのカストルップ空港に到着するとわかった。

「もうカストルップの上空まできているらしいです」スヴェードベリが言った。「追い風で予定より早い到着だそうです」

一行はすぐにマルメに向かった。マルメ警察の警察官たちと話し、配置を決めた。ヴァランダーは水上翼船のターミナルを担当した。同行したのは研修期間中のアシスタントでまったくの新人のエングマンという若者だった。彼はヴァランダーが長年いっしょに働いてきたネースルンドの代わりだった。ネースルンドはゴットランドの出身で、故郷に帰りたいと願っていたところに、ヴィスビー警察に空きができたと聞いて即座に転勤を申し出たのだった。ヴァランダーは彼がいないのをときどき寂しく思った。とくに、いつも変わらぬ彼の機嫌のよさを。マーティンソンともう一人がリンハムヌに行き、スヴェードベリは空港バスを載せるフェリーのマルメ・ターミナルを受け持った。相互の連絡は無線電話で行うことになった。九時半には準備がすべて完了した。水上翼船のターミナルで、ヴァランダーとエングマンは旅券審査の警官にコーヒーで歓迎された。

「これが私にとって初めての殺人犯逮捕です」エングマンが言った。

「彼が犯人かどうか、まだわからん」ヴァランダーはぴしゃりと言った。「この国では裁判で判決が下されないかぎり、犯人とは呼ばないんだ。覚えていろ」

ヴァランダーは自分で自分の偉そうな口振りが嫌になった。なにかほかのことを言って和やかな雰囲気にしたかったが、なにも思いつかなかった。

十時半、フェリーのマルメ・ターミナルでスヴェードベリ組があっさりとスティーグ・グスタフソンを捕まえた。彼は小柄で痩せた、頭髪の薄い男で、日焼けしたばかりの小麦色の肌をしていた。

スヴェードベリは彼に殺人容疑で連行すると言い、手錠をかけて、これからイースタ警察署で取り調べがあると告げた。

「なんだ？」とグスタフソンは言った。「なぜ手錠をかけるんだ？　なぜイースタへ行かなければならないんだ？　おれがだれを殺したというんだ？」

スヴェードベリは彼が正直に驚いていることに注目した。ひょっとすると船舶機械技師スティーグ・グスタフソンは無実かもしれないとスヴェードベリは思った。

十一時五十分、イースタ警察署の取調室で、ヴァランダーはグスタフソンの前に座った。すでにオーケソン検事には取り調べのことは伝えてあった。

取り調べを始める前に、コーヒーがほしいかと訊いた。

「いや」グスタフソンは首を振った。「家に帰りたい。なぜこんなところに連れてこられたのか説明してほしい」

「それをこれから話すところだ」ヴァランダーは言った。「その答えによって家に帰ることになるかもしれないし、ここにいなければならないことになるかもしれない」

最初から始めた。彼の個人情報を書き留めた。ミドルネームはエミール、ランズクローナ生まれ。グスタフソンは見るからに落ち着かない様子で、ヴァランダーは髪の生え際から汗が噴き出していることに注目した。だが、とくに意味はないかもしれないと思った。警察が怖いという人間がいるのだ。蛇が怖いという人間がいるのと同じだ。

その後、取り調べを始めた。ヴァランダーはいきなり核心に入り、グスタフソンの反応を観察した。

「あんたは残虐な殺人の容疑でここにいる」ヴァランダーは言った。「ルイース・オーケルブロムの殺害だ」

男は固まってしまった。死体がこれほど早くみつかるとは思わなかったのか？　あるいは純粋に驚いているのか？

「ルイース・オーケルブロムは先週の金曜日に行方不明になった」ヴァランダーは続けた。「死体はきのう発見された。おそらく金曜日の午後に殺害されたものと思われる。これについて、なにか言うことはあるか？」

「それはおれが知っているルイース・オーケルブロムか？」グスタフソンが訊いた。

ヴァランダーは彼の顔に恐怖が浮かんでいるのを見逃さなかった。

「そうだ。あんたがメソジスト教会で知っているあのルイース・オーケルブロムだ」

「彼女が殺されたって？」

「ああ、そうだ」

「なんてことだ！」

ヴァランダーは胃が痛みだした。なにかがおかしいというサインだった。なにかがとんでもなくおかしい。グスタフソンの動揺と驚きは正真正銘、本物のように見えた。経験からヴァランダーは、犯人の中には冷血無比な犯行をしていながら、人の目をごまかすことができるほど演技の達者な者がいることを知っている。

だが、胃はますます痛む。

初めからまったく見当ちがいの線を追跡していたのだろうか？

「先週の金曜日、あんたがなにをしていたか知りたい」ヴァランダーが言った。「午後なにをしていたか」

答えはヴァランダーを驚かせた。

「警察署にいた」スティーグ・グスタフソンが言った。

「警察？」

「ああ、警察だ。翌日ラスパロマスへ出発することになっていた。ところがパスポートの有効期限が切れていることに気がついたんだ。それでパスポートをあらためて発行してもらうために、マルメ警察署に行った。窓口はおれが行ったときはもうしまっていた。しかし親切にも特別に扱ってくれて、四時に新しいパスポートがもらえた」

ヴァランダーは感情の上では、グスタフソンが無実であるとこの段階で思った。だが、まだあきらめたくなかった。警察はどうしてもこの殺人事件を早急に解決しなければならなかった。さらに、感情によって取り調べが左右されることは警察官の義務の不履行につながる。

「車は中央駅の駐車場に駐めていたので、その後パブに入った」グスタフソンが言った。

「四時過ぎにあんたがパブにいたということを証言できる人間はいるか?」ヴァランダーが訊いた。

グスタフソンは考えた。

「わからない」としまいに答えた。「一人だったから。バーテンダーの中におれのことを覚えているやつがいるかもしれない。だが、おれはめったにパブに飲みに行かないし、馴染みの客というわけではない」

「パブには時間にしてどのくらいいた?」ヴァランダーが訊いた。

「一時間かな、それ以上ではない」

「五時半頃までか?」

「だいたいそのくらいだと思う。酒屋が六時に閉まるから、その前に酒を買いに行こうと思っていた」

「どの酒屋だ?」

「NKデパートの裏にある店だ。通りの名は知らない」

「その店に行ったのだな?」

「ビールを少し買っただけだ」

「その店にあんたが行ったということを証明できる人間がいるか?」

グスタフソンは首を振った。

「レジの男は赤ひげだった。いや、待てよ。もしかするとレシートがあるかもしれない。レシートには確か日付と時間が入っていると思う」

「そのあとは?」ヴァランダーが話をうながした。

「駐車場から車を出した。イェーエスロー近くの大型量販店B&Wでスーツケースを買うつもりだった」

「その店にあんたのことを覚えている人間はいるか?」

「いや、その店ではけっきょくなにも買わなかった。高すぎた。古いもので我慢することにした。がっかりしたのを覚えている」

「それからどうした?」

「あの辺のマクドナルドでハンバーガーを食べた。でもあそこで働いているのは、ガキばかりだからなにも覚えていないと思う」

「若い人間の中にはときどきものすごく記憶力のいい者がいるものだ」ヴァランダーはそう言って、二年前に手伝ってもらった銀行員の若い女性のことを思った。

「いま、パブのことで思い出したことがある」グスタフソンが言った。

「なんだ？」

「地下のトイレに行ったときのことだ。そこで男と立ち話をした。その男はペーパータオルがないのは困ると不平を言っていた。少し酔っぱらっていたが、泥酔はしていなかった。フォルスゴードという名でフールで花屋をやっていると言っていた」

ヴァランダーは書き留めた。

「調べてみよう。イェーエスローのマクドナルドまで戻ろうか。その時点で、時間はだいたい六時半だな？」

「うーん、だいたいそんなものだろう」グスタフソンは言った。

「その後、なにをした？」

「ニッセの家に行って、カードで遊んだ」

「ニッセとは？」

「年寄りの大工で昔からのヨット友だちだ。名前はニッセ・ストルムグレン。フレーニングスガータンに住んでいる。ときどき彼とカード遊びをするんだ。東南アジアへ行ったときに習ったゲームなんだが、すごく複雑なんだ。だが、一度覚えれば、面白い。ジャックを多く集めた者の勝ちというゲームだ」

「そこにはどのくらいいた？」

「たぶん夜中の十二時ぐらいまではいたと思う。次の日の朝早く起きなければならなかったから、少し遅くなりすぎた。六時にマルメの中央駅から出発するバスに乗るつもりだったから。コペンハーゲンの空港へのバスのことだ」

ヴァランダーはうなずいた。グスタフソンにはアリバイがある。もしいまの話が本当ならば、だ。そして、もしルイースが金曜日に殺されたというのが確実ならば。

いまグスタフソンを勾留するには十分な理由がない。検事は絶対に同意しないだろう。この男ではない、とヴァランダーは考えた。いまここでおれがルイースのことでこの男を絞り上げても、結果はきっと同じだろう。

ヴァランダーは立ち上がった。

「ここで待っていてくれ」と言って、部屋の外に出た。

会議室に集まっていた一同はうなだれてヴァランダーの報告を聞いた。

「彼の話の裏をとらなければならない」ヴァランダーは言った。「だが、正直言って、あの男ではないとおれは思う。これは不発弾だった」

「結論を急ぎすぎるな」ビュルクが言った。「まだ彼女が本当に金曜日の午後に殺されたか、わかっていないのだ。グスタフソンはカードで遊んでから夜中にロンマからクラーゲホルムまで行ったかもしれんぞ」

「それは無理でしょう」ヴァランダーが言った。「そんなに長い時間、ルイースはなぜ外出していたかということになります。五時までに帰宅するという留守電を残しているんですよ、彼女は。それは信じなければならない。五時までになにかが起きたんです」

だれもなにも言わなかった。

ヴァランダーは一同を見まわした。

「検事と話をしなければならない。反対意見がなければスティーグ・グスタフソンを釈放する」

反対はなかった。

ヴァランダーは警察の建物の一方の端まで行った。そこに検事局の事務所があった。ペール・オーケソン検事の部屋に通されると、ヴァランダーはさっそく取り調べの結果を報告した。この部屋に入るといつもあまりの整頓のなさに驚かされる。机と椅子の上には書類が無造作に積み重ねられ、ゴミ箱はこれまた書類でいっぱいだ。だが、オーケソンは優秀な検事だった。それに、いままで一度として書類が行方不明になったことはなかった。

「その男は勾留できないな」ヴァランダーの話を聞き終わると、検事は言った。「彼のアリバイを確かめるのに、時間はかからないのだろう？」

「はい。正直言って、彼ではないと思います」

「ほかの手がかりはあるのか？」オーケソンが訊いた。

「いや、ほとんどない」ヴァランダーは言った。「グスタフソンが人を雇ってルイース・オーケルブロムを殺させたのではないかという可能性をこれから調べます。今日の午後は、まず全体をもう一度検討するところから始めます。しかし、ほかにはいまのところ被疑者はいないのです。しばらくは特定せずに全体捜査を進めます。なにかあったら、連絡します」

ペール・オーケソンはうなずき、それから目を細めてヴァランダーを見た。

「睡眠時間はどのくらいだ、きみは？　少ないだろう？　鏡を見たことがあるかい？　ひどい顔をしてるぞ」

「気分はもっと悪いですよ」と言ってヴァランダーは立ち上がった。

廊下を戻り、取調室まできて中に入った。

「ロンマまで送る」とグスタフソンに言った。「しかし、これからもきっと訊きたいことが出てくるだろう」

「おれは自由の身か？」

「あんたはずっと自由だった。取り調べを受けるということは逮捕されることとはちがう」

「おれは彼女を殺していない」グスタフソンは言った。「警察がどうしてそう思ったのか、おれにはわからない」

「そうか？」ヴァランダーが言った。「ルイース・オーケルブロムを追いかけまわしていたとしてもか？」

グスタフソンの顔に不安が浮かんだ。

われわれが知っているということをこいつに知らせておくほうがいい。

彼はグスタフソンを受付まで案内し、車を手配した。

この男には二度と会わないだろう。消去していい。

一時間の長い昼食時間のあと、全員が会議室に集まった。ヴァランダーは家に帰ってサンドウィッチを食べてきた。

「ふつうの犯罪というのはどこに行ってしまったんだろう」みんなが腰を下ろしたとき、マーティンソンがため息をついた。「いまおれたちの手にあるのは、井戸に詰め込まれていた自由教会の信者の女の死体、それと切断された黒人の指だもんなあ」

「おれも同感だよ」ヴァランダーが言った。「だが、どんなに無視したくても、その指が存在するという事実は変わらない」

「手がかりがたくさんあるのになんの整理もしないからじゃないですか」スヴェードベリが苛立った声で言い、薄くなった頭をかいた。「いま手にあるものを全部並べて見るんですよ。それもいますぐに、です。そうしなければ絶対に先へ進めませんよ」

ヴァランダーは彼の言葉に、自分の指揮に対する批判が含まれていることに気がついた。だが、その批判が的外れだとは思わなかった。たった一つの標的に絞ることは常に危険なことだった。スヴェードベリの言葉はいまヴァランダーが感じている迷いをよく表していた。

「おまえさんの言っていることは正しい。それじゃ、みんな、いま手の中になにがあるか、チェックしてみよう。ルイースは殺されて死体で発見された。どこで、だれに殺されたのかわからない。殺された時間だけはだいたいわかっている。一軒の家が爆発した。それはあとで死体が発見された場所に近い空き家だった。燃えかすの中に、ニーベリが高性能の無線装置の一部を発見した。焼け焦げたピストルの銃床もみつかった。ピストルは製造許可のもとで南アフリカで作られているものだった。また、その家の庭で切断された黒人の指がみつかっている。ほかに、だれかがルイースの車を沼に沈めて隠そうとした。こんなに早くみつかったのはまったく偶然だった。彼女の死体がみつかったのも偶然のたまものだった。また、彼女は正面から眉間を撃ち抜かれている。処刑の印象がある。この会議の前に病院へ電話をかけたのだが、彼女が性的暴行に遭ったという痕跡はまったくないそうだ。殺す目的で撃たれ、殺されたのだ」

「これら全部を吟味しましょう」マーティンソンが言った。「もっとあるでしょう。指について、無線装置について、ピストルについて。その家の遺産相続を担当していたヴェルナモにいる弁護士にはすぐに連絡をしなければならない。だれかが空き家ということになっていた家の中にいたことは確かですから」

「会議が終了する前に、仕事を分担しよう。自分としてはあと二つ、話したいことがある」ヴァランダーが言った。

「それじゃ、その話を先に聞こう」ビュルクが言った。

「ルイースを撃ち殺した犯人はだれか？」ヴァランダーが言った。「強姦魔と想定するのは簡単だ。だが、医者の第一段階の検視では性的暴行の痕跡はないという。虐待を受けたり、監禁されたあともない。彼女には敵はいなかった。そこで、考えられるのは、間違いで殺されたということだ。だれかの代わりに間違って殺された。もう一つ考えられるのは、彼女は見てはならないこと、聞いてはならないことを見聞きしてしまったために殺されたということだ」

「それなら、あの家はぴったりだ！」マーティンソンが叫んだ。「あれは彼女が下見に行った家の近くにあった。そしてあの家では間違いなくなにかが起きていたんだ。彼女はそのなにかを見てしまったために殺されたにちがいない。ペータースとノレーンもまた、彼女が下見に行くはずだった家を見に行きました。自分たちも見た未亡人のヴァリーン夫人の所有する家です。とてもわかりにくいところだから、ルイース・オーケルブロムが道に迷ったということは十分に考えられると彼らも言ってました」

ヴァランダーはうなずいた。

「続けてくれ」

「それ以上はあまりありません」マーティンソンが言った。「なにかの理由でアフリカ人の指が一本切断された。それが家の爆発で起きたことだったのかどうか。だが、切り口を見ればそうでないとわかる。あのような強力な爆発の場合、もし人間がいれば木っ端微塵になる。指は切断されたものですが、切り口以外はどこも傷ついていません」

「自分は南アフリカのことはあまり知らない」スヴェードベリが話しだした。「人種差別の国で、暴力が横行しているということ以外は。スウェーデンは南アフリカとは国交を結んでいない。われわれはあの国の人間とは国際テニス大会でも試合をしない。貿易もしない。建前上はそうです。わいまどうしても理解できないのは、なぜ南アフリカとスウェーデンを結ぶ線が見えるのかということです。南アフリカとどの国が関係していようとかまわないが、スウェーデンというのは腑に落ちない」

「もしかすると、スウェーデンだから、なのかも」マーティンソンがつぶやいた。

ヴァランダーはそのコメントを聞き逃さなかった。

「いまのはどういう意味だ？」

「いや別に」マーティンソンは言った。「この捜査ではいままでとまったくちがう考え方をしなければならないのではないか、と思っただけです」

「私もそう思う」ビュルクが話に加わった。「明日、みんなに文書でいままでの経過に対するコメントを出してもらう。この時点で静かに考察することで前進できると期待しよう」

それから一同は分担を決めた。ヴァランダーはそれまでビュルクの担当だったヴェルナモの弁護士を引き受けた。ビュルクは黒人の指に関する医者の第一段階報告を担当することになった。

ヴァランダーはヴェルナモの弁護士事務所へ電話をかけ、弁護士ホルムグレンに緊急の話があると電話口に呼び出した。本人が電話に出てくるまでに長い時間が経ち、ヴァランダーは苛立った。

「あなたが管理責任者をしているスコーネの農家の件ですが」ヴァランダーが言った。「例の火災が発生した家です」

「まったく説明のつかない出来事でした」ホルムグレンは言った。「しかし火災保険が被害をカバーしてくれることはもう確かめました。警察はなぜこんなことになったか知ってますか？」

「いや」ヴァランダーは答えた。「だが、いま捜査中です。いまこの電話であなたに訊かなければならないことがいくつかあるのですが？」

「時間が長くかからないようにたのみますよ。私はとても忙しいので」

「もしいま返事がもらえないのなら、ヴェルナモの警察署に出頭してもらいます」ヴァランダーは言った。不機嫌に聞こえてもかまわなかった。

一瞬遅れて、弁護士の声がした。

「質問をしてください。聞きましょう」

「あの家の遺産相続権をもっている親戚たちの名前と住所をまだそちらから受け取っていないのですが」

「すぐにファックスで送るように手配します」

「ところで、あの家の管理の直接責任者はだれですか？」

「私です。質問の意味がわかりませんが？」

「家というものはときどき面倒をみなければならないもの。雨漏りした場合とか、ネズミが家の中に入らないようにする、そういうこともあなたがするのですか？」

「遺族の一人がヴォルシューに住んでいるので、家の管理は彼にしてもらっていますよ。アルフレッド・ハンソンという名前です」

ヴァランダーは住所と電話番号を書き付けた。

「あの家はこの一年間、空き家だったのですね？」

「いや、一年以上です。あの家を売るか貸すかで、遺族の意見が合わないので」

「ということは、だれもあの家には住んでいないのですね？」

「ええ、もちろん」

「確かですか？」

「いったいなにを言いたいんです？　あの家は外から板で封じられていますよ。アルフレッド・ハンソンは定期的に私に電話をかけてきて、なにごともないと報告してくれるし」

「彼が最後に電話をしてきたのはいつですか？」

「そんなことは覚えてませんよ」

「いや、はっきり答えてください」

「年が明けたころだったと思う。しかし、確かではない。なぜそんなことが重要なんです？」

「当面のあいだは、すべてが重要なのです。それでは今回はこれで。協力に感謝します」

ヴァランダーは電話を終えて、電話帳を開き、アルフレッド・ハンソンの住所を照らし合わせた。立ち上がって上着を着て部屋を出た。

「これからヴォルシューに行ってくる」とマーティンソンの部屋をのぞき込んで言った。「あの爆発した家が、どうもあやしい」

「なにもかもあやしいですよ、この事件は」マーティンソンが言った。「ちょっと前にニーベリと話したのですが、彼は爆発現場でみつかった無線装置はロシア製じゃないかと言ってます」

「ロシア製？」

「ええ、彼はそう言っています。自分はわかりませんが」

「また一つ国が増えたな」ヴァランダーが言った。「スウェーデン、南アフリカ、そしてロシアか。どこまで増えるんだ？」


約三十分後、彼はアルフレッド・ハンソンの住む農家の庭先に車を着けた。家は敷地内のほかの家の造りとは趣が異なる、比較的新しい造りだった。車から降りるヴァランダーを見て、網の囲いの中のシェパードが激しく吠えだした。すでに午後の四時半をまわっていて、ヴァランダーは空腹を感じた。

四十がらみの男がドアを開けて、靴下のまま玄関前の石段まで出てきた。髪の毛はボサボサで、近くまでくると酒の臭いがした。

「アルフレッド・ハンソンか？」ヴァランダーが訊いた。「イースタの警察署の者だが」

「ちくしょう！」男はヴァランダーが名乗る前に叫んだ。

「えっ？」ヴァランダーが訊き返した。

「だれだ、タレコミやがったのは？　あのクソ憎らしいベングツソンか」

ヴァランダーは口を開く前に考えた。

「いや、それには答えられない。情報をくれる市民を守るのは警察の義務だ」

「ベングツソンにちがいない。おれは逮捕されるのか？」

「それは話による」ヴァランダーは言った。

男はヴァランダーを家の中に入れた。すぐに、かすかだが間違いようのないフーゼル油の匂いがした。それで話がすっかり見えた。アルフレッド・ハンソンは密造酒を造っているのだ。それで、通報を受けた警官が自分を捕まえにきたと思ったのだ。

男は台所の椅子に沈み込み、頭をかいている。

「ああ、いつも運が悪いなあ、おれは」と言ってため息をついた。

「密造酒のことはあとで話そう」ヴァランダーは言った。「ほかにも訊かなければならないことがある」

「なんだって？」

「火事で焼けてしまった家のことだ」

「あのことはなにも知らねえぞ」男が言った。

「あのこととはどのことだ？」

男は震える手でタバコに火をつけた。

「本当は塗装夫なんだ、おれは。だが、毎朝七時から仕事をするのがつらくてなあ。だからあの家を借りたいというやつがいれば、貸してもいいと思ったのよ。おれはあの家を売りてえんだ。だが、親戚が反対してな」

「借りたいと言ったのはだれだ？」

「ストックホルムからきた男よ。ここら辺をくまなく見て、適当な家を探してたんだとよ。あの家の位置が気に入ったとさ。いまでもわかんねえのは、よくおれがあの家を管理しているとわかったってことだよ」

「その男の名前は？」

「ノードストルムと名乗ったが、おれは信じちゃいねえ」

「なぜだ？」

「スウェーデン語が話せたが、外国のアクセントがあった。ノードストルムという名前の外国人なんかいるかね？」

「だが、その男は家を借りたいと言ったんだな？」

「ああ。しかもいい値でよ。一ヶ月一万クローネ（一九九二年五月時点一スウェーデンクローネは約二十三円）だぜ。それを断るやつはいねえだろう。家を貸したところで減るものじゃなし、と思ったのさ。あの家の管理に少し金をもらっているが、弁護士にも親戚にもばれねえと思ったんだ」

「その男はいつまで借りたいと言った？」

「きたのは四月の初めだった。五月末まで借りると言った」

「なんのために家を借りると言った？」

「人に邪魔されずに絵を描きたい人がいるとか言ってたな」

「絵を描く？」

ヴァランダーは自分の父親のことを一瞬思った。

「絵描きたちだろう。その男は、このテーブルに金を積み上げたよ。だれだってすぐにＯＫと言うと思わねえか？」

「それで、次はいつ会った？」

「いや、それっきりだ」

「それっきり？」

「やつは口には出さなかったが、暗黙のうちの約束のようなものだった。おれはその家に近づかねえってこと。だから、近づかなかったよ、おれは。やつに鍵を渡して、それっきりさ」

「それで、鍵は返されたのか？」

「いいや。郵便で送り返すと言ってたが」

「その男の住所は？」

「知らん」

「どういう外見だった？」

「見たこともねえほど太ってたなあ」

「それから？」

「太っているだけでは足りねえのかい？　そうさな、頭の毛は薄かった。顔は赤みがかっていて、太ってたなあ。太ってたと言ってもふつうの太り方ではねえ。まるで樽《たる》のようだった」

ヴァランダーはうなずいた。

「金はまだ残っているか？」とヴァランダーは訊いた。指紋が残っているかもしれない。

「いいや、すっからかんだ。だからおれはまた酒を造り始めたんだ」

「もし今日密造をやめるなら、おまえをイースタまで連行しないぞ」

ヴァランダーの言葉を聞いて、ハンソンは信じられないようだった。

「いま言ったのは本気だ」ヴァランダーは言った。「だが、あとで調べにくる。造った酒は全部捨てろ」

台所のテーブルに向かって座っていた男は、ヴァランダーが家から出ていくのを、口をあんぐり開けてみていた。

これは職務違反だ、とヴァランダーは思った。だが、いまおれには密造酒造りの男まで取り締まっている余裕がない。

彼はイースタ方面に車を走らせた。なんの理由もなく、クラーゲホルム湖のそばの駐車場に車を駐めて、車を降り、湖の水辺まで降りていった。

今回のルイース・オーケルブロムの捜査に、彼はなにか不気味なものを感じていた。事件はまだ始まったばかりであるかのような気さえする。

おれは恐れている。まるで、あの黒い指がおれをまっすぐに指しているようだ。おれはいま、皆目見当もつかない事件のただ中にいる。

濡れた石の上にかまわず腰を下ろした。疲れと不快感がどっと押し寄せた。

彼は目を上げて湖を見渡した。現在彼が取り組んでいる捜査と、心のうちにある気持ちには根本的な共通点があると思った。自分をうまくコントロールできないことと、現在進行中の捜査の舵を執ることができないこと。自分にも哀れに聞こえるようなため息をついて、自分は人生にも迷っているし、ルイース・オーケルブロム事件の捜査においても迷っている、と思った。

これからどう進むか？　と彼は声に出して言った。おれは容赦のない、命を軽んじる殺人に関わりたくない。おれは生きているかぎり決して理解できないであろう暴力と関係をもちたくない。もしかするとこの国の次世代の警官は、違う経験をし、それゆえに警官の仕事に別の見方ができるようになるかもしれない。だが、おれにはもうそれはできない。おれはこれからも決して変わらないだろう。おれはこの国の中位の大きさの管轄域で働く、比較的仕事のできる警察官だ。

彼は立ち上がり、近くのこずえから飛び立ったトンビを見上げた。

問いはどれも答えを得ていない。おれはさまざまな犯罪を犯した人間を捕まえ、そいつを裁判にかけるために命がけで仕事をしている。ときどき成功するが、たいていは失敗だ。だが、いつか死ぬとき、おれはあらゆることの中でもっとも大きな捜査に失敗するということになる。おれの人生は不思議な謎のままで終わるのだ。

おれは娘に会いたい。会いたくて、ときには胸が痛いほどだ。

おれは指を一本なくした黒人を捕まえなければならない。その男がルイース・オーケルブロムを殺したのであれば、なおのこと。おれはその男に訊きたい。絶対に答えがほしい問いだ。なぜルイースを殺したのだ？

スティーグ・グスタフソンの言葉の裏付け捜査もしなければならない。あまり早くあきらめないほうがいい。たとえ、彼が犯人ではないという確信があるとしても。

彼は車に戻った。

恐怖心と不快感はなくならなかった。例の指はまだ彼を指していた。

第二章　トランスケイからきた男

8

その男が壊れた車の陰にしゃがみ込んでいる姿は、ほとんど見えなかった。彼はまったく動かず、その黒い顔は黒っぽい車の色に溶け込んでいた。

彼は迎えにくる者を待つ場所を入念に選んだ。昼過ぎからここで待っていた。太陽はいま、郊外のゲットー、ソウェトのほこりっぽいシルエットの向こうに沈みかけていた。赤っぽい乾いた土が、沈んでいく太陽の光に照らされている。一九九二年四月八日のことだった。

彼は待ち合わせの場所にくるために、長い旅行をした。場所にきているように言われた。安全上の理由から、彼らが何時に迎えにくるか、正確な時間は伝えられなかった。日没直後ということだけ知らされた。

スチュアートと名乗った男がンティバネにある彼の家を訪ねてきてから、まだ二十六時間しかたっていない。ドアにノックの音がしたとき、彼はウムタタの警察かと思った。彼らは一ヶ月に一回は彼のところにやってくる。銀行強盗や殺人事件が起きると、すぐにウムタタの警察が彼のドアの前に立つ。町まで連れていかれて取り調べを受けることもある。だがたいてい、彼にアリバイがあるということを認める。たとえそのアリバイというのが、その周辺のバーで飲んだくれていた場合でも。

トタン板の掘っ建て小屋の外に出て、彼はそこに立っているスチュアートと名乗る男を見たが、見覚えがなかった。

ヴィクトール・マバシャは即座に男が嘘をついていることがわかった。どんな名前であってもかまわない。が、スチュアートだけはいただけなかった。英語を話していたが、マバシャの耳は敏感で、男がボーア人であることを聞き分けた。ボーア人がスチュアートという名前であるはずがない。

男が彼のところにきたのは午後のことだった。ドアにノックの音がしたとき、ヴィクトール・マバシャは昼寝をしていた。彼は別段急ぎもせず起きあがり、ズボンをはいてドアを開けた。なにか緊急な知らせなどあるわけはない。くるのは、彼が借金をしている連中だった。あるいは彼から金が借りられると思った間抜けな連中。もちろん、警察の可能性が一番高い。だが、彼らはドアをノックしたりしない。拳を叩きつけるか、たいていは黙ってドアをこじ開ける。

スチュアートと名乗った男は、五十がらみだった。体に合わないスーツを着て、大汗をかいていた。道の向かい側のバオバブの木の下に車を駐めていた。トランスヴァール州の車輌ナンバーであることをマバシャは見逃さなかった。わざわざトランスケイ州まで自分に会いにきたのだ。なぜだろうとマバシャは疑問に思った。

男は家の中に入ってもいいかとは訊かなかった。ただ封筒を差し出して、大事な用件で明日、ソウェトの外で会いたがっている人間がいるとだけ言った。

「あんたが知らなければならないことはすべてその封筒の中にある」男は言った。

掘っ建て小屋の近くで、裸の子どもたちがでこぼこのホイール・キャップで遊んでいた。マバシャは子どもたちに失せろと叫んだ。子どもたちはすぐにいなくなった。

「だれだ?」マバシャが訊いた。

彼は白人を信じなかった。なかでも嘘をつく白人、そして自分のことを封筒を渡すだけで満足する人間だと思った白人は信じられなかった。

「それは言えない」スチュアートは言った。

「おれに会いたがる人間はいる」マバシャは言った。「問題はおれが会いたいと思うかどうかだ」

「すべてはその封筒の中にある」スチュアートは繰り返した。

マバシャは手を伸ばして封筒を受け取った。ぶ厚い茶封筒だった。すぐさま封筒の中味は紙幣であることに気がついた。安心と不安の両方が心に浮かんだ。彼は金が必要だった。だが、なぜこの金をもらうのかわからなかった。それが心配だった。自分が知らないことに巻き込まれるのはごめんだった。

スチュアートは顔の汗と頭のてっぺんを湿ったハンカチで拭いた。

「地図がある。待ち合わせの場所はそこに印をつけてある。ソウェトの近くだ。ソウェトのことは覚えているだろうな?」

「すべては変わる」マバシャは言った。「八年前のソウェトなら知っている。だが、いまのソウェトは知らない」

「ソウェトの中ではない」スチュアートが言った。「待ち合わせの場所はヨハネスブルグへ向かう自動車道路の出口の一つだ。なにも変わっていない。明日の朝早く出発するんだ。そうしないと間に合わない」

「おれに会いたがっているのはだれだ？」マバシャはもう一度訊いた。

「彼は名前を言わないほうを好む」スチュアートは言った。「明日会うことになる」

マバシャはゆっくりと頭を振って、封筒を突き出した。

「名前を聞きたい」彼は繰り返した。「名前を聞かなかったら、おれは待ち合わせの時間にそこに行かない。ここから発たない」

自称スチュアートという男はためらった。マバシャは目を逸らさないで男を見た。長くためらったあと、やっと男はマバシャが本気だと悟ったらしかった。彼はあたりを見まわした。遊んでいた子どもたちはいなかった。マバシャの隣家は五十メートルほど離れていた。彼のと同じようなみじめなトタン板の小屋だった。戸口で女がほこりをもうもうと立てながらトウモロコシを搗《つ》いていた。山羊が数頭、乾いた赤土に生えている草を探してうろついていた。

「ヤン・クラインだ」男は低い声で言った。「おまえに会いたいというのは、ヤン・クラインだ。おれが名前を言ったことは忘れろ。時間に遅れるな」

男はきびすを返して車に戻った。マバシャは車が土煙を立てて猛スピードで消え去るのを見送った。スチュアートという男は黒人居住区を訪れた白人の典型だと思った。不安で心細いのだ。スチュアートにとって黒人居住区にくることは敵陣に入るのと同じようなものだったろう。そしてそれはまた正しくもあった。

ヴィクトール・マバシャはそう考えてにやりと笑った。

それから、ヤン・クラインはあのような男を走り使いにするほど成り下がったのだろうかと首を傾げた。

いや待てよ。スチュアートはもしかするともう一つ嘘をついたのかもしれない。ヤン・クラインにたのまれたのではなく、ほかのだれかかもしれない。

ホイール・キャップで遊んでいた子どもたちが戻ってきた。マバシャは小屋に戻り、石油ランプをつけた。それから足がぐらぐらするベッドに腰を下ろして、ゆっくりと封筒を開け始めた。

昔からの習慣で、彼は封筒を下から開けた。手紙爆弾はふつう封筒の上部に起爆薬がつけられる。手紙爆弾が送られてくるかもしれないと警戒する人間は少ないので、たいていは上から開ける。

封筒の中には黒いマジックペンで正確に描かれた地図が入っていた。赤いバツ印が待ち合わせの場所だった。彼はその場所を思い浮かべることができた。間違うことはおよそないだろう。地図のほかには赤い五十ランド（一九九五年五月時点、一ランドは約二十五・五円。それ以前は経済制裁のため未公開）紙幣の束が入っていた。数えなくともマバシャにはそれが五千ランドであることが見て取れた。

それで全部だった。なぜヤン・クラインが彼に会いたいかを説明する手紙は入っていなかった。

マバシャは封筒をじかに土の床の上に置くと、ベッドに体を伸ばした。シーツがカビ臭い。目に見えない蚊が顔のまわりを飛んでいた。彼は首をひねって石油ランプを見た。

ヤン・クライン。彼は考えた。ヤン・クラインがおれに会いたいという。最後に会ったのは二年前だ。そのとき彼は、おれたちはもう二度と会うことはないと言った。だが、いま彼はおれに会いたがっている。なぜだ？

ベッドの上に起きあがり、腕時計を見た。翌日にソウェトにいるつもりなら、早くも今晩ウムタタをバスで出発しなければならない。スチュアートは間違っていた。明日の朝では遅すぎるのだ。ヨハネスブルグまではおよそ九百キロもある。

決断をする必要はなかった。金を受け取ったことで、彼は行かなければならない責務を負った。ヤン・クラインの五千ランドを負債として抱え込むつもりはなかった。それは自分の墓穴を掘るようなものだった。ヤン・クラインは相手がだれにせよ責務を果たさない者を決して許さない人間であることだけは、ヴィクトール・マバシャは承知していた。

ベッドの下に隠していたカバンを引っ張り出した。どれだけ留守にするか、あるいはヤン・クラインが自分になにをさせようとしているのかわからなかったので、シャツを数枚と下着を数枚、それにがっしりした靴をカバンに入れた。仕事が長引くようなら、必要なものを買えばいい。それから、慎重にベッドのヘッドボードを外した。ビニールにくるまった、油を擦り込んだ二本のナイフが現れた。ぼろ布で油を拭き取ると、シャツを脱いだ。天井のフックから特製のナイフ用のベルトを外し、ウェストにまわして、ベルトの同じ穴が使えることに満足した。何ヶ月も、金がなくなるまでビールばかり飲んでいたが、体重は変わっていなかった。もうじき三十一歳になるのだが、彼はまだ十分に引き締まった体をしていた。

指先でナイフの刃に触ってから、その二本のナイフをベルトのホルスターにおさめた。ほんの少し触っただけだったが、皮膚が切れ、血がにじんだ。次にヘッドボードの一部を外し、今度はピストルを取り出した。それもまたココナッツの油が擦り込まれ、ビニールにくるまれていた。ヴィクトール・マバシャはベッドに腰を下ろしてピストルをきれいに拭いた。九ミリ口径のパラベラムだ。弾倉にはラヴェンモアの闇の武器販売人の店でしか手に入らない特別の銃弾を詰めた。予備の弾倉二個はシャツにくるんでカバンに入れた。その後、肩から吊したホルスターを締め、ピストルをおさめた。これで出発できる。ヤン・クラインに会う準備が調った。

その後まもなく彼は掘っ建て小屋をあとにした。錆びた南京錠をかけ、そこから数キロのところにあるウムタタ行きのバスの停留所まで歩きだした。

マバシャはソウェトの先に沈みかけている赤い夕陽をまぶしそうに見た。最後にそこに行ったのは八年前のことだ。その地域の商人に、競争相手の店の主人の殺害を依頼されて五百ランド受け取った。いつもどおり彼は用意周到に準備した。だが、なにもかも最初からうまくいかなかった。パトカーが偶然通りかかり、彼は命からがらソウェトから逃れた。それ以後一度も戻っていない。

アフリカの夕暮れは短い。突然あたりが暗くなった。遠くの自動車道路から車の行きかう音が聞こえる。ケープタウン方面とポートエリザベス方面への分岐点だ。パトカーのサイレンがかすかに聞こえる。マバシャは考えた。ヤン・クラインが自分に連絡をしてきたということは、なにか特別の用事にちがいない。千ランドももらえば、だれであろうと殺すプロはいくらでもいる。自分が南アフリカでもっとも腕のいい、もっとも冷酷なプロの殺し屋だということだけが理由ではないにちがいない。

彼の考えは、自動車道路の騒音の中から一台の車が出てきたことで中断された。彼は陰に身を潜め、ピストルを取り出し、安全装置を外した。

車は道の行き止まりで止まった。ヘッドライトが土ぼこりにまみれた植え込みと壊れた車の残骸を照らした。マバシャは暗闇で待った。全身の神経を集中させた。

男が一人、車から降りた。マバシャはヤン・クラインではないとすぐに見て取った。ヤン・クライン自身がくるとははなから考えていなかった。用事があれば、ほかの者を迎えに差し向ける。それが彼のやり方だった。

マバシャは壊れた車の残骸をぐるりとまわった。男が気がつかないうちにうしろから近づくためだ。男の車はマバシャが予想したとおりの場所に駐められている。彼は昼間のうちに、車の残骸のまわりをまわって音もなく近づく練習をしていた。

男の背中にぴたりとつくと、銃口を彼の頭に当てた。男の体が硬直した。

「ヤン・クラインはどこだ?」マバシャは訊いた。

男はゆっくりと頭をまわしてマバシャを見た。

「これから彼のところにおまえを連れていく」男が答えた。マバシャは男がおびえているのがわかった。

「彼はどこにいる?」マバシャは訊いた。

「プレトリアの郊外の農場だ。ハンマンスクラールだ」

マバシャはその場所に心当たりがあった。一度ヤン・クラインにハンマンスクラールで会ったことがある。ピストルをホルスターにおさめた。

「よし、出発だ」マバシャは言った。「ハンマンスクラールまでは百キロある」

彼は後部座席に乗り込んだ。運転する男は黙ったままだ。まもなくヨハネスブルグの街の灯りが自動車道路から見えた。この町の近くにくると、必ず憎悪が吹き出す。いつも彼の跡をつけてくる野獣のようだ。それは忘れたいと思っている記憶をほじくり返す。

ヴィクトール・マバシャはヨハネスブルグで生まれ育った。父親は炭坑夫でめったに家にいなかった。長年ダイヤモンド鉱山キンバリーで働き、その後ヨハネスブルグの北にあるヴェルウードブルグ鉱山で身を削るようにして働いた。四十二歳で肺がだめになった。ヴィクトール・マバシャはいまでも父親が亡くなる年に苦しそうに呼吸していたことを思い出す。その目には恨みが浮かんでいた。母親は九人の子どもを育てるために這いつくばうようにして働いた。一家はスラム街に住み、マバシャにとって子ども時代は、長い、終わりのない屈辱の時代でしかなかった。幼いときからこんな環境すべてに反抗した。だが彼の反抗は混乱を招き、誤解された。彼は若者の泥棒集団と付き合うようになり、警察に捕まり、刑務所で白人警官に死ぬほど殴られる暴行を受けた。それは彼のいまいましさをつのらせるばかりだった。出所後、彼はふたたび街のギャングになり、犯罪を重ねていった。

仲間たちとちがったのは、屈辱を生き抜くことに関して彼は独自の道を選んだことだった。当時始まっていた黒人の意識高揚運動に加わるのではなく、その反対の方向に進んだのである。白人の抑圧が彼の人生をめちゃめちゃなものにしてしまったにもかかわらず、生き抜くためには白人側につくほうがいいと判断したのだった。白人の盗品売買人からの注文を引き受けるようになり、その代わりに彼らの庇護を受けた。彼が二十歳になったある日、白人商人を侮蔑したという理由で黒人政治家を暗殺しろと千二百ランドの報酬を支払われたとき、彼は迷いもなく実行した。彼が白人の側に立っているということがはっきり証明されると思ったからだ。彼の復讐は、自分が白人たちを深く軽蔑していることを白人たちは知らない、という点にあった。マバシャはこの国で黒人のいるべき位置をよく知っているめずらしいカフィールだと白人たちに思われた。しかし彼は胸の奥で白人を憎悪していた。白人の使いをするのはそのためだった。

ときどき昔の仲間が絞殺されたり、長期刑の判決を受けたりするのを新聞で読むことがあった。可哀想にと思う反面、自分のとった道は正しかった、いつかスラムを抜け出して自分の人生を生きてみせると思うのだった。

二十二歳のとき、初めてヤン・クラインに会った。初めから、ヤン・クラインはヴィクトール・マバシャを侮蔑的に扱った。

ヤン・クラインは狂信的な人間だった。ヴィクトール・マバシャは彼が黒人を憎み、黒人を畜生とみなし、白人に管理されるものとみなしていると知っていた。早くからボーア人のファシスト運動に加わり、すぐに指導者になった。政治家ではなかったが、国の秘密情報機関で働く立場から裏で工作した。彼のもっとも優れている点は情け容赦のなさだった。彼にとって、黒人を殺すのはネズミを殺すのと同じことだった。

マバシャはヤン・クラインを憎むと同時に崇拝した。ヤン・クラインのもつ、ボーア人は絶対であるとの信念、冷酷無比な容赦のなさに圧倒された。まるで考えも感情もすべてコントロールできる人間のようだった。マバシャはヤン・クラインの弱点を必死になって探したが、そんなものはどこにも見当たらなかった。

二度、マバシャはヤン・クラインの注文を受けて仕事をしている。満足な結果が出て、ヤン・クラインは上機嫌だった。だが、しばしば会っていたにもかかわらず、ヤン・クラインは決してマバシャと握手しようとはしなかった。

ヨハネスブルグの街の灯りは車のうしろへゆっくり消えていった。プレトリアに向かう車の数は少なかった。マバシャは座席に深く座って目を閉じた。決してもう会わないと言ったヤン・クラインがどうしてその言葉をくつがえすことになったのか、もうじき答えを知ることになる。

意識とは反対に、マバシャの体は緊張していた。ヤン・クラインはよほど重要な用事でなければ、決して彼を呼び出しはしないだろう。


その家はハンマンスクラールから約十キロのところにあった。高い鉄条網で囲まれていて、よそ者が入り込まないように庭にシェパードが数頭放たれていた。

その晩、狩猟大会のトロフィーがいくつも飾られた部屋では、男が二人マバシャを待っていた。カーテンは閉められ、使用人は家に帰されていた。二人の男は緑色のフェルトのクロスを掛けたテーブルに向かい合い、ウィスキーを飲み、低い声で話をしていた。まるでまだ屋敷に人がいて耳を澄ましているのを疑っているような用心ぶりだった。

一人はヤン・クラインだった。最近なにか深刻な病気を患ったのではないかと思わせるほど、極端に痩せていた。頬がこけた厳しい顔は、あたりに目を光らせている猛禽類のようだった。目は灰色、頭髪は薄く、ダークスーツに白いシャツ、そしてネクタイを締めていた。声はしゃがれていて、話し方は控えめだった。のろいと言ってもいいほどゆっくりと話した。

もう一人の男は正反対だった。フランス・マーランは大きな体で、太っていた。腹はベルトの外にはみ出し、赤ら顔で、大汗かきだった。一九九二年四月のこの夜、マバシャを待ち受けていたのは、こんな、まったく不釣り合いの男たちだった。

ヤン・クラインは腕時計を見た。

「あと三十分でやつは到着する」

「そのとおりだといいが」フランス・マーランが言った。

ヤン・クラインの体が硬くなった。突然ピストルを突きつけられたように。

「いままで私が間違ったことがあったか？」ヤン・クラインが訊いた。依然として低い声で話しているが、脅しをかけるようなその口調は十分に聞き取れた。

マーランは考える目つきで彼を見た。

「いいや。なかった」と答えた。「いまのは単に思いつきで言っただけだ」

「きみは間違っている」ヤン・クラインが言った。「不必要なことを心配して時間をむだにしている。すべては計画どおりにうまくいくに決まっているではないか」

「そうだといいと思うよ」フランス・マーランが言った。「もし失敗したら上司は私の首に懸賞金をかけるだろうよ」

ヤン・クラインの顔に笑いが浮かんだ。

「私は自殺しなければなるまいね」と言った。「だが、私はまだ死ぬつもりはない。この数年間にわれわれが失ったものを奪還したら、私は引退する。だが、それまではまだだ」

ヤン・クラインは驚異的キャリアの持ち主だった。南アフリカのアパルトヘイト政策を廃止させようとする者を徹底的に憎むその姿勢のために、彼は有名だった。いや、悪名高い人間だった。彼を有名と思うか、悪名高い人間と思うかは、どの立場に立つかによって決まるところだろう。

彼はボーア人の抵抗運動の中でもっとも激しい男として恐れられていた。彼を知る者たちは、彼が非情で計算高く、その冷酷さゆえに決して不必要な行動はとらない人間であると知っていた。彼自身、自分は政治的外科医であると言っていた。健康な南アフリカボーア人の体をむしばむ癌を切開するのが自分の任務である、と。ヤン・クラインが国の秘密情報機関でもっとも有能な高官の一人であると知る者はほとんどいない。

　フランス・マーランは十年以上も南アフリカ軍で働いた経験のある、軍の秘密機関の司令官である。戦場で指揮を執っていた軍人で、南ローデシアとモザンビークで秘密工作をおこなっていた人物だ。四十四歳のとき、心臓発作を起こし、彼の職業軍人としてのキャリアは終わった。だがその思想と有能さのために、すぐさま軍の秘密機関に迎えられた。任務は、アパルトヘイト反対主義者の車に爆弾を仕掛けることから、ANC（African National Congress アフリカ民族会議　南アフリカの黒人解放組織）の集会やその代表者たちに対してテロを仕掛けることまで多岐にわたった。彼もまたボーア人抵抗運動の活動員だった。だが、彼もまたヤン・クライン同様表には出ないメンバーだった。今晩ヴィクトール・マバシャの到着によって実現に向かって動きだす計画を立案したのはこの二人だった。彼らはやるべきことを日夜討議した。そしてしまいに結論に達した。彼らはその計画を秘密の組織に提案した。それは単に委員会《コミッティー》とだけ呼ばれる集団だった。

　このコミッティーこそが、そもそもこの二人に今回の任務を与えた組織だった。

　すべてはネルソン・マンデラが三十年近い投獄生活ののちロベン島から釈放されたときに始まった。ヤン・クラインとマーランにとって、またボーア人の正義を信じる者たちにとって、これは宣戦布告だった。デクラーク大統領は自分の属する民族を、すなわち南アフリカの白人たちを裏切った。アパルトヘイト制度は、自分たちが思いきった行動をとらないかぎり崩壊する。高い地位にいるボーア人たちは——その中にヤン・クラインもフランス・マーランもいるのだが——、自由選挙がおこなわれれば黒人主導の社会が実現することは避けられないと予測した。それは彼らの社会の崩壊を意味した。選民ボーア人が思うままに南アフリカを統治する権利が奪われる運命の日だ。彼らはそれを阻止するためのあらゆる可能性を検討し、とうとう、しかるべき行動を決定した。

それは四ヶ月前のことだった。そのときも二人はこの家で会った。ここは南アフリカ軍所有の施設で、秘密裡に討議する会議や集まりに使用された。公式には国の情報機関も軍もコミッティーとはなんの関係もないことになっていた。これらの機関は現在の政権と憲法に対して忠誠を誓うものだった。だが、現実は異なった。『兄弟の絆』の勢力が旺盛だったときと同じように、ヤン・クラインとフランス・マーランは南アフリカ社会のあらゆるところにコネをもっていた。彼らが秘密のコミッティーの依頼で作成した計画、いま実行に移されようとしている作戦の背景には、南アフリカ軍の司令本部、ＡＮＣに反発するインカタ（Inkatha 黒人の解放と統一を掲げる南アフリカ共和国ズールー族の政治結社）、そして南アフリカ経済・金融界の一部が存在していた。

四ヶ月前、ヤン・クラインが出しぬけに質問したときも、二人はいまと同じように緑色のフェルトのクロスを掛けたテーブルを囲んで座っていた。

「現在、南アフリカでもっとも重要な人物はだれか？」

マーランはヤン・クラインの意味するところを理解するのに長く考える必要はなかった。

「頭の遊びをするのだ」ヤン・クラインが続けた。「その男が死んだと想定するのだ。自然死ではない。それでは彼は聖人になってしまう。彼は殺されると想定するのだ」

「黒人居住区での暴動がわれわれの想像を超えたものになるのは必定だ。ゼネストが起き、大混乱が生じるだろう。外の世界はわが国をますます疎外するだろう」

「その先を考えるのだ。彼が黒人によって殺されたと立証できるようにしたらどうだろう」

「それは混乱をますます激しいものにするだろう。インカタとANCは公然と壮絶な戦いを繰り広げるだろう。われわれは腕組みをして彼らが互いに鉈や斧や槍を持って殺し合うのを傍観することができる」

「そのとおり。その先を考えるのだ!」

マーランは答える前に考えた。

「しまいに黒人は白人に刃向かうようになる。そしてその頃には黒人の政治的運動は究極の崩壊と無政府状態に陥っているだろうから、われわれは軍隊と警察を出動させざるを得なくなる。その結果、内戦が短期間だが勃発するだろう。緻密な計画を立てれば、われわれはそれまでに黒人の有力政治家たちを抹消しておくことができる。国際社会は望もうと望むまいと、黒人のほうが戦争を始めたのだという事実を受け入れざるを得ないだろう」

ヤン・クラインはうなずいた。

マーランは向かい側に座っている男を観察した。

「きみは本気でこれを考えているのか?」とゆっくり言った。

ヤン・クラインは驚いたように見返した。

「本気?」

「あの男を暗殺することだよ」

「もちろん本気だ。来年の夏までに、あの男を消し去るのだ。私はこれをスプリングボック（spriengboek 南アフリカ産のアンテロープの一種）作戦と呼んでいる」

「なぜだ？」

「なんにでも名前がなければならないからだ。きみはアンテロープを撃ったことがないか？命中すると、アンテロープは死ぬまでの短時間走るのだ。その走りをわれわれの最大の敵に与えようと思う」

　彼らは夜明けまで話し合った。マーランはヤン・クラインの緻密な準備に舌を巻いた。計画は大胆だが、失敗の危険性は少ない。明け方、その館のベランダに出て体を伸ばしたとき、マーランには残る疑問は一つしかなかった。

「きみの計画は素晴らしい。私には危険は一つしか見えない。ヴィクトール・マバシャは裏切らないという点にきみが賭けているということだ。きみは彼がズールー族であることを忘れているんじゃないか。部分的に彼らはボーア人を思わせる。ズールー族は自分たちとその祖先にしか根本的な忠誠心をもたない。ということは、きみは黒人に大きな責任と信頼をおくリスクを冒すことになる。きみも知っているとおり、彼らの忠誠心は絶対にわれわれには向けられることはない。もちろんきみはわかっているのだろう。彼は金持ちになる。想像したこともないほどの金持ちに。だが、この計画はわれわれが黒人を頼ることに土台をおいている点が私には不安だ」

「それにはすぐに答えることができる」ヤン・クラインは即座に言った。「私はだれ一人頼っていない。全面的には、だよ。私はきみを信頼している。だが、すべての人間は弱点をもっていると承知している。私はその欠点を用心深さと二重保障でカバーする。ヴィクトール・マバシャの場合も例外ではない」

「きみが信頼している人間は自分自身だけだろう」マーランが言った。

「そうだ」ヤン・クラインが答えた。「私の中にはきみがいま話したような弱点をみつけることはできない。マバシャは当然、常に監視下に置かれる。そして彼にはそのことを知らせるつもりだ。彼はまた、世界でもっとも優秀な暗殺のプロに特別訓練を受けることになる。万一裏切ったら、生まれてきたことを悔やむほど、ゆっくりと痛めつけて死に至らせてやる。マバシャは拷問とはどういうものか知っている。彼はわれわれが彼になにを要求しているのか、理解するようになる」

数時間後、彼らは別れ、それぞれの方向に立ち去った。

四ヶ月後、計画は一定数の同志のあいだで沈黙の誓いとともに受諾された。

作戦は実現に向けて開始された。


坂の上の館の前に車が止まる音が聞こえたとき、フランス・マーランは犬たちを鎖に繋いだ。ヴィクトール・マバシャは犬が嫌いだった。犬が飛びかかってくる危険がないとわかるまで車の中に座っていた。ヤン・クラインはベランダに出て彼を迎えた。マバシャは握手の手を差し出す誘惑に打ち勝つことができなかった。だがヤン・クラインはその手を無視して、旅行はどうだったかと訊いた。

「一晩もバスに揺られていると、いくつもの質問が用意できるものだ」マバシャは答えた。

「それはいい」ヤン・クラインは言った。「必要な答えはすべて与えよう」

「だれが判断するのだ？」ヴィクトール・マバシャが言った。「おれになにが必要か、必要でないかを」

ヤン・クラインが答える前に〝フランス・マーラン〟が暗がりから現れた。彼もまた手を差し出さなかった。

「中に入ろう」ヤン・クラインが言った。「話がたくさんある。だが時間は限られている」

「私はフランスだ」マーランが言った。「両手を頭の上にあげろ」

マバシャは抵抗しなかった。取引がおこなわれるとき、武器は建物の外に預けられるのは不文律だった。マーランは彼のピストルを受け取り、渡されたナイフをながめた。

「それはアフリカ人の刀鍛冶が作ったものだ」マバシャが言った。「至近距離での戦いにも使える」

彼らは家の中に入り、緑色のクロスを掛けたテーブルに向かって腰を下ろした。運転手は台所でコーヒーをいれている。

マバシャは待った。二人の男が自分の緊張を察しないことを願った。

「百万ランドだ」ヤン・クラインが言った。「最終的なところから話を始めよう。われわれが依頼した仕事を成し遂げれば、どのくらいの金額が手に入るかを初めから意識していてほしい」

「百万という金は莫大でもあり、わずかでもある」マバシャが言った。「状況による。そしてわれわれとはだれのことだ？」

「質問はあとで受けよう」ヤン・クラインが言った。「おまえは私を知っている。私が信頼できる人間であると知っている。いまおまえの向かい側に座っているフランス・マーランは私の右腕だと思ってくれ。私を信用するのと同じく彼を信用していい」

マバシャはうなずいた。ゲームは始まった、と彼は理解した。互いが互いの信用性を保証し合う。だが、だれも自分以外の人間は信じない。

「われわれのために一つの小さな仕事をしてほしい」とヤン・クラインはあらためて言った。それは、まるでコップ一杯の水をくれとたのんでいるかのような話し方だった。「〝われわれ〟とはだれなのかはこの際おまえには関係ない」

「百万ランド」マバシャが言った。「これは莫大な金であるとしよう。あんたたちはおれにだれかを殺してほしいのだろう。だとすると、百万は多い。では、百万では少ないとすると、答えはどうなる?」

「百万が少ないとはなんだ。寝言を言うな!」マーランが苛立った。

ヤン・クラインが静めるように手を上げた。

「それでは、これは非常に集中的な、しかも短期間でできる仕事にしてはいい報酬だということにしようではないか」

「あんたたちはおれにだれかを殺してほしいのだろう?」マバシャは繰り返した。

ヤン・クラインは答える前にじっと彼をみつめた。マバシャは突然冷たい風が部屋を吹き抜けたような気がした。

「そのとおりだ」ヤン・クラインがゆっくりと言った。「われわれはおまえにある人間を殺してほしい」

「だれだ?」

「ときが熟せばわかる」ヤン・クラインが言った。

マバシャは急に不安になった。もっとも重要なことを知らされるのは、ゲームの当然のルールであるべきだ。殺しの標的はだれなのか。

「この仕事は非常に特殊なものだ」ヤン・クラインが話を続けた。「おまえはこれから旅行に出る。おそらく数ヶ月にわたる準備、訓練、そして細心の注意が必要だ。私に言えるのは、おまえにある男を除去してもらうということだけだ。重要な男だ」

「南アフリカ人か?」ヴィクトール・マバシャが訊いた。

ヤン・クラインは答える前に一瞬ためらった。

「そうだ。南アフリカ人だ」

マバシャは考えをめぐらせた。だがまだすべてが漠然としている。それにテーブルの向かい側の暗がりに黙って座っているこの太った汗かきの男はだれだ? マバシャはこの男にかすかに見覚えがあるような気がした。以前会ったことがあるのだろうか? もしそうならどういう関係で? 新聞で見た顔か? 彼は懸命に記憶をたぐったが、答えは得られなかった。

運転手がコーヒーカップを用意し、緑色のテーブルの上にコーヒーポットを置いた。彼が部屋を出てドアを閉めるまで話が中断した。

「あと十日ほどで、南アフリカを出国してほしい」ヤン・クラインがふたたび話し始めた。「おまえはこれからすぐにンティバネに戻る。そして人にはこれからボツワナのガボロネで金物屋を営む叔父のところへ仕事をしに行くと言うのだ。ボツワナからのスタンプが押してある手紙を用意してある。それはおまえを呼び寄せる雇い主からの手紙だ。その手紙を会う人ごとに見せるのだ。四月十五日、あと七日後だが、おまえはバスでヨハネスブルグへ向かう。バスターミナルには迎えの者が出る。その晩はある一室に泊まる。私はそこに行ってもう一度おまえに会い、最終的な指示をだす。翌日おまえはザンビア出身の別名の人間だ。名前は自分で決めていい。サンクトペテルブルグに着くと、空港に迎えの者がくる。おまえたちはそこから列車でフィンランドへ行き、そこからは船でスウェーデンへ向かう。そこには数週間滞在することになるだろう。そこでおまえはもっとも重要な命令を与える人間に会う。その後、まだ日付は未定だが、おまえは南アフリカに帰国する。おまえが帰ってきてからの、最後の段階の命令は私がする。遅くとも六月末にはすべてが完了する。おまえは世界じゅうどの国でも金を受け取ることができる。おまえがこの小さな仕事を引き受けたときに前金で十万ランド支払おう」

ヤン・クラインは沈黙し、探るような目でマバシャを見た。マバシャはいまの話は空耳ではないかと疑った。サンクトペテルブルグ？　フィンランド？　スウェーデン？　彼は頭の中にヨーロッパ地図を描こうとしたができなかった。

「訊きたいことは一つだけだ」しばらくして彼は言った。「これらすべてのことの意味はなんなのだ？」

「われわれは用心深く、慎重だということだ」ヤン・クラインが答えた。「これはおまえの安全の保障にもなるのだ。おまえも理解するだろう」

「おれの安全は自分で守る」マバシャはうるさそうに言った。「だが、最初に戻ろう。サンクトペテルブルグでおれを迎えにくるのはだれだ?」

「知ってのとおり、ソ連はここ数年大きな変化を経験した」ヤン・クラインが言った。「われわれすべてが喜んだ変化だ。しかし、それは同時に有能な人間たちの失業につながった。それは秘密警察KGBの役人にも言えることだ。わが国にも彼らの経験と奉仕に興味がないかという問い合わせが殺到している。

「おれはKGBとは働かない」ヴィクトール・マバシャが言った。「おれはだれとも働かない。おれはやるべきことを一人でやる」

「まったく正しい」ヤン・クラインが言った。「おまえは一人で働く。だが、サンクトペテルブルグでおまえを迎えにくるわれわれの友人たちから、おまえは貴重な経験を得るだろう。彼らはじつに優秀だからな」

「なぜスウェーデンなのだ?」

ヤン・クラインはコーヒーを一口すすった。

「いい質問だ。また当然の質問でもある。まずこれは工作なのだ。この国にはこれからなにが起きるのか知っているものはいないが、それでも煙幕を張る必要がある。スウェーデンは小さくて取るに足りない中立国だが、わが国の社会制度に対していつも攻撃的だった。オオカミが羊の寝床にいるとはだれも考えつかない。二番目の理由はサンクトペテルブルグにいる友人たちはスウェーデンに足がかりがある。あの国に入り込むのはじつに簡単だ。というのも、国境での検査はおざなりで、ほとんどないと言ってもいい。われわれの友人のロシア人たちはすでに大勢スウェーデンに入り込んでいる。名前も身分も偽装している。三番目の理由に、スウェーデンには適当な住処を手に入れる手伝いをしてくれる信頼できる人間がいる。だが、もっとも重要な理由はやはり、おまえを南アフリカから離れさせることだろう。私のような人間がなにを考えているかに興味を抱いている人間が多すぎるからな。計画が見抜かれるおそれがある。それを未然に防ぐのだ」

マバシャは首を振った。

「だれを殺すのか、教えてもらわなければならない」と言った。

「ときがきたら、だ」ヤン・クラインが言った。「その前に教えるわけにはいかない。最後に、おまえと八年前にした話を思い出させてやろう。あのときおまえは、周到な計画をすれば、どんな人間であろうと殺すことができると言った。いざとなったら、だれであろうが逃げることはできない、というのがおまえの主張だった。いま、おまえの腕前を見せてもらうつもりだ」

その瞬間、マバシャは殺す相手がだれなのかわかった。

それはめまいがするような思いつきだった。しかしそれは十分に説得力がある。黒人及び南アフリカの自由化に対するヤン・クラインの執念深い憎しみを思えば……。

重要な人物。彼らはデクラーク大統領を殺せと言っているのだ。

瞬間的に彼は断ろうと思った。このリスクは大きすぎる。大統領のそばから片時も離れない警護の人間たちを、どうやってかわすというのか？　デクラーク大統領は自爆テロ覚悟の暗殺者が狙っているような大物だ。

同時に、彼は八年前にヤン・クラインに言った言葉を自分がいまでも信じていることを否定したくなかった。世界じゅうのだれであれ、巧妙な暗殺者の襲撃から逃れることはできない。

そして百万ランドだ。気を失いそうな金額だ。断ることはできない。

「前金で三十万ランドだ」マバシャは言った。「遅くとも明後日までにロンドンの銀行に振り込んでもらおう。あまりにもリスクが高いと判断した場合には、最終的計画を実行しない権利を保留したい。その場合、あんたのほうは代わりの計画をおれに要求できる。その条件のもとで引き受けよう」

ヤン・クラインは笑いを浮かべた。

「よし。そうなると思った」

「パスポートはベン・トラヴィスという名前にしてくれ」

「いい名前だ。覚えやすい」

ヤン・クラインは椅子のすぐそばの床の上にあったファイルから、消印のあるボツワナの切手を貼った手紙を取り出し、マバシャに渡した。

「四月十五日、朝六時にウムタタからヨハネスブルグに向かってバスが出発する。そのバスに乗ってくれ」

ヤン・クラインとフランスと名乗った男は立ち上がった。

「車でンティバネまで送る」ヤン・クラインが言った。「時間があまりないので、このまま今晩発つがいい。後部座席で眠れるはずだ」

マバシャはうなずいた。急いで家に帰らなければならなくなった。準備をするのに一週間は十分な時間ではなかった。たとえばこのフランスと名乗った男の実体を調べ上げるのに。

自分の安全が問題だった。それに全神経を集中させなければならなかった。

彼らは別れた。今度はヴィクトール・マバシャは手を差し出さなかった。武器を返してもらい、車の後部座席に乗り込んだ。

デクラーク大統領、と彼は考えた。狙ったら逃がしはしない。あんたでもそれは同じだ。

ヤン・クラインとフランス・マーランはベランダに立ったまま、車のテールライトを見送った。

「きみは正しいだろうよ」マーランが言った。「あいつはきっと成功するだろう」

「もちろん成功するに決まっている」ヤン・クラインが言った。「なぜ私が一番腕ききの男を選んだと思う？」

マーランは物思いに沈み、星空を見上げた。

「だれなのか、彼にわかったと思うか？」

「デクラーク大統領だと推測しただと思う」ヤン・クラインは言った。「そう思うしかないはずだ」

マーランは空の星からヤン・クラインに目を移した。

「それがきみの意図だ。そうじゃないか？　そのように推測させるのが？」

「もちろんだ」ヤン・クラインが答えた。「私はなにごとも意図せずにはやらない。さて、それでは私はこれで失礼する。明日ブルームフォンテーンで重要な会議がある」

四月十七日、ヴィクトール・マバシャはベン・トラヴィスの名前でロンドンへ飛んだ。そのときにはすでにフランス・マーランの正体を知っていた。そのことは、彼の標的となる犠牲者はデクラーク大統領であることをいっそう確信させた。旅行カバンの中にデクラークについての本を何冊か入れた。彼についてできるかぎりのことを知らなければならないと承知していた。

翌日、彼はサンクトペテルブルグまで飛んだ。そこでコノヴァレンコという男に出迎えられた。四月十九日、ストックホルム湾に一隻のフェリーボートが錨を下ろした。そこからスウェーデン南部に向かって車を走らせ、一日の長いドライブののち夜遅く、ひとけのない農家に着いた。車を運転した男はじょうずに英語を話した。ただときどきロシアなまりがあった。

四月二十日月曜日、明け方ヴィクトール・マバシャは目を覚まし、外に出た。濃い霧が野原をおおっていた。彼は冷気に身震いした。

スウェーデン、と彼は思った。おまえはベン・トラヴィスを濃霧と冷気と沈黙で迎えるのか。

9

蛇をみつけたのは外務大臣のボタだった。

時刻は夜中の零時近く、南アフリカ共和国政府閣僚のほとんどは、すでに就寝のあいさつをしてバンガローに引き揚げていた。キャンプファイヤーのまわりに残っていたのは、デクラーク大統領、外務大臣のボタ、国務大臣のフロックとその秘書、それに大統領と閣僚によって選ばれた護衛数人だけだった。彼らはデクラーク大統領に個人的信頼と守秘義務を誓った軍人たちだった。また、キャンプファイヤーから少し離れた、ほとんど見えないところで、黒人の使用人たちが指示を待っていた。

それは緑色のマンバだった。揺らめく焚き火の輪の片隅でじっと動かない姿は、闇にまぎれて判然としなかった。外務大臣ボタが、もしそのとき足首をかくために前かがみにならなかったならば、おそらく目に入らなかったにちがいない。蛇をみつけたとき彼はぎくりとしたが、あとはそのまま動かなかった。幼いときに彼は、蛇は動くものしか攻撃しないと教えられていた。

「私の足から二メートルのところに毒蛇がいる」低い声で彼は言った。

デクラーク大統領は考えに沈んでいた。レストチェアの背を倒して、椅子に座ったまま体を伸ばしていた。いつもながら彼はほかの閣僚たちから少し離れたところにいた。キャンプファイヤーのまわりに座るとき、閣僚たちが決して彼のすぐ隣に座らないのは、彼に対する敬意を示すためだろうと思ったことがある。それはまた彼にとっても都合がよかった。デクラーク大統領はしばしばどうしても一人でいたくなるタイプの人間だった。

外務大臣の言葉がゆっくりと彼の頭に沈み、考えを掻き乱した。デクラークは首をひねって、揺れる炎が映っている外務大臣の顔を見た。

「いま、なにか言ったか？」デクラーク大統領は訊いた。

「緑色の毒蛇が私の足元にいます」ピーク・ボタが言った。「こんなに大きなマンバは見たことがありません」

デクラーク大統領はゆっくりと椅子から起きあがった。彼は蛇が大嫌いだった。彼は這う動物に対してほとんどパニックを起こすほどの恐怖心をもっていた。大統領官邸では、使用人たちが毎日、クモ、カブトムシ、そのほかの昆虫を隅々まで徹底的に調べてまわった。大統領執務室、大統領専用車、あるいは閣僚会議室についても同じことだった。

大統領はゆっくりと頭を動かし、蛇をみつけた。すぐに不快な気分が襲ってきた。

「殺せ」彼は言った。

国務大臣は椅子で居眠りをしていた。すぐそばで彼の秘書がイヤホーンで音楽を聴いていた。警護兵の一人がベルトからナイフを抜き出して、蛇に打ち下ろした。マンバの頭が胴体から切り離された。警備兵はまだくにゃくにゃと体を動かしている蛇を持ち上げると、火にくべた。デクラークは地面に頭だけ残された蛇が口を開けては閉じて、毒牙を剝いたのを見て恐怖に震え上がった。不快な気分がますます強くなり、急にめまいがした。気を失いそうだった。急いで椅子に体を伸ばし、目を閉じた。

死んだ蛇、と彼は考えた。だが、体は動いている。なにも知らなければ、まだ生きていると人は思うだろう。それはまったくここと同じだ。私の国、この南アフリカと。古いものの多くの部分、ずっと前に死に、葬ったとわれわれが信じたものが、生き続けている。われわれは生きているものと闘うだけでなく、ふたたび命を吹き返そうとするものとも闘わなければならないのだ。

四ヶ月に一度のペースで、デクラーク大統領は閣僚と特別に選ばれた秘書をボツワナとの国境の南にあるオンス・フープのキャンプに招待した。彼らはそこに二、三日滞在した。その旅行は公然とおこなわれた。公式には、大統領と閣僚たちはさまざまな重要な事柄を、人里離れたところで会議するためにそこに集まるということになっていた。デクラークはこの国の大統領に就任したときからこの行事を導入した。まもなく彼が就任してから四年になる。このオンス・フープのキャンプファイヤーのまわりの非公式な環境で、いくつかの重要な課題の閣議決定がおこなわれてきた。このキャンプは政府の金で建てられたものである。デクラークにとって、この存在を擁護するのは簡単なことだった。彼自身も閣僚メンバーも、夜空の下でキャンプファイヤーを囲み、原始のアフリカを感じるとき、より自由に、より大胆に考えることができるようだった。ときどきデクラークは、それは彼らのボーア人の血が騒ぐためであるように思った。いつも自然とともに行動する自由な男たち。彼らは決して新しい時代、エアコンの利いた執務室、防弾ガラスをはめた自動車に慣れることはなかった。ここオンス・フープで彼らは地平線に浮かぶ山々、無限に広がる草原、そしてなにより美味しく料理されたブラーイ（南ア料理。直火であぶり焼きにした肉）を楽しむことができる。時間的にストレスを感じないで討議できる。デクラークはすでにそれは結果に表れていると認識していた。

ピーク・ボタ外務大臣は火に焼かれた蛇をながめた。それから振り返って、デクラークが目を閉じて椅子に横になっているのを見た。それは大統領が一人になりたいという印であることを彼は知っていた。彼は眠っている国務大臣の肩をそっと揺すった。フロックはびくっとして目を覚ました。二人が立ち上がると、秘書は音楽カセットを急いで止め、椅子の下に散らばった書類をまとめた。

ボタは、ほかの者たちが使用人の照らす明かりに導かれて姿を消してからもその場に留まった。大統領がほかの者のいないときに外務大臣と言葉を交わすのを望むことが、ときどきあったからだ。

「私はもう失礼しますが」ボタが言った。

デクラークは目を開けて彼を見た。その晩、彼はボタと話すことはなにもなかった。

「そうしなさい。眠れるときに眠っておかなければならない、われわれは」

ボタはうなずいた。おやすみなさいと大統領にあいさつして、立ち去った。

いつもなら、デクラークはそのまま一人残って、その日の昼間と夜に話し合われた事柄を反復する。オンス・フープのキャンプに彼らがやってくるときは、通常話し合われる政府の案件ではなく、総体的政策を討議するのだ。ここで彼らは、この国の白人たちが大きく影響力を失うことなく、いかに変化を成し遂げるかの戦略を練るのだった。

だが、一九九二年四月二十七日月曜日のその晩、デクラークはある男を待っていた。その男には一人で会いたかった。彼が閣僚の中でももっとも信頼している外務大臣さえ知らないところで。大統領が護衛の一人にうなずくと、彼はすぐに姿を消した。数分後、彼は戻ってきた。いっしょにきたのは、四十がらみの男で、簡単なカーキのスーツ姿だった。大統領にあいさつすると、彼はレストチェアを大統領の近くに引き寄せた。同じときに大統領は片手を上げて警備の男を下がらせた。近くにはいても、聞こえないくらい離れろという意味だった。

デクラーク大統領が信頼している人間は四人いた。だれよりもまず妻がその一人。次に外務大臣のボタ。残りの二人のうちの一人は、いま彼の目の前に座っている男だった。名前をピーター・ファン・ヘーデンといい、秘密情報機関に勤めていた。南アフリカ共和国の治安のために働く仕事よりも重要な仕事として、彼はもう一つの役割を果たしていた。それはデクラーク大統領に国家の安全に関する情報を進言する特別な報告者であり使者としての役目だった。ピーター・ファン・ヘーデンを通してデクラークは定期的に報告を受けた。軍隊の上級士官のあいだでどのような考えが支配的か、警察ではどうか、ほかの政党では、また治安警察部内の組織においてはどうなのかも少なからぬ関心事だった。万一軍事クーデターが計画されれば、またどこかで陰謀が謀られれば、ファン・ヘーデンがただちに大統領に知らせる。ファン・ヘーデンの助けなしには、大統領は自分に対する反対勢力を知る術がなかった。ファン・ヘーデンは外部的には秘密情報部で働く、デクラーク大統領に対して非常に批判的な諜報員の役割を果たしていた。彼はそれをうまくこなしていた。バランスがよく取れていて、決して過剰反応をしなかった。彼が大統領の個人的使者であることはだれにも想像がつかなかった。

デクラークは、ピーター・ファン・ヘーデンの協力を得ることで、内閣に対し全幅の信頼をおいているわけではないということになるのを承知していた。しかし国家的危機を避けようとするならば、大きな変革をやり抜くために、彼が絶対に必要とみなす情報を入手する手段はほかにないように思われた。

これは、デクラークが全幅の信頼を寄せる四番目の人間にも深く関係することだった。

ネルソン・マンデラ。

証拠もない破壊工作《サボタージュ》の罪で一九六〇年代の初めにケープタウン沖のロベン島に投獄されて以来、二十七年間も幽閉されていた南アフリカの黒人解放組織ANCの指導者である。

デクラーク大統領は幻想というものをほとんどもたない人間だった。彼は、終わりのない血で血を洗うような内戦の勃発を避けるために、手を組んでそれに立ち向かえるのは、自分とマンデラしかいないと考えていた。眠れぬ夜を幾晩も大統領官邸を歩きまわり、首都プレトリアの街の明かりを見渡しながら、彼は南アフリカ共和国に未来というものがあるならば、マンデラと自分がどのような政治的妥協点を引き出すかにかかっていると考えた。

マンデラとは心おきなくなんでも話すことができた。相手も同じように思っていることも知っていた。二人は性格も気質もまったくちがうタイプの人間だった。マンデラは求道者で、哲学的なところのある人間だった。そのやり方で決断を下し、これまた資質としてもっている実行力を発揮した。いっぽうデクラーク大統領は、マンデラの哲学的な資質に欠けた。問題が発生すると、彼は直截に実際的な解決策を探した。彼にとって、共和国の将来は、政治的現実と、常になにが実行可能か不可能かを選択しなければならないことのあいだの葛藤にあった。しかし条件も経験もこれほどちがうこの二人のあいだには、明らかな裏切りでもないかぎり壊れないほどの信頼があった。それはまた、二人が意見のちがいを隠す必要がないことを意味し、二人きりで話をするときに決して不必要なレトリックを用いたりする必要がないことを意味した。だがそれは、二人が異なる前線で戦っていることを示すものでもあった。白人社会は分裂していた。そしてデクラークは、もし自分が白人人口の過半数によって受容される妥協案を示すことができなければ、すべてが崩壊してしまうということを知っていた。極右派の人間たちを抑えることは絶対にできなかった。また軍人・士官や政党内の人種差別主義者たちを抑えることもできない。だが、彼らが過激になりすぎないように目を光らせなければならなかった。

デクラーク大統領はマンデラもまた同じような問題を抱えていると知っていた。黒人たちもまた内輪もめをしていた。ズールー族が支配的なインカタ運動とANCは敵対関係に陥っていた。ゆえに彼ら二人は互いが理解できたが、状況的にはっきり現れている同意できない点を否定する必要はなかった。

ファン・ヘーデンはデクラークが必要な情報を手に入れるための保障だった。友達とは近しく交わらなければならない。だが、敵と敵の考えには、もっと近しくならなければならないと彼は知っていた。

いつもならピーター・ファン・ヘーデンとデクラークは大統領執務室で週一回会っていた。しかし今回、ファン・ヘーデンは緊急に会わなければならないと伝えてきた。デクラークは最初、ファン・ヘーデンにキャンプで会うことに気乗りがしなかった。ほかの閣僚たちに知られずに彼に会うことは困難だろうと思ったからだ。だが、ファン・ヘーデンは意外にも引き下がらなかった。デクラークがプレトリアに戻ってくるまで待つことはできないと言うのだった。それを聞いてデクラークは折れた。ファン・ヘーデンは冷静で自己抑制の利く人間であり、大げさに騒ぎ立てるようなことは決してしないと知っているので、彼があとに引かないのは南アフリカ共和国大統領に緊急に伝えるべきよほどのことがあるにちがいないと推察した。

「さあ、あたりに人はいない」デクラークが言った。「ピークが少し前に足元に毒蛇をみつけた。もしかして盗聴器をつけているかと私は疑いもしたが」

ファン・ヘーデンは笑った。

「われわれはまだ毒蛇を諜報員として使うところまではいっていません」と言った。「もしかすると、その日がくるかもしれませんが」

デクラークは彼を観察した。待つことができないほど重要なこととはなんだろう？

ファン・ヘーデンは話し始める前に唇を湿らせた。

「大統領を暗殺しようという陰謀がいま集中的に企てられています」彼は話しだした。「それが真に危険なものであることは、すでに疑いの余地がありません。あなたに向けられたものであり、政府の政策に対するもの、また最終的に国家に対するものでもあります」

ファン・ヘーデンは話をこのように切りだすと、黙った。彼はデクラークが訊き返すことに慣れていた。だが今回、大統領はなにも言わなかった。ただ、話に聴き入っている目をファン・ヘーデンに注いでいた。

「陰謀についての詳細はまだわかっていません」ファン・ヘーデンは続けた。「ですが、主な計画はわかっています。それだけでも深刻なものです。陰謀にはわが国の軍の最高指令部が加わっています。その中の極右翼、ボーア人抵抗運動家たちであろうと思われます。また、保守系の人々はたいてい、政治的に組織されてはいないということを忘れてはなりません。外国の暗殺エキスパート、おそらくKGBではないかと思うのですが、彼らが関わっていると思われる形跡があるのはそのためでしょう」

「KGBはもう存在しない」デクラークがさえぎった。「かつてわれわれが知っていたような形では」

「失業中のKGB諜報員がいるのです」ファン・ヘーデンが言った。「以前大統領に報告したように、われわれはいま、かつてのソ連情報機関の諜報員たちから数多くの問い合わせを受けています。わが国で諜報活動の仕事に就きたいと」

デクラークはうなずいた。それは記憶にあった。

「陰謀には必ず首謀者がいるものだ」しばらくして大統領は言った。「一人、あるいは複数の、たいていの場合ごく限られた数の首謀者だ。姿は見せない。隠れている。その者たちが糸を引いているのだ。それがだれだかわかっているのか？」

「わかりません」ファン・ヘーデンが言った。「それが不安なのです。軍の治安部司令官のフランス・マーランが加わっていることは確かです。彼は不注意にもコンピューターのファイルに陰謀に関するデータの一部を、外部からの侵入に対してブロックしないで保存していました。なにかが始まったという徴候を発見したのはそこでした。私の信頼できる部下に定期的なデータチェックをさせたところ、それがわかったのです」

人びとは知っているだろうか、とデクラークは思った。情報機関の職員たちが互いをチェックしていること、互いのデータ・ファイルを盗み読みしていること、政治的な裏切りをするのではないかと監視し合っていることを。

「どうして私だけなのだ?」デクラークが訊いた。「なぜマンデラと私、二人が標的ではないのだ?」

「まだ早すぎて答えることができません。しかし、いまあなたに対する暗殺計画が成功したらどのような結果がもたらされるかを想像するのは、むずかしいことではないと思います」

デクラークは片手を上げた。ファン・ヘーデンからそれ以上説明を聞く必要はなかった。大惨事が目に見えた。

「さらにもう一つ、私を不安にさせる情報があります」ファン・ヘーデンが言った。「われわれは絶えず名の知れた暗殺者を、白人も黒人も、監視しています。相応の支払いを受ければ、相手がだれであろうと殺す男たちです。政治家の暗殺を未然に防ぐわれわれの活動は非常に成功していると言っても過言ではないと思います。きのう、私はウムタタの治安警察から、数日前にヴィクトール・マバシャという男が短期間ヨハネスブルグへ行ったという報告を受けました。その男がンティバネに戻ったとき、大金を持っていたというのです」

デクラークは顔をしかめた。

「それはあまりにも偶然ではないか？」

「さあ、それはどうでしょうか？」ファン・ヘーデンは言った。「私がこの国の大統領を殺害しようとしたら、ヴィクトール・マバシャを選ぶでしょう」

デクラークが眉を上げた。

「ネルソン・マンデラも狙うかもしれないというときにか？」

「はい、そうです」

「その男は黒人ではないか」

「はい、そうです。それも非常に腕のいい」

デクラークはレストチェアから腰を上げ、消えかかっている焚き火を掻きまわした。いま彼は腕のいいプロの殺し屋の特徴など聞く気分にはなれなかった。薪を二、三本くべて背中を伸ばした。毛のない頭のてっぺんに、ふたたび勢いを得た炎が映って光った。彼は夜空を見上げ、南十字星をながめた。深い疲れを感じた。しかしそれでもデクラークはいまファン・ヘーデンが話したことを理解しようとした。陰謀は考えられることだ。いや、それ以上である。それまでも彼は、黒人に国を売る気かと激しく責めたてる怒り狂った白人たちに雇われたプロの殺し屋が、自分を殺しにくることを何度も想像した。また彼は、自然死にしろ、自然死ではないにしろ、マンデラがもし死んだらどうなるかを想像してもみた。ネルソン・マンデラは高齢だった。いかに体が丈夫でも、彼は三十年近くの年月を刑務所で過ごしてきているのだ。

デクラークはまた椅子に腰を下ろした。

「言うまでもないが、きみにはこれからこの陰謀を暴くことに集中してほしい」デクラークは言った。「どんな手段を使ってもいい。また、金もいくら使ってもいい。なにか重大なことが起きたら、二十四時間いつでも私に連絡しなさい。いまのところ、すぐに対処しなければならないこと、あるいは判断しなければならないことは、二つだけだ。一つは言うまでもなく明らかだ。目立たぬように私の警護を増強することだ。もう一つについては、まだ私自身迷っている」

ファン・ヘーデンは大統領の考えがわかった。が、黙って、話の続きを待った。

「彼に知らせるべきかどうか？」デクラークは言った。「彼はどう反応するだろう？ あるいは、もっと詳しい情報がわかるまで待つべきか？」

ファン・ヘーデンはデクラークが自分に訊いているのではないと知っていた。問いは大統領自身に向けられていた。答えもまた大統領が自分で出すものだった。

「考えておく」デクラークが言った。「近いうちにきみにその結果を知らせる。なにかほかにも話があるか？」

「いいえ」ファン・ヘーデンは言って立ち上がった。

「美しい晩だ」デクラークは言った。「われわれは世界で一番美しい国に住んでいる。だが、化け物が暗闇を彷徨している。ときどき私は未来が見たいと思う。そうできたらいいと望むことがある。だが、正直言って、私にそうする勇気があるかどうかはわからない」

彼らは別れのあいさつを交わし、ファン・ヘーデンは暗闇に消えた。

デクラークは火をみつめた。結論を出すには疲れすぎていた。マンデラに陰謀について知らせるべきか？　あるいは待つべきか？

彼は焚き火のそばにそのまま長いこと座り、火がゆっくり消えていくのをみつめていた。

しまいに決心した。

いまは、友に話すのはやめておこう。

10

ヴィクトール・マバシャは、すべては悪夢だと思いたかった。じつは家の外に女はいなかったのだ、と。憎むべきコノヴァレンコは、決してその女を殺しはしなかったのだ、と。それは精霊《ソンゴマ》の仕業だ。ソンゴマが自分の考えを毒した夢にすぎないのだ。自分に自信をなくさせるために。いや、もしかすると自分がこの仕事を遂行できないようにするために。いま彼が感じている怒りは、黒い南アフリカ人として感じる憤怒だった。彼にはそれがよくわかった。自分がだれだかわからない。あるいはだれになったらいいのかわからないのだ。ある瞬間、暴力を情け容赦なく肯定する人間。しかし次の瞬間、人間が同じ人間を殺すなんてことがどうしてできるのか理解できない。彼は、ソンゴマたちが自分に向かって、〝歌う犬たち〟を放ったのだと理解した。〝歌う犬たち〟は彼を守護する。彼を抑えて行かせないようにする。彼らは非常にすぐれた監視人だ。ヤン・クラインもかなわないほど、彼より数倍も用心深いのだ……。

すべてが最初からおかしな方向に進んだ。マバシャはサンクトペテルブルグ郊外の空港に迎えにきた男に初めから疑いをもち、強い嫌悪感をもった。なにか目に見えないものがその男にはあった。マバシャは把握できない人間が嫌いだった。経験から、そのような人間たちは必ず自分にやっかいごとをもたらすと知っていた。

そのうえ、アナトリ・コノヴァレンコと名乗るその男は人種差別主義者であることが彼にはすぐにわかった。コノヴァレンコの首根っこを摑まえて、おまえがなにを考えているか知っているぞ、おれのことをカフィールだと、劣等な人間だと考えていることは見抜いているんだと言ってやりたいと思ったのは、一度や二度ではなかった。

だが、マバシャはそれをしなかった。自分を抑制した。彼には仕事があり、それはすべてのことに優先する。じつを言うと、彼自身、自分の激しい反応に驚いていた。それまでの彼の人生では、人種差別は生活環境だった。彼は自分なりにそれと同居する術を身につけてきていた。それなのに、なぜコノヴァレンコにだけはこのように反応するのだろう？　南アフリカ人以外の白人に劣等人種とみなされることに我慢できないということなのか？　それが答えだという気がした。

ヨハネスブルグからロンドンへ、そしてそこからサンクトペテルブルグまでの旅は問題なかった。ロンドンまでの夜の飛行中、彼は眠らずに暗い外を見ていた。ときどき、はるか遠い下の暗闇に、火がチラチラと見えるような気がした。

だが、それは気のせいだということもわかっていた。南アフリカを出るのはこれが初めてではなかった。一度彼はルサカ（ザンビア共和国の首都）で当時のＡＮＣ代表を殺害したことがあった。また、ほかのときは、当時の南ローデシアで革命指導者ジョシュア・ンコモの暗殺計画に加わったことがあった。それは彼が一度だけ失敗した苦い経験だった。今後は自分一人で仕事をすると決心したのもまたそのときだった。

イエボ、イエボ。二度とほかの人間の下では働くまい。この凍てつくような北欧の国から南アフリカに戻ったら、アナトリ・コノヴァレンコはソンゴマが仕組んだマバシャの悪夢の中のディテールの一つにすぎなくなる。コノヴァレンコは彼の体から追い出される、もやもやした煙の柱にすぎない。〝歌う犬たち〟の吠え声に隠れている聖なるソンゴマは、コノヴァレンコを追い払ってくれる。マバシャの記憶に、擦り切れた灰色の歯をした傲慢なロシア人のことを残しておく必要はまったくないだろう。

コノヴァレンコは小柄でがっちりした体をしていた。背丈はヴィクトール・マバシャの肩までもなかった。だが、頭脳はすぐれていた。マバシャはすぐにそれを理解した。もちろんそれは驚くには値しなかった。ヤン・クラインは市場で一番いいものしか買わない人間だった。

一つだけマバシャに予見できなかったことがあった。それはこの男の残虐性だった。もちろん、潜入者と裏切り者の処刑を専門とする元ＫＧＢの上級職員なら、人殺しに良心の呵責《かしやく》を感じないだろう。だがヴィクトール・マバシャにとっては、不必要な人殺しはアマチュアのやることだった。殺しはムニンギ・チェバ、すなわちすばやく、犠牲者が不必要に苦しまないようにおこなわれるべきだ。

サンクトペテルブルグを出発したのは、マバシャが到着した翌日だった。スウェーデンへのフェリーボートの中で、マバシャは寒さに震え、部屋を一歩も出ずに毛布で体をくるんで過ごした。ストックホルムに到着する前に、コノヴァレンコはマバシャにパスポートを渡し、説明した。驚いたことに、マバシャはシャリドという名前で、スウェーデン国籍となっていた。

「おまえはエリトリアからの亡命者だ」コノヴァレンコが説明した。「一九六〇年代末にスウェーデンにきて、一九七九年に国籍を取得している」

「二十年以上もこの国に住んでいるのなら、少しはスウェーデン語が話せなければおかしくないか？」マバシャが疑問を言った。

「タック（スウェーデン語でありがとうの意）だけ言えればいい」コノヴァレンコが答えた。「おまえに話しかける人間はいないだろう」

　コノヴァレンコの言うとおりだった。

　驚いたことに、スウェーデンの旅券審査の警察官は彼のパスポートをちらりと見ただけだった。国の出入りがこんなに簡単でいいものだろうか、とマバシャは思った。この任務の最終計画が南アフリカから遠いこの国でおこなわれるのは、やはり理にかなったことなのかもしれないと思い始めた。

　自分の指導者となった男に対しては疑問をもち、明白な嫌悪感を抱いたが、マバシャは自分を包囲し制御していると思われる見えない組織には目を瞠《みは》らずにはいられなかった。ストックホルム港に着くと、車が彼らを待っていた。鍵は左後輪の上に置かれていた。コノヴァレンコはストックホルム中央部から自動車道路に出るまでが不案内だったが、一台の車が彼らの前を走って南への自動車道路へ誘導し、いつのまにか姿を消した。マバシャは、世界は目に見えない組織と人間によってコントロールされている、まるで自分をコントロールするソンゴマのようだと思った。世界の形成と変革は地下世界によっておこなわれるのだ。ヤン・クラインのような人間は単にその使者なのだ。目に見えないこの世界で自分がどこにいるのか、マバシャは不確かだった。自分がそこにいたいかどうかも、わからなかった。

彼らはこのスウェーデンという国を車で旅をした。葉の落ちた木々のあいだから、ときどき雪が見えた。コノヴァレンコはとくにスピードを出さず、運転しているあいだなにも話さなかった。それはマバシャにとっては都合がよかった。彼は長い旅行で疲れていた。後部座席でときどき眠りに落ちた。するとすぐに彼のソンゴマが話しかけてきた。〝歌う犬たち〟が夢の中の暗闇で吠え、目を覚ますと彼はどこにいるのかまったくわからなかった。雨が絶え間なく降っていた。マバシャはこの国が清潔で、なにもかも頑丈に作られていることに驚いた。食事をするために車を駐め、食堂に入ったとき、マバシャはこの国の建物は永久に壊れることはないだろうという気がした。

だが、なにかが欠けていた。ヴィクトール・マバシャはそれがなにかを知ろうとしたが、わからなかった。窓の外の景色を見ていると、寂寥感がつのった。

「どこに向かっているのだ?」三時間以上車で行ってから、マバシャは訊いた。コノヴァレンコの返事は数分後にきた。

「南だ。着けばわかる」

あのときはソンゴマの悪夢はまだ始まっていなかった。女はまだ農家の前に立ってはいなかった。彼女の眉間はまだコノヴァレンコのピストルで撃ち抜かれていなかった。マバシャは、ヤン・クラインから支払いを受けた以上のことをするつもりはまったくなかった。その任務には、コノヴァレンコの話を聞くこと、せいぜい話を聞いてなにか学ぶことまでは含まれていた。精霊たちは、善霊も悪霊も、南アフリカにいるのだ、とマバシャは思った。ンティバネの山の洞穴に。ソンゴマたちは決して国を離れはしなかった。彼らは国境を越えなかったのだ。

その日の夜、八時前に彼らはあたりに人家のない一軒の農家に着いた。すでにサンクトペテルブルグで、マバシャは夕暮れと夜がアフリカとはちがうことに気がついていた。暗いはずのときに明るくて、夕暮れは夜の重い拳《こぶし》のように地面に落ちてはこない。それはゆっくりと沈んでいく、目に見えない空気の柱で支えられている木の葉のようだった。

彼らはそれぞれ旅行カバンを家の中に運び入れ、自分の寝室を確保した。マバシャは家がすっかり暖められていることに気がついた。それもまた秘密組織の仕事にちがいなかった。北極に近いところで、黒人は寒さに震えるだろうと推測されたのだ。そして、寒さに震える人間は、空腹や渇きに苦しむ人間同様、なにもできない。なにも学ぶことができない、と。

家の天井は低かった。マバシャの頭が、天井にむき出しで出ている梁の下をやっと通れるほどだった。彼は家の中を歩きまわり、家具や絨毯、あるいは洗剤の慣れない匂いを嗅ぎまわった。しかし、彼が一番恋しかったのは、焚き火の匂いだった。

アフリカは遠かった。それこそが意味のあることなのだ、と彼は思った。ここで計画が試され、修正され、完成されるのだ。邪魔をするものがあってはならなかった。このあとに起きることを思い出させるものがあってはならなかった。

コノヴァレンコは大きなアイスボックスから冷凍食品を取り出した。マバシャは何日分用意されているかをあとで調べようと思った。この家にどのくらい滞在する予定か、知ることができるだろう。

コノヴァレンコはカバンから強い酒を取り出した。ロシアのウォッカだった。台所のテーブルにつくと、彼はマバシャに勧めたが、マバシャは断った。彼は仕事の準備をするときはほとんど飲まなかった。飲むとしても一日にせいぜいビールを一本か二本だった。だがコノヴァレンコは飲んだ。そして最初の晩から泥酔した。マバシャは、これは自分にとって有利だと思った。危険な状態になったら、酒好きというコノヴァレンコの明らかな弱点を利用することができるだろう。

ウォッカを飲むとコノヴァレンコは口が軽くなった。彼は一九六〇年代、七〇年代のソ連帝国について話し始めた。ＫＧＢが絶大な権勢を帝国の隅々まで発揮した時代である。政治家はだれも安心できなかった。彼らの心の奥の秘密でさえ、ＫＧＢが知らないこと、記録していないことはなかったからである。マバシャはもしかするとソ連という国ではＫＧＢがソンゴマの代わりだったのかもしれないと思った。そこでは聖なる精霊を信じることはだれにも許されていない大きな秘密だったのだ。神を追い払う国は死の宣告を受けたも同然だ、とマバシャは思った。おれの国では、ンコシスがそれを知っている。だから神々はアパルトヘイトにも殺《や》られなかったのだ。神々は自由に生きている。パス法（一九五二年制定。南アフリカの人種差別制度の一つ。全黒人は指紋、写真、個人情報を記載した〝パスブック〟の携帯が義務づけられた）にも縛られず、屈辱的な扱いを受けずに動くことができた。もしわれわれの精霊が監獄のある離れ島に追いやられ、〝歌う犬たち〟がカラハリ砂漠に追い払われたら、南アフリカの白人は、男も女も赤ん坊まで、一人として生き残らなかっただろう。そのときには、ボーア人であれイギリス人であれ、白人はずっと前に一人残らず殺され、わずかに残った骨が赤い土に埋められただけだっただろう。昔、彼の祖先が白人侵入者とまだ槍で戦っていた時代、ズールー族の戦士たちは倒した敵のあごを切り落とした。戦いに勝ったインピは、そのあごを勝利のトロフィーとして首から下げて凱旋した。それらは種族の首長の神殿の門を飾ったのだ。それは白人に対して暴動を起こした神々だった。神々は決して征服されはしなかった。

見知らぬ家で、最初の晩、マバシャは夢も見ずにぐっすり眠った。長い旅行の最後の疲れを眠りで癒すと、翌日明け方に目が覚めたときにはすっかり体調は回復していた。コノヴァレンコのいびきが聞こえてきた。彼はそっと起きあがり、服を着て、家の中を念入りに調べ始めた。なにを捜しているのかはわからなかった。だが、どこかにヤン・クラインの存在があった。どこかに彼の監視の目があった。

家の屋根裏に――そこは不思議なことに穀類の匂いがしてソルグムを思い出したが――精密な無線装置を発見した。彼は高級な電気機器についての知識はなかったが、これを使えば、南アフリカと無線で交信することぐらいはすぐに見当がついた。彼はそのまま捜し続け、家の一方の端に鍵がかかっているドアをみつけた。そのドアの向こうに、彼が長い旅をしてきた理由があるのだ。

マバシャは家の外に出て、庭で用をたした。いままでこれほど黄色い尿が出たことはなかった。食べ物にちがいないと彼は思った。馴染みのない、香辛料の効いていない食べ物。長い旅。そして夢に出てくる戦う精霊たち。おれはどこへ行ってもアフリカを背負っているのだ。

濃い霧があたりに立ち込めていた。家のまわりをぐるりとまわると、裏にうち捨てられた果樹園があった。いくつも種類のちがう木が見えたが、見覚えのあるものはあまりなかった。静まり返っていた。マバシャはここはスウェーデン以外の土地でもあり得るような気がした。七月の早朝のナタール（南アフリカ共和国東部の州）でさえあり得た。

マバシャは震えながら家の中に戻った。コノヴァレンコはすでに起きていて台所でコーヒーをいれていた。濃赤のジャージーのオーバーオールを着ていた。マバシャに向けた背中には、KGBと文字が見えた。

朝食後、仕事が始まった。コノヴァレンコは鍵のかかった屋根裏部屋を開けた。机が一つとまぶしいほど明るい照明が天井からぶら下がっているだけの、がらんとした部屋だった。机の上にライフル銃とピストルが置いてあった。マバシャはすぐにそれらが見たことのないモデルであることがわかった。最初の印象は、ライフルの形が不恰好だということだった。

「これはわれわれの誇りの一つだ」コノヴァレンコが言った。「恰好はいまひとつだが、性能がいい。基礎モデルはふつうのレミントン三七五H&Hだ。だが、KGBの技術者がそれを完璧なものに改造した。これなら八百メートル離れた標的を撃ち落とすことができる。レーザー距離測定能力はめったに手に入らない米軍のもっとも進んだ武器と比べても劣らない。残念ながらこの優秀な機械をわれわれは実戦で使ったことがない。つまり、おまえが初めての使用者になるというわけだ」

マバシャは机の前に立って、ライフル銃をながめた。

「手に取ってみろ」コノヴァレンコが言った。「いまからおまえとその銃は切っても切れない仲になるのだ」

マバシャは銃の軽さに驚いた。だが、肩に掛けてみると、安定した均衡点があるのがわかった。

「銃弾は？」彼は訊いた。

「スーパープラスティックだ。昔からあるスピッツァー型の特別製だ。弾は長距離を瞬時に飛ぶ。先が尖っているので空気抵抗が少ない」

ヴィクトール・マバシャは銃を机の上に置き、今度はピストルを持った。九ミリ口径のグロック・コンパクトだった。以前に銃の専門誌などで見たことはあったが、一度も手にしたことはなかった。

「ここでは標準の弾を使う」コノヴァレンコが言った。「不必要に複雑にするのは愚かだ」

「おれの体をこのライフルに慣れさせなければならない」マバシャが言った。「射程距離が一キロ近いとなると、時間がかかるな。八百メートルの射程距離の練習場はどこにあるんだ？」

「ここにある」コノヴァレンコが言った。「この家はそれも考慮に入れて選んである」

「だれが選んだのだ？」

「それを任務とする者たちだ」コノヴァレンコが答えた。

マバシャはコノヴァレンコが自分で導いた話以外の質問がくると苛立つのがわかった。

「この辺には居住者がいない」コノヴァレンコが続けた。「そのうえ、いつも風が吹いている。銃声は聞こえないだろう。仕事に取りかかる前に、おまえに明確に要件を説明しておきたい。居間に戻ろう」

二人は居間の擦り切れた革椅子に腰を下ろした。

「要件は非常に単純だ」コノヴァレンコが切りだした。「はっきり言うと三つある。第一の要件は、三つのうちでもっとも重要なものだが、おまえは殺人を実行する。これはおまえのこれまでの経験の中でもっとも困難な仕事になる。困難というのは、まず技術的な複雑性、距離の問題があるからだが、それだけではない。なによりも絶対に失敗は許されないという点にある。チャンスは一度しか与えられない。第二は、最終計画は実行の直前に伝えられる。最終段階でどのように行動するかをおまえは短い時間で決めなければならない。迷ったりほかの手段を取るかどうかを熟考する時間はない。おまえが選ばれた理由は、おまえが腕のいい、冷酷な殺し屋であるためだけではない。おまえが一人で仕事をする人間だからだ。今回の仕事では、これまでにないほど一人を味わってもらう。だれもおまえを助けるものはない。だれもおまえを知らない。だれもおまえを応援しない。第三の要件は、今回の仕事には軽視できない心理的な特質があるということだ。おまえは最後の最後の瞬間まで、標的がだれなのか知らされない。おまえは冷静さを失ってはならない。すでにおまえは標的となる人物は非常に重要な人物であると知らされている。おまえはそれがだれかをいろいろ思いめぐらすだろう。だが、極端に言えば、おまえの指が銃の引き金にかかる瞬間まで、それがだれかは知らされない」

マバシャはコノヴァレンコの勝ち誇ったような声の調子が気にくわなかった。一瞬、彼は標的がだれであるかはもうわかっていると言いたい衝動に駆られたが、こらえた。

「おまえの名前がＫＧＢのファイルにあったということを教えてやろう」コノヴァレンコはそう言うと、にやりと笑った。「おれの記憶に間違いがなければ、おまえは確か〝使いものになる孤独なオオカミ〟と記録されていた。残念ながらいまそれを確認することはできない。混乱で記録収納庫が壊されてしまったからな。いや消滅したと言ったほうがいいか」

コノヴァレンコは黙り込んだ。もはや存在しない自慢の情報機関ＫＧＢを思い出して惨めな思いに沈んだのかもしれない。だが沈黙はほんの一瞬だった。

「あまり時間がない」コノヴァレンコが言った。「だがそれは必ずしも否定的な要因ではない。おまえは短期間に全神経をこれに注がざるを得ないだろう。これからの日々はライフル銃による実射練習、心理的訓練、そして暗殺実行時に生じ得るさまざまな状況に対する予行演習に分けられる。それ以外にも、おまえは車の運転が苦手らしいから、毎日一、二時間、車の運転を練習するといい」

「この国は右側運転だ。南アフリカでは車は左側を走る」マバシャが言った。

「そのとおり」コノヴァレンコが言った。「だからこそ、おまえは運転に集中しなければならないだろう。ほかになにか質問があるか？」

「質問は無限にある。だが、答えはほんの少ししか得られないのだろう」

「そうだ」コノヴァレンコが答えた。

「ヤン・クラインはおまえをどうやって知ったのか？」マバシャが訊いた。「彼は共産主義者が大嫌いだ。ＫＧＢの人間なら、おまえも共産主義者だっただろう。もしかすると、まだそうかもしれないな？」

「エサをくれる者の手は咬まない、という諺がある」コノヴァレンコが答えた。「秘密治安組織に属していたということは、権力に座する人間たちの腕に偶然にも繋がっている手に対して忠実であったということだ。確かに、ＫＧＢには思想的に共産主義を信じる者もいたことはいた。だが大多数の者は、命令された任務を果たす仕事人だった」

「それはおまえとヤン・クラインの関係の説明にはならない」

「突然失業すれば、人間は仕事を探すものだ」コノヴァレンコが答えた。「自殺するほうを選ばない人間ならばな。南アフリカはおれにとって、また同僚の多くにとって、組織が整然とした、統制の取れた国だ。いまの混乱のことを言っているのではない。おれは単に国同士の情報機関のあいだにあったチャンネルを通して、おれを雇わないかと問い合わせただけだ。ヤン・クラインの目を引くだけの魅力がおれにあったらしい。向こうから取引をもちかけてきた。おれはしかるべき報酬を受けておまえを訓練する仕事を引き受けた」

「報酬はいくらだ？」マバシャが訊いた。

「金ではない。南アフリカへの移住を受け入れることと将来の就職の可能性だ」

殺人者の輸入か、とマバシャは考えた。確かにヤン・クラインの側から見れば、損はない。おれも彼の立場だったらやっているかもしれない。

「まだほかに訊きたいことがあるか？」コノヴァレンコが言った。

「あとでだ」ヴィクトール・マバシャは答えた。「あとで訊くことにしよう」

コノヴァレンコは意外な敏速さで椅子から立ち上がった。

「霧が晴れてきた。風が吹いている」彼は言った。「ライフルに馴染むことから始めるとするか」

絶え間なく風が吹く、そのさびれた農家で過ごしたそれからの数日を振り返ってみると、避けることのできない惨事に至る長い待ち時間のようにマバシャには思えた。しかし、ついにそれが起きた。しかも思いもかけない形で起きたのだった。すべてが混沌とし、気がついたとき彼はすでに逃亡の途中だった。が、なにが起こったのか、依然としてよくわからないままだった。

表面的にはその数日はコノヴァレンコの説明どおりに時間が経った。マバシャはすぐにこの新しい武器の扱いをマスターし、大いに気に入った。家の裏の野原で、彼は地面に這い、あるいは座り、あるいは立ち上がった姿勢でライフル銃を試し撃ちした。茶色の粘土の野原の向こう側に砂地があった。そこにコノヴァレンコはさまざまな標的を用意した。マバシャはフットボール、紙の人面、古い旅行カバン、ラジオ、鍋、コーヒー盆など、標的がなんなのかをほとんど認識しないまま撃った。一発撃つごとに、無線電話でコノヴァレンコから結果を知らされた。それによって照準をごくわずかずらして調整するのだった。マバシャは銃が自分の無言の命令に従い始めたと感じた。

一日はコノヴァレンコが用意する食事によって三つの時間帯に区分された。マバシャはコノヴァレンコの知識は広く、知っていることを人に伝える能力があると思い知らされた。ヤン・クラインは適任者を選んだ。

恐るべき惨事が起きるという予感は、まったく別の方向からきた。

それは黒人の殺し屋ヴィクトール・マバシャに対するコノヴァレンコの態度だった。マバシャは彼の話す言葉の一言一句に込められる軽蔑をできるかぎり無視しようとした。しかし、しまいにそれは不可能になった。このロシア人指導者が一日のレッスンを終え、ウォッカを飲み始めると、その態度はおおっぴらになった。しかし、コノヴァレンコはマバシャが直接反撃できるような人種差別的言葉は決して吐かなかった。だが、だからこそそれはさらに執拗なものになった。ヴィクトール・マバシャはこれ以上我慢ができないと感じていた。

このまま続いたら、彼はコノヴァレンコを殺すよりほかなくなる。たとえそれをしたら、この仕事がだめになっても。

革椅子に座って心理的訓練を受けているときなど、マバシャはコノヴァレンコが自分を洞察力などなにもない人間と見ているのだとわかった。灰色の汚い歯をしているこの鼻持ちならない男に対してますます強くなる憎悪をなだめるために、マバシャは期待されている役を演じることにした。無関係な返事をしたりして、愚かに振る舞った。コノヴァレンコは自分の推測が当たったというように満足げな表情を見せた。

夜になると、〝歌う犬たち〟が吠え立てた。彼はときどき、コノヴァレンコが銃を手に自分の上に覆いかぶさっているような気がして目を覚ました。が、だれもいなかった。その後彼は眠れないままベッドに横たわって朝を待った。この国では、朝はとんでもなく早くやってきた。

唯一の息ぬきは一日に一回のドライブだった。納屋には車が二台あった。彼はメルセデス・ベンツをあてがわれた。もう一台はコノヴァレンコが出かけるときに使った。どこに出かけるのか、コノヴァレンコは決して言わなかった。

マバシャは小道を運転した。イースタという名前の町を捜して、適当に海岸に近い道路を走った。ドライブの練習時間があったので、彼はなんとか我慢できた。ある晩、夜中に起きあがって彼は冷凍食を数えた。一週間分あった。あと一週間、この冷え冷えとした農家に滞在するのだ。辛抱することだ、と彼は自分に言い聞かせた。ヤン・クラインはおれが百万ランド分の仕事をするのを待っている。

彼はコノヴァレンコが定期的に南アフリカと連絡を取っていると確信していた。連絡は車で外出するときにおこなわれるのだろう。また彼はコノヴァレンコが訓練の結果を満足のいくものと評価して報告するだろうという気もしていた。

だが、惨事が起きるという予感はぬぐい去ることができなかった。ときが経つにつれて、彼の全存在がコノヴァレンコを殺せと要求し、その要求はいまや耐えられないほど強くなった。祖先を侮辱しないために、また自尊心を失わないために、彼はもはやそうしないわけにはいかなくなっていた。

しかし、彼が思っていたような成り行きにはならなかった。

午後四時頃、彼らは革椅子に座っていた。コノヴァレンコは建物の屋上から狙撃することの難点と利点について話をしていた。

突然コノヴァレンコが体を硬くした。その瞬間、マバシャもまたコノヴァレンコが反応した音を聞いた。車が一台近づいてきて、止まった。

彼らは身じろぎもせず、聞き耳を立てた。車のドアが開き、ばたんと閉まる音がした。

常時ピストルを身につけているコノヴァレンコは、オーバーオールのポケットから単発のルガーを取り出すと、すばやく立ち上がり、安全装置を外した。

「窓から見えないところに隠れろ」コノヴァレンコが言った。

マバシャは言われたことに従った。窓から見えない暖炉のうしろの死角にしゃがみ込んだ。コノヴァレンコは荒れた果樹園に通じる横手のドアを静かに開けて出ていった。

どのくらいの時間そこにしゃがみ込んでいたのかはわからない。

ピッと鞭を打つ音のような銃声が聞こえたとき、彼はまだ暖炉のうしろにいた。

用心深く立ち上がり、窓から外を見ると、コノヴァレンコが家の前で前かがみになってなにかを見ている。マバシャは外に出た。

濡れた砂利の上に仰向けに横たわっていたのは女だった。コノヴァレンコがその眉間を撃ったのだ。

「だれだ？」マバシャは訊いた。

「知るか」コノヴァレンコが言った。「だが、この女は一人だ。車にはだれもいない」

「なにしにきたんだ？」

コノヴァレンコは肩をすくめて答えながら、足で死んだ女の目を閉じた。靴から落ちた土が女の顔にかかった。

「道を訊かれた」コノヴァレンコが言った。「迷ったんだろう」

マバシャはコノヴァレンコを殺すことに決めた。それが女の顔にかかった彼の靴から落ちた土のためだったのか、彼女が道を訊いたというだけで殺されたためだったのかはわからない。いまはもう一つこの男を殺す理由ができた。男の抑制できない暴力性だ。道を訊かれたからといって女を殺すなどということは、彼には考えられないことだった。また死んだ女の目を、靴を履いた足で閉じるということも考えられないことだった。

「おまえは正気じゃない」ヴィクトール・マバシャは言った。

コノヴァレンコは驚いたように目を上げた。

「ほかにどうすることができたというんだ？」

「道は知らない、と言うだけでよかったではないか」

コノヴァレンコはピストルをポケットにしまった。

「おまえはまだわかっていない」と言った。「われわれは存在しないのだ。あと何日かでここから出る。そのときまでだれにも見られてはならないのだ」

「彼女はただ道を訊いただけだぞ」マバシャは繰り返した。あまりの憤怒で汗が吹き出た。人間一人を殺すことにはなにか意味がなければならなかった。

「家の中に入れ」コノヴァレンコが言った。「ここはおれが片づける」

マバシャはコノヴァレンコが女の車をバックさせ、女をトランクに入れ、出かけていくのを窓から見ていた。

一時間もしないうちに、コノヴァレンコは帰ってきた。ぬかるみを歩いてくる。車はなかった。

「彼女はどこだ？」マバシャが訊いた。

「埋めた」コノヴァレンコが答えた。

「車は？」

「それもまた埋めた」

「こんなに速くか？」

コノヴァレンコはコーヒーのための湯を沸かした。そしてヴィクトール・マバシャを振り向くと、にやりと笑った。

「もう一つのレッスンだ」と言った。「どんなによく準備しても、必ず予期せぬことが発生するものだ。だからこそ、細部まで計画しておくことが必要なのだ。それがあれば、応用もできる。準備なしでは、ただ混沌と迷いが生じるだけだ」

コノヴァレンコはまたコーヒーに向かった。

こいつを殺してやる、とマバシャは思った。すべてが終わったら、別れるとき殺してやる。もうほかの道はない。

その夜、彼は眠れないままベッドに横たわっていた。壁を通してコノヴァレンコのいびきが聞こえてきた。ヤン・クラインは理解するだろう。彼はおれに似ている。彼にとっては簡潔でよく練られた計画は当然のことだ。残酷で意味のない暴力を嫌う。おれがデクラーク大統領を殺すことで、ヤン・クラインは不幸なわが国に蔓延している狂気の殺し合いを終わりにしようとしているのだ。

コノヴァレンコのような化け物をわれわれの国に入れることはできない。化け物には決して地上の楽園の入国許可を与えてはならない。

三日後、コノヴァレンコは出発するときがきたと言った。

「おれがおまえに教えられることはすべて教えた」と彼は言った。「おまえはこのライフル銃が使えるようになった。おまえがのぞき込む望遠レンズの中に現れる人物がだれかを知ったときに、どう考えるべきかを教えた。最終的行動を計画するに当たってどう考えるべきかも教えた。おまえが帰国するときがきた」

「一つだけわからないことがある」マバシャが言った。「この銃をどのようにして国に持ち込むんだ?」

「そうだな、もちろんおまえとその銃はいっしょに入国することはできないな」コノヴァレンコは答えた。マバシャの単純な質問を、あきらかに嘲る口調だった。「銃はまったく別の方法で送り込む。その方法について、おまえは知る必要がない」

「もう一つ、訊きたいことがある」マバシャが続けた。「ピストルのことだ。あれは一度も試していない」

「その必要がないからだ」コノヴァレンコは言った。「あれはおまえのためのものだ。おまえが失敗したとき用のな。前歴のないピストルだ」

おまえは間違っている。ピストルはおれの頭には決して向けられはしない。

おまえの頭をぶち抜くためのものだ。


その晩、コノヴァレンコはそれまで以上に深酔いした。血走った目つきで、彼はテーブルを挟んでマバシャの真向かいに座り、執拗に彼をみつめた。

この男はなにを考えているのだろう、とマバシャは思った。彼は一度でも人を愛したことがあるのだろうか？　もしおれが女なら、この男と同じベッドに寝ることができるだろうか？

そう考えただけでぞっとした。彼の目に浮かんだのは庭に倒れた女の姿だった。

「おまえは欠点だらけだ」コノヴァレンコがマバシャの考えをさえぎった。

「だが、おまえの最大の欠点は、感傷的なことだ」

「感傷的？」

マバシャはその言葉の意味は知っていたが、コノヴァレンコがどの意味合いでこの言葉を使っているのか、わからなかった。

「おまえはおれがあの女を殺したのが気にくわなかった。ここ数日、おまえの集中力は散漫で、射撃も下手だった。ヤン・クラインへの最終報告に、おれはおまえの弱点を書くつもりだ。おまえの弱さが心配だ」

「おまえの残酷さのほうがよほど心配だ」マバシャが言った。

ついに言葉が口から出た。自分の考えをコノヴァレンコに言うのはいまだと思った。もう引き返すことはできない。

「おまえは思った以上の馬鹿だな」コノヴァレンコが言った。「黒い人種の本質だろう」

マバシャはその言葉を自分の頭にしっかりと刻んだ。それからゆっくりと立ち上がった。

「おまえを殺す」

毎晩彼は鉄のドアの部屋からピストルを持ち出し、手元に置いていた。いまそれを取り出して、コノヴァレンコに向けた。

「あの女を殺すべきではなかった。おまえはあの女を殺すことで、自分のことはもちろん、おれまでも侮辱した」

コノヴァレンコの顔に突然恐怖が浮かんだ。

「狂ったな。おまえなどにおれが殺せるか」

「やらなければならないことをすることにかけては、おれは腕がいいんだ。立て。ゆっくりとだ。手を上げろ。うしろを向け」

コノヴァレンコは言われたとおりにした。

マバシャはなにかがおかしいと思った。次の瞬間、コノヴァレンコは横に跳んだ。マバシャはピストルを撃ったが、弾は本箱に当たった。

ナイフがどこから現れたのか、マバシャはわからなかった。コノヴァレンコが跳びかかってきたとき、その手にはナイフが握られていた。二人の体重でテーブルが壊れた。マバシャは屈強な体軀をしていたが、コノヴァレンコも強かった。マバシャは倒され、ナイフがぐんぐん顔に近づいてきた。コノヴァレンコの背中を蹴り上げると、ナイフから逃れて、マバシャは立ち上がった。ピストルはすでにどこかに飛んでしまった。拳でコノヴァレンコを殴りつけたが、まったく効き目はなかった。取っ組み合いから立ち上がったその瞬間、マバシャは左手に激しい痛みを感じた。腕まで感覚が麻痺した。だがマバシャはもう一方の手でコノヴァレンコが半分飲みかけたウォッカの瓶を握り、振り返りざま思いっきりコノヴァレンコの額に打ち下ろした。コノヴァレンコは倒れて動かなくなった。

その瞬間、マバシャは左手の人差し指が切り落とされていることに気がついた。それは薄い皮膚一枚で手からぶら下がっていた。

マバシャはよろめいて家の外に出た。コノヴァレンコの頭を叩き潰したことは間違いなかった。血がどくどくと噴き出す自分の手を見た。歯を食いしばり、皮膚一枚でぶら下がっている指をもぎ取り、そのまま地面に捨てた。ふたたび家の中に戻ると、まだ血が噴き出している指に台所のふきんを巻き付けた。旅行カバンに服を投げ入れると、床の上からピストルを拾い上げた。家のドアを叩きつけるように閉め、ベンツに乗り込み、急発進させた。狭いぬかるみの道を猛烈に飛ばした。途中、一台の車にぶつかりそうになったが、間一髪のところで衝突を逃れた。大きな道に出てから、やっとスピードを落とした。

おれの指、と彼は思った。あれはおまえにくれてやる、ソンゴマ。おれを国まで導いてくれ。ヤン・クラインはきっとわかってくれる。彼は賢いンコシだ。彼はおれを信頼していいと知っている。おれは彼に頼まれたことをやる。たとえ、八百メートル先の標的が撃てるライフル銃を使わなくとも。おれは頼まれた仕事をし、彼はおれに百万ランド払うのだ。だが、おれはおまえの力が必要だ、ソンゴマ。おまえにおれの指を一本くれてやる。

コノヴァレンコは革椅子に倒れ込み、じっとしていた。頭の痛みで気を失いそうだ。ウォッカの瓶が正面から額に当たっていたら、きっと死んでいただろう。だが、彼はまだ生きていた。ときどき、氷をくるんだタオルをこめかみに押し当てた。激痛の中で、彼は必死に考えた。コノヴァレンコにとって、このような危機は初めてではなかった。

一時間後、彼はあらゆる可能性を検討し終え、とるべき行動を決めた。時計を見た。一日に二回だけ、ヤン・クラインに無線で連絡できる。次の連絡の時間まで二十分あった。彼は台所へ行き、氷を取り替えた。

二十分後、彼は屋根裏部屋へ行き、無線機の前に座って南アフリカを呼び出した。ヤン・クラインの声が聞こえるまでに二、三分かかった。話をするとき、彼らは互いに名乗らなかった。コノヴァレンコは事態を説明した。〝かごの窓が開き、鳥は飛んでいってしまった〟と彼は言った。〝その鳥は歌を学ぶことができなかった〟。

ヤン・クラインがことを掌握するのに少し時間がかかった。しかし、理解したあとの決断は速かった。〝その鳥を捕まえろ。代わりにほかの鳥を送る。いつ送るかはあとで知らせる。当分のあいだ、すべてを初動時の態勢に戻すのだ〟。

話が終わると、コノヴァレンコは深い満足を感じた。おれはなすべき仕事をしていると、ヤン・クラインは思ったはずだ。

マバシャには四番目の要件を教えなかった。それは非常に簡潔なものだった。「試せ」とヤン・クラインはナイロビでマバシャを使う相談をしていたときにコノヴァレンコに言ったのだった。「彼の忍耐力を試すのだ。弱点を探せ。彼の本当の強さをわれわれは知らなければならない。偶然にまかせるには仕事が大きすぎる。もし彼が十分でなければ、代わりの者を立てなければならない」

マバシャは十分ではなかった、とコノヴァレンコは思った。タフな外見の裏には、ただうろたえた感傷的なアフリカ人がいるだけだった。

いま残っている仕事は、マバシャを捜し出して殺すことだ。すぐにもヤン・クラインが新しい候補者を送ってくる。

コノヴァレンコはこれから自分がしなければならない仕事がさほど簡単ではないことを知っていた。マバシャは怪我をしている。が、あの男は突発的に行動する。しかしコノヴァレンコは成功を疑わなかった。彼はKGB時代からその粘り強さで知られていた。あきらめるということを知らない男だった。

コノヴァレンコはベッドに横たわり、数時間眠った。

明け方、彼は荷物をまとめて、BMWに積み込んだ。

玄関ドアに鍵をかける前に、彼は家全体を吹き飛ばす爆弾を仕掛けた。爆発時間は三時間後に設定した。爆発するころには、かなり遠くまで行っているはずだ。

朝六時過ぎ、彼は農家から出発した。ストックホルムには午後には着く予定だった。

Ｅ14号線の入り口にパトカーが二台駐まっていた。一瞬コノヴァレンコはマバシャが自分たちの存在を通報したのではないかと思った。しかし、彼が通り過ぎたとき、パトカーに乗っていた警官たちはなんの反応も見せなかった。


ヤン・クラインは火曜日の朝七時ちょっと前に、フランス・マーランの自宅へ電話をかけた。

「会わなければならない」と言葉少なに言った。「コミッティーを早急に招集しなければ」

「なにか起きたのか？」マーランが訊いた。

「そうだ」ヤン・クラインが言った。「最初の鳥はだめだった。新しいのを選び直さなければならない」

11

そのアパートはストックホルム郊外の町ハルンダの一隅にあった。コノヴァレンコは四月二十八日火曜日の夜遅くその建物の駐車場に車を駐めた。スコーネからはゆっくりと運転してきた。彼はスピード運転を好み、またＢＭＷは高速運転に打ってつけの車だったが、制限速度を超えはしなかった。ユンシュッピングの近くで、警察官が走行中の車をたてつづけに道路際に導いているのを見た。途中、何台もの車が自分の車を追い越していったので、警察のスピードチェックに引っかかったのだろうと推測した。

だがコノヴァレンコはスウェーデン警察のことは初めからまったく評価していなかった。それは開放的で民主的なスウェーデン社会を彼が蔑んでいることに関係があった。コノヴァレンコは民主主義を疑っているのみならず、憎んでいた。それは彼のほぼ全人生を否定するものだった。民主主義体制が実現するのにはまだ長い時間がかかるかもしれない——いやもしかするとそれは永久に実現不可能なのかもしれない——が、彼はそれまでの閉鎖的なソヴィエト社会がもはや機能しないと見て取ると、ただちにレニングラード（現在のサンクトペテルブルグ）を出た。とどめは一九九一年に起きたクーデターの失敗だった。古いシステムの信奉者だった軍の指導者や警察の高級官僚たちが、それまでの権力体制を再建しようとした試みだった。しかしそれが失敗に終わると、コノヴァレンコはすぐに脱出計画を立てた。すでに二十代からKGBに採用され制服を着てきた彼にとって、制服は皮膚となっていた。その皮膚を剝ぐことはできなかった。そんな彼に、ほかの道があっただろうか？

このように考えたのは、彼一人ではなかった。KGBが厳しい変革にさらされた最後の数年、ベルリンの壁が容赦なく崩されたとき、彼は同僚たちと自分たちの未来を何度も論議した。全体主義の社会が崩壊し始めたときに責任を回避するのは、諜報機関に働く者にとって当然のことと思われていた。KGBはあまりにも多くの人々の命を残酷に扱ってきた。あまりにも多くの人びとが、失踪したり殺されたりした家族の復讐を望んでいた。コノヴァレンコは裁判所に引き立てられたくなかった。新生ドイツでかつてのシュタージ（旧東ドイツの共産党指導の治安警察）の警察官たちが経験したように。彼は自分の部屋の壁に世界地図を貼り、何時間もそれを丹念にながめた。彼はいまいましくも、二十世紀後半の世界に自分は適合しないということを認めざるを得なかった。暴力が横行し、政情の不安定な南米の国々には移り住みたくなかった。また、専制君主が強権を振るう一部のアフリカの国々にも住むつもりはなかった。だが、原理主義者の支配する一部のアラブ諸国に住むことは考えることができた。イスラム教には関心もなかったし、好きでもなかった。しかし、それらの国では治世者が公にもまた秘密裡にも警察と緊密な関係をもっていて、警察が大きな権力であることを彼は経験から知っていた。だが、熟考の結果、アラブ諸国もリストから外した。その国々のどの一国を選んでも、極端に異なる国の文化に馴染むことができるとは思えなかった。そのうえ、ウォッカを飲むのをやめたくなかった。

国際的な情報企業への就職も考えた。だがそれも不安だった。それは彼の知らない世界だった。しまいに一国だけが残った。南アフリカだった。この国についての情報は入手しにくい情報源から取り寄せて読むことができた。KGBの職員にまだ与えられていた権限を使って、彼はいくつかの文献と政治的極秘情報入りの箱を探し当て、開けることができたのである。それを読んで、彼は自分の未来を託すのには南アフリカこそ適当な国だとの確信を得た。人種隔離政策にも好感をもったし、公の警察組織も秘密警察組織も確立していて、大きな権力をもっていることもわかった。

コノヴァレンコは有色人種が嫌いだった。中でも黒人はとくに嫌いだった。彼にとって黒人は劣悪な人種で、信頼するに足りぬ、往々にして犯罪者を意味した。それが偏見であるかどうかはどうでもよかった。黒人はそういうものと、彼自身が決めたのである。しかし、家政婦、食事の給仕人、庭師のいる生活は魅力的だった。

アナトリ・コノヴァレンコは結婚していた。しかし新しい生活の計画には、妻のミラは含まれていなかった。だいぶ前から彼女には飽きていた。彼女もまた同様だったろう。が、彼は一度も彼女にそれを問い質したことはなかった。残っているのは愛情のかけらもない、空洞の生活習慣だけだった。仕事関係で接触する女たちと関係をもつことで足りていた。

二人の娘はすでに大人で、自立した生活を始めていた。彼が心配する必要はなかった。

崩壊する帝国からの逃亡は、だれからも気づかれないように運ぶつもりだった。アナトリ・コノヴァレンコは存在しなくなる。名前もアイデンティティも変え、外見を変えることまで考えていた。妻は彼の死が認められたあとに支給される年金で暮らしていけばいい。

同僚の多くがそうしたように、コノヴァレンコも密かに脱出の道を用意していた。そして必要なときにそれを利用して危機を逃れるつもりだった。外国通貨を密かに蓄え、パスポートや身分証明書など必要な書類は数種類用意していた。そのうえ彼は戦略的に重要な地位にいる人々とコネがあった。それはアエロフロート航空、入国管理、外務省関係者だった。ノーメンクラツーラ（共産党の特権階級）に属する者たちは、秘密のセクトのメンバー同様だった。彼らは協力し合い、彼らの生き方が排斥されないように互いを支え合った。それが彼らの信じたことだった。あの信じられないソヴィエト連邦の大崩壊が起きるまでは。

崩壊の直前、すべてが激烈なスピードで起きた。彼はＫＧＢと南アフリカの秘密警察との連絡係だったヤン・クラインと接触し、ケニアのナイロビをＫＧＢの仕事で訪問したときに彼に会った。それはコノヴァレンコの初めてのアフリカ旅行だった。二人は互いが気に入った。ヤン・クラインはコノヴァレンコが南アフリカのためにいい仕事をしてくれると確信すると言った。そして彼の移住と快適な生活について話した。

だがそれには時間がかかる。コノヴァレンコはソ連を脱出してから南アフリカに移住するまでのあいだ、どこかで暮らさなければならなかった。その途中の国を彼はスウェーデンと決めた。多くの同僚が薦めた国だった。生活水準が高いだけでなく、国境を越えるのが簡単だったのである。また望むなら、隠れて暮らすことも可能な国だった。それにいまではその国のロシア人社会も大きくなっていた。それも、犯罪者の社会、組織暴力団がスウェーデンで活動の足場を作り始めていた。多くの場合、沈み始めた船から、最初に——最後にではなく——逃げだすのはネズミである。コノヴァレンコはスウェーデンに住むこれらの人間が利用できると踏んだ。KGBはかつてロシア国内の暴力団と協力関係にあった。国外逃亡時においても、互いに協力をし合わない手はなかった。

コノヴァレンコは車を降り、この国にも恥部があると思った。無表情な住宅地域はレニングラードやベルリンを思わせた。未来の崩壊はすでに建物の壁に書き込まれているかのようだった。しかし同時に彼は、ウラジミール・リコフとその妻タニアがここハルンダに住居を構えたのは間違っていないと思った。ここの賃貸住宅には、さまざまな国籍の人間が住んでいた。ここに住めば、望みどおり目立たなく、隠れて生活ができる。

いや、おれが望むとおり、と言うべきか、とコノヴァレンコは正した。

スウェーデンに着くと、彼はすぐにリコフを利用してすばやく新しい活動を開始した。リコフはすでに一九八〇年代にスウェーデンに移り住んでいた。彼は過ってKGBの要員をキエフで射殺し、国外逃亡した男である。髪の毛が黒く、アラブ人としても通ることから、彼はイラン人亡命者としてスウェーデンに入国し、亡命者として認められた。一言もアラビア語が話せなかったにもかかわらず、である。その後スウェーデン国籍を取得し、もともとのリコフという名前に戻った。スウェーデンの行政機関との関係でのみ、彼はイラン人だった。ともにイラン人を装う妻との生活の土台を築くため、彼はまだフレーンの亡命者収容所にいるうちに二回銀行強盗を働いた。決して少なくないその金が彼の事業の活動資金となった。また彼は、非合法移住者も含めて増大するロシアからの移民のために、必要な案内や紹介の仕事をすることで食っていけることに目をつけた。彼の一風変わった旅行会社はまもなく知られるようになり、ときにはこなしきれないほど仕事を引き受けた。会社の取引先にはスウェーデンのさまざまな行政機関が名前を連ね、ある期間は移民局の相談役にもなり、これらすべてが、この旅行会社が計画性のある有能な事業所であるといううわさを広めるのに役立った。リコフはときにスウェーデンの官僚が堅物で賄賂に応じないことに苛立つこともあったが、十分慎重にことを運べばたいていは成功するものだった。リコフはまた、新しい移住者がロシアからやってくると、ハルンダにある自宅に招待してふんだんなロシア料理でもてなした。

コノヴァレンコはスウェーデンにきてまもなく、リコフにはそのタフな外見とは裏腹に、操作されやすい、弱いところがあることを見抜いた。さらにコノヴァレンコがリコフの妻を誘い、彼女がそれを嫌がる様子を見せなかったときから、彼はリコフを好きなように扱うことができるようになった。コノヴァレンコはしだいにリコフを手先として使い、退屈な仕事、実際的な仕事はすべて彼に任せるようになった。

コノヴァレンコは車に鍵をかけ、旅行カバンを手に五階まで上がった。部屋の鍵は持っていたが、自分で開けずにブザーを押した。コードは簡単だった。国際労働歌、〝インターナショナル〟の歌の調子に合わせてブザーを押すだけだった。

ドアを開けたのはタニアだった。マバシャの姿が見えないことに彼女は気づいた。

「もう戻ってきたの？　あの黒人はどうしたの？」

「ウラジミールはいるか？」コノヴァレンコは訊いた。彼女の問いには答えようともしなかった。

タニアにカバンを渡すと、コノヴァレンコはアパートに入った。部屋数は四部屋で、豪華な革のソファと大理石のテーブル、最新のステレオとビデオセットがあった。すべてがちぐはぐで、居心地が悪かった。コノヴァレンコはこの家にいるのが好きではなかったが、やむを得なかった。

リコフが寝室から出てきた。派手な絹のモーニングガウンを着ている。細いタニアとは対照的にウラジミール・リコフは横にも縦にも大きかった。コノヴァレンコは自分がこの男に太れと命令したかのようだと思った。

タニアは簡単な食事を用意し、テーブルにウォッカの瓶を置いた。コノヴァレンコは彼らに最小限のことを話した。もしそうしたとしても、リコフは断らなかっただろう。しかし彼は殺さざるを得なかった女のことは話さなかった。

肝心なのはマバシャが突然理由不明の反撃に出たということだ。まだスウェーデン国内にいる。すぐにも消さなければならない。

「なぜスコーネで殺さなかったのか？」リコフが訊いた。

「邪魔が入ったのだ」コノヴァレンコは答えた。

リコフもタニアもそれ以上は訊かなかった。

ストックホルムまでの車中、コノヴァレンコは今回の経過とこれからの措置についてじっくりと考えてきた。マバシャがこの国を出るには、たった一つの方法しかない。コノヴァレンコだ。パスポートと切符、それに金を持っているのは、彼だからだ。マバシャは彼のところに戻ってくるしかないのだ。

マバシャはきっとストックホルムへくる。いや、もう着いているかもしれない。ここでコノヴァレンコはリコフの力を借りて彼を捕まえるのだ。

コノヴァレンコはウォッカを数杯飲んだ。しかし、酔わないように気をつけた。酒を飲むことこそ、いまなによりも彼がしたいことだったが、まだやらなければならない重要な仕事があった。非常事態のときだけ使うことが許されているプレトリアの電話番号に電話をかけなければならない。ヤン・クラインの電話番号だった。

「寝室に行ってろ」タニアとリコフに言った。「ドアを閉めてラジオをつけるんだ。これから電話をかける。一人にしてくれ」

タニアとリコフが、ドアのうしろで聞き耳を立てるのは知っていた。この電話で殺さざるを得なかった女について話すつもりのコノヴァレンコは、今回だけは彼らに聞かせるつもりはなかった。

女を殺したことで、マバシャの突然の反撃行為を、自分たちにとって肯定的なものとしてヤン・クラインに説明することができる。コノヴァレンコのおかげで、マバシャは弱いところをもっている人間だということが、手遅れにならないうちにはっきりと証明されたとわからせるのだ。

女を殺したことは、もう一つコノヴァレンコにとって利するところがあった。ヤン・クラインは、すでにわかっているにちがいないが、あらためてコノヴァレンコが徹底した冷血人間であることを理解するだろう。

ヤン・クラインがナイロビで話してくれたのは、南アフリカでいまなにが一番必要かということだった。

それは、人を殺すことをものともしない白人だった。

コノヴァレンコはアフリカで教えられたときに暗記した電話番号を押した。KGBで働いていたとき、彼は電話番号を記憶することで集中力と記憶力を訓練した。

宇宙衛星が南回帰線の下にある国に電話番号を送るまで、四回電話番号を繰り返し押した。

プレトリアでだれかが受話器を取った。

コノヴァレンコはすぐに相手のしゃがれたゆっくりした口調を聞き分けた。

最初は、国際電話のために、言葉のあとに遅れて響くエコーが気になったが、すぐに慣れた。

彼は起きたことを再度報告した。話はすべてコードで進めた。マバシャのことは下請け業者と呼んだ。車の中で慎重に準備してきたので、ヤン・クラインは一度も話を中断させて質問したりより明白な説明を要求したりせず、最後まで黙って聴いた。

コノヴァレンコが話し終わると、沈黙が続いた。

彼は待った。

「新しい下請け業者を送り込もう」ヤン・クラインの声がした。「いままでの業者はもちろん解雇しなければならない。新しい業者が決まったら、連絡する」

会話は終わった。

コノヴァレンコは受話器を置き、自分が望んだ方向に話が落ち着いたことに胸をなで下ろした。ヤン・クラインは今回の出来事を、コノヴァレンコが暗殺計画の失敗を未然に防いだと解釈した。

彼は忍び足で寝室に近づき、ドアの外から聞き耳を立てた。ラジオの音以外はなにも聞こえなかった。

テーブルに戻って、コップに半分ウォッカを注いだ。やっと酒が飲める。一人でいたかったので、彼は寝室のドアをそのままにしておいた。

あとでストックホルム滞在中自分の部屋として使っている寝室にタニアを呼ぼう。

・

翌日の朝早く、コノヴァレンコはタニアを起こさないように静かにベッドから出た。リコフはすでに起きていて、台所でコーヒーを飲んでいた。コノヴァレンコはコーヒーカップを手に、彼の真向かいに腰を下ろした。

「ヴィクトール・マバシャを殺さなければならない」と彼は言った。「遅かれ早かれやつはストックホルムにくるにちがいない。すでにきているという気がする。やつの指を一本切り落としてやった。包帯か手袋を左の手につけているはずだ。やつはおそらくストックホルムでアフリカ人の集まるクラブに顔を出すだろう。おれを捜し当てるのにほかの方法は思いつかないだろうから。いいか、おまえはこれから街へ行って、ヴィクトール・マバシャの首に〝契約〟が結ばれていると言いふらすんだ。彼を殺したら、十万クローネ稼げるとな。心当たりのある場所全部にそう言いふらして歩くんだ。彼を殺しても、ロシア人の犯罪者すべてに知らせろ。おれの名前は出すな。この契約提供者は信用できるとだけ言え」

「金額が大きいな」リコフが言った。

「おまえの知ったことか」コノヴァレンコは言った。「おまえはただ言われたことだけしていればいい。おまえが稼いだっていいんだぞ。いや、おれが殺ったっていいのだ」

コノヴァレンコは自分でマバシャの頭に弾をぶち込みたいものだと思った。だが、そうはならないだろうとも思った。そんな偶然はめったにない。

「今晩、おまえといっしょに街へ行く」彼は話を続けた。「それまでに、この契約は知るべき者すべてに知られていなければならない。すぐに取りかかれ。急がなければ間に合わないぞ」

リコフはうなずいて立ち上がった。肥満体にもかかわらず、いざとなると彼がすばやく行動することをコノヴァレンコは知っていた。

三十分後、リコフは出かけた。コノヴァレンコは窓際に立って、リコフが外の駐車場の車に向かって歩いていくのをながめた。車は最新のボルボに買い替えられていた。

あの男は食べすぎて死ぬだろう、とコノヴァレンコは思った。彼の生き甲斐は新車を買うことぐらいしかない。自分の限界を広げる大きな喜びを知らずに死ぬだろう。

あの男と反芻《はんすう》する牛のちがいは毛筋ほどもない。

コノヴァレンコ自身、その日はしなければならない重要な仕事があった。

十万クローネを用意しなければならない。銀行強盗で手に入れることはすでに決めていた。あとはどの銀行にするかを決めるだけだった。

寝室に戻ったとき、一瞬タニアの眠っているベッドにもぐり込んで彼女を起こしたい誘惑にかられた。だが、気持ちを振り払ってすばやく静かに服を着た。

午前十時ちょっと前、彼もまたハルンダのアパートを出た。

外は寒く、雨が降っていた。

この瞬間ヴィクトール・マバシャはどこにいるのだろうという思いがちらりと脳裏をよぎった。


四月二十九日午後二時、アナトリ・コノヴァレンコはアカラでハンデルスバンケンを襲った。襲撃は二分で終わった。銀行から走り出ると角を曲がって、エンジンをかけっぱなしにして駐めておいた車のドアを開けると、急発進でその場を立ち去った。必要な金の倍近く手に入れたはずだと思った。それほどはなくとも、マバシャを殺したあと、高級レストランでタニアと食事をするほどの金は残るだろう。

彼が運転していた道は、ウルフスンダヴェーゲンの少し手前で右へ急カーブがある。突然、コノヴァレンコはブレーキを踏んだ。カーブの先に警察の車が二台、道をブロックしていた。コノヴァレンコの頭がすばやく働いた。警察はなぜこんなに早く道路封鎖ができたのだろう？　襲われた銀行が警察に通報してから、どんなに長く見てもまだ十分も経っていない。それに、犯人がこの道を逃亡に使うということが、なぜわかったのだ？

それから行動に出た。

バックギアに入れ、タイヤに悲鳴をあげさせながら方向転換した。歩道のゴミ箱を飛ばし、うしろのバンパーを木にぶつけて落とした。いまや安全運転をしているときではなかった。ただひたすら逃亡のために走らなければならなかった。

うしろからサイレンの音が聞こえた。彼は口汚く罵った。なぜこんなに早く手がまわったのか、ふたたび不審に思った。同時に、このスンズビーベリ近辺の道路に精通していないことに腹を立てた。彼が逃亡用として考えていたいくつかの道は、どれもストックホルムの中心部へ向かう大きな自動車道路に合流するはずだった。だが、いま彼は自分がどこにいるかわからなかった。どうやってここから出ることができるのかもわからなかった。

あっという間に車は工業地帯に迷い込み、気がついたときは行き止まりの道を走っていた。警察は、彼が二カ所で信号を無視し、猛スピードで走ったにもかかわらず、ぴたりとうしろについていた。彼は金を入れたビニールのショッピングバッグを片手に、もう一方の手にピストルを握って、車から飛び出した。うしろからきた最初の警察の車が急停車したとき、コノヴァレンコはピストルを構えて、フロントガラスを撃ち抜いた。弾が警官に当たったかどうかはわからなかった。だが、これでその場から逃げる時間を稼いだ。警察は応援部隊がくるまでは追いかけてこないだろう。

彼は鉄のフェンスをよじ登った。そこが廃棄物置き場なのか、建築現場なのかはわからなかった。だが、彼は運がよかった。

反対方向から、一台の車が乗り入れてきた。人のいない場所を探してやってきたらしい、若いカップルだった。コノヴァレンコはためらわずに車の背後から忍び寄り、開いていた車窓から、運転していた男のこめかみに銃口を押し当てた。

「動くな。言われたとおりにしろ」彼はなまりのあるスウェーデン語で言った。「鍵をそのままにして、降りるんだ」

若いカップルは呆然とした。コノヴァレンコは待っているひまがなかった。ドアを力まかせに開け、男を引っ張り出して運転席に座ると、隣の席の娘を見た。

「車を出すぞ。いっしょにくるかどうか、一秒以内に決めろ」

娘は無我夢中で車を飛び出した。コノヴァレンコは車を走らせた。もはや急ぐ必要はない。サイレンが多方面から近づいてくる。だが、彼らは犯人がすでに新しい車に乗り換えていることを知らない。

だれかを殺しただろうか？　夜テレビをつければわかるだろう。

ドゥフボの地下鉄の駅で車を捨て、ハルンダに戻った。タニアもリコフも留守だった。鍵を取り出してドアを開けると、金の入った袋を食卓の上に置いて、ウォッカの瓶をわしづかみにした。ウォッカを何度か飲み下し、やっと落ち着いた。すべてうまくいったと思った。もし警官の一人に負傷させ、あるいは殺したとしたら、いまごろは大騒ぎになっているだろう。だが、そのためにヴィクトール・マバシャの殺害が妨害されたり遅らされたりしてはならない。

金を数えた。十六万二千クローネあった。

六時にテレビをつけ、最初のニュースに耳を傾けた。タニアは帰っていて、台所で食事の用意をしていた。

ニュースは、コノヴァレンコが待っていた知らせを真っ先に伝え始めた。驚いたことに、パトカーのフロントガラスを壊すだけのつもりだった射撃は、最高の腕の射撃手によるものとみなされていた。銃弾はパトカーの中の一人の警官の眉間に命中していた。警官は即死した。

コノヴァレンコが殺した警官の写真が画面に現れた。名前はクラース・テングブラード、二十六歳、結婚していて幼い二人の子どもの父親だった。

警察は犯人が一人だったことと、殺害の数分前にアカラのハンデルスバンケンで強盗を働いたのと同じ男であること以外は、なにも手がかりをつかんでいなかった。

コノヴァレンコは顔をしかめて、テレビを消しに立った。そのとき、台所の戸口に立ったタニアが自分のほうを見ていることに気がついた。

「いい警官とは死んだ警官のことを言うんだ」と言って、彼はリモコンを押した。「夕食はなんだ？　腹が減った」

リコフは、タニアとコノヴァレンコが食事を終えようとしているときに帰ってきた。

「銀行強盗があった」リコフが言った。「警官が一人死んだ。なまりのあるスウェーデン語を話す単独犯だ。今晩街には警官がうようよ出るぞ」

「そうかもしれんな」コノヴァレンコが言った。「〝契約〟のことは言いふらしてきたか？」

「今晩の十二時までに、スウェーデンの闇社会の人間で、十万クローネが稼げる契約のことを知らない者はいなくなるだろうよ」リコフが言った。

タニアが皿に食事を盛りつけてリコフに渡した。

「今日警官を殺す必要が、本当にあったのか？」リコフが訊いた。

「警官を殺したのがおれだとなぜ思うんだ？」コノヴァレンコは訊いた。

リコフは肩をすくめた。

「最高の射撃手。ヴィクトール・マバシャを殺すための軍資金の調達。銀行強盗。外国なまり。ま、あんただと推量するのは簡単だ」

「狙いが命中したというのは間違いだ」コノヴァレンコが言った。「運がよかっただけだ。いや、悪かったと言うべきか。どう見るべきかわからん。だが、念のため、今晩はおまえ一人が街に行け。タニアを連れていってもいい」

「ストックホルムの南区《スーデル》にアフリカ人のたまり場になっているクラブがいくつかある。そこから始めてみようと思う」


夜の九時半、リコフとタニアはストックホルムの街に出かけていった。コノヴァレンコは風呂から出ると、テレビの前にどっかりと座り込んだ。ニュース番組はどれも殺された警官について報道を流していた。どれも捜査の手がかりがほとんどないと言っていた。

当然だ、おれはなにもあとに残さなかったからな、とコノヴァレンコはほくそえんだ。

電話が突然鳴ったとき、彼は椅子の上で居眠りをしていた。一回呼び出し音が鳴った。それからもう一度、今度は七回鳴った。三度目に電話がかかってきたとき、コノヴァレンコは受話器を取った。あらかじめの取り決めどおりリコフが電話をかけてきたのだ。電話の背景から騒音が聞こえ、クラブにいることがわかった。

「聞こえるか？」リコフが訊いた。

「ああ、聞こえる」コノヴァレンコが答えた。

「こっちは自分の声さえほとんど聞こえない」リコフが続けた。「とにかくニュースがある」

「ヴィクトール・マバシャをストックホルムで見かけた者がいたか？」コノヴァレンコは電話はそのためだろうと思った。

「いや、それよりもっといいニュースだ」リコフが言った。「やつはいまここにいる」

コノヴァレンコは大きく息を吸い込んだ。

「おまえに気がついたか？」

「いや。だが、やつは警戒している」

「ほかの者といっしょか？」

「一人だ」

コノヴァレンコは考えた。時計は十一時二十分を示していた。正しい判断を下さなければならない。

「住所を教えてくれ。すぐそっちに行く。外に出ておれを待ってろ。クラブの内部の造りをよく観察するんだ。とくに非常口をな」

「わかった」リコフが答えた。会話は終わった。

コノヴァレンコはピストルをチェックし、予備の弾倉もポケットに入れた。それから自分の寝室に行って、片方の壁際に置いてあった鋼鉄製の箱の錠前を開けた。中から催涙弾を二個とガスマスクを二個取り出し、昼間金を入れるのに使ったビニールのショッピングバッグに詰め込んだ。出かける前に、彼は浴室の鏡の前でじっくりと髪をかき上げた。それは彼がなにか重要な仕事をする前におこなう儀式だった。

十二時十五分前、コノヴァレンコはハルンダのアパートを出て、タクシーで街へ向かった。行き先はウスターマルムストリィと告げた。そこで降りて、金を払い、次のタクシーに乗った。今度は南区へ向かった。

クラブは四五番地にあった。コノヴァレンコは運転手に六〇番地まで行かせ、そこで降りて、今度は歩いて引き返し始めた。

突然、リコフが暗闇から現れた。

「やつはまだいる。タニアは家に帰した」

コノヴァレンコはゆっくりうなずいて言った。

「よし、それじゃ取りかかるか」

リコフにクラブ内部の説明をさせた。

「それで、彼はどこにいる?」

クラブの造りがわかってから、彼は訊いた。

「バーだ」リコフが答えた。

コノヴァレンコはうなずいた。

数分後、彼らはガスマスクをつけ、武器を手にしてクラブの前に立った。

リコフは道路に面したドアを乱暴に開け、呆然としている二人の警備員を蹴散らした。

コノヴァレンコが催涙弾を投げ入れた。

12

おれに夜を返してくれ、ソンゴマ。こんなに夜が明るいのでは、暗闇に隠れることができない。なぜおまえは人間が暗闇を退けてしまったこの国におれを送り込んだのだ? おれはおまえに指を一本やった、ソンゴマ。おれの指をおまえに捧げたのだから、おれに夜を返してくれ。おまえはおれを見捨てたようだな。おれを一人残して行ってしまった。おれはチータに追いつめられてもはや逃げる力もないアンテロープと同じくらい孤独だ。

マバシャは逃亡の旅を、夢の中の無重力状態のように感じていた。それはまるで、魂が彼の体から離れて、すぐ近くをふわふわと飛んでいるような感じだった。自分の吐く息が首筋に感じられた。ベンツの中には——その革の匂いは皮を剝かれたアンテロープを思わせるものだったが——、いまではもう彼の体、とくにずきずき痛む手しかなかった。一指はもうなかったが、それでもそれは、知らない国で行きどころのない胸の痛みのように、そこにあるのだった。

この無謀な逃亡の旅のあいだ、彼は終始自分の考えを抑制し、理性的に行動するように心がけた。おれはズールーの民だ、と彼は呪文を唱えるように自分に繰り返した。おれは決して征服されない戦士の子孫、天の息子の一人だ。インピたちが攻撃を仕掛けるとき、おれの祖先は常に先頭に立った。白人がブッシュマンを無限に続く砂漠に追い立て、そこで朽ちさせたよりずっと前に、われわれは白人を打ち負かしたのだ。彼らがわれわれの土地を自分たちのものだと宣言するよりもずっと前にわれわれは彼らを破ったのだ。われわれは彼らをイサンドルワナのふもとで破り、彼らのあごを切り取って王族のクラーレールを飾ったのだ。おれはズールーだ。おれの指は切り落とされたが、おれは痛みをこらえた。指はまだ九本残っている。ジャッカルの命と同じ数だけある。

運転し続けることができないほど疲れたとき、彼は枝道に入り込み、湖面が美しく光る湖の前に出た。水が真っ黒だったので、彼は最初油かと思った。そこで車を降りて湖畔の石に腰を下ろし、血だらけの布をほどいて、初めて切り取られた指の痕を見た。まだ血が流れ出ている。まるで知らないものを見ているようだった。痛みは切断された指の痕よりも、むしろ心の中にあるようだ。

コノヴァレンコがなぜ自分よりもすばやかったのか？　一秒を争うときに、彼の中にあった迷いがコノヴァレンコに対して遅れをとらせたのだ。また彼は、この逃亡は無謀であることがわかっていた。まるでわがままな子どものように振る舞ってしまった。自分に対してもヤン・クラインに対しても、言い訳ができないような無茶をしてしまった。あのあと、すぐに飛び出さずに、コノヴァレンコのカバンを捜して航空切符と金を手に入れるべきだった。だが実際に彼がしたのは、服を何枚かとピストル一丁をカバンに詰め込むことだけだった。そのうえ、どの道を走ったかも覚えていない。あの家まで戻ることは不可能だ。絶対にみつけることができない。

自分の弱さ、と彼は考えた。彼はいままでそれに打ち勝てたためしがない。もっていたあらゆる忠誠心、子ども時代にもっていたあらゆる夢を捨てたにもかかわらず。これはソンゴマがおれに与える罰だ。ソンゴマは精霊の望むとおりに、絶対に打ち勝つことができないおれの弱さを、〝歌う犬たち〟に歌わせているのだ。

太陽が決して休もうとしないこの奇妙な国で、ふたたび地平線が明るくなった。鷲が一羽、近くの木のてっぺんから飛び立ち、鏡のような湖面を横切っていった。

なによりもまず、彼は眠らなければならなかった。数時間でいい。それ以上はいらない。彼は多くの睡眠時間を必要としなかった。少し眠れば、頭がふたたび動き始める。

子ども時代、それは祖先たちの時代と同じくらい遠く感じられるが、父親のオクマナは槍作りの名人と言われた男だった。その父親が、生きているかぎり必ず出口はみつかる、と教えてくれた。死は最後の隠れ場所だと。それはどうしても逃れきれない危険から身を隠す最後の砦だ。最初は見えなかった出口が必ずある。人間がほかの動物とちがうのはその点だ。人間は内側が見える目をもっているのだ。外ではなく。人生の道案内者となるために祖先の精霊が待っている、秘密の場所のある内側へ向かえ。

おれはだれなのだ、と彼は思った。アイデンティティを失った人間はもはや人間ではない。動物だ。おれの身に起きたのはそれだ。おれは自分が死んでいるから人殺しを始めたのだ。子どものとき、道の標識は黒人のいるべき場所を示し、白人だけに許された場所を示した。あのころからおれは縮みはじめたのだ。子どもは成長するべきなのだ。大きくなるべきなのだ。だがおれの国では、黒い子どもたちは小さくなることを学ぶ。おれは親たちが自からすすんで目に見えない存在になるのを、自分自身の苦渋の中に身を沈めるのを、小さいときから見てきた。おれは従順な子どもだったから、いないことになっている存在の中に身を沈めることを学んだ。人種隔離こそ、おれの真の親だ。人間として学ぶべきではないことを、おれは子どものときから身につけた。偽りと侮蔑の中で生きること。おれの国でたった一つの真実として崇められている嘘っぱちだ。それは警察とパス法によって堅持されている。それだけでなく、白い水の流れ、黒人と白人の生まれながらのちがい、白人の文明の優越性を説明する言葉によって堅持されてきた。ソンゴマ、白人のもつその優越性こそが、おれを人殺しにしたのだ。それは、おれが子どものときからどんどん小さくなることを学んだことの究極の結果なのだ。人種隔離と偽りの白人優位主義こそが、おれたち黒人の魂を徹底的に破壊してきたものでなかったら、ほかになにがあるというのだ。おれたちの絶望が激しい暴力となって爆発するとき、白人たちにはおれたちの混乱と憎しみがそれよりもずっとずっと大きいことがわからない。おれたちが心の中に抱いてきたものだ。おれの心の中で、おれの考え、おれの感情が刃となるのだ。指の一本ぐらい、くれてやる。だが、自分がだれかがわからないで、どうやって生きていけるのだ？

体がぐらりと揺れて、彼は居眠りをし始めた。夢うつつの彼に、長いこと離れていた思い出が戻ってきた。

ヴィクトール・マバシャは湖のほとりで長い時間眠った。

記憶が彼を捜しだしたのだ。彼が記憶を呼び戻したのではなく。

一九六七年の夏。六歳のとき、彼はほかの子どもたちとはちがう才能を自分がもっていることに気がついた。彼らはヨハネスブルグのスラム地区に住んでいて、子どもたちはゴミとほこりの中で遊んでいた。紙とひもで子どもたちはボールを作った。そして彼は自分がほかの子どもたちにはないボール感覚をもっていることに気がついたのだった。彼はボールを好きなように操ることができ、ボールはまるで犬のように彼に従った。この発見で彼は最初の夢をもったが、人種隔離政策の世界でそれは無惨に砕かれてしまった。夢とは、南アフリカ一のラグビー選手になることだった。

それは体の中から湧いてくるような喜びだった。祖先の精霊がおれを認めてくれているのだと彼は思った。彼は水道の蛇口をひねって瓶に水を汲み、赤い土に捧げた。

その夏のある日、土ぼこりの中でヴィクトールがほかの子どもたちと紙のボールで遊んでいたとき、白人の酒商人が通りかかった。彼は長いこと車を止めて、小さな黒人の子どもが目を瞠《みは》るようなボールの扱いをするのをながめていた。

ボールが車の近くまで飛んで、ヴィクトールはおそるおそる車に近づき、頭を下げ、ボールを拾った。

「これでおまえが白かったらなあ。おまえのようにボールを扱える子どもをわしは見たことがない。惜しいなあ、おまえが黒人で」

ヴィクトール・マバシャは頭上の白い飛行機雲を見上げた。

あのときの胸の痛みは、覚えていない。だが、そのころにはもう、痛みは経験済みだったはずだ。あのとき、不正は人生の自然な状態であると六歳の子どもの胸にはっきりと焼き付けられたために、おれは不正にまったく反応しなくなったのだろうか？

だが十年後、彼が十六歳のとき、すべてが変わった。

一九七六年六月、ソウェト。オーランド・ウェスト中学校の校舎の外には、一万五千人もの生徒が集まっていた。ヴィクトール自身はその集団には属していなかった。彼はストリートチルドレンで、小さいながらもすばしっこい、抜け目のないコソ泥の生活をしていた。まだ黒人からしか盗んだことがなかった。しかし彼の目はすでに大きな獲物のある白人居住区に向いていた。

彼は中学生たちの流れに押されて動きだした。彼は教育がこれからボーア語でなされることに怒っている生徒たちに同感していた。いまでも彼はあのとき拳を固めてその場にいない大統領に向かって叫んでいた少女のことを思い出せる。フォルスター！　ズールー語を話しなさいよ！　そしたらわたしたちもアフリカーンスを話すから！　ヴィクトールの中にカオスがあった。外的なカオスは、攻撃に出た警官が狂ったように棍棒《こんぼう》を振り下ろして彼に襲いかかってきたときに始まった。彼は投石に加わった。ボール感覚はまだ彼の中で生きていた。彼の投げた石はほとんど命中し、彼は警官が彼の石に当たって頬から血を流すのを見た。十年前に赤い土の上を転がる紙ボールを拾いに行ったとき、車の白人を見たこと、彼の言った言葉を思い出した。その後、彼は捕まり、むちで打たれた。その激しい痛みはいまでも皮膚に焼き付いている。一人の警官を思い出した。赤ら顔で前日に飲んだ酒の臭いがした。ヴィクトールはその警官の目に恐怖を見た。その瞬間、彼は自分のほうが強いのだとわかった。白人警官の恐怖を見て、彼は深い軽蔑を抱いた。

湖の反対側で動きが見え、彼はわれに返った。だれかがボートを漕いでいるのだ。ゆっくりとこっちにやってくる。男が一人、ゆっくりとオールをまわしている。オールを支える金具の音が、湖を渡って伝わってくる。

彼は石から立ち上がった。急にめまいがしてよろけた。手を医者に診てもらわなければならない、と思った。血が薄く、小さいときから怪我をするとなかなか血が止まらなかった。それに、なにか飲み物を手に入れなければならなかった。車に戻り、エンジンをかけた。そしてガソリンがあとせいぜい一時間分しかないことに気がついた。

主要道路まで戻ると、それまでと同じ方向に車を走らせた。

四十五分後、Älmhultという標識を掲げた小さな町に着いた。マバシャは、これはどう発音するのだろうかと思った。ガソリンスタンドで車を止めた。コノヴァレンコからガソリン代をもらっていた。いまその残りが二百クローネあった。セルフサービスの給油機から給油しようとしたが、怪我をした手が思うように使えず、人の注意を引いていることに気がついた。

年輩の男が手を貸してくれた。ヴィクトール・マバシャは彼の言葉がわからなかったが、うなずいて、笑い顔をつくろうとした。百クローネ分だけ給油すると、それはわずかに十リットルにしかならなかった。しかし残りの金で食べ物と、なにより飲み物を買わなければならなかった。手伝ってくれた年輩の男に礼を言い、車を邪魔にならないところに駐めると、ガソリンスタンドの店に入った。パンとコカコーラを二本買った。残りは四十クローネだけになった。レジのところで、たくさんの広告のあいだに貼り出された地図を見て、Älmhultを探したがみつからなかった。

車に戻り、パンを食いちぎった。コカコーラを一本飲み終わってやっと喉の渇きがおさまった。これからどうしようか？　どうやって医者か病院をみつけたらいいのだ？　だが、治療してもらう金がなかった。病院に行っても金がないから、きっと治療してもらえず、追い出されるだろう。

どうしたらいいかはわかっていた。強盗に入るよりほかない。車のポケットにあるピストルだけが、彼の救いだった。

小さな町をあとにして、どこまでも続く森の中の道を行った。

人を殺したくない。デクラークを撃つ仕事を終えるまでは、だれも殺したくない、とマバシャは思った。

ソ、ン、ゴ、マ、初めて人を殺したとき、おれは一人ではなかった。だが、それでもあのときのことは忘れられない。あのあと殺した人間のことはほとんど覚えていないのに。それは一九八一年一月のある朝、ドゥドゥザの墓地でのことだった。ひび割れた墓石のことを覚えている。おれは死人の家の屋根を歩いていると思ったのを覚えている。その朝は、年取って死んだ親戚が埋葬されることになっていた。確か親父のいとこだった。墓地の中では、ほかにも埋葬がおこなわれていた。そのとき突然けたたましい音がして、葬儀の列が乱れた。少女が一人、墓石のあいだを走ってきた。まるで狩猟で追いかけられている雌ジカのようだった。少女は実際に追いかけられていた。だれかが彼女は白人の手先だと叫んだ。白人警察のために働く黒人のタレコミ屋のことだ。彼女は捕まって悲鳴をあげた。その叫びはおれがそれまでに聞いたこともないような声だった。だが彼女は押し倒され、棍棒で叩きのめされた。しかしそれでも生きていた。おれたちは乾いた枝や墓石のあいだに細々と生えている枯れた草を集めた。いまおれはおれたちと言った。気がついてみると、おれもいっしょに行動していたからだ。警察に情報を流す黒人の女を生かしておく必要はない。彼女は命乞いをしたが、彼女の体はまもなく枝や草ですっかり見えなくなり、おれたちはまだ生きている彼女の体に火を放った。彼女は必死で這い出そうとしたが、おれたちは彼女を押さえつけた。そのうち炎で顔が黒く焼けた。それが、おれが最初に殺した人間だった、ソンゴマ。おれは決して忘れない。なぜなら、彼女を殺したとき、おれは自分の魂も殺したからだ。人種隔離政策は大成功をおさめたわけだ。おれは獣《けだもの》になったのだ、ソンゴマ。もう引き返すことはできない。

手がふたたび痛み始めた。マバシャは痛みに耐えるために、できるだけ手を動かさないようにした。太陽はまだ高く上がっていて、彼は時計を見さえしなかった。まだこれから長時間運転しなければならない。考えることだけが彼と付き合ってくれる友だった。

おれはいまどこにいるのかさえもわからない。知っているのはスウェーデンという国にいるということだけだ。それ以上はなにも知らない。もしかすると世界はこんなふうに見えるのだろうか？ ここにもあそこにも、なにもない。あるのはいまという時間だけだ。

まもなく独特な、ほとんどそれとわからない夕暮れになる。

弾倉をピストルに入れると、マバシャはそれをベルトに差し込んだ。

ナイフがないのが残念だった。だが、今回はできればだれも殺さないと決心していた。

ガソリンメーターの目盛りを見た。まもなく給油しなければならない。いま金を手に入れなければならない。そしてまた、人を殺すことだけは避けたいと思った。

その先数キロのところに、夜も開いている店をみつけた。彼は車を止め、エンジンを切って店の中に客がいなくなるまで待った。ピストルの安全装置を外し、車を降りて急ぎ足で店に入った。レジのところに年輩の男がいた。マバシャはピストルでレジを示した。店の主人はなにか言おうとしたが、マバシャはピストルを一発天井に向けて撃って、またレジを示した。主人は震える手でレジを開けた。マバシャは前かがみになり、ピストルを怪我しているほうの手に持ち替えて、レジの中にあった金をさらった。そして足早に店を出た。

マバシャは店の主人が倒れたのを見なかった。倒れたとき、彼はコンクリートの床で頭を強く打った。あとで、強盗は店の主人を殴り殺したと解釈されることになる。カウンターのうしろの男は、しかし、すでに死んでいた。突然のショックに心臓が耐えられなかったのである。

マバシャが店を出たとき、指をくるんでいた包帯代わりの布がドアに引っかかった。それをほどいているひまはなかった。しかたなく布を残して走りだした。

そのとき、少女が店の前に立っているのに気がついた。十三歳ほどで、目の大きな女の子だった。彼女は血だらけの彼の手を見た。

この子を殺さなければ。目撃者を生かしておくことはできない、と瞬時に彼は決断した。ピストルを取り出し、狙いを定めた。だが、彼には撃てなかった。ピストルを持った手を下げて、彼は車に走り、その場を立ち去った。

これでまもなく警察が追いかけてくるだろう。指のない黒人を指名手配するだろう。いま殺さなかった少女はきっと教えるだろうから。彼は四時間以内に別の車に乗り換えることに決めた。サービス員のいないガソリンスタンドに車を駐めて給油した。いままで運転してきた道にストックホルムへ何キロという表示が出ていた。ここからは運転する道を記憶して、同じ道を引き返すことができるようにしなければならない。

彼は突然どっと疲れを感じた。途中でどこかに車を駐めて眠らなければならない。

彼はどこかにまた水が真っ黒で水面の光る湖があるといいと思った。

ソンゴマ、おれは夢を見ているのだと知っている。だが、話すのはやはりおまえで、おれではない。そしておまえは、偉大なチャカのことを話す。チャカは偉大な戦士で、ズールー民族の偉大さを築いた人だ。あらゆるところで無限の恐怖をもって知られた戦士だ。彼は激怒すると、人々をなぎ倒し殺した。終わりのない戦いで兵士たちが絶大な勇気を示さないときは、部隊の兵士全員を殺させた。チャカはおれの祖先で、幼いときおれは夜焚き火のそばで何度も彼の話を聞いた。いま思うと、おれの親父は自分が生きている白人世界のことを忘れるために、チャカの話をしたにちがいない。鉱山で働くのに耐えるために、地下道が崩れる恐怖、肺を冒す有毒ガスに耐えるために。だがおまえはチャカについてほかの話をする、ソンゴマ。センザンガコーナの息子だったチャカが、愛する女ノリワの死後、別人のようになったと。心は暗闇でおおわれ、もはや人間にも土にも愛情を感じなくなり、寄生虫のように彼を内側から食う憎しみだけになってしまったと。しだいに人間的なところはなくなり、残ったのはただ獣だけ。彼は人を殺したり、人を傷つけ苦しめるときだけ喜びを感じる獣になり果てたと。しかし、ソンゴマ、おまえはなぜおれにこの話をするのだ？　おれがチャカのようになってしまったというのか？　人種隔離政策の結果の一つ、血に飢えた獣になってしまったというのか？　おれはそんなことは信じたくない、ソンゴマ。おれは人殺しだが、無差別に殺しはしない。おれは女たちの踊りを見るのが好きだ。女たちの黒い体が燃え上がる焚き火を背景に揺れるのを見るのが好きだ。おれはおれの娘たちが踊るのを見たいのだ、ソンゴマ。おれの目が閉じてふたたび闇の世界に戻るまで、絶え間なく続く踊りを。そこでおれはふたたびおまえに会う。そしておまえは最後の秘密をおれに語ってくれるだろう……。

午前五時ちょっと前、彼はぶるっと体を震えさせて目を覚ました。

車の外で、一度も聞いたことのないような鳥の声がした。

それから彼は北に向かって車を走らせた。

午前十一時少し前に、彼はストックホルムに着いた。

それは一九九二年四月二十九日水曜日、春の祭典の前日のことだった。

13

男は三人だった。三人とも顔を覆っていた。彼らが現れたのはデザートの直前のことだった。

二分間に自動小銃で三百発の銃弾を乱射した。その後、待機していた車に乗って立ち去った。

惨事の直後は静寂そのものだった。だがそれはほんの瞬時だった。その後撃たれた者、ショックを受けた者の叫び声が響いた。

それはダーバンの伝統あるワインテイスティングクラブがその年の総会を開いているときのことだった。ダーバンから数キロの郊外にあるパインタウンのゴルフクラブをパーティー会場に選んだとき、パーティー実行委員会は慎重に会場の安全面を検討したはずだった。パインタウンは、ナタール州で広い範囲にわたりひんぱんに発生している暴力沙汰がそれまで一度も起きたことのない町だった。また、レストランの支配人はその晩の警備を増強することを約束していた。しかし、警備員たちは警報を鳴らす前に殴り倒された。レストランを囲む金網のフェンスはスチール用のハサミで切り落とされていた。そのうえ庭に放たれていたシェパードは喉を裂かれて死んでいた。

三人の男が手に自動小銃を持って現れたとき、レストランには五十五人の客がいた。ワインテイスティングクラブのメンバーは全員が白人だった。給仕は五人の黒人――男が四人、女が一人――が受け持っていた。黒人の料理人たちと給仕たち、それとポルトガル人のコック長は、襲撃が始まったときレストランの裏口から逃げだした。

襲撃が終わったとき、倒れたテーブルや椅子、壊れた皿や天井から落ちてきた照明器具の中に、九人の人間が撃ち殺されていた。重軽傷者は十七人、残りの人間はショック状態だった。その中の一人の高齢の女性はのちに心臓発作で死亡した。

デザートはフルーツサラダだった。二百本以上の赤ワイン瓶が撃ち砕かれた。大虐殺後に現場に駆けつけた警察官は、血と赤ワインの区別がつかなかった。

ダーバン警察殺人捜査課の捜査官サミュエル・デビアは最初にレストランに到着した警察官の一人だった。いっしょにきたのは黒人警察官ハリー・シバンデだった。デビアはおおっぴらに人種差別的な態度をとっていたが、シバンデはとうの昔に、黒人に対するデビアの軽蔑に満ちた態度を無視することを学んでいた。デビアが一生かかっても自分より優秀な警官にはなれないということを、見抜いたときからのことだった。

彼らは大惨事の現場を見てまわり、死者と負傷者が救急車に運び込まれるのを見届けた。救急車はパインタウンとダーバンのいくつかの病院とのあいだを何度も往復した。

現場に残っていた目撃者はショックがひどく、ほとんど証言ができなかった。男たちは三人で、頭にかぶりものをしていたこと、手が黒人のそれだったことぐらいしか聞き出せなかった。

デビアはこの襲撃はナタール州が今年経験した黒人集団による襲撃の中でも、もっとも深刻なものであると判断した。一九九二年四月三十日のその晩、ナタール州における白人と黒人の全面衝突の日はいちだんと近づいた。

その日の夜、デビアはプレトリアの警察の秘密情報機関に電話をかけた。翌日の早朝、協力者が到着することになった。さらに、軍の特別課からは、政治的襲撃とテロ行為の調査を専門とする軍人が送り込まれることになった。

デクラーク大統領は、真夜中の十二時ちょっと前に事件を知らされた。電話をかけたのは外務大臣のピーク・ボタで、デクラーク大統領官邸の緊急電話を利用しての知らせだった。

外務大臣はデクラークが夜中の電話に苛立っているのがわかった。

「わが国では毎日何人もの人間が殺されている」大統領は言った。「緊急の知らせの理由はなんだ？」

「規模です」外務大臣が答えた。「大きすぎ、大胆すぎ、残酷すぎます。明朝、大統領が強力な発言をしないと、政党間から大変な反応が起きるでしょう。ANCの指導部、おそらくはネルソン・マンデラ自身がこの事件を非難する声明を発表するでしょう。黒人宗教指導者たちも同じことをするでしょう。もし大統領がここでなにか言わなかったら、まずいことになります」

大統領は外務大臣ボタの意見にはたいてい耳を貸した。デクラークはいつもどおり、彼の言葉に従った。

「きみの言うとおりにしよう」デクラークが言った。「明日の朝までに発表文を書いて、七時までに私の手元に届けてくれ」

同じ晩、ヨハネスブルグとプレトリアのあいだで、パインタウンの襲撃について電話による会話がもう一つ交わされた。軍の司令官で特別かつ秘密の諜報員フランス・マーランに、警察の秘密情報機関のヤン・クラインから電話がかかってきた。すでに二人とも数時間前にパインタウンのレストラン襲撃事件の発生については知らせを受けていた。ニュースを聞いて、二人とも驚きと憎しみを表した。彼らは慣れている役割を演じた。ヤン・クラインとフランス・マーランは、パインタウンにおける大虐殺を企てた背景組織の一部だった。この襲撃は、南アフリカの不安定を助長する一連の戦略の一つだった。このような殺人や襲撃事件を重ねていって、そのクライマックスにヴィクトール・マバシャに発注した暗殺計画があった。

ヤン・クラインがマーランに電話をしたのは、しかしながら、まったく別の用事だった。その日、彼は仕事場でもっともプライベートで、もっとも秘密なデータファイルに何者かが侵入したことを発見したのである。一人ひとり疑わしい人物を消していって、数時間後、彼は自分を偵察している人物を突き止めた。ファイル侵入は、現在計画中の案件に決定的な影響を与えることになると彼は理解した。

彼らは電話では決して名前を言わなかった。互いの声を聞き分けた。電話回線に不都合がある場合は、特別のあいさつ言葉を使って正体を確かめ合うことにしていた。

「会わなければならない」ヤン・クラインが言った。「私が明日どこへ行くか、知っているか?」

「ああ、知っている」マーランが言った。

「きみもそうしたまえ」ヤン・クラインが言った。

マーランは自分の部下のブレイテンバッハという名前の部隊長が、襲撃事件の調査に当たることを知らされていた。だが、電話一本で部隊長の代わりに自分が現場に行くように変更ができるということもまた承知していた。フランス・マーランは自分が必要と判断した場合、部下の高官たちと会議を開かずに変更できる権限をもっていた。

「わかった」

そこで会話は終わった。マーランは部隊長へ電話をかけ、明日は自分がダーバンへ飛ぶと告げた。それが終わると、ヤン・クラインが憂慮していることはなんだろうと考えた。大きな工作のことだろうと推測した。初めからやり直しということになるのだけは、避けたかった。

五月一日朝四時、ヤン・クラインはプレトリアを出発した。ヨハネスブルグを通過後まもなく第三自動車道路に入り、ダーバンへ向かった。八時には到着していたかった。

ヤン・クラインは車の運転が好きだった。命令すれば、ダーバンまでヘリコプターでも行けた。だが、それでは旅が速すぎた。車窓からの景色を見ながら一人で運転することは、じっくり考えるのに向いていた。

スピードを上げながら、スウェーデンでの問題はまもなく解決するだろうと考えた。ここ数日、ヤン・クラインはコノヴァレンコが本当に思ったほど冷酷で熟練した諜報員なのかと疑い始めていた。彼と契約を結んだのは間違いだっただろうか？　ヤン・クラインは考えた末、そうではないという結論に達した。コノヴァレンコは必要なことをしただけだ。マバシャはまもなく消されるだろう。すでに始末されているかもしれない。リストの二番目にあったシコシ・ツィキを後継者にしよう。そしてコノヴァレンコはマバシャを訓練したように、彼も訓練するのだ。

ヤン・クラインがいまでも腑に落ちないのは、マバシャが暴れだした理由だった。彼のような男が、たかが一人のスウェーデン女の殺し程度のことで、なぜそれほど激しく反応したのだろう？　やはり彼にはセンチメンタルな弱さがあったのか？　もしそうなら、いまのうちにそれをみつけたことはよかった。さもなければ、終わりまでことが運んで望遠レンズの中に標的が映ったときに、彼がどう反応したかわかったものではない。

マバシャのことを考えるのはそこでやめて、自分が標的になったコンピューターの侵入に考えを移した。彼のデータファイルには人の名前、場所などはまったく記されていない。だが、すぐれた諜報員なら、それでも推測できたかもしれない。特別な、いや、決定的な政治的暗殺が計画されていることを。

ヤン・クラインは運がよかったと思った。コンピューターに侵入されたことがいまの時点でわかったので、措置が講じられる。

フランス・マーラン軍治安部司令官はヨハネスブルグ郊外の軍用特別飛行場でヘリコプターに乗り込んだ。七時十五分過ぎで、八時にはダーバンに到着するつもりだった。パイロットにうなずき、安全ベルトを締め、離陸する機体の窓から地面をながめた。彼は疲れていた。ヤン・クラインの心配の原因をあれこれ憶測して、明け方まで眠れなかった。

考えながら、アフリカの町をながめ下ろした。瓦礫、スラム、焚き火から立ちのぼる煙が見えた。

やつらにどうやっておれたちを打ち負かすことができるというのだ？　おれたちは断固としてそれを阻めばいい。きのうの晩のパインタウンのように、これからたくさんの血が流れるだろう。おれたち白人の血も。だが南アフリカで白人統治を継続させるために、犠牲が出るのはしかたがない。

マーランは座席に深く腰掛け、目を閉じ、眠ろうとした。

ヤン・クラインを悩ませていることがなにかは、まもなくわかる。

ヤン・クラインとマーランは十分ほどの差でパインタウンの閉鎖されたレストランに到着した。パインタウンの殺人捜査課の警察官サミュエル・デビアの指揮の下に約一時間血しぶきの残る現場を査察した。二人とも、この襲撃は成功したと確信した。死者の数はもっと多いはずだったが、九人なら許容範囲だった。ワインテイスティングパーティーへの襲撃は期待された効果を上げていた。人々の怒りと報復を望む声はすでにあちこちから上がっていた。ヤン・クラインは車のラジオでネルソン・マンデラとデクラーク大統領がそれぞれ声明を発表するのを聞いた。デクラーク大統領はテロリストたちに対する重い刑罰を知らしめた。

「犯人たちの足跡はあるのか？」ヤン・クラインが訊いた。

「いまのところはなにも」デビアが答えた。「現場から逃亡した車を見た者さえいません」

「政府がさっそく懸賞金をかけるのが一番なのだが」マーランが言った。「次の閣議でそれを取りあげるように、私が頼んでみる」

そのとき通行止めになっているレストランの入り口付近に集まっていた白人の中から喚声が湧き上がった。多くの者はおおっぴらに銃を持っていた。黒人は白人が集まっているところを避けて通行していた。レストランの入り口ドアが強引に開けられ、三十歳ほどの白人の女が入ってきた。ヒステリーに近い興奮状態だった。彼女の目がシバンデ刑事に留まった。そのときレストラン内部には黒人は彼一人しかいなかった。彼女はピストルを彼に向け、銃弾を一発撃ち放った。ハリー・シバンデはとっさに床に伏せ、近くの倒れたテーブルの陰に隠れた。だが、女はテーブルに向かってまっすぐに進み、両手で不器用に持ったピストルを撃ち続けた。そのあいだずっと彼女は前の晩ここで殺された弟のかたきを討ってやる、カフィールが一人残らずいなくなるまで殺してやるとアフリカーンスで叫んでいた。

デビアは彼女に飛びかかって銃を取り上げ、外のパトカーに連れていった。シバンデはテーブルのうしろから立ち上がった。震えていた。弾の一つがテーブルを突き抜けて彼の上着の袖を裂いていた。

ヤン・クラインとマーランはこの様子を傍観していた。すべてはあっという間の出来事だった。だが、二人とも同じことを考えていた。前の晩の襲撃で狙ったのは、まさにこの女のような反応だった。ただもっと大きなスケールで、国じゅうに大きな波を引き起こすことだった。

デビアが戻ってきて、顔から汗と血をぬぐった。

「彼女の反応も理解しなければならない」と言った。

シバンデはなにも言わなかった。

ヤン・クラインとマーランは必要な協力は惜しまないとデビアに約束した。彼らは互いにこのテロは速やかに解決されなければならないと話し合い、現場検証を終えた。二人はヤン・クラインの車で現場を立ち去り、パインタウンを出た。第二自動車道路で北に向かい、ウムランガ・ロックスという標識の出口で海岸方面に出た。ヤン・クラインは海岸沿いの魚料理のレストランで車を駐めた。ここならだれにも邪魔されない。彼らはザリガニ料理とミネラルウォーターを注文した。海から穏やかな風が吹いていた。マーランは上着を脱いだ。

「情報によると、あのデビアという警官はとんでもなく無能らしい」マーランが言った。「同僚のカフィールのほうがずっと頭がよく、そのうえ一度喰らいついたら放さないタイプだそうだ」

「私も同じように聞いている」ヤン・クラインが言った。「捜査は堂々巡りし、しまいには犠牲者の家族以外の者には忘れられてしまうだろう」

彼はナイフを置き、ナプキンで口を拭いた。

「死は決して愉快なものではない」と言った。「必要がなければ殺戮を起こしはしない。だが、敗者がいなければ勝者はいないのだ。勝てば必ず犠牲者が出る。私は基本的にダーウィン主義者だ。強い者が勝つのだ。勝った者は結果的に権力を手中に収める。家が火事で燃えている最中に人は火元がどこかを捜しはしない。まず消火作業をするだろう」

「あの三人の男はどうした?」マーランが訊いた。「最終的に彼らをどうすると決めたか、私は覚えていない」

「食事が終わったら、散歩をしよう」ヤン・クラインがにんまりと笑った。

フランス・マーランはとりあえずそれが答えなのだと理解した。ヤン・クラインという人間を知っていれば、それ以上突っ込んで訊いても答えは得られない、ときがくればわかるだろう。

食事が終わってコーヒーの時間になったとき、ヤン・クラインはなぜ今日マーランに会わなければならなかったかを説明した。

「きみも知っているように、われわれ情報機関の人間は、不文律の規則や条件の下で、秘密裡にさまざまな活動をしている。その一つに、互いの監視がある。同僚に対する信頼には常に限界がある。プライバシーのチェックには、個々人が工夫して当たっている。それは自分の守備範囲にほかの人間を侵入させないようにするためでもある。自分のまわりに地雷を埋めているのだ。それはほかの者たちも同様だ。そのようにして均衡を保って仕事をしているというわけだ。しかし残念なことに、だれかが私のデータファイルに近づきすぎた形跡を発見した。だれかが私を監視する仕事をしている。それはかなり高いところからの命令と思われる」

マーランは顔色を変えた。

「計画がばれたのか？」

ヤン・クラインは冷たい目で彼を見返した。

「私は知ってのとおり、それほど不注意な人間ではない。私のコンピューターの中にあるファイルは、どれも現在われわれがもくろんでいる策謀をそのまま表すものではない。人の名前もなにも書き込まれていない。だが、すぐれた諜報員なら周辺の情報から策謀を推測することが可能かもしれない。そうなると、ことは重大だ」

「侵入者の正体を調べるのは容易ではないだろうな」

「そんなことはない」ヤン・クラインはさらりと言った。「だれかはもう見当がついている」

マーランは驚いて見上げた。

「調査を進めるために、逆にうしろに下がってみたのだ」ヤン・クラインが言った。「これはしばしば結果を得るのに効果的な方法だ。まず、この仕事の命令者はだれかという問いを出してみた。私がもくろんでいることに本当に関心をもっているのは、極端に言えば、二人しかいない。最高機関にいる二人の人間だ。大統領と外務大臣だ」

マーランは異論を唱えようとして口を開けた。

「続けさせてくれ」ヤン・クラインが言った。「よく考えてみればそれがいかに当然な結論かわかるはずだ。この国には陰謀に対する恐怖がある。いままでの歴史から無理もないことだ。デクラークには軍の最高司令部の一部にある考えを恐れる、当然の理由がある。同様にして彼は、この国の秘密情報機関を掌握する者たちが彼に対して当然の忠誠心をもっているとは期待できない。南アフリカ共和国にはいま、非常な不安が広がっている。なにもかもが計算できない、予測できない状態にあるということは、情報の必要性がとてつもなく大きいことを意味する。大統領が内閣の中で絶対的な信頼をもっている人物は、一人しかいない。外務大臣のボタだ。私はここまで考えてから、あとはただ、だれが大統領の個人的メッセンジャーであるか、その候補者を一人ひとりチェックしていった。理由を言うのはこの際避けるが、最終的にこれしかいないという人物にたどり着いた。ピーター・ファン・ヘーデンだ」

フランス・マーランはその人物を知っていた。何度か会ったことがある。

「ピーター・ファン・ヘーデン」ヤン・クラインは続けた。「彼は大統領のメッセンジャーをしてきた。彼は大統領の足元に座って、われわれの策謀を進言したのだ」

「私はファン・ヘーデンをきわめて頭のいい男だと思う」マーランが言った。

ヤン・クラインがうなずいた。

「そのとおり。そしてきわめて危険な男だ。恐るべき相手とみなすべきだ。だが彼は運の悪いことに、いま少々病気をわずらっている」

マーランは眉を上げた。

「病気?」

「ある種の問題は、自然に解決するものだ」ヤン・クラインが言った。「彼は来週ヨハネスブルグの私立病院に入院することになっている。前立腺が悪いのだという」

ヤン・クラインはコーヒーを一口飲んだ。

「彼がその病院から退院することはないだろう」ヤン・クラインは話し続けた。「私自身がそうなるように見届けるつもりだ。なんと言っても、彼が探りを入れたのは私だからな。彼が開けたのは私のデータファイルなのだ」

黒人の給仕が皿を下げるあいだ、彼らは沈黙した。

「私は自分でこの問題を解いた」ふたたび二人きりになったとき、ヤン・クラインが言った。「だが、私がきみにこの話をするのは、たった一つの理由からだ。きみも気をつけろ。おそらく、きみにも監視の目が光っているだろうから」

「話してくれてありがたい」マーランが言った。「いつもやっている安全チェックをさっそくしてみよう」

給仕が勘定書を持ってきた。ヤン・クラインが支払った。「きみの問いはもうじき答えを得るだろうよ」

「さて、少し散歩するか」ヤン・クラインが言った。

彼らは高い断崖に向かって海岸沿いの小道を歩きだした。この高い岩壁がウムランガ・ロックスという地名のもとになっている。

「シコシ・ツィキは水曜日にスウェーデンへ向けて出発する」ヤン・クラインが言った。

「ということは、彼が一番腕がいいということか？」

「彼の名はリストの二番目にある。腕がいいとみなしてもいい男だ」

「それで、ヴィクトール・マバシャは？」

「もう始末済みだろう。コノヴァレンコから今晩か、遅くとも明朝には連絡があるはずだ」

「六月十二日に大規模な集会があるといううわさがあるとの知らせをケープタウンから受けた」

マーランが言った。「それが適当な機会かどうか、いま調べているところだ」

ヤン・クラインは立ち止まった。

「いいな。時期的にはちょうどいい」

「詳しいことがわかったら連絡する」フランス・マーランが言った。

ヤン・クラインは断崖絶壁に立ち、眼下の海をながめた。

マーランも見下ろした。

はるか下の海面に車の一部が見えた。

「まだ車は発見されていないらしいな」ヤン・クラインが言った。「車がみつかれば、その中に男が三人死んでいるのもみつかるだろう。二十五歳前後の黒人の男たちだ。何者かに撃たれ、車に乗ったまま海に沈められたということだ」

ヤン・クラインは海と反対側にある駐車場を振り返った。

「男たちはあそこで金を支払われることになっていた」と言った。「だが、金は支払われなかったということになる」

彼らは戻り始めた。

マーランは、だれがレストランで銃を撃ちまくったその男たちを始末したのかを訊くのはやめにした。ことによっては知りたくないこともあった。

午後一時過ぎ、ヤン・クラインはマーランをダーバンの軍事施設の前で降ろした。二人は握手をして別れた。


ヤン・クラインは、プレトリアへの帰り道は自動車道路を避けた。ナタール経由の交通量の少ない道を選んだ。急いではいなかった。ゆっくりと、起きたことを総括する必要を感じていた。多くのことがいま危険にさらされていた。彼自身、同志たち、また南アフリカで暮らすすべての白人の運命が。

彼はまた、いま自分が運転している地域はネルソン・マンデラの出身地であることに気がついた。彼はここで生まれ、ここで育ったのだ。彼の命が途絶えたときには、おそらくこの地に埋められることだろう。

ヤン・クラインはときに、自分で自分の感情の冷たさにぎくりとすることがあった。彼は自分が、人が呼ぶところの〝狂信者《ファナティカー》〟であると知っていた。だが、それ以外の生き方をしたいとも思わなかった。

彼を不安にさせるものは、厳密に言って二つしかなかった。一つはときどき見る悪夢だった。自分が黒人だけがいる部屋に閉じ込められている夢だった。もはや話すことができなかった。口から出てくるのは獣のうなり声だけだった。吠え立てるハイエナのような声だった。

もう一つは、自分がいつまで生きるのかわからないことだった。

永久に生きたいわけではなかった。だが、南アフリカの白人が治世者の座を守り抜いたところまでは見届けたかった。

そのあとなら死んでもよかった。だが、その前には死にたくなかった。

彼は車を駐めて、ウィットバンクの小さなレストランで食事をした。そのときまでに、彼は策謀計画を徹底的に復習し、あらゆる条件、あらゆる危険をチェックし終わっていた。彼は落ち着きを取り戻していた。すべては計画どおりに実行されるだろう。マーランが言った、六月十二日はひょっとすると適当なときかもしれない。

午後九時少し前に、ヤン・クラインはプレトリアの郊外にある広大な屋敷のドライブウェイの入り口に到着した。

黒人の番人が門を開けた。

眠りに落ちる前に彼がその日最後に考えたのは、ヴィクトール・マバシャのことだった。

もはや彼の顔をはっきりと思い出すこともできなかった。

14

ピーター・ファン・ヘーデンは気分が悪かった。

不快感、忍び寄る恐怖感は、いままで経験のないものではなかった。緊張と危険は、秘密情報機関で働く者にとっては仕事の一部だった。だが、不安感を抱いているのに、自分はなにもできないという気がして、なおさら不安なのだった。いま彼はブレントハースト病院の病室に横たわり、手術を待っていた。

ブレントハースト病院はヨハネスブルグ北部地区ヒルブローにある私立の病院だった。希望すれば、もっと立派な病院に入院することができたのだが、ブレントハーストは彼の好みに合っていた。医学的水準は高く、医者の腕も確かという評判で、看護士もうるさくなかった。いっぽうで、この病院の病室はぜいたくからはほど遠かった。病院の建物全体が古かった。ファン・ヘーデンは大金持ちというわけではなかったが、経済的に困ってはいなかった。だが、彼はぜいたくが嫌いだった。休暇の旅行でも、彼は決して豪華ホテルには泊まらなかった。そこには白人の南アフリカ人のいる場所に特有の虚ろさがあった。同じ理由で、この国の裕福な白人たちのためにある立派な病院で手術を受けるのも嫌だったのだ。

ファン・ヘーデンは二階の一室に横たわっていた。部屋の外から笑い声が聞こえた。その後、患者のための紅茶がカラカラと音を立ててワゴンで運ばれていった。彼は窓から外をながめた。

ハトが一羽、屋根にとまっていた。そのうしろには彼の大好きな濃い青の空が広がっている。アフリカの短い夕暮れがまもなく終わる。あたりがどんどん暗くなるのと並行して、彼の不安が強まった。

その日は五月四日、月曜日だった。翌日の午前八時に、プリッツ医師とベルコウィッチ医師が簡単な外科手術をすることになっていた。その手術をすれば、排尿の問題がなくなることだろう。心配のもとは手術ではなかった。昼間病室にやってきた医者たちの説明で、これは危険な手術ではないことが納得できた。彼らに対して不安を抱いてもいなかった。数日後に退院し、さらに数週間もすれば、手術のことなどすっかり忘れてしまうことだろう。

彼を不安にさせているのは、ほかのことだった。一つは、病気のことだ。彼はいま三十六歳だったが、六十歳代の男がかかるような病気にかかった。自分は早くも六十代の男のように燃焼してしまったのだろうかという問いを自分に投げかけていた。秘密情報機関で働くのは、確かに神経を使うことだ。それはずっと前からわかっていたことだった。そのうえ、大統領の特別かつ秘密のメッセンジャーであることは、彼に絶えず緊張を強いていた。だが、彼はそれまで健康上の問題はなかった。タバコは吸わなかったし、めったにアルコールも飲まなかった。

彼を不安にさせているのは、また彼を病気にかからせた間接的な原因は、南アフリカの現状に対する無力感だった。

ピーター・ファン・ヘーデンはボーア人だった。キンバリーで生まれ、ボーア人の伝統に囲まれて育った。隣人はすべてボーア人、クラスメートも教師も全部ボーア人だった。父親はデビアスで働いていた。デビアスは、南アフリカはもとより世界のダイヤモンド市場を支配するボーア人所有の会社だった。母親は伝統的なボーア婦人の役割を果たし、夫には従順で、子どもたちにはものごとの秩序となる宗教心を教育するのを自分の任務と心得ていた。彼女は全エネルギーと時間をピーターとほか四人の兄弟の教育に注いだ。ピーター・ファン・ヘーデンは二十歳になるまで、つまりケープタウンの郊外にあるステレンボッホ大学の二年生になるまで、自分のまわりの生活に疑いの目を向けたことがなかった。この有名な急進的な大学に行くことについて父親を説得できたこと、それが彼の人生で初めての自立の始まりだった。自分には特別の才能がないこと、また将来の特別な夢もないことから、彼は公務員の道を選んだ。法律を勉強し、父親の跡を継いで、鉱山の管理とダイヤモンド生産をすることには魅力を感じなかった。特別に優秀だったわけではなかったが、それが自分に適していると思った。

彼の変化は、クラスメートたちに誘われてケープタウンから数十キロ離れた黒人居住区を訪れたときに始まった。学生たちの一部が黒人たちの居住区に興味を向けたのは、時代が少しは変わったことを示すものかもしれない。ステレンボッホ大学の学生たちの急進的考えは、それまでは理論上のものに留まっていた。それが訪問によって変わった。しかもドラマチックに。生まれて初めて、学生たちは自分の目で現実を見た。

ファン・ヘーデンにとっては、このとき経験したことすべてがショックだった。黒人がどんなに惨めでどんなに屈辱的な暮らしをしているかを初めて知った。公園のような白人の住宅地と黒人のスラムの差はあまりにも大きかった。これが一つの国であることが、彼には理解できなかった。黒人居住区を訪ねたことは、彼に深い精神的な混乱を残した。ふさぎ込み、クラスメートとは距離をおくことが多くなった。ずっと時間が経ってから、彼はそのときの経験を、巧妙に作られた虚偽を発見したようなものだったと理解した。だがその虚偽は、壁に掛けられた一枚の贋作の絵とはちがっていた。そのときまで生きてきた彼の人生すべてが嘘の上に成り立っていたのだった。思い出までも作り物で、嘘のような気がした。子どものとき、彼には黒人の乳母がいた。彼女の強い腕に抱き上げられ、彼女の胸に抱きしめられることは、彼の記憶の中でもっとも古く、もっとも安心できるものだった。自分は彼女に憎まれていたにちがいない、と彼は思った。ということは、嘘の世界に生きていたのは、白人だけではなかったということになる。黒人もまた、彼らが背負わされた限りない不正に対する憎悪を、生き延びるために隠してきたことになる。しかもそれはかつては彼らの国、白人に盗まれた国なのだ。いままで自分が立っていると信じていた、神によって作られた世界、自然、守られてきた伝統などは、どうしようもない泥沼であることがわかった。それまで一度も疑問をもったことのない彼の世界は、恥辱的な嘘の上に築かれていた。それこそがまさに、彼が黒人居住区域ランガで発見したことだった。ランガは白人だけが住むケープタウンから離れたところに、人種隔離政策によって作られた黒人だけが住む区域だった。

このときの経験は、ほかのクラスメートたちよりも深い影響を彼に残した。この問題を話し合おうとすると、彼にとっては深いトラウマとなったこの経験が、クラスメートたちにはセンチメンタルな形で表現されるものであることに気がついた。彼にとっては世界の終末を告げるような大惨事を見たように思えたことが、クラスメートたちには、同情的に救援のための古い衣類を集めるという行動となって表れたのである。

この経験が消化できないまま、彼は大学を卒業した。勉学を一時ストップして帰郷したとき、黒人居住区を訪問した経験を話すと、父親は激怒した。ファン・ヘーデンは、自分は故郷に属さないこと、自分の考えもまた故郷に属さないことを、そのときに理解した。

大学を卒業すると、プレトリアにある法務省から声がかかった。彼はためらわずに就職した。何年もしないうちに、有能さが周囲に認められ、ある日彼は秘密情報機関に移らないかと声をかけられた。そのころには、解決の方法がみつからないまま、彼はトラウマとともに生きることに慣れており、内省的な性格はもう彼の個性となっていた。正義を信じる確信的なボーア人、そのように話し行動するボーア人の役割を演じることもできた。だが、彼の内側ではいつか大惨事が起きるという恐れがどんどん大きくなっていた。いつか幻想が壊れ、黒人が容赦なく報復するだろう。話す相手は一人としていなかった。そしてますます一人の、孤独な暮らしになっていった。秘密情報機関に移ってからまもなく、彼はこの仕事には利点も多いことに気がついた。一般の人々には不明瞭あるいは不完全にしかわからない政治的なプロセスが見えるのは、利点の一つだった。

フレデリック・デクラークが南アフリカ大統領になり、ネルソン・マンデラを釈放し、ＡＮＣを合法的活動団体として認めたとき、ピーター・ファン・ヘーデンはもしかすると大惨事は避けられるかもしれないという小さな希望をもった。いままでの恥はなくなりはしないが、もしかすると南アフリカにも未来があるかもしれないと思った。

ファン・ヘーデンはすぐにデクラーク大統領を神のように崇め始めた。ボーア人の中には彼を売国奴とみなすものがいることも知っていた。が、彼の意見はちがっていた。彼にとって、デクラークは救世主だった。大統領の使者として指名されたとき、彼は誇りを感じた。まもなく彼と大統領とのあいだには信頼が生まれた。ファン・ヘーデンは生まれて初めて、自分が意味のあることをしていると実感した。大統領に情報を届けるとき――それはしばしば大統領の耳に入るとは思わないで人々が口にした言葉だったりしたが――、ファン・ヘーデンはいままでとはちがう南アフリカ、人種差別のない南アフリカを築くために貢献していると感じた。

ブレントハースト病院の病室で、彼が考えていたのはそのことだった。南アフリカが変貌し、ネルソン・マンデラが最初の黒人大統領になったとき、彼がいつも感じてきた不安がやっと消えるだろう。

ドアが開いて、黒人看護婦が入ってきた。マルタという名の看護婦だった。

「プリッツ先生がついさっき電話をかけてきました」と彼女は言った。「あと三十分くらいでこちらにいらっしゃるそうです。脊髄検査をするそうです」

ファン・ヘーデンは驚いて看護婦を見た。

「脊髄検査?」と言った。「いま?」

「わたしもおかしいと思ったんです」マルタが言った。「でも先生はとてもはっきりとおっしゃいました。いますぐあなたに伝えて、左側を下にして横になって先生を待つようにということです。おっしゃるとおりにするのが一番だと思いますよ。手術は明日ですから、プリッツ先生はすべて掌握していらっしゃるはずです」

ファン・ヘーデンはうなずいた。若いプリッツ医師には全幅の信頼をおいていた。それでも脊髄検査をするには変な時間だと感じないではいられなかった。

マルタ看護婦は彼が左を下にして寝るのを手伝った。

「プリッツ先生は、絶対に動いてはいけないと厳しくおっしゃいました」と彼女は言った。「いいですか、動いてはいけませんよ」

「ぼくは従順な患者だ」ファン・ヘーデンが言った。「いつも医者が言うことに従う。きみの言うことにもいつもぼくは従うだろう？」

「ええ、あなたはとってもいい患者ですよ」マルタが言った。「それじゃ明日、手術のあとで目を覚ましたときに会いましょうね。わたしはこのあと非番になりますから」

看護婦は部屋を出ていった。ファン・ヘーデンは、彼女はこれから一時間以上もバスに揺られて帰るのだと思った。彼女がどこに住んでいるのかわからないが、ソウェトだろうと推測した。

ドアが開く音がしたとき、彼はうとうととしていた。部屋の中は暗く、ベッドサイドのランプだけがついていた。窓に映った影で医者が入ってきたことがわかった。

「こんばんは」ファン・ヘーデンは背を向けたままあいさつした。

「こんばんは、ピーター・ファン・ヘーデン」という声が聞こえた。

その声はプリッツ医師のものではなかった。が、どこかで聞いたことがあった。うしろに立っているのがだれかがわかるのに、二秒ほどかかった。わかった瞬間、彼はうしろを振り返った。

ヤン・クラインはブレントハースト病院の医師が患者の部屋を見まわるとき、めったに白衣を着ない習慣を知っていた。それだけでなく、この病院のことで知らなければならないことはすべて掌握していた。医者のふりをするのはごく簡単なことだった。医者が宿直勤務をよく代わり合っていることも知っていた。宿直医はこの病院の医師でないこともあった。そのうえこの病院では、医師が決められた時間以外に病室の患者を訪ねるのもまれではなかった。とくにそれは手術の前後にはよくあることだった。看護婦の勤務交代時間を調べたあと、計画は完璧にできあがった。車を病院の表に駐めた。受付を通ると、警備員に病院やラボの仕事を引き受ける運送会社の身分証明書を見せた。

「緊急の血液検査試料を受け取りにきました」と言った。「第二病棟の患者ですが」

「行き方がわかるかい?」警備員が訊いた。

「前にきたことがありますから」と言って、ヤン・クラインはエレベーターのボタンを押した。

彼の言葉は嘘ではなかった。前日、彼は果物かごを持って病院にやってきた。第二病棟の患者を訪問するふりをした。だから第二病棟への道は承知していた。

ファン・ヘーデンが入院している部屋へ通じる廊下には、人影はなかった。ずっと離れた廊下の端で、看護婦がカルテを読んでいた。ヤン・クラインは音を立てないように動き、ファン・ヘーデンの部屋のドアを押した。

恐怖におののいたファン・ヘーデンが振り向いたとき、ヤン・クラインの手にはすでに消音装置のついたピストルが握られていた。

左手にはジャッカルの皮を握っていた。

ヤン・クラインはときどき奇抜なアイディアを思いつく。今回の場合、ジャッカルの皮は警察があとでファン・ヘーデンの死を調べるとき、捜査の目をくらませるのに役立つだろう。秘密情報機関の職員が病院で殺されたら、ヨハネスブルグ警察の殺人課は大騒ぎになる。殺害と彼の仕事の関連が調査されるだろう。デクラーク大統領との関係が殺害と関係するかどうか取りざたされることは間違いない。ヤン・クラインは警察を間違った方向に誘導する工作を考えついた。黒人が犯罪を犯すときになんらかの儀式めいたことをすることがあった。それはたいてい窃盗のときにおこなわれた。壁に血を塗りつけたり、犠牲者のそばになにかシンボルを残していく。折れた枝、決まった形に置かれた石数個、あるいは動物の皮だった。

ヤン・クラインはすぐにジャッカルの皮を思いついた。彼にとっては、それこそがファン・ヘーデンの演じた役だった。ファン・ヘーデンは他者の知識、他者の情報を利用したのだ。そして、それを渡してはいけない相手に渡したのだ。

彼はファン・ヘーデンの恐怖に引きつった顔を平然として見下ろした。

「手術はキャンセルされた」ヤン・クラインはそのしゃがれ声で言った。それからジャッカルの皮をファン・ヘーデンの顔に投げつけると、頭に向けて三発弾を撃ち込んだ。枕が血で黒く染まった。ヤン・クラインはピストルをポケットに入れると、ナイトテーブルの引き出しを開けて財布を取り出し廊下に出た。きたときと同じようにだれにも見とがめられずにその場を離れることができた。あとで警備員はファン・ヘーデンを殺しにきた男の特徴をなにも思い出せなかった。

この事件は強盗殺人と分類された。そしていつもながら、忘れられていった。だが、デクラーク大統領は強盗殺人という分類にごまかされなかった。彼にとって、ファン・ヘーデンの死は最後のメッセージだった。もはや疑いない。陰謀は本物だ。

陰謀の背景にいる者たちは本気なのだ。

第三章　霧中の羊の群

15

五月四日月曜日、クルト・ヴァランダーはルイース・オーケルブロム殺害事件の捜査責任をだれかほかの者に譲りたいと思っていた。それは事件の捜査がちっとも進まないこととは関係なく、まったく別の理由からだった。それは彼の中でしだいに強くなってきたある感情のためだった。彼はもはややっていけないような気がしていた。

土曜日と日曜日、捜査は止まったままだった。捜査を続行したくても、だれもかれも旅行に出かけているか、忙しくて時間がとれないという。いま国の鑑識課から答えを得ることは不可能に近いことだった。ただ一つの例外がストックホルムで殺された警官の犯人追跡で、これだけは休みなく続けられていた。

ルイースの死に関する捜査もまた完全に停止したままだった。ビュルクは突然の胆石の発作で金曜の夜入院した。ヴァランダーは土曜日の朝彼を見舞い、指示を仰いだ。

見舞いのあと、ヴァランダーはマーティンソンとスヴェードベリと会議に入った。

「今日と明日、スウェーデンは閉鎖状態になる」ヴァランダーが言った。「われわれが待っている鑑識結果も、月曜日以降にしかわからない。だから、今日と明日の二日間は、いま手元にある資料にもう一度目を通すことにしよう。それからマーティンソン、おまえさんは家族に顔を見せてやれ。来週はまた忙しくなるからな。だが、その前にいま午前中、注意力を集中させよう。これまでの捜査を、初めからもう一度見直すんだ。また、おれの意見に対して一人ひとり率直に感想を述べてほしい」

話を続ける前に、ここで一息ついた。

「これから言うことはあまり警察官らしくないかもしれない。だが、この捜査のあいだ、ずっとおれはなにかがおかしいと感じてきた。それよりほかに、言いようがない。まるで、いままでおれたちが手がけてきた犯罪のパターンとはまったくちがうものに立ち向かっているような気がする」

ヴァランダーは自分の言葉を聞いて、二人が驚きを、あるいは疑いを見せるのではないかと思っていた。だが、マーティンソンもスヴェードベリもまったく同感だった。

「こんな経験は自分も初めてです」マーティンソンが言った。「自分は警部ほど長い経験はありませんが、今度の事件ではまったくお手上げという気がしています。まずわれわれはルイース・オーケルブロムを殺した犯人を捕まえようとしたわけですが、追及すればするほど、なぜ彼女が殺されたのか、理由がわからなくなりました。いまは、彼女の死はじつはなにかもっと大きな、まったく別のことの一部なのではないかという感触をもっています。自分は先週、ずっとよく眠れなかった。そんなことはめったにないことなんです」

ヴァランダーはうなずき、今度はスヴェードベリを見た。

「なにか言えと言われても」と言いながら、スヴェードベリは薄くなった頭のてっぺんをかいた。「マーティンソンが言ってくれました。自分よりもずっとうまく。昨夜、帰宅してから自分はリストを作ってみました。死んだ女、井戸、黒い指、爆発した家、無線装置、銃、南アフリカ。それから自分はそのリストを一時間以上にらんでました。まるでなぞなぞのようだ。この捜査では、ものごとの関連性や関係がまったく見えない。いままでこれほど先が見えない、暗闇に包まれたような事件を担当したことがないという気がします」

「おれはそれが知りたかった」ヴァランダーは言った。「この捜査に当たって、われわれが同じ感触をもっているということを、軽く見てはだめだという気がする。いまスヴェードベリが言った暗闇の中を、少しでも見えるようになるかどうか、やってみようじゃないか」

彼らはほぼ三時間かかって最初から資料を見直した。終わってから三人は、ここまでは大きな失敗はないことを確認し合った。だが、なにか新しい手がかりをみつけたわけではなかった。

「全体が、控えめに言ってもじつに不透明だ」ヴァランダーは総括した。「唯一われわれの手にある手がかりは黒い指だけだ。この指をなくした男は、おそらく単独ではなかったと言える。ルイース殺しの犯人が彼なのかどうかはわからない。アルフレッド・ハンソンが家を貸した相手はアフリカ人ではない。それははっきりしている。だが、ノードストルムと名乗って、一万クローネをハンソンのテーブルに置いた男がだれなのかはわからない。あの家がなにに使われたのかもわからない。この男たちとルイースの関係、あるいは爆破された家との関係、無線装置とピストルとの関係については、未確認のあいまいな推測しかない。もっとも危険なのは、捜査が推測や非論理的な考えに陥ることだ。いま、比較的信憑性があると思われる論理は、ルイースがなにか見てはならないものを見てしまったというものだ。だが、処刑としか見えないような殺しをした者は、いったいだれなんだ？　われわれが調べなければならないのは、それだ」

彼らはテーブルを囲んで座り、いまヴァランダーが言ったことを考えた。清掃人が部屋のドアを開けた。

「あとにしてくれ」ヴァランダーが言った。

ドアが閉まった。

「今日自分はいままで入った電話の通報を全部チェックするつもりです」スヴェードベリが言った。「手が足りなくなったら言いますが、自分は今日のところはほかのことはなにもできないだろうと思います」

「スティーグ・グスタフソンのことはこの辺でけりをつけようと思ってます」マーティンソンが言った。「自分は今日彼のアリバイをできるだけチェックしてみます。必要なら、マルメまで行ってみます。しかしその前に、グスタフソンがトイレで話をしたというフォスゴードという花屋に当たってみるつもりです」

「これは殺人の捜査だ」ヴァランダーは言った。「手加減するな。サマーハウスで休養しているなどと言って捜査に協力しないやつのところにも、どんどん押しかけろ」

彼らは夕方五時にふたたび集合することに決めた。ヴァランダーはコーヒーを自分の部屋にもってきて、鑑識課のスヴェン・ニーベリの自宅に電話をかけた。

「月曜日に報告書を渡すよ」ニーベリが言った。「それに、重要なことはすべて話してある」

「いや、本当にそうか？」ヴァランダーは言った。「あの家がなぜ火事になったのか、おれは知らない。火災原因だ」

「それは消防団長に訊くべきことじゃないのか。彼はなにかつかんでいるかもしれん。こっちはまだ調査が終わっていない」

「なぜあんたにそれを訊いてはだめなんだ？　消防団とは協力関係にあるとばかり思ったが」ヴァランダーは苛立った。「消防団と警察の協力関係について、おれが知らないうちに、新しい規則でもできたのか？」

「こっちにははっきりした説明ができないだけの話だ」ニーベリが言った。

「それじゃあんたはどう思うんだ？　消防団はどう言ってる？　消防団長のペーター・エドラーは？」

「ものすごく強力な時限爆弾が仕掛けられたんじゃないか？　なにも残っていない。爆発が連続して起きたのではないかと内輪では話している」

「いや、ちがう」ヴァランダーは言った。「一回きりの大爆発だ」

「いや、そういう意味ではない」ニーベリは忍耐強く説明を始めた。「爆発物に詳しい者ならば、一秒以内に十回の爆発を仕掛けることができる。連続というのは一秒以内に十回の爆発が連続して起きることを言ってるんだ。大きな爆発効果が出る。おそらく変化した空気の圧力と関係があるのだ」

　ヴァランダーはすばやく考えた。

「これはプロの仕事だということだな？」

「それははっきりしている」

「あの爆発に関して、いま聞いたこと以外の説明はあり得るか？」

「いや、ないだろう」

ヴァランダーは机の上の書類に目を通しながら次の質問をした。

「無線装置についてはなにかわかったか？　ロシア製だといううわさがあるが」

「うわさではない」ニーベリが言った。「それは自分が確かめた。軍の協力を得て」

「それで、結論は？」

「結論などない。軍はロシア製の無線装置がどうやってわが国に入り込んだのか興味を示した。おかしなことだからな」

ヴァランダーは次の質問に移った。

「ピストルの床尾は？」

「なにも新しいことはない」

「ほかには？」

「いや、なにもない。報告書にも別に新しい発見は記されないだろう」

ヴァランダーは受話器を置いた。それから今朝の会議中に決心したことを行動に移した。ストックホルムのクングスホルメンにある警察本庁に電話をかけ、ロヴェーン刑事につないでくれと頼んだ。ロヴェーンには去年、モスビー・ストランドに漂着した二死体の捜査のときに会ったことがあった。短期間の捜査だったにもかかわらず、優秀な警察官という印象を受けた。

「ロヴェーン刑事にはいま電話をつなぐことができません」本庁の交換手が言った。

「私はイースタ警察署のヴァランダーだ。急ぎの用事がある。数日前にストックホルムで殺された警察官に関係することだ」

「捜してみます」交換手が言った。

「急ぎの用事だ」ヴァランダーは繰り返した。

きっかり十二分後、ロヴェーンが電話口に出た。

「ヴァランダー！」ロヴェーンの声がした。「このあいだ、失踪女性殺しの記事を読んだとき、あんたのことを考えたよ。どうだい、捜査のほうは？」

「手こずってるよ」ヴァランダーは言った。「そっちのほうはどうだ？」

「絶対に捕まえてみせる」ロヴェーンが息巻いた。「時間の問題だ。警察官を撃ったやつは絶対に逃がしはしない。急用だと聞いたが？」

「そうなんだ。こっちの事件の女性は眉間を撃たれている。そっちのテングブラードという警官とまったく同じだ。銃弾を比較してみたいと思ってね。それもできるだけ早く」

「そうか」ロヴェーンが言った。「いや、こっちは車のフロントガラスを通して撃たれている。車中にいる人間の顔を狙うのはむずかしかったにちがいない。走っている車に乗っている人間の眉間を銃で撃つのは、かなりの射撃の腕でなければできないことだ。だが、あんたの言うとおり、これが偶然の一致かどうかは調べるに値することだ」

「男の特徴はわかったか？」ヴァランダーが訊いた。

返事はすぐにきた。

「テングブラードを殺した直後に、男は若いカップルの車を盗んでいる。残念ながら、彼らはすっかりおびえていて、男の外見についてまったく相反することを言っているしまつだ」

「もしかすると、彼らは男の話し方を聞いていないか？」ヴァランダーが続けた。

「それだけは彼らの一致するところだ」ロヴェーンが言った。「外国語なまりがあったそうだ」

ヴァランダーは興奮してきた。ロヴェーンに、アルフレッド・ハンソンのこと、空き家を借りるために一万クローネ払った男がやはり外国語なまりだったことを話した。

「確かに調べなければならないな」ヴァランダーの話を聞いたロヴェーンが言った。「奇妙な一致だとは思うが」

「いや、事件そのものがじつに奇妙なのだ」ヴァランダーが言った。「月曜日にストックホルムへ行こうと思う。黒い指の主もそっちにいるような気がする」

「もしかするとその黒人は、南区のクラブで起きた催涙弾による襲撃事件に関係しているかもしれないな」ロヴェーンが言った。

ヴァランダーはイースタ・アレハンダ紙でその事件について読んだことがあるように思った。

「なんだい、その襲撃事件というのは？」

「南区にあるクラブに、催涙弾を投げ込んだ者がいるんだ」ロヴェーンが言った。「そこはアフリカ人の集まるクラブだが、いままではなにも事件を起こさなかった。だが、今度はなぜか狙われた。そのうえ、クラブの中で銃を撃った者がいる」

「その弾に注意してくれ」ヴァランダーが言った。「それも調べたい」

「あんたは、この国には銃が一丁しかないと考えてるようだな？」

「いや、そういうわけではないが、関連性があるかどうか知りたいんだ。それも意外な関連性が」

「よし、こっちも急いで調べる」ロヴェーンが言った。「電話してくれてありがたかったよ。捜査チームにはあんたが月曜日にくるってことを言っておく」

彼らは予定どおり五時に集まった。会議は短いものになった。マーティンソンはグスタフソンのアリバイのおおよそを確認できた。これでグスタフソンは決定的に捜査対象から外されることになる。だが、ヴァランダーはなぜか、ためらった。

「完全にリストから消してはならんぞ」と彼は言った。「彼に関する書類にもう一度目を通してからだ」

マーティンソンが驚いて彼を見た。

「なぜです？」

ヴァランダーは肩をすくめた。

「わからない」と彼は言った。「あまり早く彼を外してしまうのが不安なのだ」

マーティンソンは反対意見を言おうとしたが、途中でやめた。彼はいつもヴァランダーの判断と直感を信じていた。

スヴェードベリは警察にもち込まれた通報の山に目を通した。しかし、ルイース・オーケルブロムの死にも、爆発した家についても新しい情報はなかった。

「指が一本ないアフリカ人についての情報が入ってきそうなものだが」ヴァランダーは言った。

「もしかするとそんな人間はいないのかもしれませんよ」マーティンソンが言った。

「だが、指は確かにこっちにあるんだ」ヴァランダーは言った。「幽霊から指だけ一本切り落とすことはできんだろう」

ヴァランダーは午後の報告をした。彼が月曜日にストックホルムへ行くことにマーティンソンもスヴェードベリも賛成した。関係がないように見えるけれども、もしかするとルイースと警察官テングブラードの殺害のあいだにはなんらかの関係があるのかもしれない。

会議は爆破された家の相続人たちに関する書類に目を通して終わった。

「これは急がなくていい」ヴァランダーは一応見終わってから言った。「ここには捜査を進展させるものはありそうにない」

その後、マーティンソンとスヴェードベリを帰宅させた。彼自身は自室に残って、ペール・オーケソン検事の自宅へ電話をかけ、捜査の現状を短く説明した。

「この殺人事件を早く解決しないとまずいことになる」オーケソンが言った。

ヴァランダーにはもちろん異論はなかった。二人は月曜の朝一番に会って、事件の捜査に関する詳細を話し合うことにした。オーケソンはあとで事件捜査がいい加減だったという批判を受けることを恐れているのだろうと、ヴァランダーは思った。電話が終わると、机の上の電気を消して警察署を出た。車を出して坂道を下り、病院の駐車場に車を入れた。

ビュルクは気分がよく、月曜日には退院できるということだった。ヴァランダーは今日の報告をし、ビュルクもまたヴァランダーが月曜日にストックホルムへ行くことに同意した。

「イースタは静かな町だったのだがなあ」ヴァランダーが帰ろうとしたとき、ビュルクがため息まじりに言った。「人目を引くような事件はめったに起きなかったものだが。いまでは夢のような話だ」

「それはこの町だけではないですよ。署長が話しているのは、昔のことです」

「もう年だなあ、私も」

「いや、それは自分も同じです」

病院を出たとき、自分が言ったその言葉は耳に残っていた。六時半に近かった。ヴァランダーは腹が減っていることに気がついた。アパートに帰って自分で食事を作るのは、考えるだけでわびしかった。今日はぜいたくをして外で食べることに決めた。家に戻り、シャワーを浴びて、服を着替えた。ストックホルムにいる娘のリンダに電話をかけ、呼び出し音を何度も鳴らした。しかし最後にあきらめた。地下の共同洗濯室へ降りて、予約リストに名前を書き入れた。それから町の中央まで歩いて出かけた。風はやんだが、空気は冷たかった。

年か、と彼は思った。おれはまだ四十四歳だというのに、もう燃え尽きたような気がしている。そう考えたとき、怒りが体に湧き上がった。まだ若いのに年寄りに感じるというのは、ほかのだれでもない、自分のせいなんだ。仕事のためでも、五年前の離婚のせいでもない。問題はどうやっていまの状態を変えるかということだ。

広場まできて、行き先を考えた。浪費してやるぞとだれに言うでもなく心に決め、コンティネンタル・ホテルへ向かった。ハムヌガータンを歩き、いっとき照明器具の店のショーウィンドーに足を止め、それからホテルに入った。フロントの若い女性にうなずいてあいさつしたとき、それは自分の娘のクラスメートだと気がついた。

ホテルのレストランにはほとんど客がいなかった。一瞬、彼は後悔した。だれもいないレストランで一人で食事するのは、ますます気が沈むことだった。だがとにかく腰を下ろした。ここにすると決めたことだし、いまから変えるのも面倒だった。

おれの人生は明日から変わる、と自分に言い聞かせ、顔をしかめた。自分の生活のことになると、重要なことはすべて明日に延ばす。職場ではまったくその逆で、いつも真っ先に重要なことに取りかかる。自分の中に二人の人間がいるようだった。

そこはレストラン内のバーだった。若いボーイがやってきて、ドリンクはなにがいいかと訊いた。ヴァランダーはその若者を知っているような気がしたが、どこで会ったのか思い出せなかった。

「ウィスキー」と彼は言った。「氷は入れないで、グラス一杯の水を添えてくれ」

ウィスキーがくるとすぐにその場で飲み干し、二杯目を注文した。意識がなくなるほど飲みたくなることはめったになかったが、今晩は酔っぱらうつもりだった。

三杯目のウィスキーがきたとき、給仕の若者がだれか、思い出した。数年前に、押し込み強盗と車の盗みの件でこの男を尋問したことがあった。その後、彼は逮捕され、確か刑を受けたはずだった。

この男は立ち直れたのだな、とヴァランダーは思った。彼に以前のことを訊くのはやめにしよう。彼のほうがおれよりもいい人生を歩んでいるかもしれん。いまの状況を比べれば、そう言えるかもしれないな。

酔いがすでにまわってきた。

それからレストランに席を移して、前菜、メインディッシュ、デザートを注文した。食事のときにはワインを一本、食後のコーヒーといっしょにコニャックを二杯飲んだ。

ホテルのレストランを出たときは、すでに十一時をまわっていた。すっかり酔っぱらっていたが、まっすぐに家に帰るつもりは毛頭なかった。

バス停のある広場の反対側でタクシーを拾い、町でたった一軒の踊れるレストランへ出かけた。意外なことにそこは満員だったが、ヴァランダーは無理に押し入って、バーに一つ空席をみつけた。それからまたウィスキーを飲み、ダンスをした。彼はダンスが嫌いではなく、いつも自信をもってダンスフロアに立った。スウェーデンのポップミュージックを聴いてセンチメンタルになり、泣きたくなった。踊りの相手が変わるたびに恋に落ち、自分のアパートにいっしょに行く続きを想像した。だが、突然気分が悪くなり、レストランの外に走り出て、幻想はあわただしく終わった。そのあと、レストランには戻らず、ふらふらと街を歩いた。自分のアパートに戻ると、玄関で着ている服を全部脱いで素っ裸で鏡の前に立った。

「クルト・ヴァランダー、これがおまえの人生だ」

その後、彼はリガのバイバ・リエパに電話をかけることにした。時計は二時を指していて、電話ができる時間ではないと思った。が、彼は電話番号を押し、何度もベルを鳴らした。そしてついに彼女が出た。

急になにを言ったらいいのか、わからなくなった。必要な英語の単語がみつからなかった。彼女が電話で寝ているところを起こされたことは間違いなく、夜中の電話にすっかりおびえていた。そして、ヴァランダーは彼女を愛していると言った。彼女は最初彼の言葉を理解できなかった。だが、やっと意味がわかったとき、彼女は彼が酔っぱらっていることもわかった。ヴァランダーは電話をかけたのは大失敗だったと思った。電話をしたことを謝って、彼は受話器を置いた。そのまま台所に行って、冷蔵庫からウォッカの瓶を取り出した。まだ吐き気がしたにもかかわらず、瓶の中味をぐいぐいと飲み下した。

明け方、彼はソファで目を覚ました。頭が割れるように痛む。最大の後悔は、バイバ・リエパに電話をかけたことだった。

思い出してうめき、よろよろと寝室に行って、ベッドにもぐり込んだ。なにも考えないことにした。午後も遅くなって、ヴァランダーは起きあがり、コーヒーをいれた。ソファに座り込み、チャンネルを次々に変えて番組を見た。父親に電話をかけるのも、娘に電話をするのもやめにした。七時頃、冷凍庫に残っていた最後の食べ物、魚のグラタンを温めた。その後ふたたびテレビの前に戻った。そしてひたすら夜中の電話のことは考えまいとした。

十一時、彼は催眠薬を一錠飲み、布団を頭からかぶって寝た。

明日はなにもかもよくなっているだろう、と彼は思った。明日になったら彼女に電話をかけて説明しよう。いや、手紙を書くか。それとも……。

だが、五月四日月曜日は、ヴァランダーにとって、予測したのとはまったくちがう日になった。なにもかもが一度に起きたような日だった。

朝七時半、彼がイースタ警察署の自室に入ったとき、電話が鳴った。ストックホルム本庁のロヴェーンだった。

「街にうわさが流れている。アフリカ人に〝契約〟が結ばれたといううわさだ。その男の特徴は左手の包帯だそうだ」

ロヴェーンの言う〝契約〟とはなにかを理解するのに、ほんの一瞬時間がかかった。

「こりゃまた驚いたな」ヴァランダーは言った。

「そう言うだろうと思ったよ」ロヴェーンが言った。「何時にこっちにくるんだい？　迎えに行こうと思ってね」

「まだわからない」ヴァランダーは言った。「きっと午後になるだろう。ビュルク署長を覚えているだろう？　胆石で入院している。それでそっちに行く前に片づけなければならないことが二、三あるんだ。時間が決まり次第知らせるよ」

「頼むよ」ロヴェーンが言った。

受話器を置いたとたんにまた電話が鳴った。そのときマーティンソンが部屋に入ってきて紙を一枚ひらひらと振って見せた。ヴァランダーは彼に椅子を指さして、受話器を取った。

マルメの死体解剖医フーグベリで、ルイース・オーケルブロムの死体の検視が終わったという。ヴァランダーは以前も彼と働いたことがあり、きちんとした仕事をする男だと評価していた。ヴァランダーはノートを取り出し、マーティンソンにペンをくれと合図した。

「彼女はまったく暴行を受けていない。犯人がコンドームをつけて、ほとんど彼女に触れないようにしてセックスしたというのなら別だが。性的暴行以外のほかの暴行も受けていない。少し体の一部が擦れているが、井戸の中に押し込められたときの傷だと思われる。また手首にも足首にも手錠や鎖に繋がれた形跡はない。撃ち殺されたのが彼女に起きた唯一の暴力だ」

「銃弾をできるだけ早く送り返してほしい」ヴァランダーは言った。

「午前中に届ける」フーグベリが言った。「だが、完全な報告書は少し遅れる」

「よく知らせてくれた。ありがとう」ヴァランダーは言った。

受話器を置いて、マーティンソンに顔を向けた。

「ルイースは暴行を受けていない」と言った。「性犯罪ではないことが確定した」

「なるほど、これではっきりわかったわけですね」マーティンソンが言った。「もう一つわかったことがあります。あの黒い指は黒人男性の左手の指で、年齢は三十歳前後だそうです。すべてストックホルムから入ったこのファックスに書いてあります。年齢がこんなにはっきり言えるなんて、どうやって調べたんですかね？」

「わからない」ヴァランダーが言った。「だが、われわれはできるだけ多くのことを知りたい。スヴェードベリはもうきてるか？　もしいるなら、すぐにも会議に入りたいのだ。おれは今日の午後ストックホルムに行こうと思う。だが、二時に記者会見を開く約束をしている。それはおまえとスヴェードベリにまかせたい。なにか起きたら、ストックホルムに電話をかけておれを捜してくれ」

「記者会見の話、スヴェードベリはなんと言いますかね。もう一つ便を遅らせることはできないんですか？」

「それはできない」と言ってヴァランダーは立ち上がった。

「マルメの同僚がモレルを捕まえたそうですよ」廊下に出たときにマーティンソンが言った。

「だれだって？」

「マルメのモレルですよ、盗品売買人の。ほら、古い井戸ポンプを注文した」

「ああ、あいつか」ヴァランダーはうわのそらで言った。「あいつか」

そのまま受付に行って、エッバに午後三時前後のストックホルム行き航空便の予約を頼んだ。同時に、ストックホルム中央駅付近のヴァーサガータンにあるホテル・セントラルに一室予約するように頼んだ。地理的に便利な割には比較的安いホテルである。それから自室に戻って、父親に電話をかけようとして受話器に手を置いた。だが、電話はやめにした。父親と話をして不愉快な気分になるのを恐れたのである。今日は仕事に集中したかった。突然、いい考えが浮かんだ。午後になったらマーティンソンに電話をかけてもらうのだ。ヴァランダーは急な仕事でストックホルムへ行ったと説明してもらえば、父親に自分が重要な仕事で忙しいということを伝えることができる。

そのアイディアで彼は少し元気になった。これからもこの手が使えるかもしれない、と思った。

四時五分前、ヴァランダーはストックホルムのアーランダ空港に到着した。小雨が降っていた。倉庫のように大きなホールを横切ると、回転ドアの外にロヴェーンが待っていた。

頭痛がした。今日一日は朝から忙しかった。検事の部屋では結局二時間、引き留められた。ペール・オーケソン検事は次々に質問をし、批判的な意見を言った。ヴァランダーは、どうしてもどれかを優先しなければならないとき、警察官といえども直感を頼ることがあるということを、どうやって検事に説明したらいいものかと思った。オーケソンは捜査報告書を批判した。ヴァランダーは捜査を擁護し、しまいには二人のあいだに苛立ちが残った。ペータースに空港まで車で送ってもらう前に、ヴァランダーは一度アパートに戻ってカバンに服を詰めた。そのときやっと娘と連絡がとれた。彼がストックホルムにくると聞いて、リンダは喜んだ。ヴァランダーはどんなに遅くなっても、夜電話をかけると約束した。

飛行機に乗り、座席に腰を下ろしたとき初めて彼は空腹を感じた。機内で出された小さなサンドウィッチが今日初めての食事だった。

クングスホルメンにある警察本庁への車の中で、ヴァランダーはロヴェーンから警察官テングブラード殺しの犯人について説明を受けた。ロヴェーンたちにはこれといった手がかりがないらしく、捜査が空まわりしていることもわかった。ロヴェーンはまた、催涙弾で襲撃を受けたクラブの話もひととおりヴァランダーに話した。話を聞いてヴァランダーは悪質ないたずらか、意図的な報復のどちらかだろうと思った。しかしクラブ襲撃事件のほうにも足跡がなにもなかった。最後にヴァランダーは〝契約〟について訊ねた。彼にとって、それは新たな脅威だった。ここ数年間で、スウェーデンの三大都市だけにみられるようになった事象だった。だがヴァランダーはこれについては幻想をいだいていなかった。まもなく地方にも広がるだろう。〝契約〟とは、人を殺す注文を出す者と受ける者のあいだに交わされる契約のことだった。これは商取引上の命名だった。ヴァランダーはこれこそいままでだれも想像できなかった残虐性が社会に蔓延していることの決定的証拠だと思った。

「われわれはその〝契約〟がいったいどういう内容なのか、いま調べている最中だ」ストックホルムの町の入り口にあるノラ・シルクゴーデン（北の墓地）を通り過ぎたときにロヴェーンが言った。

「いろいろな事象があるのだが、どうしても関連性が見えないのだ」ヴァランダーが言った。

「去年と同じだ。死体を載せた筏が海岸に漂着したあのときのことだ。あのときもなにもかも奇妙だった」

「鑑識の検査を待とう」ロヴェーンが言った。「銃弾からなにかわかるかもしれない」

ヴァランダーは上着のポケットを叩いた。ルイース・オーケルブロムを殺した銃弾を持ってきていた。

警察本庁の建物までくると、地下に車を入れ、そこからエレベーターで直接司令本部に行った。そこがテングブラード殺害事件の捜査本部になっていた。

部屋に足を踏み入れて、ヴァランダーはぎくりとした。十五人以上もの警官が彼の到来を待ちかまえていた。イースタとは大ちがいだった。

ロヴェーンがヴァランダーを紹介すると、一同からぼそぼそとあいさつの声があがった。小柄で頭の薄くなった五十がらみの男がステンベリと名乗り、この捜査本部の主任であると自己紹介した。

ヴァランダーは急に落ち着きを失った。準備が足りないような気がして不安になった。それに、自分のスコンスカ方言（スコーネ地方の強いなまりのある言葉）が理解されるかどうかもわからなかった。だが、テーブルにつくと、彼はルイース・オーケルブロム事件の発生からいままでの捜査をすべて話した。質問が次々に出され、ヴァランダーはここに座っているのはみな経験豊かな犯罪捜査官で、すぐさま捜査の状況の中に自らをおき、足りない点を見抜き、的確な質問をしてくる者ばかりだと知った。

会議は長引き、二時間以上経った。部屋の中にいる者たちの顔に疲れが浮かんできた。ヴァランダーは頭痛薬を頼んだ。ステンベリが会議の総括をした。

「銃弾の鑑定を急がせなければならない。この二つの場所で使われた銃弾に関連性があれば、われわれは事態をますます不透明にすることに成功したということになる」

何人かの警官がこの皮肉に不満そうに口を尖らせたが、ほかの多数の者たちは黙って宙をにらんでいた。

ヴァランダーがクングスホルメンの警察本庁を出たのは、八時近かった。ロヴェーンがヴァーサガータンのホテルまで車で送ってくれた。

「一人で大丈夫か？」ヴァランダーを降ろして、ロヴェーンが訊いた。

「ああ、ストックホルムには娘が住んでいる」ヴァランダーが言った。「催涙弾が投げ込まれたというクラブはなんという名前だった？」

「アウローラ」ロヴェーンが答えた。「だが、そこはあんたの好みに合うとは思えんね」

「そうだろうな」ヴァランダーはうなずいた。

ロヴェーンは手をあげてあいさつすると、車を出した。ヴァランダーはホテルのフロントで鍵を受け取り、近くのバーで酒を飲む誘惑をこらえた。イースタでの土曜の夜の苦い思いがまだ残っていた。部屋に行ってシャワーを浴び、シャツを取り替えた。一時間ほどベッドで休んだあと、電話帳でアウローラの住所を調べた。九時十五分前、彼はホテルを出た。外出する前に娘に電話するべきかどうか迷ったが、結局あとですることにした。アウローラには長い時間いるつもりはなかった。リンダはたいてい遅くまで起きている。道を渡って中央駅の側でタクシーを拾い、南区の住所を言った。ヴァランダーは考えに沈みながら車窓からストックホルムの街を見た。ここには娘のリンダが住んでいる。また姉のクリスティーナも住んでいる。建物や人間の陰に隠れて、きっと例のアフリカ人もこの町にいるだろう。指を切り落とされたアフリカ人が。

彼は急に不快な気分になった。まもなくなにかが起きそうな不穏な感じだった。あらかじめ警戒するべきなにかに向かっているような気がした。

ルイース・オーケルブロムの笑顔が、心の中に浮かんだ。

彼女はどこまでわかったのだろう？　自分が死ぬということがわかったのだろうか？

通りから地下に向かって階段が下っていた。そこに黒い鉄扉があった。扉の上の汚れた赤いネオンサインは、アルファベットのいくつかが壊れていて、電気がついていなかった。ヴァランダーはそこまできて、数日前に催涙弾が投げ込まれたという場所になぜいまくることにしたのか、自分の判断を疑っていた。だが、指をなくした黒人をみつけるチャンスがもしここにあるならば、入らなければならないと思った。階段を下り、鉄扉を押し開けて中に入った。部屋の中は暗くて、最初はまったくなにも見えなかった。天井からぶら下がっているスピーカーからは、音楽が低く流れていた。タバコの煙が充満していたが、人がいるようには見えなかった。それから壁際で白目の部分が光る人影が動いていることと、バーデスクの部分がほかよりも明るいことに気がついた。目が慣れてから、彼はバーデスクに移り、ビールを注文した。バーテンダーは頭を丸坊主に剃っていた。

「手伝いはいらないよ」バーテンダーが言った。

ヴァランダーは言葉の意味がわからなかった。

「警備は自分たちだけで十分だ」

ヴァランダーは男が自分を警官と見抜いていることに驚いた。

「おれが警官だとどうしてわかった？」と訊いたとたん、彼は後悔した。

「職業上の秘密さ」男が言った。

ヴァランダーは不愉快だった。男の傲慢な落ち着きが彼を苛立たせた。

「訊きたいことがある」と彼は言った。「おれが警官であることは知られているのだから、身分証明書を見せる必要はないだろう」

「おれはめったに質問には答えない」男は言った。

「今日は答えてもらう」ヴァランダーは言った。「さもなければ、絞り上げてやるぞ」

男は驚いたようだった。

「答えるかもしれない」彼は言った。

「ここにはアフリカ人がたくさんくるようだな」ヴァランダーは言った。

「彼らはここがお気に入りでね」

「三十歳前後のアフリカ人を捜している。めずらしい特徴がある男だ」

「たとえば？」

「指が一本切り落とされている。左手だ」

男は大声で笑いだした。ヴァランダーはその反応に驚いた。

「なにがそんなにおかしい？」

「あんたが二番目だ」男は言った。

「二番目？」

「そうだ。それを訊いた二番目の人間だ。きのうの晩ここにきた人間に、手に怪我をした男を見かけなかったかと訊かれた」

ヴァランダーは次の質問をする前に少し考えた。

「それで、なんと答えた？」

「ノー」

「ノー？」

「指のない男は見かけなかった」

「確かか？」

「確かだ」

「訊いたのはだれだ？」

「見たこともない男だ」と言って、男はグラスを拭き始めた。

ヴァランダーは男が嘘をついていると直感した。

「もう一度訊く」とヴァランダーは言った。「いいか、一度だけだぞ」

「ほかになにも言うことはない」

「訊いたのはだれだ？」

「言ったとおりだ。知らない男だ」

「スウェーデン語を話したか？」

「まあね」

「それはどういう意味だ？」

「おれやあんたのようには聞こえなかった、ということさ」

近づいたぞ、とヴァランダーは思った。ここでこの男を離してはならない。

「どんな風貌だった？」

「覚えていない」

「ちゃんと答えないと、こっちにも考えがあるぞ」

「平凡な外見だった。黒いジャケットを着て、金髪で」

ヴァランダーは急に、この男は怖がっているのだと思った。

「だれもおれたちの話を聞いていない」ヴァランダーは言った。「あんたがいま話すことは、だれにも言わないと約束する」

「その男はもしかするとコノヴァレンコという名前かもしれない。ビールは店のおごりにするから、すぐ出てってくれ」

「コノヴァレンコ？」ヴァランダーは訊いた。「確かか？」

「こんな世の中で、確かなことなんてあるかよ！」男は言った。

外に出ると、ヴァランダーはすぐにタクシーをつかまえることができた。後部座席に乗り込むとホテルの名前を言った。

部屋に入って、電話に手を伸ばした。娘と話そうと思ったのだが、やめにした。翌日の朝早くかけることにした。

彼は横になり、長いこと考えていた。

コノヴァレンコ。名前が一つ出てきた。これは正しい道案内だろうか？

そのまま彼は、ローベルト・オーケルブロムがイースタ警察に現れたときからいままでのことの一部始終を思い浮かべ、頭の中で検証した。

明け方になってやっと眠りに落ちた。

16

翌朝クングスホルメンの本庁にくると、ヴァランダーはロヴェーンがすでにテングブラード殺害事件の会議を始めていると知らされた。コーヒーを手にロヴェーンの部屋に行くと、彼はイースタ署へ電話をかけた。少したってマーティンソンが電話口に出た。

「どうですか？」マーティンソンが訊いた。

「これから、たぶんロシア系移民で、コノヴァレンコという名前の男を捜すことに集中しようと思う」ヴァランダーは言った。

「まさか、また東欧人が関係しているというわけじゃないでしょうね」マーティンソンが訊いた。

「コノヴァレンコというのが本名かどうかもわからない。それに、本当にロシア人かどうかもわからないのだ。スウェーデン人であることも考えられる」

「アルフレッド・ハンソン」マーティンソンが言った。「彼が家を貸した男は、外国なまりのスウェーデン語を話したと言っていましたね」

「おれもそれを考えているんだ」ヴァランダーは言った。「だが、それはコノヴァレンコではないと思う」

「どうしてですか？」

「そんな気がするんだ。どうもこの捜査は、気がするとか、感じとかばかりだ。気にくわないな。それに、アルフレッド・ハンソンは、家を借りにきた男がすごく太っていたと言っていた。テングブラードを撃った男はそうではない。同じ人物ではないという気がする」

「指のないアフリカ人はこれとどう関係があるんです？」

ヴァランダーは昨夜アウローラを訪ねたときのことを手短に話した。

「やっぱりなにかあるようですね」マーティンソンが言った。「それじゃまだしばらくストックホルムにいますね？」

「ああ、あと一日はいることになるだろう。そっちはどうだ？」

「ローベルト・オーケルブロムがツーレソン牧師を通じて、ルイースをいつ埋葬できるのかと訊いてきました」

「埋葬しても別に不都合はないだろう？」

「ビュルクには警部に訊くように言われました」

「いま訊いたからそれでいいだろう。ところでそっちの天気はどうだ？」

「いつもどおりです」

「どういう意味だ？」

「四月の天気ですよ。変わりやすくて。しかし、まだ暖かくはないですね」

「親父に電話をして、まだおれはストックホルムにいると言ってくれないかな？」

「きのう電話をしたら、食事に誘ってくれましたよ。時間がなくて断りましたが」

「もう一度電話してくれるか?」

「はい、さっそく」

ヴァランダーは受話器を置くと、今度は娘に電話をかけた。彼女は眠っていたようだった。

「きのうの晩、電話するはずだったじゃない?」

「仕事で遅くなってしまった」ヴァランダーは言った。

「今日の午前中なら会えるけど」彼女が言った。

「それは無理だろう」ヴァランダーは言った。「これから数時間は手が離せないと思う」

「もしかしたら、わたしと会いたくないんじゃない、パパ?」

「そんなことはない。わかっているだろう。あとで電話するよ」

ロヴェーンがせわしなく部屋に入ってきたので、ヴァランダーは受話器を置いた。娘を傷つけたと思った。なぜ娘のリンダと話しているのをロヴェーンに見られたくないのか? 自分でもわからなかった。

「ひどい顔をしているじゃないか! 昨夜は眠れなかったのか?」ロヴェーンが言った。

「寝すぎたのかもしれない」ヴァランダーはごまかした。「寝すぎてもひどい顔になるもんだ。どうだ、捜査のほうは?」

「もうすぐ解決、とは言えないな。だが、なんとか進んでいるよ」

「訊きたいことがある」ヴァランダーは言った。そして、昨夜自分がアウローラへ出かけたことは黙っていようと思った。「イースタ署のほうに匿名の通報があったらしいのだが、警官殺しにはおそらくロシア系移民のコノヴァレンコという男が関係しているというのだ」

ロヴェーンは眉をひそめた。

「信頼できるのか、その情報は?」

「通報してきた人間は事情に通じているらしかった」

ロヴェーンはしばらく考えた。

「ロシア人ギャングたちがストックホルムに腰を据え始めて、いろいろ問題が起きていることは確かだ。はっきり言って、これから問題は増えていくだろうと思っている。ゆえに、われわれは現状をはっきり掌握しようと努力している」

そう言うと、彼は本棚を捜してホルダーを一つ取り出した。

「リコフという男がいる。ウラジミール・リコフだ。ハルンダに住んでいる。もしコノヴァレンコという男がこの町にいるとすれば、リコフが知っているはずだ」

「なぜだ?」

「リコフはロシア系移民のことならなんでも知っていると言われている。彼を訪ねて訊いてみるという手がある」

ロヴェーンはホルダーをヴァランダーに渡した。

「これを読むといい。ロシアからの移民のおおよそのことはわかる」

「おれが一人で行ってみる」ヴァランダーは言った。「二人で行く必要はないだろう」

ロヴェーンが肩をすぼめた。

「自分が行かなくてもいいのなら、それはそれで助かる。テングブラードのことはまだまだ一件落着とはいかないが、手がかりはいくつもあって、仕事は山ほどあるんだ。そう言えば、鑑識から、おまえさんの手がけているスコーネの女性が撃たれた弾とテングブラードのとは、同じものだという知らせがあった。だからといって、その線だけに絞るわけにはいかない。同じ銃から撃たれたかもしれないが、撃った人間も同じとは限らないからな」

ヴァランダーがハルンダに着いたとき、時計はすでに一時を示していた。途中でモーターホテルに寄って昼食を取りながらロヴェーンから渡されたウラジミール・リコフについてのホルダーに目を通した。ハルンダでその家を捜しだし、ヴァランダーは車を降りてあたりを見まわした。通り過ぎる人々の話している言葉がどれもスウェーデン語でないことに気がついた。ここにスウェーデンの未来があるのだ、と彼は思った。ここで育つ子どもが将来警察官になれば、おれとはまったく異なる経験を積んだ警官になるだろう。

建物の玄関に入り、玄関ホールに掲げてある住民の名前にリコフという名前を捜した。それからエレベーターで上にあがった。

ドアを開けたのは女性だった。警戒していることがすぐにわかった。まだ彼が警官であることを言っていないにもかかわらず。ヴァランダーは彼女に警官の身分証明証を見せた。

「リコフに会いたい」ヴァランダーは言った。「訊きたいことがある」

「なにについて？」

言葉になまりがあった。東ヨーロッパの出身かもしれないとヴァランダーは思った。

「それは彼と話すことだ」

「わたしの夫ですけど」

「中にいるのか？」

「伝えてきます」

女性が部屋の中に消えた。ヴァランダーはそこが寝室だろうと見当をつけた。中に入って、室内を見まわした。家具は高価そうだった。しかし、どこか臨時といった感じがあった。まるで、住んでいる人間たちはいつでもここをたたんですぐに出発できるといった感じだった。

ドアが開いて、ウラジミール・リコフが出てきた。モーニングガウンを着ていたが、それもまた高価そうだった。太った大きな体をしている。髪の毛が乱れていたので、眠っていたらしいことがわかった。

リコフもまた警戒しているということが直感的にわかった。

ヴァランダーは突然、自分がなにかに近づいていることに気がついた。二週間近く前にローベルト・オーケルブロムが警察にきて妻がいなくなったと訴えたときに始まった捜査を進展させるなにかだ。なにも関連性が見えずまったく進まなかった捜査を前進させるなにかがここにある。いままでの経験で同じように感じたことがあった。いっきに解決に向かう手がかりをつかんだという感じである。たいていの場合それは当たっていた。

「邪魔をしてすまない」ヴァランダーは言った。「ちょっと訊きたいことがあるもので」

「なににいて？」

リコフは腰掛けるようには勧めなかった。口調がそっけなく、早く帰れと言わんばかりだった。

ヴァランダーは正面から訊くことに決めた。椅子に腰を下ろすと、二人に腰掛けるように身振りで示した。

「調べたところによると、あんたがたはスウェーデンにイランからの亡命者としてやってきた」

ヴァランダーは言った。「一九八〇年代にスウェーデン国籍を取得している。だが、ウラジミール・リコフという名前はイラン人の名前には聞こえない」

「自分の名前のことで人からとやかく言われる筋合いはない」

ヴァランダーはリコフを見据えた。

「それはそのとおりだ。しかし、この国の市民権はある条件の下では再検証されることがある。たとえば、国籍取得の基礎となった情報が偽物だった場合だ」

「脅しか、これは？」

「とんでもない。ところで、あんたの仕事はなんだ？」

「旅行会社を経営している」

「会社名は？」

「リコフ旅行サービス」

「どの国への旅行だ？」

「いろいろある」

「例を挙げてくれ」

「ポーランド」

「ほかに？」

「チェコ」

「ほかには？」

「うるせえな、なにを知りたいんだ？」

「おたくの旅行会社は役所へは独立経営の会社として届けが出ている。ところが、税務署によれば、ここ二年間、税金を納めていないとのことだ。おたくが納税をごまかしていないとすれば、この二年間、仕事がなかったということになる」

リコフは黙りこくってヴァランダーを見ている。

「稼ぎのあったときの貯えで暮らしているんです」突然リコフの妻が口を挟んだ。「必ずいつも働いていなければならないっていう法律はないんじゃない？」

「そのとおり」ヴァランダーが言った。「それでも多くの人はいつも働いている。なぜだろうね」

女性はタバコに火をつけた。ヴァランダーは彼女の落ち着かない様子が気になった。リコフが不愉快そうに妻を見た。彼女はあてつけがましく立ち上がり、窓を開けようとして手を上げた。留め金が錆びていたのかなかなか開かず、ヴァランダーが手を貸そうとしたときにやっと開いた。

「会社のことは弁護士に全部まかせている」リコフが言った。興奮している口調だ。怒っているのか、不安なのか、とヴァランダーは思った。

「それじゃ、はっきりと言ってやろう」ヴァランダーは言った。「おまえさんはイランに根などない。おれがイランと関係ないのと同じだ。あんたはもとからロシア出身だ。だが、あんたからいまスウェーデン国籍を剝奪することはむずかしかろう。また、おれはそのためにいまここにきたわけじゃない。だが、なんといおうとあんたはロシア人だよ、リコフ。だからロシア人移民のことに通じているんだ。とくにロシア出身の犯罪者たちのことは詳しいだろう？　数日前、ストックホルムで警察官が撃ち殺された。警官を殺すなどというのは、よほどの馬鹿がやることだ。

というのも、仲間が殺されたら、警官は特別に怒るからだ。わかるか、おれの言っていることが？」

リコフは落ち着きを取り戻したようだった。だが、女のほうは隠そうとしてはいても、依然として落ち着きがないことにヴァランダーは気がついた。ときどき彼女の視線がヴァランダーのうしろの壁に向いた。

ヴァランダーは腰を下ろすとき、うしろの壁に時計が掛けてあるのを見ていた。

これからなにかが起きるのだな、とヴァランダーは思った。そのときにおれがここにいてはまずいということか。

「おれはコノヴァレンコという男を捜している」ヴァランダーが静かに切りだした。「そういう名前の男を知っているか？」

「いや」リコフが言った。「おれの知るかぎりそんな男はいない」

その瞬間に、ヴァランダーは三つのことを知った。まずコノヴァレンコという人物は実在すること。次にリコフはそれがだれか、よく知っていること。三番目にその人物について警察官に訊かれたことを不快に思っているということだ。

リコフはかたくなに否定した。しかし、質問したときにヴァランダーはさりげなくリコフの妻の様子をうかがった。彼女の顔に、そのぴくりとした目の動きに、彼は答えを見た。

「確かか？　コノヴァレンコというのは、かなり平凡な名前だと思ったが？」

「そんな名前の者は知らない」

そう言うと、リコフは妻を見た。

「そんな名前の人間は知らないな？」

彼女はうなずいた。

そんなことはない、とヴァランダーは確信した。おまえたちを通して、必ずコノヴァレンコを捕まえてみせる。

「それは残念だったな」ヴァランダーは言った。

リコフは驚いたようだった。

「それで全部か、知りたいことは？」

「いまのところ」ヴァランダーは言った。「だが、また訊くことがきっと出てくる。警察官を殺したやつを捕まえるまでは絶対にあきらめんからな」

「おれたちはそのことについて、なにも知らない」リコフが言った。「おれたちだって、若い警官が死んだことは気の毒だと思っている」

「それはどうも」と言って、ヴァランダーは立ち上がった。「もう一つ訊きたいことがある」と続けた。「もしかすると、二週間近く前、スウェーデン南部で女性が殺されたことを新聞で読んでいないか？　テレビで見ているかもしれんな。警察はコノヴァレンコがあの事件にも関係しているとにらんでいる」

今度はヴァランダーがぎくりとした。

リコフの様子に、予期しないものを見たと思った。

すぐにそれがなにかわかった。完璧なまでの無表情。

なるほど、いまの問いこそ、彼が待っていたものだったのだ、とヴァランダーは思った。動悸が激しくなった。自分の反応を隠すために、彼は部屋の中を歩き始めた。

「ちょっと部屋を見せてもらってもいいかな」ヴァランダーは訊いた。

「ああ、いいとも」リコフが言った。「タニア、部屋のドアを全部開けて見せるんだ」

ヴァランダーはドアの開けられた部屋を一つひとつのぞき込んだ。だが、頭の中はリコフの反応を考えていた。

ロヴェーンは知らないだろう、とヴァランダーは思った。ここハルンダのアパートに、手がかりがあるとは。

客用の部屋らしい小さな部屋をのぞいたとき、なにかが気になった。それがなにかはわからなかった。部屋の中にはこれといって特別に目を引くものはなかった。ベッド、机、簡単な椅子、窓には青いカーテンが掛かっていた。壁の棚に飾り物がいくつかと本が数冊あった。ヴァランダーは見えているのに見えないものはなんだろうと、目を凝らしてみた。部屋の中をすっかり記憶に刻み込んで、振り返った。

「今日のところはこれで」ヴァランダーは言った。

「警察に隠していることなど、なにもない」リコフが憤然として言った。

「それじゃ、心配することはなにもないだろう」ヴァランダーは答えた。

彼は町に引き返した。


コノヴァレンコはもう少しでタニアの出したシグナルを見逃すところだった。ハルンダの駐車場に車を駐めたとき、彼はいつもどおり、建物の外壁に目をやった。なにか都合が悪いことがあって、コノヴァレンコに部屋にきてほしくないとき、窓を開けておくという取り決めがあった。窓は閉まっていた。エレベーターに乗ろうとして、ウォッカを二瓶、車に忘れたことを思い出した。車に戻り、瓶を持ってふたたび建物に入ろうとして、習慣的に上を見た。窓が開いていた。彼はふたたび車に戻り、中に乗り込んで待った。

ヴァランダーが建物から出てきたとき、タニアが知らせようとしたのはこの警官のことだとコノヴァレンコにはすぐわかった。

あとでタニアはそのとおりと言った。男の名前はヴァランダーといい、やはり警察官だった。身分証明証にイースタ署の警官だと書いてあったことも、彼女は覚えていた。

「なにを知りたかったのだ、あの男?」コノヴァレンコが訊いた。

「コノヴァレンコという男を知っているかと訊かれた」リコフが言った。

「よし」コノヴァレンコが言った。

リコフとタニアは驚いて彼を見た。

「もちろん、これはいいニュースだ。おまえたちがおれの名前を言ったんでなければ、だれが警察におれの名前を教えた?　それができるのは一人しかいない。ヴィクトール・マバシャだ。この警官を通して、やつを捕まえることができるぞ」

タニアにグラスを持ってこさせて、彼らはウォッカを飲んだ。

コノヴァレンコは無言のまま、イースタからきた警官に乾杯のグラスを上げた。彼はことの成り行きに非常に満足していた。

ハルンダからまっすぐにホテルに戻って、まず最初にしたのは娘に電話をかけることだった。

「いまから会えるか？」彼は娘に訊いた。

「いま？」リンダは驚いたようだった。「仕事中じゃないの？」

「何時間か、時間ができた。いま出てこられるなら、会えるが？」

「どこで？　ストックホルムの地理に詳しくないでしょう、パパ？」

「中央駅なら知ってる」

「それじゃ、駅のホールの真ん中で、あと四十五分後に？」

「ああ、いいよ」

受話器を置いて、ヴァランダーはフロントに行った。

「私は今日の午後はだれにも会わない。訪問者がきたら、また電話がかかってきたら、そう伝えてくれ。急な用事ができて、だれにも会えないと」

「いつまでですか？」

「当面、ということで頼む」

中央駅でリンダがやってくる姿を見て、ヴァランダーは見間違えるところだった。髪の毛を黒く染め、ヘアスタイルが変わっていた。化粧も濃い。黒いシャツの上に真っ赤なレインコートを着ていた。足元は短いブーツ、しかも高いヒールだった。ヴァランダーは通り過ぎる男たちが振り返ってリンダを見るのを見て、無性に腹が立ち、同時に恥ずかしくなった。娘に会うつもりだったのに、やってきたのは若い、自分の人生を歩んでいる女性だった。かつての内気な女の子ではなかった。彼はぎこちなく娘を抱きしめた。

おなかが空いている、と彼女は言った。雨が降りだしていた。彼らはヴァーサガータンを走って、中央郵便局の向かいのカフェに入った。

娘が食べているあいだ、ヴァランダーはただ彼女をながめていた。食べないのかと訊かれて、彼は首を振った。

「先週、ママがきたわよ」食べながらリンダが言った。「新しい相手をわたしに紹介するために。パパはもう会った？」

「モナとはもう半年以上話もしていない」ヴァランダーは言った。

「わたしはあの男は好きじゃないわ」リンダは続けて言った。「あの人、ママよりもわたしのほうに興味をもったみたい」

「そうなのか？」

「フランスからなにか道具を輸入してるんだって。でもずっとゴルフの話をしてたわ。ママもゴルフを始めたの、知ってるでしょう？」

「いや」ヴァランダーは驚いた。「知らなかったな」

リンダは次の言葉を言う前に、父親をじっと見た。

「ママのことをなにも知らないのは、よくないわ。なんと言ったって、パパの人生でいままでのところ一番大事な人じゃないの。ママはあのラトヴィアの女の人のことも知ってるのよ」

ヴァランダーはぎくっとした。別れた妻にバイバ・リエパのことを話した覚えはなかった。

「なぜ知ってるのかな？」

「だれかが話したからに決まってるじゃない？」

「だれが？」

「そんなこと、どうでもいいじゃないの」

「いや、だれだろうと思ってさ」

リンダはここで急に話題を変えた。

「パパ、どうしてストックホルムにきたの？　まさか、わたしに会うためにじゃないでしょう？」

彼は事件のことを話した。いままで起きたことをさかのぼり、二週間近く前に父親が結婚すると言いだしたこと、その翌日にローベルト・オーケルブロムが妻の失踪届を出しに警察にきたところまで話した。彼女は注意深く耳を傾け、ヴァランダーは初めて、娘がもはや子どもではない、一人前の大人なのだと実感した。人生のいろいろな場面で、もしかすると彼自身よりもずっと経験のある人間なのだ。

「おれには話し相手がいない」話を終えて彼は言った。「リードベリが生きてたらなあ、と思うことがある。覚えてるか？」

「いつも機嫌の悪そうな人？」

「そんなことはない。厳しそうに見えたかもしれないが」

「ええ、覚えてる。パパにはあの人のようになってほしくないわ」

今度は彼が話題を変える番だった。

「リンダ、おまえは南アフリカについて、なにか知ってるか？」

「あんまり。黒人が奴隷のように酷使される国だということぐらいしか知らないわ。もちろんわたしはそれに反対よ。学校で、南アフリカからきた女の人の講演を聞いたことがある。とても信じられないような話だったわ」

「それでもおまえのほうがずっと知っているな。去年、ラトヴィアへ行ったとき、おれは四十過ぎまでどうやって世界のことをなにも知らないで生きてこられたんだろうと思ったよ」

「パパは世の中のことにぜんぜん通じてないもの」リンダは言った。「十二、三歳頃、なにかを訊こうとしてわかったのよ。パパだけじゃない。ママもうちの庭の塀の外のことには、ぜんぜん関心がなかった。家と花壇とパパの仕事だけ。だからパパとママは離婚したんじゃない？」

「そうなのか？」

「だって、パパとママは、人生をチューリップの球根と風呂場の蛇口に凝縮してしまったもの。あんまり話をしなかったでしょう？　やっと話をしたときには、そんなことしか話さなかった」

「花の話をするのは別に悪いことじゃないだろう？」

「うん、ただ花が伸びすぎて、その向こうにあるものが見えなくなったってこと」

彼女は急に話をやめた。

「いまからどのくらい時間があるの？」と訊いた。

「もう少し大丈夫だ」

「つまり、本当は時間がないのね。それじゃ、もしそうしたかったら、この続きは今晩にしてもいいわよ」

外に出ると雨はやんでいた。

「そんなに高いヒールで、歩きにくくないのか？」と彼はためらいながら訊いた。

「うん。でも慣れるものなの。履いてみる？」

ヴァランダーはリンダがいてよかったと心から思った。心の中のなにかが軽くなった。手を振りながら地下鉄のほうへ向かう彼女を見送った。

そのとき突然、さっきハルンダのアパートで見たものがなにか、わかった。なにかに注意が引かれたが、それがなにかがわからなかったものだ。

いま、はっきりわかった。

壁の小さな棚に、灰皿があった。以前、似たような灰皿を見たことがあった。偶然かもしれない。が、彼はそうは思わなかった。

イースタで、外で食べようとコンティネンタル・ホテルに行った日。最初はバーに座っていた。目の前のテーブルの上に、ガラス製の灰皿があった。それはウラジミール・リコフとタニアのアパートの棚の上にあったのと、そっくり同じものだった。

コノヴァレンコだ、と彼は思った。

コノヴァレンコはいつか、イースタのコンティネンタル・ホテルに行ったのにちがいない。もしかするとおれと同じテーブルについたのかもしれない。重いガラス製の灰皿をくすねるという誘惑に逆らえなかったのかもしれない。人間的弱さだ。もっとも一般的な。コノヴァレンコは、万が一にもイースタからの警官が、自分が定宿としている部屋をのぞき込むことがあろうとは思わなかったにちがいない。

ヴァランダーはホテルの部屋に戻り、まだまったく運に見放されたというわけではないかもしれない、クラーゲホルム付近で道に迷った女性が無意味かつ無慈悲に殺された事件を解決することができるかもしれないと思った。彼は知っていることをもう一度チェックした。ルイース・オーケルブロムとクラース・テングブラードは同じ銃で殺された。テングブラードの場合は、外国なまりの白人の男によって殺されたことがわかっている。ルイース・オーケルブロムが殺されたときにその場にいたと思われる黒人の男は、外国なまりのあるコノヴァレンコという名前の男に追われている。リコフは否定してはいるが間違いなく、コノヴァレンコという男を知っている。体の大きさから見て、リコフはアルフレッド・ハンソンから空き家の農家を借りた男かもしれない。そして、リコフのアパートには、イースタに行ったことのある人間がいることを示す灰皿があった。灰皿に関しては、もし二つの事件の銃弾が同じものでなかったとしたら、あまり頼りになる証拠とは言えないが、この際記憶するに値する。それに彼には直感というものがあった。そして、それは経験から信じていいものだった。リコフのアパートを強制捜査することで、多くのことが判明するだろう。

同じ晩、ヴァランダーはリンダとホテルのすぐそばにあるレストランで食事をした。今度は彼女といっしょでも昼とちがって落ち着かなくはなかった。夜中の一時過ぎにベッドに入ったとき、ヴァランダーはこんなに楽しい晩は久しくなかったと思った。

ヴァランダーは翌朝八時前にクングスホルメンにある警察本庁にやってきた。ずらりと座っている警官たちの前で、彼はきのうのハルンダでの発見を披露し、結論を言った。初め、まわりの警官たちがこの話を信じていないように感じたが、それでも同僚を殺した犯人を捕まえようという彼らの熱意はただならぬものだったので、しだいにヴァランダーの話に引き込まれるのがわかった。話が終わったころには、一人として彼の結論を疑うものはいなかった。

午前中にすべてのことがいっせいに動きだした。ハルンダの建物には目立たないように警官が配置され、そのあいだに強制捜査の準備が進められた。エネルギッシュな若い検事が、強制捜査後のリコフ夫婦の連行に迷いなく許可を与えた。

強制捜査は午後二時決行と決まった。ヴァランダーはロヴェーンが同僚と手はずを調えるのを背後から見ていた。準備がもっとも忙しくなった十時頃、ヴァランダーはロヴェーンの部屋に行って、ビュルクと電話で話をした。今日の午後におこなわれる強制捜査で、ルイース・オーケルブロム事件は間違いなく解決するだろうと伝えた。

「なにもかも本当と思えない、芝居のようだな」ビュルクが言った。

「われわれは本当とは思えないような世界に生きているのですよ」ヴァランダーは言った。

「いずれにせよ、きみはいい仕事をした。私はこっちの者たちにいまの話を伝えよう」

「しかし、記者会見は開かないでください。まだローベルト・オーケルブロムにも伝えないでほしいんですが」

「わかった。ところで、いつこっちに戻ってくる?」

「できるだけ早く」ヴァランダーは答えた。「天気はどうです?」

「快晴だ。春が間違いなく近づいている。スヴェードベリは花粉症でくしゃみをしている。うちの署ではそれが春の徴候だからな」

受話器を置きながら、ヴァランダーは一瞬イースタが恋しくなった。だが、すぐに強制捜査前の緊張に身が引き締まった。

十一時、ロヴェーンは午後の捜査に加わる者全員を集めた。ハルンダの建物を監視している者たちからの連絡で、リコフとタニアは外出していないことが確認できた。この二人のほかにも人がいるかどうかはわからなかった。

ヴァランダーはロヴェーンの最終打ち合わせの様子に耳を傾けた。ストックホルムの強制捜査はイースタのそれとは比べることもできないと思った。なにより、これほど大きな強制捜査はイースタではあり得なかった。ヴァランダーは一年前にサンドスコーゲンのサマーハウスに閉じこもった麻薬中毒者の強制捜査が比較的大きかったことくらいしか思い出せなかった。

ロヴェーンは最終打ち合わせの前に、ヴァランダーも強制捜査に加わりたいかどうか訊いた。

「加わりたい」ヴァランダーは言った。「もしコノヴァレンコがいたら、ある意味では彼は自分の仕事の範疇に入る。いや、少くとも半分は。それにリコフの表情を見たいからな」

十一時半、打ち合わせが終わった。

「なにが起きるかわからんぞ」ロヴェーンが言った。「おそらく二人はおとなしく出てくると思うが、まったく別の方向に展開することもあり得る」

ヴァランダーは警察本庁でロヴェーンと昼食をとった。

「自分はいったいなにをしているのかと思ったことはないか」ロヴェーンがいきなりヴァランダーに訊いた。

「毎日考えてるよ」ヴァランダーは言った。「たいていの警察官はそうなんじゃないか」

「ほかの者のことはわからないが」ロヴェーンが言った。「おれはそうだ。そう頭の中で考えていることがおれを落ち込ませるんだ。ストックホルムでは警察はもはや無力だ。イースタのような小さな地域ではどうか知らないが。犯罪者たちはストックホルムでけっこう快適な暮らしをしているよ。捕まる心配という点から見れば、な」

「イースタではまだなんとかコントロールできている。だが、地域差はどんどん縮まっている。ストックホルムで起きることは早晩イースタでも起きるんだ」

「ストックホルムの警官で地方に移りたがっている者は多いよ」ロヴェーンが言った。「地方のほうが楽だと思っているのさ」

「ストックホルムへ移りたがっている者も多いだろう。田舎や小さな町では静かすぎると思っているんじゃないか」

「おれは取り替えたくないな」

「おれもそうだ」ヴァランダーが言った。「おれはイースタで警官を続けるか、それともまったく警官をやめるか、だな」

話はそこで止まった。食事が終わると、ロヴェーンはそそくさと仕事に戻った。ヴァランダーは休憩室をみつけて、体を横たえた。ローベルト・オーケルブロムがイースタ署の彼の部屋に現れて以来、一度もゆっくり朝まで眠ったことがないと思った。

数分間眠ったが、びくりと体を痙攣させてすぐに目を覚ました。

ハルンダのアパート強制捜査はきっかり午後二時に実行された。ヴァランダーはロヴェーン以下三人の警官とアパートの入り口にまわった。ブザーを二回鳴らしてから、バールでドアをこじ開けた。五人の背後には自動銃を構えた特別部隊が控えていた。入り口にいた警官たちは、ヴァランダー以外はピストルを手にしていた。ロヴェーンはヴァランダーに武器がほしいか訊いたのだが、彼はいらないと答えた。だが、銃撃戦に備えて防弾チョッキだけは身につけた。

警察官たちはいっきに踏み込み、構えた。だが、始まる前にすべては終わっていた。

アパートは空っぽだった。あるのは家具だけで、もぬけの殻だった。

警官たちは顔を見合わせた。ロヴェーンは無線電話を取り出し、建物の外にいる部隊に連絡をした。

「アパートは空だ。強制連行はない。部隊は引き揚げてよい。ただし、鑑識をこっちにまわしてくれ」

「夜中に出たのだろうか」ヴァランダーが言った。「あるいは明け方か」

「ひっ捕まえてやる」ロヴェーンが地団駄を踏んだ。「三十分以内に全国手配だ」

彼はビニール手袋を取り出すと、ヴァランダーに一組渡した。

「マットレスの下を見たかったら」と言った。

ロヴェーンがクングスホルメンの本部と話しているあいだに、ヴァランダーは小さな部屋に行った。手袋をはめて、灰皿をそっと壁の棚から持ち上げた。見間違いではなかった。それは数日前の、彼がウィスキーを飲みすぎた夜、目の前にあった灰皿とそっくり同じだった。彼はそれを鑑識係に渡した。

「これには指紋がついているはずだ」と言った。「きっと犯罪者の指紋リストには載ってないだろうが、インターポールには登録されているだろう」

彼は鑑識係が灰皿をビニール袋に入れるのを見届けた。

それから窓辺に行って、あたりの建物と灰色の空を見た。それはきのう、リコフがタバコに苛立ったので、妻のタニアが換気のために開けようとしたのと同じ窓だった。強制捜査が失敗したことを怒ったらいいのか、がっかりしたらいいのかわからないまま、ヴァランダーは大きな寝室のほうへ行った。クローゼットをのぞき込んだ。服は大部分そのまま残っていた。だが、スーツケース類はなかった。ダブルベッドの片側に腰を下ろして、ベッドサイドテーブルの引き出しを開けた。縫い糸と半分中味が残っているタバコ一箱があった。タニアはジタンを吸っていたとわかった。

ベッドの下をのぞき込んだ。ほこりまみれのスリッパしかなかった。ぐるりとまわって、もう一つのベッドサイドテーブルを開けた。なにも入っていなかった。テーブルの上には吸い殻であふれた灰皿と食べかけのチョコレートが置いてあった。

吸い口にフィルターがついている。吸い殻を一本手に取ってみた。キャメルだ。

おかしい、と思った。

前日のことを思い出してみた。タニアがタバコに火をつけると、リコフがすぐに苛立った。それで彼女は空気を入れ換えるために錆びついた窓を無理やりに開けた。

タバコを吸う者が、ほかの喫煙者に苛立つことはめったにない。部屋に煙が充満しているほどでもないときには、なおさらだ。タニアは種類のちがうタバコを吸っているのか？　それは考えにくい。すると、リコフも喫煙者だということになる。

考えに沈んで、ヴァランダーは居間に戻った。タニアが開けた窓を開けてみた。なかなか開かない。ほかの窓とバルコニーのガラス戸を開けてみた。難なく開いた。ヴァランダーは額にしわを寄せてそのまま立ち尽くした。なぜ彼女はわざわざ開けにくい窓を開けようとしたのか。

急にこの答えが非常に重要なものに思えてきた。よく考えてみると、答えは一つしかなかった。タニアが開けにくい窓をわざわざ開けようとしたのは、その窓でなければならない理由があったからだ。また、その窓はめったに開けられることはなかったので、錆びついていたのだ。彼はまた窓辺に立った。駐車場から見上げたら、この窓だけが見えるということに気がついた。ほかの窓は出っ張っているバルコニーの内側にあって、駐車場からはまったく見えない。

彼はもう一度初めから考えてみた。

そこではっきりわかった。タニアは心配そうだった。彼のうしろの壁にある時計をひっきりなしに見ていた。それから窓を開けた。それは駐車場にいるだれかにいまアパートに上がってくるなということを知らせる合図だったのだ。

コノヴァレンコだ。そんなに近いところまできていたのだ。

ロヴェーンの電話の合間に、彼は自分の考察を伝えた。

「おそらくあんたの言うとおりだろう」ロヴェーンが言った。「この際、ほかの人間ということは考えられんだろうからな」

「そういうことだ」ヴァランダーは言った。「もしだれかいたのなら、コノヴァレンコしか考えられない」

鑑識課の者たちを残して、彼らはクングスホルメンに引き揚げた。二人がロヴェーンの部屋に入ったとき、電話が鳴った。ハルンダのアパートで鋼鉄製の箱の中に催涙弾がみつかったという知らせだった。それは前の週、南区のクラブに投げ込まれたのと同じ種類のものだった。

「すべてがぴったりと当てはまる」ロヴェーンが言った。「いや、それともすべてが偶然なのか？　南区のクラブのなにが気にくわなかったんだ？　とにかく、彼らは全国手配された。これからテレビや新聞報道が始まるぞ」

「それではおれは明日イースタに戻ることにする」ヴァランダーは言った。「コノヴァレンコをみつけたら、スコーネに貸してくれ」

「強制捜査が失敗するのは、いつだって腹立たしいものだ」ロヴェーンが言った。「どこに隠れたんだろうな？」

この問いは宙にぶら下がったままになった。ヴァランダーはホテルに戻り、その晩ふたたびアウローラに行ってみることに決めた。頭を剃ったバーテンダーにいくつか訊きたいことがあった。決定的なことに近づいているという感じがしていた。

17

デクラーク大統領の執務室の外で、さっきから一人の男が待っていた。

すでに夜中の十二時をまわっているが、彼は午後八時からそこに座っていた。ほのかに明かりが灯っているその控えの間に、彼は一人きりだった。執務室付きの警備員がときどきやってきては、申し訳ないがもう少し待ってほしいと伝えた。ダークスーツを着た年輩の男だった。十一時に部屋中の電気を消して、足元のフロアランプだけにしたのもその男だった。

ジョージ・シパースにはその男がまるで葬儀屋のように見えた。その控えめな物腰、静かな声、かしこまった態度が、数年前に亡くなった彼の母親の葬儀のときを思い起こさせた。

その類似には、もしかすると象徴的な意味合いがあるのではないか、とシパースは思った。デクラークは死にかかっている最後の白人南アフリカ帝国を治めているのではないか？　もしかするとこの部屋もまた、一国を未来に向かって指導するというよりも、葬儀を企てるために執務する部屋の待合室なのではないか？

四時間待たされているので、たっぷりと考える時間があった。警備の男はときどき音もなく扉を開けて、大統領はやむを得ない業務でまだ手が放せないと伝えにきた。十時、男はぬるい紅茶を持ってきてくれた。

ジョージ・シパースはなぜ自分が五月七日の夜、デクラーク大統領に呼び出されたのか、考えていた。前日の昼食時に彼は直接の上司ヘンリック・ヴァーヴィの秘書から電話を受けた。ジョージ・シパースはヨハネスブルグで恐れられている首席検事ヘンリック・ヴァーヴィの補佐をしていた。シパースが首席検事を見かけるのは裁判所か、毎週金曜日の会議ぐらいなもので、個人的な付き合いはまったくなかった。彼はなんの用事だろうといぶかりながら廊下を渡り首席検事の部屋へ急いだ。部屋に着くと、すぐに通された。ヴァーヴィは椅子を指さしてシパースを座らせ、秘書が持ってきた書類にサインをし続けた。それが終わると、部屋には首席検事ヴァーヴィとシパースの二人だけになった。

ヘンリック・ヴァーヴィは犯罪者たちから恐れられているだけではなかった。年齢は六十歳ほど、二メートル近い長身で屈強な体をしていた。彼が力持ちであることは、さまざまな逸話でよく知られていた。数年前、検事室の改修工事のとき、彼は一人で金庫を運び出した。その後、それを車に積み込むのに二人の男の力が必要だったという。だが、彼が恐れられているのは、体力的なことではなかった。検事として働いてきた長い期間、彼は少しでもチャンスがあればいつも死刑を要求してきた検事だった。彼の要求どおりに判決が下され――それはいまでは非常に多くなっていたが――、犯罪者は絞首刑と決定し、それが実行された場合、ヴァーヴィはたいてい死刑実行時の検事でもあった。人は彼を情け容赦のない検事と呼んだ。だが、だれもその決定を人種差別的な原則によるものと非難することはできなかった。白人犯罪者たちも同様な扱いを受けたからである。

ジョージ・シパースは、自分がなにか間違いを犯したのだろうかと不安に思いながら椅子に腰を下ろした。ヴァーヴィは必要があると判断すれば、容赦なく補佐官をクビにすることでも知られていた。

しかし、話は彼が予測していたのとはまったく別方向に展開した。ヴァーヴィは机を離れ、シパースの隣の椅子に腰を下ろした。

「五月四日の夜遅く、ヒルブローの私立病院で一人の患者が殺された。名前はピーター・ファン・ヘーデンといい、国家警察の秘密情報機関で働いていた。警察の殺人捜査課は強盗による殺人だという。彼の財布が盗まれている。犯人は病室に入るときも出るときも目撃されていない。おそらく単独犯で、その病院ブレントハーストが使っている検査機関からの使者と偽って病院の中に入ったらしい。夜勤の看護婦がだれも銃弾の音を聞いていないので、犯人は消音装置を使ったと思われる。警察が単なる強盗殺人だとみなす根拠は十分にある。だが、ファン・ヘーデンが秘密情報機関で働いていた人間であるということも考慮に入れられるべきだ」

ヴァーヴィが眉を上げた。シパースはいままでの話に対する反応が待たれているのだと理解した。

「当然かと思います」シパースは言った。「単なる強盗殺人か、そうでないのかを調査するのは」

「じつは、事態をもっと複雑にしている要素がもう一つある」ヴァーヴィが話を続けた。「わしがこれから話すことは、極秘事項に相当する。わかったな」

「わかりました」シパースが言った。

「デクラーク大統領は公式のルートから手に入れる以外に、秘密情報機関の活動について継続的に信憑性のある報告を受けていた。その報告者がファン・ヘーデンだった」ヴァーヴィが言った。

「いわば、彼は極めて微妙なポジションにいたのだ」

ヴァーヴィは沈黙した。シパースは緊張して話の続きを待った。

「数時間前、デクラーク大統領からわしに直接電話があった。大統領はわしに検事の中から警察の捜査について報告する者を指名せよと言われた。ファン・ヘーデンが殺された動機は秘密情報機関の仕事に関係があると大統領は確信している。証拠がなにもなくても、これは単純な強盗殺人だという警察の理論を頭から信じていないようだ」

ヴァーヴィはシパースをじっと見た。

「われわれは、ファン・ヘーデンが大統領になにを報告していたか、わからないからな」と考え深げに言った。

シパースはうなずいた。理解できた。

「わしはきみを大統領に報告する者として指名した」ヴァーヴィは続けた。「この瞬間から、いま手がけているすべての仕事から手を引いて、ファン・ヘーデンの死の状況調査に集中するのだ。わかったな？」

シパースはうなずいた。しかし依然としていま聞いたことの重大さが理解できなかった。

「きみは定期的に大統領のもとに呼び出される」とヴァーヴィは言った。「報告書は書くな。メモを書いてもいいが、終わったら焼いてしまうのだ。きみは大統領とわし以外にこの話をしてはならない。同じ課の者がきみの仕事を不審に思ったときのために、公式の説明は、今後十年間にわたる検事職の人事計画をわしが頼んだということにする。わかったな？」

「はい」シパースは答えた。

ヴァーヴィは立ち上がり、一つのホルダーを机の上から取ってシパースに渡した。

「これがいままでの捜査に関する報告だ」ヴァーヴィが言った。「ファン・ヘーデンが殺されたのは三日前のことだ。この事件の捜査を担当しているのはボルストラップ捜査官だ。ブレントハースト病院へ行って、この捜査官と話すことから始めるといい」

ここで話が終了した。

「この仕事をきちんとやり遂げてくれ」最後にヴァーヴィが言った。「わしがきみを選んだのは、いい検事になる素質があると見たからだ。わしを失望させないでくれ」

シパースは自室に戻り、自分になにが期待されているのか、考えてみた。それから、新しいスーツを買わなければならないと思った。いまある服はどれも、大統領に会うときに着るにはふさわしくないものばかりだった。

大統領執務室の控えの間にいるジョージ・シパースは、ダークブルーのスーツを着ていた。彼にとっては非常に高価なものだった。妻はなぜそんなスーツを買ったのか不審がった。法務大臣が参加する準備委員会のメンバーになったと説明すると、妻はそれ以上なにも訊かずに納得した。

十二時四十分、例の腰の低い警備員が扉を開け、やっと大統領の時間が空いたと伝えた。シパースはぱっと立ち上がった。緊張していると感じた。警備員のうしろを歩いて、高い両開きの扉の前にきた。警備員はノックし、扉を静かに開けた。

机の上に一つだけ灯されているランプのそばに、頭髪の薄い男が座っていた。シパースが所在なく扉のそばに立っていると、男は手招きして椅子を指さし座るように示した。デクラーク大統領は疲れているようだった。ジョージ・シパースは彼の目の下に大きな隈ができているのを見た。

大統領はいきなり核心に入った。声には苛立ちがあった。まるで、彼の言っていることがまったく理解できない人間を相手にいつも話しているかのようだった。

「私はピーター・ファン・ヘーデンが単なる強盗に殺されたのではないと確信している。きみの仕事は、ファン・ヘーデンの死因が秘密情報機関での彼の仕事と関係があるということを警察に理解させることだ。彼のデータファイルはすべて調査されなければならない。ここ一年間の彼の行動をすべて調べることだ。わかったか？」

「はい」シパースは答えた。

大統領は彼のほうに体を傾けた。机の上のランプに顔が照らしだされ、幽霊のように見えた。

「ファン・ヘーデンは私に、国家を転覆させる陰謀がいま企てられていると報告してきた。国を危険にさらし大混乱に陥れるような大がかりな陰謀だ。彼が殺されたことはこの方向から調べられなければならない。それ以外のことではあり得ない」

シパースはうなずいた。

「これ以上のことは知る必要がない」とデクラーク大統領は言って、椅子に寄りかかった。「ヴァーヴィ首席検事はきみを私の報告者として指名した。彼がきみは完全に信頼できる、国に忠誠心をもつ人間だと判断したからだ。私はしかしここで、ことが極秘のもとにおこなわれなければならないということを指摘しておく。いま私が話したことをほかに漏らすことは、売国行為とみなされる。きみは検事だ。国家に対する裏切り行為にどのような刑罰があるか、私から言う必要はあるまい」

「もちろんです」と言って、シパースは無意識のうちに椅子の上で背中をまっすぐに伸ばした。

「なにかあったら、直接私に伝えるように」デクラークが続けた。「私の執務室に連絡をすれば、時間を用意することになっている。ご苦労だった」

謁見は終わった。デクラークはふたたび書類に向かった。

シパースは立ち上がって頭を下げ、厚い絨毯を歩いて両開きの扉のところまで行った。

警備員は階段の下まで彼を案内した。銃を装備した警備兵が駐車場まで彼を護衛した。運転席に座ったとき、シパースの手は汗で湿っていた。

陰謀か。国家を危険にさらし、大混乱に陥らせる陰謀？　いまだってもうそこまできているではないか？　これ以上の混乱があり得るのだろうか？

この問いの答えをみつける前に、彼は車を発進させた。それから車のポケットを開けた。中にピストルがあった。弾倉を押し入れ、安全装置を外した武器を助手席に置いた。シパースは夜運転するのが好きではなかった。安全でないばかりか、あまりにも危険だった。武器を持っての強盗や襲撃は頻繁に起きたし、それも凶暴になってきた。

シパースは南アフリカの夜を車で走り続けた。プレトリアは眠っていた。

考えることは山ほどあった。

18

おれが恐怖を知ったのはいつだったろう、ソンゴマ？　おれがたった一人で、ゆがんだ顔をした恐怖の前に立ったのはいつだったろう？　年齢や皮膚の色や出身に関係なく、恐怖はだれの中にもあることを発見したのはいつだったろう？　おれには思い出せない、ソンゴマ。だが、いまでは、そうなのだということをおれは知っている。おれはいま夜がでたらめに短い国、闇が決しておれをすっぽりと取り囲むことのない国の囚われ人になっている。初めて恐怖が訪ねてきたときのことをおれは思い出せない。だがいま、ここから、故郷のンティバネに向かって脱出する出口を探しているいま、おれは恐怖におののいている。

昼と夜がはっきり分けられない塊になってしまった。ヴィクトール・マバシャは、あの粘土のような畑の中にあった空き家の農家でコノヴァレンコを殺して逃げ出してから、どのくらい時間が経ったのか、思い出せなかった。ところがその死んだはずの男が、突然あのクラブに現れて、彼に向かって催涙弾を投げてきたのだ。マバシャはショックを受けていた。彼はウォッカの瓶で頭を叩き割って、コノヴァレンコを殺したと確信していたのだ。だが、催涙弾の刺激で痛む目で、涙を流しながら彼は確かにコノヴァレンコを見た。マバシャは泣きわめき逃げまわる人々をあとにして、裏口から出た。まるで南アフリカにいるようだと思った。そこでは黒人居住区に催涙弾攻撃が仕掛けられるのはよくあることだった。だが、ここはストックホルムだ。コノヴァレンコは屍《しかばね》の中から立ち上がっておれを殺そうと追いかけてくる。

彼は明け方ストックホルムにやってきた。そしてしばらくどうしたらいいかわからないまま、車を走らせていた。疲れ切っていて、頭が働かなかった。不安が押し寄せた。それまで彼は、自分の判断力、困難な状況を切り抜ける冷静な思考力は自分の強みだと思っていた。思いきってホテルに部屋を取ろうか、とも考えたがパスポートがなかった。身分を証明するものはなにも持っていなかった。無数の人間の中にいるだれでもない自分。武器を持っている無名の人間。それが彼だった。

手の痛みはときどき戻ってきた。なんとかして医者に診てもらわなければならなかった。巻きつけた布が血で真っ黒になっていた。ここで炎症を起こしたり熱を出したりする余裕はなかった。

そんなことになったら、追跡を逃れることができない。かつて指があったところには血が固まっていた。だが、まるでいままでもそこに指がなかったように、マバシャにとってそれはもうどうでもよかった。夢の中では、彼ははじめから左手の人差し指のない人間になっていた。

彼は途中で盗んだ金で買った寝袋で、墓地に隠れて寝ていた。だが、寒さはしのげなかった。夢の中では、〝歌う犬たち〟に追いかけられた。横になって星空を見ていると、もう二度と故郷の土を踏めないのではないかという気がした。赤い乾いた土を二度と踏みしめることはないのではないか。そう思うとたまらなく悲しくなった。胸を刺すようなそんな悲しみは、父親が死んだとき以来感じたことがなかった。また、すべてが嘘で成り立っている南アフリカでは単純な嘘というものはない。マバシャは自分の人生の背骨となっている偽りを考えた。

墓地で過ごした夜々は、ソンゴマの言葉で満ちていた。またそこで、会ったこともない白人、死後初めて会うかもしれない白人たちの墓に囲まれて過ごした夜は、マバシャに久しく考えたこともなかった子ども時代を思い出させた。父親の顔、笑い、声を思い出した。ここの霊の世界は南アフリカと同じなのだろうか。死後の世界は白人と黒人に分けられているのだろうか。彼が誇りに思っている祖先たちも、煙に燻されたスラム化した黒人居住区の中に押し込められているのかもしれない。ソンゴマの話が聞きたかった。だが、彼に聞こえたのは〝歌う犬たち〟の声と、意味がどうしても聞き取れない吠え声だけだった。

二晩目の明け方、彼は寝袋を墓石の下に隠して墓地をあとにした。数時間後、またもや車を盗むのに成功した。あっという間のことだった。思いがけないチャンスがめぐってきたとき、彼はためらわなかった。ふたたび的確に判断できるようになった。道を歩いてくると、男が車から出て、エンジンをつけたまま門の中に消えた。あたりに人影はなかった。車はフォードで、いままで彼が運転したことのあるタイプだった。車に乗り込むと、座席に残されていた書類カバンを道路の上に置き、発進した。まもなく町から出ることができた。彼は湖を探した。湖のほとりで一人で考えたかった。

湖はみつからなかったが、海に出た。いや、海だろうと思った。名前も場所もわからなかったが、水を飲んでみるとしょっぱかった。だが、彼が慣れているダーバンやポートエリザベスの海岸の水のようにしょっぱくはなかった。この国にはしょっぱい水の湖があるのだろうか？　岩に登ってみると、島と島のあいだから見える海は外に向かって大きく広がっているらしかった。空気は冷たく、彼は震えていた。だが、その海辺の岩壁で、自分はこんなところまできてしまったという思いで彼は立ち尽くした。こんなところまで。遠い道のりだった。だが、この道はどこに続くのだろう？

子どものときのようにしゃがみ込み、彼は岩のかけらを螺旋状に並べて迷路を作った。そうしながら自分の心の中に引きこもり、意識を集中させてソンゴマの声を聞こうとした。だが、なにも聞こえなかった。海からの風や波の音が強すぎ、自分の集中が弱すぎた。迷路を形作って置いた石もまた助けてくれなかった。彼は怖くなった。霊と話をする能力がないと、力が弱まり、死ぬかもしれないからだ。病気に対する抵抗力もなくなり、考えもなくなり、体は触られるだけで壊れる殻になってしまう。

彼は不安を感じて海辺を離れ、車に戻った。重要なことだけに意識を集中させることにした。コノヴァレンコはなぜ、あのクラブに自分がいるとわかったのだろう？　あれはハンバーガーショップで偶然に会ったウガンダ出身のアフリカ人からたまたま聞いた場所だったのに？

これがまず第一の問いだった。

第二は、どうやったらこの国を出てアフリカに帰ることができるか？

もっともやりたくないことをやらなければならない、と思った。それはコノヴァレンコを捜しだすことだった。むずかしいだろう。コノヴァレンコを捜しだすことは、霊のいないアフリカのブッシュの中でスプリングボックを捜しだすのと同じくらいむずかしいにちがいない。だが、なんとかしてコノヴァレンコを自分に引き寄せなければならない。パスポートを持っているのも、この国から出る方法を知っているのも彼だった。ほかの方法があるようには思えなかった。

マバシャはコノヴァレンコ以外の人間を殺すことだけは避けたいと思った。

その晩、ヴィクトール・マバシャはふたたびクラブに行ってみた。客はまばらで、彼は隅のテーブルにつきビールを飲んだ。二杯目を注文しようと、グラスを持ってバーカウンターに行ったとき、頭を剃ったバーテンダーが話しかけてきた。マバシャは初め、バーテンダーの言っていることがわからなかった。しかし、よく聞いてみると、男が二人、彼を訪ねてきたと言っていることがわかった。男たちの様子から、一人はコノヴァレンコだとわかった。だが、もう一人はだれだろう？　バーテンダーは警官だと言った。この国の南部の方言を話す男だったと。

「なんと言っていた？」マバシャは訊いた。

頭を剃り上げた男は彼の汚れた包帯代わりの布を見てあごをしゃくった。

「指のない男を捜していると」と言った。

マバシャは次のビールは注文せず、すぐにクラブを出た。コノヴァレンコがくるかもしれない。ベルトにピストルを差し込んではいるが、まだ彼に会う用意ができていなかった。

外に出たとき、アイディアが浮かんだ。その警察官にコノヴァレンコまで案内させるのだ。

あの女の捜査がどこかで進められているのにちがいない。コノヴァレンコがどこかに隠した死体は、もうみつかったのだろうか。おれのことを捜しているのだとしたら、警察は当然コノヴァレンコのことも知っているはずだ。

おれは手がかりを一つ残してきた。指だ。コノヴァレンコもまた足跡を残してきたのだろうか？

その後彼は、クラブの外に身を隠して待った。しかしコノヴァレンコも警察官も現れなかった。頭を剃った男は警官の外見を話してくれた。白人で四十がらみの男。このクラブに出入りするタイプではなかった。

その晩遅く、彼は墓地に戻った。

翌日、彼はまた車を盗み、暗くなってからクラブの近くで待った。

九時ちょうどに、一台のタクシーがクラブの前に止まった。マバシャは運転席に座っていたが、外から見えないように体を下のほうにずらした。バーテンダーから聞いたとおりの外見をした男が車から降り、地下へ階段を下りていった。男の姿が消えると、マバシャはクラブの近くまで車を寄せた。車を降り、建物の陰に身を隠した。すぐ取り出せるようにピストルをポケットに入れた。

十五分後に出てきたその男は、警戒している様子もなく考えに沈んでいるようだった。一人で夜の街を歩いている、まったく危険のない、無防備な男に見えた。マバシャはピストルを取り出し、すばやく男に近づいて、ピストルの銃口を男のあごの下に押し当てた。

「動くな」と彼は英語で言った。「動くんじゃない」

男はぎくりと体を痙攣させたが、英語がわかるらしく、動かなかった。

「車に行け。ドアを開けて乗り込むんだ」

男は命令に従った。恐怖に震えていると見えた。

マバシャは車に乗り込むと、助手席の男のあごを殴った。男が気を失う程度の殴り方だった。あごの骨が砕けるほどの強さではなかった。ヴィクトール・マバシャはふだん、自分の力を的確に知っていた。コノヴァレンコを襲ったときだけが例外だった。

彼は警察官の服を探った。不思議なことに警官は武器を身につけていなかった。マバシャは、いま自分がいる国は警官が武器を持たずに歩く不思議な国だと思った。それから警官の両手を胸の前でしばりあげ、口にテープを貼った。口から一筋細く血が流れていた。まったく怪我をさせないわけにはいかなかった。男はおそらく殴られたはずみで舌を嚙んだのだろう。

その日の午後、彼はヴァランダーを誘拐する計画を慎重に立てた。そのあとの行き先は決まっていたが、そこまでの道は迷わずに運転しなければならなかった。信号で車を止めたとき、彼は警察官のポケットから身分証明証を取り出して見た。クルト・ヴァランダー、四十四歳。

信号が変わって、彼は車を発進させた。そしてバックミラーに目を走らせた。

二つ目の信号を通過したあと、うしろから車が一台つけてきているような気がした。この警官に護衛がついているのだろうか？　もしそうなら、面倒なことになる。道路が複数の車線になったとき、彼はスピードを上げた。追跡車が本当にいるのか不安になった。気のせいだったのだろうか？

助手席の男がうめいて体を動かした。そろそろ目を覚ます頃合だ。

墓地までくると、マバシャは入り口近くの建物の前に車を寄せた。昼間は花輪や献花用の花を売っている店だった。電気は消え、店は閉まっていた。車のライトを消して、うしろからやってくる車を観察した。しかしスピードを緩める車や止まる車はなかった。

そのまま十分ほどそこにいた。だがなにも変わったことはなかった。隣の席で警察官がしだいに意識を取り戻してきた以外は。

「なにも言うな」と言うと、マバシャはヴァランダーの口からテープを外した。

さすがに警官だ、とマバシャは思った。人が本気で言っているとわかるのだ。彼は、この国でも警官を誘拐したら絞首刑の刑罰と決まっているのだろうか、と思った。

マバシャは車を降りて耳を澄まし、あたりを見まわした。車の行き交う音以外はまったくなにも聞こえなかった。彼は車に戻り、ドアを開けて男に降りるように命じた。男に前を歩かせて墓地の鉄柵の門を開け、中の砂利道を歩いて暗い墓地の中に入っていった。

マバシャは寝袋を隠した地下納骨室のある墓までくると、やすやすと鉄門を開けた。湿った部屋の臭いがした。だが、マバシャは墓地が嫌いではなかった。いままで何度も死者のあいだに隠れたことがあった。

ガスランプと寝袋をもう一つ買い足しておいた。警察官は納骨室に入るのを嫌がって抵抗した。「あんたを殺すつもりはない。傷つけるつもりもない。中に入ってくれ」マバシャはうながした。警察官を寝袋の上に座らせてガスランプに火をともすと、マバシャは外に出て明かりが外から見えるかどうかチェックした。真っ暗だった。

彼はそこに立ったまま、耳を澄ました。長年警戒して生きてきた中で、聴覚は並外れたものになっていた。

砂利道でなにかが動いた気配がした。警察官の護衛の者か、それとも猫か。

しばらく耳を澄ましていたが、危険はないと判断した。ふたたび納骨室に入ると、クルト・ヴァランダーという名前の警官の前にしゃがみ込んだ。

警官は恐怖に目を大きく開いてマバシャを見ていた。

「おれの言うとおりにすれば、危険はない」マバシャは言った。「いいか、これからおれが訊くことに答えてくれ。本当のことだけを言うんだ。あんたが警察官だということは知っている。あんたがさっきからおれの左手の包帯に目をやっていることもわかっている。それはあんたがおれの指をみつけているという証拠だ。切り落としたのはコノヴァレンコだ。ついでに言っておくが、あの女を殺したのもコノヴァレンコだ。あんたがおれの言葉を信じるかどうかは、おれの知ったことではない。おれはこの国に短期間だけ滞在するつもりでやってきた。おれが殺すのは一人。コノヴァレンコだけだ。あの男の居場所を教えてほしい。あの男が死んだら、放してやる」

マバシャは警察官の返事を待った。それから急にもう一つ訊かなければならないことがあったのを思い出した。

「あんたを護衛している者がいるか？　うしろから警護の車がついてきているか？」

警察官は首を振った。

「一人だな?」

「ああ」と言って、警察官は顔をしかめた。

「あんたに抵抗させないために、少し眠っていてもらわなければならなかった」マバシャが言った。「だが、それほど強く殴りはしなかったはずだ」

「ああ」と言うと、警官はまた顔をしかめた。

マバシャは黙った。急ぐことはなかった。静かにしていれば警官は落ち着きを取り戻すはずだ。マバシャは警官の恐れに同情した。救いようのない恐怖がどんな影響を人に与えるか、よく知っていた。

「コノヴァレンコはどこにいる?」

「知らない」ヴァランダーが答えた。

マバシャは落ち着いて警察官をみつめた。ヴァランダーの答えから、警察はコノヴァレンコのことを知っている、ただし、居場所は知らないことがわかった。これはマバシャの計算ちがいだった。警察がコノヴァレンコの居場所を知らないとなると、もっと面倒なことになる。もっと時間がかかる。だが、基本的な戦略は変えなくていい。この警察官といっしょにコノヴァレンコを捜せばいいのだ。

マバシャはぽつりぽつりと女が殺された状況を話しだした。だが、なぜ自分がスウェーデンにきたのかだけは話さなかった。

「それではあの家を爆破したのも、その男なのだな?」話を聞き終わって、ヴァランダーが言った。

「ここから先の話は、あんたのほうがよく知っている」マバシャは言った。「今度はあんたが話す番だ」

警官は、湿った土の臭いのする納骨室に閉じ込められているにもかかわらず、しだいに落ち着きを取り戻したようだった。彼らのうしろに密閉された石棺がいくつも積み重ねられていた。

「名前を訊いていいか？」ヴァランダーが訊いた。

「ゴリでいい」マバシャが言った。「それで十分だ」

「それで、あんたは南アフリカからきたのか？」

「そうかもしれない。が、それはどうでもいいことだ」

「いや、おれにとっては重要なことだ」

「われわれにとって唯一重要なのはコノヴァレンコの居場所だ」

マバシャの語気が鋭くなった。警察官はうなずいた。恐怖がふたたび彼の目に浮かんだ。

そのとき、マバシャが動きを止めた。彼は警察官と話をしているときも警戒を緩めていなかった。彼の鋭敏な耳が納骨室の外のわずかな動きをつかんだ。警官に動くなと合図すると、ピストルを取り出し、ガスランプの火を小さくした。

納骨室の外に人の気配がした。動物ではなかった。動きが用心深かった。

マバシャは警官の上にのしかかると、片手で彼の首をつかんだ。

「もう一度だけ訊く。跡をつけさせたのか？」

「いや。誓ってそんなことはない」

マバシャは手を離した。コノヴァレンコだと思うと、怒りが全身をめぐった。なんという執念深いやつだ。ヤン・クラインがやつを南アフリカにほしがっているというのが、よくわかった。

この納骨室を出なければならない。マバシャはガスランプを見た。これだけが救いだ。

「おれが鉄門を開けたら、ランプを左に投げろ」マバシャはしばっていたヴァランダーの手をほどきながら言い、それからランプの芯を思いきり高くねじり上げた。

「右に走るんだ。おれの銃に気をつけろ」

ヴァランダーは反対の声をあげそうになったが、マバシャが手で押さえると、黙った。マバシャがピストルの安全装置を外し、二人は身構えた。

「三つ数える」マバシャが言った。

いきなり鉄門が開き、ヴァランダーはランプを左に投げた。それと同時にマバシャが銃を撃ち、ヴァランダーはそのうしろから飛び出した。転びそうになったとき、マバシャに応戦する銃声が響いた。マバシャは近くの墓石のうしろに飛び込んで身を隠した。ヴァランダーは反対側に飛んだ。ガスランプが墓地を照らしだした。片隅の動きをとらえて、マバシャは撃った。銃弾は墓地の鉄柵に当たり、納骨室まで跳ね返った。もう一つ銃声がして、今度はガスランプが消えた。真っ暗になった。砂利道を走る足音が聞こえたかと思うと、一瞬にして静かになった。

ヴァランダーの心臓はピストンのように激しく鼓動した。息をすることもできない。弾が当ったのだと思った。だが、血はどこからも流れていなかった。さっき自分で嚙んだ舌以外は、どこも痛くなかった。彼はゆっくりと高い墓石の下まで這っていった。そこに横たわって、身を硬くしていた。心臓が喉元まで上がってくるような気がした。黒人は姿を消した。自分一人しかいないと確信できたとき、ヴァランダーはそこから逃げだした。よたよたと墓地の砂利道を走った。外の道路を走る車の交通量はすっかり少なくなっていた。墓地を囲む塀の外まで走り続けた。やっと外の道路に出て、バスストップまでくると、立ち止まり、通りかかったタクシーを止めた。

「ホテル・セントラル」と彼は息を切らして言った。

タクシーの運転手は疑い深く彼をじろじろ見た。

「あんたを乗せるわけには行かないな」と言った。「車内が汚れちまう」

「おれは警察官だ」ヴァランダーは叫んだ。「つべこべ言わず走らせろ！」

運転手は車を走らせた。ヴァランダーはホテルの前までくると料金を払い、釣り銭もレシートも受け取らずにホテルに飛び込み、鍵を受け取った。呆然として彼の土まみれの恰好を見ているフロント係をあとに、彼は自室まで走った。ドアを閉め、ベッドに倒れ込んだ。時間はすでに夜中の十二時をまわっていた。

落ち着いてから、彼はリンダに電話をかけた。

「どうしたの、こんな夜中に？」

「いままで仕事をしていて、電話をすることができなかった」

「話し方がおかしいけど、どうしたの、パパ？」

ヴァランダーは喉が詰まった。泣きだしそうになるのをやっとこらえた。

「なんでもない」

「本当になんでもないの？」

「なんでもない。なにがあるって言うんだ？」

「それはパパが一番よく知ってるでしょう?」

「おまえがうちにいたころだって、おれはいつも変な時間に働いていたのを覚えていないのか?」

「う一ん、そうね。でも、すっかり忘れていたわ」

そのとき彼は突然決めた。

「これからそっちへ行く」と言った。「心配するな。そっちに行ってから話す」

ヴァランダーはホテルを出て、タクシーでリンダの住むブロンマへ行った。彼女のキッチンテーブルで、二人はビールを飲み、彼はその晩の出来事を話した。

「子どもが親の職業生活を知ることはよいとされているらしいけど」と言って、彼女は首を振った。「怖くなかった?」

「もちろん怖かったよ。あの連中は人の命などなんとも思っていないからな」

「どうして警察に連絡しないの?」

「おれ自身、警察官だ。よく考えなければ」

「でも、そのあいだにその人たちはもっと人を殺すかもしれないんでしょう?」

彼はうなずいた。

「おまえの言うとおりだよ」彼は言った。「これからクングスホルメンへ行く。だが、まずおまえと話したかったんだ」

「そうしてくれてよかったわ」

彼女は戸口まで見送った。

「わたしが部屋にいるかって訊いたのはどういうことだったの、パパ？」ドアを開けようとしたヴァランダーの背中にリンダが声をかけた。「どうして昼間ここにわたしを捜しにきたことを言わないの？」

ヴァランダーは意味がわからなかった。

「なんの話だ？」

「さっき帰ったときに隣のニルソンさんのおばさんが、お父さんが昼間ここにきて、わたしがいるかって訊いたというの。パパ、わたしのところの鍵もっているじゃないの？　どうしてニルソンさんにわざわざ訊いたの？」

「おれはニルソンという人と話などしていない」

「そう？　じゃ、なにかの間違いね」

突然、ヴァランダーが真っ青になった。

「もう一度言ってくれ。おまえは帰ってきたときにニルソン夫人に会った。彼女はおれが昼間ここにおまえを訪ねてきたと言ったんだな？」

「ええ」

「ニルソン夫人が言ったことを、言葉どおりに繰り返してくれ」

「あなたのお父さんが訪ねてらしたわ、って、それだけ」

ヴァランダーは怖くなった。

「おれはニルソン夫人に会ったこともない。それでおまえの父親だって、どうしてわかるんだ？

その男が自分でリンダの父親だと言ったのか？」

リンダは眉を寄せた。

「だれかほかの人だったと言うの？　でもだれが、そんなことをするの？　どうしてパパのふりなんか？」

ヴァランダーは厳しい顔をして彼女を見た。それから天井の明かりを消して、居間の窓の一つにそっと近づいた。

下の通りには人影がなかった。

それからまた戸口に戻った。

「だれかはわからない。だが、おまえは明日の朝、おれといっしょにイースタに帰るんだ。おまえをここに一人でおくわけにはいかない」

ヴァランダーの真剣さが娘に伝わった。

「わかった。でも今晩はどうすればいいの？」

「心配しなくていい。ただこれからの何日かは、ここに一人でいないほうがいい」

「それ以上言わないで。いまはできるだけ説明を聞きたくないの」

リンダはヴァランダーのためにマットレスを出してベッドを作った。

ヴァランダーは暗闇に横たわって、娘の寝息を聞いていた。コノヴァレンコだ。

リンダが完全に眠ったと確信してから彼は起きあがり、ふたたび窓辺に行った。

通りはさっきと同じように人影がなかった。

ヴァランダーは列車の発着時間を調べた。朝一番のマルメ行きの列車は七時三分。ヴァランダー親子は六時にアパートを出た。

夜中、彼は眠れなかった。うつらうつら眠ったかと思うと、ハッとしてまた目を覚ました。彼は列車で時間をかけてイースタに戻りたかった。飛行機では速すぎた。ゆっくり休み、ゆっくり考えたかった。

ミュルビーの手前で、機械の故障で列車は一時間以上も立ち往生した。それはヴァランダーにとってはありがたい遅れだった。リンダとはときどき話をしたが、たいてい彼女は本を読み、ヴァランダーは考えに沈んだ。

十四日が経った、とトラクターが広い畑を耕すのを列車の窓からながめながら考えた。そのあいだにも畑に舞い降りるカモメの数を数えたが、うまくいかなかった。

ルイース・オーケルブロムが失踪してから十四日経っていた。きっと幼い子どもたちは早くも母親の顔を忘れかけていることだろう。ローベルト・オーケルブロムはまだ神を信じているのだろうか。ツーレソン牧師はあの親子をなんと言って慰めているのだろう。

窓に頬を傾けて眠っている自分の娘を見た。彼女がもっとも怖いもの、恐れているものはなんだろう？　わからない。人はだれのこともわからない。一番わからないのは自分のことだ。

ローベルト・オーケルブロムは妻のことを知っていただろうか？

窓の外のトラクターが窪地に姿を消した。底なしの粘土に沈んでいったのかもしれない、とヴァランダーは思った。

列車は突然動きだした。リンダが目を覚ました。

「もう着いたの？　わたし、どのくらい寝ていたのかしら？」寝ぼけ眼で言った。

「十五分くらいかな」と彼は言って、笑った。「まだネッシューまでもきていないよ」

「コーヒーが飲みたいわ」と言って彼女はあくびをした。「パパは？」

二人は食堂車へ移り、そのままヘスレホルムまでそこでしゃべっていた。ヴァランダーは初めて、去年二度リガへ行ったときの話を娘に話して聞かせた。彼女はすっかり引き込まれて熱心に聴いた。

「この話、パパの話じゃないみたい」話が終わると彼女が言った。

「おれ自身、そう思うよ」

「死んだかもしれなかったのよ、パパ。わたしのことやママのこと、考えなかったの？」

「おまえのことは考えた」ヴァランダーは言った。「だが、モナのことは考えなかったな」

マルメに到着すると、三十分後にイースタ行きの列車があって、四時少し前には二人はアパートに着いた。客室のベッドを用意するためにシーツを捜したときに、ヴァランダーは洗濯室で洗濯時間を予約していたことを思い出した。七時頃、二人は近くのピッツァリアでピッツァを食べた。二人とも疲れていて、九時には家に戻った。

リンダは祖父に電話をかけ、ヴァランダーはそばに立って聞くともなしに聞いていた。翌日に遊びに行くとリンダは約束した。

リンダと話すとき、父親が自分に対するのとはまったくちがう口調なのを聞いて、ヴァランダーは驚いた。

ヴァランダーはロヴェーンに電話をするべきだと思ったが、やめた。墓地で起きたことをなぜすぐに連絡しなかったのか、その理由がうまく説明できなかったからである。自分でもわからなかった。これは職務上の失敗だった。判断力を失い始めているのだろうか？　それとも恐怖のために思考が止まってしまったのだろうか？

リンダが眠ってから、彼は窓辺に立って、長いこと人通りのない道路を見下ろしていた。頭の中で、ゴリという黒人と、見たこともないコノヴァレンコという男のイメージがぐるぐるとまわっていた。


ヴァランダーがイースタのアパートの窓辺に立っていたころ、ハルンダのリコフは、警察がまだ自分のアパートを見張っていることを考えていた。彼は同じ建物の中の二階上の部屋にいた。いつもの部屋がなにかの理由で使えなくなったときのために、避難所を作っておくべきだと言ったのは、コノヴァレンコだった。安全な避難所は必ずしも遠くにある必要はないと言ったのもまたコノヴァレンコだった。一番いいのは、意外な場所だ。そんなわけでリコフはタニアの名前で同じ建物の二階上に同じサイズの部屋を借りたのだった。必要な衣類などを動かすにも便利だった。

前日、コノヴァレンコは彼らに緊急避難するように命じた。その前にリコフとタニアから、訪ねてきた警官のことを徹底的に聞き出した。イースタからやってきたという警官は手ごわい相手のようだ。油断できなかった。それに、警察が強制捜査を仕掛けてくるかもしれない。一番恐れたのは、リコフとタニアが、警察から徹底的な取り調べを受けることだった。あの二人が、話していいことか否かの選択をいつも正しくできるとは思えなかった。

コノヴァレンコはまた、二人を始末する選択肢も考えた。だが、それはまだ必要ないという結論に達した。まだリコフのフットワークが必要だった。それにいま二人を始末したら、わざわざ警察の目を引くようなものだ。

若いときKGBの諜報員として働いて、コノヴァレンコは秘密情報機関という暗闇の世界には、犯してはならない非常に厳しいいくつかの罪があることを学んだ。秘密情報機関の諜報員であるということは、一つの結社に参加しているということである。その結社の主な規則は不文律、すなわちどこにも書いていない規則だった。最大の罪は、当然のことだが、二重スパイ行為だった。密かに自分の属する機関を裏切って、ほかの権力のために働くこと。秘密情報機関のような謎に包まれた地獄では、モグラは地獄の中心にいるものである。

ほかにも犯してはならない罪があった。その一つは、遅れることだった。あらかじめ決めてあった会合に遅れることだけではない。秘密の郵便箱から郵便物を取り出すこと、誘拐、あるいは単なる旅行。また、自分が立てた計画、自分の決定との関係で遅れることも、許されない失敗だった。

だが、五月七日の朝、コノヴァレンコはその犯すべきでない間違いを犯してしまった。その失敗は、彼が自分の車BMWを信じすぎていたことに原因があった。若いころ、KGBの先輩から、移動するときは必ず二つの手段を講じておくことを教えられた。もし車が故障しても、もう一つの手段を使えばいいと。しかしその日の朝、BMWがサント・エリックスブロン橋で止まってしまい、動かなくなったとき、コノヴァレンコはほかの手段を講じていなかった。もちろん、タクシーでも地下鉄でも行くことができた。コノヴァレンコはブロンマに住むヴァランダーの娘がいつ外出するかまったく知らなかったから、いつ行ってもいいわけで、これが決定的な遅れになるはずはないと考えた。だが、それでもこの失敗は自分のせいであって、車のせいではないと思えた。彼は二十分間も必死にエンジンをかけようとした。まるで車に人工呼吸をさせているようだったが、車はとっくに死んでいた。

しまいに彼は車をあきらめ、通りすがりのタクシーを止めた。彼はリンダの住む赤いレンガ造りの建物に遅くとも朝七時には着いているつもりだった。しかしやっとそこに到着したときには七時四十五分になっていた。

ヴァランダーには娘がいて、ブロンマに住んでいることを調べ出すのは簡単だった。イースタ警察署に電話をかけて、警官だと名乗り、ヴァランダーが逗留しているホテルはセントラルであることを聞き出した。その後、ホテル・セントラルに出かけていって、数ヶ月後に団体客のために部屋を借りたいと話をもちかけた。受付係が一瞬席を外したとき、ヴァランダーにかかってきた電話のメモが目についた。リンダという名前と電話番号が記されていた。コノヴァレンコはそのメモを書き写した。ホテルを出て、電話番号から住所を調べ、そこに行ってみた。建物の入り口で一人の女をつかまえて話を聞き出し、まもなくヴァランダーとリンダの関係が親子とわかった。

遅れて到着したその日、コノヴァレンコは建物の前で八時半まで待った。まもなく年輩の女性が一人玄関から出てきた。彼は彼女に近づき、あいさつをした。彼女はそれがきのう話しかけてきたやさしい男性だと気がついた。

「あの人たちなら今朝早く旅行に出かけましたよ」と彼女は彼に答えた。

「二人で、ですか？」

「ええ、二人で」

「長い旅行でしょうか？」

「さあ、電話をくれると約束してくれましたけど」

「行く先はどこか、聞いてますか？」

「どこか外国に休暇旅行だとか言ってましたね。さあ、どこだったかしらね？」

コノヴァレンコは女性が一生懸命思い出そうとするのを黙って見ていた。

「フランスだったと思いますよ」しばらくして彼女は言った。「でも、自信がないわ」

コノヴァレンコは礼を言って、その場を離れた。あとでリコフに部屋の中を捜させよう。考えることがあり、急いでもいなかったので、彼はそこからブロンマプランまで歩いた。ブロンマプランからはタクシーに乗ればいい。ＢＭＷはもう役に立たない。リコフには今日中に新しい車を用意させなければならない。

コノヴァレンコはヴァランダー親子が外国旅行に出かけたという話は頭から信じていなかった。イースタからきた警官は頭の冴えた用心深いタイプのようだ。彼はきっと前日何者かがあの年輩の女性からいろいろ聞き出したことを知ったのにちがいない。その男がまたやってきて、さらに質問するだろうと想像したのだ。だから行き先をまったく関係ないところ、フランスなどと教えたのにちがいない。

どこに行ったのだろう、とコノヴァレンコは考えた。娘を連れてイースタに戻ったという確率は高い。だが、どこかおれが見当をつけることもできない、隠れ家に行ったのかもしれない。一時的な隠れ家だ、とコノヴァレンコは考えた。一度だけ先を行かせてやろう。だがすぐに追いついてみせる。

彼はもう一つ結論を出した。イースタの警察官は不安なのだ。さもなければなぜ、娘を連れ出したりするだろう？

コノヴァレンコは薄ら笑いを浮かべた。ヴァランダーという名前の、この田舎警察官はおれと同じような考え方をする。KGBの大佐の言葉を思い出した。若いとき、コノヴァレンコがKGBの長期間訓練を受け始めたころのことだった。あのとき大佐は、高い教育、家族が金持ち、あるいは頭がいいことだけでは、チェスの名人にはなれないと言った。

さて、いま一番重要なのは、とコノヴァレンコは考えた。ヴィクトール・マバシャを捕まえることだ。そして殺す。クラブと墓地での失敗を繰り返さないことだ。

不愉快な気分で、彼は夜中のことを思い出した。

夜中の十二時すぎ、彼はヤン・クラインの緊急時用の電話番号に電話をかけた。話はあらかじめ抜かりなく準備した。マバシャがまだ生きていることは、どんな弁解も利かなかった。嘘をつくよりほかなかった。マバシャは前日死んだ、と彼は報告した。コノヴァレンコの投げた手榴弾がマバシャの運転する車に当たり、ガソリンタンクが爆発して車ごと燃えて即死したと。

しかし、コノヴァレンコはヤン・クラインがそれでも不機嫌になったと感じた。南アフリカの情報機関で働くヤン・クラインとのあいだに、不信感があってはならなかった。彼との関係に彼の全将来がかかっていた。

コノヴァレンコは足を速めた。マバシャをすぐにも捕まえ、殺さなければならない。

不思議な夕暮れがゆっくり始まった。だが、マバシャはもはやそんなことに気を取られてはいられなかった。

ときどき、彼は自分が殺す予定の人間のことを考えた。ヤン・クラインはきっとわかってくれる。この仕事を自分から取り上げはしない。ある日、のぞき込んだ望遠レンズに南アフリカ大統領が現れるのだ。自分は迷いなく、引き受けた仕事を遂行する。

大統領はもうじき死ぬことに気がついているだろうか。白人には白人のソンゴマがいて、夢の中で教えてくれるのだろうか？

きっとそうにちがいない、と彼は思った。命、生きること、そして死ぬことを見守ってくれる精霊がいなくても生きられる人間など、いるはずがない。

だが、今回、精霊は彼にやさしかった。彼がしなければならないことを教えてくれた。


ヴァランダーは六時ちょっと過ぎに目を覚ました。ルイース殺害事件の捜査が始まって以来、初めてよく眠れた。ドアの隙間から、娘の軽い寝息が聞こえてきた。彼は起きあがって、ドアの隙間から娘を見た。突然うれしさがこみ上げてきて、人生の意味は、じつに簡単なこと、子どもを愛することだという気がした。ほかのことはみな、どうでもいいことだ。浴室に行って、ゆっくりとシャワーを浴びながら、今日こそ警察の医務室に行って、予約をしようと思った。体重を減らし、健康状態を改めようとする警察官に、なんらかの医学的な手助けがあるはずだ。

彼は毎朝、一年前の経験を思い出した。夜中に汗をかいて目を覚まし、心臓発作を起こしたと思ったときのことだ。あのとき診てくれた医者は、あれは警告の発作だと言った。彼の生活がなにかとんでもなくおかしいという警告だと。いま、一年後、彼はその警告に対してなにも行動していないことに気がついた。それどころか、体重は三キロも増えていた。台所でコーヒーを飲んだ。霧の深い朝だった。だが、もうじき春がやってくる。今日にでもビュルクと休暇の話をしようと思った。

七時十五分過ぎ、台所のテーブルの上に警察の彼の部屋への直通番号を書いたメモを置いて、外に出た。

外は霧でなにも見えなかった。建物のすぐ前に駐めた自分の車さえ見えないほどだった。これなら車には乗らずに歩くほうがいいかもしれないと思った。

そのとき、道の反対側でなにかが動く気配を感じた。まるで街灯が揺れたような感じだった。人がいる、と気がついた。自分と同じように霧にすっぽりと包まれて。

次の瞬間、それがだれかわかった。ゴリがイースタにやってきたのだ。

19

ヤン・クラインには弱点が一つあった。それは非常に巧妙に隠された秘密だった。

彼女の名前はミランダ。カラスの影のような真っ黒い肌の持ち主だった。

彼女こそ彼の秘密で、しかも彼とは決定的な対置点にいた。ヤン・クラインを知る者にとって、彼女はまさにあり得ない存在だった。秘密情報機関の同僚たちは全員口をそろえてそんなことは嘘だと頭から彼女の存在を否定したにちがいない。ヤン・クラインはめったにいない完全に欠陥のない人物とみなされていた。

だが、欠陥は一つあった。それがミランダだった。

彼らは同い年で、子どものときから互いの存在を知っていた。だが、いっしょに育ったわけではなかった。彼らは二つの異なる世界で成長した。ミランダの母親のマチルダはヤン・クラインの家の奉公人だった。一家はブルームフォンテーンの丘の上の、大きな真っ白い邸宅に住んでいた。マチルダはそこから数キロのところにある黒人居住地に、ほかの家と同じトタン板の家に住んでいた。毎朝、まだ夜も明けないうちに、彼女は坂道をその白い邸宅へ息を切らせて登っていった。彼女の一日はヤン・クラインの一家の朝食を用意することから始まるのだった。その坂道を登ることは、彼女が黒人に生まれたという罪を悔い改めるための贖罪行為だった。ヤン・クラインには兄弟たちと同じように、専用の奉公人が与えられていたが、彼はマチルダのほうがお気に入りだった。十一歳のある日、彼は急に、マチルダは毎朝どこからやってくるのだろう、そして一日の仕事が終わるとどこに消えるのだろう、という疑問をもった。許されない冒険をして——塀に囲まれた庭の外に一人で出ることを父親に禁止されていた——、彼はある日マチルダの跡をつけた。彼はそのとき初めて、トタン板の家がひしめき合う黒人居住区を間近に見た。もちろんそのころには、黒人たちが自分とはちがう境遇に住んでいるということを知ってはいた。両親から、白人と黒人が別のところに住むのは自然の摂理であるといつも聞かされていた。白人は——ヤン・クラインもその一人——人間だけれども、黒人はまだ人間になっていない存在で、これからずっと先の将来、もしかすると彼らもまた人間になれるかもしれない、と聞かされた。そのときは彼らの肌は白くなり、彼らの理解力は増す。そしてそれらはすべて、彼らに対する白人の忍耐強い教育のたまものなのだ、と。それでも彼は、黒人たちの住む家が目の前にあるものほどひどいとは、想像もつかなかった。

だが、それ以外にも、彼の注意を引いたものがあった。マチルダは、彼と同じくらいの年頃の子どもに迎えられた。足が長くて痩せた女の子だった。マチルダの子にちがいなかった。それまで彼は、マチルダに子どもがいるとは考えたこともなかった。そのとき初めて彼はマチルダには家族があり、彼の家で働く以外の生活があることを知った。それは彼にとってショッキングな事実だった。彼は腹が立った。マチルダにだまされていたような気がした。いつも彼女は自分だけのものと思っていたのだった。

二年後、マチルダは死んだ。ミランダは一度もその死因を彼に話したことはない。ただ、なにかがマチルダを内側から壊していって、しまいに命が彼女を見捨ててしまったと説明しただけだった。マチルダの家族は離散した。ミランダの父親は息子二人と娘一人を連れて、遠くレソトとの境界線の近くにある実家に引き揚げた。本来なら、ミランダはマチルダの姉妹の一人に引き取られることになっていた。だが、ヤン・クラインの母親が思いがけない親切の発作を起こし、ミランダの面倒を見たいと言いだした。ミランダは広い敷地の片隅に隠れるようにして立っていた庭師の小さな小屋で暮らすことになった。ミランダは母親の仕事を受け継ぐようしつけられることになった。そうすれば、マチルダの霊が白い邸宅に残ることができる。ヤン・クラインの母親は徹底したボーア人だった。彼女にとって伝統の保守は、家族とボーア人社会の継続にとっての保障にちがいなかった。同じ奉公人を幾代にもわたって雇うことは、不変と安定を感じるようすがとなるだろう。

ヤン・クラインとミランダは互いの近くで成長を続けた。しかし彼らのあいだの距離は変わらなかった。彼の目に彼女は非常に美しいと見えたが、黒人の美しさというものは存在しないことになっていた。それは彼が学んだ禁断事項の一つだった。彼は同じ年頃の白人ボーア人男子が、週末になると黒人の女とベッドをともにするために隣国ポルトガル領モザンビークに出かけていくことはうわさに聞いていた。だが彼は、そのことは単にいままで彼が決して疑問をもつなと教えられたことを確認するものだと思った。そのため、彼は彼女の美しさを発見しないまま、バルコニーで朝食を用意する彼女を見ていた。だが、彼女はしだいに彼の夢に現れるようになった。夢は大胆なもので、翌日思い出すと彼は動揺した。夢の中で現実は変化していた。そこでは彼はミランダの美しさを理解しているだけでなく、それをよいものと認めていた。夢の中で彼は彼女を愛することを自分に許していた。そして彼が交際していたボーア人家族の娘たちは、マチルダの娘の前に色あせて見えた。

彼らの本格的な出会いは、二人が十九歳のときに起きた。一月のある日曜日、ヤン・クラインをのぞく家族全員がキンバリーの親戚の集まりに出かけたときのことだった。彼はマラリアに罹ったあとで、まだすっかり回復しておらず、出かけることができなかった。家にいた奉公人もまたミランダ一人だけだった。バルコニーにいた彼は、突然立ち上がり、台所のミランダのところへ行った。そしてそのまま台所に留まった。そのとき、彼女は彼を支配したのだった。その後も彼は、ある意味ではふたたび彼女から自由になることはなかった。

二年後、彼女は妊娠した。

当時彼はヨハネスブルグのランド大学に通っていた。ミランダへの愛は彼の情熱であり、同時に恐怖だった。彼は自分が民族の裏切り者であり、伝統の裏切り者であることを承知していた。たびたび、彼女との関係をすべて断ち切って、禁断の愛から自分を解き放とうと試みた。だができなかった。彼は人目をしのんでミランダに会った。それはみつかることの恐怖と背中合わせの密会だった。妊娠したと聞くと、彼はミランダを殴った。だが次の瞬間、彼は決して彼女なしでは生きられないことを悟った。たとえ一生表立って彼女といっしょに暮らすことはできなくとも。ミランダは白い邸宅で働くのをやめた。ヤン・クラインはヨハネスブルグに彼女の住む家を用意した。黒人の女との関係に関して別の考え方をするイギリス人の友人の協力を得て、彼はヨハネスブルグの西にあるベスイデンホウト公園脇の家を一軒買った。そして彼女はその家で働く奉公人として住むことになった。イギリス人はたいてい南ローデシア（かつての南ローデシアは現在のジンバブエ）にある農園で過ごしていて、その家にくることはめったになかった。二人はそこで会い、ミランダはそこで娘を産んだ。彼らは当然のように娘にミランダの母親の名前マチルダと名付けた。彼らはそれ以上子どもをもうけることもなく会い続けた。ヤン・クラインは決して白人の娘と結婚することはなかった。両親は悲しみ、ときに怒りを見せた。家族を作らず、子をたくさんもうけないボーア人は異端者だった。アフリカーナーが良き伝統として継承してきたことに従わない規則破りだった。ヤン・クラインは親たちにとってしだいに謎になっていった。そして彼は、決して決して、親たちに自分が奉公人のマチルダの娘ミランダを愛していると言うことはできないと承知していた。

五月九日土曜日の朝、ヤン・クラインはベッドに横たわり、これらすべてのことを考えていた。

その晩、彼はベスイデンホウトの家を訪ねるつもりだった。それは彼にとって神聖な習慣になっていた。それを妨げることができるのは、彼の本来の仕事である秘密情報機関の任務だけだった。その土曜日、彼はベスイデンホウトの家を訪ねるのは、かなり時間的に遅れることになると思った。重要な用事でフランス・マーランと会わなければならなかった。それは延期することのできないものだった。

ヤン・クラインは、その日も朝早く目が覚めた。彼は夜遅く寝て、朝早く起きる習慣があった。短時間の睡眠で足りるように訓練していた。だが、その土曜日、めずらしく彼は目が覚めたあともベッドの中にいた。台所から奉公人のモーゼスが食事の用意をしている音が聞こえた。

彼はコノヴァレンコからかかってきた電話のことを考えていた。コノヴァレンコは待っていたニュースを伝えてきた。ヴィクトール・マバシャは死んだ。それは、一つの問題が解決しただけではなかった。この数日間、彼がコノヴァレンコの能力に対して感じていた疑問もまた、これでなくなった。

十時にハンマンスクラールでフランス・マーランに会うことになっていた。暗殺の場所と時期を決めるときが熟した。マバシャの後継者も決まった。ヤン・クラインは自分が正しい判断を下したと確信していた。シコシ・ツィキは任務を敢行するだろう。マバシャを選択したことが間違っていたわけではなかった。ヤン・クラインは、人間には目に見えない層がいくつもあると知っていた。それはもっとも有能な者においても同様だった。だからこそ彼は選んだ者をコノヴァレンコにテストさせたのだった。マバシャはコノヴァレンコの秤にかけられ、軽すぎると判断されたのだ。シコシ・ツィキもまた同じテストを受けることになる。ヤン・クラインは、二人の人間が続いてテストに失敗するとは思えなかった。

八時半過ぎ、彼は家を出てハンマンスクラールに向かった。自動車道路の脇の黒人スラム街の上には煙が厚く立ちこめていた。彼はミランダとマチルダが、そこに住まわせられることを想像してみた。トタン板と野良犬と木炭から立ち上がる煙に絶えず目を痛めるその環境に。ミランダはスラムの地獄に行かずにすんで運がよかった。その幸運を娘のマチルダもまた授かっている。ヤン・クラインの恵みで、禁じられた愛への献身のおかげで、彼女たちは同胞のアフリカ人の悲惨な生活を避けることができたのだ。

ヤン・クラインは娘が母親の美貌を受け継いでいることを思った。だがそこには将来を示唆するちがいがあった。それはマチルダの肌が母親よりも白いことだった。彼女がいつか白人の男と子どもをもうければ、血の純化はもっと進むだろう。将来、彼が死んだのち、彼の血を受けた子孫は、過去に黒人の血が入っていたとは決してわからないような外見になるだろう。

ヤン・クラインは車を運転しながら将来のことを考えるのが好きだった。将来が予測できないと言う人々を理解できなかった。彼にとって将来はそのときそのときに創り出すものだった。

ヤン・クラインがハンマンスクラールの屋敷の内庭に車を乗り入れたとき、フランス・マーランはバルコニーに立っていた。握手した二人は直ちに緑色のテーブルクロスの待つテーブルへ向かった。

「ヴィクトール・マバシャは死んだ」腰を下ろすとすぐにヤン・クラインは言った。

マーランの顔に笑いが広がった。

「どうなったかと思っていたところだ」

「コノヴァレンコから電話があった」ヤン・クラインが言った。「スウェーデン人は手榴弾作りにかけては優秀だからな」

「スウェーデン製の手榴弾は南アでも手に入る」マーランが言った。「ふつうこれを入手するのは非常に困難だが。しかし仲介人はたいていの問題を解決してくれる」

「われわれがローデシアに感謝できるのはそれぐらいのものだろう」ヤン・クラインが言った。

彼の頭に、ローデシアで起きた三十年前の事件が浮かんだ。秘密情報機関の教育の一環として、ベテラン情報員から聞いた話だった。それは当時南ローデシアが国際社会から受けていた経済制裁を、白人がいかにうまくくぐり抜けたかを物語るものだった。その先輩情報員は、政治家はいつも汚れた手をしていると語った。権力をもてあそぶ者は、ゲームの展開によって規則を是正したり破ったりする。ポルトガル、台湾、イスラエル、南アフリカをのぞく全世界が経済制裁を加えても、南ローデシアは必要な輸入物資にはまったく困らなかった。輸出にしても、目立った減少にはならなかった。それはアメリカとソ連の政治家が暗黙理にサリスブルグに飛んで、役に立つことがあれば言ってくれと申し入れたことと大いに関係した。アメリカの政治家はたいていアメリカ南部の出身者で、南ローデシアの白人マイノリティを支持することを重要とみなした。コネを使って急場しのぎに設立された航空会社といくつもの仲介機関を通して、ギリシャとイタリアの商人が秘密裡に制裁の抜け道をつくった。ロシアの政治家はまた彼らなりに、自国の産業に必要なローデシアの金属を確保する動きをした。しまいに制裁は単なるジェスチャーにすぎなくなった。だが世界じゅうの政治家は依然として会議場の壇上に立ち、ローデシアの人種差別的な白人政府を非難し、制裁の正当性を主張していた。

その後、ヤン・クラインは南アフリカの白人もまたローデシアと同様世界に友人をもっているのだとわかった。送られてくる支援は、黒人たちの受けるものと比べてとくによいというわけではなかった。だがヤン・クラインは、秘密裡に送られてくる支援は、広場や道路で表だって配分される支援物資よりも少ないはずはないと確信していた。それは究極においてすべての手段が許される生と死をかけた闘いだった。

「マバシャの後継者は？」フランス・マーランが訊いた。

「シコシ・ツィキだ」ヤン・クラインが答えた。「先に私が作成したリストの二番目に載っていた男だ。二十八歳、イーストロンドン郊外出身だ。ANCとインカタの両方から締め出された男だ。いずれも裏切りと盗みが原因だった。いま彼は、狂信的と言っていいほどの憎悪をこの二団体に対して抱いている」

「狂信的な男か」マーランがつぶやいた。「狂信的な男たちを百パーセントコントロールするのはむずかしいものだ。彼らには死の恐怖がない。彼らはまた決められた計画にも従わない」

ヤン・クラインはマーランの、自分が一番よく知っているという口調が気にくわなかった。だが、次に口を開いたとき、それをなんとか隠すことができた。

「いや、私がたまたま彼を狂信的だと言ったまでだ。彼が実際にそうであるかどうかはわからない。だがその冷血の度合いはきみの、そして私のそれと比べても劣らないものだ」

マーランはその答えを聞いて安心したようだった。彼はいつもながらヤン・クラインの言うことを疑わなかった。

「コミッティーのほかのメンバーにはすでに話を通した」ヤン・クラインは続けた。「ヴィクトール・マバシャの後継者を選ぶに当たっては再投票で決めなければならなかったからだ。反対者はいなかった」

フランス・マーランはコミッティーのメンバーのことを想像した。楕円形のクルミの木のテーブルを囲んで、一人ひとりが順番に手を挙げていく光景を。ほかの者に知らせない秘密裡の再投票などはあり得なかった。決定の公開性は信頼を保つために必要だった。過激な方法を使ってでも南アフリカにおけるボーア人および全白人の権利を守りたいという意志をのぞけば、コミッティーのメンバーはまったく互いに共通するものがなかった。ファシストのリーダー、テレイス・ブランシュはほかのメンバーからあからさまな軽蔑の目を向けられていた。しかし、彼の出席は絶対に必要だった。ダイヤモンドの総元締めデビアス家からの代表者は年長者で、だれもいままで彼の笑顔を見たことがない。その大きな財力には、だれもが複雑な尊敬の念を抱いていた。裁判官ペルサーは『兄弟の絆』の代表者で、人間に対する彼の不遜な態度はよく知れ渡っていた。だが彼には大きな影響力があって、その意見に反対する者はめったにいなかった。最後にストルッサー将軍。彼は空軍の最高司令官で、本来すすんで役人や鉱山所有者などと付き合うような男ではなかった。

だが、その彼らがシコシ・ツィキを後継者とすることに賛成の票を投じたのである。あとはシコシ・ツィキ自身とヤン・クラインが計画を続行するのみだった。

「シコシ・ツィキは早くも三日後に出発する」ヤン・クラインが言った。「コノヴァレンコが彼を待ち受けている。ザンビアのパスポートを使い、アムステルダム経由でコペンハーゲンまで行く。そこからスウェーデンへは船で渡る」

マーランはうなずいた。今度は彼が話す番だった。二、三枚のモノクロ写真と地図を書類カバンから取り出した。写真は彼自身が撮り、自宅で現像した。地図はだれもいないときに事務所でコピーしたものだった。

「六月十二日」と彼は話し始めた。「ケープタウンの警察によると四万人からの聴衆が集まるという。さまざまな理由から、われわれが計画を実行するべき日だと言える。まず第一に、会場のスタジアムのすぐ南にシグナルヒルという小高い山がある。そこから演台まではほぼ七百メートル。山の頂上に建物はない。が、南側からそこまで車で行ける道が通っている。シコシ・ツィキはそこまでも、またそこからも問題なく動けるだろう。もし必要なら、そのままそこに留まって、しばらく経ってから騒動の中で黒人のあいだに紛れ込めばいい」

ヤン・クラインは念入りに写真を見ながら、その後の説明に耳を傾けた。

「第二の理由付けは」マーランが続けた。「暗殺がわが国の中の英国側とわれわれが呼ぶ町でおこなわれることだ。黒人たちの怒りは爆発するだろう。彼らはまずケープタウンの人間が暗殺をおこなったと思うだろう。彼らの怒りはケープタウンの住人に向けられる。黒人たちの利益を望む進歩的なイギリス人たちでさえ、黒人が政治の権力を握ったらどんなことになるか、否応なしに理解させられるだろう。それは黒人たちの反応に対処するわれわれにとって都合のいいことになる」

ヤン・クラインはうなずいた。彼もまた同じように考えていた。マーランの言葉を反復した。彼の経験では、どんな計画にもどこかに弱点があるものだった。

「不安点は？」彼は訊いた。

「私にはみつけられない」マーランが答えた。

「いや、弱点は必ずあるもの」ヤン・クラインが言った。「それをみつけるまで、決定はできない」

「たった一つ考えられるのは」沈黙のあと、マーランが言った。「シコシ・ツィキが射撃に失敗することだ」

ヤン・クラインが硬直した。

「彼が的を外すことなどあり得ない」即座に彼は反論した。「私は射撃の名手を選んだのだ」

「七百メートルというのは、射撃の名手にとっても長い距離だ。突風、腕の痙攣、予測不能な太陽の反射光などに影響されることはあり得る。銃弾が数センチ外れれば、ほかの人間に当たることもあり得るのだ」

「失敗は許されない」ヤン・クラインが言った。

マーランはこの計画には弱点をみつけることはできないだろうと思った。だが、ヤン・クラインには弱点をみつけることができた。理性的な議論が行き詰まると、彼は宿命的な出発点、〝失敗は許されない〟に戻る人間だということだ。

だが、マーランはなにも言わなかった。

使用人が茶を持ってきた。その後二人は計画にもう一度目を通した。細部を検討し、疑問点をチェックした。午後四時近くになって、作業を終えた。

「今日から六月十二日までは、ほぼ一ヶ月だ」ヤン・クラインが言った。「時間的な余裕がない。来週の金曜日には、場所をケープタウンにするかどうか、決めなければならない。それまでに選択すべきは選択し、疑問点は答えを得なければならない。次は十五日の朝ここで会おう。私はその後コミッティーを招集する。これからの一週間、きみと私はそれぞれ計画を細部にわたって検討し、欠陥や弱点を探すのだ。この計画の利点はもうわかっている。強い論拠だ。あとは弱点がどこにあるのか、それを探すのだ」

マーランはうなずいた。異論はなかった。彼らはそこで別れ、十分の間隔をおいてハンマンスクラールを出た。

ヤン・クラインはまっすぐにベスイデンホウト公園へ向かった。

ミランダ・ンコイは娘をながめた。床に座って宙をにらんでいる。その目は空虚ではなく、なにかを見ているのだとわかる。ミランダは娘を見るとき、ときどき、めまいに襲われるように一瞬、母親のマチルダのことを思い出す。母親は自分を産んだとき、まだ十七歳だったのだ。いまその孫のマチルダもまた十七歳になっている。

マチルダはなにを見ているのだろう？　ミランダは考えた。マチルダには父親に似ているところがあると思うと、ミランダはときどき身震いした。とくに、目の前になにもないのに、じっと宙をみつめて意識を集中させている様子を見るときに。ほかの者には理解できない、心のうちを見る目つき。

「マチルダ」娘がいまいるところに心が戻ってくるように、ミランダがそっと声をかけた。

娘はさっと集中をほどき、母親をにらみつけた。

「父がもうじきくるということ、知ってるわ。あの人がこの家にいるときに、あたしがあの人を憎むのを母さんが禁じているから、くる前に憎んでいるだけよ。母さんには、時間をコントロールすることはできても、あの人を憎む気持ちをあたしから奪うことはできないわ」

ミランダは娘の気持ちがわかると叫びだしたかった。その気持ちは彼女自身がしばしば感じることだった。だが叫びだすことはできなかった。ミランダは母親そっくりだった。もう一人のマチルダと。自分の国にいながら尊厳のある人生を生きることができなかった、常に屈辱的な暮らしの中で悲しんでいた母親と。ミランダは自分が母親と同じように卑屈になっていると知っていた。無力感に打ちひしがれ、娘の父親であるヤン・クラインを絶えず裏切ることでなんとか生き延びていた。

もう少ししたら、と彼女は考えた。もう少ししたら、わたしにもまだ生きる力が残っているのだということを教えてあげよう。ふたたびこの子の尊敬を勝ち取るために。わたしとの距離は決して大きくはないことを示すために。

娘マチルダは密かにANCの青年組織に加わっていた。活動的で、すでにいくつか任務を遂行していた。何度か警察に逮捕されている。ミランダは常に娘が怪我をしたり、殺されるのではないかという恐怖におののいていた。黒人の棺が歌とともに大勢の人々によって運ばれるとき、ミランダは知るかぎりの神に娘だけはお見逃しくださいと祈るのだった。キリスト教の神、祖先の霊、亡くなった母、父がいつも話していたソンゴマに。だが、これらの神々が彼女の祈りを聞き届けてくれるかどうかは、決してわからなかった。祈ると少しは救われたが、ぐったり疲れた。

ミランダは娘の、父親がボーア人であることに対する複雑な無力感が理解できた。それはまるで決して治せない傷をもって生まれてきたようなものだった。

しかしそれでも、ミランダは娘を産んだことを後悔していなかった。十七年前のあのときも、彼女はヤン・クラインをいま同様決して愛してはいなかった。マチルダは屈服と恐怖の中で授かった子どもだった。彼らが横たわったベッドは、あたかも孤独で空虚な宇宙に浮かんでいるかのようだった。それ以来、彼女は服従の衣を脱ぎ捨てることができなかった。身ごもった子どもは産むことにした。その子の父親が、子どものための生活を援助してくれた。ベスイデンホウトに家を一軒用意し、生きるための金もくれた。ミランダは初めから、この子ども以外に子どもを産むつもりはなかった。最悪の場合、ミランダの子どもは一人だけになる。そう考えるだけで彼女の中のアフリカ人の血は叫びだしたくなったが、しかたがなかった。ヤン・クラインはもっと子どもをもうけようとは決して言わなかった。彼は決して彼女からの愛を要求しなかった。夜、彼がベッドにやってくると、彼女はなんとか我慢した。それも、彼を裏切ることで復讐する術を学んでいたからである。

ミランダはふたたび母親を拒絶する世界に戻った娘をながめた。娘が自分の美しさを受け継いでいるのを見た。唯一のちがいは、娘の肌のほうが白いことだった。ヤン・クラインが娘の最大の望みは一層黒い肌になることだと知ったらなんと言うだろうと、ミランダはときどき想像した。娘までも彼を裏切っている、とミランダは思った。しかしわたしたちの裏切りは邪悪なものではない。それは南アフリカが危機に瀕しているとき、わたしたちがなんとかしがみついている命綱なのだ。邪悪さは完全に彼の側にある。いつかきっとそれは彼を破壊するだろう。その結果、自由になったら、その自由はなによりもまず投票権ではなく、わたしたちを縛っていた内なる鎖からの解放として認識されるだろう。

車がガレージ前のスロープで止まった。

マチルダが立ち上がり、母親を見た。

「どうしていままであの人を殺さなかったの？」娘が訊いた。

娘の声は彼に似ているとミランダは思った。その心は決してボーア人でないことだけは確かだった。外見や、白っぽい肌はどうすることもできなかったが、彼女は娘の熱い、疲れを知らない心をかばった。その、最後の要塞かもしれない心だけは、ヤン・クラインには決して奪わせはしない。

恥ずべきことに、ヤン・クラインはまったくなにも察していないらしかった。彼がベスイデンホウトにくるときは、いつも車いっぱいに食料を買ってきた。それで彼女にブラーイを作らせるのだ。彼が育ったあの白い邸宅で食べたのとまったく同じものを。ミランダを彼女の母親、あの奴隷のようにこき使われた母親と同じになるように要求していることに彼は気づかなかった。彼は彼女にさまざまな役割を求めていることにまったく気づいていなかった。料理人、愛人、服をブラシする奉公人。彼はまた、歯を食いしばったような娘の憎しみにも気づかなかった。まったく変化しない、石のように固まった世界を見、それを保護するのが自分の役割と思い込んでいた。国全体が立っている偽りの、嘘に固められた救いようのない不正の土台を彼は見なかった。

「変わりはないか？」玄関先に食料の入っている袋を置きながらヤン・クラインが訊いた。

「ええ」ミランダは答えた。「なにも変わりはありません」

ミランダがブラーイを作っているあいだ、ヤン・クラインは娘と話をしようとした。娘は内気そうなふりをしている。彼は手を伸ばして娘の頭髪を撫でようとした。台所のドアの隙間からミランダは娘が体を硬くしているのを見た。夕食は、アフリカーナーのソーセージ、硬い肉、それにキャベツのサラダだった。ミランダはマチルダが食事を終えるとすぐにトイレに飛び込んでいま食べたものをすべて吐き出すのを知っていた。その後、彼はなんの意味もない話をした。家のこと、壁紙のこと、庭の木や花のこと……。マチルダは自室に引き揚げた。ミランダは彼と二人きりになった。彼女は彼の期待どおりの返事をした。それから二人は寝室へ行った。彼の体は熱があるかと思うほど熱かった。翌日は日曜日。いっしょにいるところを人から見られるわけにはいかなかったので、彼らは家の中で散歩をするのだった。何度も何度もぐるぐると家の中を歩きまわる。しまいに腰を下ろし、軽くものを食べる。マチルダはできるだけ早くその場を逃げ出し、彼が引き揚げるまで戻ってこない。月曜日にやっとすべてがいつもの状態に戻るのだった。

ヤン・クラインが眠りに落ち、呼吸が一定のリズムになったとき、ミランダはそっとベッドから起きあがった。寝室で音を立てないように動くことはすっかり習慣になっていた。台所へ行ったが、彼が眠っているかどうかわかるように、ドアは開けておいた。彼が目を覚まして、なにをしているのかと訊いたときは、喉が渇いたので水を飲みにきたと言い訳するつもりだった。コップ一杯の水はあらかじめ用意していた。

いつものようにミランダは彼のスーツを台所の椅子に掛けた。それは寝室からは見えないところにあった。いつか彼に、なぜスーツを寝室ではなく台所に掛けるのだと訊かれたことがあった。それは朝、彼が服を着る前にブラシをかけたいためだとミランダは説明した。

彼女はそっとスーツのポケットを探った。財布は上着の左内ポケットに、鍵はズボンの右ポケットにあるということは知っていた。いつも持ち歩くピストルはベッドサイドテーブルの上にあった。

たいていの場合、ポケットの中にはこれら以外はなかった。だがその晩、彼女は一枚の紙切れをみつけた。そこには彼の筆跡でなにか書かれていた。寝室に目を配りながら、彼女は急いでそこに書かれていたことを記憶した。

ケープタウン、とあった。

六月十二日。

そこまでの距離は？　風向きは？　道は？

彼女はその紙切れをもとどおりに折り畳んでから、ポケットに戻した。

紙切れにあった言葉の意味はわからなかった。だが、彼女はそれでも、彼のポケットの中になにかみつけたときのために指図された手順に従った。彼女はヤン・クラインがきた翌日にいつも会う男に発見を報告する。その男たちといっしょにその言葉の意味を解き明かすのだ。

彼女はコップの水を飲み干し、ベッドに戻った。

ヤン・クラインが寝言を言うこともあった。それはたいてい、眠ってから一時間以内に起きた。つぶやきだったり叫びだったりするその寝言も、彼女は翌日に会う男に報告した。男は、ほかにもヤン・クラインが訪問中なにをしたかも含め、ミランダが告げることすべてをメモした。ときにヤン・クラインは、今日はどこからきたとか、明日はどこへ行くと言うこともあったが、たいていはなにも言わなかった。秘密情報機関での自分の仕事については、意識的にも無意識的にも、決して漏らすことはなかった。

ずっと前に彼は、自分の仕事はプレトリアにある法務省のある局の局長だと言ったことがあった。

しかし、その後、情報がほしいという男から連絡を受け、彼からヤン・クラインは国の秘密警察で働いていると聞いた。そして、ヤン・クラインの仕事を知っている素振りをしてはいけないと言われた。

ヤン・クラインは彼女の家を日曜日の夜に出た。ミランダは彼が車を出すとき見送って手を振った。

最後に彼が言ったのは、翌週の金曜日の夜遅くまたやってくるということだった。

彼は車の中で、翌週が楽しみだと考えていた。計画の形がはっきりと見えてきた。彼は起き得ることすべてを想定していた。

彼が知らなかったことが一つあった。それはマバシャがまだ生きているということだった。

五月十二日、マンデラ暗殺計画のちょうど一ヶ月前、シコシ・ツィキはヨハネスブルグからKLMオランダ航空のジェット機でアムステルダムへ向かった。マバシャと同じく、シコシ・ツィキも自分の標的となるのはだれだろうと思案していた。だが、ヴィクトール・マバシャとは異なり、彼は標的をデクラーク大統領と結論付けはしなかった。問いに対する答えはオープンにしておいた。

それがネルソン・マンデラであるとは思いもしなかった。

五月十三日水曜日、午後六時過ぎ、一隻の漁船がスウェーデン南端の港、リンハムヌに着いた。

シコシ・ツィキが陸に跳び降りた。漁船はすぐに方向を変え、デンマークへ向かって引き返した。

桟橋では、異常に太った男が彼を迎えた。

その日の午後、スコーネ地方では南西の突風が吹き荒れていた。翌日の夜になってやっとおさまった突風だった。

そしてやっと春になった。

20

日曜日の午後三時過ぎ、ペータースとノレーンはパトカーで、イースタの中心部を通り抜けた。勤務時間がもうじき終わるので時間を潰していたのだ。その日はひまで、仕事と言えば一件しかなかった。十二時頃、全裸の男がサンドスコーゲンで家を壊しているという通報が入った。電話をしたのはその男の妻だった。夫は休みになるといつも、妻の両親のサマーハウスの修繕を頼まれる。そのことにすっかり嫌気がさして、ついにその日その家を壊し始めたのだと彼女は説明した。彼女の言葉によると、休日に夫がしたいのは、静かな湖での魚釣りなのだという。

「行って、その男をなだめてこい」と通報センターのオペレーターの声がした。

「なんというカテゴリーに入るのかな？」ノレーンがオペレーターに訊いた。ペータースが運転している。「激怒による乱暴行為、かな？」

「いや、そんな名称はもうない」オペレーターが言った。「義理の両親の家なら、法に代わっておこなった独断的行為、と言っていいんじゃないか。いつもああやればよかった、という思いがあるんだ。だけど時間がない。あるいは金がかかりすぎる、とか。他人の家に自分の家と同じように手を入れるのは、簡単じゃないさ」

「それじゃ本当は、おれたちは家を壊すのを手伝うべきなんだな」ノレーンが言った。

彼らは住所を捜してようやく現地に到着した。人々が塀の外に集まっていた。ノレーンとペータースは車を降りて、裸の男が屋根の上を歩きまわりバールで屋根板を剝がすのをながめた。その男の妻らしい女性が走ってきた。泣いていたらしいことがわかる。すっかりあわてていて、支離滅裂にことの顚末を話した。とにかくはっきりしているのは、いま彼のしていることは、義理の両親から頼まれた仕事ではないということだった。

ノレーンとペータースは家に近づき、男に呼びかけた。男は屋根に腰を下ろしていた。屋根板を剝がすことに夢中で、警察がきたことに気がついていなかったらしい。ペータースとノレーンの姿が目に入ると、男は驚いて手に持っていたバールを落としてしまった。バールは屋根を滑り落ち、ノレーンは当たらないように跳び退いた。

「気をつけろ！」ペータースが叫んだ。「下に降りてくるがいい。この家を壊してはならない」

驚いたことに、男はすぐにその言葉に従った。引き上げていた梯子を下ろして、降りてきた。妻がバスローブを持って走ってきた。

「逮捕するのか、おれを？」男が訊いた。

「いや、だが、この家を壊すのはやめることだな。はっきり言って、もうあんたに家を直してくれと舅さんたちは頼まないと思うよ」

「おれはただ、釣りがしたいだけなんだ」男が言った。

彼らはサンドスコーゲンの集落を通ってイースタに向かった。ノレーンが通報センターにことの次第を報告した。

ウスターレーデンに入ろうとしたときのことだった。

その車を発見したのはペータースだった。それはイースタ方面からやってきた車で、車の色もナンバープレートの番号もペータースには馴染みのものだった。

「ヴァランダーだ」ペータースが言った。

ノレーンは報告書を書いていた目を上げた。

車が通り過ぎた。ヴァランダーは彼らを見なかった。それは非常に奇妙なことだった。彼らは警察の白とブルーのパトカーに乗っていたからだ。二人の警官の注意を引いたのは、彼らを見ようとしないヴァランダーの無表情な顔ではなかった。

それは彼の隣の席に座っていた男だった。男は黒人だった。

ペータースとノレーンは顔を見合わせた。

「黒人の男が乗っていなかったか？」ノレーンが言った。

「ああ」ペータースが答えた。「確かに黒人だった」

二人とも数週間前にみつかった切断された指のことを思い、またその男が全国に手配されていることを思った。

「例の黒人をヴァランダーが捕まえたんじゃないか？」ノレーンが思案顔で言った。

「だが、それじゃなぜ、こっちの方向へ車を走らせているんだ?」ペータースが異論を唱えた。

「それに、おれたちを見たはずなのに、なぜ止まらなかった?」

「そうだな。まるでおれたちを見たくないようだった」ノレーンが言った。「まるで子どものようだな。子どもは目をつぶれば、自分の姿がだれにも見えないと思うものだ」

ペータースがうなずいた。

「ヴァランダーはなにか問題を抱えているのだろうか?」

「いや、そうではなさそうだ」ノレーンが言った。「しかし、どこであの黒人をみつけたのだろう?」

そのとき通報センターからまた、ビヤレシューで盗難自転車らしきものが一台みつかったと連絡が入り、話は中断された。仕事が終わってイースタ署に引き揚げると、驚いたことに、ヴァランダーは今日署には顔を見せていないことがわかった。ペータースが今日ヴァランダーを見かけたことを、休憩室で言いかけたとき、ノレーンが唇に指を当てて彼を制した。

「なぜ言っちゃいけないんだ?」更衣室で私服に着替えていたとき、ペータースがノレーンに訊いた。

「ヴァランダーが署に顔を見せていないのは、なにかあるということだ」ノレーンが言った。

「それがどういう意味なのかは、おれもおまえも関係ないことだ。それに、黒人は黒人でもぜんぜん別の黒人ということもあり得る。マーティンソンから前に聞いたことだが、ヴァランダーの娘はアフリカ人と付き合っているらしいからな。あの男は娘のボーイフレンドかもしれないぞ」

「うん。それでもおれは、奇妙だと思う」ペータースは強情だった。

その気持ちは、クリシャンスタ方面へ走る道の始点にあるテラスハウスに帰ったときにもまだ消えていなかった。食事をし、子どもたちと遊んだあと、ペータースは犬の散歩に出かけた。マーティンソンが近所に住んでいるので、彼の家にちょっと寄って今日見たことを話そうと思った。ペータースの飼っている犬はラブラドールで、マーティンソンは子犬が産まれたら譲るリストに自分の名前も載せてくれと言ったことがあった。

ドアを開けたのはマーティンソン自身だった。中に入れ、と声をかけた。

「いや、犬の散歩でもういま家に帰るところなんだ」ペータースが言った。「だが、一つだけあんたに話したいことがあって。いま時間あるか?」

マーティンソンは人民党党員で、将来自治体の政治家になる夢があった。いま彼は政治活動の退屈なレポートを読んでいるところだった。彼はすぐにジャケットを着てペータースといっしょに外に出た。ペータースは今日の午後の話をした。

「確かか?」ペータースの話を聞き終わると、マーティンソンが訊いた。

「二人ともが見間違うということはないと思う」ペータースが言った。

「おかしいな」マーティンソンが言った。「もしそれが指をなくしたアフリカ人なら、おれに知らせないはずがない」

「もしかするとヴァランダーの娘のボーイフレンドかもしれない」ペータースが口を挟んだ。

「いや、リンダはもうその男とは付き合っていないとヴァランダーが言っていた」マーティンソンが言った。

二人はそのまましばらく黙って歩き、リードを引っ張る犬を見ていた。

「ヴァランダーはまるでおれたちのことを見たくないようだった」ペータースが控えめに言った。

「きっと、おれたちにみつかるのがまずかったのだろう」

「いや、もしかすると隣に座っていたというアフリカ人を見られたくなかったのかもしれない」

マーティンソンがぼそりと言った。

「きっとなにかわけがあるにちがいない」ペータースが言った。「おれはヴァランダーがなにかしてはいけないことをしていたと告げ口するつもりはない」

「それはわかる」マーティンソンが言った。「だが、話してくれたのは、よかったよ」

「おれはうわさ話をして歩く人間じゃない」ペータースが言った。

「これはうわさ話じゃない」マーティンソンが言った。

「ノレーンに知れたら、怒られるだろうな」

「彼にはなにも言わないよ」マーティンソンが言った。

彼らはマーティンソンの家の前で別れた。ペータースは子犬が産まれたら、マーティンソンに一匹やると約束した。

マーティンソンはヴァランダーに電話をしようかと迷った。しかし、明日話をすることにした。ため息をついて、彼はふたたび政党のぶ厚い報告書を読み始めた。


翌日の朝八時前にイースタ署にきたヴァランダーは、だれかに訊かれた場合の答えを用意していた。前日、迷いながらもマバシャを連れ出してドライブに出かけたとき、だれか知っている人間に出会うとか、警察の人間に会うリスクはないと判断したのだった。パトカーがめったに通らない道を選んだ。だが、こともあろうにノレーンとペータースに出会ってしまった。彼らをみつけたのが遅すぎたので、マバシャに伏せろとか外から見えないようにしろとか言うひまがなかった。その前に右や左に曲がることもできなかった。目の隅で、ペータースとノレーンがヴィクトール・マバシャを見て呆然としている姿をとらえた。明日はなにか説明が必要になるぞ、と彼は覚悟した。同時に運の悪さを嘆き、マバシャをドライブに連れ出したことを後悔した。

不運はまるで永遠に終わらないように思えた。

少し経ってから、彼はふたたび娘に助けを求めた。

「だれかが訊いたら、ヘルマン・ムボヤとまたよりを戻したということにしてほしい」とヴァランダーは言った。「訊く者もいないかもしれないが」

リンダは彼をちらりと見て、苦笑した。

「子どものとき、パパがわたしになんて教えたか、覚えている？　一つの嘘が次の嘘を生む。しまいには自分でもなにが本当だったのかわからなくなるって」

「おれだってこんなことは嫌なのだ。だが、もうじきすべてが終わる。ヴィクトール・マバシャはスウェーデンから出ていく。そうしたら、あの男がここにきたことまで全部忘れていいのだ」

「いいわよ、ヘルマンが戻ってきたということにしても。ときどき本当に彼が戻ってくるといいと思うことがあるわ」

そんなわけで、月曜日の朝出勤したとき、ヴァランダーは前日の午後車に乗せていたアフリカ人のことをどう説明するか、用意ができていた。複雑に事情がからみ合い、彼には手に負えなくなっている状況下で、マバシャの存在をごまかすことなど、たやすいことのように思えた。

あの朝、濃い霧に包まれて外に立っていたゴリを発見したとき（それはまるで幻想のようだった）、彼の最初の反応は、部屋に戻って警察に電話をかけ、同僚を呼ぶべきだということだった。だが、なにかがそれを妨げた。なにか、彼のいつもの警察官の分別とはまったく異なるなにかが。すでにあの夜ストックホルムで、墓地に連れていかれたときに、ヴァランダーはこの黒人が真実を話していることを確信した。ルイース・オーケルブロムを殺したのは彼ではない。それはコノヴァレンコという別の男で、その男はこの黒人をもまた殺そうとしている。指を切り落とされたこの黒人が、ひとけのないあの農家でルイース・オーケルブロムが殺されるのをやめさせようとした可能性もある。ヴァランダーはそこでなにが起きたのか、ずっと考え続けていた。

ヴァランダーがあの朝、この行為は間違いかもしれないと思いながらも黒人を自分のアパートに入れたとき、彼の頭にあったのもまたそのことだった。ヴァランダーはいままでも被疑者やはっきり犯人とわかっている人物たちとの付き合いにおいて、必ずしも模範的とは言えないような行動をとったことがあった。署長のビュルクはヴァランダーに、正しい警官の行動とはどのようなものか、規則に照らし合わせて説教することもたびたびあった。

家に入る前、まだ道路にいるうちに、ヴァランダーはその黒人に武器を渡せと要求した。ピストルを受け取ると、彼の服を上から下まで調べた。黒人は不思議なことにまったく動揺していなかった。それどころか、ヴァランダーが彼を自分の住居に招き入れるのを、それ以外のことは考えられないというように素直についてきた。まったく警戒していないように思わせないために、ヴァランダーはどうやって自分の住所を知ったのかと彼に訊ねた。

「ストックホルムで、墓地へ行く途中、あんたの財布を見た。そこにあったあんたの住所を記憶した」

「あんたはおれを誘拐した男だ。そして今度はおれの家にやってきた。ストックホルムから何百キロも離れているところまで追いかけてきた。これからおれがあんたにする問いに答えられるだろうな？」

彼らは台所に腰を下ろした。ヴァランダーはリンダが目を覚まさないようにドアを閉めた。ずっとあとになって、ヴァランダーはその日台所で男が話したことを、彼の人生でもっとも異常な、特別な話として思い出した。まず彼は本名をヴィクトール・マバシャと名乗り、出身国である南アフリカというヴァランダーの知らない国について、じっくりと話をした。ヴァランダーは、人間は無関係と見えるようなさまざまな破片でできているのだと思わざるを得なかった。たとえば、一人の人間が職業として人を殺すことを選び、容赦なく人を殺す。その人間が、しっかりした政治的意見をもつことができるとは、どういうことなのだろう？　だが、そのときヴァランダーに理解できなかったのは、この話はマバシャ自身の虚偽に満ちた祖国の説明であるという点だった。いっぽうマバシャはなにが必要か、わかっていた。この話が信じるに足りると相手に思わせることができれば、国に帰れる。祖先の霊が彼にささやいたのだ。コノヴァレンコを捜している警察官に会いに行け。彼の助けを得てこの国を出るのだ、と。

ヴァランダーがあとでもっとも強烈に思い出したのは、マバシャが語ったナミビアの砂漠に咲く花の話だった。それは二千年も生きる花だった。花を守る影のように長い葉っぱが、花と、複雑に絡み合った根をおおっているのが特徴だった。マバシャはこの特別な花を、彼の国で争い合う力のシンボルとして、また彼自身の中での闘いのシンボルとして見ていた。

「人間は特権をそう簡単には譲らないものだ」マバシャは言った。「特権は深く根を下ろし、ほとんど体の一部になってしまっている。民族的な欠陥によるものと考えるのは間違いだ。おれの国では、この慣習的権力を握っているのは白人たちだ。だが、ほかの状況だったら、それはおれだったかもしれないし、おれの兄弟だったかもしれない。人は人種差別を人種差別で払拭することはできない。だが、何百年も傷つき苦しんできたおれの国でいま起きなければならないのは、劣等感を植え付けられた習慣を断ち切ることだ。白人は近い将来いままで支配してきた地位を譲らなければならないと知るべきだ。彼らは何百年にもわたって黒人から奪ってきた土地を、いまやなにも所有していない黒人の手に返さなければならない。彼らは自分たちの豊かさの大部分を、なにも持たない者たちに譲り渡さなければならない。黒人を人間とみなすことを学ばなければならない。野蛮さには必ず人間的な特徴があるものだ。だからこそ野蛮さは非人間的なものなのだ。服従に慣れている黒人は、また自分は何者でもないとみなす者は、その癖を直さなければならない。もしかすると劣等感はもっとも癒すのがむずかしい傷かもしれない。自分たちをそう思う習慣は根深く、人間を完全にゆがめてしまうもの。体のどの部分もそれに影響を受けないところはない。自分は何者でもないと思っている地点から、自分は何者かであるという地点まで行くのは、おそらく人間が経験する一番長い旅だ。いつも服従することに耐えてきた人間は、それが一つの生き方になってしまう。おれは平和的解決というのは幻想にすぎないと思う。おれの国の人種差別はすでに崩壊が始まっている。なぜなら人種差別はもはや理をなさなくなっているからだ。黒人の新しい世代が育っている。彼らは服従を拒む。彼らは性急だ。瓦解がいつ始まってもおかしくないと思っている。だが、あまりにもゆっくりとことが進む。また、彼らと同じように考える白人もいる。彼らは特権を受けることを拒む。人種差別と白人の特権はそのまま続き、黒人は自分の国にいながら見えない存在にされ、奉公人としてしか存在せず、あるいは特殊な動物とされて遠く隔離されたスラム街に閉じ込められているのだ。国には大きな動物公園があって、野生動物はそこで放し飼いにされている。同じように人間公園があって、そこでは黒人は自由に生きてはいないのだ。動物のほうが人間よりいい暮らしをしているとさえ言えるのだ」

マバシャはここで黙り、ヴァランダーを見た。質問か反対の言葉を待っているかのように。この男にとって、白人はみんな同じなのだろうとヴァランダーは思った。南アフリカであろうとどこであろうと。

「おれの兄弟や姉妹には、劣等な人間は優勢な人間になることで差別が解消されると思っている者が大勢いる」マバシャは話を続けた。「だがそれはもちろん間違いだ。それは異なるグループのあいだにただ反発や緊張を生むばかりで、平和にはならない。また家族を分散させてしまう。これだけは言っておこう、ヴァランダー警部。家族がなければ、おれの国ではだれも一文の価値もないに等しい。アフリカ人にとって、家族はすべての始まりなのだ」

「祖先の霊ではないのか？」ヴァランダーが口を挟んだ。

「霊は家族の一部だ」マバシャは言った。「霊はわれわれの先祖で、われわれを守っている。目に見えない家族の構成員だ。われわれは霊のことを決して忘れない。われわれを何世代も暮らしてきた土地から追い出したことで、白人は取り返しのつかない過ちを犯したのだ。霊はかつてはわれわれのものだった土地から追い出されたのを嫌っている。霊は、いま生きているおれたちよりもっと強く、白人に追い込まれたいまの居住区に住むのを忌まわしいと思っているのだ」

彼は突然話をやめた。まるで、いま自分が話したことの忌まわしさに、自分自身その話が信じられないと思っているように見えた。

「おれの家族は最初からバラバラだった」長い沈黙のあと、彼はふたたび話しだした。「白人たちは、家族を潰すことによっておれたちを弱くできるということを知っている。兄弟たちを見れば、どんどん目の見えないウサギのようになっていくのがわかる。檻の中をぐるぐる歩きまわって、自分たちがどこからきたのか、これからどこへ行くのかもわからない。おれにはそれがわかったから、別の道を進んだ。おれは憎しみを頼りにした。おれは復讐心を強める黒い水を飲んだ。だが、おれは特権を握っている白人たち、自分たちの優位性は神からの授かりものという傲慢な確信をもつ白人たちにも、弱点があることを知った。それは彼らの恐怖心だ。彼らは南アフリカを完璧な創造物、天国における白亜の殿堂にすると言っている。が、そんな夢は所詮かなわないことに気づいていない。また、気づいた者は気づかないふりをしている。白亜の殿堂の構想は土台そのものが嘘だ。そして恐れが、恐怖が夜になると彼らの中に忍び込む。彼らは家に武器を詰め込む。だが恐怖心はそれでも入り込むんだ。その恐怖心が毎日の暴力の形で表れる。おれはこれらのことが全部わかっている。おれは友だちみんなを近くに集める。だが、敵はもっと近くにおくんだ。おれは白人の望むことを理解する黒人の役を演じようと思った。おれは彼らを軽蔑しながら彼らに奉仕することにした。彼らの台所でスープの中に唾を吐いて、それを彼らの皿によそうのだ。おれはだれにも知られないところで一人の人間として自立しながら、大勢の中の何者でもない黒人を演じることに決めたのだ」

ヴィクトール・マバシャは話し終わった。

ヴァランダーは言いたいことをすべて吐き出したのだろうと思った。だが、自分にはなにが理解できたのだろう？　マバシャがなぜスウェーデンまで送り込まれるに至ったのかを、これで理解できただろうか？　そもそもいまの話はなにを物語っているのか？　いままで漠然と思っていた、南アフリカはその恐ろしい人種差別政策のために内側から壊れていくという認識が、この説明を聞いてより明確になったとは言える。

「もっと知らなければならない」ヴァランダーは言った。「これらすべての背景にいるのがだれなのか、あんたはまだ話していない。スウェーデンまでの切符代を払ったのはだれなんだ？」

「容赦ない男たちはまるで影のようだ」ヴィクトール・マバシャが答えた。「やつらの祖先の霊は、とっくにやつらを見捨ててしまっている。やつらは南アフリカの崩壊を企てて隠れて集まっているのだ」

「そしてあんたはそんなやつらの使い走りをするのか？」

「そうだ」

「なぜ？」

「そうしてはならない理由はない」

「人を殺すではないか」

「おれもいつか殺される」

「どういう意味だ？」

「いつかきっとそうなると知っている」

「だが、あんたはルイース・オーケルブロムを殺さなかった？」

「そうだ」

「それはコノヴァレンコという男がやった」

「そのとおり」

「なぜだ？」

「それは彼に訊く質問だろう」

「男が一人南アフリカから、また別の男がロシアからスウェーデンにやってきた。人里離れた農家で二人は会った。そこには強力な無線装置があった。彼らは武器を持っていた。なぜだ？」

「そのように決められていたからだ」

「だれによって？」

「われわれにスウェーデンへ行くことを命じた人間たちだ」

これは堂々巡りだ、とヴァランダーは思った。答えが得られない。

だが、彼はもう一度、ねばり強く質問した。

「これが準備であることはわかった。それはあんたの国でおこなわれる犯行の準備なのだ。あんたが犯す犯行だ。だが、殺されるのはだれだ？　その理由はなんだ？」

「おれの国のことは説明したつもりだ」

「簡単な質問だ。簡単に答えてほしい」

「答えはそのままでいいのではないか？」

「あんたの話の意味がわからない」長い沈黙のあとでヴァランダーは言った。「あんたは人を殺すのをためらわない男だ。しかも注文を受けて人を殺すプロだ。同時に、あんたは自分の国の現状を嘆く、情のある人のようにも見える。つじつまが合わない。つじつまが合わないのだ」

「南アフリカの黒人にとっては、なにもかもつじつまが合わないのだ」

それからマバシャは傷つき苦しむ自国について話しだした。ヴァランダーには信じられないことばかりだった。マバシャが話し終わったとき、ヴァランダーは長い旅をしたような気がした。案内人はそんなことがあるとは思えないような場所に連れていってくれた。

おれが生きているこの国では、真実は単純だと教えられる。そのうえ、純粋で唯一だと。法制度そのものがその考えの上に築かれている。だが、もしかすると現実はそのまったく反対なのかもしれない。真実は複雑で、幾層にもわたり、矛盾だらけなのかもしれない。反対に、嘘ははっきり白と黒に分けることができる。もし人間と人間の命が尊重されず軽視されるのであれば、命はなにものにも代えがたい大事なものという真実もまた、別のものになるだろう。

ヴァランダーは自分を正面からまっすぐに見ているヴィクトール・マバシャをみつめ返した。

「あんたはルイース・オーケルブロムを殺したのか？」と訊き、ヴァランダーはこれを訊くのはこれが最後になると思った。

「いや」マバシャが答えた。「その後、おれは指を一本、彼女のためになくした」

「国に帰ってからなにをするのか、話すつもりはないのだな？」

マバシャが答える前に、ヴァランダーはなにかが変わったことに気づいた。黒人の顔に変化が起きたのだ。硬いその顔が突然溶解し、生きた表情になった。

「いまはまだなにも言うことができない」マバシャは言った。「だが、それは起きないだろう」

「なにを言っているのか、おれには理解できない」ヴァランダーはゆっくり言った。

「死はおれの手からはこないということだ」ヴィクトール・マバシャが言った。「だが、ほかの人間がそれをするのを、おれは阻むことはできない」

「それとは暗殺のことか？」

「与えられた任務のことだ。だが、いま言ったようにおれはそれをしない。地面において、そこから歩み去ることにした」

「あんたの言うことはまるで謎だ」ヴァランダーが言った。「なにを地面の上におくというのだ？　それに、もしそれが暗殺なら、標的はだれなのかを知りたい」

だが、マバシャは返事をしなかった。頭を振るマバシャを見て、ヴァランダーはこれ以上どんなに押しても答えは得られないと悟った。その後、彼は真実を知りたかったら、自分が慣れていないところで探さなければならないと知った。そして真実にもさまざまあり、自分の知りたい真実を探し出すにはまだまだ長い時間がかかると知ったのだった。

マバシャが別の表情を見せた最後の告白は、完全に芝居だった。彼は任務を途中でやめることなど、毛頭考えていなかった。だが、その嘘はこの国から出るために必要な嘘だった。真実に見せかけるためには嘘をつかなければならなかった。しかもスウェーデンの警官をだますためにじょうずに嘘をつく必要があったのだ。

ヴァランダーはもうなにも訊くことがなかった。

彼は疲れを感じた。同時に、望んだことは達成できたと思った。暗殺は中止される。マバシャは実行者にはならない。彼が真実を話したとすれば、だが。これで、ヴァランダーが会ったこともない南アフリカの警察に時間的余裕ができる。そして、彼には、いまマバシャがやめることは、南アフリカの黒人のためになる行動だと思えた。

いまはそれでいい、とヴァランダーは思った。インターポールを通じて南アフリカの警察と連絡を取ろう。そしておれがいま知り得たすべてを話すのだ。それ以上のことはできない。あとはコノヴァレンコを捕まえることだけだ。だが、いま彼を拘束する命令をオーケソン検事に出してもらったら、ますます事態は混乱してしまうだろう。コノヴァレンコがそれで国外に脱出してしまうことも考えられる。おれはこれ以上知る必要はない。おれはいまヴィクトール・マバシャの件で最後の非合法的な行動に出るだけだ。

彼をここから逃がしてやるのだ。


台所での話し合いの最後の部分は娘のリンダも同席した。彼女は目を覚ますと、驚いて台所に入ってきた。ヴァランダーは簡単に男のことを説明した。

「パパのことを殴った人?」彼女が訊いた。

「そうだ」

「その人がいまうちの台所でコーヒーを飲んでいるの?」

「そうだ」

「自分でもおかしいと思わないの?」

「警察官の生活はおかしいものだよ」

リンダはそれ以上訊かなかった。服を着てから台所に戻ってきて、椅子に腰を下ろし黙って話を聞いた。その後、ヴァランダーは彼女にマバシャの包帯を買いに行ってもらった。また浴室の棚にペニシリンの錠剤をみつけてマバシャに与えた。そうしながらも、本来は医者へ電話をかけるべきだと思っていた。不快ながらも切り落とされた指の痕を洗って、新しい包帯を巻いた。

その後、ロヴェーンへ電話をかけた。すぐに通じた。コノヴァレンコとハルンダのあの家から消えた夫婦者のことでなにかニュースはないかと訊いた。ヴィクトール・マバシャが自分のアパートの台所に座っていることはおくびにも出さなかった。

「あの強制捜査のとき、彼らがどこへ逃げたかわかったよ」ロヴェーンが言った。「同じ建物の二階上の部屋だ。簡単に移れるし、そこならだれも思いつかない。妻のほうの名義でもう一つ部屋を借りていたんだ。いまはそこにもいないが」

「はっきりしているのは」ヴァランダーは言った。「やつらはスウェーデン国内にいるということさ。おそらくストックホルムに隠れている。隠れるのに一番都合がいいところだからな」

「必要なら、おれは自分で一軒一軒のアパートのドアを蹴ってまわるよ。あいつを捕まえなければならない。すぐにでも」

「コノヴァレンコに集中すればいい」ヴァランダーは言った。「アフリカ人のほうはそれほど重要じゃない」

「やつらの関係はなんなんだ？　それがわかればなあ」

「彼らはルイース・オーケルブロムが殺されたときいっしょにいたんだ。それからコノヴァレンコは銀行を襲い、警官を一人撃ち殺した。そのときはアフリカ人はいっしょではない」

「それもこれもいったいどういうことなんだ？」ロヴェーンが苛立った。「おれにはまったく関係が見えない。はっきりしない脈絡、まったく意味をなさないバラバラの事象だ」

「それでもずいぶんわかっていることもある。コノヴァレンコはアフリカ人をなにがなんでも殺すと決めているらしいこと。考えられるのは、二人はなにかの理由で仲違いしたということだ」

「しかし、殺された不動産業の女とはどういう関係にあるんだ？」

「なんの関係もない。彼女はまったく偶然に殺されたと言っても間違いないだろう。あんたも知っているように、コノヴァレンコは非情な男だからな」

「すべては一つの問いに凝縮される。なぜだ？」

「それに答えられるのは、コノヴァレンコだけだ」ヴァランダーは言った。

「あるいはアフリカ人だ。あんたは彼のことを忘れているよ、クルト」

ロヴェーンと話してから、ヴァランダーはなんとしてもマバシャをこの国から出さなければならないと思った。しかし決心する前に、ヴィクトール・マバシャがルイース・オーケルブロムを撃ったのではないことを百パーセントはっきりさせなければならなかった。

どうしたらそれがわかるか。ヴァランダーは考え込んだ。おれはこの男のように無表情な人間にいままで出会ったことがない。彼の顔からは真実も嘘も読みとることができない。

「あんたにとって一番いいことは、このアパートを出ないことだ」ヴァランダーはマバシャに言った。「まだまだ訊きたいことがある。答えを得るまではここを出られないと思ってくれ」

日曜日にドライブに出かけたとき以外、彼らはアパートを一歩も出なかった。マバシャは疲れていて、たいてい眠っていた。ヴァランダーは切り落とされた指の痕が炎症を起こすのを恐れた。また、彼はこの男をアパートに連れ込んだことを後悔もした。いままでもそうだったように、今回もまた彼は分別からではなく直感から行動してしまった。いまはもう、この状況から抜けだすのは容易ではない。

日曜日の夜、ヴァランダーはリンダを父親のところに送っていった。コーヒーをいっしょに飲む時間もないのかと父親から文句を言われるのが嫌で、彼はリンダを家の前までは送らず道路脇に降ろした。

月曜日になり、ヴァランダーは警察署に出勤した。ビュルク署長がよく戻ってきたとあいさつした。ビュルクとヴァランダー、それにマーティンソンとスヴェードベリを加え、さっそく会議に入った。ヴァランダーはストックホルムで起きたことの一部を、言葉を選んで説明した。質問はたくさんあった。しかししまいにはだれもなにも言わなくなった。すべての鍵はコノヴァレンコが握っていた。

「ま、コノヴァレンコが捕まるのを待つということだな」ビュルクが総括した。「そのあいだ、われわれはたまった仕事を片づけることにしよう」

早く片づけなければならないことから手をつけることにした。ヴァランダーはスコルビー村の付近の厩舎から盗まれた三頭の競走馬の行方を捜す仕事を割り振られた。ほかの三人の前でヴァランダーは笑いだした。

「いや、あんまりおかしいもので」と彼は言い訳をした。「失踪した女のあと、盗まれた馬を捜すというのが」

部屋に戻って二、三分もしないうちに、思ったとおり、人が訪ねてきた。だれが質問しにくるかはわからなかった。同僚のだれがきてもおかしくなかった。だが、ドアをノックして部屋に入ってきたのは、マーティンソンだった。

「時間ありますか？」

ヴァランダーはうなずいた。

「一つ訊かなければならないことがあるんです」マーティンソンは言った。

マーティンソンは言いだしにくそうだった。

「ああ、訊いてくれ」ヴァランダーが言った。

「きのう、警部が黒人と車に乗っているのを見かけた者がいるんです。警部の車で……。自分はただ……」

「ただ……、なんだ？」

「いや、別になにも……」

「リンダがケニアのボーイフレンドとよりを戻したのだ」

「ああ、やっぱり」

「たったいま、別になにも考えていないと言ったばかりではないか？」

マーティンソンは肩をすくめ、苦笑した。そしてすぐに部屋を出ていった。

ヴァランダーは盗まれた馬の調査には乗りださず、マーティンソンが開け放しにしたままのドアを閉め、椅子に腰を下ろして考え始めた。ヴィクトール・マバシャに訊くべき質問はなにか？

ここ数年、ヴァランダーはさまざまな事件の捜査で外国人を取り調べる機会が多くなった。外国人は犯罪の被害者の場合も加害者の場合もあった。そしてこの間に、正と悪、有罪と無罪に関する絶対的真実はこうあるべき、と思っていたことが必ずしもそうではないことを学んだ。また、なにが犯罪か、軽い罪か重い罪かも、その人間が生きてきた文化によって考え方が異なるのだということも、それ以前はわからなかったことだった。そのような状況で、彼はしばしば方向を見失った。一つの犯罪を解決に導く質問、あるいは被疑者の嫌疑が晴れるような質問をする能力が自分にはないような気がした。彼の同僚で仕事の恩師でもあったいまは亡きリードベリと、彼が亡くなる年によくこの国の大きな変貌について話し合ったことがあった。それは世界の変貌でもあった。警察はそれまでとまったく別の能力が要求される。リードベリはゆっくりとウィスキーを飲みながら、スウェーデンの警察はこれからの十年間、これまで経験したことのない大きな変化を求められるだろうと言った。それも警察の組織的な変化だけでなく、捜査の方法に直接関係する変化だった。

「おれはその変化を経験することはないだろう」ある晩、リードベリの狭いバルコニーに二人が座って話していたとき、リードベリが言った。「だれにでも命の限界というものがある。これからのことをおれもいっしょに経験することはないのだと思うと気が滅入ることがある。むずかしい時代になるだろう。だが、きっと面白い面もあるだろう。クルト、おまえさんはその時代を生きるんだ。そして、嫌でも別の考え方を採り入れなければならなくなる」

「おれにできるだろうか」とヴァランダーは答えた。「おれは警察官以外の仕事のことをこのごろしょっちゅう考えるようになっている」

「もし西インド諸島へ船で出かけるのなら、戻らないようにすることだな」リードベリは皮肉を言った。「遠くへ出かけて戻ってくると、冒険に出かける前より気分が良くなっていることはめったにない。それはごまかしだからだ。どんなに遠くまで旅をしても、しょせん人は自分を離れることはできないという古くからの真実に気がつかないのだ」

「おれは遠くへは出かけない」ヴァランダーは言った。「そんなに大きな計画はおれには立てられない。おれにできることはせいぜい、もっといい気持ちで働けるほかの仕事がないかと考えることぐらいなものだ」

「おまえさんは一生涯警官だろうよ」リードベリが言った。「おまえさんはおれと同じだ。もうわかってもいいころだよ。じたばたするな」

ヴァランダーはリードベリのことを頭から振り払った。新しいノートを出してペンを持った。

そのまま座っていた。質問と答え。たぶん、最初の間違いはそこで起きる。

人はだれであれ、スウェーデンから遠く離れた国からきた人々はとくに、はっきりと答えるためには、自由にしゃべることができる環境が必要なのだ。それはおれ自身、たくさんの外国人、アフリカ人、アラブ人、ラテンアメリカ人とさまざまな機会に話をした経験からわかっている。彼らはせわしないわれわれのやり方を怖がる。それが彼らにはわれわれが彼らを見下している態度に見えるのだ。時間がないこと、黙っていっしょに座る時間がないことが、彼らを軽蔑しているとか、馬鹿にしているように映るのだ。

しゃべる、と彼はノートのページの一番上に書いた。

相手に自由にしゃべらせること、それが正しい答えを得るための道かもしれない。

しゃべる。ほかのことはどうでもいい。

ヴァランダーはノートを脇に置いて、足を机の上にあげた。それから家に電話をかけてすべて順調かどうか訊いた。二、三時間後に帰ると約束した。

それから、いなくなった馬の通報をうわのそらで読んだ。そこには五月五日の夜から六日の朝にかけて三頭の馬がいなくなったとあった。馬は五日の夜は厩舎の中にいたが、六日の朝、厩舎を手伝う少女が扉を開けてみると三頭ともいなくなっていた。

時計を見て、これからその厩舎に行ってみることにした。厩舎の手伝いの少女三人と馬の持ち主の代理人と話をして、ヴァランダーは保険金目当ての芝居のような気がした。彼はメモを取ると、もう一度くると言って引き揚げた。

イースタに戻る途中、ファースト・ハットというドライブインに入り、コーヒーを飲んだ。彼はぼんやりとアフリカにも競走馬がいるのだろうかと考えた。

21

シコシ・ツィキは五月十三日水曜日の夜スウェーデンに到着した。早くも同日、彼はコノヴァレンコからスウェーデンの南部に留まるように指示された。そこで準備が進められ、そこからまた南アフリカに戻る。コノヴァレンコはヤン・クラインからヴィクトール・マバシャの後継者を送り込むと知らされたとき、まずストックホルム近辺に場所を探した。いくつか可能性があった。とくにアーランダ空港の付近なら、離着陸する航空機の音で、たいていの騒音は消される。必要な射撃の練習ができる。またマバシャと彼を追うイースタの警察官の問題があった。コノヴァレンコはいまではその警察官のことを憎んでいた。この二人がストックホルムにいるのなら、コノヴァレンコは彼らを始末するまで絶対に動くことはできなかった。さらに彼がテングブラードとかいう警察官を殺して以来、全国の警戒態勢が厳しくなっているということも見逃せなかった。念のため、彼は二つの行動を開始した。彼自身はタニアとともにストックホルムに残り、リコフをスコーネに送り込み適当な隠れ家を探させる。リコフは地図を指さして、スコーネのすぐ北にあるスモーランドという地域なら過疎地なのでひとけのない農家を探し出すのは簡単だろうと言った。だが、コノヴァレンコはイースタの近くにこだわった。もしマバシャと警察官をストックホルムでみつけることができなければ、少なくとも警官はイースタに戻っているにちがいないとコノヴァレンコは確信していた。マバシャとヴァランダーという名前の警察官とのあいだになんらかの関係ができたこともまた、彼は確信をもつに至っていた。それがなににのよるものか、彼には理解できなかった。しかし、とにかくこの二人はいっしょにいるか、あるいは近くにいるという確信があった。一人をみつければ、もう一人もみつけられるはずだ。

イースタの観光案内所でリコフはイースタの北部、トンメリラ方面に一軒の家を借りた。家の立地条件はよくはなかったが、すぐそばに採石場があって、そこで射撃の練習をすることができる。コノヴァレンコは、もしイースタに移るとすれば、タニアを連れていくと言ったので、リコフは今回冷凍ボックスに食料をいっぱいに詰めることはしなかった。その代わりに、コノヴァレンコの命令どおり、待ち時間を利用してヴァランダーの住所を調べ出し、密かに張り込んだ。だが、ヴァランダーは姿を現さなかった。シコシ・ツィキが到着する前日の五月十二日の火曜日、リコフはコノヴァレンコからストックホルムを動かないことにするとの知らせを受けた。マバシャを捜すために雇った人間たちからなんの結果ももたらされなかったにもかかわらず、コノヴァレンコにはマバシャがストックホルムのどこかに隠れているという直感があった。また、ヴァランダーのような熟練の警官が、見張られていると予測できる自分の家に、のこのことそんなに簡単に引き揚げるとは思えなかった。

だが、火曜日の朝リコフがヴァランダーをみつけたのは、まさに彼の住む建物の玄関先だった。ドアが開き、ヴァランダーが出てきた。一人だった。車で待機していたリコフは、ヴァランダーが警戒していることをすぐに見て取った。ヴァランダーは歩きだしたが、そのうしろを追いかけたらすぐにばれるとリコフは思った。そのために動かないでいると、十分後にドアがふたたび開いた。リコフは体を硬くした。今度は二人の人間が出てきた。一人は若い娘で、リコフはヴァランダーの娘にちがいないと思った。そのうしろにマバシャがいた。二人は道路を渡ると車に乗り込み、すぐに車を走らせた。今回もまたリコフはあとを追わなかった。代わりにコノヴァレンコがタニアといっしょに一時的に身を隠しているストックホルム郊外のヤーフェラのアパートに電話をかけた。電話に出たのはタニアだった。リコフは簡単に言葉を交わすとコノヴァレンコに代わってくれと言った。リコフの話を聞いたコノヴァレンコは、すぐに結論を出した。タニアとともに翌朝スコーネに行く。シコシ・ツィキを迎え、ヴァランダーとヴィクトール・マバシャを殺すまでスコーネに留まる。必要な場合は娘もいっしょに殺す。その後どうするかはそのときに決める。ヤーフェラのアパートは当分借りておく。

コノヴァレンコとタニアは夜スコーネに向かった。リコフはイースタの西入り口の駐車場で彼らを迎えると、借りている一軒家へ向かった。その日の午後、コノヴァレンコもヴァランダーの住む建物を見に行った。戻る途中、坂道の途中で彼は車を止めた。

状況は簡単だと彼は思った。もう一度失敗してはならない。それは彼が将来南アフリカで生活するという夢の終わりを意味する。すでに危険を冒していると彼は知っていた。彼はヤン・クラインに本当のことを言っていない。ヴィクトール・マバシャは生きているのだ。ヤン・クラインが自分に気づかれないように人に監視させているというリスクも、まったくないとは言えない。そんな人間がいるかどうかをチェックするために、彼はときどき人を雇って自分のまわりを偵察させていた。だがいまのところ、ヤン・クラインの命令で彼を監視している人間はいないようだった。

その日、コノヴァレンコとリコフは作戦会議を開いた。コノヴァレンコは初めからいっきに襲撃する気だった。それは残忍な、狙いを定めた襲撃になるだろう。

「武器はなにがある？」コノヴァレンコは訊いた。

「なんでもそろっている」リコフが答えた。「爆薬、時限装置、手榴弾、自動小銃、猟銃、ピストル、通信装置」

コノヴァレンコはウォッカを飲み干した。できればヴァランダーを生きたまま捕らえたかった。殺す前に訊きたいことがあった。しかし、すぐその考えを振り払った。生かしておけば危険がある。

結論を出した。

「明朝、ヴァランダーがアパートを出たら、タニアがあの建物に入って玄関と各戸のドアの構造を確かめるのだ。食料品のチラシでも持っていけ。それはスーパーで手に入れよう。その後建物を監視するのだ。明日の晩、彼らが家の中にいるのが確実なとき、襲撃する。爆発物を仕掛け、爆発直後にアパートに飛び込む。そのまま二人を殺し、そこから立ち去る」

「三人かもしれない」リコフが口を挟んだ。

「二人だろうが三人だろうが、どっちでも同じだ」コノヴァレンコが言った。「一人も生かしておくな」

「今晩迎えに行く新しいアフリカ人は？」リコフが訊いた。「彼も襲撃に加わるのか？」

「いや」コノヴァレンコが答えた。「彼はここにタニアと残る」

それから彼は厳しい顔でリコフとタニアを見た。

「ヴィクトール・マバシャは数日前に死んだことになっているんだ。シコシ・ツィキにはそう思わせなければならない。わかったか？」

二人はうなずいた。

コノヴァレンコは自分とタニアのグラスにウォッカを注ぎ足した。リコフはこれから爆薬を用意するので、アルコールを飲むことは避けた。そのうえ、あと数時間でリンハムヌへシコシ・ツィキを車で迎えに行くことになっていた。

「南アフリカからの客を歓迎の夕食に招こう」コノヴァレンコが言った。「好んでアフリカ人と同じテーブルで食事をするわけではないが、仕事のためには我慢しなければならないこともある」

「なんの料理にしましょうか」タニアが言った。

コノヴァレンコは少し考えた。

「鶏料理だ」コノヴァレンコが言った。「アフリカ人はみな鶏が好きだ」

午後六時、リンハムヌでシコシ・ツィキを迎えた。数時間後、彼らはテーブルを囲んだ。コノヴァレンコがグラスを上げた。

「明日はあんたは休みだ。明後日の金曜日に始めよう」

シコシ・ツィキはうなずいた。後継者は前任者と同じく無口だった。

静かな男たちだ、とコノヴァレンコは思った。必要なときは容赦なく殺す。おれと同じくらい冷酷な男たちだ。


イースタに戻ってからの数日間を、ヴァランダーはさまざまな形の違法行為を企てて過ごした。彼は確固たる決心でマバシャを国外に逃がすための準備をした。激しい良心の痛みを感じながらも、ヴァランダーはマバシャを国に帰すにはこの方法しかないという結論に達したのだ。良心の呵責は大きかったし、これら一連の行為は正しくないという思いに絶えずさいなまれた。たとえルイースを殺したのはヴィクトール・マバシャではなくとも、彼が殺人現場にいたことは確かだった。そのうえ車を何度か盗んだし、店に強盗に入ってもいる。そのうえ、彼は偽のパスポートで入国していたし、母国南アフリカに戻れば大きな犯罪に荷担することになっている。ヴァランダーはしかし、彼をここから逃がしさえすればその犯罪はくい止められると無理矢理自分に言い聞かせた。そのうえ、コノヴァレンコがルイース・オーケルブロムに加えてマバシャをも殺すという犯罪を未然にくい止めることができる。コノヴァレンコを捕まえればルイース殺害の罪を問うことができる。ヴァランダーはすぐにも南アフリカの警察にインターポールを通じて連絡するつもりだった。だが、とにかくいまは少しでも早くマバシャを国外に逃がすことだった。人の注意を引くのを恐れて、彼はわざわざマルメの旅行会社に行ってザンビアの首都ルサカへ旅行するルートを訊いた。マバシャは南アフリカに入国するにはビザが必要だと言った。スウェーデン人として旅行すれば、ザンビアに入国するのにはビザが必要ない。マバシャはまだ店から奪った金をもっていた。それは航空券とザンビアからジンバブエとボツワナ経由で南アフリカに入国するまでの旅行費用に足りた。南アフリカとの国境まできたら、ひとけのないところでもぐり込めばいい。マルメの旅行会社はザンビアまでのいくつかのルートを提案した。結論として、マバシャはロンドンまで英国航空で飛び、そこからはザンビア・エアウェイでルサカ入りする旅程を組んだ。それはヴァランダーがマバシャのために偽のパスポートを入手することを意味した。パスポート偽造という実際に困難な行為をしなければならないことで良心の痛みを感じ、彼は悩みに悩んだ。自分が働いている警察署で偽造パスポートを作成することは、自らの職業に対する冒瀆だった。ザンビアに入国次第その偽造パスポートを破棄するようにと要求すれば済む問題ではなかった。

「すぐに始末するんだ」ヴァランダーは要求した。「焼いてくれ」

ヴァランダーは使い捨てカメラを買ってマバシャの顔写真を数枚撮った。最後の最後まで残った問題は、マバシャがどのようにしてスウェーデンの旅券審査の関門を通り抜けるかということだった。彼が技術的には本物のスウェーデンパスポートをもっていて、国境警備の関門にコンピューター登録された犯罪者のチェックリストが手配されていないとしても、なにかが起こり得るリスクはあった。さまざまなことを考慮して、ヴァランダーはマバシャを水上翼船のターミナルから出発させることにした。そしてファーストクラスの切符を用意することにした。ファーストクラスの搭乗券があると、旅券审査がさほど厳しくないのではないかと思った。さらに、リンダにマバシャのガールフレンドの役を演じてもらう。旅券審査の警官の目の前で別れの場面を演じさせる。そしてヴァランダーはマバシャに完璧なスウェーデン語のフレーズを二、三教える。

出発は、航空便の都合上、五月十五日金曜日の午前中ということになった。その日までにヴァランダーは偽のパスポートを作成しなければならなかった。

火曜日の午後、ヴァランダーは父親のパスポート申請書と二枚の写真を用意した。パスポートの申請過程は最近大きく変わった。申請者がその場で待っているうちに発行されるようになったのだ。ヴァランダーは窓口の女性が最後の申請者にパスポートを渡して窓口を閉める用意をするまで待った。

「すまない、ちょっと遅くなってしまった」ヴァランダーは言った。「父が年金生活者の団体旅行でパリに行くことになったもので。父ときたら、まったく、古い書類を整理したときにパスポートも焼いてしまったんだ」

「そういうこと、よくあるのよ」イルマという名札をつけた窓口の女性は言った。「今日でなければならないのかしら」

「できれば」ヴァランダーは食い下がった。「こんな時間にすまない」

「あの殺された女の人の捜査もまだ終わってないんでしょ」イルマはそう言って、申請書と写真を受け取った。

ヴァランダーは彼女の仕事を窓口から観察した。できあがったパスポートを手に彼女がふたたび窓口にきたとき、彼はパスポート作成の工程を簡単に真似ることができるように思った。

「ずいぶん簡単だね」

「ええ、でも退屈よ」イルマは答えた。「仕事を簡略化すると、どの仕事も退屈になるらしいわ。どうしてかしらね？」

「警官になれば？」ヴァランダーが言った。「われわれは退屈しているひまなどないからね」

「わたしだって警官よ」イルマが言った。「でもあなたとは仕事を取り替えたくないわ。井戸の中から死体を引っ張り出すなんて恐ろしいことしたくないもの。実際、どんなふうに感じるものの？」

ヴァランダーはそのまま話をしながら、彼女が鍵を閉めるのを見ていた。パスポート申請書のコピーはすべて金庫にしまい込まれた。だが、彼は鍵の所在を知っていた。

マバシャはスウェーデン人ヤン・ベリィとして出国することになった。ヴァランダーはいくつもの名前の組み合わせを考えて、マバシャに発音させ、もっともうまく発音できる名前に決めたのだった。ヤン・ベリィが一番よかった。マバシャは名前の意味を訊いた。ベリィは山との説明を受けて彼は満足したようだった。数日間彼と話をして、この南アフリカからきた男は、ヴァランダーにとってはまったく馴染みのない霊の世界と親しく暮らしているのだということがわかった。彼にとって偶然ということはあり得ないのだ。たとえ一時的な名前であろうとも。リンダがマバシャの考え方を少し説明してくれた。それでもヴァランダーは自分のまったく理解できない世界をのぞき込んでいるような気がしてならなかった。マバシャは祖先のことをまるでいま生きているような口振りで話した。ヴァランダーは話を聞いていて、それが百年前のことなのか、それともいまのことなのか区別がつかなかった。ヴィクトール・マバシャにすっかり魅了されている自分に気がつくのだった。この男が犯罪者で、自国で暗殺に関与しているなどとはますます考えられなくなった。

ヴァランダーはその日、火曜日の夜、遅くまで署の自室にいた。時間を持て余して、彼はバイバ・リエパに手紙を書きだした。しかし、書き上げたものを読んで、彼はすぐに破いた。いつか書き上げた手紙を破かない日がくるだろう。そうしたら、送るのだ。だが、それにはまだ時間がかかりそうだった。

十時頃、もはや署内には夜勤の警官しかいなくなった。パスポートを作成する部屋の明かりをつけるわけにはいかなかったので、彼は電球のまわりに囲いのついた青い光の懐中電灯を持参した。廊下を歩きながら、これがまったく別のところに向かっているのだったらどんなにいいかと思った。ヴィクトール・マバシャのことを思い、許されない行為に向かうスウェーデン人警官にも、守護霊がついているのだろうかと思った。

鍵は所定どおり書類棚の中に掛けてあった。彼は立ち止まり、写真と必要事項を書き込んだ申請書をパスポートに化けさせる機械をよくよく見た。

それからゴム手袋をつけて仕事を開始した。一度、足音が近づいたような気がして、機械の陰に身を隠し、懐中電灯を消した。足音が遠ざかってから、ふたたび始めた。汗がシャツの下を流れる。だがどうにかパスポートを作り上げた。機械を止め、鍵を棚の中に戻して棚に鍵をかけた。早晩パスポート用の書類が一組なくなったということに検査官が気がつくだろう。通し番号を見ればわかるから、明日にもばれるかもしれないと彼は思った。ビュルクの頭痛の種になる。だが、ヴァランダーの仕業であることを示すものはなにもないはずだ。

部屋に戻り、椅子に腰を下ろしたとき、初めてパスポートに押印するのを忘れたことを思い出した。腹立たしさにパスポートを机の上に叩きつけたとたん、部屋のドアが開いた。

マーティンソンだった。ヴァランダーがいるのを見てぎくりとして立ち止まった。

「あ、すみません。だれもいないと思ったもので。帽子をこの部屋に忘れたんじゃないかと思ってきてみたんです」

「帽子？　五月の中旬だぞ」ヴァランダーが訝しげに訊いた。

「風邪を引きかけているんじゃないかと思うんです。きのう、この部屋にきたときに、帽子を持っていたような気がするので」

ヴァランダーはスヴェードベリといっしょにマーティンソンがきのうこの部屋にきたときに、彼が帽子をもっていたかどうか、思い出せなかった。捜査の最新状況を検討し、コノヴァレンコの追跡がうまく行っていないことを報告した会議のときのことだ。

「椅子の下はどうだ？」ヴァランダーが言った。

マーティンソンがかがみ込んだとき、ヴァランダーは急いでパスポートをポケットにしまい込んだ。

「ない」マーティンソンが立ち上がった。「自分はすぐ帽子をなくしてしまう癖があるんです」

「清掃係に訊いたらいい」ヴァランダーが言った。

部屋から出かかったマーティンソンは、なにか思い出したふうだった。

「ペーター・ハンソンを覚えていますか？」マーティンソンが訊いた。

「どうして忘れられる？」ヴァランダーが訊き返した。

「スヴェードベリが彼に数日前電話をかけて、報告書に必要な細部を訊いたらしいんです。そのときスヴェードベリは警部のアパートに空き巣が入ったことを話したそうです。泥棒は互いのことをよく知っていますからね。話してもむだじゃないと思ったんでしょう。そしたら、今日ペーター・ハンソンから電話がかかってきて、やったやつを知っていると言うんです」

「驚いたな」ヴァランダーが言った。「もしレコードとカセットテープを返してくれたら、ステレオのことはどうでもいいと言ってくれないか」

「明日スヴェードベリと直接話してください」マーティンソンが言った。「あんまり遅くまで仕事をしないほうがいいと思いますよ」

「いま帰るところだったんだ」と言って、ヴァランダーは立ち上がった。

マーティンソンは戸口に立ったままで言った。

「やつを捕まえられると思いますか？」

「もちろんだ」ヴァランダーが言った。「もちろん捕まえる。コノヴァレンコは絶対に逃がしはしない」

「しかし本当にまだスウェーデン国内にいますかねえ？」マーティンソンが疑問を挟んだ。

「それを前提として捜している」ヴァランダーが言った。

「指をなくしたアフリカ人は？」

「コノヴァレンコが説明できるはずだ」

マーティンソンは半信半疑でうなずいた。

「もう一つ」と彼は付け加えた。「ルイース・オーケルブロムの葬式は明日だそうです」

ヴァランダーは彼を見たが、なにも言わなかった。

葬式は水曜日の午後二時だった。ヴァランダーは最後の瞬間まで参列するかどうか迷った。オーケルブロム家とはなんの付き合いもなかった。埋葬される女性を知ったのは、彼女が亡くなってからのことだった。警察官が葬式に出ることは誤解されるかもしれなかった。とくに犯人が捕まっていない状態ではなおさらのことだった。ヴァランダーは自分がなぜ参列することに決めたのか、わからなかった。好奇心からか？ 良心の呵責からか。だが、一時になると、彼はダークスーツに着替え、引き出しを捜して白いネクタイをみつけ出した。マバシャは廊下の鏡に向かって彼がネクタイを結ぶのをながめた。

「葬式に行くのだ」ヴァランダーが言った。「コノヴァレンコが殺した女性の葬式だ」

「いま？」マバシャは驚いた。「おれの国では人が死んだらすぐに葬式を出す。彼らが迷わないようにだ」

「われわれは幽霊を信じない」ヴァランダーが言った。

「霊は幽霊とはちがう」マバシャが言った。「ときどきおれは、白人はこんなことさえ知らないのかと思う」

「あんたの言うとおりかもしれない」ヴァランダーが言った。「だが、もしかするとそうではないかもしれない。まったく逆かもしれない」

そう言うと、彼は出かけた。マバシャの問いに苛立っている自分に気づいた。

やつめ、おれに教えるつもりか、と彼はむかっ腹が立った。おれが助けなかったらどうなったと思っているんだ?

火葬場の聖堂近くに車を駐めて、鐘の音を聴いた、黒衣の人々が教会の中に入り終わるのを待った。案内人がドアを閉めるとき、ヴァランダーは急ぎ足で中に入り、いちばん後ろのベンチに腰を下ろした。数列前に座っていた男が振り向いてあいさつを送ってきた。イースタ・アレハンダ紙の記者だった。

オルガン音楽が鳴りだすと、ヴァランダーは喉が詰まった。彼は葬式の席ではとても緊張するのだった。子どものときに父親に連れられて墓場に行ったころから、彼は葬式が苦手だった。十一年前、母親が死んだときのことを思い出すと、いまでも不愉快になる。短いあいさつをするはずだったが、涙で言葉にならず、教会を飛び出したのだった。

自分の狼狽を抑えるために、彼は教会の中にいる人々を観察し始めた。ローベルト・オーケルブロムは最前列に座っていた。白いドレスを着た子どもたちが隣に座っている。さらにその隣に葬式をつかさどるツーレソン牧師がいた。

そのとき突然ヴァランダーは、オーケルブロム家の机の引き出しでみつけた手錠のことを思い出した。一週間以上もすっかり忘れていたことだった。

直接の事件捜査以外のことにも警察官としての好奇心が働くものだとヴァランダーは思った。もしかするとそれは、ほかの人間のもっともプライベートな部分、もっとも隠している部分に鼻を突っ込むことを長年やってきたことからくるゆがんだ習癖なのだろうか。おれはあの手錠はこの殺人事件とは関係ないと知っている。なんの意味合いもないものだ。それでもなおおれは、あの手錠がなぜ引き出しに入っていたのかを知ろうとする。あれがルイース・オーケルブロムにとって、また夫のローベルト・オーケルブロムにとってどんな意味があったのか、知りたいのだ。

ヴァランダーは頭の中にあることを振り払って、目の前の葬式に意識を集中させた。ツーレソン牧師のあいさつのあいだ、ローベルト・オーケルブロムと目が合った。距離はあっても、彼の悲しみと絶望が見て取れた。ふたたび喉が詰まり、涙が流れ始めた。自分を抑えるために、ヴァランダーはコノヴァレンコのことを考え始めた。スウェーデン警察の警官の多くがそうであるように、ヴァランダーもまた死刑反対論者ではなかった。戦時中の売国奴に対するスキャンダラスな死刑が廃止されたのには異論がなかったが、犯罪の種類によっては極刑が科されることに反対はしなかった。ある種の殺人、ある種の強姦、残虐な麻薬売買などの行為は、人間の命に対する尊敬が徹底的に欠けている。そのような犯罪者は、自分の命を擁護する権利をその犯罪行為により失ったも同然、とヴァランダーは思うに至っていた。自分の理由付けには反論者がいるだろうし、また自分の考えのような法律を作ることは無理だろうし、不可能だろうと思っていた。この考えはしかし、彼の、整理されてはいないが苦悩に満ちた直接的な経験からきているものだった。それは嫌でも見ざるを得なかった現実だった。その結果非理性的で痛みに満ちた、このような意見に到達したのだった。

葬式のあと、ヴァランダーはローベルト・オーケルブロムをはじめ、親族と握手をした。小さな娘たちのほうは見ないようにした。見たらすぐに泣きだしそうな気がした。

聖堂の外に出ると、ツーレソン牧師はヴァランダーを脇手に呼んだ。

「あなたがきてくれたことは本当によかった。警察からだれかが代表してきてくれるとは、だれも予測していなかったと思いますよ」

「いや、わたしは自分の意思できただけです」ヴァランダーが言った。「まだこの悲劇の犯人を捜しているのですか?」

「それならなおさらいい」ツーレソンは言った。

ヴァランダーはうなずいた。

「だが、捕まえることはできるのでしょう?」

ヴァランダーはもう一度うなずいた。

「ええ、遅かれ早かれ。ローベルトとお子さんたちはどうですか?」

「教会の信者の人々が、いまは彼らのすべてです。それに彼には神がおられますから」ツーレソンが答えた。

「それじゃ彼は、まだ神を信じているのですね?」ヴァランダーは静かに言った。

ツーレソンは眉間にしわを寄せた。

「だれかが彼と彼の家族に対して犯したことで、なぜ彼が神を信じなくなると思うのですか?」

「そうですね」ヴァランダーは言った。「そんなことはないのですね?」

「一時間後に教会で集まりがあります。よかったらお出でください」ツーレソンが言った。

「それはどうも」ヴァランダーは礼を言った。「しかし私は職場に戻ります」

彼らはふたたび握手し、ヴァランダーは車に戻った。そのとき急に、あたりが春になっていることに気がついた。

マバシャを国外に出したら、とヴァランダーは思った。コノヴァレンコを捕まえさえすれば。そうしたら、おれは春を満喫する。

木曜日の朝、ヴァランダーはリンダをルーデルップの父親の家に送っていった。祖父の家にきて、リンダは急に今晩はここに泊まると言いだした。雑草がはびこっている庭を見たとたん、イースタに戻る前にどうしても庭の手入れをしたいと言うのである。二日くらいかかるだろう、と。

「帰りたくなったら電話をしてくれ」ヴァランダーは言った。

「アパートじゅう掃除してあげたわ。感謝してくれてもいいはずよ、パパ。すごく汚かったんだから」

「わかってるよ。ありがとう」

「あとどのくらい、こっちにいなきゃなんないの？」リンダが訊いた。「わたしストックホルムでやらなくちゃなんないことがたくさんあるんだけど」

「あと少しだ」ヴァランダーは答えながら、自分の声が自信がなさそうに聞こえると思った。だが、驚いたことに、リンダは素直にうなずいた。

その後、オーケソン検事と話をした。ヴァランダーはストックホルムから戻ったあとマーティンソンとスヴェードベリの力を借りて作成した詳細な報告書を持参した。

四時頃食料を買い込んで、家に戻った。玄関にスーパーの宣伝チラシがいつもより多く投げ込まれていたが、ヴァランダーは見もせずにくずかごに捨てた。それから夕食を作り、旅程をもう一度マバシャとともにチェックした。マバシャが旅券審査所で話すほんの一言二言のスウェーデン語の発音は、いまではすっかり上達していた。

食事のあと、旅券審査所での行動をもう一度復習した。マバシャは左の腕にレインコートを掛ける。そうすれば包帯をした手を見られなくてすむ。そのままの状態で上着のポケットからパスポートを取り出す。ヴァランダーはホッとした。左手を隠したまま、うまくパスポートが取り出せた。左手に怪我をしているとはだれにも見えないだろう。

「あんたはイギリスの航空便でロンドンまで飛ぶ。ＳＡＳではリスクが大きすぎる。スウェーデン人の乗務員は新聞を読んでいるだろうしテレビも見ているだろう。あんたが手に怪我をしていることに気づいて、警報を出すかもしれないからな」

その晩遅く、すべての準備が完了して、二人のあいだには沈黙が流れた。別段なにも話すこともないまま長い時間彼らはそうしていた。しまいにヴィクトール・マバシャが立ち上がり、ヴァランダーの前まできて言った。

「なぜおれを助けた？」

「わからない」ヴァランダーが答えた。「おれは何度も、本当はあんたに手錠を掛けるべきだという思いに襲われた。あんたを逃がすことで、おれは大きなリスクを背負うことになるということはわかっている。やっぱり、あんたがルイース・オーケルブロムを殺した人間なのかもしれない。あんたの国ではしまいにみんな嘘がじょうずになると教えてくれたのは、あんた自身だ。もしかするとおれは殺人者を逃がしてやることになるのではないか？」

「そこまで思いながらも、逃がしてくれるのか？」

「そうだ」

ヴィクトール・マバシャはネックレスを外すと、ヴァランダーに渡した。それは動物の歯のペンダントだった。

「レオパードは孤独な狩人だ」マバシャが言った。「ライオンは群れで動くが、レオパードは常に一匹で、自分の歩いた跡しか歩かない。猛暑の昼間は鷲とともに高い木の上で休む。夜になると単独で狩りをする。レオパードは狩りが得意だ。そしてほかの動物にとっては最大の敵だ。これはレオパードの牙だ。受け取ってくれ」

「あんたの言うことが正しく理解できたかどうかわからない」ヴァランダーは言った。「だが、もらっておこう」

「すべてを理解することはできない。物語は終わりのない旅だ」

「もしかするとあんたとおれのちがいはそこかもしれない。おれは物語には終わりがあるということに慣れているし、それを期待する。だがあんたはよい物語には終わりがないと言う」

「そうかもしれない。二度と人に会うことはないと知っているのは、幸運かもしれない。なぜなら、もし本当にそうなら、なにかが残っているはずだから」

「そうかもしれないが、おれにはわからない」ヴァランダーが言った。「本当にそうなのだろうか」

　マバシャは返事をしなかった。

　一時間後、ヴィクトール・マバシャはソファに毛布をかぶって寝た。ヴァランダーはもらった動物の牙をながめて起きていた。

　突然、不安になった。暗い台所へ行き、窓から外の道路をうかがった。静まり返っていた。それから玄関へ行って、ドアがロックされているかどうか確かめた。電話を載せた小テーブルの前のスツールに腰を下ろし、自分は疲れているだけだと言い聞かせた。十二時間後、ヴィクトール・マバシャは国外に出る。

彼はふたたび牙をみつめた。

だれもおれの経験を信じないだろう。指を切り落とされた南アフリカの黒人と、幾日も幾晩もいっしょに過ごしたということを人に話したところで、だれも信じないだろう。よほどのことがなければ、この話は人に話さないことにしよう。

この秘密は墓まで持っていこう。


ヤン・クラインとフランス・マーランが五月十五日金曜日の朝、ハンマンスクラールで会ったときには、計画に弱点がないことはそれぞれ確認済みだった。

暗殺は六月十二日、ケープタウンで実行される。ネルソン・マンデラが演説するスタジアムの彼方にあるシグナルヒルの山頂は、シコシ・ツィキが長距離射撃用のライフルを使って撃つのに理想的なポジションだった。撃ち終わったら、人目につかないようにその場を離れるのだ。

だが、ヤン・クラインにはマーランにもコミッティーのメンバーにも話していないことが二つあった。これらのことは、決してだれにも言わない決心をしていた。南アフリカと白人帝国の繁栄のために、彼はいくつかの選ばれた秘密を墓まで持っていくつもりだった。この国の歴史の中には、はっきり記されるべきではない出来事と事情があった。

その一つが、暗殺後、だれを殺したかを知るシコシ・ツィキを生かしておくことはできないということだった。シコシ・ツィキが口外すると思っているわけではなかった。だが、古代のファラオがピラミッドの中に秘密の部屋を造った人足たちを、秘密が漏れないよう、部屋の存在についての知識そのものを消滅させるために殺させたのと同じように、彼もまたシコシ・ツィキを犠牲にするつもりだった。彼自身の手で殺し、死体は決してみつからないように始末する。

ヤン・クラインが隠し通すつもりのもう一つの秘密は、マバシャがじつにきのうの午後まで生きおおせたということだった。いまはもう死んでいることは疑いなかった。しかし、ヤン・クラインにとっては、マバシャがそんなに長く隠れて生き延びていたということ自体、個人的な敗北を意味した。ヴィクトール・マバシャというファイルを終結させることに手間取ったコノヴァレンコの失敗は、彼個人の責任と感じていた。元KGB諜報員には思いがけない欠陥があった。自らの力不足を、嘘をついて言い逃れようとしたことが決定的な欠陥だった。ヤン・クラインは、必要とする情報はなんでも手に入れる能力があるのだとほかの者に理解されないとき、憤慨した。マンデラ暗殺に成功したら、コノヴァレンコを南アフリカに受け入れるかどうか、決めなくてはならない。コノヴァレンコにはシコシ・ツィキに必要な訓練を与える能力があることは確かだった。しかしコノヴァレンコの不器用さこそ、ソヴィエト連合帝国が崩壊した最大の理由なのではないだろうか。ヤン・クラインはコノヴァレンコもまた、抹消しなければならないかもしれないと思った。この策謀のあとは、徹底的な清掃が必要かもしれない。その仕事は、ほかの者に任せるつもりはなかった。

彼らは緑色のフェルトのクロスの掛かったテーブルにつき、もう一度計画に目を通した。今日までの一週間のあいだに、マーランはマンデラが演説する予定のケープタウンのスタジアムを視察してきた。またシコシ・ツィキが射撃のポジションとするシグナルヒルの山頂にも行ってきた。そのときのビデオを二人はその部屋のテレビで三度も繰り返して見た。唯一欠けている情報は、六月のケープタウンの気象情報だった。マーランはヨットクラブの者だと言って、国の気象台に電話をかけ、必要な情報を送ってくれるように頼んだ。名前と住所は、決して捜し出すことのできないものを与えた。

ヤン・クラインはなんのフットワークもしていなかった。彼の仕事は別の次元にあった。計画の理論的検証が彼の仕事だった。望まない問題が決して発生しないように、起こり得ることを満足のいくまで推測して、一人でロールプレーを演じるのだ。

二時間後、彼らは作業を終えた。

「一つだけしなければならないことが残っている」ヤン・クラインが言った。「六月十二日、ケープタウンの警察がどのように警備を配置するか、正確に知りたい」

「それは私が引き受ける」フランス・マーランが言った。「全国の警察署へ通達を出そう。六月十二日の大集会に向けてどのような警備計画が立てられているか、コピーを送れと命じる」

コミッティーのメンバーが集まるのを待つあいだ、ベランダに出た二人は、黙って景色をながめた。黒人居住区の空は煙が重く立ちこめていた。

「血で血を洗う争いになるだろう」マーランが言った。「私にはまだどのような騒ぎが起きるか、十分に想像できない」

「浄化作業と見ればいい」ヤン・クラインが言った。「血で血を洗うというよりもそのほうがずっと聞こえがいい。そのうえ、それこそまさにわれわれの目的だ」

「それでも」フランス・マーランが言った。「ときどき不安になる。どんな規模の騒乱になるのだろう。われわれはそれを果たして鎮圧できるのだろうか？」

「答えは簡単だ」ヤン・クラインが言った。「鎮圧しなければならない」

またもや宿命論者的な言い方だ、とマーランは思った。そしてかたわらに立っているこの男をながめた。ときどき彼は葛藤を感じていた。この男は正気だろうか？　いつも制御の利いた表情だが、その下には凶暴な真実の姿を隠しているのではないだろうか？

そう思うと不安になった。が、彼にできるのは、そんな考えを追い払うことだけだった。

午後二時、コミッティー・メンバーが全員集まった。マーランとヤン・クラインはビデオを見せて説明した。質問は少なく、疑問には簡単に答えることができた。一時間もかからないうちにミーティングは終了した。三時前には採決に掛けられ、決断が下されていた。

あと二十八日ののち、ネルソン・マンデラはケープタウンの郊外にあるスタジアムで、演説中、射殺されることが決定した。

コミッティー・メンバーは、一定の間隔をおいてハンマンスクラールをあとにした。ヤン・クラインが最後だった。

カウントダウンが始まった。

22

襲撃は真夜中に起こった。

ヴィクトール・マバシャはソファで毛布をかぶって寝ていた。ヴァランダーは台所の窓のそばに立って、腹が空いているのか喉が渇いているだけなのか、決めかねていた。父親とリンダはまだ起きているだろうかと思った。おそらくそうだろう。あの二人はいつも信じられないほど話すことがたくさんあるのだ。

湯が沸くのを待っているあいだ、彼はルイースが失踪してからもう三週間になると考えていた。三週間後のいまわかっているのは、彼女がコノヴァレンコという男に殺されたということだ。同じ男がストックホルムの警察官テングブラード殺害の犯人でもあると思われる。

あと数時間でマバシャがスウェーデン国外に出る。そうしたら、事件の経過を人に話すことができる。しかし、それは匿名でするつもりだった。だが、サインのない手紙が送りつけられても、警察はおそらく信じないだろう。すべてはコノヴァレンコを捕まえ、自供させることにかかっていた。しかしそれでも、彼の自供を人が信じるかどうかは別問題だった。

ヴァランダーは沸き上がった湯をティーポットに入れて、少し待つことにし、椅子を引いて腰を下ろした。

そのとき、玄関ドアと玄関が爆発した。猛烈な衝撃波で彼は吹き飛ばされ、冷蔵庫に叩きつけられた。台所にはいっきに煙が立ちこめ、彼はよろめきながら寝室のほうへ向かった。ベッドのそばまできて、サイドテーブルの中からピストルを取り出したとき、銃声が四回うしろから聞こえた。ヴァランダーは床に伏せた。銃声は居間のほうから聞こえた。

コノヴァレンコだ、とヴァランダーは思った。あいつがおれを殺しにきたのだ。

ヴァランダーは這ってベッドの下にもぐり込んだ。恐怖のため動悸がし、心臓がこの過激な負担に耐え切れなくなると彼は思った。自分のベッドの下で死ぬとはなんたる屈辱的なことかと思ったことを、彼はあとで思い出すことになる。居間でものがぶつかるような音とうめき声が聞こえた。そして寝室に人が入ってきた。数秒間動かずに立っていたが、そのまま出ていった。マバシャの悲鳴が聞こえた。まだ生きているのだ。足音が遠ざかった。ヴァランダーの耳に人の叫び声が聞こえた。道路からなのか、ほかのアパートの住人の声なのか、わからなかった。

彼はベッドの下から這い出した。窓から用心深く下の様子をのぞいて見た。煙が目にしみて涙ではっきり見えない。だが、二人の男がマバシャをあいだに挟んで引きずるようにして歩いていくのがぼんやりと見えた。その一人はリコフだった。ヴァランダーは後先も考えず、寝室の窓を叩き割って、空に向かってピストルの引き金を引いた。リコフはマバシャを引きずっていた手を放すと振り返った。ヴァランダーは床に伏せた。リコフの撃った自動小銃の銃弾が窓を破って飛んできた。かけらで顔を切った。外で人の叫び声がし、車が発進する音がした。窓に飛びついて下を見ると、黒いアウディが走り去る姿が見えた。ヴァランダーは通りに飛び出した。寝間着姿の住人が道路に出てきた。ピストルを持ったヴァランダーを見ると、叫びながら避けた。ヴァランダーはもどかしげに車のドアを開けると、焦るあまり車のライターの穴に鍵を差し込んだりしたあと、やっと発車させてアウディのあとを追った。遠くからサイレンの音が聞こえてくる。ウスターレーデンを選んだのが幸いだった。レゲメントガータンからアウディが猛スピードで西に進むのが見えた。彼らは自分が追いかけてきたことに気づいていないらしいとヴァランダーは思った。寝室に入ってきた男がベッドの下をのぞき込まなかった理由はたった一つ、留守だと思われたのだ、とヴァランダーは思った。

いつもなら、朝のベッド作りはいい加減にすることが多いのだが、その日にかぎって娘のリンダが、あまりの汚さにあきれてアパート中を掃除し、シーツも取り替えてベッドを作っていってくれたのだ。

車はイースタの町を猛スピードで走り抜けた。ヴァランダーは少し距離をおいて追いかけた。これは悪夢だと自分に言い聞かせた。自分は危険な犯罪者を捕まえるにあたっての規則をすべて破っているはずだ。ブレーキを踏んで引き返そうと思った。だが、思い直し、ふたたび猛スピードで追いかけた。すでにサンドスコーゲンを通り過ぎ、左手のゴルフ場も通り過ぎた。ヴァランダーはサンドハンマレンで国道から外れるか、あるいはこのままシムリスハムヌとクリシャンスタ方面へ向かうのか、両方を視野に入れて考え始めた。

突然、前を走っていたアウディのバックライトが揺れ始め、二つの車の距離が縮まった。アウディがパンクしたのだ。車が傾斜し、側溝にはまったのが見えた。ヴァランダーは一軒の家に入る小道の前で急ブレーキをかけ、家の中庭に乗りつけた。車から跳び降りたとき、玄関ドアに明かりがつき、男が出てきた。

ヴァランダーは手にピストルを持っていた。危険な人間ではないと思わせるために彼はできるだけ落ち着いて話しかけた。

「私の名はヴァランダー、警官だ」ここまで一息に言った。呼吸が乱れている。「緊急通報に電話をして、私がコノヴァレンコという男を追いかけていると伝えてほしい。あんたの住所を言い、陸軍の射撃訓練地あたりを捜してくれと言ってくれるか?」

三十代と見える男はうなずいた。

「あんたの顔に見覚えがある。新聞で見てるよ」男がゆっくり言った。

「すぐに電話をかけてくれ。電話はあるだろうな？」ヴァランダーが訊いた。

「もちろん。それより、そのピストルで足りるのか？」

「足りないだろうな」ヴァランダーが答えた。「だがいまは取り替えているひまがない」

そう言うと彼は道路に走り出た。遠くにアウディが見える。物陰に隠れるようにして近づいた。心臓がこれ以上耐えられないのではないかとふたたび思いながら。だが、ベッドの下で死ななくてよかったという思いもあった。いまは恐怖心が彼を前に進ませていた。道路標識の陰に隠れて耳を澄ました。車の中にはだれもいなかった。射撃訓練地を囲むフェンスが一カ所破られていた。いつのまにか海からの濃い霧があたりに立ちこめ、射撃訓練地をすっぽりと覆ってしまっていた。羊が何頭かじっと動かずに地面に這いつくばっているのが見えた。すると目に見えないところにいる羊が鳴き、それに不安そうに呼応する鳴き声が続いた。

あっちだ、とヴァランダーは思った。羊が導いてくれる。彼はフェンスの穴まで走って、くぐって中に入り、地面に伏せてあたりをうかがった。なにも見えない。なにも聞こえない。そのとき、イースタ方面から車の音がし、ブレーキを踏む音が聞こえた。男が一人車から降りた。さっき彼が緊急通報を頼んだ男だった。手に猟銃を持っている。ヴァランダーはフェンスの穴からまた道路側に戻った。

「これ以上前に進まないでくれ」ヴァランダーが言った。「百メートルバックして、そこで待機してくれ。そして警察がきたらフェンスの穴を見せて、武器を持っている男が二人いると言うんだ。武器の一つは自動小銃だ。全部伝えられるか？」

男はうなずいた。

「猟銃を持ってきた」

ヴァランダーは一瞬戸惑った。

「操作を教えてくれ。おれは猟銃のことはほとんどなにも知らない」

男は驚いた様子で彼を見た。安全装置を教え、銃弾の詰め方を教えた。ヴァランダーはそれがポンプガンだとわかった。猟銃を受け取り、予備のカートリッジをポケットに入れた。

男は車をバックさせ、ヴァランダーはふたたび穴をくぐった。また羊の鳴き声がした。右側から聞こえてくる。木の茂みと海に向かう斜面のあいだのどこかだ。ヴァランダーはピストルをベルトに挟み、様子をうかがいながら羊の不安そうな声の方向に歩きだした。

霧はますます濃くなってきた。


緊急通報センターからの電話で夜中に起こされたのは、マーティンソンだった。マリアガータンでの銃撃と火災の知らせと、ヴァランダーがイースタ郊外の男に頼んだ知らせとを同時に受けた。マーティンソンはすぐにはっきりと目を覚まし、服を着ながらビュルク署長へ電話をかけた。だが、マーティンソンによれば、寝ぼけたビュルクは知らせを理解するのに異常に時間がかかったらしい。いずれにせよ、三十分後、短時間にもかかわらず、イースタ署の警察官という警察官が集まった。近隣地域からさらに応援部隊が送り込まれることになった。さらにビュルクは、コノヴァレンコ逮捕のときには報告せよと命じた警察本庁の本部長にも夜中に電話をかけた。

マーティンソンとスヴェードベリは、集まった大部隊を見て顔を見合わせた。もっと小さな部隊で動くほうが、短い時間で効果が上げられるというのが二人の思いだった。だが、ビュルクは規定に従った。あとで批判されるリスクを冒したくなかったのである。

「これじゃ失敗するに決まってる」スヴェードベリが言った。「あんたとおれだけでやらなければならない。ビュルクはただ大騒ぎするだけだ。ヴァランダーが一人でコノヴァレンコを追いかけているというのなら、またコノヴァレンコがおれたちが恐れているような危険な男なら、ヴァランダーはいまおれとあんたの助けが必要なんだ」

マーティンソンはうなずき、ビュルクの前に立った。

「署長が人を集めているあいだに、自分とスヴェードベリは先に出発します」マーティンソンが言った。

「それは許さない」ビュルクが声を張り上げた。「ここは規定どおりに行動しなければならない」

「署長は規定に従ってください。自分とスヴェードベリは健全な判断に従いますから」マーティンソンは怒鳴り返して、その場を離れた。ビュルクがうしろから叫んだが、マーティンソンとスヴェードベリは警察の車に乗り込んで、発車させた。途中ノレーンとペータースの車を見かけ、ついてこいという合図を送った。

彼らは猛スピードでイースタから出た。サイレンと青い光を点滅させるノレーンたちのパトカーを先に行かせた。マーティンソンが運転し、スヴェードベリは助手席でピストルを用意した。

「コーセベリヤより手前で右に曲がる。陸軍の射撃訓練地だ。武装した男が二人。一人はコノヴァレンコだ」マーティンソンが言った。

「いや、まだだれかはわからない。どうも嫌な予感がする」スヴェードベリが言った。

「マリアガータンでの撃ち合いと爆発に関係があるのだろうか？」マーティンソンが訊いた。

「それはビュルクが規定に従って解明してくれるだろうよ」スヴェードベリが言った。

イースタ警察署の前では混乱が生じていた。恐怖に震え上がったマリアガータンの住人からはひっきりなしに電話がかかってくる。消防車が消火作業に当たっていた。襲ったのはだれかを捜査するのは警察の仕事だった。消防団長のペーター・エドラーは建物の前に大量の血痕があると警察に報告した。

周囲から圧力をかけられたビュルクは、マリアガータンの捜査はいったん中止することにした。なによりもいましなければならないのはコノヴァレンコともう一人の男を捕まえること、そしてヴァランダーを応援することだった。

「陸軍の射撃訓練地の広さはどのくらいか、だれか知っているか？」ビュルクが訊いた。

だれも答えられる者はいなかったが、ビュルクには訓練地は海岸まで続いているという漠然とした記憶があった。そして、あまりにもなにも知識がないため、訓練地全体を包囲する以外にはなにもできないと判断した。

近隣地区の警察から応援隊がどんどん駆けつけてくる。ほかのこともさることながら、警察官を一人殺害した男の逮捕劇なので、手の空いている警官が集まってくるのだ。

マルメから駆けつけた警察担当の陸軍司令官とともに、ビュルクは陸軍射撃訓練地を包囲する計画を立てた。警察は陸軍の該当地区の詳細地図を手に入れるため、車を駐在連隊に送り込んだ。

夜中の一時、長い車の列がイースタを出発した。通りがかった人々は車を止めて行列をながめた。霧がいつのまにかイースタの町全体を覆っていた。

射撃訓練地の前までくると、ヴァランダーに通報を頼まれた男が待っていた。ビュルクの前に到着したマーティンソンとスヴェードベリを迎えたのも彼だった。

「なにか変化があったか？」ビュルクが訊いた。

「いや、なにも」男が言った。

そのとき訓練地の中で一発銃声がした。その後、連射が続いた。そして静かになった。

「あれはマーティンソンとスヴェードベリかな？」ビュルクの声にはおびえがあった。

「二人は射撃訓練地の中に走っていきました」男が答えた。

「ヴァランダーは？」

「中に入ってから、一度も戻ってきません」

警察の投光器が霧と羊を照らし出した。

「われわれがここにいるということを伝えなければならない。できるかぎり包囲するのだ」

数分後、彼の声が訓練地全体に響き渡った。スピーカーが幽霊のように声を震わせた。警察隊は訓練地に散らばり、待機した。

すっかり霧に包まれた射撃訓練地を、ヴァランダーは羊の声に導かれて進んだ。腰をかがめて足早に歩いた。間に合わないかもしれないという思いが彼を走らせた。地面に寝そべっている羊に何度もつまずき、羊は悲鳴をあげて散らばった。羊は彼を導いているものの、同時にヴァランダーがコノヴァレンコらのあとを追っていることを暴露するものにもなっていた。

ついに彼らをみつけた。

訓練地の原っぱが海岸に向かって傾きだすところに彼らはいた。まるで静止した映画の画面のようだった。ヴィクトール・マバシャはひざまずかされていた。コノヴァレンコは彼にピストルを向けて立っていた。リコフは数歩離れてその横にいた。コノヴァレンコが同じことを繰り返し訊いているのが聞こえた。

「警察官はどこだ？」

「知るものか」

マバシャの声は反抗的だった。それを聞いてヴァランダーの血は逆流した。コノヴァレンコが憎かった。ルイース・オーケルブロムを殺した男、そしておそらくストックホルムの警官テングブラードも殺したこの男が憎かった。ヴァランダーは自分にいまなにができるかを必死に考えた。這ってもう少し近づいたら、きっとみつかってしまうだろう。この距離ではピストルの弾は届かない。猟銃では近すぎる。一人で英雄のように戦うのは自殺行為になりかねない。リコフの持っている自動小銃は一瞬のうちに彼を抹消してしまうだろう。

残るのはただ、応援部隊を待つことだけだ。しかしコノヴァレンコの苛立ちが激しくなるのがわかった。応援部隊が間に合うかどうか、わからなかった。

ヴァランダーはピストルの安全装置を外した。地面に寝そべって、安定した位置でピストルを構えた。銃口をコノヴァレンコに向けた。

だが、結末はあまりにも早くやってきた。一瞬だったので、ヴァランダーは反応するひまもなかった。あとで彼は、人の命を奪うにはほんの少しの時間で足りるのだと思い知るのだった。

コノヴァレンコがまた質問を繰り返した。マバシャは反抗的に打ち消した。するとコノヴァレンコはピストルを持ち上げ、ヴィクトール・マバシャの眉間を撃ち抜いた。三週間前にルイースを殺したのとまったく同じやり方だった。

ヴァランダーは叫び、ピストルを撃った。しかし、すでにすべては終わっていた。マバシャはうしろに倒れ、不自然な形で横たわっていた。動かない。ヴァランダーの銃弾はコノヴァレンコには当たらなかった。一番の脅威はリコフの自動小銃だ。リコフの太った体に銃口を向け、ヴァランダーは一発、二発と続けて撃った。意外にもリコフは突然よろめき、倒れた。コノヴァレンコにふたたび銃口を向けると、彼はマバシャをかつぎ自分の体の前に掲げて盾にして、海岸へあとじさり始めたところだった。死んでいるとわかっていても、ヴァランダーはどうしてもマバシャを撃てなかった。彼は立ち上がって、コノヴァレンコに武器を捨て降伏せよと叫んだ。返事は銃弾の形でやってきた。ヴァランダーは横に跳んだ。マバシャのおかげで銃弾が当たらなかったのだ。マバシャの重い体を抱えながらでは、射撃の名手コノヴァレンコといえども、手元が不安定になる。遠くから、サイレンを鳴らして車が近づいてくるのが聞こえた。コノヴァレンコがあとじさりして近づいている水辺は霧がさらに濃い。突然コノヴァレンコがマバシャの死体を投げ出して、砂地の斜面に向かって走りだし、霧の中に消えた。同じとき、うしろで羊の鳴く声がして、ヴァランダーはピストルと猟銃を構えたまま振り返った。

霧の中から現れたのはマーティンソンとスヴェードベリだった。顔が驚きと恐怖でひきつっていた。

「武器を下ろせ！」マーティンソンが叫んだ。「おれたちだということがわからないんですか！」

ヴァランダーはこのままではふたたびコノヴァレンコを逃がしてしまうと焦った。説明している時間はなかった。

「止まれ！」彼は叫んだ。「ついてくるな」

そしてあとじさりを始めた。武器はまだ両手に構えていた。マーティンソンとスヴェードベリは動かなかった。ヴァランダーは霧の中に姿を消した。

マーティンソンとスヴェードベリは顔を見合わせた。

「あれは本当にクルトだったのか？」スヴェードベリが訊いた。

「ああ」マーティンソンが返事をした。「頭がおかしくなったようだったな？」

「だが生きている」スヴェードベリが言った。「とにかく生きてはいるんだ」

彼らは用心しながら、ヴァランダーが消えた射撃訓練地と海岸の砂浜の境目に立った。霧が濃くて、なにも見えなかった。ゆっくりと水辺に押し寄せる波の音が聞こえた。

マーティンソンがビュルクに電話をかけているあいだ、スヴェードベリは死んだ二人の男の上にかがみ込んだ。マーティンソンはビュルクに位置を説明し、救急車も呼ぶように頼んだ。

「それで、ヴァランダーはどこだ？」ビュルクが訊いた。

「生きています。いまどこにいるのかはわかりません」マーティンソンが答えた。そして、ビュルクが質問をする前に、急いで携帯電話を切った。

彼はスヴェードベリのところまで戻り、ヴァランダーが殺した男を見下ろした。へその上に弾が二発撃ち込まれていた。

「ビュルクに話さなければならないな」マーティンソンが言った。「ヴァランダーの様子が完全におかしかったことを」

スヴェードベリはうなずいた。しかたがない。

二人はもう一つの死体のほうへ行った。

「指のない男」マーティンソンが言った。「いまはもう、命のない男だ」かがみ込んで、男の眉間の穴を指さした。

二人とも、同じことを考えた。ルイース・オーケルブロム。

警察の車が集まった。救急車も二台到着した。死体の検分が始まったとき、マーティンソンとスヴェードベリはビュルクを呼んで駐めてある警察の車の一台に乗り込んだ。そして自分たちが見たことを伝えた。ビュルクは信じられないという顔をした。

「じつに奇妙な話だな」しまいに彼はそう言った。「クルトは確かにときどきおかしなことをしでかす男だが、彼が正気を失うとは考えられん」

「署長もクルトを見たらわかります」スヴェードベリが言った。「完全におかしくなっていました。そのうえ、自分たちに武器を向けたんですよ。両手に一つずつ銃を構えていました」

ビュルクは頭を振った。

「そして海岸のほうへ消えたと言うんだな？」

「ええ、コノヴァレンコを追っていきました」マーティンソンが言った。

「海岸沿いに？」

「ええ、そこでクルトの姿が消えたんです」

ビュルクは黙り込み、いま聞いた話を理解しようとした。

「警察犬にパトロールさせよう」しばらく考えてからビュルクが言った。「交通を閉鎖し、もう少し明るくなって霧が晴れたらヘリコプターを飛ばすんだ」

彼らは車の外に出た。そのとき、銃声が一発聞こえた。海岸の東のほうからの音だった。すべてが動きを止め、静かになった。警察官、救急車のスタッフ、それに警察犬まで動きを止めた。

羊の鳴き声がした。その不気味な声で、マーティンソンは鳥肌が立った。

「クルトを助けなければ」マーティンソンが言った。「彼は霧の中で一人きりです。そして彼が向かっているコノヴァレンコは、だれであれ向かってくる者は撃つという男だ。クルトを助けなければ、オットー」

スヴェードベリはマーティンソンがビュルクの名前を呼ぶのをいままで一度も聞いたことがなかった。ビュルクはビクッとした。マーティンソンが語りかけているのが自分だとはすぐにはわからなかったようだった。

「犬を連れた警官に防弾チョッキを着せろ」ビュルクが言った。

すぐさま捜索が始まった。警察犬はすぐに足跡をみつけ、追跡を始めた。マーティンソンとスヴェードベリは犬を連れた警官のあとに従った。

死体のあったところから二百メートルほど離れたところで、犬たちは砂地に血痕をみつけた。ほかになにもみつけられないまま犬たちはその場をぐるぐるまわった。中の一匹が急に北に向かってリードを引っ張った。そこは射撃訓練地の端で、彼らはフェンスづたいに歩きだした。犬たちがみつけた足跡は道路を越えて、サンドハンマレンの方角に向かっていた。

二キロほど行ったところで、足跡が消えた。まったく突然宙に消えてしまった。犬はうなり声をあげ、いまきた道を引き返し始めた。

「どうしたんだ?」マーティンソンが犬を連れた警官に訊いた。

彼は頭を振った。

「足跡が冷めてしまったんです」

マーティンソンは一瞬なんのことかわからなかった。

「ヴァランダーは煙となって消えたわけじゃないだろう?」

「しかしそのようです」

捜索は続き、夜が明けた。道路は封鎖された。スウェーデン南部の警察官のほぼ全員が、コノヴァレンコとヴァランダーの捜索活動に参加するためにここに集まったと言ってもよかった。霧が晴れたら、ヘリコプターでの捜索も展開される。

だが、なにもみつからなかった。二人の男は完全に消えてしまった。


午前九時、マーティンソンとスヴェードベリは署の会議室でビュルク署長と向かい合っていた。三人とも疲れ果て、霧で全身が濡れていた。マーティンソンには風邪の症状がはっきりと現れていた。

「警察本部長になんと言ったらいいんだ?」ビュルクが言った。

「正直に話すしかないんじゃないですか?」マーティンソンが静かに言った。

ビュルクは首を振った。

「新聞の見出しが見えるかね? 『スウェーデン警察の秘密兵器と呼ばれた正気を失った警部、警察官殺し犯人を追跡』」

「新聞の見出しは、ふつうもっと短いですよ」スヴェードベリが口を挟んだ。

ビュルクが立ち上がった。

「二人とも、家に帰って着替えるんだ。それからまた続けよう」

マーティンソンがまるで教室の子どものように手を上げた。

「自分はクルトの父親に会いにルーデルップへ行きます。なにか知っているかもしれません」

「ああ、そうしてくれ。急ぐんだ」ビュルクが言った。

その後、ビュルクは自室へ戻り、警察本部長へ電話をかけた。

なんとか報告し終わったとき、その顔は怒りで真っ赤だった。

思ったとおり、警察本部長からこっぴどく非難を浴びせられたのだ。


マーティンソンはヴァランダーの父親の家の台所に腰を下ろした。ヴァランダーの娘は話をしながらコーヒーをいれた。着いてすぐに彼はヴァランダーの父親のアトリエに行ってあいさつしたが、夜中に起きたことについてはなにも言わなかった。先にリンダと話をしたかった。

話を聞いて彼女の目に恐怖が浮かんだ。

「わたしも昨夜はマリアガータンに泊まるはずだったの」と言った。

コーヒーを勧める手が震えていた。

「わからない、あの人が死んだなんて。ヴィクトール・マバシャが。どうしても理解できないわ」

マーティンソンははっきり聞き取れない言葉を口の中でもごもごとつぶやいた。彼は彼女から、ヴァランダーとあのアフリカ人はいったいなにをしていたのか、知っていることを全部話してもらうつもりだった。数日前にヴァランダーの車に座っていたあのアフリカ人は、やはり彼女のケニア人ボーイフレンドではなかったのだとわかった。だが、それならなぜヴァランダーは嘘をついたのか？

「なにか起きる前に、パパをみつけて」

マーティンソンの考えはさえぎられた。

「できるかぎりのことはします」マーティンソンが言った。

「もっとよ」リンダが言った。「できるかぎりでは足りないわ」

マーティンソンはうなずいた。

「はい」マーティンソンは答えた。「全力を尽くします」

三十分後、マーティンソンはルーデルップの家を出た。リンダは祖父になにが起きたかを説明すると約束した。いっぽうマーティンソンは、経過を逐一彼女に知らせると約束した。そしてイースタに戻った。

昼食後、ビュルクはマーティンソンとスヴェードベリとともに会議室に入った。ビュルクはめったにないことだが、会議室のドアをロックした。

「邪魔が入らないようにだ」ビュルクが言った。「始末に負えないことになる前に、この混乱を押さえ込まなければならない」

マーティンソンとスヴェードベリは床に目を下ろした。二人ともビュルクがこれからなにを話そうとしているのか、わからなかった。

「きみたちは、クルトが頭がおかしくなりだしたことに気づかなかったのか？」ビュルクが訊いた。「なにか見ただろう？　私はクルトがときどきおかしくなることに気づいてはいた。だが、彼と日常的にいっしょに働いているのは、きみたちだからな」

「ヴァランダーが理性を失ったとは思いません」長い沈黙のあと、耐えきれないようにマーティンソンが言った。「もしかすると、過労だったのでは？」

「それを言うなら、この国の警官のほとんどが、頭がおかしくなることになる」ビュルクが首を振った。「ところが現実にはそうではない。クルトの頭がおかしくなっただけなのだ。そうにちがいない。いや、それでは聞こえが悪いというのなら、精神錯乱と言ってもいい。家系的なものだろうか？　彼の父親は、畑の中を錯乱して歩いたというようなことがあったじゃないか？」

「あれは酔っぱらっていただけです」マーティンソンが言った。「あるいは一時的なボケというか。でも、クルトはボケたわけじゃありません」

「それじゃアルツハイマーか？」ビュルクが言った。「若年性アルツハイマーもあるそうだが」

「署長の言っている病気のことは、自分にはわかりません」スヴェードベリが突然話しだした。「ですが、お願いですから、ことの本質から離れないでください。クルトが一時的な精神錯乱に陥っているかどうかは、医者のみが判断できることです。われわれがしなければならないのは、彼をみつけることです。彼が二人の人間が死んだ銃撃戦に加わったことはわかっています。われわれは彼をあの射撃訓練地で見ました。彼はわれわれに武器を向けました。が、われわれに危害を加えたわけではありません。絶望的になっているように見えました。いや、どうしていいかわからないようでした。どちらとも自分には決められません。その後姿を消したのです」

マーティンソンがゆっくりとうなずいた。

「あの場にクルトがいたのは偶然ではありません」考えを噛みしめるように彼は言った。「彼のアパートは襲撃されました。これは推測ですが、あのとき彼はあの黒人といっしょにアパートにいたのでしょう。それからなにが起きたのかは、ただ想像するしかありません。だが、クルトはなにか嗅ぎつけたのではありませんか？　われわれに伝えることができない、なにかを？　あるいは当面話さないことにしようと決めたのかも。ときどき彼はそうすることがあるんです。われわれは苛立つのですが。だが、いまわれわれがしなければならないことはただ一つ、彼をみつけることです」

三人は沈黙した。

「こんなことを経験することになろうとは、夢にも思わなかった」しまいにビュルクが言った。

マーティンソンとスヴェードベリは彼の言おうとしていることがわかった。

「しかし、署長はやらなければなりません」スヴェードベリが言った。「クルトを手配するのです。全国に捜索手配をお願いします」

「なんともひどいことだ」ビュルクがつぶやいた。「だが、もはや避けられないだろう」

ほかに話すことはなかった。

ビュルクは重い足取りで自室に引き揚げ、長年の同僚で友人の警部クルト・ヴァランダーを全国に捜索手配した。

それは一九九二年五月十五日のことだった。春はすでにスコーネにやってきていた。その日は暖かい日だった。夕方、イースタの上空に雷が鳴り響いた。

第四章　白い雌ライオン

23

月光の下で、雌ライオンは全身真っ白に見えた。

ジョージ・シパースはジープの荷台の上に立ち、息を潜めて雌ライオンをながめた。雌ライオンは川縁に静かに伏せていた。ジープからの距離は三十メートルほど。シパースは隣に立っている妻のジュディスを振り返った。彼女は夫をみつめ返した。恐れている。彼はゆっくりと頭を振った。

「大丈夫だ。あの雌ライオンはわれわれにかかってこないよ」

彼は自分の言葉を信じていた。しかし心の底ではじつは心配だった。クルーガーパークの動物は、ジープの上から観察する人間に慣れていた。それがたとえ、いまのように真夜中でも。それでも彼は、ライオンが野生の動物であることを忘れてはいなかった。欲望のみに従って生きる、次の行動が決して予測できない動物である。この雌ライオンは若かった。いま彼女の力と俊敏さは最高潮のはずだった。休んでいるいまの姿勢から立ち上がって、数歩土を蹴ってジープまで跳んでくるのにおそらく三秒もかからないだろう。黒人の運転手にとくに緊張した様子はなかった。

だれも武器を持っていなかった。もし雌ライオンがその気になれば、三人とも数秒で殺すことができるだろう。そのがっちりした顎で喉元か背中をがぶりと咬めば十分だった。

突然、雌ライオンが彼の考えを読んだようだった。頭を上げてジープをにらんでいる。ジュディスが彼の腕にしがみついた。雌ライオンはまっすぐ彼らの顔を見ているようだ。月光がその目に映り、光を発している。シパースは動悸がした。運転手が発進すればいいのにと思った。だが、黒人運転手は動かない。シパースは運転手が眠っているのではないかと怖くなった。

そのとき、雌ライオンが砂の上に立ち上がった。車の上の人間からは目を離さなかった。シパースは〝ライオンの金縛り〟という言葉を聞いたことがあった。恐怖の感覚、逃げだしたいという考えはあっても、体が動かないのだ。

雌ライオンはその場に立ってじっと彼らをにらんでいる。頑丈な前肢の筋肉が盛り上がり、毛皮の下で動くのが見える。美しい、とシパースは思った。美しさが彼女の強さであり、予測不能さが彼女の特徴だった。

彼女を分類するなら、まず第一にライオンだ、その次に白いという特性がくる。この考えがシパースの頭に強く食い込んだ。まるで彼が忘れたなにかを思い出させるかのようだった。だが、いったいなにを？　彼はなにも心当たりがなかった。

「どうして車を出さないのかしら？」かたわらでジュディスがささやいた。

「危険じゃないからだよ。ここまではこないさ」

雌ライオンは動かないまま、川の土手の前方に止まっている車の中の人間をながめた。月光が明るかった。夜は澄みきっていて暖かかった。暗い川の中のどこかで、カバがゆっくりと動く音がした。

シパースはこの情景すべてが、彼の注意を促しているのだと思った。危険が近づいているという感覚、しかもそれがいつ制御不能の暴力に移るかわからないという雰囲気は、彼の国の日々の生活の特徴だった。なにかが起きるのを待ってだれもが暮らしていた。野生動物が彼らをみつめている。人々の中にいる野生動物が。黒人は変化が遅すぎるという苛立ちをもって待ち、白人は優位性を失う恐れ、未来への恐れをもって待っていた。それはいま川縁で彼らをながめている雌ライオンを彼らが待っている状況と似ていた。

その雌ライオンが白いのは、白子《アルビノ》のせいだった。シパースは白子として生まれた人間や動物にまつわる神話のことを思った。彼らは超能力をもっていると言われている。また、彼らは不死身だと言う者もいる。

突然雌ライオンが動きだした。まっすぐ彼らに向かってくる。集中力は途切れることなく、その動きは流れるようだ。運転手がエンジンをかけ、ヘッドライトをつけた。明かりが雌ライオンの目を射た。動きが途中で止まった。片方の肢を上げたまま。シパースは妻の爪がカーキの上着を通して腕に食い込むのを感じた。

車を出せ、とシパースは心の中で叫んだ。いま、ライオンが飛びかかってくる前に！

運転手はギアをバックに入れた。エンジンがせき込んでいる。ほとんど止まりそうになったエンジンの音を聞いて、シパースは心臓が止まるかと思った。しかし、運転手はアクセルを踏み込んで、車はやっとバックし始めた。雌ライオンは明かりを避けて頭を横に向けた。

それで終わりだった。ジュディスの爪はもはや上着に食い込みはしなかった。ジープが宿泊所のバンガローに戻るまで、彼らはジープの手すりをしっかり握っていた。夜のドライブはまもなく終わりだ。だが川縁での雌ライオンとの遭遇、そして、それが彼の中に呼び起こした考察は消えなかった。

クルーガーパークに数日間行ってみようと妻に提案したのは、彼だった。一週間ほどファン・ヘーデンの残した書類に目を通したところだった。考える時間がほしかった。金曜日と土曜日、クルーガーパークに出かけ、十七日の日曜日には戻ってファン・ヘーデンのデータファイルに取り組むつもりだった。その仕事は職場にだれもいないときにしたかった。警察の捜査官は、ファン・ヘーデンの書類とフロッピーの全部を段ボール箱に入れて検察局に手渡した。それは彼の上司のヘンリック・ヴァーヴィが秘密情報機関に対してファン・ヘーデンの所有物すべてを検事局に渡すようにと命令した結果だった。正式には、ヴァーヴィ自身が、ヨハネスブルグの首席検事の権限で、それらの所有物に目を通すべきものだった。それらはまず秘密情報機関によって即座に極秘情報とされたのだった。秘密情報機関の人間がそれらに目を通すまでは、検察局に移管させることはできないとファン・ヘーデンの上司は主張したが、それを聞いたヴァーヴィは激怒してすぐさま法務大臣に怒鳴り込んだ。数時間後、秘密情報機関は折れた。ファン・ヘーデンの所有物はすべて検察局に手渡されることになり、ヴァーヴィがその責任者となった。しかし実際に目を通す作業は、シパースの極秘の仕事だった。彼がだれもいない日曜日に仕事をする予定でいるのは、そのためだった。

クルーガーパークへの出発は五月十五日の金曜日の朝だった。ネルスプルイトに向かう自動車道路N4号線で、迅速に目的地に着いた。最後は自動車道路から外れた小さな道に入って、ナンビ・ゲート側のクルーガーパークに到着した。ジュディスがあらかじめ、パークの一番端にあるンワネツィのバンガローを予約していた。そこはモザンビークとの国境に近かった。彼らはすでに何度かそこに行ったことがあって、気に入っていた。バンガローとレストラン、それにサファリのオフィスだけの施設は、静かな場所を望む客に好まれていた。客は夜早く就寝し、翌朝早く起きて、川に水を飲みにくる野生動物をながめた。ネルスプルイトへ向かう車中で、ジュディスは法務大臣のために彼がおこなっている調査は進んでいるかと訊いた。彼は答えを避け、まだよくわからないとだけ言った。まだどのような形で仕事をするようになるのか、決めるための準備をしているので時間が必要だと言った。彼女はそれ以上訊かなかった。いたって無口な男と結婚したと承知していた。

ンワネツィでの二日間、二人はヨハネスブルグと心配事から離れ、何度もドライブに出かけて動物と景色をながめた。食事が終わるとジュディスは読書に耽り、ジョージ・シパースはいま彼がわかっているかぎりのファン・ヘーデンとその秘密の仕事について考えをめぐらせた。

この仕事を始めてから、彼は順を追ってファン・ヘーデンのホルダーに目を通していった。そのうち、行間を読む能力を磨かなければならないことに気づいた。正確で正式な覚え書きと調査報告に交じって、急いで書き付けたと見えるバラバラの手書きメモがあった。彼はその読みにくい字をゆっくりと解読していった。乱暴な字に、小うるさい学校の教師のような気分になった。内容は詩の下書きのようだと思った。叙情的なトーン、比喩《メタファー》と思索の形跡。そんなファン・ヘーデンの正式ではない仕事の部分を理解しようと試みたとき、初めてなにか異常なことが起きたとわかったのだった。報告書、覚え書き、それにメモ用紙に書かれた走り書き——これらは彼にとって貴重な〝神の言葉〟のようなものだったが――は、遠い過去まで遡っていた。初めは正確な観察と内省が、冷静で偏りのない形で表現されていた。だが、ファン・ヘーデンが死ぬ六ヶ月ほど前に、それが変わった。それは、別の、もっと暗い考えを表すものになった。なにかが起きたのだ、とシパースは思った。ファン・ヘーデンの仕事、あるいは彼の個人生活になにか劇的な変化が起きたのだ。ファン・ヘーデンはそれまでとは異なることを考え始めた。それまでは安定していたものが急に不安になった。的確な調子がためらいがちになった。ほかにもちがいをみつけた。以前は書きなぐりのメモは内容がバラバラだった。だが、あるときからファン・ヘーデンは日付を書くようになった。ときには時間さえもメモに書き入れた。シパースはファン・ヘーデンが遅くまで働いていたことがわかった。

メモの多くには夜中の十二時をまわった時刻が書き込まれていた。メモは全体に詩的な形をとった日記のようだ、と彼は思った。シパースは基礎となる、全体と関係のある糸口をみつけようとした。ファン・ヘーデンは決して個人生活のことは書かなかったから、メモはすべて仕事に関係のあることだとシパースは推測した。だが、手がかりになるような具体的な情報はみつからなかった。ファン・ヘーデンの日記は、同意語と類似語で書かれていた。〝母国〟が南アフリカを示すことは当然だった。だが、〝カメレオン〟とは？　〝母と子〟とは？　ファン・ヘーデンは結婚していなかった。ヨハネスブルグ警察のボルストラップ捜査官は、シパースが要求したファン・ヘーデンの身元情報報告書に、近い親戚がいないと記載していた。シパースはコンピューターにこれらの言葉を書き込んで関連性を探ろうとしたが失敗した。ファン・ヘーデンの言葉はあいまいで、まるで記載したことと関係をもちたくないかのようだった。シパースはファン・ヘーデンの書き物の中に危険が読みとれると何度も思った。それを告げようとしていたのか。ファン・ヘーデンはなにかを突き止めたのだ。彼の世界観が突然脅威にさらされたかのようだった。死の世界について書いている。そしてそれはわれわれが内側にもっているものだと。なにかが崩壊することが見えたのだ。同時にシパースは、ファン・ヘーデンは死ぬ数週間前には、罪の意識と悲しみを感じていたらしいことを読みとった。

ファン・ヘーデンが書き付けたのは、いつも決まって黒人のこと、白人のこと、ボーア人のこと、そして神と許しについてだとシパースは気づいた。しかしどこにも陰謀とか策略という言葉はなかった。自分が捜している、そしてファン・ヘーデンがデクラーク大統領に報告したことだ。なぜどこにも書かれていないのか？

木曜日の夜、シパースが妻のジュディスとンワネツィに旅立つ前の晩、彼は遅くまで仕事場にいた。部屋の電気を消して机の上のランプだけにした。ときどき警備員の声がわずかに開いている窓から聞こえた。

ピーター・ファン・ヘーデンは忠実な公務員だった、とシパースは思った。秘密情報機関で、彼は非常に細部にわたる、また非常に独特な仕事をしてなにかを突き止めた。国家に対する陰謀だ。究極的にはクーデターに繋がる策略だ。ファン・ヘーデンは徹底的に陰謀の中枢機関を探るために働いた。多くの疑問点があった。そしてファン・ヘーデンは、不安と自分の内なる死の世界についての詩を書いていた。

シパースは自分の書類キャビネットをながめた。その中にヴァーヴィがファン・ヘーデンの上司から取り上げたフロッピーディスクが入っている。フロッピーディスクの中に答えがあるにちがいない、とシパースは思った。ファン・ヘーデンがバラバラのメモ用紙に書きなぐった、ますますでたらめな、自分の内なる世界のつぶやきは、全体の一部にすぎないのだろう。真実はフロッピーディスクの中にあるにちがいない。

五月十七日日曜日の早朝、シパース夫妻はクルーガーパークからヨハネスブルグに戻った。ジュディスを家に送り届け、朝食をとってから、ヨハネスブルグの中心街にある陰鬱な検察局の建物まで車で行った。町はひとけがなくひっそりとしていた。突然住民が避難させられて決して戻ってこないような、奇妙な感じだった。武器を携帯した警備員に建物の中に入れてもらい、彼は足音の響く廊下を自室まで歩いた。

中に入り、ドアを閉めたとたん、だれかがここに入ったと感じた。ほんのわずかの、ほとんど目につかないようなちがいが、訪問者がいたことを告げていた。清掃員かもしれない、と彼は思ったが、そうとは言い切れなかった。

任務の影響が出てきたな、と彼は心の中でつぶやいた。ファン・ヘーデンの不安、いつもだれかに監視され、脅迫されているという彼の日常的な恐怖が、いま自分にも届いた。

彼は不快感を振り払った。上着を脱いで、書類キャビネットを開けた。そしてまず第一のフロッピーをコンピューターに入れた。

二時間後、資料の整理が終わった。ファン・ヘーデンのデータファイルには格別に目を引くものはなかった。一番注目に値したのは、仕事の詳細な整理と秩序だった。

最後に一つのフロッピーが残った。

シパースはそれを開けることができなかった。直感的に、ここにファン・ヘーデンが隠した情報があると彼は思った。スクリーンには、このフロッピーを開けて秘密の部屋に入るためには、パスワードが必要だという文章が点滅している。無理だ、とシパースは思った。パスワードはなにか一語だ。なんでもあり得る。ワードリストのプログラムに当たって適当な言葉を探すことはできる。しかし、その言葉は英語か、それともアフリカーンスか？　いや、やっぱりワードリストに照合していくことは無意味だ。ファン・ヘーデンの一番貴重なフロッピーディスクを、ワードリストにあるような言葉で開けられるわけがない。秘密の鍵は慎重に選んだはずだ。

シパースは腕まくりをして、家から持ってきたコーヒージャーからコーヒーをいれ、またバラバラのメモ用紙を読むことに戻った。ファン・ヘーデンはパスワードを知らない者がフロッピーを開けようとして何度も試すことを予測して、数回パスワードを試したら自動的にフロッピーの内容が破壊されるようにプログラムを組んでいたのではないかと、シパースは恐れた。これはまるで、古い要塞に足を踏み入れるようだ、と彼は思った。堀のつり上げ橋は上げられている。堀には水が張られている。中に入るのに残る道はたった一つ。城壁を登ることだ。どこかに足がかりの穴があるはずだ。自分が探しているのはまさにその足がかりだ。最初の足がかり。

午後二時、彼はまだパスワードと格闘していた。あきらめようという気分に傾いていた。ファン・ヘーデンが作ったファイルが開けられないことで、彼に対して漠然と腹が立った。

さらに二時間がたち、シパースは完全にあきらめようとした。ほかにどんなアイディアも浮かばなかった。この間ずっと、試した言葉はどれもまったく見当ちがいなのだろう。ファン・ヘーデンが選んだパスワードには、シパースがまだ突き止めていない条件と意味があるのだ。なんの期待もなく、彼はボルストラップ捜査官からもらった覚え書きと調査報告書を手元に引き寄せた。

もしかしてここに正しい言葉があるのでは？　不快な気分で死体解剖報告書を読み、写真まできたとき目を閉じた。もしかすると、警察が言うとおり、単なる強盗殺人かもしれないとも思った。大げさな形式で書かれた報告書からはなにも得られなかった。彼はファン・ヘーデンの私的な覚え書きに目を移した。

ボルストラップからの報告書の一番最後に、秘密情報機関の職務室で警察が発見したファン・ヘーデンの私物リストがあった。ボルストラップ捜査官はそこに皮肉なコメントを書き込んでいた。〝ファン・ヘーデンの上司が、警察に見られては困るものをあらかじめ取り除いていたという危険性がないわけではない〟。シパースはぼんやりとそのリストに目をやった。灰皿、額縁入りの両親の写真、リトグラフ数枚、ペン立て、カレンダー、机の下敷き。覚え書きを脇に押しやろうとしたとき、彼の目が停止した。私物リストの中にボルストラップ捜査官は、象牙でできた小さな彫り物、アンテロープを書き入れていた。〝非常に高価なアンティーク〟とボルストラップは注釈を入れていた。

覚え書きからコンピューターに目を移して、antelope と書き入れた。〝正しいパスワードを入れてください〟という表示が出てきただけだった。シパースは少し考えて、部族の言葉で kudu と書き入れた。今度も拒絶された。彼は受話器を取り、ジュディスに電話をかけた。

「手伝ってほしいんだ。動物事典を持ってきて、アンテロープのページを開いてほしい」

「いったいなにをしているの？」ジュディスは驚いたようだった。

「いまやっている仕事の一つに、わが国のアンテロープの将来に関する報告作成がある」と嘘をついた。「全種類を網羅したかどうか、チェックしたいんだ」

彼女は事典を持ってきて、アンテロープの種類を数え上げた。

「何時に帰っていらっしゃるの？」彼女は訊いた。

「もうすぐだ、たぶん」彼は答えた。「いや、あるいは、すごく遅くなるかもしれない。電話するよ」

電話を切ったときには、ファン・ヘーデンの私物リストの中にあった小さな彫り物が正しいという前提のもとで、どの言葉が該当するか、わかっていた。

スプリングボック（springbok 南アフリカ産のアンテロープの一種）。南アフリカ共和国の象徴だ。本当にそんなに簡単なものだろうか？

彼はゆっくりとその英語を書き入れた。最後のスペルは少し遅らせて入れた。コンピューターの答えはすぐさま出た。間違い。

もう一つ可能性がある。同じ言葉だが、アフリカーンスで入れてみよう。Spriengboek。

スクリーンが直ちに反応しだした。そして、フロッピー内容の一覧表が現れた。

開くことができた。ファン・ヘーデンの世界に入り込むことができた。

興奮で汗が吹き出てきた。銀行の金庫を開ける強盗の興奮を思った。

彼は内容を読み始めた。夜八時に全体を読み終わったときには、二つのことがわかっていた。

一つには、ファン・ヘーデンは職務上の理由で殺されたのだということ。もう一つは、危険が近づいているというファン・ヘーデンの予感は正しかったということだった。

椅子に寄りかかって、首を伸ばした。

背筋に冷たいものが走った。

フロッピーディスクには、ファン・ヘーデンの冷徹な観察を書いた日記が入っていた。ファン・ヘーデンは深い鬱《うつ》状態に陥っていたということが、いまシパースにはわかった。陰謀の疑いと関連して発見した事柄は、ファン・ヘーデンがそれまでも感じていたこと、すなわちボーア人の生活は嘘の上に築かれているということが正しかったと確信させた。陰謀の事実を探れば探るほど、彼は自分自身の心の中にも深く入り込んでいった。冷徹で正確な考察をしたのとバラバラのメモに書きなぐったのと、両方ともが真実の彼だった。

シパースは、ファン・ヘーデンはこれ以上続けられないところまできていたのだと思った。

彼は立ち上がって、窓辺に行った。遠くからパトカーのサイレンが聞こえた。

われわれはなにを信じていたのだろう、と彼は考えた。決して変わらない世界を真実だと思っていたのか？　黒人にはほんの少し与えていれば十分だと信じていたのか？　世界は根本的に不変だと？

恥辱感が彼を襲った。彼自身は新しい時代のボーア人だった。すなわちデクラークは売国奴だとみなすようなボーア人ではなかったが、彼は受動的に——妻のジュディスにしても同じだったが——人種差別政治の継続を目指す体制に協力してきたのだ。彼自身もファン・ヘーデンが書いている〝死の世界〟を心の中にもっているのだ。彼自身も荷担しているのだ。

この黙認こそ、陰謀の基礎を作っているものだ。策略を立てている者たちはボーア人がこれからも受動的であることを、そして暗黙の感謝を捧げていることを計算に入れているのだ。

シパースはふたたびコンピューターに向かった。

ファン・ヘーデンはじつによく追跡していた。いまやシパースはこれらの情報から結論を引き出すことができた。そしてそれを明日にもデクラーク大統領に報告するつもりだった。その結論は火を見るより明らかなものだった。

ネルソン・マンデラ、だれもが認める黒人市民の指導者の暗殺が策謀されているのだ。ファン・ヘーデンは殺される寸前まで、必死でその謀略の日にちと場所を探っていた。シパースはその日コンピューターをオフにしたときにもまだ、それはわからなかった。しかしそれが近い将来のことであること、大聴衆を前にマンデラが演説するときであることを示すものはあった。ファン・ヘーデンは今後三ヶ月以内にマンデラが大聴衆の前に現れる、考えられる日にちと場所を数カ所挙げていた。ダーバン、ヨハネスブルグ、ソウェト、ブルームフォンテーン、ケープタウン、そしてイーストロンドン。これらの場所の横に日付が書き込まれていた。どこか南アフリカの外で、プロの殺し屋が準備をしている。ファン・ヘーデンは元KGBの諜報員が殺し屋の背後に潜んでいるところまで探り出していた。しかし、まだそれ以上に詳しくは書かれていなかった。

しまいにもっとも大切なことが残った。シパースは再度ファン・ヘーデンが陰謀の中核に至るまでを分析した、問題の箇所を読み直した。そこにコミッティーという言葉があった。ゆるいつながりをもった人々の集まり。南アフリカのボーア人社会の中でもっとも力をもつグループの代表者たちだ。しかし、ファン・ヘーデンはコミッティー・メンバーの名前は挙げていなかった。書いてあったのはヤン・クラインとフランス・マーランだけだった。

この二人が陰謀の中心人物だとファン・ヘーデンは解釈していたのだとシパースは思った。この二人を集中的に調べ上げれば、コミッティーのほかのメンバーも明らかになるし、このコミッティーがどんな組織で、なんの目的で築かれたものかがはっきりわかるとファン・ヘーデンは考えたのだ。

クーデター、とファン・ヘーデンは最後の文章の終わりに書き込んでいる。日付は彼が殺された二日前だった。内戦？　大混乱？　彼は答えを書いていなかった。疑問が並べられてあるだけだった。

しかしそこにはさらにもう一つ記載があった。彼が入院した日の日曜日に書かれたものだった。来週、次に進む。ベスイデンホウト　五五九。

これは彼が墓の中から自分にやってくれと頼んでいることだ、とシパースは思った。これは彼が生きていればやったことだ。いまは自分が彼の代わりにやるしかない。だが、これはなんなのだ？　ベスイデンホウトはヨハネスブルグの町の一角で、数字は番地にちがいない。

急に彼は疲れを感じ、不安になった。自分に課された責任は、想像以上に大きかった。

彼はコンピューターを閉じ、フロッピーディスクを書類キャビネットに入れて鍵をかけた。すでに九時になっていた。外は真っ暗だった。パトカーのサイレンは絶えることなく鳴っていた。まるでハイエナのように、闇の中で見張っているのだ。

シパースはひとけのない検察局の建物から出て、自分の車に向かった。はっきりと決めていたわけではなかったが、車に乗るといつのまにか彼は町の東側に向かっていた。ベスイデンホウトのあるところだ。住所を捜し当てるのは簡単だった。五五九番地はベスイデンホウト公園のすぐそばにあった。彼は通りに車を駐め、エンジンを止めてライトを消した。その家は白い石造りの家だった。閉じられたカーテンの中に明かりがついている。家の前に車が駐まっているのが見えた。

シパースはまだ疲れと不安を感じていて、このあとどうしたらいいかまで考えていたわけではなかった。まず今日の長い一日が、頭の中に落ち着かなければならなかった。川縁にじっと伏せていた雌ライオンのことを考えた。それが立ち上がり、彼らに向かって動きだしたことを。野生の動物がわれわれの中で爪を立てるのだ、と彼は思った。

突然、なにが重要かがわかった。

マンデラの暗殺は、今日この国で起き得る最悪のことだ。結果は恐ろしいことになるだろう。いま築き上げられつつあるすべて、黒人と白人をなんとか和解させようとする一筋の意志は、一瞬のうちに吹き飛ばされるだろう。怒りが堰を切り、恐ろしい暴動の波が全国に及ぶだろう。この恐ろしい暴動の波を喜ぶ人々がいる。堰を決壊させようとコミッティーを結成した人々だ。

シパースがそこまで考えたとき、その家から男が一人出てきて、車に乗った。同時に家のカーテンが開いた。黒人の女が一人、そのうしろに若い女が一人立っている。年上の女が手を振った。うしろに立っている女は動かなかった。

シパースは車に乗った男の顔は暗くて見えなかった。だが、それでもその男がヤン・クラインであることはわかった。車が通り過ぎたとき、彼は体をずらして窓の下に隠れた。ふたたび身を起こして座席に座り直したときには、カーテンはすでに引かれていた。

シパースは額にしわを寄せた。黒人の女が二人？　ヤン・クラインが彼女たちの家から出てきたことは間違いない。〝カメレオン〟、〝母親と子ども〟？

関連があるとは思えなかった。だが、ファン・ヘーデンを疑う理由はまったくなかった。彼が重要だと書いたのなら、きっとそうにちがいないのだ。

ファン・ヘーデンはなにか秘密を嗅ぎつけたのだ、とシパースは思った。その足跡を追ってみよう。

翌日、シパースはデクラーク大統領の官邸に電話をかけて、至急大統領に会いたいと告げた。大統領は夜の十時なら時間があるとの答えを得た。その日彼は一日じゅう、報告書を書きまとめた。大統領の待合室に座ったとき――彼を迎えたのは最初のときと同じ馬鹿ていねいな大統領執務室の警備員だった――、彼は非常に神経質になっていた。しかしその晩は待つ必要がなかった。十時きっかりに警備員がやってきて、大統領が待っていると告げた。シパースは部屋に入って、最初のときとまったく同じ印象をもった。デクラーク大統領は非常に疲れて見えた。目には光がなく、顔色は青ざめていた。両目の下の重そうな袋が、彼を床まで引きずり下ろしそうだった。シパースはできるだけ短く、前日に発見したことを報告した。ただ、ベスイデンホウト公園のそばの家のことだけは今回は言わなかった。

デクラーク大統領は半ば目を閉じて話を聞いた。シパースが話し終わっても大統領は動かなかった。一瞬シパースは、自分が話しているあいだに大統領は眠りに落ちたのかと思った。しかし大統領はしばらくして目を開けて、シパースをみつめた。

「自分がまだ生きているのは、どういうわけだろうと思うことがしょっちゅうある」大統領が言った。「私を売国奴だと思っているボーア人は数知れない。しかしそれでも暗殺の対象はマンデラだという報告を得たわけだ」

デクラーク大統領は黙った。シパースは大統領が一心に考えているのがわかった。

「いまの報告で、私が不安に感じることがある」しばらくして彼はそう言った。「この暗殺計画には、しかるべきところに脇道がもうけられているのではないか。二つの状況が考えられると見ようではないか。一つは私だ。この国の大統領である私がこの暗殺計画のもともとの犠牲者と見るべきだ。いいか、シパース、きみはファン・ヘーデンの書き物をその目で読むのだ。もう一つはこの人々が、私と友人マンデラの二人の暗殺を狙っているのではないかいう目で見てほしいのだ。しかし、私がいまこう言ったからといって、この狂った人々が立てている暗殺計画の対象がネルソン・マンデラではないと言い切っているわけではない。私はただ、きみがいま知り得たことを批判的な目で見てほしいのだ。ファン・ヘーデンは殺された。ということは、あらゆるところに目と耳があるということだ。経験から私は、脇道は秘密情報機関のお得意の分野だということを知っている。私がなにを言っているか、わかるか？」

「はい、わかります」シパースは答えた。

「二日のあいだに結論を出してくれ。それ以上の時間は残念ながら割くことができない」

「ファン・ヘーデンの結論は、暗殺の標的はマンデラであるというものだと、私はいまでも信じます」シパースは言った。

「信じる？」大統領が言葉を続けた。「私は神を信じる。しかし神が果たして存在するのかどうか、わからない。また神は一つなのか、複数なのかそれもわからない」

シパースは答えることができなかった。しかしデクラークが言わんとしていることはわかった。

大統領は両手を上げて机の上に置いた。

「コミッティー、か」と彼は考えながらゆっくりと言った。「われわれが築き上げたものを転覆させようとするもの。いままでの政治が失敗だったために派生した当然の結果でもある。彼らはわが国を混乱させようとしている。これは決して成功させてはならない」

「はい、もちろんです」シパースは答えた。

大統領はふたたび考えに沈んだ。シパースは黙って待った。

「私は毎日、狂った愛国者に襲われるのではないかと思っている」言葉を噛みしめながら大統領は言った。「前任のフルウールト（ヘンリック・フルウールト（一九〇一―六六）オランダ生まれの南アフリカ共和国の政治家、首相（一九五八―六六）。アパルトヘイトを推進、議会内で暗殺された）に起きたことを思う。議会内でナイフで刺されて殺された。それが私にも起き得ると思っている。それが怖いとは思わない。私が怖いのは、私の跡を継いでくれる者が皆無だということだ」

デクラーク大統領はシパースを見てかすかにほほえんだ。

「きみはまだ若い。しかし、いま、わが国の将来は二人の年寄りの手にゆだねられている。マンデラと私だ。ゆえに、われわれ二人がさらにあと数年生き延びられればいいと私は思う」

「マンデラの周辺警備を増強するほうがいいのではありませんか？」シパースが訊いた。

「ネルソン・マンデラは非常に特別な男だ」デクラークは答えた。「彼は警護されるのが大嫌いなのだ。人の上に立つ人間にはよくあることだ。ドゴール（一八九〇―一九七〇）フランスの将軍・政治家。第五共和制の初代大統領（一九五八―六九）がいい例だ。だからこれは極秘におこなわれなければならない。しかしもちろん、私はすでに彼の警護を増強するように指示を与えてある。だが、彼がそれを知る必要はない」

謁見は終わった。

「二日だ。それ以上の時間はない」デクラーク大統領は繰り返した。

シパースは立ち上がり、頭を下げた。

「もう一つ」デクラーク大統領が言った。「ファン・ヘーデンの身に起きたことを忘れるな。用心せよ」

大統領官邸を出たときに初めてジョージ・シパースは大統領の言葉を理解した。彼にも目に見えない監視がついているという意味だ。冷たい汗が流れた。車に乗り込みそのまま家に戻った。ふたたび彼は、冷たく冴え渡った月光の下でほとんど真っ白に見えた雌ライオンのことを思った。

24

クルト・ヴァランダーにとって死はいつも黒色だった。

いま海岸に立って、死はどんな色にもなり得るのだと思った。ここではそれは白だった。霧は彼を完全に閉じ込めてしまった。浜辺に打ち寄せる波の音がかすかに聞こえるような気がしたが、いまはなにより霧で彼は立ち往生していた。

海岸に降りる前、射撃訓練地に立っていたとき、彼の頭にはなに一つはっきりとした考えはなかった。マバシャが殺されたこと、彼自身人を一人殺したこと、そしてコノヴァレンコがまたもやこの濃い霧を利用して逃げ延びたということだけがわかった。スヴェードベリとマーティンソンが霧の中から幽霊のようにぬっと現れた。彼らの顔を見て、ヴァランダーは自分のまわりに死体が転がっていることに対する恐怖を察知した。この場から逃げだしたい、消えてしまいたいという思いと、コノヴァレンコを追いかけて捕まえてやるという思いが交錯した。あとで彼はこのときのことを、まるで自分が少し離れたところで傍観していたかのような光景として思い出す。ヴァランダーという男が武器を振り上げてそこに立っていた。自分ではなかった。だれかほかの人間が自分になりすましているようだった。マーティンソンとスヴェードベリについてくるなと叫んで、砂の斜面を滑り落ち霧の立ちこめた砂浜を一人でさまよい歩いて、起きたことがやっと理解できるようになった。ヴィクトール・マバシャは死んだ。眉間を撃ち抜かれて。ルイースとまったく同じように。太った男はふっ飛び、両腕を上げて仰向けに倒れた。自分の撃った銃弾が当たって死んだのだ。

彼は大声で叫んだ。霧の中に響き渡る霧笛の音のようだった。もう引き返すことはできないという思いが胸を締め付ける。おれはこの霧の中に消えるのだ。砂漠に消えるように。霧が晴れたとき、おれはもういない。

彼は残っているかぎりの分別をかき集めた。引き返すのだ、と彼は思った。死んだ男たちのところまで戻るのだ。そこには同僚がいる。彼らといっしょにコノヴァレンコを捜索すればいい。しかし彼はそこからさらに前に進んだ。引き返すことはできなかった。彼にまだ義務があるとすれば、それはコノヴァレンコをみつけ、やむを得ない場合は殺すことだ。だが、できれば捕まえてビュルクに引き渡したい。その後ゆっくり眠るのだ。そして目を覚ましたときには悪夢は終わっている。だが、現実はそうではなかった。悪夢はまだ続いている。リコフを射殺したとき、彼は一生忘れることができない行為をしでかしてしまったのだ。それならば、いっそのことこのままコノヴァレンコを追跡すればいい。彼はすでにリコフを殺した罪をあがなう気持ちになっていることに漠然と気がついた。

この霧の中のどこかにコノヴァレンコがいるのだ。もしかするとすぐそばにいるのかもしれない。気が狂ったようにヴァランダーは真っ白い霧の中に向かって銃を撃ち放った。汗で額に貼りついた髪の毛を払った。そして自分が血を流していることに気がついた。マリアガータンのアパートの窓をリコフが銃撃したときに傷ついたものにちがいない。服を見下ろすと、血まみれだった。血は砂地に滴り落ちていた。彼はその場を動かず、呼吸が静まるまで待った。それからまた歩きだした。砂の上のコノヴァレンコの足跡を追っていった。ピストルはベルトに挟み込んだ。猟銃は安全装置を外したまま、両手で持って腰の位置に構えた。足跡からコノヴァレンコが足早で、ほとんど走っていったことがわかる。彼は歩みを速め、犬のように足跡を追い続けた。濃い霧のために、彼は自分が停止していて砂地が動いているような錯覚に陥った。突然、コノヴァレンコが立ち止まった跡にきた。コノヴァレンコはそこで方向を変えて、ふたたび岩場のほうに向かって走りだしたようだった。コノヴァレンコの足跡が射撃訓練地の野原まで続いていたら、その先はもはや足跡をみつけることはできないとヴァランダーは思った。急斜面をにじり登ると、そこは射撃訓練地の最東端であることがわかった。彼は立ち止まり、耳を澄ました。ずっと離れた背後でサイレンが遠ざかるのがかすかに聞こえた。突然彼の足元で羊が鳴いた。ふたたび静寂。ヴァランダーはフェンスに沿って北に向かった。それだけははっきりと認識できた。どの瞬間にコノヴァレンコが現れてもおかしくないと思った。頭を撃ち抜かれるときどんな気がするのだろう。しかしなにも感じることができなかった。いまの彼にとって生きることは、フェンス沿いに歩くことだけだった。どこかに銃を持ったコノヴァレンコがいる。自分は彼をみつけなければならない。

サンドハンマレンへ向かう道路に着いたとき、あたりには霧以外になにもなかった。道路の反対側にぼんやりと一頭の馬が見えた。耳を立ててじっとたたずんでいる。

遠くでクリシャンスタ方面に走る車の音がした。

コーセベリヤ方面に向かって歩きだした。コノヴァレンコはいない。またもやうまく逃げおおせたのだ。ヴァランダーはあてもなく歩いた。じっと立っているよりも、歩いているほうが楽だった。あたりにはなにもなく、ただ湿ったアスファルトがあるだけだった。

自転車が一台、昔の牛乳台に立てかけてあった。鍵がかかっていなかったので、彼は自分のためにだれかがそこに置いてくれたのだと思うことにした。荷台に猟銃をくくりつけると、彼は自転車に乗った。まもなくアスファルトの道から砂利道に入り、その道をたどってやっと父親の家までたどり着いた。玄関の明かり以外はすべて消えている。彼は立ち止まって耳を澄ました。父親がアトリエにしている外の小屋のうしろに自転車を隠して、音を立てないようにそっと歩いた。父親が予備の鍵を隠しているところを知っていた。地下室への階段にある壊れた植木鉢の中だ。鍵を取ると、アトリエのドアを開けた。奥に窓のない部屋があって、そこには絵の具や古い画布が置かれていた。ドアを閉めて明かりをつけた。白熱灯の明かりに彼はぎくっとした。そこに濃い霧がないことが不思議だった。水場で顔を洗い、血をこすり落とした。壁に立てかけてある壊れた鏡のかけらに顔が映った。自分の目が信じられなかった。両目とも大きく見開かれ、血走り、落ち着きのない目つきになっていた。汚れた電気レンジで湯を沸かしてコーヒーをいれた。時計は朝の四時を示していた。父親は五時半に起きてくる。それまでにここを出なければならない。

いま必要なのは隠れ家だった。さまざまな場所が頭に浮かんだが、どれも無理だった。だが、最後にどうすればいいのかわかった。コーヒーを飲み干すと、アトリエを出た。中庭を横切って母屋のドアを開けた。玄関に入ると、年取った男独特の臭いが鼻を突いた。耳を澄ました。静かだった。そっと台所へ行って、ドアを閉めた。驚いたことに電話番号は忘れていなかった。受話器を手に、彼はこれから言うべきことを考えた。それから番号を押した。

ステン・ヴィデーンはすぐに電話を取った。すでに起きていたらしい。馬飼いの人間は早起きなのだとヴァランダーは思った。

「ステンか？　クルト・ヴァランダーだ」

二人は昔、親しい仲だった。ヴァランダーはステン・ヴィデーンが決して驚きを見せない人間であると知っていた。

「ああ、わかるよ、声で。朝の四時に電話とはね？」

「助けがほしいんだ」

ステン・ヴィデーンはなにも言わなかった。黙って続きを待った。

「いまサンドハンマレンに向かう道にいる。迎えにきてくれないか。一時的にかくまってほしい。数時間でいい」

「どこに行けばいい？」ヴィデーンが訊いた。

それから咳をし始めた。

まだあの強いタバコを吸っているんだ、とヴァランダーは思った。

「コーセベリヤへ曲がる道の角で待っている」と言った。「車はなんだ？」

「ボルボの古いデュエットだ」

「どのくらいでこられる？」

「霧が深いからな。四十五分か、もう少し早く行けるかもしれない」

「そこで待っている。礼を言うよ」

ヴァランダーは受話器を置いて台所を出た。誘惑には勝てなかった。古いテレビのある居間を通って、客間の前の厚いカーテンの隙間からそっと中をのぞいた。リンダは眠っていた。台所の外の電気の弱い光が窓から射し込んで、彼女の髪の毛と額、鼻の一部が見えた。ぐっすりと眠っている。

彼は母屋を出て、アトリエの奥の部屋で自分の跡を片づけた。自転車で大きな道路との交差点まで行くと左に曲がった。コーセベリヤへの曲がり角で自転車を降り、南部電力の小屋のうしろに隠した。それから小屋の陰に隠れて待った。霧は相変わらず濃かった。突然霧の中から警察の車が出てきてヴァランダーの前を通り過ぎた。運転していたのはペータースのようだった。

ヴァランダーはステン・ヴィデーンのことを考えた。最後に会ったのは、一年以上前だ。犯罪捜査の関係でシャーンスンドの要塞跡にある彼の馬場を訪ねたのだった。そこでステンは競走馬の訓練をしていた。彼は独り者で、酒浸りの生活をしていた。雇っている若い娘たちとはっきりしない関係をもっているようだった。昔、ヴァランダーとステン・ヴィデーンは共通の夢をもっていた。ステンの声は美しいバリトンだった。彼はオペラ歌手を目指し、ヴァランダーは彼を売りだす興行師《インプレサリオ》になるはずだった。しかし夢は破れ、彼らの友情もまた薄れ、しまいにまったく付き合いがなくなっていたのだった。

それでも、ステンはおれが友だちと言えるたった一人の男かもしれない、と霧の中で彼を待ちながらヴァランダーは思った。リードベリをのぞけば。いや、リードベリとは別の関係だった。警官でなかったら、おれたちは付き合わなかっただろう。

四十分後、ワインレッドのデュエットが霧の中から滑るように現れた。ヴァランダーは小屋の陰から出て車に乗り込んだ。ヴィデーンは血糊で汚れた彼の顔を黙ってながめた。だが、いつもどおり、なにも言わなかった。

「あとで話すよ」ヴァランダーが言った。

「いつでもいいさ」ヴィデーンが言った。火のついていないタバコを唇の端でくわえている。酒の臭いがした。

彼らは射撃訓練地を通り過ぎた。ヴァランダーは車の中にもぐって身を隠した。道路脇に警察の車が並んでいた。ヴィデーンはブレーキを踏んでスピードを落としたが、止まりはしなかった。道路は閉鎖されていなかった。ヴィデーンは体を低くして隠れているヴァランダーを見たがなにも言わなかった。車はイースタ、スクールップと通り過ぎ、シャーンスンドと標識が出ているところで小道に入った。馬場に着いたときも、依然として霧が深かった。十七歳くらいの女の子が厩舎の外であくびをしながらタバコを吸っていた。

「おれの顔はテレビでも新聞でも報道されている」ヴァランダーが言った。「できればあの子たちには知られたくない」

「ウルリーカは新聞を読まない」ヴィデーンが言った。「テレビもビデオを見るだけだ。もう一人、クリスティーナという子もいるが、彼女も口が堅い」

彼らは掃除されていない、荒れ放題の家の中に入った。前回ここにきたときも同じようだったような記憶がある。ヴィデーンは腹が空いているかと訊いた。ヴァランダーはうなずき、二人は台所へ行った。オープンサンドを食べ、コーヒーを飲んだ。ときどきヴィデーンは隣の部屋に姿を消した。戻ってくると酒の臭いがいっそう強くなった。

「迎えにきてくれてありがとう。礼を言うよ」ヴァランダーが言った。

ヴィデーンは肩をすくめた。

「別に礼を言われるようなことじゃない」

「少し眠りたい」ヴァランダーが言った。「そのあとで話そう」

「おれは馬の世話をしなければならない」ヴィデーンが言った。「この奥の部屋でいいか」

ヴィデーンは立ち上がり、ヴァランダーはそのあとに続いた。全身が疲労感でだるかった。ヴィデーンは小さな部屋へ案内し、ソファを指した。

「清潔なシーツはないと思うよ。だが毛布と枕はある」

「それで十分だ」ヴァランダーが言った。

「トイレはどこか知っているな？」

ヴァランダーはうなずいた。覚えていた。

ヴァランダーは靴を脱いだ。床に砂が落ちる音がした。上着は椅子の上に放り投げた。体をソファに横たえた。ステン・ヴィデーンは部屋の入り口に立ってヴァランダーを見ていた。

「どうなんだ、調子は？」ヴァランダーが訊いた。

「また歌い始めたよ」ヴィデーンが答えた。

「その話、聞きたいな」ヴァランダーが言った。

ヴィデーンは出ていった。外で馬がいななく声がした。眠りに落ちる前に、ヴィデーンは変わっていないと思った。相変わらずもじゃもじゃの頭、首のまわりに湿疹ができている。だが、それでもなにかが確実に変わっていた。

目が覚めたとき、ヴァランダーは自分がどこにいるのかわからなかった。頭が痛く、体の節々も痛かった。額に手を当ててみると、熱があった。馬の臭いがする毛布にくるまって静かに寝ていた。時計を見ようとして腕を上げて、昨夜どこかに落としたことに気がついた。起きあがって台所へ行った。壁の時計が十一時半を指していた。四時間以上眠っていたことになる。霧は薄くなっているが、まだ完全に晴れてはいない。コーヒーを注いで、テーブルに向かって腰を下ろした。また立ち上がって台所の棚を次々に開けていき、しまいに頭痛薬の容器をみつけた。どこかで電話が鳴った。ヴィデーンが電話に出た。わらの値段のことだった。配達込みのわらの値段の交渉が続いた。話が終わると、ヴィデーンが台所に入ってきた。

「起きたのか?」

「うん、眠くてしかたがなかった」ヴァランダーは答えた。

ヴァランダーは語り始めた。ヴィデーンは無表情のまま話に聴き入った。ルイース・オーケルブロムの失踪から話を始めた。自分が殺した男の話もした。

「おれはどうしても現場から離れたかった」と言って、彼は話を終えた。「もちろん、いま同僚たちはおれを捜しているだろうと思う。だが、あとでなんとかごまかして説明をするつもりだ。

やぶの中で気を失っていたとか。だが、一つだけ頼みがある。娘に電話をかけて、おれは無事だと伝えてくれないか？　そしていまいるところを決して動くなと言ってくれ」

「おまえがここにいるということは、言っちゃだめなんだな？」

「ああ、まだだ。だが、彼女を納得させてくれ」

ヴィデーンはうなずいた。ヴァランダーは電話番号を言った。だが、だれも電話に出なかった。

「彼女が電話に出るまで続けてくれ」ヴァランダーは頼んだ。

馬の世話をしている少女の一人が台所に入ってきた。ヴァランダーはうなずいてあいさつした。彼女はクリスティーナと自分の名を言った。

「ピザを買ってきてくれ」ヴィデーンが言った。「冷蔵庫にはなにも食べ物がない。新聞もいくつか買ってくれ」

ヴィデーンは少女に金を渡した。デュエットのエンジンの音がして、車が遠ざかった。

「また歌いだしたって？」ヴァランダーが訊いた。

ステン・ヴィデーンが初めて笑い顔を見せた。ヴァランダーは彼の笑顔を覚えていたが、もう何年も見ていなかった。

「スヴェーダーラの教会の聖歌隊に入ったんだ。葬式で独唱することもある。歌い始めて、おれは歌いたかったんだと気がついた。だが厩舎で歌うと馬たちが嫌がる」

「インプレサリオが必要か？」ヴァランダーが訊いた。「この事件のあと、おれは警察官を続けるかどうかわからない」

「あんたは自己防衛で殺したんだ。おれが同じ立場にいたら同じことをしたと思う。銃を持っていたことに感謝するんだな」

「人を殺したあとの感じは、だれにもわからないと思う」

「もうじきそんな感じはなくなるさ」

「そんなことはないだろう」

「いや、すべてはなくなるんだ」

ヴィデーンはまた電話をかけた。依然としてだれも出ない。ヴァランダーは浴室に行ってシャワーを浴びた。ヴィデーンからシャツを借りた。これもまた馬の臭いがした。

「それで、どうなんだ？」ヴァランダーが訊いた。

「なにが？」

「馬のことだよ」

「一頭、いい馬がいる。ほかにも三頭、これからよくなるかもしれないのがいる。だが、ディンマには能力がある。この雌馬のおかげで金が入ってくる。今年ダービーに出すかもしれない」

「ディンマという名前なのか？」

「ああ」

「きのうの晩、そんな馬がいたら、きっとコノヴァレンコに追いついただろうな」

「いや、ディンマじゃだめだ。あいつは知らない乗り手を振るい落としてしまう。才能のある馬はたいていじゃじゃ馬だ。人間と同じさ。自己中心的で気まぐれだ。ときどきあいつは厩舎に鏡がほしいんじゃないかと思うよ。だが、あいつのギャロップは速いぞ」

クリスティーナという娘がピザ入りの箱を持って戻ってきた。新聞もある。彼女はすぐに出ていった。

「あの子は食べないのか？」ヴァランダーが訊いた。

「厩舎で食べるんだ」ヴィデーンが言った。「向こうにも簡単な台所設備がある」

彼は一番上の新聞を手に取ると、めくりだした。中の見開きの一ページが彼の目を引いた。

「おまえのことが載ってるぞ」

「聞きたくない。まだ」

「聞かなくていいさ」

ヴィデーンが三度目に電話をかけたとき、だれかが出た。父親ではなくリンダだった。ヴァランダーは彼女が何度もしつこく質問するのがわかった。が、ヴィデーンは答えず、頼まれたことだけを伝えた。

「安心したようだ」受話器を置いて彼はヴァランダーに言った。「いまいるところを動かないと約束したぞ」

彼らはピザを食べた。猫が一匹テーブルの上に跳び乗った。ヴァランダーは猫にもピザを一切れやった。猫まで馬の臭いがした。

「霧が晴れてきた」ステン・ヴィデーンが言った。「おれが南アフリカに行ったことがあるという話、したことがあったかな？　あんたのさっきの話を聞いて思い出した」

「いや、知らなかった」ヴァランダーは驚いた。

「オペラ歌手になり損ねたとき、おれは旅に出た。すべてを捨てたかった。覚えているか？　おれは野生動物の狩人になって成功してみせると思った。いや、キンバリーでダイヤモンドを採掘してもよかったんだ。だが、南アフリカには、三週間しか滞在しなかった。うんざりだった。おれは逃げだした。そしてスウェーデンに戻った。そのうち馬の仕事を始めたんだ。親父が死んでから」

「逃げだした？」

「ああ。黒人の扱いがあんまりひどくてな。おれは恥じたよ。黒人たちは自分の国なのに帽子を脱いでぺこぺこと、その場にいること自体を謝っているんだ。おれはあんなことはあとにも先にも見たことがない。忘れられないよ」

ヴィデーンは口のまわりを拭いて、出ていった。ヴァランダーはいま聞いたことを考えた。もうそろそろイースタ警察署に行かなければならない。

電話のある部屋に行った。そこに探しているものがあった。半分残っているウィスキーだった。ふたを外してラッパ飲みした。一口、そしてまた一口と飲み下した。窓からヴィデーンが茶色い馬に乗っているのが見えた。

初めは空き巣に入られた。次はアパートが爆破された。次はなんだ？

彼はふたたびソファに横になり、毛布を顎まで引き上げた。熱はなく、頭痛もおさまっていた。もうじき起きなければならない。

マバシャは死んだ。コノヴァレンコが撃ち殺したのだ。ルイースの失踪のあとは、死体が次々に続く。これは出口なしだ。どうやったらコノヴァレンコを捕まえることができるのか？

しばらくして彼はふたたび眠りに落ちた。四時間後、目を覚ました。

ヴィデーンが台所で夕刊を読んでいた。

「あんたが捜索手配されてるぞ」

ヴァランダーはなんのことかわからなかった。

「だれが？」

「あんただ」ヴィデーンが言った。「指名で捜索手配されている。全国的に。そのうえ、行間から、あんたは精神錯乱状態と見られていることがわかるよ」

ヴァランダーはヴィデーンから新聞をひったくった。ビュルクと並んで彼の写真が載っていた。ヴィデーンの言葉は本当だった。彼は捜索手配されていた。コノヴァレンコの指名手配といっしょに。そのうえヴァランダーには自殺の可能性もあると書いてあった。

ヴァランダーは焦った。

「娘のリンダに電話をかけてくれ」

「もうかけたよ」ヴィデーンは言った。「あんたの頭は正常だと言っておいたよ」

「信じたか？」

「ああ、信じた」

ヴァランダーは椅子に腰を掛け、しばらく身動きもせず考えていた。それから決めた。与えられた役を演じることにしよう。イースタの犯罪捜査官は一時的に精神のバランスを崩していて、失踪し、全国に捜索手配されている。これで一番ほしいものが手に入った。時間である。

コノヴァレンコが、羊たちが寝そべっている霧に包まれた海岸付近でヴァランダーを見たとき、最初に脳裏に浮かんだのは、自分と同じような人間が現れたということだった。それはヴィクトール・マバシャが吹き飛んで仰向けにひっくり返る直前のことだった。霧の中から大きな叫び声が聞こえた。コノヴァレンコは体を縮めて振り返った。そこで初めて彼は、執拗に挑戦を繰り返してくる中年太りの田舎警官を見た。コノヴァレンコはこの警官を見くびっていたと思った。リコフが胸に二発銃弾を受けて倒れたのが見えた。死んだアフリカ人を盾にして、コノヴァレンコは海岸へあとじさりした。ヴァランダーが追いかけてくることはわかっていた。どこまでも追いかけてくるだろう。敵にするには恐ろしい相手だった。

コノヴァレンコは霧の中、浜辺を走った。走りながら携帯電話でタニアに連絡した。彼女はイースタの広場で車を止めて待機していた。彼は射撃訓練地のフェンスまでくると、道路に出て標識を捜した。コーセベリヤと書かれた標識があった。彼は電話でタニアにイースタを出て迎えにこいと指図した。途中気をつけて運転するように言った。リコフが死んだことについてはなにも言わなかった。あとで言えばいい。そのあいだも彼はうしろを警戒していた。ヴァランダーはどこか近くにいる。彼は危険だ。スウェーデンで初めて出会った、人を殺すのもためらわない人間だ。だが同時に彼はいま経験したことが信じられなかった。ヴァランダーはたかが田舎警官ではないか。彼の行動にはどこかそのイメージとそぐわないものがあった。

タニアがやってきた。コノヴァレンコが運転を代わった。車はトンメリラ近くの家に向かった。

「ウラジミールはどうしたの？」タニアが訊いた。

「あとからくる」コノヴァレンコが言った。「二手に分かれる必要があった。おれがあとで迎えに行く」

「それで、アフリカ人は？」

「死んだ」

「警官は？」

　彼は答えなかった。タニアはなにかが失敗したのだとわかった。コノヴァレンコの運転は速すぎた。なにかに追いかけられているようで、いつもの平静さを失っている。

　車の中で、タニアはウラジミールが死んだのだとわかった。だが彼女は家に着くまでなにも言わなかった。

　シコシ・ツィキは椅子に座り、表情も変えずに、帰ってきた二人を見ていた。家に入るなり彼女は叫びだした。コノヴァレンコは彼女を殴った。初めは平手で頰を、それからところかまわず殴り始めた。だが彼女は叫ぶのをやめなかった。しまいにコノヴァレンコは彼女に鎮静剤を与えた。薬が強くて、彼女は否応なしに眠ってしまった。シコシ・ツィキはそのあいだずっとソファから二人を見ていた。コノヴァレンコは自分が舞台で演じていて、シコシ・ツィキが唯一の観客のような気がした。タニアが深い眠りと意識喪失の闇に消えたとき、コノヴァレンコは着替えてウォッカをグラスに注いだ。ヴィクトール・マバシャがついに死んだことで、期待したような満足感は得られなかった。ヤン・クラインとの微妙な関係における実際的な問題が一つ解決したにすぎなかった。そのうえヴァランダーは確実に追いかけてくる。

　ヴァランダーは絶対にあきらめないだろう。新しい足がかりをみつけて追いかけてくるだろう。

　コノヴァレンコはもう一杯ウォッカを飲んだ。

　ソファに座っているアフリカ人は音を立てない動物だ、と彼は思った。彼はいつもおれを見ている。友好的でもないし非友好的でもない。ただ見ているだけだ。なにも言わない。なにも訊かない。もし必要なら、彼は何日でもそうやって座っているだろう。

コノヴァレンコはまだシコシ・ツィキにはなにも話すことがなかった。毎分毎秒ヴァランダーは近づいてくる。いま必要なのは、コノヴァレンコ側からの攻撃だった。もともとの仕事――南アフリカでの暗殺――の準備は、しばらく棚上げだ。

コノヴァレンコはヴァランダーの弱みを知っていた。彼が押さえたいのはそこだった。だが、肝心の娘はどこにいるのだ？　どこか近くにいるにちがいない。おそらくイースタの周辺だ。だがあのアパートにはいなかった。

問題解決の道を探るのに一時間かかった。それはリスクの多い計画だった。だが、あの不死身の警官ヴァランダーが相手では、リスクのない戦略というものはあり得なかった。

その計画にはタニアの協力が必要だったが、彼女はまだしばらくは眠り続けるはずだ。だがあの真っ白い霧の中を、また暗闇の中をヴァランダーが確実に近づいてきていることをコノヴァレンコは一瞬たりとも忘れてはいなかった。

「あの大きな男は帰ってこないな」シコシ・ツィキが突然言った。その声は太く、歌うような英語を話した。

「彼は一つ失敗を犯した」コノヴァレンコは言った。「動作が遅すぎた。戻ることができると思っていたかもしれないが、できなかった」

その晩、シコシ・ツィキが発したのは、リコフのことを言ったその一言だけだった。彼はソファから立ち上がり、自分の部屋に引き揚げた。コノヴァレンコはこの男のほうが前の男よりもいいと思った。翌日の晩、南アフリカへ電話をかけるとき、ヤン・クラインにそのように伝えよう。

コノヴァレンコは一人で起きていた。カーテンをきっちりと閉めて、彼はウォッカをグラスに注いだ。

朝の五時ちょっと前に彼は寝床に就いた。


タニアは五月十六日の午後一時頃、イースタ警察署にやってきた。彼女はまだ少しぼんやりとしていた。一つにはウラジミールの死にショックを受けたこと、もう一つにはコノヴァレンコに飲まされた強い鎮静剤のためだった。だが彼女はまた固い決心もしていた。夫のウラジミールを殺したのはヴァランダーだ。それは彼らのハルンダのアパートを訪ねてきた警官だった。コノヴァレンコはウラジミールの死を現実とはまったく異なる描写でタニアに語った。タニアにとってヴァランダーは乱暴で残酷な獣のような男だった。ウラジミールのために、彼女はコノヴァレンコに与えられた役割を果たすつもりだった。その延長線上にヴァランダーを殺すチャンスもあるかもしれなかった。

彼女は警察署の受付にやってきた。ガラス張りの中から、受付の女性が彼女に笑いかけた。

「どんな用事ですか？」

「車の中のものが盗まれたんです」タニアが言った。

「お気の毒に」受付嬢は言った。「あなたの話を聞ける人がいるかどうか、調べますね。今日は署全体がひっくり返ったような騒ぎなんですよ」

「そうでしょう。ひどいことが起きましたものね」タニアが言った。

「こんなことがイースタで起きるなんて、本当に思わなかったわ。人間死ぬまでなにか新しいことを学ぶものね」

受付嬢は電話をかけて警官を捜してくれた。しまいにだれかが返事をしたようだ。

「マーティンソン？　車上荒らしの訴えを聞いてくれる？」

受話器の向こうから苛立った、否定的な答えが聞こえた。だが受付嬢は粘った。

「大変なときでも、できるだけ通常の業務はしなければなりませんよ。あなた以外の人はつかまらないのよ。時間はかからないと思いますよ」

電話の向こうの警官はしぶしぶ承知したようだった。

「犯罪捜査官マーティンソンと話してください」と受付嬢は言った。「左側三番目のドアです」

タニアはドアをノックして中に入った。その部屋は混乱状態で、机の向こうにいるマーティンソンは疲れて苛立っていた。机の上は書類が積み重ねられ崩れている。マーティンソンは彼女に苛立ちを見せないように振る舞っていたが、それは無理だった。椅子を勧めて、引き出しから盗難届用紙を取り出した。

「自動車の車上荒らしですね？」

「ええ」タニアが答えた。「泥棒にラジオを盗まれました」

「よくあることです」マーティンソンが応じた。

「すみませんが、水を一杯もらえませんか？　わたしは慢性の咳に苦しんでいるもので」

マーティンソンは驚いたようだった。

「いいですよ。もちろん」と言って、彼は立ち上がり、部屋を出ていった。

タニアはすでに机の上に住所録があることに目を留めていた。マーティンソンが部屋を出るやいなや、彼女はそれをめくってWの項を見た。そこにはマリアガータンにあるヴァランダーの電話番号と、彼の父親の電話番号があった。タニアは急いでポケットから紙を取り出してそれを書き写すと、素知らぬ顔で住所録を戻し、部屋をながめた。

マーティンソンはコップに水を一杯と、自分のためのコーヒーを持って戻ってきた。電話が鳴ったが、彼は受話器を外したままにした。彼の質問に対し、彼女はでたらめを言った。車輛ナンバーはここにくる途中、町で見かけた番号を言った。カーラジオが一台、車の中にあった酒が一瓶。マーティンソンは書類を書き上げ、最後に彼女にそれを読ませてサインするように言った。彼女はイルマ・アレクサンダーソンと名乗った。住所はマルメヴェーゲン。彼女はサインした書類をマーティンソンに渡した。

「同じ警察官だから、ずいぶん心配でしょう?」彼女は親切そうに言った。「なんという名前でしたっけ?　ヴァランダー?」

「そうです」マーティンソンが言った。「まったく、大変ですよ」

「彼の娘さんのことを思い出しました」タニアは言った。「わたしは彼女の音楽の教師でしたから。でも彼女はその後ストックホルムへ移りましたね」

マーティンソンは興味をおぼえた。

「いや、彼女はまたこの町に戻ってますよ」彼は言った。

「そうですか?」タニアは言った。「アパートが燃えても無事だったのなら、本当に運がよかったのね」

「おじいさんの家にいましたからね」そう言いながら、マーティンソンは受話器を戻した。

タニアは立ち上がった。

「お邪魔しました。お世話さまでした」

この人はわたしが部屋を出たとたん、きっとわたしを忘れるだろうとタニアは思った。黒い毛のかつらをかぶっているので、あとで会っても決してわからないだろう。

タニアは受付嬢に頭を下げて受付を通り抜け、外に出た。ロビーはこれから始まろうとする記者会見に集まったジャーナリストたちでごった返していた。

コノヴァレンコは町の中央のガソリンスタンドのそばで車を止めて待っていた。タニアが車に乗った。

「ヴァランダーの娘は祖父のところにいる。そこの電話番号も調べてきたわ」

コノヴァレンコが彼女を見た。その顔に笑いが広がった。

「娘はもう捕まえたも同然だ。ということは、やつもまたもうわれわれのものだ」

25

ヴァランダーは水の上を歩く夢を見た。

彼がいる世界は、不思議な青い色を帯びていた。ちぎれ雲が飛んでいる空は青、遠くに見える山脈も青、青い鳥がとまっている岩山もまた青だった。そしていま彼が歩いている海もまた青かった。夢の中にはコノヴァレンコもいた。ヴァランダーは砂の上の彼の足跡を追ってきた。だがその足跡は海岸の岩場のほうへは続かず、海のほうへ向かっていた。夢の中で、ヴァランダーは当然のようにその足跡を追いかけた。そして海の上を歩いていた。それはまるで細かく砕かれたガラスの粉の上を歩いているような感じだった。水の表面はでこぼこだった。しかしそれは彼の体重を支えることができた。ずっと遠く、青みがかったピンクに見える水平線近くにコノヴァレンコがいた。

五月十七日日曜日の朝、目が覚めたときヴァランダーはこの夢をはっきりと覚えていた。ステン・ヴィデーンの家のソファに寝ていた。そっと起きて台所に行ってみると、時計は五時半を示していた。ヴィデーンの寝室のほうを見ると、彼はすでにいなかった。馬の世話に行ったのだ。ヴァランダーはコーヒーをいれて、台所のテーブルについた。

前の晩、彼はふたたび考え始めた。

彼のおかれた状況は、ある意味で非常にわかりやすかった。彼は全国に手配され捜索されている。なにか犯罪を犯したと思われているわけではなかった。だが、怪我をしているかもしれないし、死んでいるかもしれないと思われていた。また彼は同僚の警察官に銃を向けたことで、精神状態が不安定になっていると見られていた。コノヴァレンコを捕まえるには、イースタ署警官クルト・ヴァランダーも捜索する必要があったのだ。ここまでは非常にはっきりしていた。前日、ヴィデーンが新聞を読んでくれたとき、彼はいま自分に与えられた役割に徹することにした。そうすれば時間が稼げる。コノヴァレンコを捕まえるには——必要ならば殺すこともいとわない——時間が必要だった。だから、一人で仕事をするつもりだった。そう思うだけで、恐怖で心が凍った。だが、逃げることはできないと感じた。始めたことは最後までやり遂げなければならない。どのような結果になろうとも。

ヴァランダーはコノヴァレンコの立場で考えてみようとした。そして、コノヴァレンコがヴァランダーの存在にまったく動じていないわけではないだろうという結論に到達した。自分と同等の強さの人間だとまでは思わなくとも、ヴァランダーは自分の考えというものをもっていて、必要ならば人を殺すことも辞さない人間だと見ているにちがいない。いや、そこまでは思わなくとも、少しは特別に見ているはずだ。実際にはヴァランダーは決して不必要なリスクを冒さない人間だった。彼の原始的な反応はいつも、絶望的な危機に瀕したときに出てくるものだった。だが、コノヴァレンコがおれを特別なやつだと思うのなら、思わせてやろうとヴァランダーは思った。

ヴァランダーは次にコノヴァレンコの計画を想像してみた。スコーネに戻ってきて、念願どおりマバシャを殺した。これは単独ではない。リコフが協力者だったことは知っている。だが、ほかにも協力者がいなかったら、どうやってあそこから逃げだすことができたのだ？　リコフの妻タニアが近くにいたにちがいない。もしかするとほかにも名前の知られていない協力者が何人かいるのかもしれない。

そこまで考えたとき、ヴァランダーは一つ重要な問いに答えを出していないと気がついた。マバシャが死んだあと、もともとの暗殺計画はどうなる？　コノヴァレンコも含めて、すべての糸を操っている目に見えない組織はどうなるのだ？　この計画は中止されるのか？　それとも顔のない男たちは計画を遂行するのか？

コーヒーを飲みながら、ヴァランダーはいま自分にできることは一つしかないと思った。コノヴァレンコに自分をみつけさせること。マリアガータンのアパートを襲撃したときも、彼らの目的は自分だった。マバシャの最期の言葉は、ヴァランダーがどこにいるのか知らないというものだった。コノヴァレンコはそれを知りたがっていた。

廊下で音がした。ヴィデーンが入ってきた。汚れたオーバーオールと泥の付いたゴム長靴を履いていた。

「今日イェーエスローで競馬がある。いっしょにくるか？」

ヴァランダーは一瞬心が動いた。気分転換できることならいまはどんなことでも歓迎したい気分だった。

「ディンマが走るのか？」

「そうだ。ディンマが出る。彼女が勝つことは間違いなしだ」ヴィデーンが答えた。「だが観客は必ずしもそうは思っていないかもしれない。だから今日彼女に賭ければ、もうかるぞ」

「どうしてディンマが勝つとそんなに確信しているんだ？」ヴァランダーが疑問を挟んだ。

「ディンマは気まぐれな馬だ」ヴィデーンが言った。「だが今日はやる気がありそうだ。厩舎で興奮している。今日は試合だということがわかるんだ。ノルウェーから何頭かくるはずだ。どんな馬かは知らないが、きっとディンマは勝つだろうよ」

「ディンマの馬主はだれなんだ？」

「モレルという名前の実業家だ」

ヴァランダーはその名前に覚えがあった。どこで聞いたのか思い出せないが、最近聞いた名前のような気がした。

「ストックホルムの人間か？」

「いや、スコーネの人間で、マルメに住んでいる」

思い出した。ペーター・ハンソンとポンプ。そしてモレルという名前の盗品売買人。

「そのモレルという男の仕事はなんだか知ってるか？」ヴァランダーが訊いた。

「正直言って、怪しげなところがある男だ」ヴィデーンが答えた。「うわさがある。だが、馬の調教代はきちんと払ってくれる。なにでもうけた金かは知らないが」

ヴァランダーはそれ以上訊かなかった。

「今日はやめておこう」ヴァランダーが言った。

「ウルリーカが食料を買ってきた」ヴィデーンが言った。「馬の搬送車で二時間後に出発する。好きなようにしていてくれ」

「デュエットは？　あの車も使うのか？」

「いや。使いたかったら使っていい」ヴィデーンが言った。「だが、ガソリンが切れてる。おれはいつも入れるのを忘れてしまう」

ヴァランダーは馬が大きな搬送車に移されるのを見た。それから彼自身、デュエットで出発した。イースタまできて、彼は思いきってマリアガータンまで行ってみた。被害は大きかった。外壁に大きな穴が開いている。まわりのレンガは黒焦げだ。そこが彼の部屋の窓だったところだ。しかしヴァランダーはそこにはちょっとだけしか足を止めず、イースタの町を出た。射撃訓練地のそばを通ったとき、フェンスの中にまだ警察の車が駐まっているのが遠くから見えた。霧が晴れたいま見ると、道路からそこまでの距離は思ったよりもずっと近いことがわかる。そのまま運転を続けて、コーセベリヤの港へ曲がる道に入った。人に見られるのを恐れたからだ。新聞に発表された写真は似ていなかったので、心配はなかったが、知っている人間に会う危険性があった。公衆電話をみつけて、父親の家に電話をかけた。うまい具合に電話に出たのはリンダだった。

「どこにいるの?」彼女は叫んだ。「いったいなにが起きたの?」

「リンダ」ヴァランダーが声を潜めて言った。「近くにだれかいるか?」

「だれがいるというのよ? おじいちゃんはアトリエよ」

「ほかにはだれもいないんだな?」

「いないって言ってるでしょ!」

「警察が監視を張り付けていないか? 道路に車は駐まっていないか?」

「ニルソンのトラクターが畑に駐まっているだけよ」

「ほかにはなにもないか?」

「そう、だれもいないし、なにもないわよ、パパ。もう訊かないで」

「そっちに行く。じいさんにはなにも言うな」

「新聞になんて載ってるか、知ってるの?」

「そのことも、会って説明する」

受話器を置いて、まだ彼がリコフを殺したということが知れていないことに感謝した。警察は知っていたとしても、ヴァランダーが戻ってくるまではそれを発表しはしない、と長年の経験で彼は知っていた。

コーセベリヤから父親の家までまっすぐに行った。車を大きな道路に駐めて、砂利道を歩いて中庭に入った。そうすれば父親に見られるリスクは小さい。

リンダは戸口に立って待っていた。家の中に入ると、彼女は父親を抱きしめた。抱きしめ合ったまま、二人は静かにしばらく立っていた。彼女がなにを考えていたかは知らないが、彼自身は娘と自分はいま言葉が必要ないほど近いところにいると感じていた。

彼らは台所のテーブルに向かい合って座った。

「おじいちゃんはしばらくアトリエから出てこないわ」リンダが言った。「おじいちゃんがどんなに真面目に仕事をするか、わたしも学ぶべきだと思っているの」

「または、じいさんの不機嫌さを」ヴァランダーが言った。

二人は同時に笑いだした。

それから彼はまた真剣になった。

彼は起きたことを順を追って話した。またなぜ捜索手配された少し頭のおかしくなった警察官という役を引き受けたのかも。

「いったい一人でなにをしようというの、パパ？」

その質問は、彼女が自分を評価していないためなのか、それとも恐怖のためなのか、彼にはわからなかった。

「コノヴァレンコをおびき出すのだ。おれは孤軍奮闘する英雄じゃないことぐらい、自分で知っている。だが、この事件を終わらせる最初の一歩はおれが踏み出さなければならないんだ」

いま父親の言ったことに抗議するかのように、彼女は急に話題を変えた。

「苦しんだ？　ヴィクトール・マバシャは」

「いや。一発で死んだ。自分が死ぬということさえわからなかったのではないか」

「遺体はどうなるの？」

「わからない。おそらく解剖されるだろう。それからは彼の家族次第だろう。スウェーデンで埋葬されることを望むか、それとも南アフリカに引き渡すか。もし彼が本当に南アフリカ人なら」

「あの人は、いったいだれだったの？」

「わからない。気持ちが通じると思ったこともあったが、そのあとはまたつかみどころがなかった。あの男が胸のうちになにを秘めていたのか、おれにはわからない。複雑な要素をもった、じつに特別な男だった。南アフリカで生まれ育つとああいうふうになるのなら、間違ってもそんなところには行きたくないと思わされた」

「パパを助けたいわ」リンダが言った。

「うん、おまえにやってほしいことがある」ヴァランダーが言った。「イースタ署に電話をかけてマーティンソンと話したいと言うんだ」

「そういう意味じゃないの。ほかのだれにもできないことで、パパを助けたいの」

「そういうことはあらかじめ計画することができないものだ」ヴァランダーが言った。「しかるべきときがきたらそうなるんだ」

リンダはイースタ署に電話をかけて、マーティンソンと話したいと言った。しかし交換台は彼の所在がわからなかった。リンダは受話器を手でふさいで、どうしようかとヴァランダーに訊いた。ヴァランダーは困惑したが、待つ時間もないし、だれでなければならないなどというぜいたくは言っていられないと思った。代わりにスヴェードベリを捜してもらえと言った。

「会議に出ているんですって。いまは抜けられないそうよ」

「おまえがだれかを明かすんだ」ヴァランダーが言った。「ものすごく重要なことだと言いなさい。会議を抜け出してこさせるんだよ」

数分後、スヴェードベリが電話口に出た。リンダは受話器をヴァランダーに渡した。

「おれだ。クルトだ。いいか、騒ぎ立てるな。いまどこにいる？」

「自分の部屋に」

「ドアを閉めたか？」

「ちょっと待ってください」

バンとドアが閉まる音が聞こえた。

「クルト、いったいどこにいるんです？」

「おまえさんたちには絶対にみつけられないところにいる」

「まったく、警部ときたら！」

「いいか、よく聞くんだ。途中で口を出すなよ。おまえさんに会わなければならない。ただ、ほかの人間には絶対に話さないという条件で。ビュルクにも、マーティンソンにも、だれにも話してはだめだ。もしそれが約束できないのなら、この話はなしだ」

「いまわれわれは警部とコノヴァレンコをどのようにして捜索するかという会議を開いているところです。会議に戻って、たったいまその本人と電話で話したと言えないのは困ります」

「それはしかたがないことだ」ヴァランダーが言った。「おれにはおれなりの理由がある。おれは捜索の対象になっていることを利用しようと思っている」

「どういうことですか？」

「会ったときに話す。さあ、どうする、いますぐ決めろ！」

電話の向こうが静かになった。

「わかりました。行きます」スヴェードベリがしまいに言った。

「確かか？」

「はい」

ヴァランダーはシャーンスンドまでの道を説明した。

「二時間後だ」ヴァランダーが言った。「こられるか？」

「行けるようにします」スヴェードベリが答えた。

ヴァランダーは受話器を置いた。

「おれがなにをしようとしているのか、だれかに知っておいてほしいのだ」ヴァランダーが説明した。

「なにかが起きたときのために？」

リンダが急に訊いたために、ヴァランダーはごまかすひまがなかった。

「そうだ。なにかが起きたときのために」

ヴァランダーはそのままもう一杯コーヒーを飲んだ。彼が立ち上がって出かけようとしたとき、リンダは急に心細くなったようだった。

「おまえにいま以上に心配をかけるつもりはない」ヴァランダーは言った。「だが、これからの数日間、この家から出てはいけない。きっとなにも起きないだろう。ただ、おれが夜安心して眠れるように、必ずそれを守ってくれ」

リンダは父親の頬に手を添えた。

「ここにいるわ。心配しないで」

「あと二、三日のことだ」彼は言った。「それ以上ということはないだろう。それでこの悪夢は終わる。そのあとはおれが人を殺したという事実を受け入れることに慣れるのを祈るのみだ」

ヴァランダーはきびすを返して、なにかを言おうとしていたリンダのほうも見ずに歩きだした。走りだした車のバックミラーに、外に出て見送っている娘の姿が見えた。


スヴェードベリは時間どおりにやってきた。

三時十分前、彼は約束どおりその建物の中庭に車を乗り入れた。

ヴァランダーは上着をはおって、外に出て彼を迎えた。

スヴェードベリは彼を見ると、頭を横に振った。

「いったいなにをしているんですか？」

「おれは自分がなにをしているかわかっているつもりだ」ヴァランダーは言った。「だがとにかく、きてくれてありがとう。礼を言うよ」

彼らは要塞の廃墟を囲む堀にかかった橋のほうへ行った。話を聞いてから、スヴェードベリは橋の手すりに寄りかかり、下の緑色のどろりとした水を見下ろした。

「そんなことが実際に起きるとは、想像もできない」と言った。

「おれ自身は、人間は知恵に見合うようには生きられないものだと考えるようになった」ヴァランダーは言った。「おれたちは目をつぶることで、ことの展開にブレーキをかけることができると思っているだけなのだ」

「しかし、どうしてスウェーデンなんです？」スヴェードベリが訊いた。「なぜその人間たちは、スウェーデンを選んだんです？」

「ヴィクトール・マバシャは説得力のある理由を言っていた」ヴァランダーは言った。

「だれです、それは？」

スヴェードベリは死んだアフリカ人の名前も知らないのだということにヴァランダーは気がついた。そして名前をもう一度繰り返して言った。

「一つには、コノヴァレンコがすでにこの国に入り込んでいたということがある。もう一つはカモフラージュのためだ。暗殺計画の背後にいる人間たちにとっては、決して自分たちの正体が暴かれない安全が確保できる。スウェーデンは入国も簡単だし、身を隠すこともたやすい。だれにも見られずに国境を越えてくることができるし、消えるのも簡単だ。ヴィクトール・マバシャはうまい比喩を言っていた。南アフリカはほかの巣に卵を生むカッコウだとね」

彼らは昔から廃墟になっている要塞に向かって歩いた。スヴェードベリはあたりを見まわした。

「いままでここにきたことがない。この要塞が建てられた頃の警官は、どんな存在だったのだろうか」とひとりごとを言った。

彼らはその辺を歩きまわり、かつては高かったにちがいない城壁の残骸を見た。

「マーティンソンと自分はあのとき本当に警部が怖くて、震え上がったんですよ」スヴェードベリが言った。「血まみれで、髪はもじゃもじゃ、そのうえ両手に銃を持っていた」

「ああ、わかるよ」ヴァランダーが言った。

「しかし、警部の頭がおかしくなったかもしれないと署長に言ったのは、まずかったです」

「いや、実際そうなんじゃないかと思うこともあるよ」

「これからどうするつもりです？」

「コノヴァレンコをおびき出すつもりだ」ヴァランダーが言った。「いまはそれしか方法がないと思う」

スヴェードベリは真剣な顔で彼を見た。

「危険ですよ」

「初めから危険とわかっていれば、そうでもない」ヴァランダーはそう答えたが、同時に、だからどうなんだと自問した。

「応援が必要です」スヴェードベリが言った。

「そんなことをしたらやつは出てこない」ヴァランダーが言った。「おれが一人だとやつに思わせるだけでは十分ではない。必ずやつは確かめるだろう。そして間違いなくおれが一人だとわかったときに、やつは襲いかかってくる」

「襲いかかってくる？」

ヴァランダーは肩をすくめた。

「やつはおれを殺しにかかってくる。だが、そうされないようにおれも準備するつもりだ」

「どうやって？」

「それはまだわからない」

スヴェードベリは疑わしそうにヴァランダーを見た。だが、なにも言わなかった。

彼らは引き返し始め、橋の上でもう一度立ち止まった。

「一つだけ、頼みがある」ヴァランダーが言った。「娘のことが心配だ。コノヴァレンコの行動はまったく予測ができない。警察に護衛してもらいたいのだ」

「ビュルクが説明を要求するでしょう」スヴェードベリが言った。

「知っている。だからおまえさんに頼んでいるんだ。マーティンソンと話してくれ。ビュルクには知らせる必要がない」

「やってみます」スヴェードベリが言った。「警部の心配はわかります」

彼らはふたたび歩きだした。橋をあとにして上り坂に向かった。

「マーティンソンがきのう、警部の娘さんを知っているという人に会ったそうですよ」スヴェードベリが言った。重い気分を晴らすために話題を変えたつもりだった。

ヴァランダーは驚いた様子だった。

「自宅でか？」

「いいえ、署の彼の部屋でです。車上荒らしに遭ったと訴えにきたのです。娘さんの学校の先生だったとかで。あまりはっきり覚えてませんが」

ヴァランダーが立ち止まった。

「もう一回言ってくれ。どういうことだ？」

スヴェードベリはいまの話を繰り返した。

「なんという名前だ？」

「知りません」

「どんな外見だ？」

「それはマーティンソンに訊いてください」

「マーティンソンがなんと言ったか、できるだけ思い出してみろ！」

スヴェードベリは考え込んだ。

「コーヒーの時間でした」彼は話しだした。「マーティンソンはしょっちゅう仕事を中断されて困るとこぼしていました。次々に飛び込んでくる仕事で、胃潰瘍になりそうだと言ってました。『せめて車上荒らしの届けだけでもいまは勘弁してもらえれば。そういえば今日車上荒らしの届けを出しにきた女が、ヴァランダーの娘さんのことを訊いてたよ。まだストックホルムに住んでいるのかと訊かれた』というようなことでした」

「マーティンソンはなんと答えたんだ？　娘はこの町にいると答えたのか？」

「知りません」

「マーティンソンに電話をかけなければ」ヴィデーンの家に着いたときヴァランダーが言った。「娘の居場所をその女に教えたかどうか、訊いてくれ。女の名前も。なぜそんなことが知りたいのかと訊かれたら、あとで説明すると言うんだ」

スヴェードベリはうなずいた。

「車上荒らしなんかじゃない、と思うんですね？」

「わからない。だが、念には念を入れなければ」

スヴェードベリはすぐにマーティンソンをつかまえることができた。メモ帳の裏に話を書き付けた。マーティンソンがスヴェードベリの問いに苛立っているのが聞こえた。

話が終わったとき、スヴェードベリもヴァランダーの心配を理解した。

「話したと言ってます」

「なにを？」

「ウスターレーンにいる警部の親父さんのところにいると」

「そんなこと、なぜ話したのだ？」

「その女に訊かれたそうです」

ヴァランダーは台所の時計を見た。

「電話してくれ。出るのは親父かもしれない。いまの時間は母屋で食事をしているはずだ。リンダと話したいと言うんだ。そのあとはおれが話す」

ヴァランダーは電話番号を教えた。何度も電話のベルが鳴ったあと、だれかが出た。ヴァランダーの父親だった。スヴェードベリはリンダと話したいと言った。返事を聞いて、彼はすぐに受話器を置いた。

「海岸へ自転車で出かけたそうです」

ヴァランダーの胃がきりきりと痛んだ。

「家を出るなと言っておいたのに」

「三十分ほど前だそうです」スヴェードベリが言った。

彼らはスヴェードベリの車を走らせた。猛スピードを出した。ヴァランダーはなにも話さなかった。ときどきスヴェードベリは彼のほうを盗み見たが、なにも言わなかった。

コーセベリヤへの分かれ道まできた。

「まっすぐ行ってくれ」ヴァランダーが言った。「次の出口だ」

岩場に近いところまで車を乗り入れた。ほかに車はなかった。ヴァランダーは車を降りるなり砂浜を走りだした。砂浜には人の姿が見えなかった。ヴァランダーはパニックが押し寄せるのを感じた。姿の見えないコノヴァレンコの息を首筋に感じた。

「どこか砂地のへこんだところで日光浴をしているのかもしれない」ヴァランダーが言った。

「この海岸であることは確かですか？」スヴェードベリが訊いた。

「ここは彼女がいつもくるところだ。彼女が海岸へ行くときは、必ずここにくるんだ。二手に分かれて捜そう」

スヴェードベリはコーセベリヤ方面に向かって、ヴァランダーは東に向かって歩きだした。ヴァランダーはいま感じている不安は根拠のないものだと自分を落ち着けようとした。彼女の身になにか起きたわけではない。だが、どうして約束どおり家にいなかったのだろう？　ことの深刻さがわからなかったのだろうか？　あんなに説明したのに？

ときどき振り返ってスヴェードベリのほうを見た。まだ彼もみつけていない。

ヴァランダーは急にローベルト・オーケルブロムのことを思い出した。彼は同じような状況で神に祈った。だが、おれには祈るべき神がいない。おれにはヴィクトール・マバシャのような祖先の霊さえもいない。おれにはおれの喜びと悲しみがあるだけ、それだけだ。

岩場に一人、犬を連れた男が立っていた。海を見ている。ヴァランダーは浜辺を散歩している少女を見かけなかったかと訊いた。だが、男は首を振った。犬を連れて浜辺を散歩してから二十分ほどになるが、だれも見かけなかった、と。

「それじゃ、男は見かけましたか？」と言って、ヴァランダーはコノヴァレンコの特徴を言った。

男はふたたび首を振った。

ヴァランダーはまた捜し始めた。風に春の暖かさがあったにもかかわらず、彼は震えていた。足を速めた。砂浜は終わりがないように思えた。また振り返ってみた。スヴェードベリの姿が遠くに見えた。が、その横にもう一人いる。スヴェードベリが手を振り始めた。

ヴァランダーは全力で駆け戻った。スヴェードベリとリンダのところまできたとき、彼は息が切れていた。呼吸が戻るまで、彼は一言も言葉にできずにリンダをにらんでいた。

「家を出ちゃだめだと言ったのに」やっと言葉が出た。「なぜ外に出た？」

「海岸を散歩するくらいは大丈夫だと思ったのよ」リンダが答えた。「明るいうちならいいと思ったの。なにか起きるのはたいてい夜じゃない？」

スヴェードベリが運転し、二人は後部座席に乗った。

「おじいちゃんになんて言ったらいいの？」リンダが訊いた。

「なにも言わなくていい。今晩おれが電話する。明日トランプをしに行くと言う。きっと喜ぶだろう」

祖父の家に続く小道が始まるところでリンダは車を降りた。

スヴェードベリとヴァランダーはシャーンスンドまで戻った。

「さっき頼んだ警備を今晩からやってくれないか」

「署に戻ってさっそくマーティンソンと話します」スヴェードベリは答えた。「なんらかの方法で必ず実行します」

「大きな道路に警察の車を一台張り付けるんだ」ヴァランダーが言った。「あの家が警護されているということが、どこからでも見えるように」

スヴェードベリは車に戻りかけた。

「二日必要だ」ヴァランダーが言った。「あと二日、おれを捜索してほしい。だが、そのあいだ、ときどきここに電話をしてくれないか」

「マーティンソンになんと言いましょうか？」

「親父の家の警備はおまえさんが自分で思いついたことだと言うんだ。なんとかうまくマーティンソンを説得してくれ」

「やっぱりマーティンソンに言っちゃだめですか？」

「おれの居場所をおまえさんが知っているだけでいい」ヴァランダーは言った。

スヴェードベリは立ち去った。ヴァランダーは台所へ行って、卵を何個か焼いた。二時間後、馬の搬送車が戻ってきた。

「勝ったか？」ヴィデーンに訊いた。

「ああ、勝った。あぶないところだったが」ヴィデーンが答えた。

ペータースとノレーンはパトカーの中でコーヒーを飲んでいた。

二人とも不機嫌だった。スヴェードベリの命令で、二人はいまヴァランダーの父親の家を見張っていた。車を駐めているときほど、パトロールの勤務が長く感じられることはない。いま彼らは交代の者がくるまで、ここに張りついていなければならなかった。それまではまだ何時間もあった。時計は午後十一時十五分を示していた。春の長い夕暮れも終わり、いまあたりはすっかり闇に覆われていた。

「いったいヴァランダーはどうなってしまったんだろう？」ペータースが訊いた。

「知らん」ノレーンが言った。「何度同じことを言ったらわかるんだ？　おれは知らないと言ってるじゃないか」

「考えずにはいられないよ」ペータースが懲りもせずに言った。「ひょっとして彼はアル中じゃないのか？」

「なぜそう思うんだ？」

「ほら、いつか、彼が酔っぱらい運転しているところを捕まえたことがあったじゃないか？」

「だからといって、彼がアル中とは限らない」

「それはそうだが」

会話はそこで途切れた。ノレーンは車の外に出た。

そのとき、炎の影が見えた。最初、車のヘッドライトが映っているのだと思った。だが、明かりの中から煙が立ち上がっているのが見えた。

「火事だぞ！」ノレーンはペータースに叫んだ。

ペータースが車から出た。

「山火事だろうか？」ノレーンが言った。

火は近くの林の中から立ち上がっているようだった。だが、そのあたりの畑に起伏があって、よく見えなかった。

「あそこまで行って見てこよう」ペータースが言った。

「スヴェードベリはなにが起きてもこの場を離れるなと言ってたぞ」ノレーンが反対した。

「十分しかかからない。もし火事なら、みつけたおれたちに責任がある」ペータースは引かなかった。

「それじゃ、スヴェードベリに電話して、許可を得てからにしよう」ノレーンが言った。

「十分しかかからないのにか?」ペータースが言った。「なにが怖いんだ?」

「おれは別に怖くはない。だが、命令は命令だからな」

だが、結局はペータースの言うとおりになった。車をバックさせてぬかるみの道を火の見えるところまで急いだ。着いてみると、ドラム缶の中で火が燃えていた。ドラム缶の中に紙やビニールなどが詰められていて、それが燃える炎で夜空が明るくなっていたのだ。ノレーンとペータースが着いた頃には、火はもう消えかけていた。

「ゴミを燃やすにはずいぶん変な時間だな」ペータースが言って、あたりを見まわした。

人影は見えなかった。

「さあ、戻ろう」ノレーンが言った。

彼らがその家を離れていたのは、二十分にも満たなかった。すべてはもとどおり、静かに見えた。明かりは消えていて、ヴァランダーの父親も娘も寝ているようだった。

それからかなり時間が経って、スヴェードベリが交代にやってきた。

「なにも異常ありません」ペータースが報告した。

彼は燃えるドラム缶を見に行った件についてはなにも言わなかった。

スヴェードベリは車の中で居眠りをした。夜が明けて、朝になった。八時頃、彼は不審に思った。家の中からだれも出てこない。ヴァランダーの父親は目覚めが早いと聞いていた。

九時、彼はなにかがおかしいと確信した。車を降りて、家まで歩き、母屋の玄関のドアノブに手を掛けた。

ドアに鍵がかかっていなかった。ベルを押して待った。だれもこない。玄関に入って、耳を澄ました。なんの音もしない。だが一瞬後、かさこそという小さな音がした。壁に爪を立てて中に入ろうとするネズミのような音だった。その音を頼りに廊下を歩いて、部屋のドアの前まで行った。ドアをノックした。低いうなり声がした。スヴェードベリはドアをすばやく開けた。ヴァランダーの父親がベッドにいた。手足を縛られ、口には黒い粘着テープが貼られていた。スヴェードベリは驚きでものも言えなかった。テープをそっと剝がし、ひもをほどいた。それから部屋を飛び出して家じゅうを捜した。リンダが眠っていたにちがいない部屋は空っぽだった。家の中にはヴァランダーの父親以外にだれもいなかった。

「いつのことです？」彼は訊いた。

「きのうの夜」ヴァランダーの父親が答えた。「十一時過ぎだ」

「何人でしたか？」

「一人」

「一人？」

「そうだ。男が一人。だが銃を持っていた」

スヴェードベリは立ち上がった。頭の中が真っ白だった。

電話を捜し、ヴァランダーへ電話した。

26

冬のリンゴの酸っぱい匂い。

目が覚めたとき、リンダが感じたのはそれだった。暗闇の中で目を開けてみると、あたりにはなにもなく、一人だった。怖かった。床は石で、湿った土の臭いがした。恐怖で感覚が鋭くなっているにもかかわらず、なんの音も聞こえなかった。そっと片方の手で硬い床の表面に触ってみた。それはコンクリートの床ではなく、ゴロゴロした石を敷いただけの床だった。ここは地下室だと思った。祖父の家の地下室――ジャガイモ置き場になっている――が、同じような造りだった。昨晩彼女はその家で夜中に見知らぬ男に揺さぶり起こされ、誘拐されたのだった。

ほかに感覚がとらえるものはなにもないとわかったとき、彼女はめまいを感じ、頭痛が始まった。どれだけの時間、この闇と沈黙の中にいたのかわからなかった。腕時計は祖父の家のベッドサイドテーブルの上に置いたままだ。それでも、あの部屋で起こされて担ぎ出されてから、もう何時間も経っていると思った。

腕は自由だった。だが、両足首が鎖に繋がれていた。指で触ってみると鎖に鍵がかかっている。鉄鎖に繋がれているとわかって彼女はその場に凍りついた。人は縛るとき、たいていはロープを使う。ロープはやわらかいし形も自由になる。鎖は過去の遺物だ。昔奴隷とか囚人に対して使ったものではないか。

しかし、目が覚めてから感じた最悪の恥辱は、衣服のことだった。それは自分のものではないとすぐにわかった。ほかの人間のものを身につけさせられていた。手で触ってみると、形も布の感触も知らないものだった。洗剤の匂いが強く鼻を突いた。だれかほかの人の服を着せられている。ということは、だれかが彼女のパジャマを脱がせ、下着から靴下、靴まで着せたということだ。その侵害行為に気分が悪くなった。めまいも強くなり、彼女は頭を両手で抱えて体を前後に揺すった。これは夢だわ、と恐怖と戸惑いのあまり自分に言い聞かせた。だが、これは現実で、そのうえ彼女は昨夜のことをはっきりと覚えていた。

夢を見ていた。夢の内容は思い出せなかった。突然男に鼻と口を押さえつけられた。強い刺激臭が鼻を突き、意識がもうろうとした。台所の入り口を照らす電灯からの弱い光が部屋の中に射し込んでいた。男が一人自分の前に立っていた。かがみ込んだとき、男の顔が彼女のすぐ近くまできた。いま思い出した。男は無精ひげを生やしていたが、アフターシェーブローションの匂いがした。男は一言も発しなかった。だが、部屋の中が薄暗かったにもかかわらず、彼女には男の顔が見え、目が見えた。そして、その目を一生忘れないだろうと思った。そのあとはなにも覚えていない。そしていまこの石の床の上で目を覚ましたのだ。

当然のことながら、リンダはこれがどういうことか、理解していた。彼女の上にかがみ込んで、麻酔を嗅がせた男は、父親を追いかけ、父親に追いかけられている男だとすぐにわかった。その目はまさにリンダが想像していたとおりのコノヴァレンコの目だった。ルイース・オーケルブロムを殺した男、ヴィクトール・マバシャを殺した男、警察官を殺した男、そして自分の父親ヴァランダーを殺そうとしている男にちがいなかった。彼女の部屋に忍び込み、着替えをさせ、足首に鎖を巻きつけた男だ。

突然、地下室への入り口の引き上げ戸が開いた。あとで思うと、男はきっと上で地下室の様子に聞き耳を立てていたにちがいない。穴から射し込んだ光は強烈だった。おそらく彼女がまぶしさで目がくらむようにわざと急に引き上げ戸を開けたのだろう。階段が下ろされ、茶色い革靴、ズボンをはいた男の脚が近づいてきた。最後に顔が見えた。同じ顔だった。彼女の部屋で麻酔を嗅がせたのと同じ男の顔、同じ目だった。

リンダはまぶしさから、そして恐怖から体を硬くして顔を背けた。入ってきた光で、そこが思ったよりも大きな空間であることがわかった。暗闇の中では天井も壁ももっと狭く感じられた。もしかするとこれは一階の全体の床下に造られている地下室かもしれない。

男は光を背にしてリンダの前に立った。片手に懐中電灯を持っている。もう一方の手にはよく見えないがなにか金属製のものを持っていた。

それがなにかがわかった。ハサミだった。

彼女は叫び声をあげた。引き裂くような長い叫びだった。男が階段を下りてきたのは、そのハサミを使って自分を殺すためだと思ったのだ。足首の鎖を両手で外そうとかきむしった。鉄の鎖でも外せると信じているかのように。

コノヴァレンコはそのあいだずっと彼女に懐中電灯を向けていた。背後からの光で、彼の顔は陰になっていた。

懐中電灯が突然彼の顔を照らした。顎の下からの光で、死んだ男の顔のように見えた。リンダは叫ぶのをやめた。叫びは彼女の恐怖感を強めただけだった。同時に彼女は深い疲れを感じた。もう遅い、抵抗してもむだだという無力感が彼女を打ちのめした。

死人の顔が突然話しだした。

「叫んでもむだだ。だれにも聞こえはしない。それにおれが苛立つことになる。おれが怒ったら、痛い目に遭うぞ。静かにしていろ」

最後の言葉はささやきだった。

パパ、助けて。リンダはしっかり目をつぶった。

それからすべてが一瞬のうちに起きた。懐中電灯を持っている手で、彼はリンダの髪をつかみ、ハサミで切り始めた。彼女はその攻撃に跳び上がった。だが、強く押さえつけられていたので、動けなかった。ハサミが耳の下の長さに髪の毛をしゃりしゃりと切っていく乾いた音だけが地下室に響いた。あっという間の出来事だった。彼はリンダを突き放した。吐き気がふたたび起きた。髪の毛を切られるのは、意識がなかったときに服を着せられたのと同じように屈辱的だった。

コノヴァレンコは髪の毛を丸めるとポケットに入れた。

この男は病気だ、と彼女は思った。狂っている。サディスト。なんの痛みも感じずに人を殺す狂人だ。

男の話す声がして、彼女の思いは中断された。懐中電灯がリンダの首を照らしている。ペンダントのついたネックレス。それは十五歳の誕生日に両親から贈られたリュートの形をしたペンダントだった。

「その飾りを外せ」コノヴァレンコが命じた。

リンダはネックレスを外して、彼の手に触らないように気をつけて渡した。彼はなにも言わず、階段を上ってそれを引き上げ、戸を閉めて、彼女をふたたび暗闇に残した。

彼女は壁に向かってにじり寄った。壁に突き当たると隅まで這っていった。そしてそこに隠れるように身を伏せた。


前の晩、警察官の娘の誘拐に成功すると、コノヴァレンコは台所からタニアとシコシ・ツィキを追い出した。一人になる必要があった。それには台所が一番ふさわしい場所だった。この家は（この家を借りるのがリコフの最後の仕事となったわけだが）、台所が一番大きな部屋として設計されていた。昔の台所のスタイルで、梁はむき出し、壁に深く鉄製のストーブが組み込まれていて、食器棚には戸がなかった。銅鍋類が壁に掛けられていた。コノヴァレンコはキエフの自分が生まれ育った家を思い出した。コルホーズの中の大きな台所。父親はそこで政党の役員をしていた。

自分でも驚いたことに、コノヴァレンコはリコフの死を悼んでいた。それは単にリコフがいなくなったいま、彼が実際的な仕事もしなければならなくなったからという理由からだけではなかった。悲嘆にくれるというような感傷的なものではなかったが、彼の死以降、気分が落ち込んでいるのは事実だった。長年KGBの諜報員として働いた結果、人生の価値は——彼自身と二人の娘だけは別だったが——、量ることのできる資源、あるいはその反対に抹消してもかまわない人間に集約されていた。人の死は日常茶飯事だったし、感情的な反応はしだいにまったく起きなくなってしまっていた。だが、リコフの死は彼に感情を呼び起こさせた。だからこそ、彼は邪魔ばかりするあの警察官が憎くてならなかった。いま警察官の娘を捕らえた。これで彼をおびき出すことができる。だが、これで復讐できると思っても、気分は高揚しなかった。彼はいま台所でウォッカを飲んでいた。酔っぱらわないように気をつけながら。ときどき壁の鏡に映る自分の顔を見た。自分の顔を醜いと思った。年をとったのだろうか？　ソヴィエト連邦が崩壊したことで、彼の中の強靭さや冷酷さにもひびが入ったのだろうか。

夜中の二時、タニアが眠ってから——いや、眠っているふりをしているのかもしれないが——、そしてシコシ・ツィキが部屋に引き揚げてから、コノヴァレンコは台所でヤン・クラインへ電話をかけた。言葉を選んで準備していた。彼は協力者の一人が死んだということを隠す必要はないという結論を出していた。コノヴァレンコの仕事は危険なものであることをヤン・クラインにわからせる絶好のチャンスだった。また、コノヴァレンコはもう一度ヤン・クラインに嘘をつくつもりだった。面倒な警察官は始末したと言うのだ。実際、彼の娘を人質に捕らえたいま、そのことには自信があった。少しぐらい前倒しにして死んだと言ってもいいだろう。

ヤン・クラインは黙って聴いた。口を挟まなかった。コノヴァレンコはヤン・クラインの沈黙は一番の評価であることを知っていた。話を聞いたあと、彼はシコシ・ツィキを南アフリカに呼び寄せる日が近いと言った。そしてコノヴァレンコに、シコシ・ツィキの適応性はどうか、ヴィクトール・マバシャのような弱点はないかと訊いた。コノヴァレンコはそういうことはないと答えた。それもまた前倒しの答えだった。彼がシコシ・ツィキと過ごした時間はごくごく限られていた。いままでのところシコシ・ツィキは、感情を見せない硬い印象を与える男だっためったに、いや、絶対に笑顔を見せたことがない。その完璧な服装と同じくらい完璧に自分を制御できる男だった。ヴァランダーと娘を始末したら、集中的にこの男を訓練してやろうとコノヴァレンコは思った。とにかく彼はシコシ・ツィキは期待を裏切らないだろうと言った。ヤン・クラインは満足したようだった。最後に彼はコノヴァレンコに、三日後にもう一度電話をするように言った。そのときまでにシコシ・ツィキの帰国の予定を決めると。

ヤン・クラインと話をしたことで、コノヴァレンコはリコフが死んで以来落ち込んでいた気分が少しよくなった。台所のテーブルで、彼はヴァランダーの娘の誘拐は気抜けするほど簡単だったと思い出していた。タニアがイースタ署を訪ねてから、ヴァランダーの父親の住所を調べ上げるところまではすぐにできた。コノヴァレンコ自身がその家に電話をかけると、家政婦が出た。電話局の者だと名乗り、来年の電話帳の発行に当たり、住所に間違いがないかを確認したいと言った。タニアがイースタの本屋でスコーネ地方の詳しい地図を手に入れ、二人はすぐに車でヴァランダーの父親の住む家の下見に出かけた。少し離れたところに車を駐めて観察していると、家政婦が午後遅い時間に引き揚げたあと、警察の車がやってきて道路に止まった。その車のほかには警護の車がこないと見て取ると、コノヴァレンコはさっそくどのように取りかかるか作戦を立てた。トンメリラの家に戻り、物置でドラム缶をみつけてタニアに詳細を言いつけた。二人は二台の車で——そのうちの一台は近くのガソリンスタンドで借りたレンタカーだったが——ヴァランダーの父親の家に引き返し、こんもりとした林を近くにみつけて、しかるべき時間まで待った。タニアは予定どおりの時間に火を燃やすことに成功し、警察官たちが様子を見に行ったときには姿を消していた。コノヴァレンコには時間的な余裕がなかった。これは彼にとっても挑戦だった。

玄関ドアをこじ開け、寝ていた老人を縛り上げて口にテープを貼り付け、娘に麻酔を嗅がせて用意していた車に運び出した。全部で十分もかからなかった。警察の車が戻ったころにはとっくに引き揚げていた。その日、タニアは警察官の娘のために服を用意し、意識がないうちに着替えさせた。それからコノヴァレンコは娘を地下室に引きずり下ろして、両足首に鎖を巻き付け、鎖に鍵をかけた。すべてがじつに簡単だった。これからもこんなにすべてうまくいくのだろうかと思うほどだった。娘の首に掛かっている飾りに目をつけ、それを父親に送りつけて娘だという証拠にしようと思った。しかし、同時にコノヴァレンコはヴァランダーにほかのイメージも伝えたかった。どんなに残酷なこともあり得るのだということをヴァランダーに見せつける証拠がほしかった。髪の毛を切って、それをネックレスとともに送りつけることに決めたのはそのときだった。女の髪の毛の房は、絶望と死を意味する、と彼は思った。ヴァランダーは警官だ。理解するはずだ。

コノヴァレンコはウォッカをもう一杯注ぎ、窓の外に目を移した。すでに夜が明け始めていた。空気が暖かかった。もうじきおれはいつでも太陽が照っている国に移るのだ。こんな、毎日どんな天気になるかわからないような国とは大ちがいだ。

コノヴァレンコは数時間眠った。目が覚めたときは、すでに時計は九時十五分になっていた。五月十八日月曜日。もういまごろは、ヴァランダーは娘が誘拐されたことを知っているだろう。おれから連絡がくるのを待っているだろう。

もう少し待たせてやれ、とコノヴァレンコは思った。時間が経てばたつほど、沈黙が耐えられなくなるはずだ。心配で矢も楯もたまらなくなるはずだ。

娘がいる地下室への引き上げ戸は彼が座っている椅子のうしろにあった。ときどき彼は聞き耳を立てた。が、なんの音もしなかった。

コノヴァレンコはそのまましばらく外をながめていた。それから立ち上がると、封筒に髪の毛とネックレスを入れた。

そろそろヴァランダーに連絡をしてもいい時間だ。


リンダが誘拐された知らせを受けて、ヴァランダーはめまいがした。

どうしていいかわからない。絶望と怒りが同時に押し寄せた。電話が鳴ったときにたまたま台所にいて電話に出たヴィデーンは、話し終わったヴァランダーが電話線を壁から引っこ抜いて電話を隣室の事務所まで投げつけるのを見て唖然とした。同時に、ヴァランダーの恐怖も見た。あまりにも生《なま》で、あまりにも痛々しい、恐怖にひきつっているヴァランダーの顔だった。なにかとんでもなく恐ろしいことが起きたのだとわかった。同情すると彼は見当ちがいな行動をしてしまうことがあったが、今回はちがった。娘の身に起こったことを心配する、そしていまは手も足も出ないという絶望に苛まれるヴァランダーの姿に胸が打たれた。ヴィデーンはヴァランダーのそばにかがみ込んで、肩を叩いた。

そのあいだ、スヴェードベリはフル回転で行動した。ヴァランダーの父親に怪我がないことと、ひどいショック状態に陥っているわけではないことを見て取ると、ペータースに電話をかけた。電話を受けたペータースの妻は、夜勤のあとで夫は寝ていると言ったが、スヴェードベリは有無を言わさずすぐに起こしてくれと頼んだ。ペータースが寝ぼけ眼をこすりながら電話に出たとき、スヴェードベリは三十分以内にノレーンといっしょにヴァランダーの父親の家にこいと命じた。スヴェードベリをよく知るペータースは、よほど深刻なことでなければ彼は人を寝床から呼び出しはしないと知っていた。なにも訊かずにできるだけ早く行くとだけ言った。ノレーンに電話をしてヴァランダーの父親の家に二人で駆けつけると、そこにスヴェードベリが深刻な知らせをもって待っていた。

「事実を言うしかないです」ノレーンが言った。彼はすでに前の晩、燃えているドラム缶のことで漠然とおかしいと思っていた。

スヴェードベリはノレーンの話を聞いた。前の晩、不審な火を見に行こうと率先して言ったペータースは小さくなっていた。だが、ノレーンはペータースに責任があるとは一言もいわなかった。彼はあくまで二人の行動として話した。

「あんたたちのクビのために、ヴァランダーの娘の身になにも起きないことを願うのみだ」スヴェードベリが言った。

「誘拐されたんですか?」ノレーンが訊いた。「しかし、だれが、なぜそんなことを?」

スヴェードベリは厳しい顔で彼らを見た。それからこう言った。

「約束してもらおう。これからおれが言うとおりにすると約束できるなら、昨晩明らかな命令違反をしたことを忘れてやる。もしリンダが無事に解放されたら、ほかの者にはなにも知らせないとおれも約束する。わかったな」

二人はうなずいた。

「いいか。あんたたちはきのうの晩、不審な火を見なかった。なによりも大事なのは、ヴァランダーの娘は誘拐されなかったということだ。言い換えれば、なにごとも起きなかったということだ。わかったか？」

ペータースとノレーンは顔を見合わせた。

「おれは本気で言っているんだ。なにも起きなかった。あんたたちはそれだけをはっきりと記憶してくれればいい。これがなによりも大事だというおれの言葉を信じてくれ」

「自分たちになにかできることがありますか？」ピータースがおずおずと訊いた。

「ああ」スヴェードベリは言った。「家に帰って寝てくれ」

それからスヴェードベリは気が狂ったように中庭と家の中を調べまわった。畑の真ん中にある林でドラム缶をみつけた。付近にタイヤの跡もみつけた。家に戻ると、ふたたびヴァランダーの父親と話をした。父親は台所でコーヒーを飲んでいた。おびえていた。

「なにが起きたのだ？」年寄りが訊いた。「孫娘がいない」

「わかりません」スヴェードベリが言った。「でも、きっと大丈夫です」

「本当にそう思うかね？」年寄りは信じられないようだった。その声には疑いがあった。「電話でクルトは興奮していた。あれはいまどこにいる？　いったいなにが起きたのだ？」

「直接クルトから説明してもらいます」と言ってスヴェードベリは立ち上がった。「これから会いに行きますから」

「よろしく言ってくれ」年寄りは言った。「わしは大丈夫だと伝えてくれ」

「わかりました」スヴェードベリは答えてその場を離れた。

スヴェードベリが車を乗り入れたとき、ヴァランダーはヴィデーンの家の外の砂利敷きの中庭に裸足で飛び出してきた。時刻はすでに午前十一時をまわっていた。すぐさまスヴェードベリはことの次第を説明した。ペータースとノレーンがいかに簡単に警護の現場からおびき出されたかも説明した。そしてそのわずかな隙にリンダが誘拐されたにちがいないことも。最後にヴァランダーの父親からの言づてを伝えた。

ヴァランダーは終始注意深く彼の説明を聞いた。それでもスヴェードベリはヴァランダーがうわのそらであると感じた。いつもならスヴェードベリはヴァランダーと話すとき、目と目を合わせて話した。だがいま、ヴァランダーの視線はうろうろとして落ち着かない。スヴェードベリは、ヴァランダーの心はいま、そこがどこであれ、娘のところにいるのだと思った。

「手がかりは？」ヴァランダーが訊いた。

「なに一つありません」

その答えにヴァランダーはうなずき、二人は家の中に入った。

「いろいろ考えてみた」腰を下ろしてヴァランダーが言った。スヴェードベリは彼の手が震えていることに気がついた。

「これをやったのは、言うまでもなくコノヴァレンコだ。おれが恐れていたことが起きてしまった。すべておれの責任だ。おれは親父の家にいるべきだった。そしたら、すべてがちがっていたはずだ。あいつはおれを捕まえるために娘を使うだろう。協力者はいないようだ。彼一人で動いていると思われる」

「いや、一人は協力者がいるはずです」スヴェードベリが控えめに言った。「自分がペータースとノレーンの話を正しく理解しているとすれば、コノヴァレンコはドラム缶を燃やすのと、警部の親父さんを縛る、そして娘さんを運び出すのをすべて一人ですることはできないはず」

ヴァランダーは一瞬考えた。

「ドラム缶でものを燃やしたのはタニアだろう。リコフの妻だ。とすれば、彼らは二人ということだ。どこにいるのか、居所がわからない。人里離れた一軒家、おそらくイースタの近くだろう。こんな状況でなければ、すぐにみつけることができるだろうが、いまは無理だ」

ヴィデーンが静かに入ってきて、コーヒーを勧めた。ヴァランダーは彼を見た。

「もっと強いものがほしい」

ヴィデーンは半分入っているウィスキー瓶を持って戻ってきた。

「これから起きることを予測してみた」ヴァランダーが言った。「コノヴァレンコはおれに連絡してくるはずだ。その連絡先は親父の家だろう。おれはそこに行って彼の連絡を待つ。彼がなにを提案してくるか、おれにはわからない。一番よくておれの命と娘の命を交換することだ。最悪の場合は……見当もつかない」

彼はスヴェードベリを見た。

「どうだ？　おれの推測は間違っているか？」

「いや、おそらく正しいでしょう。問題は、どう行動するかだけです」

「どうもしない。いいか、親父の家のまわりには一人の警官も近づけるな。コノヴァレンコは危険を嗅ぎ分ける。あの家にはおれと親父以外、いてはだめなんだ。おまえさんの任務は、だれも近づけないことだ」

「これを一人で片づけることはできませんよ、クルト」スヴェードベリは言った。「われわれに手伝わせてください」

「おれは娘を死なせたくないのだ」彼はきっぱりと言った。「おれ一人でやらなければならない」

スヴェードベリは、話は終わったのだと思った。ヴァランダーはすでに決めている。決して譲歩しないだろう。

「ルーデルップまで送りましょう」スヴェードベリが言った。

「いや、その必要はない」ヴィデーンが言った。「デュエットを使っていいよ」

ヴァランダーはうなずいた。

立ち上がったとき、よろめいて転びそうになり、テーブルの角をつかんだ。

「大丈夫、心配ない」ヴァランダーは言った。

スヴェードベリとステン・ヴィデーンは中庭に立って、デュエットを見送った。

「これからどうなるのだろう？」スヴェードベリが言った。

ステン・ヴィデーンはなにも言わなかった。

ヴァランダーが着いたとき、父親はアトリエで絵を描いていた。

ヴァランダーは初めて父親が永遠のモチーフ——日没の田舎の景色、ときどき注文があればそれにキバシオオライチョウを描き込むいつもの絵——以外のものを描いているのを見た。いま彼は別の田舎の景色を描いていた。もっと暗い、もっと混沌とした絵だった。構成にはなんの関連性もなかった。森は海からぬっと立ち上がり、背景の山々はそのうえにおおいかぶさっている。

ヴァランダーがうしろに立ってしばらくすると、父親は絵筆をおいた。振り返ったその顔にはおびえが表れていた。

「うちの中に入ろう」父親が言った。「家政婦にはもう帰ってもらったよ」

父親はヴァランダーの肩に手をまわした。父親がこんなしぐさを最後にしたのはいつだったか、ヴァランダーは思い出せなかった。

家に入って、ヴァランダーは父親にすべてを話した。父親にはすべてのディテールが理解できないことはわかっていたが、それでもヴァランダーはここ三週間に起きたことをすべて話したかった。自分が人を殺したことも、リンダがいま深刻な危険に瀕していることも隠したくなかった。

リンダを誘拐した男、父親を縛り上げた男は情け容赦のない男だとわかってもらいたかった。

話を聞き終わると、父親は背中を丸めて両手をじっとみつめた。

「必ず解決してみせます」ヴァランダーは言った。「自分は優秀な警察官だ。あの男が連絡してくるまで、ここで待つことにします。いつ連絡してくるかわかりません。すぐかもしれないし、明日かもしれない」

コノヴァレンコからの連絡がないまま、夕暮れになった。スヴェードベリが二度電話をかけてきたが、ヴァランダーは新しく話すことはなかった。彼は父親にアトリエで絵を描き続けるように勧めた。台所で肩を落として両手をみつめる父親を見るのには耐えられなかった。いつもなら息子に命令されたら激怒する父親が、今日は素直に立ち上がって出ていった。ヴァランダーは家の中を歩きまわった。椅子に座ったかと思うと次の瞬間には立ち上がる。ときどき入り口に立って、畑を見渡した。それからまた家の中に入って、歩きまわる。二度食事をしようとしたが、二度とも食べられなかった。苦しさと怒りと無力感で、なにもはっきり考えることができなかった。

ローベルト・オーケルブロムが何度も彼の頭に浮かんだ。だが、彼のことはできるだけ考えないようにした。彼のことを考えること自体が娘の運命に悪い徴候をもたらすような気がした。

コノヴァレンコからなんの知らせもないまま、夜がやってきた。スヴェードベリが電話をかけてきて、この時間以降はなにかあれば自宅に連絡してほしいと言った。ヴァランダーはステン・ヴィデーンに電話をかけたが、話はなにもなかった。十時、父親をベッドに就かせた。春の夜は明るかった。彼は台所の入り口の階段に腰を下ろした。父親が眠りについたことが確実になったころ、彼はリガのバイバ・リエパに電話をかけた。初めのときはだれも電話に出なかった。しかし三十分後にもう一度電話をすると、彼女が出た。彼は落ち着いて娘が非常に危険な男に誘拐されたことを話した。そして、この話をすることができる人がだれもいないと彼は言った。言ったとたんに本当だと思った。それから、このあいだ、夜中に酔っぱらって電話したことを謝った。自分の気持ちを彼女に伝えようとしてみたが、うまくいかなかった。英語の言葉が出てこなかった。電話を切る前に、娘のことでもう一度電話をかけると約束した。彼女は彼の話を黙って聴いていたが、ほとんど一言も発しなかった。電話を切ってから、彼は本当にバイバ・リエパと話をしたのか、それとも想像上のことだったのだろうかと思った。

その夜、彼は眠れなかった。父親の古い擦り切れた安楽椅子に座って、ときどき目をつぶったが、眠りに入りそうになるとぎくっとして目が覚めるのだった。立ち上がって家の中をまた歩き始めた。まるで一生涯歩いているような気がした。夜明け前、野ウサギが一匹中庭に座り込んだ。じっとして動かない。

夜が明けて、五月十九日火曜日になっていた。

朝の五時過ぎ、雨が降りだした。

連絡は朝八時少し前にきた。

シムリスハムヌのタクシーが中庭に乗り入れた。遠くから車の音を聞いたヴァランダーは、家の外の石段に立ってタクシーが近づくのをながめた。運転手が車を止めて降りてきて、彼にぶ厚い封筒を渡した。

封筒の宛先は彼の父親になっていた。

「親父宛だな。どこからのものだ?」

「女の人が一人、シムリスハムヌ・タクシーにやってきて」と雨に濡れたくないらしく運転手はそそくさと言った。「これを届けてくれと言って金を払ってくれました。支払いは済んでいます。受け取りのサインはいりません」

ヴァランダーはうなずいた。タニアだ、と思った。彼女が夫の代わりになってメッセンジャーの仕事をしているのだ。

タクシーの姿が見えなくなった。ヴァランダーはそのとき一人で、父親はアトリエですでに仕事を始めていた。

封筒は詰め物の入っている小包用の袋だった。隅を開ける前に、彼は慎重に封筒を調べた。なにが入っているかわからなかった。封筒の中から出てきたのは、リンダの髪の毛と、昔彼女にプレゼントしたペンダント付きのネックレスだった。

彼はその場に凍りついたように、目の前のテーブルの上にあるリンダの髪の毛をながめた。それから泣き始めた。苦痛が限界を超えて広がっていく。彼はもはや我慢できなかった。コノヴァレンコはリンダになにをしたのか？　すべて自分の責任だ。彼女が犠牲になったのは自分の不注意だ。

封筒の中には短い手紙が入っていた。彼は目をこらしてそれを読んだ。

〝十二時間後に、次の連絡をする。問題を解決するために会わなければならない。それまではただ待て。警察に連絡をしたら娘の命がない〟

手紙には送り主のサインがなかった。

ヴァランダーはふたたび娘の髪の毛を見た。このような悪に対して世界は無力だ。どうしたら自分にコノヴァレンコの行動をストップさせることができるだろう？

コノヴァレンコはまさに自分がそのように無力に感じることを願っているのだ、とヴァランダーは思った。まさに、コノヴァレンコが命じる以外の解決はないのだとわからせるために、十二時間の猶予を与えたのだと。

ヴァランダーは椅子から動かなかった。

どのようにこの状況を切り抜けるか、見当もつかなかった。

27

カール・エーヴェルト・スヴェードベリはずっと昔、たった一つの理由から警察官になった。そして彼はそれを人に秘密にしていた。

彼は極度の暗闇恐怖症だった。

まだ幼いときから、彼はいつもベッドサイドの明かりをつけたまま眠った。ほかの子どもたちの場合とちがって、彼は成長とともに暗闇の恐怖から解放されはしなかった。それどころか、十代になると恐怖感はもっと大きくなり、それにつれて彼の羞恥心もつのった。それは臆病としか呼びようがないという強い恥辱感だった。父親はパン屋だったので、夜中の二時半に毎日起きる。彼は息子に仕事を譲りたがった。午前中の明るいときに寝ていればいいのだから、息子の問題は自然に解決すると主張した。母親は婦人帽子の仕立て屋だった。しだいに少なくなる客たちには、個性的で表現豊かな婦人帽を作ると評判の、非常に腕のいい職人だったが、彼女は息子の問題をもっと深刻に受け止めていた。息子を児童心理学者へ連れていって診てもらったが、心理学者はただ、年とともになくなるでしょうと言うばかりで、なんの役にもたちはしなかった。暗闇恐怖症はしだいに深刻なものになり、彼の恐怖心はますます強くなった。しかしその原因がなにかは、だれにもわからなかった。しまいに彼は、警官になることに決めた。暗闇恐怖症は、自分の個人的な勇気を奮い立たせることで打ち勝つことができると思ったのである。だが、その日、五月十九日火曜日の朝、彼はいつもどおり、ベッドサイドランプをつけたまま目を覚ました。そのうえ、いつもどおり彼はベッドルームのドアに鍵をかけて寝ていた。スヴェードベリはイースタの中心街のアパートに一人で住んでいた。彼はこの町に生まれ、ちょっとした旅行でもこの町を離れることを嫌がった。

彼は明かりを消し、体を伸ばして起きあがった。よく眠れなかった。きのう、縛られたクルト・ヴァランダーの父親を発見し、リンダが誘拐されたことがわかって、彼はショックを受け、恐怖を感じた。ヴァランダーを助けなければならないと思った。夜中彼はどうやったらヴァランダーとの約束を破らないで、それができるかを考えた。そしてついに夜明け前に名案が浮かんだ。コノヴァレンコの隠れ家を捜し出すのだ。ヴァランダーの娘はきっとそこに閉じ込められているにちがいないと思った。

八時前に彼は出勤した。手がかりはたった一つ、数日前、陸軍の射撃訓練地で起きた出来事だった。二人の殺された男たちのほんのわずかな遺留品を書き留めたのはマーティンソンだった。特別なものは確かなにもなかったはずだ。しかし、スヴェードベリはもう一度それに目を通すことに決めた。彼は犯罪の証拠品や犯罪現場での発見物などが保管されている部屋に入り、目指すビニール袋を捜した。アフリカ人のポケットからは、マーティンソンはなに一つ発見することができなかった。そのこと自体、異常だった。スヴェードベリはほんのわずかな量の小石が入っているビニール袋を戻した。それからもう一つのビニール袋の中味をテーブルの上に空けた。太った男のポケットからは、タバコ、ライター、タバコの屑、成分がなにかはっきりしないゴミ、それとポケットの隅にあった屑が検出されていた。スヴェードベリはテーブルの上に空けたものをながめた。すぐにライターに目が留まった。ライターの外装に広告の文句が入っていた。ほとんど擦れて読めなくなっている。スヴェードベリはそれを明かりのほうに向けて文字を判読しようとした。ほかのものはビニール袋に戻し、ライターだけを持って部屋に戻った。十時半にコノヴァレンコとヴァランダーの捜索会議が予定されていた。それまでの時間は自分が好きなように使える。引き出しから拡大鏡を取り出し、机の上のランプを手元に向けてライターに書かれた文字の判読に取りかかった。すぐにどきっとした。文字が読めた。それははっきり手がかりになるものだった。その手がかりが果たしてコノヴァレンコの所在地を示すものなのかはまだわからない。だがそれは間違いなくトンメリラのスーパーマーケットＩＣＡの宣伝用ライターだった。なんの意味もないかもしれない。リコフはそれをどこか別のところでもらったのかもしれない。だがもしリコフがトンメリラのＩＣＡで買い物をしていたら、店員が外国なまりのあるスウェーデン語を話す、そしてなによりも、異常に太っている男のことを覚えているかもしれない。スヴェードベリはライターをポケットに入れると、行き先も告げずに警察署を出た。

車をトンメリラに走らせた。ＩＣＡに入ると警察官の身分証明書を見せて店長と話したいと言った。若い男が出てきて、スヴェン・ペアソンと名乗った。スヴェードベリはライターを見せて用件を言った。店長は少し考えてから、思い当たらないと首を振った。そんなに異常に太った男が最近店に買い物にきたのを見た覚えがないと言った。

「ブリッタと話してください」店長のペアソンは言った。「レジ係です。でも彼女はあまり記憶がいいほうじゃないかもしれないなあ。ようわのそらで仕事をしてるから」

「ほかにレジ係はいないんですか？」スヴェードベリが訊いた。

「木曜日にアルバイトの子が入るんですが」店長は言った。「今日はいません」

「電話をかけてください」スヴェードベリは言った。「すぐにくるように言うんです」

「重要なことですか？」

「もちろん。すぐにそうしてほしい」

店長は姿を消した。ことは緊急を要すると店長にもわかったのだとスヴェードベリは思った。

彼は、今週の割引券をたくさんレジの前に並べて買い物をしている男に対応しているブリッタという五十がらみのレジ係の手が空くまで待った。それから自分の身分を明かした。

「最近、太った大きな男が買い物にきたかどうか知りたい」スヴェードベリが言った。

「太った男なら何人も買い物にくるけど？」ブリッタという女は無関心そうに言った。

スヴェードベリは質問を改めた。

「単に太っているというんじゃなくて、脂肪の塊だな。それも大量の脂肪の塊だ。それにスウェーデン語が下手な男だ。そんな男を最近店で見かけなかったか？」

彼女は考え込んだ。スヴェードベリは女が好奇心が邪魔して記憶をたぐることに集中できないように見えた。

「別にその男がなにか犯罪を犯したわけじゃない。ただ彼がここにきたことがあるかどうか知りたいだけだ」

「見かけたことないわ」彼女は答えた。「そんなに太っている人なら、あたし、目に留めたと思うもの。あたし自身ダイエットしているから、人のこと見ているのよ」

「最近仕事を休んだことは？」

「ないわ」

「一時間でも？」

「たまになにか用事があることはあるけど」

「そのときはだれがレジに立つのかな」

「スヴェンよ」彼女は店長の名前を言った。

スヴェードベリは張り切った気分がしぼむのを感じた。彼は礼を言って、アルバイトの子がくるまで店の中をぶらぶら歩いた。そのあいだも、もしこのライターの線がなんの結果にも至らなかったら、次になにをしようかと必死になって考えた。ほかにどんな手だてがあるか？

木曜日のアルバイトの子は若かった。十七歳にもなっていないかもしれない。さっきの女性と比べるとずっと協力的だった。店長は彼女をアニカ・ハーグストルムと紹介した。スヴェードベリはよくテレビで見る女性に似ていると思い、最初どう話しかけていいかわからなかった。店長がいつのまにかいなくなって、二人はペット食品の棚の前で話しだした。

「木曜日だけ働いているそうだね？」スヴェードベリは当たり障りのない質問から始めた。

「失業中なの」アニカ・ハーグストルムは言った。「仕事がないんだもの。木曜日にここで働くことだけが、いまのところ唯一の仕事なのよ」

「厳しい時代だからね」スヴェードベリは同情するように言った。

「あたし、本当は警官になろうかと思っていたのよ」少女が言った。

スヴェードベリは驚いた。

「でも、あたしは制服が似合わないと思うの。あれ、そういえば、どうして制服を着ていないの？」

「それなら考え直そうかな」少女は言った。「あたし、なにか悪いことしたの？　どうして呼び出されたのかしら？」

「いや、そういうことじゃない」スヴェードベリは言った。「訊きたいことがあるんだ。この店でちょっと変わった男を見かけなかったかということだが」

なぜこんなに表現が下手なのかと、彼は腹の中でうなった。

「変わった人って、どういうふうに？」

「すごく太っている男だ。そして外国なまりのスウェーデン語を話す」

「ああ、なんだ、その人のことか」少女はすぐに答えた。

スヴェードベリは彼女をみつめた。

「その人なら先週の木曜日にきたわよ」彼女は続けて言った。

スヴェードベリはポケットから手帳を出した。

「何時頃？」

「朝の九時ちょっと過ぎ」

「一人か？」

「ええ」

「なにを買ったか覚えている？」

「すごくたくさんだったわ。いろんなもの。紅茶の箱がいくつもあった。確かレジ袋を四つ渡し

む。

その男だ、とスヴェードベリは思った。ロシア人はおれたちがコーヒーを飲むように紅茶を飲む。


「それで、どう支払った？」

「現金で。ポケットの中にむき出しで入れていたのを見たわ」

「どんな様子だった？　神経質そうだったか？　なにか目に留まったか？」

少女の返事はすばやく、しかも確実だった。

「急いでいたわ。食べ物を袋にぎゅうぎゅう詰め込んでた」

「なにか言ったか？」

「ううん」

「それじゃどうして、彼が外国なまりだったとわかるんだ？」

「あいさつでわかるもの。『グダー』《こんにちは》と『タック』《ありがとう》だけですぐわかるわ」

スヴェードベリはうなずいた。最後の質問が一つ残っていた。

「その男がどこに住んでいるかはもちろん知らないだろうね？」

少女は額にしわを寄せて考え込んだ。

この子はまさか、この問いにも答えられるわけじゃないだろうな？　とスヴェードベリがちらりと思ったとき、少女が言った。

「採石場のあたりだと思うわ」

「採石場？」

「成人学校があるところ、知っているでしょう?」

スヴェードベリはうなずいた。

「学校を通り過ぎて左に曲がるのよ」彼女は言った。「それからしばらく行ってまた左に曲がったところ」

「そこがその男の家だとどうしてわかる?」

「レジで彼のうしろにホルゲソンというおじさんが立っていたの」少女は言った。

「そのおじさん、お金を払うとき必ずおしゃべりするのよ。そのときは、あんなに太った男は見たことないとか言ってた。それからその男の人のことを採石場の近くの家で見かけたと言ってたわ。あの近くに人の住んでいない農家が何軒かあるの。ホルゲソンさんはトンメリラのことならなんでも知っているのよ」

スヴェードベリは手帳をしまった。急がなければならない。

「あのね」スヴェードベリは少女に声をかけた。「きみは警官になったらいいと思うよ」

「その人、なにをしたの?」

「別に」スヴェードベリは首を振った。「だれかがその人のことを訊いていたと話してはだめだよ。警官が訊いてたなんて言っては絶対にだめだ」

「あたしはなにも言わないわ」少女は言った。「いつか警察に遊びに行ってもいい?」

「電話して私を捜してもらって」スヴェードベリが言った。「スヴェードベリに会いたいと言うんだ。私の名前だ。警察署の中を案内するよ」

彼女の顔が明るくなった。

「きっとそうするわ」

「だが、あと一、二週間はだめだよ。いまはまったく時間がないから」

彼は店を出ると、少女が言った道を運転した。採石場へ行く道まできたとき、彼は車を止めて、降りた。車のダッシュボードに双眼鏡があった。彼は採石場の石の山のてっぺんに放置されている砕石台の上に登り、双眼鏡をのぞいた。

採石場の先には農家が二軒あった。その二軒は離れていて、互いが見えない位置にあった。片方の家は半分崩れているが、もう一つのほうはまだ人が住める状態だった。だが、庭には車が駐めてなかったし、人影も見えない。それでもスヴェードベリはこの家だと直感した。その家は付近から隔絶したところにある。そこを通り抜ける道はない。行き止まりのその道に入ってくる者はめったにいないだろう。

双眼鏡をのぞいたまま、彼は待った。小雨がまた降り始めた。

三十分ほど経ったとき、突然ドアが開いた。女が一人外に出てきた。タニアだ、と彼は思った。女はじっと立ったままタバコを吸っている。彼女の顔は途中にある木の枝に隠れていて見えなかった。

彼は双眼鏡を下げた。ここだ、この家だ、と彼は思った。スーパーの女の子は目も耳もよかった。そのうえ記憶力が抜群だった。彼は砕石台から降りると車へ行った。時計はすでに十時を示していた。署に電話をして、今日は病欠にしてくれと言おう。会議に出ている時間はもはやない。ヴァランダーと話さなければならなかった。

タニアはタバコを投げ捨て、靴の底で踏んだ。小雨の降る中、彼女は庭に出ていた。天気は彼女の気分にふさわしかった。コノヴァレンコは新しくきたアフリカ人といっしょに部屋に閉じこもってしまった。彼らの仕事にタニアは関心がなかった。ウラジミールは生前、いつも彼女に状況を説明してくれた。彼女は南アフリカの重要な政治家が殺されることを知っていた。だが、それがだれなのか、どんな理由かということは知らなかった。ウラジミールはきっと話してくれたにちがいないが、彼女は覚えていなかった。

庭に出たのは、一人になりたかったからだった。ウラジミールの死が自分にどう影響するのか、彼女はまだゆっくり考えることができなかった。だが、自分でも驚いたことに、彼の死で、彼女は深い悲しみと苦しみを感じていた。彼らの結婚は実際的な必要に応じたもので、二人ともそれで満足していた。崩壊するソヴィエト連邦からの逃亡の際、二人は互いに支え合った。スウェーデンに着いてからは、ウラジミールの仕事を手伝うことにいきがいを感じていた。だがそれはコノヴァレンコの出現ですべて変わってしまった。最初タニアは彼に惹かれた。彼のきびきびした態度、彼の自信はウラジミールにはないものだった。コノヴァレンコが近づいてきたとき、彼女はためらわなかった。しかし、単に利用されただけなのだとわかるのに時間はかからなかった。彼の冷酷さ、ほかの人間に対する激しい軽蔑は彼女をたじろがせた。コノヴァレンコはウラジミールとタニアの生活をすっかり乗っ取ってしまった。たまに夜遅く、彼女はウラジミールとこの生活を抜け出して、どこかコノヴァレンコのいないところで初めからやり直したいと話し合った。しかしそうなる前に、ウラジミールは死んでしまった。タニアはいま庭に立って、ウラジミールのいない寂しさに打ちひしがれていた。これからなにが起きるのか、彼女は知らなかった。コノヴァレンコは、ウラジミールを殺した警察官、面倒なことを引き起こすその警察官を殺すことに躍起になっている。タニアは、これからの生活のことは、すべてが終わるまで、つまり警官が死に、アフリカ人が仕事をしにアフリカに帰国するまで待つよりほかないと思った。自分が望もうと望むまいと、コノヴァレンコに頼るよりほかにないのだと思った。国外に逃亡した者にとって、引き返すことはあり得ないのだ。めったにないことだが彼女はぼんやりとキエフのことを思った。ウラジミールも彼女もキエフの出身だった。胸が痛むのは、思い出のためではなかった。彼女の人生の土台をなすキエフという町にもそこの人間にも、もう二度と会えないのだという思いのためだった。永久に閉じられた扉だった。錠前が下ろされ、鍵は捨てられてしまった。最後の残片はウラジミールとともになくなってしまった。

タニアは地下室に閉じ込められている少女のことを思った。ここ数日間で彼女がコノヴァレンコと話をしたのは、その少女のことだけだった。彼女をどうするつもりか、と訊いた。コノヴァレンコは、父親を捕まえたら、女の子は放してやると言った。しかし、彼女はその言葉を信じてはいなかった。コノヴァレンコがあの少女までも殺すと思うと、彼女は身震いした。

タニアはどう感じていいのかわからなかった。自分の夫を殺した少女の父親の警察官を激しく憎む気持ちがあった。その殺し方は残酷なものだったとコノヴァレンコが話してくれた。だが、そのために、警官の娘まで殺すことはあんまりだという気がした。同時に彼女は、そうなっても自分にはなにもできないと思った。自分が少しでも抵抗することがわかったら、コノヴァレンコが攻撃の矛先を彼女に向けることは間違いなかった。

雨足が強くなり、寒くなって彼女は家の中に入った。コノヴァレンコのくぐもった声が、閉まっているドアの中から聞こえてくる。タニアは台所へ行って、地下室への引き上げ戸を見た。台所の掛け時計が、そろそろ少女に食べ物と飲み物を与える時間であることを告げている。すでにコーヒージャーとサンドウィッチをビニール袋に入れて用意しておいた。いままでのところ少女は与えられた食べ物に手をつけていない。毎回タニアは食事を運んでは手つかずの食べ物をそのまま戻していた。彼女はコノヴァレンコが臨時に備え付けた電気をつけ、引き上げ戸を開けた。片手に懐中電灯を持った。

少女は地下室の隅に丸くなっていた。まるで激しい腹痛をこらえているように横になって体を丸めていた。タニアは床の上の便器を照らした。使われていなかった。タニアは少女が可哀想になった。これまではウラジミールの死を悼んで、ほかのことを考える余裕がなかった。だがいま少女が恐怖から体を丸めているのを見て、彼女はコノヴァレンコの邪悪さには限りがないと思った。この女の子を暗い地下室に入れておかなければならない理由はなにもなかった。しかも鉄の鎖に繋いで。二階の一室に鍵をかけて閉じ込めておけばすむことだった。逃げられないようにするのなら、ひもで縛っておけばいい。

少女は身動きもしなかった。だが、目だけはタニアの動きを追っていた。バサバサに切られた髪の毛を見てタニアは気分が悪くなった。彼女は少女のすぐそばにかがみ込んだ。

「もうじき終わるわ」

少女は答えなかった。その目がまっすぐにタニアを見ている。

「なにか食べなくてはだめよ。もうじき終わるから」

恐怖が少女を食っているのだとタニアは思った。内側から彼女を壊し始めているのだ。

突然タニアはこの少女を助けなければと思った。命がけになるかもしれない。だが、そうなってもしかたがなかった。コノヴァレンコの邪悪さはタニアにはもう耐えられなかった。

「もうじき終わるわ」そうささやくと、彼女は食べ物を少女の顔のそばに置いて階段を上り、引き上げ戸を閉めて振り返った。

コノヴァレンコがそこに立っていた。彼女はぎくっとして悲鳴を上げた。彼には音もなく人に近づく技があった。またタニアは彼の聴覚が不自然なほど鋭いことにも気がついていた。夜行性の動物のように、ほかの人間には聞こえないことも聞こえるのだ。

「眠っているわ」タニアが言った。

コノヴァレンコはタニアを厳しい顔でにらみつけた。次の瞬間にやりと笑うと、なにも言わずに台所を出ていった。

タニアは椅子に崩れるように座ると、タバコに火をつけた。手が震えていた。だが、さっき彼女の中に生まれた決心を取り消すつもりはなかった。


スヴェードベリは自分のアパートに戻って、ヴァランダーにもう一度一人でコノヴァレンコに戦いを挑むのをやめるように説得する方法を考えた。だが、ヴァランダーはすでに理性的に判断できなくなっているとスヴェードベリは考えた。感情的な衝動が行動を支配する段階に入っている。できることはたった一つ、スヴェードベリはヴァランダーに無茶はやめるように懇願するよりほかはないと思うに至った。いまやヴァランダーの行動は予測がつかない、とスヴェードベリには思えた。ヴァランダーは娘の上に降りかかっている危険を中心に考えている。そして、その危険を振り払うためには、どんなことでもするつもりなのだ。

午後一時過ぎ、スヴェードベリはヴァランダーに電話をかけた。

最初の呼び出し音で彼は受話器を取った。

スヴェードベリはいきなり本題に入った。

「コノヴァレンコの隠れ家を発見しました」スヴェードベリは言った。

ヴァランダーが電話の向こうで跳び上がったように感じた。

「リコフのポケットにあったものの中に手がかりをみつけたのです。いまそれを詳しく説明するつもりはありません。とにかくそれで自分はトンメリラのICAスーパーへ行ったのです。素晴らしい記憶力の店員が手伝ってくれました。その家はトンメリラの東側にあります。すでに閉鎖している採石場のそばにある、古い農家です」

「だれにも見られなかっただろうな？」ヴァランダーが言った。

その声でスヴェードベリは、ヴァランダーがどれほど緊張しているかわかった。

「大丈夫です。安心してください」

「どうしたら安心などできる？」ヴァランダーが言った。

スヴェードベリはなにも言わなかった。

「その採石場なら知っている」ヴァランダーが続けた。「もし本当にそれがコノヴァレンコの隠れ家なら、おれにとって有利な情報だ」

「なにか言ってきましたか？」スヴェードベリは訊いた。

「十二時間後に連絡すると言ってきた。十二時間後というのは今晩の八時だ」ヴァランダーが言った。「やつは時間を守る。もう一度連絡が入るまで、おれはなにも行動するつもりはない」

「もし警部が一人で彼に立ち向かったら、大変なことになります。自分はとても怖くて考えることもできません」

「ほかには方法がないということは、おまえさんだって知っているはずだ」ヴァランダーが言った。「おれに気づかれないように、あいつはこの家をずっと見張っているはずだ。おれ以外の所としてどこを選ぶにせよ、あいつは完全に自分が制御できるところを選ぶはずだ。おれに会う場だれもあいつに近づくことはできない。おれが一人でないことを見て取ったら、あいつがどんな行動に出るか、おまえさんはわかっているだろう」

「はい。警部が言われることは全部わかります。それでも、なんとかならないか、やってみようじゃないですか」スヴェードベリは言った。

一瞬静かになった。

「十分に用心するつもりだ」ヴァランダーが言った。「だが、どこで会うことになるのか、おまえさんに教えるつもりはない。おまえさんの気持ちはわかった。おれのためにその家をみつけてくれたことはありがたい。決して忘れはしない」

ヴァランダーは電話を切った。

スヴェードベリは受話器を持ったまま呆然とした。

ヴァランダーはなにをするつもりだろう？　スヴェードベリはまさかヴァランダーが、隠れ家をみつけたという情報があるのにそのままなにもしないでいるとは思ってもみなかった。

スヴェードベリは受話器を戻しながら考えた。ヴァランダーは助けを必要としないかもしれないが、おれには必要だ、と彼は思った。問題はだれの助けを借りるかだ。

彼は窓辺に立った。遠く、建物の屋根の向こうに教会の塔のてっぺんが見える。射撃訓練地から逃げたとき、ヴァランダーはステン・ヴィデーンに連絡した。スヴェードベリはそれまでヴィデーンに会ったことがなかった。しかし、彼らは見るからに親しい友人で、長い付き合いらしい。ヴァランダーは彼に助けを求めたのだ。スヴェードベリは自分もそうすることに決めた。アパートを出ると、車で町を出た。雨が強くなり、風も吹き始めた。海岸沿いを運転しながら、こんな事件はもうそろそろ終わってほしいと思った。イースタのような小さな警察区には手に負えない。

ステン・ヴィデーンは厩舎にいた。戸口に柵《さく》がついている馬小屋の前に立っていた。中にいる馬は落ち着きがなく、歩きまわり、ときどき柵を蹴っている。スヴェードベリはあいさつをして、ステン・ヴィデーンのそばに立った。落ち着きのない馬は高く、スラリとしていた。スヴェードベリは馬に乗ったことがなかった。彼は馬が怖く、自分からすすんで馬の世話をしたり訓練したりする人間の気が知れなかった。

「この馬は病気だ」ヴィデーンがぽつりと言った。「だがおれはこの馬のどこが悪いのかわからない」

「落ち着きがないようですね」スヴェードベリは慎重に言った。

「どこかが痛むんだ」ヴィデーンが言った。

ヴィデーンは戸口の柵を開けて馬小屋の中に入った。彼が端綱《はづな》を取ると、馬はすぐに静かになった。ヴィデーンはしゃがみ込むと、馬の左前脚を持ち上げて、見た。スヴェードベリは体を前倒しにしてのぞき込んだ。

「話があるんですが」スヴェードベリが言った。

「家の中に入ろう」ヴィデーンは答えた。

家の中に入ると、散らかった居間のソファに年輩の婦人が腰掛けているのが見えた。ステン・ヴィデーンの家には似合わない女性だった。驚くほど優雅な服装で、化粧も濃く、高価そうな宝石を身につけている。ヴィデーンがスヴェードベリの視線に気づいた。

「運転手がくるのを待っているんだ」と彼は言った。「訓練のためにおれのところで二頭預かっている」

「そうなんですか」スヴェードベリは言った。

「トレレボリの大工の棟梁《とうりょう》の未亡人だ」ヴィデーンが言った。「もうじき迎えがくる。ときどきやってきて、ここに座っている。とても孤独なんじゃないかと思う」

最後の言葉にやさしさがあった。スヴェードベリは少し驚いた。

彼らは台所に座った。

「なぜ自分がここにきたのか、本当のところ、自分でもよくわからない」スヴェードベリはさっそく話を切りだした。「いや、言い直します。ここにきたのがなぜかはわかっているんです。しかしあなたに助けを求めてどうするのか、それがわからないんです」

彼はトンメリラの近くの採石場のそばにコノヴァレンコの隠れ家をみつけたことを話した。ステン・ヴィデーンは立ち上がって競馬の予定表や書類が詰め込んである台所の棚を捜して、汚れてぼろぼろになった地図を取り出した。それを台所のテーブルに広げると、スヴェードベリは先の丸くなった鉛筆の先で、コノヴァレンコの隠れ家を指した。

「ヴァランダーがどうしようとしているのか、自分にはまったく見当がつきません。ただ、一人でコノヴァレンコに立ち向かおうとしていることだけは確かです。娘を人質に取られているから、危険を冒すことはできないと言っています。もちろん、それは理解できます。問題はヴァランダーが一人では、絶対に勝ち目がないということです」

「つまり、あんたは彼を手伝うと言うのか？」ヴィデーンが言った。

スヴェードベリはうなずいた。

「しかし、自分もまた一人ではできません。あなた以外の人を思いつかないのです。もう一人警官を引き込むことは不可能なので。だから自分はここにきたのです。あなたはヴァランダーの友人でしょう？」

「たぶん、な」ヴィデーンが言った。

「たぶん？」

「確かにおれたちは長い付き合いだ」ヴィデーンが言った。「だがここのところ十年以上、会っていなかった」

「それは知らなかった」スヴェードベリが言った。「そうではないと思っていました」

車が庭に乗り入れてきた。ステン・ヴィデーンは大工の棟梁の未亡人を車まで見送った。スヴェードベリはここにきたのは間違いだったと思った。ヴィデーンとヴァランダーの関係は、自分が思っているようなものではなかったのだ。

「あんたの考えを聞かせてもらおう」台所に戻ってきたヴィデーンが言った。

スヴェードベリは話した。八時過ぎにヴァランダーに電話をかける。コノヴァレンコがなんと言ったか、ヴァランダーは決してスヴェードベリには教えないだろう。だが彼らが何時に会うのかを探り出すことはできるはずだ。その時間を知ったら、彼は、うまくいけばもう一人の人間といっしょに、現場に夜のうちに忍び込んで待つ。万一ヴァランダーに助けが必要なときにはそうできるように待機するつもりだ。

ステン・ヴィデーンは無表情のまま話を聞いた。スヴェードベリが話し終わると、立ち上がって台所を出ていった。スヴェードベリはトイレにでも行ったのだろうと思った。だが、戻ってきたとき、ヴィデーンは手に猟銃を持っていた。

「手伝おう」とヴィデーンは一言いった。

腰を下ろして、猟銃の手入れを始めた。スヴェードベリは自分も武装しているということを見せるために、職場から持ち出したピストルをテーブルの上に置いた。ステン・ヴィデーンは顔をしかめた。

「凶暴な犯人を捕まえるには、ずいぶん頼りのない物だな」と言った。

「馬をおいていってもいいんですか？」

「ウルリーカがここで寝泊まりしている」ヴィデーンが言った。「うちで働いている女の子の一人だ」

スヴェードベリはステン・ヴィデーンといっしょにいると落ち着かなかった。彼は無口だったし、一風変わっているので、リラックスできなかった。だが、一人で行動しなくていいことになって、彼は安心した。

午後三時過ぎ、スヴェードベリはアパートに戻った。ヴァランダーと連絡がとれたら、すぐにステン・ヴィデーンに教えると約束した。イースタへの帰り道、彼は夕刊を買った。コノヴァレンコとヴァランダーは相変わらずトップニュースだった。だが、一ページのトップニュースから、中のニュース欄に移っていた。

スヴェードベリの目に突然一つの見出しが飛び込んだ。それは彼がもっとも恐れていた見出しだった。

そしてそのそばにヴァランダーの娘の写真があった。


彼は八時二十分過ぎにヴァランダーに電話をかけた。

コノヴァレンコは連絡してきていた。

「これからのことを話すつもりがないのは知っています。しかし、せめて時間だけでも教えてください」スヴェードベリは懇願した。

ヴァランダーはためらった。

「明日の朝七時だ」と言った。

「場所は例の家ではないのですね？」スヴェードベリが訊いた。

「ああ、ちがう」ヴァランダーが言った「別の場所だ。だがそれ以上は訊くな」

「なにが起きるんです？」

「あいつは娘を解放すると言っている。それ以上のことは知らない」

いや、知っている、とスヴェードベリは思った。コノヴァレンコがあんたを殺そうとしていることを、知っているではないか。

「気をつけて、クルト」スヴェードベリはささやいた。

「ああ」と言って、ヴァランダーは電話を切った。

スヴェードベリは場所が例の隠れ家だと確信をもった。ヴァランダーの返事はほんのわずかだが、早すぎた。用意していた返事だった。スヴェードベリは身動きもせずに考え続けた。

それから彼はステン・ヴィデーンへ電話をかけた。スヴェードベリの家で夜中に会うことに決めた。それから二人でトンメリラへ向かう。

二人はスヴェードベリのアパートの台所でコーヒーを飲んだ。

雨は依然として降っていた。

夜中の一時四十五分、彼らは出発した。

28

ベスイデンホウト公園のそばの彼女の家の外には、またその男がいた。彼が通りの反対側に、じっと、だれかを待っているかのようにたたずんでいるのをミランダが見るのは、今日で三日目だった。彼女は居間の厚いカーテンの陰から男を見た。スーツにネクタイ姿のその白人は、彼女の世界に迷い込んできたよそ者のように見えた。

最初に見たのは早朝で、マチルダが学校に出かけたときだった。彼女はすぐにその男を目に留めた。というのも、彼女の住んでいる通りでは、めったに人の姿を見かけなかったからだ。通りの家々に住む男たちは朝早くヨハネスブルグの中心街に出かけていく。そのあと、妻たちが自分の車で買い物に出かけたり、エステティック・サロンへ行ったり、あるいは単に姿を消した。ベスイデンホウトに住んでいるのは、白人中産階級の、人生に失望した、ささいなことに一喜一憂している人間たちだった。この国のトップクラスまで這い上がれなかった男たちだ。ミランダはこの男たちの多くが海外へ移住することを考えていることも知っていた。また彼女は彼らに関してさらにもう一つの真実をつかんでいた。この人々にとって南アフリカは、同じ血が血管を流れて土地を分かち合う同胞のいる絶対的祖国ではなかった。この国で生まれてはいても、彼らはデクラーク大統領が二月の演説でネルソン・マンデラを釈放すると発表して、新しい時代がやってくると約束したとき、この国から逃げる準備を始めた人々だった。その新しい時代とは、このベスイデンホウトにもしかするとミランダ以外の黒人が住むことを意味するものでもあった。

通りに姿を現した男は、見知らぬ人だった。この通りの人ではなく、ミランダは彼がなにを探しているのだろうと思った。早朝に通りにたたずんでいる人は、なにかを探しているか、失ったか、夢を見ているかしている人にちがいない。彼女は厚いカーテンの陰から男を観察した。そしてその男が自分の家を見ていることに気がついた。初めて彼女は怖くなった。彼は南アフリカの黒人の暮らしを支配している、名前を言うのもはばかられる、強力な政府組織の人間だろうか？彼女はその男が家のベルを押して会いたいと言うのではないかと思った。だが、じっとそこに立っている男の姿を見て、そうではないと思った。そのうえ、その男は書類カバンを持っていなかった。ミランダの知っている白人の南アフリカ人は、いつも犬や、警官や、振り上げた警棒や、装甲車、あるいは書類を通して黒人と接しようとした。だがその男は書類カバンを持っていなかった。手は空っぽだった。

最初の朝、ミランダは何度も窓辺に戻って、男がまだいるかどうか確かめた。彼女は男を、どこに置いたらいいかだれにもわからない銅像、あるいはだれもほしがらない銅像だと思うことにした。九時ちょっと前に彼は姿を消した。だが翌日もまた彼は戻ってきて、同じところに立っていた。彼女の家の窓を見上げた。もしかすると娘のマチルダのためではないかと胸騒ぎがした。秘密警察の人間かもしれない。彼女の窓から見えないところに車が数台待機していて、そこには制服の男たちがいるのかもしれない。だが、彼の様子のなにかが、そうではないと彼女に思わせた。そのとき初めて彼女は、彼がそこに立っているわけがわかった。彼女が彼に気がつくこと、そして彼が危険な人間ではないことをわからせようとしているのだ。危険が迫っているのではなく、自分の存在に慣れてもらおうとしているのだ。

今日で三日目だった。五月二十日水曜日。彼は今日もやってきた。突然彼はあたりを見まわすと、通りを渡って彼女の家の門まできて、石畳の通路を進んで玄関までやってきた。ちょうどその日マチルダは学校に行かず、家にいた。朝起きると頭痛がして熱があった。マラリアかもしれないと言って、彼女は自分の部屋で寝ていた。ミランダは娘の部屋のドアをしっかりと閉めてから玄関へ行き、ドアを開けた。ベルは一度しか鳴らなかった。彼は家に人がいると知っていた。そして中の人は必ずドアを彼のために開けるだろうと確信していた。

若い、と彼女は思った。ドアを開けて男の前に立った。

「ミランダ・ンコイさんですか？　ちょっと中に入れていただきたいのです。時間はかかりませんから」

彼女の中で、警戒の声が上がった。だが彼女は彼を家の中に入れ、居間に通して椅子を勧めた。ジョージ・シパースはいつものように、黒人の女と二人きりになると感じる居心地の悪さを感じた。それは彼の人生でいままではめったになかった。それはたいてい、人種法が緩和されてから、検察局で黒人の女性秘書と二人きりになったときに感じることだった。黒人の女の家で、黒人の女と二人だけになったことはおそらくこれが初めてだと彼は思った。

彼はいつも黒人たちが自分を軽蔑しているという感じをもっていた。いつも敵視されているような気がした。黒人と二人きりのときほど、はっきりしない罪悪感に苛まれることはなかった。いまこの黒人の女の前に座って、彼は自己防衛をすることができないとますます強く感じていた。相手が黒人の男だったら別だったかもしれない。白人の男はふつう優位に立つ。だがその優位性はいままったくなくなって、彼の下で椅子は沈み、しまいには直接床に座っているような感じになった。

先週の週末から、彼はヤン・クラインの秘密を暴くことに時間を費やした。いま彼は、ヤン・クラインが定期的にこの家を訪れることを知っていた。それは、彼が大学を卒業してから、何年間も続いていることだった。首席検事ヴァーヴィの協力と彼自身のコネを通して、ヤン・クラインの銀行取引にも目を通し、ヤン・クラインが毎月大きな金額をミランダ・ンコイに送金していることもわかった。

シパースはヤン・クラインの秘密を握った。秘密情報機関でももっとも信頼の厚い男の一人、ボーア人のもつ当然の価値観を誇りとして掲げている男、その男が秘密裡に黒人の女を囲っていた。その女のためなら、彼は最大限の危険を冒す用意があるのだ。デクラーク大統領が裏切り者とみなされるのなら、ここにもう一人裏切り者がいることになる。

だがシパースはまだ秘密の表面を引っ掻いているだけだという気がした。彼はその家を訪ね、女に会う決心をした。自分がだれかを明かすつもりはなかった。ヤン・クラインが次にやってきたとき、女が自分のことを彼に話さない可能性に賭けた。もし彼女が話したら、ヤン・クラインは早晩訪問者がシパースであることを知るだろう。だがなぜかはわからなかったが、シパースはこれからもヤン・クラインを観察できるような気がしていた。もちろん、ヤン・クラインがこれを知って、彼を殺そうとする危険性はあった。だが、そのためにシパースはその家を訪ねたときに一つ決心をしていた。その家を引き揚げる前に、秘密情報機関の閉ざされた世界の外には、自分以外にもヤン・クラインの秘密の生活を知っている人間がいるとミランダにわからせることだった。そうすれば彼女は自分のことをヤン・クラインに話さないというのが、シパースの賭だった。

ミランダ・ンコイは彼を見た。その目は彼の心まで見抜くようだった。非常に美しい女だった。若い頃の美しさが残っていた。抵抗する力が残っていれば、屈辱や強制や苦痛を生き抜くことができるのだ。あきらめのあと、弱まった苦しみの結果、人は醜く、縮み上がる。

彼は事実をそのまま言うしかないと思った。彼女を訪ねてくる男、彼女の家賃を払い、おそらくは彼女の愛人である男は、国家に対する陰謀を企て個人の命を狙っているとの強い嫌疑がある。話しているあいだ、シパースはミランダが自分の話を部分的に知っている、だが、そのほかのことは知らないと感じた。同時に彼は奇妙なことに彼女が安堵したような気がした。なにかほかのことで彼がやってきたと思い、恐れていたかのように。彼はすぐそれがなにかを考え始めた。それは秘密と関係がある、まだ見えないドアがあるという彼の直感と関係があると思った。

「私は知らなければならないのです。質問はしません。夫を裏切る証言をしてくれと私が頼んでいると思わないでください。ことは非常に重要なのです。わが国全体に対する脅威です。それほど大きなことなので、私は自分の名前を言うこともできないのです」

「でもあなたは彼の敵でしょう？」ミランダが言った。「群れが危険に遭遇したとき、数頭ははぐれてしまうもの。そして、それらはいなくなる。そうなのですか？」

「もしかすると」シパースが言った。「もしかすると、そうかもしれません」

彼は窓を背にしてミランダに対していた。彼女が群れの話をしたとき、彼女の背後のドアがかすかに動いたのが見えた。ノブが動いたが、それは部屋を出ようとした者が思い直して途中でやめたかのようだった。そのとき彼は、今日は少女が学校に出かけなかったことを思い出した。少女はミランダの娘にちがいない。

この数日の調査で、彼は注目に値する状況を発見した。ミランダ・ンコイはシドニー・ヒューストンという男の家政婦として登録されていた。その男はハラレの東にある大きな草原で農園を営んでおり、たいていはそっちで暮らしていて、この家にはめったにこない。このいつも留守の農園主とヤン・クラインのあいだの取引は簡単に見抜くことができた。とくにヤン・クラインとその農園主が同じ大学の同級生だったことがわかってからは。だがもう一人の若い娘、ミランダの子どもだろうか？――その娘は登録されていなかった。いまその少女はドアのうしろで彼らの話に耳をそばだてていた。

ある考えが彼をとらえた。あとになって、彼は自分のもつ人種差別的偏見のために目が見えなかったのだと気がつくことになる。突然彼は、聞き耳を立てている少女の正体がわかった。ヤン・クラインの最大の、巧妙に隠されていた秘密が暴かれた。シパースには、要塞が襲撃を受けてついに崩れるような出来事に感じられた。真実がこんなに長いあいだ暴かれなかったのは、それが考えられないことだったからだ。ヤン・クライン、秘密情報機関の中心人物、冷酷非情なボーア人抵抗運動推進者が、黒人の女とのあいだに子どもをもうけていたとは！　おそらく彼がなによりも愛している子どもにちがいない。ヤン・クラインはマンデラを殺すことで、彼の黒い娘が生き続け、この国の白人に近い存在であることが尊重されるようになるとでも思ったのだろうか。シパースにとってその虚偽は、憎悪の対象にしかならなかった。いままで感じてきた人種に対する自分の抵抗感は、このとき崩れたと彼は感じた。同時に、デクラーク大統領とマンデラが引き受けている役割の大変さがわかった。互いに相手が裏切り者であるとみなす人々を、どうやったら一つにまとめることができるか？

ミランダは視線を外さずに彼を見ていた。彼がなにを考えているかはわからなかったが、興奮していることはわかった。

「あなたの娘は」ジョージ・シパースは言った。「ヤン・クラインの娘だ」

「マチルダです」

シパースはミランダの履歴を思い出した。

「あなたの母親と同じ名前だ」

「ええ、母と同じ名前です」

「あなたは夫を愛しているのですか？」

「あの人はわたしの夫ではありません。娘の父親です」

「それで彼女は？」

「彼女は父親を憎んでいます」

「彼女はいまドアのうしろで私たちの話を聞いている」

「具合が悪いので。熱があります」

「しかし起きて、聞き耳を立てている」

「聞いてはいけないのですか？」

　シパースはうなずいた。彼は理解した。

「私は知る必要があるのです」彼は続けた。「わが国を混沌に陥らせる計画を立てている男たちをみつけるためなら、どんなに小さなことでも。ことが起きる前に」

　ミランダは自分が待ち望んだときがついにやってきたのだと思った。それまで彼女はヤン・クラインのポケットを探ったり、彼の寝言に耳を澄ましたりしたあと、そのことを話しても、聞いているのは自分と自分の娘だけだと思っていた。だがいま彼女は、これからはそうではないとわかった。それにしてもこの人の名前も知らないのに、なぜ自分はこんなにこの人を信じているのだろうと思った。彼が無防備だからだろうか？　彼女の前で彼が不安そうだからだろうか？　自分が信じることができるのは、人の弱さだけなのだろうか？

　自由の喜び、と彼女は思った。いまわたしはそれを感じているのだ、と彼女は思った。海から歩み出てきて、自分が洗い清められたような気分だった。

「長いあいだ、彼はふつうの公務員だと思っていました」彼女は語り始めた。「彼が犯罪的なことに加わっているということは知りませんでした。でもあるとき、知ったのです」

「だれに聞いたのですか?」

「それがだれか、いつか言うかもしれませんが、いまは言いません。ときが熟したときに、人は話すのです」

シパースは話をさえぎったことを後悔した。

「でも彼はわたしがそれを知っているということを知りません。それがわたしの強みでした。それはわたしの救いであり、わたしの死を意味するかもしれません。でも彼がやってくる晩、わたしは必ず夜中に起きてポケットを探りました。どんな小さなメモでも書き写しました。彼が寝言を言うときは、でたらめでも耳を傾けて暗記しました。それをわたしは伝えたのです」

「だれに?」

「わたしたちを守ってくれる人たちに」

「私はあなたがたを守ります」

「あなたの名前さえ、わたしは知りません」

「それは意味のないことです」

「わたしはヤン・クラインと同じほど秘密の生活をしている黒人の男たちと話しました」

シパースはうわさを聞いたことがあった。しかしいままでまったく証拠がなかった。政府の秘密情報機関も軍の秘密情報機関も、自分たちの影の存在を必死になって捜しているということを彼は知っていた。黒人には黒人の秘密情報機関があるといううわさは執拗になくならなかった。

もしかするとANCと直接結びついている機関かもしれないが、そうではなくまったく独立した機関かもしれない。そこで彼らの作戦が立てられ、政策が築かれるのだ。いまこのミランダという女は、そんな人々が本当にいるのだということを話しているのだ、とシパースは思った。ヤン・クラインは死んだも同然だと彼は思った。自分の知らないうちに、ポケットの中味まで、彼が敵とみなす人々に知られていたのだから。

「ここ数ヶ月のことで」とシパースは言った。「それ以前のことはどうでもいいです。でも、最近、なにをみつけましたか？」

「みつけたものは全部渡してしまって、覚えてません」ミランダは言った。「忘れたことを思い出そうとしても意味がないじゃありませんか？」

彼女は本当のことを言っているとシパースは思った。彼は彼女を説得した。ヤン・クラインのポケットにみつけたものや、寝言で話したことを彼女から聞いた男たちに会いたいと言った。

「あなたのことが信じられる根拠を挙げてください」彼女は言った。

「それはなにもない」彼は言った。「人生に保障はないのです。リスクだけしかない」

彼女は黙って座り、考え込んだ。

「あの人はたくさんの人間を殺したのですか？」声が大きかった。ジョージ・シパースは彼女が娘に聞こえるように声を張り上げているのだと思った。

「ええ」彼は答えた。「たくさんの人を殺しました」

「黒人ですか？」

「黒人です」

「犯罪者たちですか？」

「犯罪者もいますし、そうじゃない人たちもいます」

「なぜ殺したのでしょう？」

「口を割らなかったからです。彼らは反逆者たち、暴動を起こした人たちです」

「わたしの娘のように」

「私はあなたの娘を知らない」

「わたしは知っています」

彼女は勢いよく立ち上がった。

「明日、きてください」ミランダは言った。「もしかすると、あなたに会いたいという人がいるかもしれません。今日はもう帰って」

シパースはその家を出た。脇道に駐めてあった車まで戻ったとき、彼は汗をかいていた。車を出しながら、彼は自分の弱さを思った。そして彼女の強さを。彼らと出会い、和解する未来が果たしてあるのだろうか？


彼が帰ったあとも、マチルダは部屋から出てこなかった。ミランダは彼女を一人にしてやった。しかし夜、ミランダは娘のベッドに長いこと腰を下ろして話をした。

熱は上がったり下がったりした。

「悲しい？」ミランダは訊いた。

「ううん」マチルダは答えた。「あの人がいままで以上に憎いだけよ」

クリップタウンに行ったことを、その後シパースは、地獄の中に降りていく経験として思い出した。それはそれまでの人生でどうにか避けてきたことだった。ボーア人をゆりかごから墓場まで導く白人の道を歩くことによって、シパースは片道だけを歩いてきた。いま、彼はもう一つの道を歩かなければならなくなった。黒人の道である。彼が見たこと、それは決して忘れられない光景になった。それは彼を苦しめた。見たら苦しまなければならない光景だった。なぜならそれは二千万人の人々の暮らしだったからだ。それは尊厳をもつ人間として生きることが許されない人々であり、早死にし、初めから成長することができない命だった。

シパースはベスイデンホウトにある家に翌日の午前十時にふたたび行った。ドアを開けたのはミランダだったが、彼に会ってもいいという男のもとに案内するのは娘のマチルダだった。シパースは、これはめったにない扱いなのだという印象を受けた。マチルダは母親に似て、美しかった。肌は少し明るかったが、目が同じ目をしていた。父親に似ているところはわからなかった。彼女は父親を否定していたから、似ているところが現れないようにしているのかもしれない。マチルダはシパースとほとんど口を利かなかった。彼が握手の手を差し出したときは、ただうなずいただけだった。彼はまた不安を感じた。今度は娘にまで。まだ十代の少女にすぎないのに。自分が始めたこととはいいながら、彼は不安を感じ始めた。もしかするとこの家にはヤン・クラインの存在が、自分が想像していたのとはまったくちがった形でのしかかっているのかもしれない。だが後悔するには遅すぎた。排気ガスのパイプが地面を擦り、バンパーが半分しかないぼろぼろの中古車が家の前に止まった。ミランダの娘マチルダはなにも言わずにドアを開けて、彼をうながすように見た。

「その男がここにくるのかと思った」シパースがためらって言った。

「ほかの世界に行くのよ」マチルダが言った。

彼は後部座席に乗り込んだ。車の中は子どものころに嗅いだ鶏小屋のような臭いがした。運転している男はつばのある帽子を耳の下まで深くかぶっていた。彼は振り返ってなにも言わずにシパースをながめた。それから車を走らせた。運転手とマチルダはシパースにはコーサ語と聞こえる言葉で話をした。方向は南西で、シパースはスピードを出しすぎると思った。まもなく彼らはヨハネスブルグの中心街をあとにして、いくつも車線がある自動車道路に入った。ソウェトだろうか？ 彼らは自分をソウェトに連れていくのだろうか、とシパースは思った。

だが、向かったのはソウェトではなかった。メドーズランドを通過した。目にしみる煙が黒人居住区域の上を厚くおおっていた。掘っ建て小屋がひしめき合い、犬や子どもたちや、鶏や車の残骸が横たわっている区域の先で、運転者がブレーキを踏んだ。マチルダは助手席から降りると後部座席のシパースの隣に移った。手には黒いフードを持っている。

「ここから先、見てはだめなの」少女は言った。

彼は不快を感じ、彼女の手を払いのけた。

「なにが怖いの？ さあ、覚悟しなさいよ」

彼はフードを彼女からひったくった。

「なぜ必要なんだ？」彼は訊いた。

「たくさんの人がいるわ」彼女は言った。「あんたに見てほしくないの。それにあんたが見られても困るのよ」

「それは答えにはならない」彼は苛立った。「謎々じゃあるまいし」

「いえ、わたしにとってはこれが答えよ。さあ、決めなさいよ」

彼は自分でフードをかぶった。車はさらに前に進んだ。道路はますます悪くなった。だが運転者は速度を下げようともしない。シパースは車の揺れで頭をぶつけないように気をつけたが、それでも何度か車の天井まで跳び上がった。どのくらいの時間、車に乗っていたのかまったくわからなかった。フードが顔に貼りつき、チクチクと刺した。

車がブレーキをかけて止まった。どこかで犬がさかんに吠えている。ラジオの音楽が波のように高くなったり低くなったりして聞こえてくる。フードをかぶっていても火の匂いがした。マチルダは彼を車から降ろした。それからフードを外した。太陽がむき出しになった頭を直撃し、彼はまぶしくて顔を伏せた。目が明るさに慣れてからあたりを見まわすと、彼はトタン板や段ボール箱、布袋、ポリバケツ、防水布などでできている貧民窟のまっただ中にいた。車のシャシーがそのまま部屋になっている小屋もあった。ゴミの臭いが充満していた。痩せた犬が彼の片足を嗅ぎにきた。彼はこの惨状の中で生きている人々をながめた。だれも彼の存在に目を留めなかった。敵意も好奇心も見えなかった。そこにあるのはただ無関心だけだった。彼らの目にシパースは存在しなかった。

「クリップタウンにようこそ」マチルダが言った。「これはもう一つのシャンティタウン（貧民窟）よ。どっちみち、あんたにはみつけられないわ。どこのシャンティタウンも似たように見えるから。酷さはどこも同じよ。臭いし、住んでいる人間も同じ」

マチルダは彼を貧民窟の中に引っ張り込んだ。それはまるであっという間に彼を呑み込む迷路のようだった。彼の過去がその瞬間に盗られてしまったようだった。数歩踏み込んで、彼はまったく方向感覚を失ってしまった。自分のそばにヤン・クラインの娘がいるという不条理性を思った。だがその不条理性は過去の世界からの遺産だった。それこそいまついに変わり、壊滅されようとしているのだ。

「なにが見える?」マチルダが訊いた。

「あなたが見ているのと同じものが」ジョージ・シパースは答えた。

「ちがう!」彼女は叫んだ。「ショックだった?」

「もちろん」

「あたしは動揺しない。ショックを受けるのは第一段階。何段も階段があるの。あんたとあたしは同じ段に立っていない」

「あなたは一番上に立っているのか?」

「ほとんど」

「見えるのは同じ景色か?」

「遠くが見える。シマウマがあたりを警戒しながら草をはんでいる。アンテロープが重力の法則を無視して飛び跳ねている。コブラがシロアリの巣の中に隠れている。女たちが水を運んでいる」

マチルダは立ち止まって、彼の前に立った。

「あたしには自分自身の憎悪が彼らの目に見える。でも、あんたの目にはそれが見えない」

「私になんと答えてほしいのだ？　こんなふうに生きなければならないのは、地獄以外のなにものでもないと思う。問題は、これは私の責任かということだ」

「そうでもあり得るわ」彼女は言った。「状況によっては」

彼らは迷路をさらに奥へと進んだ。ここから一人で引き返すことはできない、と彼は思った。彼女が必要だ。われわれが黒人をいつも必要としてきたように。それを彼女は知っているのだ。

マチルダはほかよりも少しだけ大きい小屋の前で立ち止まった。小屋自体はほかの小屋と同じ材料で造られていた。彼女は不細工に取り付けられたベニヤ板のドアの前で膝をついて座った。

「中に入って。わたしはここで待っている」

シパースは中に入った。

最初、彼にはただ暗闇だけが見えた。目が慣れて、簡単な木のテーブルと椅子が数脚、そして煙が立っている石油ランプが見えた。暗がりの中から一人の男が出てきた。男はシパースに向かってほほえんだ。シパースは、その男は自分と同年配だと思った。だが男のほうが体が頑丈で、あごひげを蓄え、ミランダとマチルダにも見られるある種の威厳を備えていた。

「ジョージ・シパース」と言ったかと思うと、男は短く笑った。それから椅子を指さした。

「なにがおかしいのだ？」シパースは訊いた。心の中に広がる不安を隠すことができなかった。

「別になにも」男は言った。「おれをスティーヴと呼んでくれ」

「私がなぜあんたに会いたがったのか、わかっているのか？」シパースが訊いた。

「あんたが会いたがったのは別におれじゃないだろう」スティーヴと名乗った男は言った。「ヤン・クラインのことで、あんたがまだ知らないことを話してもらえる人間に会いたかっただけだ。

それがたまたまおれだったわけだ。ほかの人でもあり得ただろう」

「用事に入ろうか」シパースは苛立った。

「白い人間はいつも時間がない。なぜなのか、おれはいまだにわからない」

「ヤン・クライン」シパースは言った。

「危険な男だ」スティーヴが言った。「みんなの敵だ。われわれだけの敵じゃない。大ガラスは夜に鳴く。それを聞いてわれわれは意味を探り、解釈し、なにかが起きる予兆、なにか混乱を招くような大事が起きる印だと理解する。われわれはことが起きるのを望まない。ANCもデクラークも同じだろう。だからまずあんたに、知っていることを話してもらう。そのあともしかするとわれわれはいっしょに、もっとも暗い片隅を照らすことができるかもしれない」

シパースはすべてを話しはしなかった。だが、もっとも重要な部分を話した。それはすでに危険なことだった。彼は相手がだれか知らなかった。だが、話さざるを得なかった。スティーヴは顎をゆっくりと撫でながら話を聞いた。

「もうそこまできているのか」シパースが話し終わったとき、彼は言った。「われわれはそれが起きるということは知っていた。だが、その前に、頭のおかしなボーア人がデクラークの首を切り落とすのではないかと思っていた」

「暗殺者はプロだ。名前も顔もない。だが、以前、現れたことがあるかもしれない。とくにヤン・クラインの周辺に。あんたが言う大ガラスの声にもっと耳を傾けたらいいかもしれない。暗殺者は白人かもしれないし、黒人かもしれない。その男が莫大な報酬を受けるらしいということを示唆する情報がある。百万ランド、あるいはそれ以上かもしれない」

「そいつがだれかはきっとわかるはずだ」スティーヴが言った。「ヤン・クラインは一番の腕利きを選ぶはず。南アフリカ人なら、それが白人であれ黒人であれ、われわれはみつけられる」

「そいつをみつけて、止めてくれ」シパースは言った。「その男を殺せ。われわれは力を合わせなければならない」

「いや。われわれはいま会っている。が、これ一回きりだ。われわれはそれぞれの方向から進む。この件に関しても、そして将来に関しても。それ以外のことは不可能だ」

「なぜだ?」

「われわれは互いの秘密を共有しない。すべてはまだ明らかでない、落ち着いていない。われわれは絶対に必要な条約や合意以外は避けたい。われわれが敵味方であることを忘れるな。そしてわれわれの国ではすでに長いあいだ戦争が繰り広げられてきたことも。あんたたちは認めたがらないが」

「われわれは異なった見方をする」シパースは言った。

「そのとおり」スティーヴが言った。「まさにそのとおりなのだ」

話し合いは数分間で終わった。スティーヴが立ち上がり、シパースは会見が終わったのだとわかった。

「ミランダがいる」スティーヴが言った。「彼女を通しておれの世界と連絡できる」

「そうだ。彼女がいる。暗殺計画はやめさせなければならない」

「そのとおり」スティーヴが同意した。「だが、それはあんたたちがしなければならないことだ。金をもっているのはまだあんたたちのほうだからな。おれにはなにもない。この掘っ建て小屋だけだ。そしてミランダ。マチルダもいる。もし暗殺が成功したらどうなるか、想像してくれ」

「いや、できれば想像したくない」

スティーヴは一瞬黙ってシパースを見た。それからあいさつもせずに戸口から姿を消した。シパースはそのあとから外の熱い太陽の下に出た。マチルダが黙って彼を車に連れていった。彼はまたフードを頭にかぶった。暗闇の中で、彼はすでにデクラーク大統領に報告する文章を作成していた。


大統領はシロアリの夢を繰り返し見た。

夢の中で、彼は床という床、壁という壁、家具という家具がすべてこの食欲旺盛な小動物によって食い荒らされている家にいた。なぜその家にいるのかはわからなかった。床の隙間からは草が生えていた。窓枠は崩れ落ち、シロアリはその勢いで彼の体の中にまで入ってくるような気がした。夢の中で彼は短時間でスピーチを書き上げなければならなかった。いつものスピーチ作成者がいなかったので、大統領は自分で原稿を書かなければならなかった。だが、書こうとすると、シロアリがペン先からあふれ出てくるのだった。

そこまでくるといつも目を覚ます。闇の中で彼は、この夢はある真実を指しているのだと思う。そして、すべてはもう遅いのかもしれないと思う。彼が目指しているのは、南アフリカ共和国が崩壊するのをくい止めること。そうしながらも白人の影響と優位性をできるかぎり守る。この二つの継続はもしかすると、黒人の我慢の限界を超えたのかもしれない。これ以外には道はないのだということをわかってくれるのは、ネルソン・マンデラしかいなかった。デクラークは、ネルソン・マンデラと自分は同じことを恐れていると知っていた。だれにも制御できない暴動、混乱の極みで共和国が崩壊すること。残酷で報復の血に飢えたクーデターの発生、あるいは互いを根絶させるまで戦う民族グループ同士の争い。

時計はすでに夜の十時を示していた。五月二十一日木曜日。デクラークは若い検事ジョージ・シパースがすでに彼の執務室の前で待機しているのを知っていた。だが、デクラークはまだ彼と会う用意ができていなかった。疲れていた。解決が急がれるあらゆる問題と一日じゅう取り組んでいるために頭痛がした。机から立ち上がると、高い窓の前まで行った。責任の重さで、感覚が麻痺してしまうこともあった。一人の人間には荷が大きすぎると思うこともあった。ときどき逃げ出したくなる。透明人間になって野山に消えてしまいたい。蜃気楼の中になくなってしまいたい。しかしもちろん、そんなことはできないと知っていた。話しかけることも信じることもますますむずかしくなる彼の神は、もしかするとまだ彼を守ってくださるかもしれない。自分にはいったいどのくらいの時間が残っているのだろうか、と彼は思った。彼の気分は常に変わった。もうすでに時間切れだと思うこともあるし、まだ五年は大丈夫かもしれないと思うこともあった。時間こそ彼が必要とするものだった。彼の壮大な計画には時間が必要だった。最後の最後まで新しいシステムへの移行を遅らせること、そしてそのあいだに多数の黒人を自分の党に集めることだった。だが彼は、マンデラが移行の準備以外には自分に時間を与えないだろうということも知っていた。

自分のすることすべてに虚偽の要素がある、と彼は思った。本当は自分も不可能な夢を見る者、すなわち南アフリカ共和国が永遠に不変であることを夢見る者なのだ。この不可能な夢を暴力で叶えようとする狂信者たちと自分とのちがいは、ごく小さい。

わが国は他のアフリカ諸国に比べて白人統治がまだ終わっていない、遅れている国だ、とデクラークは思った。いま起きていることはずっと昔に起きるべきことだったのだ。だが歴史は目に見えない予定とは関係なく進む。

デクラークは机に戻って、ベルを押した。すぐにシパースが入ってきた。デクラークはこの若者のエネルギーと綿密さを評価していた。彼の中にまだ残っているナイーヴな純真さには目をつぶった。この若いボーア人もいずれやわらかい砂地の中にも硬い岩山があることを学ぶだろう。

彼は半分目を閉じてシパースの話を聞いた。彼に届いた言葉は意識の中まで入っていった。シパースが話を終えたとき、デクラークは探るような目で彼を見た。

「いまの話はすべて本当であると思っていいのだな？」デクラークは言った。

「はい」ジョージ・シパースは答えた。「一毫《ごう》の疑いもありません」

「すべて本当だな？」

「はい」

デクラークは考えたあとふたたび口を開いた。

「狙われているのはネルソン・マンデラだった」彼は話しだした。「秘密のコミッティーの集まりで決定され雇われたプロの殺し屋がいる。暗殺は近いうちにおこなわれる。マンデラがいつもおこなう大聴衆を前にした演説の折に。結果は大混乱、血で血を洗う惨劇、国家の崩壊に繋がる。影響力のあるひと固まりのボーア人が背後でわが国を支配するために待ち受けている。法律と社会制度は無用のものになる。軍隊、警察、民間の三者が同割合からなる連立政権ができる。未来は終わることのない非常態勢になる、ということだな？　間違いないか？」

「はい」シパースは答えた。「もしわたしの推測が許されるならば、暗殺は六月十二日におこなわれるものとみられます」

「なぜだ？」

「その日、ネルソン・マンデラはケープタウンで演説をします。軍の情報局がこの集会に関しケープタウンの警察がどのような警備体制を敷くのか、非常に強い関心を寄せているという情報を入手しています。この策略に参加している者たちは非常に優秀な者たちです。暗殺の計画が明日実行されても不思議ではありません」

「ということは、いつでも起き得るということだな」デクラークが言った。「どこでも起き得る。もうなにもできないかもしれない」

彼は黙った。シパースは待った。

「マンデラと話をしなければ」デクラークは言った。「彼は状況を知らなければならない」

それからシパースに目を戻した。

「きみにはなにか考えがあるな。顔に表れている」

シパースは顔を赤くした。

「デクラーク大統領。すべての鍵はヤン・クラインが握っています。秘密情報機関に勤める男です。彼をすぐに逮捕するべきです。もちろん、彼がなにも言わないという可能性はあります。あるいは自殺する可能性もあるかもしれません。しかし彼を捕まえて取り調べをする以外の道はないと思います」

デクラークはうなずいた。

「それではそうしよう」デクラークが言った。「われわれには人々から真実を巧みに引き出す尋問の専門官がいる」

黒人から、とシパースは心の中でつぶやいた。そしてその黒人たちはたいてい不可解な状況で死ぬのだ。

「一番いいのは、私が尋問をすることだと思います」シパースが言った。「私がなんと言っても一番事情に通じていますから」

「きみに彼が扱いきれるかね？」

「はい」

大統領は立ち上がった。謁見は終わった。

「ヤン・クラインは明日逮捕すること」デクラークが言った。「明日からは継続的に報告せよ。毎日一回報告がほしい」

彼らはそこで別れた。

シパースは部屋の外に出て、待合室にいた年寄りの警備員にうなずいてあいさつをした。そのまま車に乗り、助手席にピストルを置いて闇の中を運転し家に帰った。

デクラークは長いあいだ窓辺に立って考えた。

それから机について、ふたたび仕事を始めた。

待合室では、年取った警備員が絨毯を伸ばしたり、座席のほこりを払ったりしていた。そのあいだずっと彼は、大統領の執務室のドアの外で聞き耳を立てて聞いたことについて考えていた。状況はかなり深刻であると判断した。彼は自分のための事務所として機能している小さな部屋に引き揚げた。交換台を通す電話の差し込みを抜いた。取り外しのできる壁のパネル板のうしろに、彼だけしか知らないもう一本の差し込みがあった。直通線だった。受話器を持つと、通信音が聞こえた。彼は電話番号を押した。

すぐに返事があった。ヤン・クラインはまだ眠っていなかった。

大統領の執務室の警備員と電話で話したあと、ヤン・クラインは、今晩は眠る時間はないだろうと思った。

第五章　空っぽの部屋へのカウントダウン

29

夜遅く、シコシ・ツィキがナイフを投げてネズミを射止めた。タニアはすでに部屋に引き揚げていて、コノヴァレンコは夜中にヤン・クラインと話をするために、まだ起きていた。シコシ・ツィキの帰国に関して最後の命令を受けるのだ。コノヴァレンコはまた、自分が彼の国に移住する件に関しても今日の電話で話すつもりでいた。地下室からはなんの音もしない。さっき下に降りたタニアは、娘は眠っていると言った。久しぶりに、彼はゆっくりした気分になっていた。ヴァランダーと連絡を取った。コノヴァレンコはヴァランダーに、娘を無事に返すのと引き換えに、安全通行権をくれと要求した。ヴァランダーはコノヴァレンコを一週間捜索しない。そのあいだ警察の捜索の矛先を変えさせる。コノヴァレンコはすぐにストックホルムに戻るが、警察は当面南スウェーデンを捜索するという条件だった。

だが、もちろんこれらはすべてでたらめだった。コノヴァレンコはヴァランダーと娘の両方とも撃ち殺すつもりだった。ヴァランダーは自分の要求を信じただろうか。もしそうなら、彼はかつて自分が思ったとおりの間抜けな田舎警察官だ。しかし彼はもう一度あの警官を低く評価して失敗するつもりはなかった。

その日彼はシコシ・ツィキと長い時間いっしょに過ごした。ヴィクトール・マバシャを訓練したときと同じように、暗殺と関連して発生し得るさまざまな状況を想定して行動させた。シコシ・ツィキはマバシャよりも頭の回転が速いと思った。そのうえ、コノヴァレンコがあからさまに見せる人種差別的な態度や言葉にもまったく反応しなかった。これからの数日、シコシ・ツィキをもっと挑発して、彼の我慢の限界をさぐるつもりだった。

シコシ・ツィキがマバシャと似ている点が一つあった。コノヴァレンコはそれがアフリカ人の特徴なのだろうかと思った。その閉鎖性、その顔から彼らがなにを考えているのかを知るのは不可能だった。それがコノヴァレンコを苛立たせた。彼は人をまっすぐ見透かすことに慣れていた。彼らの考えを想像し、彼らの反応を先取りして行動するのだ。

コノヴァレンコはいま、一風変わった反り返ったナイフで部屋の隅のネズミを串刺しにしたシコシ・ツィキを見ていた。この男は仕事を遂行するだろうと思った。あと数日、計画を細部にわたって検討し、射撃の練習をすれば、帰国できる。この男がおれの南アフリカへの入場券になるのだ。

シコシ・ツィキは立ち上がって、ネズミが突き刺されている隅へ行った。それから台所に行って、ナイフからネズミを外し、ゴミ箱に捨ててナイフの刃を洗った。コノヴァレンコはグラスからちびりちびりウォッカを飲みながら、それを見ていた。

「反り返ったナイフか」コノヴァレンコが言った。「おれはいままで見たことがない」

「おれの祖先が千年以上も前に作ったものだ」シコシ・ツィキが言った。

「だが、なぜ反り返っているんだ？」コノヴァレンコが訊いた。

「それはだれも知らない」シコシ・ツィキが言った。「その謎はいまだに明かされていない。その理由がわかったとき、ナイフは力を失うだろう」

そう言うとすぐに、シコシ・ツィキは自分の部屋に消えた。コノヴァレンコは謎めいた答えに苛立った。シコシ・ツィキが部屋に鍵をかける音が聞こえた。

コノヴァレンコは一人になった。家じゅうの明かりを消してまわり、電話のそばの電気だけを残した。時計を見た。十二時半。もうすぐヤン・クラインに電話ができる。地下室のほうに耳をそばだてた。なんの音もしない。彼はもう一杯、ウォッカを注いだ。ヤン・クラインと話し終わったら、飲むつもりだった。

南アフリカとの会話は短いものになった。

ヤン・クラインは、シコシ・ツィキは問題ない、精神的安定にもなんの不安もない、というコノヴァレンコの言葉に耳を傾けた。そして最後の命令を下した。シコシ・ツィキを遅くともあと七日以内に帰国させよ。コノヴァレンコの任務は直ちに彼の帰国の手配をし、ヨハネスブルグまでの帰国便を予約し確認すること。コノヴァレンコはヤン・クラインが急いでいるという印象を受けた。なにかの理由で焦っているようだった。もちろん、確かではない。が、自分の南アフリカへの移住の話を持ち出すことはできないと判断させるほどのなにかがあった。会話は彼が自分の話を一言もしないまま終わった。終わったあと、彼は不満だった。ウォッカをあおって、ヤン・クラインは自分をだますつもりなのだろうかと不安になった。だが、すぐにその考えをうち消した。そのうえ、南アフリカは自分のもつ知識と経験を痛切に必要としているはずという確信があった。もう一杯ウォッカを飲み干すと、コノヴァレンコは外に出た。雨が降っている。夜の雨に濡れた外をながめながら、それでもまあ、満足していいだろうと思った。あと数時間で、今回の問題は解決する。この仕事ももうじき終わる。そうしたら、将来のことに取り組もう。南アフリカにタニアを連れていくかどうか、決めなければならない。妻にしたのと同じように、ほっぽり出すことも考えられる。

コノヴァレンコは自分の部屋に行ってドアに鍵をかけ、ベッドに横たわった。服は脱がず、毛布を上に掛けただけだった。タニアには今晩は一人で寝てもらおう。彼は体を休める必要があった。

タニアは眠っていなかった。コノヴァレンコが部屋のドアを閉め、ベッドに横たわるのを聞いていた。身動きせずに聞き耳を立てていた。彼女は怖かった。心の奥では、地下室の少女を起してコノヴァレンコに気づかれないように抜け出すのは不可能だとわかっていた。また、彼の部屋に、音を立てずに外から鍵をかけるのも無理ということも知っていた。それはコノヴァレンコがアフリカ人といっしょに採石場で射撃の練習をしているときに試してみた。またたとえドアに鍵がかけられても、彼は部屋の窓から外に飛び出すことができる。睡眠薬があればよかったのに、と思った。それを彼の飲むウォッカの中に混ぜることができたのに。彼女が頼れるのは自分だけだったが、それでもやってみるつもりだった。昼間、彼女は服と現金をバッグに用意し、それを納屋に隠した。そこにレインコートと長靴も用意した。

時計を見た。一時十五分過ぎ。コノヴァレンコが警官と会うのはその日の朝だということを知っていた。そのときには、彼の娘と自分は遠くにいなければ。コノヴァレンコがいびきをかき始めたら、起きあがるつもりだった。コノヴァレンコの眠りは浅く、しかもしょっちゅう目を覚ますのを彼女は知っていた。だが、眠りに入ってからの三十分はめったに起きないということも知っていた。

いまでも彼女は自分がなぜこんなことをするのかわからなかった。自分の命を危険にさらすことになるということはわかっていた。だが、理由はもはやどうでもよかった。ものごとには、なされなければならないことがあるのだ。

コノヴァレンコが寝返りを打ち、咳をするのが聞こえた。一時二十五分。コノヴァレンコはときどき眠らない夜がある。ただベッドの上に横たわって休むだけだ。もし今晩がそんな夜なら、タニアは少女を助けることができないと思った。そしてもっと恐ろしくなった。それは自分の命が危なくなることよりももっと大きな脅威だった。

一時四十分、ようやくコノヴァレンコのいびきが聞こえた。そのまま三十数えた。それからそっとベッドから起きあがった。服は着たままだった。手には少女の足の鎖を外す鍵をしっかり握っていた。静かに部屋のドアを開けて、きしみ音を立てる床板を避けて歩きだした。台所まできて、懐中電灯をつけ、床の引き上げ戸を用心深く開けた。それは危ない瞬間だった。少女が叫びだす危険性があった。いまはまだでも、いつ叫び声が上がるかわからなかった。コノヴァレンコはいびきをかいている。タニアは耳を澄ました。それから注意深く階段を下り始めた。少女は体を丸めて横たわっていた。目は開いている。タニアは彼女のそばにかがみ込んで、彼女のギザギザに切り落とされた髪の毛を撫でながら、ささやくように話しかけた。これから二人でいっしょに逃げ出すが、絶対に音を立ててはならないと言った。少女は反応しなかった。目がまったく動かない。タニアは突然、この少女は動けないのかもしれないと思った。恐怖のあまり、体が動かなくなったのかもしれない。タニアは足首の鎖を外すために、少女の体に触った。突然少女はばたばたと足を蹴り始めた。タニアは少女が叫びだす寸前に、その口を押さえることができた。タニアの力は強く、全身で少女を押さえ込んだ。ほんの少しでも叫び声が漏れたら、コノヴァレンコを起こしてしまう。考えるだけで恐ろしかった。コノヴァレンコは引き上げ戸にくぎを打って、二人ともを暗闇の中に閉じ込めてしまうだろう。タニアは少女を押さえ込みながらもささやき続けた。少女の目に光が宿った。理解した、とタニアは思った。そっと彼女は少女の口から手を外し、鍵を開けて鎖を少女の足首から外した。

その瞬間、コノヴァレンコのいびきが止まった。タニアは息を止めた。いびきがまた始まった。彼女は急いで立ち上がると、引き上げ戸に手を伸ばして閉めた。少女はいまやはっきりわかったらしい。起きあがり、静かにしている。だが目には生気が宿っていた。

タニアはまたハッとした。心臓が止まるかと思った。台所で足音がする。足音が止まった。この瞬間にも、彼が引き上げ戸を開ける、と彼女は思い、目を閉じた。やっぱり自分の動きが彼に聞こえたのだ。

次に聞こえたのは、瓶がぶつかる音だった。コノヴァレンコはもう一杯ウォッカを飲むために起きたのだ。足音が遠のいた。タニアは懐中電灯の光を自分の顔に向け、少女に安心の笑顔を見せた。それから彼女の手を取って、そのまま静かになるのを待った。十分後、彼女はそっと引き上げ戸を開けた。コノヴァレンコはふたたびいびきをかき始めた。彼女は少女にこれからのことを説明した。玄関まで音を立てないように進む。タニアは昼間、玄関ドアの金具に油をさしておいた。金具の音が響かないように開けることができるはずだった。そこまで行けたら、二人はいっしょにこの家から逃げ出す。だが、もしなにかが起きたら、もしコノヴァレンコが目を覚ましたら、タニアがドアを開けた瞬間に、二人は別方向に向かって走りだす。わかる？　走るのよ。全力で走るの。外は雨でよく見えない。逃げるのには都合がいいはず。とにかく走るのよ。振り返らないこと。家があったら、車に出合ったら、助けを求めること。なにより、命がけで走るのよ。

わかったのだろうか？　タニアは少女が理解したと思った。少女の目が輝きだした。立ち上がったときにふらふらしたが、足は動かせた。タニアはふたたび耳を澄ました。そして少女に向かってうなずいた。二人は歩きだした。タニアが先に階段を上がった。また耳を澄ます。それから手を伸ばして少女の手を握った。急がなければならない。階段が音を立てないように彼女は動かずに少女を待った。少女は静かに台所の床まで上がった。目をさっと閉じた。台所は薄暗かったのに、それでも闇の中にいた彼女には明るすぎたのだ。ほとんど目が見えなくなっているのだわ、とタニアは思った。彼女は少女の腕をしっかりとつかんだ。コノヴァレンコはいびきをかいている。彼女たちは廊下を通り玄関に向かった。一歩一歩、慎重にゆっくりと前に進んだ。玄関前に厚手のカーテンが掛かっていた。タニアは少女の手を引いたままそっとそれを開けた。ついにドアまでたどり着いたのだ。タニアは全身が汗でびっしょりと濡れていた。鍵に手をかけたとき、彼女の手は震えていた。うまくいくかもしれないという希望が胸に浮かんだ。鍵をひねった。力を入れすぎると、ある一点で鍵がカチッと鳴る。抵抗を感じたがそのままゆっくりと全神経を尖らせてひねり切った。危険な瞬間を越えた。音はまったく鳴らなかった。少女にうなずいて、タニアはドアを開けた。

その瞬間彼女のうしろで大きな音が響いた。彼女はぎくっとして振り向いた。少女が傘立てにつまずいたのだ。傘立てが倒れた。このあとなにが起きるのか、待つ必要はなかった。ドアをぱっと開けると少女を雨の中に押し出し、タニアは走れと叫んだ。少女は最初戸惑ったがタニアに背中を押されて走りだした。外の灰色の景色の中に消えるのに、ほんの数秒あれば足りる。

タニアは自分に関してはもう手遅れだとわかっていた。それでも彼女はあきらめなかった。とにかく振り向きもせず、少女とは反対の方向に走りだした。コノヴァレンコの目をくらますために、そして貴重な数秒を勝ち取るために。

庭の真ん中まで走り出たときに、コノヴァレンコに追いつかれた。

「どうした？　気分が悪いのか？」コノヴァレンコが叫んだ。

その声で、彼女はコノヴァレンコがまだ台所の床が開いていることに気づいていないことがわかった。家の中に戻ったときに、なにが起きたかがわかる。少女はすでにずいぶん遠いところまで走ったはずだ。コノヴァレンコはもう彼女をみつけることができないだろう。

タニアはどっと疲れを感じた。

「気分が悪いのよ」と言って、ふらついてみせた。

「中に入ろう」コノヴァレンコが言った。

「待って」タニアは言った。「外の空気を吸いたいの」

わたしにできることを彼女に与えよう。呼吸の一回一回が彼女に逃げる時間を与える。わたしにはもう見込みがない。

リンダは夜の中を走った。雨は降り続けた。自分がどこにいるのか、わからなかった。ただ走り続けた。ときどき転んで倒れたが、すぐに起きあがって走り続けた。畑に行き当たった。驚いた野ウサギが跳びはねた。彼女も野ウサギの一匹のような気がした。追いつめられた動物のようだった。泥が靴の底に付いて取れない。しまいに彼女は靴を脱ぎ捨てて、靴下のまま走った。畑はどこまでも続くようだった。すべてが雨の中でぼやけて見えた。いるのは野ウサギと自分だけだった。やっと道路にたどり着いたときには、もはや走る力が残っていなかった。今度は砂利道だった。足裏に鋭く砕けた石の角が当たって痛かった。やっと砂利道が終わってアスファルトの道路に出た。道路中央の白線が光っていた。どっちの方向へ行っていいのかわからなかった。だが、歩きだした。怖くてまだなにが起きたかを考える余裕がなかった。目に見えない悪がうしろから彼女を追ってくるような気がしてならなかった。それは人でも動物でもなく、冷たい風のようなもので、しかも確実に存在している。彼女は振り向かずに歩き続けた。

車のヘッドライトが前方から近づいてきた。

それは女友だちのところに遊びに行っていた男だった。夜中、彼らはふとしたことから言い争いをし、彼は帰ることにしたのだった。男は車を運転しながら、金があったらどこかへ旅に出かけたいと考えていたところだった。どこか遠いところへ。ワイパーが動いていたが、視界は狭かった。突然、車の前になにかが見えた。動物だと思って、彼はブレーキを踏んだ。それから完全に車を止めた。人だということがわかった。自分の目が信じられなかった。若い女だ。しかも靴も履いていない。服は泥だらけ、髪の毛はバサバサだ。自動車事故かもしれないと彼は思った。少女は道路の真ん中に座り込んでいる。男は車を降りて、おそるおそる少女に近づいた。

「どうしたんだい？」男が訊いた。

少女は答えなかった。

血は流れていない。溝に落ち込んでいる車もなかった。彼は少女を抱き上げて、車まで運んだ。少女は自分では立つこともできなかった。

「いったいなにが起きたんだい？」彼はもう一度訊いた。

だが今度も彼女はなにも言わなかった。


一時四十五分、スヴェードベリは、ステン・ヴィデーンといっしょにアパートを出発した。車に乗ったとき、雨が降っていた。イースタを三キロほど出たとき、スヴェードベリは後輪の一つがパンクしたことに気がついた。路肩に車を寄せたが、予備のタイヤもパンクしているのではないかと不安を感じた。だが、それは大丈夫だった。パンクのために、時間が遅くなってしまった。スヴェードベリは、明るくなる前にヴァランダーは家に近づくだろうと予測した。だから彼らはそれより早く現場で待機していなければならなかった。さもないと、ヴァランダーに出くわすことになりかねなかった。彼らが採石場と農家から一キロほど離れたところのやぶの中に車を駐めた頃には、もうすでに三時になっていた。時間がない。彼らは雨で視界が狭い中を急いだ。採石場の北側の畑を通り抜けた。スヴェードベリはできるだけ農家に近いところで隠れて待とうと提案した。だが、どの方向からヴァランダーが農家に近づくかわからなかったので、彼に発見されないような見晴らしのいいところでなければならないということになった。ヴァランダーがどの方向からその家に近づくか、二人は検討した。二人ともヴァランダーは西側から近づくと予測した。そこは畑がなだらかな丘になっており、隣の畑との境まで木が生い茂っていて人が隠れることができるほどの茂みになっている。ヴァランダーが西からくることを想定して、二人はその家の東側から近づくことにした。スヴェードベリは二つの畑のあいだの細い通り道に古いわらの山があるのをみつけた。いざとなったら、二人はそのわらの中に隠れることができる。彼らは三時半には位置についた。二人とも銃弾を込めた銃を手に用意した。

農家は雨の中で霞んで見えた。すべてが静止していた。なぜかわからなかったが、スヴェードベリはなにかがおかしいと感じた。双眼鏡を取り出して、レンズをきれいに拭いてから目に当てて、家の壁に焦点を合わせた。台所と思われる窓から明かりが漏れている。なにも変わったところはなかった。コノヴァレンコが眠っているはずはないと思った。彼はあそこにいるはずだ。静寂の中で待っているはずだ。もしかすると彼もまた家の外にいるのかもしれない。

彼らは緊張したまま、それぞれの思いに沈んだ。

ヴァランダーをみつけたのはステン・ヴィデーンだった。時刻は五時をまわっていた。彼らが予測したとおり、彼は家の西側にいた。目のいいヴィデーンは最初、やぶの中に潜んでいるのが野ウサギか鹿だと思った。だが、自信がなかったので、スヴェードベリをつついて、指さした。スヴェードベリが双眼鏡をのぞいて見ると、やぶの中にヴァランダーの顔がちらりと見えた。

これからなにが起きるのか、だれもわからなかった。ヴァランダーはコノヴァレンコと約束したとおりに行動しているのだろうか？　それとも、奇襲を仕掛けようとしているのだろうか？

コノヴァレンコはどこにいるのだ？　ヴァランダーの娘は？

彼らは待った。農家もまた静かだった。ヴィデーンとスヴェードベリは双眼鏡を代わる代わるのぞき込んでヴァランダーの顔を観察していた。スヴェードベリはまたもやなにかがおかしいという感じがした。時計を見た。まもなくヴァランダーがきてから一時間になる。家のほうにはなんの動きもない。

突然ステン・ヴィデーンが双眼鏡をスヴェードベリに渡した。ヴァランダーが動き始めた。家の近くまで這っていくと、立ち上がり、壁に体をぴったりとつけた。片手にピストルを持っている。コノヴァレンコを襲うことに決めたのだとスヴェードベリは思い、胃がぎゅっと縮まるのを感じた。だが彼らは、待つよりほかになにもできなかった。ヴィデーンは猟銃を頬につけ、入り口のドアに狙いを定めた。ヴァランダーは窓を避け、体をかがめて走って入り口に着いた。スヴェードベリはヴァランダーが中の様子をうかがっているのがわかった。ヴァランダーは手を伸ばしてドアの取っ手をひねった。ドアは施錠されていなかった。次の瞬間ヴァランダーはドアをいっぱいに開けて中に飛び込んだ。スヴェードベリとヴィデーンはわらの山から這い出た。なにも決めてはいなかったが、ヴァランダーが飛び込んだあとに続かなければならないという思いだった。二人は建物の端まで走った。そのとき、スヴェードベリは予感がなんだったのかが突然わかった。

この家は見捨てられている。だれもいないのだ。

「やつらは逃げたんだ！」スヴェードベリがヴィデーンに言った。「だれもいないぞ」

ヴィデーンはなんのことかわからないというように彼を見返した。

「どうしてわかる？」

「ただそう感じるだけだ」スヴェードベリはそう言うと、隠れていた建物の端から走り出た。

ヴァランダーの名前を呼んだ。

ヴァランダーが入り口のステップまで出てきた。彼ら二人を見ても驚く様子はなかった。

「あの子はいない」ヴァランダーが言った。

ヴァランダーがぐっくりしているのがわかった。すでにもう疲労の頂点に達していて、いつ倒れてもおかしくない様子だった。

コノヴァレンコの跡を捜そうと、三人は家の中に入った。警官ではないヴィデーンは一歩下がり、スヴェードベリとヴァランダーが家の中を見てまわった。ヴァランダーは二人がここまできていたことについてはなにも言わなかった。ヴァランダーは心の中で二人が自分を見捨てはしないと知っていたのではないかとスヴェードベリは思った。もしかすると、本当は感謝しているかもしれない。

タニアをみつけたのはスヴェードベリだった。寝室の一つのドアを開けると、人の寝た跡のあるベッドがあった。しかしなんの衝動からか、彼はかがみ込んでベッドの下を見た。そこに彼女はいた。ほんの一瞬、ヴァランダーの娘かもしれないという不安がよぎった。だがすぐにそれは別の女だとわかった。発見したものを教える前に、彼はほかのベッドの下も見てまわった。冷凍ボックスも押し入れも見た。ヴァランダーの娘がどこかに隠されているわけではないことがはっきりしてから、スヴェードベリは彼に自分のみつけたものを見せた。彼らはベッドをかたわらに寄せた。ヴィデーンは一歩下がって立っていた。女の頭を見たとき、彼は庭に出ていって吐いた。

彼女にはもはや顔がなかった。そこにあったのは血だらけの塊で、顔の見分けはつかなかった。スヴェードベリは台所のふきんを持ってきて顔の上に掛けて隠した。それから彼女の体を調べた。銃痕が五カ所にあった。それは一つのパターンを作っていて、それがわかったとき、彼はいっそう気分が悪くなった。彼女は両足、両手を撃ち抜かれ、最後に心臓を撃たれていた。

彼らは彼女をそのままにして、家捜しを続けた。だれもなにも言わなかった。地下室への引き上げ戸を開けて、中に降りた。スヴェードベリはヴァランダーの娘を縛っていたと思われる鎖を、ヴァランダーより先にみつけて隠した。だが、ヴァランダーは娘が囚われていたのはここだとわかった。スヴェードベリは彼が歯を食いしばるのがわかった。ヴァランダーがいつ倒れるか心配になった。彼らは台所に戻った。スヴェードベリは血の色をした水の入った鍋をみつけた。指を入れてみると、まだ水が少し温かかった。彼は事態を理解し始めた。彼はゆっくりと家の中をもう一度見てまわった。さまざまな跡を見て、光景を頭の中で再現した。しまいに彼は、ほかの二人に座ろうと声をかけた。ヴァランダーは呆然としていた。スヴェードベリは長いあいだ集中して考えた。

あえて言おうか？　責任は重大だ。しかし、最後に彼は腹を決めた。

「警部の娘さんがどこにいるのか、それはわかりません。しかし、きっと生きています」

ヴァランダーはなにも言わずに彼を見た。

「自分はこういうことだったのではないかと推測します」スヴェードベリは話を続けた。「もちろん、これが真実だという確証はありません。しかし、残された跡から、意味を読みとり、どういう経過だったのかを想像してみました。あの死んだ女は、娘さんを逃がそうとしたのだと思います。それが成功したのかどうか、それはわかりません。もしかすると娘さんは逃げおおせたかもしれないし、コノヴァレンコが追いついたのかもしれない。残された跡からはこの二つのどちらの可能性もあります。コノヴァレンコがタニアをむごい方法で殺しているのを見ると、娘さんは逃げおおせたのかもしれない。だが、その残忍な殺し方は、娘さんが逃亡に成功したことを怒っているのではなく、タニアが娘さんを逃がそうとしたその行為そのものに激怒したためかもしれない。タニアの裏切り。それが許せなかった。それだけでコノヴァレンコの限りない邪悪さが噴出したのかもしれない。彼はタニアの顔をぐらぐらに煮立った湯に浸けて皮を剝いた。それから両足を撃った。逃亡を企てたためだ。次に両手を撃ち、最後に心臓を撃ってとどめを刺した。彼女の最期がどんなものだったかは、想像したくもありません。その後、彼はこの家から逃げ出した。それは警部の娘さんが逃げおおせたことを示すもう一つのサインでもあります。もし彼女が逃げるのに成功したのなら、コノヴァレンコにとってこの家はもはや安全な場所ではない。だが、彼がこの家を離れた理由はもう一つ考えられます。銃声があたりに聞こえたのではないかということです。以上が自分の推測です。もちろん、この推測が間違っていることも十分にあり得ます」

時刻は七時になっていた。だれもなにも言わなかった。

スヴェードベリが立ち上がり、電話に向かった。マーティンソンに電話をかけた。洗面所にいるとのことで、彼は少し待たされた。

「手伝ってくれないか」スヴェードベリが言った。「トンメリラの駅に、一時間後にきてくれ。だれにも行き先を言わないでほしいんだ」

「おいおい、おまえまでおかしくなったのか？」マーティンソンが言った。

「そうじゃない」スヴェードベリは否定した。「これは重要なことだ」

スヴェードベリは受話器を置いて、ヴァランダーを見た。

「いま、あなたにできることは眠ることだけです。ヴィデーンといっしょに帰ってください。それとも親父さんの家に送っていきましょうか？」

「こんなときにどうして眠れるというんだ？」ヴァランダーが呆然としたまま言った。

「横になるんです。いいですか、いまは自分の言うことを聞いてください。娘さんを助けたいんなら、眠らなければだめです。いまのままでは、むしろ邪魔になりますよ」

ヴァランダーはうなずいた。

「親父の家に行くのが一番いいと思う」

「車はどこにあるんです？」スヴェードベリが訊いた。

「おれが自分で取りに行く。外の空気が吸いたい」ヴァランダーが言った。

ヴァランダーは出ていった。ステン・ヴィデーンとスヴェードベリは顔を見合わせた。疲れと興奮で、口も利けない状態だった。

「おれは警官でなくてよかったよ」庭に車が滑り込んでくるのを見ながらヴィデーンが言った。そして目でタニアの横たわっている部屋を指した。

「手伝ってくれて、ありがとうございました」スヴェードベリが言った。

ステン・ヴィデーンとヴァランダーが車で立ち去るのを見送りながら、スヴェードベリはこの悪夢が終わるのはいつなのだろうと思った。

ヴィデーンは車を止めてヴァランダーを降ろした。車中、彼らは一言も言葉を交わさなかった。

「あとで電話するよ」ヴィデーンが言った。

彼はヴァランダーが家に向かって歩いていくうしろ姿をながめた。

可哀想なやつだ、と彼はつぶやいた。もう限界だろう。いつ倒れてもおかしくない。


父親は台所のテーブルのそばに座っていた。ひげも剃っていない。ヴァランダーは父親は風呂に入る必要があると思った。彼は向かい側に腰を下ろした。

長いあいだどちらも黙ったまま座っていた。

「眠っているよ」父親がしまいに言った。

ヴァランダーは父親の言葉がほとんど聞こえなかった。

「ぐっすりと眠っている」父親が繰り返した。

言葉はゆっくりと疲れ切ったヴァランダーに伝わった。だれが眠っているというんだ？

「だれが？」彼はため息をつきながら言葉を吐いた。

「孫のことを言っているんだよ」父親が言った。

ヴァランダーはまじまじと父親の顔を見た。長い時間が経った。それから立ち上がって寝室へ行った。そっとドアを開けてみた。

リンダはベッドに横たわって眠っていた。片一方の頬にかかった髪の毛はバサバサに切られていた。だがそこに横たわっているのは間違いなく彼女だった。ヴァランダーは呆然として戸口に立ち尽くした。それからベッドのそばに行くと、しゃがみ込んだ。なにもしないで、ただ娘を見ていた。頭のどこかで、まだコノヴァレンコが捕まっていないことを思った。だが、いまはもう彼のことはどうでもよかった。いまはただ、彼女だけが存在した。

彼は娘のベッドのそばの床に体を横たえた。体を丸く縮めて、眠りに落ちた。

父親はヴァランダーに毛布を掛けて、ドアを閉めた。それからアトリエに行き、絵の続きを描いた。絵はふたたびいつもの景色に戻っていた。彼は絵筆をとって、キバシオオライチョウを描き上げた。

マーティンソンはトンメリラの駅に八時過ぎにやってきた。車を降りてスヴェードベリにあいさつをした。

「なにがそんなに重要だというんだ?」と言った。苛立ちを隠しもしなかった。

「見ればわかる」スヴェードベリが言った。「だが、初めから断っておくが、面白い光景じゃないぞ」

マーティンソンは額にしわを寄せた。

「なにが起きたんだ?」

「コノヴァレンコ」スヴェードベリが言った。「あいつがまた現れた。また一人、殺された。女だ」

「本当か!」

「ついてきてくれ」スヴェードベリが言った。「話さなければならないことがたくさんある」

「これはヴァランダーにも関係があるのか？」マーティンソンが訊いた。

スヴェードベリは聞こえなかった。すでに車に向かって歩きだしていた。

その後すぐ、マーティンソンはなにが起きたかを知ることになった。

30

水曜日の午後遅く、リンダは髪の毛を切った。

こうして彼女は恐怖の記憶を払拭しようとしたのだった。

それから話し始めた。ヴァランダーは医者に行くように懸命に勧めたが、彼女は断った。

「髪の毛は自然に伸びるわ。医者だって自然に伸びる髪を急がせることはできないわ」というのが答えだった。

ヴァランダーはこれからのことを恐れた。彼女が経験したことを彼に向けて責めはしないかと恐れたのだ。弁解することはむずかしかった。責任は彼にあった。彼女を今回の出来事に引きずり込んだのは、彼だった。それは偶然の出来事ではなかった。しかし彼女はいまのところ医者の助けは必要ないと断り、彼はそれ以上彼女を説得しようとはしなかった。

水曜日に一度だけ、彼女が泣きだしたことがあった。それは突然のことだった。彼らは食事をするためにテーブルについていた。リンダが父親を見て、あの女の人はどうなったのかと訊いたときのことだ。彼は事実を言った。彼女は死んだと。だが、コノヴァレンコが彼女を拷問したことについては言わなかった。ヴァランダーは新聞がそのことについて書きたてないように願った。コノヴァレンコはまだ捕まっていないとも言った。

「やつは逃亡中だ。警察は彼を追跡している。もはややつは勝手に振る舞うことはできない」

ヴァランダーは自分が言っていることは本当ではないと思った。コノヴァレンコはたぶんいまでも以前同様危険な男だ。ヴァランダーはまた、自分が彼を捕まえるためにふたたび動きだすということも知っていた。だが、いまはまだだ。今日一日は、娘が暗闇と沈黙と恐怖から戻ってきた今日は娘のそばにいたかった。

水曜日の夜、一度だけ彼はスヴェードベリと電話で話をした。ヴァランダーは、今晩はゆっくり眠って、考えをまとめさせてくれとスヴェードベリに頼んだ。木曜日には、自分のほうから署に連絡を取るつもりだった。スヴェードベリは現在強力に進められている現場検証について話した。だが、コノヴァレンコについてはまったく足跡がなかった。

「だが、彼は一人じゃありません」スヴェードベリが言った。「あの家には、もう一人、人間がいました。リコフは死んでいます。いまではタニアも。その前にヴィクトール・マバシャという男も死んでいる。コノヴァレンコは一人であるはずなんです。だが、そうじゃなかった。あの家にはもう一人、人間がいました。問題はそれがだれかということです」

「おれは知らない」ヴァランダーが言った。「新しい協力者か?」

スヴェードベリの電話のあと、ステン・ヴィデーンが電話をかけてきた。ヴァランダーは、二人は連絡を取り合っているのだと思った。ヴィデーンはリンダの具合はどうだと訊いた。ヴァランダーはたぶん大丈夫だろうと答えた。

「あの女のことが頭から離れない」ヴィデーンが言った。「あんなことを同じ人間にできるやつがいるということが、信じられない」

「いるのだ」ヴァランダーが言った。「残念ながら、おれたちが思うよりもずっと多くいるんだ」

リンダが眠りについたとき、ヴァランダーは父親が絵を描いているアトリエに行った。一時的な変化だとは思うが、この数日間、父親と話がしやすい雰囲気になっていると思った。八十歳の父親に、今度のことがどこまで理解できたのだろうという気持ちもあった。

「結婚する気持ちに変わりはないんですか？」彼はアトリエのスツールに腰を下ろして訊いた。

「真剣なことには冗談は言わないもんだ」と父親は言った。「わしらは六月に結婚する」

「リンダは招待状をもらっているが」ヴァランダーが言った。「私のところにはきてません」

「もうじき届くよ」

「どこで結婚式を挙げるんです？」

「ここだ」

「ここ？　アトリエですか？」

「ここでなにが悪い？　わしは大きな背景画を描くつもりだ」

「イェートルードはなんと言うでしょうね？」

「彼女の提案だよ」

父親は彼を振り返り、にっこりと笑った。ヴァランダーは笑いだした。そして自分が最後に高笑いをしたのはいつだったろうと思った。

「イェートルードは特別な女だよ」父親が言った。

「きっとそうでしょうね」ヴァランダーが言った。

木曜日の朝、目を覚ましたヴァランダーは、よく眠ったと感じた。リンダが無事に戻ったという喜びが新しいエネルギーとなって体にみなぎった。頭の片隅にはいつもコノヴァレンコがいた。ふたたび彼を追跡する準備が調ったと感じた。

八時過ぎ、彼はビュルクに電話をかけた。自分が姿を消した理由の説明をしっかりと用意していた。

「クルト！」ビュルクが驚きの声を上げた。「どうした？　元気か？　どこにいるんだ？　いったいなにが起きたんだ？」

「一時的に神経がやられてしまったんです」ヴァランダーは話に信憑性をもたせるために、小声で、ゆっくりと話した。「しかし、もうよくなりました。あと二日ほど、休養が必要ですが」

「いや、病気欠勤の届けを出して、いくらでも休むがいい」ビュルクはきっぱりと言った。「きみを全国手配したことを知っているかどうかわからんが、じつに不愉快な経験だったよ。だが、そうしなければならなかった。いますぐにも撤回するよ。記者へ通達を出す。失踪した警官は病気だったが、現在職場に復帰したと。ところでいまどこにいるのかね？」

「コペンハーゲンです」ヴァランダーは嘘をついた。

「いったいなにをしているんだ、そんなところで？」

「小さなホテルに泊まって、休んでいるんです」

「そのホテルの名前や住所を言うつもりは、もちろんない、というわけだな？」

「ええ、できれば」

「きみにはできるだけ早く戻ってきてもらいたい。だがまず元気になってくれ。こっちではひどいことが起きている。マーティンソンとスヴェードベリ、それに私もだが、みんなきみがいなくて立ち往生している。ストックホルムから応援部隊を送ってもらうところなのだが」

「明日には戻ります。病気欠勤届けを出すまでもないことですから」

「ああ、私がどんなに安心したか、とてもきみにはわからないだろうな。みんな本気で心配していたのだぞ。あの霧の中で、いったいなにが起きたというのだ？」

「それについては報告書を書きます。じゃ、明日」

ヴァランダーは話し終わると、きのうスヴェードベリから聞いたことを考え始めた。コノヴァレンコといっしょにいたのはだれだろう？　いまコノヴァレンコの影となっているのはだれなのだ？　ヴァランダーはベッドに仰向けになり、天井をにらんだ。ローベルト・オーケルブロムが警察署の彼の部屋に入ってきたときからのことを、一つひとつゆっくりと思い出していった。以前おこなった総括を思い出し、すべての足がかりをもう一度たどってみた。まだコノヴァレンコの背景に迫ることができなかった。そこにすべての始まりがある。おれは、いまだこの一連の事件の原因がわかっていない。

午後遅く、スヴェードベリに電話をかけた。

「彼らがどこに消えたのか、皆目見当がつきません」スヴェードベリがヴァランダーの問いに答えて言った。「全体がじつにあいまいなのです。あの晩のことですが、自分の推量は正しいようです。それ以外の説明はつきません」

「おまえさんの協力が必要だ」ヴァランダーが言った。「あの家に今晩もう一度行ってみたい」

「まさか、もう一度コノヴァレンコを一人で追いかけたいというんじゃないでしょうね？」スヴェードベリは悲鳴を上げた。

「いや、そうじゃない」ヴァランダーは答えた。「だが、あの家で、娘がネックレスを落としたと言うんだ。見かけなかったかね？」

「いや、自分は知りません」

「今晩はだれが見張り番なんだ？」

「パトカーが一台、ときどき警戒にまわるだけだと思いますが」

「今晩の九時から十一時のあいだ、だれもこないようにしてくれないか？　おれは表向きはコペンハーゲンにいることになっている。ビュルクから聞いているかもしれないが」

「はい」スヴェードベリが言った。

「家の鍵はどうなっている？」

「合い鍵を雨樋の中にみつけました。玄関の右手の隅です。まだそこにあるはずです」

スヴェードベリは本当におれの言葉を信じたのだろうか、とヴァランダーは思った。ネックレスを捜すなどというのは、見え透いた言い訳だ。もしあったとすれば、警察がもちろんとっくにみつけているはずだ。彼自身、なにか捜すものがあるというわけではなかった。スヴェードベリはこのところ、じつに優秀な現場捜査官になった。もしかするといつかリードベリのような腕利きの鑑識官になるかもしれない、とヴァランダーは思った。あの場になにか重要なものが残されていたら、スヴェードベリの目を逃れることはできなかったはずだ。ヴァランダーがいままできることは、新しい関連を読みとることだろう。

だが、それでもやはり、彼は現場に行かなければならなかった。一番考えられるのは、コノヴァレンコともう一人の人間はストックホルムへ戻ったということだろう。だが、確実ではない。午後八時半、ヴァランダーはトンメリラの方向へ車を走らせた。空気が暖かく、彼は車の窓を開けたまま走った。まだビュルクと休暇の話をしていないことを思い出した。

庭に車を駐めると、家の鍵を捜した。家の中に入って、まず全部の明かりをつけた。突然どこから始めたらいいのかわからなくなり、あたりを見まわした。とりあえず家の中を歩きまわり、なにを捜すか決めることにした。コノヴァレンコにたどり着く足跡だ。逃亡先。名前の知れない同行者の正体を示唆するもの。背景にあるものを暴露するなにか。一回ぐるっと家の中を見てまわったあと、彼は椅子に腰を下ろし、考えた。そうしながらもあたりを見まわした。変わったもの、目立つものはなにもなかった。ここにはなにもない、と彼は思った。コノヴァレンコはどんなに急いでいても、足跡を残さなかったのだ。ストックホルムにあった灰皿は例外だ。あんなことは一度しか起こらない。

彼は立ち上がると、ふたたび家の中を見てまわった。今度はもっとゆっくり、もっと注意深く。ときどき立ち止まり、テーブルクロスを裏返し、雑誌のページをめくり、椅子の座面の下に手を入れてみた。なにもない。寝室を一つひとつまわり、最後にタニアを発見した部屋を出た。まだなにもみつからない。スヴェードベリがとっくに目を通したにちがいない台所のゴミ箱には、死んだネズミが一匹捨てられていた。フォークでつついてみて、それはネズミ取りに引っかかったものではないことがわかった。だれかが刺し殺したのだ。ナイフだ、と彼は思った。コノヴァレンコはいままでのところ、銃しか使っていない。彼はナイフの使い手ではない。彼の同行者がネズミを殺したのだろうか。マバシャがナイフを持っていたことを思い出した。だが彼は死んでいる。死体保管場《モルグ》にいる。ヴァランダーは台所から浴室へ行った。コノヴァレンコはなに一つ足跡を残さなかった。ふたたび居間に戻って、腰を下ろした。別の風景が目に入るように、今度は別の椅子に座った。事件現場には必ずなにかあるものだ、と彼は考えた。それがなにか、みつけることだ。彼はまた立ち上がって、もう一度家の中を見て歩いた。なにもない。腰を下ろしたとき、時計はすでに十時十五分をまわっていた。もうお手上げだ。時間が指のあいだから砂のように逃げていく。

　この家に以前住んでいたのは、きちんとした人々だったにちがいない。すべてがきちんと整理されていた。家のデザインも家具も照明器具もよく考えられていた。この整理整頓された空間を乱しているものはないか、ヴァランダーはそれを探してみようと思い立った。彼の視線はまもなく、片方の壁の本棚に留まった。本の背はみなまっすぐだった。一番下の棚以外は。そこに一冊本の背が飛び出ているものがあった。ヴァランダーは立ち上がって、その本を手に取った。それはＫＡＫ社製のスウェーデン地図だった。表紙が中のページに折り込まれていた。そこを開いてみると、スウェーデンの東部の地図だった。スモーランドの一部と、カルマール県とウーランドという島のページだった。ヴァランダーは地図をながめた。それから地図を持ってテーブルにつくと、明かりを近づけた。いくつか、かすかなえんぴつの線が見えた。だれかが道路をえんぴつでたどり、ときどきえんぴつが地図に触れてしまったというような線だった。カルマールからウーランドまでのウーランド橋の始点にもかすかなえんぴつの跡があった。そのページの一番下、ブレーキンゲ地方のあたりにもう一つえんぴつの跡があった。ヴァランダーはここで考えた。それからスコーネ地方の地図を見た。それはどこにもえんぴつの跡はなかった。彼はまた最初に見たページに戻った。かすかなえんぴつの跡はブレーキンゲからカルマールまで続いている。彼は地図をいったん閉じた。それから台所へ行って、スヴェードベリの家に電話をかけた。

「いま例のところにいる」ヴァランダーは言った。「ウーランドと聞いて、なにか思いつくか？」

スヴェードベリは考えた。

「いえ、なにも」と言った。

「ここを調べたとき、手帳、電話帳のたぐいはみつからなかったか？」

「タニアはバッグの中に小さな手帳をもっていましたが、なにも書き込まれていませんでした」

「紙が挟み込まれてはいなかったか？」

「薪ストーブの中を見るとわかりますが、紙が焼かれた跡があります」スヴェードベリが答えた。

「灰を調べましたが、なにも残っていませんでした。ウーランドって、なんですか？」

「地図をみつけたんだ。いや、きっとなんの関係もないだろう」

「コノヴァレンコはおそらくストックホルムに戻ったのでしょう。もうスコーネには飽き飽きしたんじゃないですか？」

「きっとそうだろう。遅く電話して悪かった。おれももうじき帰る」

「鍵はすぐにみつかりましたか？」

「ああ、あるべきところにあった」

ヴァランダーは地図を本棚に戻した。スヴェードベリの言うとおりだろう。コノヴァレンコはストックホルムに帰ったのにちがいない。

彼は台所へ行き、水を飲んだ。そのとき彼の目が電話の下にある電話帳に留まった。手を伸ばして、電話帳を開いた。

電話帳の扉の裏に住所が書き込まれていた。ヘンマンスヴェーゲン一四番地。えんぴつで書かれていた。彼は一瞬考えた。それから番号案内へ電話をかけた。

案内嬢が出ると、彼はカルマールのヘンマンスヴェーゲン一四番地に住むヴァランダーの電話番号を教えてくれと頼んだ。

「その住所ですとヴァランダーという名前では、登録者がありません」番号案内嬢は言った。

「もしかすると、電話帳には彼の上司の名前が載っているのかもしれない。上司の名前は忘れてしまったが」

「エーデルマンではありませんか？」案内嬢が訊いた。

「ああ、そのとおり」ヴァランダーは相づちを打った。

電話番号をもらい、彼は礼を言って受話器を置き、その場にそのまま立ち尽くした。そんなことがあり得るだろうか？　コノヴァレンコにはもう一つ、逃げ場があったのか？　今度はウーランドか？

彼は家中の電気を消してまわった。ドアに鍵をかけて、その鍵を樋に戻した。かすかに風が吹いている。初夏のような暖かさだった。自然に結論が出た。農家を出ると、彼はウーランドに向けて出発した。

ブルースアルプで車を止めて、父親の家に電話をかけた。電話口に出たのは父親だった。

「あの子は眠っているよ」父親が言った。「今日はトランプをして遊んだ」

「今晩、私は帰りません」ヴァランダーが言った。「だが、心配しないでください。机の上にたまっている仕事を整理しなければならないんです。あの子は私が夜仕事をするのが好きなことは知っています。明日の朝、電話します」

「いつでもできるときでいい」父親は答えた。

ヴァランダーは受話器を置いて、やはり父親との関係は少しよくなったのかもしれないと思った。雰囲気が変わってきている。このまま続きますように、という気持ちだった。この悲惨な経験から、いいことが少しでも生まれたのかもしれない。

ウーランド橋のたもとに着いた頃には朝の四時になっていた。途中、二回止まった。一回はガソリンを補給するため、もう一回は仮眠するためだった。目的地に着いたいまは、まったく疲れていなかった。彼は目の前に悠然とそびえ立つ本土とウーランド島を結ぶ巨大な橋と、朝日に輝く海面をながめた。駐車場の公衆電話ボックスに、半分に引き裂かれた電話帳があった。電話帳の地図によると、ヘンマンスヴェーゲンは橋の向こう側にある通りの名前だった。橋を渡る前に、彼は車のポケットに入れておいたピストルを取り出し、装塡されているかどうか確かめた。ずっと昔、両親と姉のクリスティーナといっしょにウーランドとアルヴァーレットを訪ねたことがあるのを思い出した。当時はまだ橋はなかった。小さなフェリーボートでウーランドまで渡ったような気がする。キャンプ場で一週間、テントを張って暮らした。彼はその一週間をいろいろな出来事の一部として思い出すというよりは、子ども時代の明るい瞬間として覚えていた。ほんの一瞬、消え去った過去の思い出が彼の脳裏をよぎった。

そしてすぐにまたコノヴァレンコのことを考えた。きっとこの追跡は間違いだろうと自分に言い聞かせた。地図のえんぴつの線と電話帳にあった住所は、コノヴァレンコの書き込んだものではないかもしれなかった。まもなくまたスコーネに戻ることになるのだろう。

ウーランドの側の橋のたもとに着いたとき、彼は車を止めた。そこにこの島の大きな案内地図が掲げてあった。ヘンマンスヴェーゲンは動物公園への入り口の一つ手前の横道だった。車に乗り込み、左に曲がった。まだ朝の交通はまばらだった。それから数分後、ヘンマンスヴェーゲンへの曲がり角に着いた。彼は車をすぐそばの小さな屋外駐車場に駐めた。その地域は車の乗り入れ禁止地区だった。ヘンマンスヴェーゲンは新しい建物と古い昔からの建物が入り交じった通りだった。どの家にも大きな庭があった。ヴァランダーは歩きだした。最初の家はフェンスに三番地という文字を掲げていた。犬が彼を見て警戒するうなり声を上げた。そのまま歩き続けて、一四番地まで家を数えた。それは古い建物の一つだった。翼部分があって、複雑な彫刻がほどこされていた。そこまで行ってから、彼は引き返した。家の裏庭のほうから近づきたかった。念のため注意するに越したことはなかった。コノヴァレンコと同伴者が万が一にも、ここにいるかもしれないのだ。

家の裏側には運動場があった。彼はフェンスをよじ登り、降りるときにズボンの片方のもの部分を引き裂いた。木製の観客席のうしろに隠れて彼は家に近寄った。家の色は黄色で二階建て、片方の翼に塔があった。打ち捨てられたソーセージ売りの小屋がフェンスのそばにあった。ヴァランダーは頭を低くして観客席から小屋まで走った。そこで彼はポケットからピストルを取り出し、そのまま五分間、じっとして家を観察した。すべてが静かだった。その家の庭の片隅に物置小屋があった。恰好の隠れ場所に見えた。二、三分彼はそのままそこで家の様子をうかがった。それから地べたを這って物置小屋のうしろのフェンスまで行った。そのフェンスを登るのは不安定だったが、かろうじてバランスをとって、物置のうしろの狭いスペースに飛び降りた。息切れがした。邪悪の精が追いかけてきたのだ、と思った。コノヴァレンコの吐く息が冷気となっておれの首筋に吹きかけられるのだ。彼は用心深く物置のうしろから頭を出して、新しい位置から様子をうかがった。あたりは静寂に包まれていた。庭は手入れされていないらしく、雑草が生えていた。彼が立っているすぐそばの手押し車には、去年の枯れ葉が積まれていた。この家は空き家だろうか、という疑問が湧いた。しばらくすると、彼はそうにちがいないと思った。いままで身を隠していた小屋の陰から走り出て、家の壁まで行って背中をつけた。そのままゆっくりと壁づたいに右に曲がり、ベランダがある表側にまわることにした。そこに玄関があるはずだった。足元にリスがいて、彼はぎくりとした。リスは激しく声を上げ、逆毛を立てて威嚇した。ヴァランダーはピストルをポケットにしまっていたが、ふたたび取り出した。沖のほうから霧笛が聞こえた。彼は角を曲がり家の短いほうの壁に沿って表側の壁との角まで走った。おれはいったいここでなにをしているんだ？　と自問した。もしここにだれか人が住んでいるとすれば、きっと老夫婦で、いまは気持ちのいい眠りから目を覚ます時刻だろう。いま自分たちの庭に逃亡者のような恰好の警察官が潜んでいるのを見たら、なんと言うだろう？　彼は角から表側をのぞき見た。

コノヴァレンコが国旗用のポールのそばで用をたしていた。地面は砂利だった。素足で、ズボンをはいていたが、シャツの前ボタンは開いていた。ヴァランダーは動かなかった。が、常に危険に対して敏感なコノヴァレンコは、それでもなにかを感じたらしい。彼はうしろを振り返った。

ヴァランダーはピストルを手に持っていた。一秒の何分の一かのあいだに、両者とも状況を判断した。ヴァランダーはコノヴァレンコが武器を持たずに家を離れるという失敗を犯したことを見て取った。コノヴァレンコは家に走り込んだらヴァランダーに撃ち殺されると見て取った。コノヴァレンコには選択肢がなかった。猛烈な勢いで彼は横に跳び退き、ヴァランダーの銃弾を避けた。それから全力で走りだした。横に走ってフェンスを飛び越え、ヴァランダーが追い始めたときにはすでにヘンマンスヴェーゲンを走っていた。すべてが一瞬のうちに起きた。そのためにヴァランダーは、窓からこの光景を見ていたシコシ・ツィキに気がつかなかった。

シコシ・ツィキはなにか危機的なことが発生したのがわかった。なにかはわからなかったが、これはきのうコノヴァレンコから聞いた非常事態への対応を実行するときだと判断した。コノヴァレンコはきのう一つの封筒を渡しながら彼にこう言った。「なにかが起きたら、ここに書いてある説明に従え。そうすればおまえは南アフリカに戻ることができる。おまえがすでに会った男に連絡をするのだ。彼は最後の命令をする者であり、金を支払う者だ」

彼は一瞬、窓辺で考えた。

それからテーブルへ行って、封筒を開けた。

一時間後、彼はその家をあとにした。

コノヴァレンコは五十メートルほど先を走っていた。ヴァランダーは彼の速さに驚いた。コノヴァレンコはヴァランダーの車がある駐車場に向かって走っていく。やつは同じところに駐車しているんだ！　ヴァランダーは歯ぎしりして、走るスピードを上げた。だが両者のあいだは縮まらなかった。ヴァランダーの推測どおり、コノヴァレンコは自分のベンツに駆けよると、ドアを開け、エンジンをかけた。あっという間だったので、ヴァランダーは自動車のキーが差し込んであったのだと思った。武器を持たずに家の外に出るという失敗はしても、コノヴァレンコには備えがあったのだ。次の瞬間、閃光が走った。ヴァランダーは本能的に脇に飛び跳ねた。弾がうなって飛んできて、彼のすぐそばのアスファルトに当たった。ヴァランダーは自転車の陰まで這って身を隠した。車が急発進する音がした。

ヴァランダーは自分の車まで走った。キーを出しながら、もうコノヴァレンコは追いつくことができないところまで行ったにちがいないと思った。だが、コノヴァレンコはまずこの島を出ようとするにちがいない。この島に留まったら、早晩取り押さえられてしまうからだ。ヴァランダーはアクセルを踏んだ。橋のたもとのロータリーを走るコノヴァレンコの姿が見えた。ヴァランダーは前をゆっくりと走る長距離トラックを追い越し、バランスを崩してロータリーの真ん中の植え込みの中に突っ込みそうになった。ブレーキを踏んでかろうじて車を道路に止めたヴァランダーは、そのまま橋の上を走るコノヴァレンコを追いかけ、彼の車のうしろにぴったりついた。なにかしなければ。カーレースになったら、ヴァランダーの車ではベンツには勝てなかった。

橋の一番高いところまできたとき、すべてが終わった。

コノヴァレンコは猛烈なスピードで走っていた。そのうしろからヴァランダーもアクセルを底まで踏んで追いかけていた。対向車がなくなったとき、彼は窓から身を乗り出してピストルを撃った。標的は車だった。最初の弾は当たらなかった。だが二発目の弾がベンツの後輪に当たった。ベンツはすぐさまよろけだし、コノヴァレンコはバランスを失った。ヴァランダーは全体重をかけてブレーキを踏んだ。コノヴァレンコの車が橋のコンクリート外枠にまっすぐに突っ込んだ。

大きな衝撃音がした。運転をしているコノヴァレンコの姿は見えなかった。だが、ヴァランダーは考える前に、ギアをローに入れてすでに半分潰れているベンツに突っ込んだ。シートベルトが伸びて肋骨に食い込んだ。ヴァランダーはギアをバックに入れた。猛烈な音を立ててバックすると、またもやローに入れて前の車に激突した。ヴァランダーはそれをもう一度繰り返した。ベンツは数メートル先に押しやられた。それから彼はバックして車を降りると、車体の陰にポジションをとった。うしろにはすでに車が列をなしていた。ヴァランダーがピストルを出して近寄ると叫ぶと、多くの者はあたふたと車を降りて逃げた。ヴァランダーは潰れた車めがけてピストルを撃った。コノヴァレンコの姿は依然として見えない。対向車線にも同じような列ができていた。二発目でベンツのガソリンタンクが爆発した。彼のピストルが爆発を引き起こしたのか、すでに漏れていたガソリンがなにかの具合で引火したのかわからなかったが、車はすぐに黒い煙を吹き出して燃え上がった。ヴァランダーは警戒しながら車に近づいた。

コノヴァレンコが燃えていた。

彼の上半身はフロントガラスから半分飛び出ていた。その目はまるでいま起きたことが信じられないというように、かっと見開かれていた。次の瞬間その髪に火がつき、ヴァランダーはやっとコノヴァレンコが死んだということがわかった。サイレンが近づいてくるのが聞こえた。彼はゆっくりと半分潰れた自分の車に戻り、ドアにもたれかかった。

カルマールの海が見えた。波が光っている。海の匂いがした。頭が空っぽで、なにも考えることができなかった。なにかが終わった。それが感覚を麻痺させているようだった。メガホンから声が聞こえた。武器を下に置けと言っている。それが自分に向けられたものだということがわかるのに、少し時間がかかった。うしろを見ると、カルマールの側に消防車と警察の車が並んでいた。コノヴァレンコの車はまだ燃えていた。ヴァランダーは自分の手のピストルを見た。それから橋の上から海に投げ捨てた。銃を構えた警官たちが近づいた。ヴァランダーは身分証明書を取り出した。

「イースタのヴァランダー警部だ」と彼は叫んだ。「警官だ」

不審な顔をした警官たちが彼を取り巻いた。

「私は警官だ。ヴァランダーだ」彼は繰り返した。「新聞で私のことを読んでいるのではないか？ 先週、全国手配されたはずだが」

「ああ、そうだ。あんたの顔に見覚えがある」一人の警官が強いスモーランドなまりで言った。

「あの車の中で燃えているのは手配中のコノヴァレンコだ」ヴァランダーが言った。「ストックホルムの警官殺しの犯人だ。ほかにもやつは何人もの人間を殺している」

ヴァランダーはまわりを見まわした。

彼の中に喜びのようなもの、軽くなったような気分が満ちてきた。

「これ以上はなにも起きないだろう。コーヒーが飲みたい。さあ、行こうじゃないか」

31

ヤン・クラインは五月二十二日金曜日正午に、秘密情報機関の自室で逮捕された。その日の朝八時過ぎ、首席検事ヘンリック・ヴァーヴィはジョージ・シパースの報告を受けた。大統領の決断はすでに前の晩に伝えられていた。彼はなにも訊かずに逮捕令状と家宅捜索令状に署名をした。シパースは、ファン・ヘーデン殺害捜査のときの担当捜査官ボルストラップにいい印象をもっていたので、ヤン・クラインの逮捕に当たって彼を指名した。ボルストラップは取調室にヤン・クラインを入れたあと、すぐ別室でシパースに会った。ボルストラップは、逮捕はすみやかにおこなわれたことを報告した。だが、彼の目を引いたことがあった。それは重要なことであり、注目するべきことに思われた。秘密情報機関で働く男がなぜ取り調べを受けるのかについて、彼の聞いている情報は少なかった。シパースからは国家の安全に関する措置で極秘であるとだけ聞いていた。だが、ボルストラップはまた内密に、デクラーク大統領がこのことを承知しているとも聞いていた。ゆえに彼は、自分の観察を報告するべきだと直感した。

逮捕されるとき、ヤン・クラインは驚かなかったのである。ボルストラップはヤン・クラインがショックを受けたように振る舞っているのを下手な芝居だと見抜いていた。だれかがヤン・クラインに予告したにちがいない。ボルストラップは、ヤン・クラインの逮捕が緊急におこなわれたことを知っていたので、予告は大統領の身辺にヤン・クラインに通じている者がいるか、検察庁本部内部の者のスパイ行為にちがいないと思った。シパースはボルストラップの話に注意深く耳を傾けた。デクラーク大統領がヤン・クライン逮捕の決断を下してから、まだ十二時間も経っていない。大統領以外は、ヴァーヴィ首席検事、それにボルストラップしかこのことを知らない。シパースはすぐに大統領に連絡をして、執務室が盗聴されているかもしれないと知らせなければならないと思った。重要な電話をかけなければならないと言って、彼はボルストラップに席を外してくれるように頼んだ。だが、大統領はつかまらなかった。大統領は会議中で、午後遅い時間にならないと連絡はできないと秘書は言った。

シパースは部屋を出て、ボルストラップのほうへ行った。ヤン・クラインを少し待たせることに決めた。ヤン・クラインが逮捕されたことで不安に思うような男ではないことは、すでに知っていた。むしろ、シパースは自分のために時間を延ばすことにしたのだった。ヤン・クラインの取り調べをすることに一抹の不安を感じていた。

シパースとボルストラップはプレトリアの郊外にあるヤン・クラインの家に向かった。ボルストラップが運転し、シパースはうしろの座席に座った。彼の頭に突然、ジュディスといっしょに見た白い雌ライオンが浮かんだ。それがアフリカの光景だと彼は思った。寝そべっている動物、立ち上がって襲いかかる前の、力を集中する静けさ。人間が傷つけてはならない野生の動物、襲われたとき以外に殺してはならない生き物だった。

シパースはフロントガラスを通して外をながめ、自分の人生を思った。デクラークとネルソン・マンデラによって作成された偉大な計画について思った。それは白人の最終的後退を意味するものだった。計画は成功するのだろうか。あるいは大混乱に至る道なのだろうか？　制御できない暴力、敵も味方もわからない狂気の内戦の始まりになるのだろうか。黙示録だ、と彼は思った。命令に従わない精霊を押さえつけて瓶の中に閉じ込めようとしてきた行為に対する裁きの日だ。

ヤン・クラインの大きな屋敷に到着した。ボルストラップはヤン・クラインを逮捕したときに、家宅捜索をすると告げて家の鍵を要求した。ヤン・クラインは怒ったふりをして鍵を渡すのを拒んだ。鍵を渡さないのなら玄関の扉を壊すとボルストラップに脅されて、ヤン・クラインはしぶしぶ鍵を手渡した。家の外には警備員と庭師がいた。シパースはあいさつし、名乗った。塀で外と遮断されている内庭を見た。すべてが直線でデザインされていた。芝生も庭木も手入れされすぎていて、ほとんど生気がないように見えた。ヤン・クラインもそのような人間だとみなすべきなのだろう、とシパースは思った。彼の人生は思想的な定規で線が引かれている。その人生には逸脱したものはなかった。思想にも感情にも庭にも。たった一つの例外が彼の秘密だった。ミランダとマチルダ。

シパースとボルストラップは家の中に入った。黒人の使用人が驚いて出てきた。家宅捜索のあいだ外で待つようにとシパースは言った。この使用人は、庭師と警備員に許可が出るまで外出しないようにというシパースの命令を伝えるように言い渡された。

家具はシンプルだがぜいたくなものだった。ヤン・クラインは大理石とスチール、そして力強い木製の家具が好みらしいことがわかった。壁には南アフリカの歴史をモチーフにしたリトグラフが掛けられていた。決闘用の刀《レーピア》、古い銃器、狩猟用のバッグなどが飾られていた。マントルピースの上には狩猟大会の優賞トロフィーや、曲がった太い角のみごとなアンテロープの頭の剝製が掛けられていた。ボルストラップが家じゅうを見ているあいだ、シパースはドアを閉めてヤン・クラインの書斎に集中した。机の上にはなにもなかった。引き出し付きのキャビネットがそばにあった。シパースは金庫を捜したが見当たらなかった。階段を下りて一階に戻ると、ボルストラップが本棚をチェックしているところだった。

「金庫があるはずだ」シパースが言った。

ボルストラップはヤン・クラインの鍵束を出して見せた。

「この中には鍵は入っていませんが」

「彼のことだ、われわれが絶対に気がつかないようなところに隠してあるにちがいない。意外なところを捜そう。われわれがまさかと思って捜さないようなところといったら、どこだろう?」

「目の前ですね」ボルストラップが言った。「一番見えますから。あまり目に付くので気がつかない。灯台もと暗しというやつですよ」

「集中的に金庫を捜してくれ。本棚にはきっとなにもないだろう」シパースは言った。

ボルストラップはうなずいて、手に持っていた本を棚に戻した。シパースは書斎に戻った。机に向かって座り、引き出しを一つひとつ開けていった。

二時間経っても、めぼしいものはなにもみつからなかった。書類は主に個人的なもので、特別なものはなかった。あるいは彼の古銭蒐集に関するものだった。驚いたことにヤン・クラインは南アフリカの古コイン協会の会長で、非常に大規模な古銭蒐集をしていた。逸脱したものがもう一つ出てきたぞとシパースは思った。だが、それはこの際、この捜査とは関係ないだろう。

ボルストラップは二度家じゅうを見てまわったが、金庫はみつからなかった。

「どこかにあるはずだ」シパースは言った。

ボルストラップは使用人を呼んで金庫のことを訊いたが、不審そうな顔をするだけだった。

「秘密の箱だ。どこかに隠されている。いつも鍵がかかっているはずだ。見たことはないか?」

「そんなものはありません」使用人は答えた。

ボルストラップは苛立って、使用人の男を部屋から追い立てた。二人はそれから改めて捜し始めた。シパースはこの家にどこか変わった造りがないかどうか調べ始めた。南アフリカでは見えない部屋、秘密の部屋を家の中に造ることはめずらしくなかった。だが、なにもみつけることができなかった。ボルストラップが狭い屋根裏に腹這いになって空間を懐中電灯で捜しているとき、シパースは庭に出た。庭から建物全体をながめた。すぐにわかった。この家には煙突がなかった。彼は家の中に入って暖炉の前にかがみ込んだ。懐中電灯を持ってきて、暖炉の中を照らしてみた。金庫は暖炉の中のレンガの壁にはめ込まれていた。その取っ手に触ると、驚いたことに鍵がかかっていなかった。そのときボルストラップが屋根裏から降りてきた。

「よく考えられた隠し場所だ」シパースは言った。

ボルストラップはうなずいた。その顔には自分が先に発見したかった悔しさがにじんでいた。

シパースは革の大きなソファに腰を下ろした。目の前には大理石のテーブルがある。ボルストラップはタバコを吸いに庭に出た。シパースは金庫から出てきた紙類に目を通した。手帳、保険証書、古銭を入れた封筒、家の売買証書、二十ほどの株券、それに国債が少々あった。シパースはそれらの中から、黒い小さな手帳を手に取って中をめくってみた。どのページも暗号を用いた言葉の羅列だった。名前、場所、そして番号を組み合わせたものだ。シパースはこの手帳を持って帰ることに決めた。一人でじっくりと調べたかった。証書類を金庫に戻すと、ボルストラップのほうに行った。

ある考えがひらめいた。しゃがみ込んで彼らを見ている三人の黒人を呼び寄せた。

「きのうの夜遅く、だれか訪ねてきた者はいないか？」シパースが訊いた。

庭師が答えた。

「夜の警備員のモフォロロだけです」

「彼はいまここにはいないんだな？」

「夜七時にきます」

シパースはうなずいた。また戻ってこよう。

彼らはヨハネスブルグへ車で戻った。途中、止まって、遅いランチを食べた。四時十五分過ぎに彼らは警察署の前で別れた。シパースはヤン・クラインの取り調べをこれ以上延ばすことはできなかった。いよいよ始めなければならない。だが、その前に彼はまた大統領に連絡をとった。

デクラーク大統領執務室付きの警備員から真夜中に電話がかかってきたとき、ヤン・クラインは愕然《がくぜん》とした。もちろん検察局のシパースという若い検察官が策謀の疑いを調査することになったということは知っていた。ヤン・クラインとしては、この若い追っ手よりも常に何歩も前を歩いているつもりだった。だがいまやヤン・クラインはこの男が思ったよりも近いところまで迫っていることがわかった。彼は起きあがり、服を着て、一晩じゅう起きている準備を調えた。明日の朝十時までは、時間があるだろうと見込んだ。シパースは明日の朝、二時間は逮捕令状などを調えるために必要だろう。それまでに彼は必要な指示を与えて、策謀工作が危険な状態に陥らないように万全を尽くして準備をしなければならなかった。台所へ行って紅茶をいれた。それから机に向かって覚え書きを書いた。伝えておかなければならないことがたくさんあった。だが、すべてきっと間に合うだろう。

逮捕されるということは、予期していなかった事態だった。だが、彼の計算の中にその可能性は含まれていた。状況は不愉快だったが、対処するのは不可能ではなかった。シパースがどのくらい長く自分を拘束しておくかわからなかったので、彼は念のためマンデラ暗殺が終わるまで勾留されている可能性をも考慮して準備した。

その晩彼がなによりも先にしなければならないこと。それは翌日起きることを自分の都合のよいようにねじ曲げることだった。拘束されているかぎり、彼が暗殺の策謀に加わったということを証明するのはむずかしいだろう。彼はこれから起きることを予測した。マーランに電話をかけたとき、時刻はすでに一時になっていた。

「服を着て、こっちにきてくれ」ヤン・クラインは言った。

マーランは眠りから起こされて、なんのことかわからなかった。ヤン・クラインは自分の名前を言わなかった。

「服を着て、こっちにきてくれ」ヤン・クラインは繰り返した。

マーランは質問をしなかった。

約一時間後、時計が夜中の二時をまわった頃、フランス・マーランはヤン・クラインの居間に現れた。カーテンは閉まっている。マーランを中に入れた夜番の警備員は、夜あるいは夜中の訪問者のことを決して口外しないように、万一そのようなことをしたら即刻クビだと脅かされていた。ヤン・クラインはその警備員から高い報酬と引き換えに絶対的沈黙を買っていた。

マーランは落ち着きがなかった。なにかよほど深刻なことがなければ、ヤン・クラインが夜中に人を呼び出したりしないと知っていた。

ヤン・クラインはマーランが腰を下ろすのも待たずに、なにが起きたか、翌日なにが起きるか、今晩のうちにやっておかなければならないことはなにかを説明した。マーランはそれを聞いてますます落ち着かなくなった。仕事の量が自分が望むよりもずっと多くなることに気が重くなった。

「シパースがどのくらい知っているのか、まだわからない」ヤン・クラインは言った。「だが、念のため用心するに越したことはない。もっとも重要なのはコミッティーを解散すること。それに六月十二日のケープタウンから目を逸らさせることだ」

マーランは呆然として彼を見た。本気なのだろうか？　そしてこれら全部の実行責任は自分の肩に課せられるのか？

ヤン・クラインは彼の不安を見て取った。「そうしたらまた私が指揮を執る」

「私はすぐに出てくる」と彼は言った。

「そう願うよ」マーランは言った。「だが、コミッティーを解散するとは？」

「必要だからだ。シパースはわれわれが想像するよりも深く調査を進めているかもしれない」

「しかし、いったい彼はどうやってそこまで調べたのだ？」

ヤン・クラインは苛立って肩をすくめた。

「われわれがこれからどうするかが問題だ。われわれのもつすべての知識とコネを利用するのだ。賄賂、脅迫、嘘を使ってでも情報を得るのだ。われわれの力には限界がない。ということは、われわれを探っている者たちにも限界がないことになる。コミッティーはこのあと会合をもたない。存続を終わらせる。いままでも存在しなかったことにする。今晩のうちに全員に連絡をするのだ。だがその前に、いくつかしなければならないことがある」

「シパースがわれわれの計画が六月十二日に実行されることを知っているのなら、中止しよう。

リスクが大きすぎる」マーランが言った。

「それはできない。間に合わない。そのうえ、シパースに確信はないはずだ。だから、ケープタウンの六月十二日というのは目標から目を逸らさせるための偽情報だ、と彼に思わせるようにしむける。状況を逆手に使うのだ」

「どうやって？」

「明日私は尋問にかけられる。そのとき彼にほかの方向に目を向けさせるようなことを言うつもりだ」

「しかしそれだけでは十分ではないだろう？」

「もちろんそうだ」

ヤン・クラインは黒い小型手帳を取り出した。マーランは中にはなにも書かれていないのを見た。

「これからこの中になんの意味もない言葉を書き込む。ところどころに場所と日付を書き入れる。そしてそれらに線を引いて消す。ただ一つだけを残す。それは六月十二日のケープタウンにはしないつもりだ。この手帳を金庫の中に残しておく。金庫には鍵をかけない。私が重要な書類を消却しようとしたが時間がなくてできなかったように見せかけるためだ」

マーランはうなずいた。彼は、ヤン・クラインはやはり正しいと思い始めた。彼なら間違った方向に導く手がかりを残すことが、きっとできるにちがいない。

「シコシ・ツィキがもうじき帰国する」そう言ってヤン・クラインはマーランに封筒を渡した。

「彼を迎えるのはきみの仕事になる。彼をハンマンスクラールに連れていき、六月十二日の前日、最後の指示を与えるのだ。すべてはその封筒の中の覚え書きを見ればわかる。いまそれを読んで、質問があれば訊いてくれ。そのあと、手分けして電話をかけよう」

マーランが覚え書きを読んでいるあいだ、ヤン・クラインは手帳に意味のない言葉と数字を書き始めた。いくつかのペンを使って、あたかも書き付けが長い期間におこなわれたかのように見せかけた。線を引いて消さない日付をどの日にするか、瞬時考えたが、すぐにダーバンの七月三日に決めた。その日はANCがダーバンで重要な集会をする日だと知っていた。あとはシパースがうまい具合に引っかかるのを望むだけだ。

マーランが紙をテーブルに置いた。

「彼がどの銃を使うか、書かれていない」

「コノヴァレンコは長距離射撃用の銃を彼に訓練させた」ヤン・クラインが答えた。「それとすっかり同じものがハンマンスクラールの地下倉庫に隠してある」

マーランはうなずいた。

「ほかにはなにもないか？」ヤン・クラインが訊ねた。

「ない」マーランが答えた。

二人は電話をかけ始めた。ヤン・クラインは自宅に電話線を三本引いていた。彼らは南アフリカの各地にいるメンバーと連絡をとった。眠っているところを起こされた男たちは、即座に目を覚ました。事態を聞いて不安になる者もいれば、単にこれからどうするかを訊くだけの者もいた。不意に起こされた者たちの中には、ふたたび寝つくことができない者もいたが、受話器を置いてすぐにまた眠る者もいた。

いままでまったく存在しなかったに等しかった。残るのは、そのようなものがあったらしいという噂のみ。だが、必要とあらば、それはいつでもすぐに再生させることができる。いまは必要がないだけでなく、あれば危険な存在だった。だがコミッティー・メンバーに対する抜かりのない準備は、南アフリカの未来を過去と同じくらい素晴らしいものにする唯一の方法だった。この男たちは決して休むことを知らない、容赦ない男たちだった。その非情さは事実だった。が、彼らの理念は幻想と虚偽、狂気の絶望に基づくものだった。中には憎悪だけが行動原理の者もいた。

フランス・マーランは夜の闇の中を車を走らせて帰った。

ヤン・クラインは自宅を整理した。金庫は閉めなかった。明け方の四時半、少し眠るためにベッドに就いた。だれがシパースに情報を提供したのだろうか、と思いをめぐらせた。自分に把握できないことがあった不愉快さを噛みしめた。

だれかが裏切ったのだ。

だが彼はそれがだれかわからなかった。

シパースは取調室のドアを開けた。

ヤン・クラインは一方の壁沿いの椅子に座っていて、彼を見てほほえんだ。シパースはヤン・クラインに対し、礼儀正しく友好的に振る舞うことに決めていた。彼は手帳に目を通すのに一時間費やした。ネルソン・マンデラ暗殺計画がダーバンに移されたと信じることはむずかしかった。その理由をいろいろ考えてみたが、決定的な答えには到達しなかった。ヤン・クラインが真実を話すことは、初めから期待さえしていなかった。ただうまくいけば、どの方向へ進めばいいのかを間接的に示唆するような情報が引き出せるかもしれないと思っていた。

シパースはヤン・クラインの正面に腰を下ろした。いま目の前にいるのは、マチルダの父親だと思った。彼はその秘密を知っているが、それを利用することはできないということも知っていた。それはあまりにも大きなリスクを二人の女性に与えてしまう。ヤン・クラインをいつまでも拘束しておくことはできない。すでに彼はいまにもこの部屋を大手を振って出ていきそうな表情をしている。

秘書が一人部屋に入ってきて、脇にある机に向かって腰を下ろした。

「ヤン・クライン」シパースは始めた。「あなたは社会秩序を乱す活動と殺人準備の容疑で逮捕された。それらの活動をした人々の一部であり、おそらくは首謀者であるとの嫌疑である。これについてなにか言いたいことがありますか？」

ヤン・クラインは微笑を絶やさずに答えた。

「私の答えは、弁護士がくるまではなにも話さないということだ」

シパースは一瞬戸惑った。通常の手続きでは、逮捕された人間は直ちに弁護士に連絡を取っていいということになっている。

「すべては順調にいっている」ヤン・クラインが言った。あたかもシパースの不安を見透かしているように。「ただ弁護士がまだ到着していないのだ」

「それでは個人情報の確認から始めましょう」シパースが言った。「それは弁護士なしでできることですから」

「いいですよ」

シパースは必要な情報を確認すると、取調室を出た。弁護士が到着したらすぐに戻ると言い残した。検事の待合室に戻ってきたときには、全身汗で濡れていた。ヤン・クラインの落ち着いた、優越的な態度が彼を恐れさせた。なぜ嫌疑に対してあのように落ち着いていられるのだろう？もしこれが立証されれば、死刑を免れない重罪なのに？

シパースは急に自分にこの尋問ができるかどうか、不安になった。もしかするとヴァーヴィ首席検事に言って、もっと尋問に慣れている検事に代わってもらうほうがいいのではないか？だが同時に彼は、ヴァーヴィがこの仕事をこなすのを自分に期待していることを思い出した。ヴァーヴィは決して挑戦のチャンスを二度同じ人間に与えはしない。ここで弱みを見せたら、彼は永久にチャンスに恵まれることはないだろう。ジョージ・シパースは上着を脱いで、冷たい水で顔を洗った。それから、聞きただそうとしている質問にふたたび目を通した。

彼はまた大統領に電話をかけ、今度は通じた。そして大統領の執務室が盗聴されている疑いを急いで告げた。デクラークは彼の話をさえぎらずに黙って聴いた。

「調べさせよう」シパースが話し終わったとき大統領は言った。それで通話は終わった。

六時近くになって初めて、弁護士が到着したという知らせを受けた。彼はすぐさま取調室に戻った。ヤン・クラインの隣に座っている弁護士は四十歳ほどの男性でクリツィンガーと名乗った。彼らは握手して気のないあいさつを交わした。シパースはすぐにクリツィンガーとヤン・クラインは以前からの知り合いであることを見て取った。クリツィンガーがヤン・クラインに余裕を与えるため、また尋問の邪魔をするために、わざと遅れてきたとも考えられた。シパースはそう考えたとたん、逆に元気になった。彼は落ち着きを取り戻した。ここ数時間感じていた不安はなくなった。

「逮捕令状を読みました」シパースは答えた。クリッツィンガーは言った。

「これは重大な告発ですな」

「国家の安全を脅かすのは重大な犯罪です」シパースは答えた。

「私のクライアントは告発をすべて否定している」クリッツィンガーが言った。「彼を速やかに釈放することを要求します。国家の安全を保障するのを日々の仕事にしている人間を逮捕するというのは、常識のある人間のすることと言えますかな？」

「ここでは質問をするのは私であることを覚えておいていただきましょう」シパースが言った。「また、答えるのはあなたのクライアントです。私ではない」

シパースは目の前の書類に目を落とした。

「フランス・マーランを知っていますか？」シパースが訊いた。

「はい」ヤン・クラインはよどみなく答えた。「軍の極秘安全情報に関する部門で働いている男です」

「最近彼に会ったのはいつですか？」

「ダーバン郊外のテロ破壊工作がおこなわれたレストランです。彼と私は事件後の捜査に協力するようにとの要請を受けました」

「ボーア人の秘密結社で、コミッティーという名前で呼ばれる組織を知っていますか？」

「いいえ」

「確かですか？」

「クライアントはすでに一度答えている」クリツィンガーが抗議した。

「同じ質問を一度以上訊いてはならないという規則はありません」シパースの声が鋭くなった。

「私はコミッティーと呼ばれるものを知りません」

「黒人の指導者に対する暗殺計画がこのコミッティーによって企てられているという、信じるに足る情報があります」シパースが言った。「いくつかの場所や日付が可能性として挙げられている。知っていますか？」

「いいえ」

シパースは手帳を取り出した。

「今日の家宅捜索で警察はこれをみつけました。覚えがありますか？」

「もちろん覚えがあります。私のものです」

「この中にさまざまな場所と日付が書かれている。これらはなにを意味するのか、話してもらいましょう」

「これはいったいなんですか？」ヤン・クラインはそう言って、弁護士を見た。「これは個人的なメモですよ。誕生日とか友人たちとの会合の日付だ」

「六月十二日にケープタウンでどんな用事がありますか？」

ヤン・クラインは表情も変えずに答えた。

「なんの用事もない。その日は古銭蒐集の友人とケープタウンで会うことになっていたが、キャンセルされただけです」

シパースはヤン・クラインがまったく平然としていることに注目した。

「それでは、ダーバンの七月三日は？」

「なにもない」

「なにもないとは？」

ヤン・クラインは弁護士に向かってなにか小声でささやいた。

「クライアントは個人的な理由でその問いには答えたくないと言っています」クリツィンガーが言った。

「個人的な理由であろうがなかろうが、問いに答えてください」シパースは言った。

「これはめちゃくちゃだ」ヤン・クラインはそう言うと、両手を開き、肩をすくめた。

シパースはこのときヤン・クラインが汗をかき始めたことに気がついた。また机の上にある片手が震えているのも見えた。

「ここまでのあなたの質問はまったく内容のないものです」クリツィンガーが言った。「この尋問をただちにやめるように申し入れる。そして私のクライアントを釈放するよう要求します」

「国家の安全に関する取り調べには、警察と検察局は大きな自由を保有している」シパースが言った。「さあ、問いに答えてもらいましょう」

「私はダーバンである女性と交際している」ヤン・クラインが言った。「彼女は既婚者なので、私は極秘で彼女に会っているのです」

「その女性とはしばしば会っているのですか？」

「はい」

「女性の名前は？」

ヤン・クラインとクリツィンガーが同時に抗議の声を上げた。

「いまはその女性の名前を挙げないでよいことにしましょう」シパースが言った。「これについてはまたあとで取り上げます。しかし、もしあなたがその女性にしばしば会っているのなら、そしてその女性との密会をその手帳に書いているのなら、ダーバンについての記載がただの一度というのはおかしくありませんか？」

「私は一年で十の手帳を使います」ヤン・クラインが言った。「使い終わったものは捨てます。焼却することもあります」

「どこで焼くのです？」

ヤン・クラインは落ち着きを取り戻したようだった。

「台所の流し、あるいは洗面所で。検事がすでにご存じのとおり、私の家の暖炉には出口がないので。前の所有者が煙口を閉じてしまったのです。私もそれを開けようとは一度も思いませんでした」

尋問は続いた。シパースはふたたび秘密のコミッティーについて取り上げたが、答えは同じだった。ときどきクリツィンガーが抗議の声を上げた。およそ三時間ほどでシパースは尋問をやめることにした。立ち上がって、ヤン・クラインに今日はここに留まるように言い渡した。クリツィンガーは強く抗議した。だが、シパースは取り合わなかった。法律によればヤン・クラインをあと一日拘束できるはずだ。

ヴァーヴィ首席検事は今日の報告を聞くまで執務室にいるとのことで、シパースはすでに暗くなっていた町を車で走った。首席検事の部屋までの廊下は静まり返っていた。ドアがわずかに開いていた。ヴァーヴィは椅子に寄りかかって眠っていた。シパースはノックして部屋の中に入った。ヴァーヴィは目を開けて彼を見た。シパースは腰を下ろした。

「ヤン・クラインは陰謀についてもクーデターについてもまったく話しませんでした」シパースは言った。「これからも話さないだろうと思います。われわれには彼を追いつめる材料がありません。家宅捜索では一つだけ、興味深いものがみつかりました。金庫の中にあった手帳です。そこにはさまざまな場所や日付が書かれていました。どれも線で消されていたのですが、一つだけ残っていたのがダーバンの七月三日です。その日、そこでネルソン・マンデラが話すことになっているのは承知しています。われわれがいままで疑っていたケープタウンの六月十二日は線で消されていました」

ヴァーヴィは身を乗り出して手帳を見せてくれと言った。シパースはカバンの中から取り出した。ヴァーヴィは机の照明を向けて、手帳をゆっくりめくっていった。

「ヤン・クラインはどんな説明をした？」手帳を返しながらヴァーヴィは訊いた。

「人と会う日のメモだと言っています。ダーバンでは結婚している女と関係をもっていると言っていますが」

「明日はそこから始めるのだ」ヴァーヴィが言った。

「彼は絶対に名前を言いません」

「それを言わなければ、いつまでも勾留すると言うのだ」

シパースが驚いて首席検事を見た。

「そんなことが、できるのですか？」

「きみはまだ若いな」ヴァーヴィが言った。「首席検事で、わしのように年を取っていたらなんだって可能だ。ヤン・クラインのような男は自分の痕跡を消すのがうまいということを忘れるな。彼を勝たせてはならない。ときには怪しげな手段を使うこともやむを得ない」

「そんな彼でも、二、三回、不安げな様子を見せたような気がします」シパースが言った。

「いずれにしても、われわれがぴったりついて離れないことを彼はもう知っている」ヴァーヴィが言った。「明日は思いっきり揺さぶってみるんだ。同じ質問を何度もしろ。角度を変えて。だが同じ弾を撃つんだ。ずっと同じ弾を撃て」

シパースはうなずいた。

「それからもう一つ」シパースが言った。「ヤン・クラインの逮捕をおこなったボルストラップ捜査官は、ヤン・クラインは間違いなく予告を受けていたという感触をもったと言っています。逮捕のことはほんの数人しか知らなかったはずなのに、です」

ヴァーヴィはじっとシパースを見ていた。それからおもむろに口を開いた。

「この国は戦時下にある。あらゆるところに耳があるのだ。人の耳も、機械の耳も。秘密を暴露するということはしばしばすべてのことに勝るのだ。忘れるな」

話は終わった。

シパースは部屋を出て階段で立ち止まり、外の空気を吸い込んだ。彼は疲れていた。家に帰ろうと車に向かった。車のドアを開けようとしたとき、駐車場の警備員が物陰から現れた。

「男が一人、これを渡してくれと」と言って、彼は封筒をシパースに渡した。

「だれだ?」シパースが訊いた。

「黒人でした」警備員は答えた。「名前は言いませんでした。ただ大事なことだとしか」

シパースは用心しながら封筒を受け取った。薄くて、爆弾が入っていそうにはなかった。警備員にうなずいて、車のドアを開けて中に入った。封筒を開けて、車の室内灯でそれを読んだ。

〝問題の男は黒人で、ヴィクトール・マバシャと思われる〟

スティーヴという署名があった。

動悸がした。

やっと、と彼は思った。

彼はまっすぐ家に帰った。ジュディスは食事の用意をして待っていた。だが、食卓につく前に、シパースはボルストラップの自宅へ電話をかけた。

「ヴィクトール・マバシャ。名前に覚えがあるか？」

「いいえ」ボルストラップは答えた。

「明日の朝一番で、彼の名前をコンピューターで捜してくれ。あらゆる記録、あらゆる資料をチェックするんだ。ヴィクトール・マバシャ。黒人だ。われわれが捜している暗殺者だと思われる」

「ヤン・クラインに吐かせたんですか？」ボルストラップが驚いて訊いた。

「いや」シパースが答えた。「その名前をどうやって知ったかは、この際関係ない」

通話は終わった。

ヴィクトール・マバシャ、と彼は食卓につきながら考えた。見ていろ、おまえが動きだす前に止めてみせる。

32

クルト・ヴァランダーが、自分がいかにおかしくなっているかをはっきりと認識したのは、カルマールでのあの日だった。のちに、ルイース・オーケルブロム殺害事件とそれに続く悪夢のような非現実的な出来事が、やっと遠い景色のようにただそこにあるだけのものに落ち着いたころ、彼は自分がおかしくなったと自覚したのはあのときが始まりだったことを思い出した。あのときとは、ウーランド橋で目をかっと見開いたまま死んでいたコノヴァレンコの髪の毛に火が燃え移ったのを見ていたときだ。彼はそのとき初めて自分の内側がいかに病んでいるかがわかったのだった。それが出発点だった。そしてそれに関しては、彼はまったく迷いがなかった。たとえ記憶に残った映像や苦しい経験がまるで万華鏡の中の模様のように生まれては消えていったとしても。彼が自分のことがわからなくなったのは、カルマールに間違いなかった。娘に向かって彼は、まるでカウントダウンが、空っぽの部屋に向かってのカウントダウンが始まったかのようだった、と言った。六月中旬、彼を診た医者は、彼の重くふさぎ込んだ状態を快復させようと試みたが、カルテにこのように書き込んだ。〝患者によれば、カルマール警察署でコーヒーを一杯飲んだときにすべてが始まったという。男が一人橋の上で燃えているあいだに〟。

ヴァランダーはその日、確かにカルマール警察署でコーヒーを飲んだ。非常に疲れていて、非常に落ち込んでいた。コーヒーを飲んでいたその三十分間に彼を見た警官たちは一様に、彼はうわのそらで、呆然としているという印象を受けた。いやもしかするとなにかに気を取られていただけかもしれない？　しかしだれも彼に近づかなかったし、具合はどうかと訊く者もいなかった。イースタからきた変わり者の警官に対し、彼らは畏敬と不安のまなざしを向けた。そして彼を一人残して、彼ら自身は橋の上の混乱と、新聞、ラジオ、テレビからの問い合わせに対応するのにおおわらわだった。三十分後、ヴァランダーはおもむろに立ち上がり、ヘンマンスヴェーゲンの黄色い家へ連れていってくれと頼んだ。コノヴァレンコの車が橋の上でまだくすぶっているところを通ったとき、彼は見向きもせず、まっすぐ前方をにらんでいた。しかしその家に着くと、すぐさま指揮を執り、その現場はカルマール警察署のブロムストランドという警官によって取り仕切られているということは完全に忘れてしまった。しかし彼らはなにも言わずに彼の指揮に従った。ヴァランダーは一時間の捜索のあいだ、猛烈な勢いで動きまわった。

まるで早くもコノヴァレンコのことなど忘れたかのようだった。

彼の関心は主に二つあった。一つはこの家の所有者はだれかということだった。もう一つは、彼がずっと言い続けていることで、コノヴァレンコは一人ではなかったということだった。彼はすぐに通りの家々をノックして訊いてまわれと命令し、タクシーとバスの運転手に連絡をするように求めた。コノヴァレンコは一人ではない、と彼は繰り返し言った。いま影も形もなく消えてしまった彼の同行者は男か女か、いったいだれなのだ？　だが、このどちらの疑問にも、すぐに答えは出なかった。だれがその黄色い家の所有者かについて、登記簿に載っている名前と近所の人々の言うことはまったくまちまちだった。十年ほど前に、当時の所有者で男やもめの元登記事務所役人ヤルマーソンが死亡した。ブラジル在住の息子は、近所の一部の人々によればスウェーデン企業の現地社長で、別の者に言わせれば兵器の貿易商だということだったが、父親の葬儀に顔も見せなかった。近隣の者を代表してこの黄色い家のことを話してくれたクローノベリの役所を定年退職した元課長によれば、ヘンマンスヴェーゲン一四番地は人の出入りが激しかったという。そのために、売り家の看板が取り払われて、退役予備役将校が引っ越してきたとき、近所の人々はほっとしたという。しかしこの土地でその退役軍人はまるで過去の世紀の遺物のような存在だった。名前をグスタフ・イェルンベリといい、吼えるような声であいさつすることで近所に自分の存在を知らしめた。しかし、このイェルンベリは持病のリューマチを治療するためにスペインにいることが多く、この家にはめったにいないことがしだいにわかり、近所の者たちはまたもや不安を感じていた。いまではイェルンベリの孫という男が住人ということになっているが、これが居丈高な礼儀作法も知らぬ三十半ばの男で、この通りの人々のあいだで交わされている約束事などまったく無視する始末だった。名前はハンス・イェルンベリといい、なんの仕事をしているのかわからないがビジネスマンで、ときどき怪しげな取り巻きを連れてあわただしく家を見にくるということしか、近所の者たちは知らなかった。

警察はさっそくこのハンス・イェルンベリという男を捜し始めた。午後二時頃、彼はヨッテボリの会社にいることがわかった。ヴァランダーは直接彼と電話で話した。最初男は話がまったくわからない様子だった。しかしこの日ヴァランダーの気分は、相手の機嫌を取って話を引き出すような穏やかなものではなかったので、答えなかったらヨッテボリの警察に引き渡すまでだと脅し、そうなったら、マスコミがすぐにわっとたかってくるのは免れないだろう、それでもいいかと息巻いた。通話中、カルマール警察の者が一人、ヴァランダーの鼻の下に一枚の紙切れを差し出した。ハンス・イェルンベリという名前をコンピューターの探索にかけたら、ネオナチの活動家であることがわかったというメモだった。ヴァランダーはその紙をにらみ、すぐに次になんという質問をしたらいいかわかった。

「南アフリカについてどういう意見をもっているか、聞きたい」ヴァランダーは言った。

「それがどう関係あるんです？」ハンス・イェルンベリが言った。

「質問に答えるんだ」ヴァランダーが苛立って声を上げた。「さもないとヨッテボリの警察に引き渡すぞ」

短い沈黙のあと、答えが聞こえた。

「南アフリカは世界でも有数の立派な国の一つだと見ています」ハンス・イェルンベリが答えた。

「あの国の白人たちに協力するのは、私の義務だと思っています」

「それであんたは南アフリカ人の手下のロシア人ギャングに家を貸したというわけか？」ヴァランダーが言った。

これを聞いてハンス・イェルンベリは正直に驚いたようだった。

「話の意味がわかりませんが？」

「いや、わかるだろう」ヴァランダーが言った。「だが、いまは代わりにほかの質問に答えてもらおう。この一週間、あの家に住んでいたのはだれだ？　答える前によく考えるんだ。少しでも怪しいところがあったら、ヨッテボリの検事に逮捕令状を出してもらうからな。本気だぞ」

「オーヴェ・ヴェスターベリ」ハンス・イェルンベリは答えた。「昔からの友人で、この町で建設会社を経営しています」

「住所は？」と訊いて、書き留めた。

全体がややこしい話だった。だが、ヨッテボリの警察の協力を得て、その一週間の黄色い家の動向がわかった。オーヴェ・ヴェスターベリはハンス・イェルンベリ同様、熱心な南アフリカの白人の支持者だった。はっきりしない関係の人脈から、彼はかなりいい賃貸料で南アフリカ人のために家を貸さないかという問い合わせを受けた。そのときハンス・イェルンベリが海外にいたため、オーヴェ・ヴェスターベリは彼にそのことを知らせなかった。ヴァランダーは金もおそらくヴェスターベリのポケットに落ち着いたのだろうと推測した。だがヴェスターベリは、この南アフリカ人たちがだれなのかは知らなかった。彼は彼らが実際にそこにきたのかどうかさえも知らなかった。ヴァランダーはその日はそれ以上の情報を得ることができなかった。スウェーデンのネオナチストと南アフリカのアパルトヘイト推進者の関係を調べるのは、カルマール警察の仕事となった。

コノヴァレンコといっしょにいたのはだれなのかは、結局わからずじまいだった。カルマールの警察が近所の人間、タクシー運転手、バスの運転手に聞き込み調査をしているあいだ、ヴァランダーは家の中を徹底的に捜索した。二部屋が今朝まで使われていたことははっきりわかった。そして彼らがあわただしくこの家を出たことも。今回はコノヴァレンコといえども、なにか足跡を残したにちがいないと彼は思った。あのとき逃げ出してから、彼は家には戻らなかったわけだから。しかしもう一人の人間がコノヴァレンコの所有物を持って逃げたということも考えられた。

コノヴァレンコはじつに知恵のまわる人間だった。毎晩、夜間の泥棒を警戒して、寝る前に重要なものを隠したかもしれない。ヴァランダーは外の物置を捜していたブロムストランドを呼んだ。ヴァランダーは全警官に、旅行カバンを捜すように指示した。

「コノヴァレンコのカバンがあるにちがいないのだ」ヴァランダーが言った。

「中味はなんですか？」

「わからない。書類か金か、衣類か。武器かもしれない」

探索が始まった。さまざまなカバンが一階で待ち受けているヴァランダーに渡された。革の書類カバンはほこりまみれで、中には古い手紙の束が入っていた。親愛なるグンヴォール、愛するヒューベルト、という呼びかけで始まる家族の手紙だった。もう一つ、天井裏の物置から下ろされた、やはりほこりだらけのカバンには異国の貝殻がぎっしりと詰まっていた。ヴァランダーはじっと待った。どこかにコノヴァレンコとその同行者の足跡があると確信していた。待っているあいだに、娘のリンダとビュルクに電話をかけた。今朝のウーランド橋での出来事はすでに全国ニュースとなって知られていた。ヴァランダーは娘に具合は大丈夫、もう事件は解決したと言った。夜には家に着くだろう。そのあとは二、三日、コペンハーゲンへ遊びに行こうと誘った。娘の返事に、彼の具合が本当にいいのか、すべては本当に終わったのか、疑わしく思っている様子がうかがえた。あの子は親の心の中まで見透かす、と彼は思った。ビュルクとの話は、ヴァランダーが受話器を叩きつけて終わった。それは長年のビュルクとの付き合いで初めてのことだった。原因はビュルクが、コノヴァレンコの追跡をだれにも告げずに一人でやったヴァランダーの判断力を疑ったことだった。ヴァランダーはしかしながら、ビュルクの意見は当然だという気もした。

だが、それにもかかわらず彼が興奮したのは、いま、捜索のまっただ中にいるときに、それをビュルクに言われたためだった。いっぽうビュルクは、ヴァランダーの激怒は残念ながら精神のバランスが崩れていることを表すものと解釈した。クルトをしばらく観察下におかなければならないと彼はマーティンソンとスヴェードベリに話した。

結局そのカバンをみつけたのはブロムストランドだった。それは台所とダイニングルームのあいだにある食器や台所用品の棚の奥に隠されていた。革カバンで数字合わせのロックが付いていた。ヴァランダーはロックに爆薬が仕掛けられているかもしれないと思った。ロックを壊したらどうなる? ブロムストランドはそのカバンを持ってカルマール空港まで行き、X線をかけてもらった。そこでなにも細工されていないことを確認し、カバンを壊して中を見ても大丈夫とわかった。

ブロムストランドはふたたび黄色い家に戻り、ヴァランダーはドライバーで鍵をこじ開けた。カバンの中には書類と切符、パスポートが数冊と大金が入っていた。また小型のピストル、ベレッタも中にあった。パスポートはすべてコノヴァレンコのもので、スウェーデン、フィンランド、ポーランドで発行されていた。それぞれ名前はちがっていた。フィンランドのはコノヴァレンコ・メーケレー、ポーランドのはドイツ系のハウスマンという名前になっていた。現金で四万七千スウェーデンクローネ、米ドルが一万一千ドルあった。しかし、ヴァランダーにとって一番興味深いのは、そのカバンの中にコノヴァレンコの同伴者がだれかを示すものが入っているかどうかだった。だが、書かれていた文字はロシア語らしく、彼は苛立ち、落胆した。一言も理解できなかった。それはコノヴァレンコの日記のようなものらしかった。欄外に日付が入っていた。

ヴァランダーはブロムストランドに言った。

「ロシア語がわかる人間を探してくれないか。これをスウェーデン語に訳せる人を」

「それじゃ、うちのかみさんに訊いてみますか？」ブロムストランドが言った。

ヴァランダーは眉を上げた。

「うちのかみさんはロシア語を勉強しているんですよ」ブロムストランドが続けて言った。ロシア文化に興味をもっているとか言ってます。とくに十九世紀の作家に関心があるらしい」

ヴァランダーはカバンを閉めると腕に抱え込んだ。

「それじゃ行こうか。こんなに騒がしいところじゃ、なにもできないだろう」

ブロムストランドはカルマール北のテラスハウスに住んでいた。妻は知的で開放的な女性で、ヴァランダーは一目で気に入った。男たちが台所でコーヒーを飲みサンドウィッチを食べているあいだに、彼女は書斎に引っ込み、辞書を片手にロシア語のメモを読み始めた。約一時間で読んだものを訳して書き出してくれた。完成した訳文にヴァランダーは目を通した。それは自分の経験を反対の立場から書いたものを読む不思議な体験だった。中にはなるほどと合点がいく説明もあった。しかし一番興味深かったのは、影も形もなく消えてしまったコノヴァレンコの最後の同伴者の正体だった。まったく予想もしていなかった展開だった。南アフリカはヴィクトール・マバシャの後継人を送り込んでいたのだ。シコシ・ツィキという黒人だった。彼はデンマーク経由で到着していた。〝彼の訓練は終わっていない〟〝だが、十分である。彼の精神力と容赦のなさはマバシャに勝る〟とコノヴァレンコは書いていた。コノヴァレンコはまた南アフリカ人のヤン・クラインという名前を記していた。これが要《かなめ》の人物だとヴァランダーは思った。しかし、ヴァランダーが確信していた組織のことはなにも書かれていなかった。彼は内容をブロムストランドに説明し、それからこう付け加えた。

「アフリカ人が一人、スウェーデンから出国しようとしている。今朝その男はあの黄色い家にいた。だれかが見かけたはずだ。だれかが彼を車に乗せているにちがいない。あの長い橋を歩いて渡ったはずがない。彼がウーランド島に残っていることはあり得ない。もしかすると彼は車をもっているかもしれないが。とにかく重大なのは、彼はいまスウェーデンを出ようとしていることだ。どこから出ようとしているかはわからない。ただ、彼が出国しようとしていることだけは確かだ。出国させてはならない」

「それは簡単ではないですね」ブロムストランドが言った。

「むずかしいだろうが、不可能ではないだろう」ヴァランダーが言った。「外国人の出入りは多いが、黒人に限定すれば国境の旅券審査のところできっとチェック可能だろう」

ヴァランダーはブロムストランドの妻に礼を言った。彼らは警察署に戻った。一時間後、そのアフリカ人の名前がスウェーデン中に知らされた。同じ頃、警察が、その日の朝ヘンマンスヴェーゲンの隣にある駐車場からアフリカ人を乗せたタクシー運転手を捜し当てた。それは車が燃え上がったあと橋の交通閉鎖が解除されてからのことだった。ヴァランダーはそのアフリカ人はたぶん最初、家の外に隠れて様子を見たのだろうと思った。タクシー運転手はその男をカルマールの町の中央まで乗せた。男はそこで降りると金を払って消えた。タクシーの運転手はその男の特徴は覚えていなかった。ただ背が高く、筋肉質で、明るい色のズボン、ワイシャツ、そして黒っぽいジャケットを着ていたというだけだった。そして英語で話したと言った。

午後も遅い時間になった。ヴァランダーにはそれ以上カルマールでできることはなかった。逃げたアフリカ人を捕まえたとき、やっとすべてのパズルのピースがそろうことになる。イースタまで車で送ろうという申し出を受けたが、彼は断った。一人になりたかった。五時過ぎ、ブロムストランド捜査官にあいさつをし、午後の捜査で勝手に指揮を執ったことを詫びて、前が潰れたままの車でカルマールを出発した。

ヴァランダーは地図を見て、ヴェクシュー経由の道が一番短いと見当をつけた。森がどこまでも続く道だった。そこには彼が自分のうちに感じるのと同じような、世を避けるような沈黙があった。ニーブローで車を駐めて食事をした。いま身のまわりで起きていることはなにも知りたくないという気持ちが大きかったにもかかわらず、彼はカルマールに電話をかけてアフリカ人の行方がわかったかどうかと訊ねた。答えは否だった。彼はふたたび車に乗って、どこまで行っても終わらない森を走った。ヴェクシューまでくると、エルムフルト経由で行くか、ティングスリド経由で行くか迷ったが、ティングスリド経由に決め、すぐに車を南の方向に向けた。

ティングスリドを通り過ぎロンネビーへ向かう道に入ったとき、突然大きなヘラジカが現れた。夕方の薄暗い中で、彼はそれに気がつかなかった。そして気がついたときには、ヘラジカは車の前まできていた。一瞬、ブレーキを底まで踏みながら、気がつくのが遅すぎた、間に合わないと思った。雄ヘラジカと正面衝突だ。しかも彼はシートベルトをしていなかった。ところがその瞬間、どういうわけかヘラジカは方向を変え、もときた道を戻り始めた。ヴァランダーは紙一重のところで衝突を免れた。

彼は路肩に車を止めて、大きく息を吸った。動悸がし、息が切れ、吐き気がした。落ち着きを取り戻したとき、彼は車を降りて静まり返った森の中に立った。またもや紙一重で死を免れた、と彼は思った。もうこんな幸運はあるまい。しかし、あの大きな雄へラジカと衝突するのを免れたばかりだというのに、なぜ生きていてよかったという喜びが湧いてこないのだろう。いま彼の中にあるのは、漠然とした罪悪感と良心の痛みだった。今朝コーヒーを飲んだときの憂鬱な気分が戻ってきた。いまなによりもしたいことは、車を捨てて森の中に入って、姿を消してしまうことだった。それは決して戻らないということではなく、バランスを取り戻すまで、ここ数週間の事件で感じるようになっためまいがなくなるまでという意味だった。しかし、彼はふたたび車に戻って、南の方向に走り続けた。今度はシートベルトの着用を忘れなかった。クリシャンスタに向かう幹線道路までくると、西へ曲がった。九時頃、二十四時間営業のカフェで車を駐め、コーヒーを飲んだ。長距離トラック運転手が数人、黙って座っていた。ゲームテーブルには少年たちが集まってにぎやかな声を上げていた。ヴァランダーはコーヒーが冷たくなるまで飲まなかった。それからいっきに飲み干すと、車に戻った。

十二時前にヴァランダーは父親の家の庭に車を乗り入れた。リンダが出てきて迎えてくれた。彼は疲れた笑いを見せて、全部終わったと言った。それから、カルマールから電話がなかったかと訊いた。彼女は首を振った。電話をかけてきたのは、彼の父親の電話番号を調べた新聞記者たちだけだったと言った。

「パパのアパート、修理が終わったって」と彼女は言った。「すぐに住める状態になっているそうよ」

「それはよかった」彼は言った。

カルマールに電話をするほうがいいのか迷ったが、あまりにも疲れがひどかった。翌日まで待つことにした。

その晩、彼らは長いあいだ話をして起きていた。ヴァランダーは自分の憂鬱な気分に関しては娘に話さなかった。しばらくは、自分だけのうちに留めたかった。

シコシ・ツィキはカルマールからストックホルムまで長距離高速バスで移動した。コノヴァレンコの非常時指示に従い、午後四時過ぎにストックホルムに到着した。ロンドン行きの航空便は午後七時に出発する予定だった。アーランダ空港までの航空バスの乗車場所がわからなかったので、彼は街からタクシーに乗った。うさんくさそうに外国人の彼を見た運転手は、前払いを要求した。

シコシ・ツィキは千クローネ札を渡すと後部座席に座った。彼はスウェーデンの旅券審査所に自分の名前が知らされてあることは知らなかった。彼が知っているのは、自分がスウェーデン人レイフ・ペアソンという名前——その名前を彼はすぐに正しく発音することができた——でこの国を出るということだけだった。コノヴァレンコを信頼していたので、彼はまったく落ち着いていた。ウーランド橋を渡ったとき、なにかがあった様子だったが、コノヴァレンコのことだからきっとあの警察官を振りきって逃げただろうと思っていた。

アーランダに着いたシコシ・ツィキは釣り銭を受け取り、運転手の領収書がほしいかという問いには首を振った。出発ロビーに入るとチェックインを済ませ、旅券審査所の手前のキオスクでもしこのとき彼がキオスクに立ち止まらなかったら、間違いなく旅券審査所で捕まったにちがいなかった。しかし、彼が新聞を選んでいたちょうどその数分間に、旅券審査所では審査官の交代があった。片方の審査官はすぐにトイレに行った。もう一人のシェスティン・アンダーソンという若い女性審査官はその日に限って車が故障して遅刻し、仕事場に駆けつけた。彼女は職務熱心で野心的で、いつもなら十分に余裕をもって仕事場に着き、その日の特別注意事項に目を通し、以前からある指名手配の氏名を復習するのを習慣としていた。だが、今日はその時間がなかった。シコシ・ツィキはスウェーデンのパスポートでにっこり笑って旅券審査所を通過した。彼のうしろでドアが閉まったとき、トイレに行っていた昼間の審査官が戻ってきた。

「今晩は、なにか特別に注意しなければならないことがあるかしら?」アンダーソンが訊いた。

「黒人の南アフリカ人が手配されているわ」彼女の同僚が答えた。

アンダーソンはたったいま通過した黒人を思った。だが、彼はスウェーデン人だった。十時に夜勤の主任がやってきて、異状はないかと訊いた。

「アフリカ人のことを忘れるな」と彼は言った。「どんな名前で、どの国のパスポートを持ってやってくるかわからないからな」

シェスティン・アンダーソンは胃が痛くなった。

「でもその人、南アフリカ人でしょう?」彼女は上司に言った。

「おそらく」と主任は言った。「だが、それは彼がスウェーデンを出国しようとするときに使うパスポートと同じとは限らない」

アンダーソンはすぐに数時間前のことを話した。それに続くあわただしい調べで、そのアフリカ人はスウェーデンのパスポートで七時のロンドン行き航空便に乗り込んだことがわかった。その便は定時に発ち、すでにロンドンに着き、客はとっくに旅券審査を通過してしまっていた。ロンドンに着いたシコシ・ツィキは、パスポートを細かく破ってトイレに流した。今度はザンビア市民のリチャード・モトムブワネとなった。乗り換え客だったので、パスポート審査はなかった。彼は二つの切符を持っていた。スウェーデンの空港で彼はロンドンまでの切符を使った。そしてロンドンの乗り換えターミナルでザンビアのルサカまでの切符を出した。

十一時半、ルサカ行きザンビア・エアウェイＤＣ‐10がロンドンを出発した。ルサカに着いたのは翌日の朝六時半だった。タクシーでルサカの町まで行くとＳＡＡのオフィスで午後のヨハネスブルグ行きの切符を買った。座席はあらかじめ予約してあった。今回はシコシ・ツィキの名前で切符を買った。ルサカ空港に戻ると、チェックインし、空港の出発ロビーのレストランで食事をした。午後三時に搭乗し、五時ちょっと前にヨハネスブルグのヤン・スムッツ空港に到着した。迎えにきたのはフランス・マーランで、そのままハンマンスクラールへ向かった。マーランはシコシ・ツィキに五十万ランドを銀行に預けた預金証明を見せた。それは何度かに分けた支払いの最後から二番目のものだった。マーランは翌日にまたくると言って、シコシ・ツィキを残して立ち去った。彼が戻ってくるまで、シコシ・ツィキは建物と中庭から外に出ることを禁じられた。

シコシ・ツィキは一人になると風呂に入った。疲れていたが満足していた。旅行はすべてうまくいった。一つだけ気になるのは、コノヴァレンコがどうしたかということだった。いっぽう彼は、これほど莫大な金を支払われる、自分が撃ち殺すことになる標的を知らされることには興味がなかった。一人の人間で、これほど価値のある者が本当にいるのだろうか、と思った。だが、別に答えを出そうとは思わなかった。十二時前に、彼はひんやりと気持ちのいいシーツのあいだに体を横たえて眠った。

五月二十三日土曜日、ヨハネスブルグでヤン・クラインが釈放された。シパースは彼に、すぐにまた呼び出すから待機しているようにと警告した。

シパースは窓辺に立ってヤン・クラインと弁護士のクリツィンガーが駐車場へ歩いていく姿をながめた。シパースはヤン・クラインの二十四時間監視を要求した。ヤン・クラインはそれを予期しているだろう、それで派手な活動は控えるだろうと思った。

シパースはヤン・クラインから、コミッティーについてなにも吐かせることができなかった。だが、いまでは彼は暗殺の場所は六月十二日のケープタウンではなく、七月三日のダーバンであると確信していた。彼が手帳を取り出すと、ヤン・クラインは必ず不安な様子を見せた。シパースはヤン・クラインといえども、汗をかいたり、手を震わせたりすることが演技でできるものではないと判断した。

シパースはあくびした。すべてが終わったときの安堵を思った。これでヴァーヴィが自分の仕事を認める可能性が増えるだろうとも思った。

急に、月光の中で川のほとりに伏せていた白い雌ライオンのことを思い出した。

もうじきジュディスといっしょにまたあの雌ライオンを見に行く時間ができる。

ヤン・クラインが拘束から釈放された五月二十三日の朝、地球の反対側ではクルト・ヴァランダーがイースタ警察署の自室の机に向かっていた。朝早く、同僚たちから事件解決の祝福と拍手を受けたばかりだった。彼はばつが悪そうな笑いを浮かべて、だれにも聞き取れないような言葉を口の中で言ってごまかした。部屋に入るなり彼は鍵を閉め、受話器を外した。まるで前夜酔っぱらったような感じが体の中にあった。一滴もアルコールを飲まなかったにもかかわらず。胸には悔恨の思いがあった。両手が震えていた。汗がじっとりと額ににじんでいる。やっと十分後、カルマール警察に電話するだけの気力を集めることができた。ブロムストランドが電話口に出てとんでもないことを報告した。例のアフリカ人がアーランダから手配の網をくぐって出国してしまったというのである。

「どうしてそんなことになってしまったのだ？」ヴァランダーは怒鳴った。

「不注意と不運、としか言いようがない」と言って、ブロムストランドはことの次第を説明した。

「一生懸命仕事をすることになんの意味があるんだ？」ブロムストランドの話を聞いてヴァランダーが言った。

「そのとおり」ブロムストランドが応じた。「正直言って、自分もその問いをしょっちゅう繰り返していますよ」

ヴァランダーは話し終わると受話器を置いた。窓を開けて、外の木にとまってさえずっている小鳥の声に耳を澄ました。今日は暖かい日になるという予報だった。まもなく六月になる。五月という月は、木々が緑になったことも、花が咲いて、あたりに芳醇な香りを放っていることにも気がつかずに過ぎてしまった。

彼はふたたび机に向かった。翌週まで延ばせない仕事が一つあった。タイプライターに紙を差し込むと、英語の辞書をそばに置いて、南アフリカの警察に向けて、報告書を書き始めた。暗殺計画のこと、ヴィクトール・マバシャについて、知っているかぎりのことを書いた。これからマバシャの最期を書こうとしたときに、新しい紙に移った。一時間ほどで書き上げた。一番大切なこと、シコシ・ツィキがマバシャに代わる暗殺者となったことを最後に書き、残念ながらこの男はすでにスウェーデンを出国してしまったことを付け加えた。行き先は当然南アフリカと思われる。最後に自分の名前を書き、質問があれば問い合わせてくれと書き加えた。インターポールのストックホルム事務所のファックス番号を調べ、受付に行って、なにがあっても必ず今日中にこのファックスはインターポール経由で南アフリカに送られなければならないのだと言った。

その後、彼は家に帰った。爆破事件があってから初めて自宅に戻った。煙で汚された家具がビニールカバーに覆われて片隅にまとめてあった。彼はその中から椅子を一脚取り出して腰を下ろした。

自分のアパートなのに、他人の家にいるような気がした。

部屋の空気がよどんでいた。

ヴァランダーは、どうやったら一連の経験から立ち直ることができるのだろう、と呆然とした。

ヴァランダーの書いた報告書はすぐさまインターポールのストックホルム事務所へファックスで送られた。仕事に慣れていない代替の事務員が南アフリカにそれをファックスした。技術的な問題と不注意から、ヴァランダーの二枚目の紙は送られず、だれも気がつかないままそこに残った。それで、南アフリカの警察は暗殺者はヴィクトール・マバシャという知らせを受けたことになった。ヨハネスブルグのインターポール事務所の警察官は、このファックスの意図がわからなかった。発信者の名前はなく、突然終わっている。しかし彼らはボルストラップ捜査官から、外国からの知らせはすべて自分のオフィスに送るように指示されていた。ファックスはヨハネスブルグに土曜日の夜遅く送られてきたので、ボルストラップは月曜日の朝それを見た。彼はすぐさまシパースに連絡した。

これはシパースにとって、正体がわからないスティーヴからの知らせを確認するものになった。彼らの捜している男の名前はヴィクトール・マバシャに間違いない。シパースもファックスが変なところで終わっていることと発信者の名前がないことがおかしいと思った。しかし、その情報は彼がすでに知っていることを確認するものだったので、それ以上追及しなかった。

これから先、彼らは全力を挙げてヴィクトール・マバシャの行方を捜すことになる。南アフリカのすべての出入国管理事務所に緊急情報が送られた。準備は調った。

33

ジョージ・シパースに釈放されたその日、ヤン・クラインはプレトリアの自宅からフランス・マーランに電話をかけた。電話は間違いなく盗聴されているだろうと思った。だが、彼は秘密でもう一本電話線を引いていた。それは南アフリカの安全に関する微妙な通信に関し、秘密情報機関の特別管理者だけが知っているもので、公式には存在しない電話線だった。

フランス・マーランは驚いた。ヤン・クラインがその日釈放されるとは思っていなかった。マーランの電話もまた盗聴されているという疑いが強かったので、ヤン・クラインは以前からの約束どおり、マーランが電話で話してはまずいことを言うのを妨ぐため、暗号《コード》を使った。それは間違い電話の形をとっていた。ヤン・クラインはホルストはいるかと訊き、間違い電話をしてすまないと謝った。マーランはコードリストを見て、ホルストの意味を調べ、二時間後、あらかじめ決められた公衆電話から他の公衆電話に電話をかけた。

ヤン・クラインは自分が尋問を受けているあいだにどのようなことがあったか、すぐにも知りたくてならなかった。マーランには今後も主な責任を引き受けなければならないと認識してもらうつもりだった。ヤン・クラインは監視の目をごまかすことは簡単にできると思っていた。しかしそれでも自分がマーランに会うことや、シコシ・ツィキがすでに到着しているか、まもなく到着するはずのハンマンスクラールに出かけることは、リスクが大きすぎると思った。

ヤン・クラインは自宅を車で出てすぐ、うしろから追跡の車がくるのがわかった。前方に監視者がいるのもわかった。だが、彼はまったく気にも留めなかった。公衆電話ボックスの前で駐まり、電話で話したことは、もちろん追跡者たちの注意を引いただろう。報告が行くだろう。だが、彼らには会話の内容は絶対にわからないはずだ。

ヤン・クラインはシコシ・ツィキがすでに到着していると聞いて、ぎくりとした。そして、コノヴァレンコから連絡がないのはなぜだろうと思った。シコシ・ツィキの帰国に関しコノヴァレンコは連絡をしてくるはず、またこちらからもシコシ・ツィキの到着を知らせることになっていた。それは到着から三時間以内におこなわれるはずだった。ヤン・クラインはマーランにかいつまんで報告した。また翌日、あらかじめ決めてある二つの公衆電話から電話し合うことを伝えた。ヤン・クラインは少しでも不安げな気配がマーランの声に表れているか、注意深く聴いた。しかし、マーランはいつもの少し神経質な話し方をするだけで、変わりはなかった。

電話をかけ終わると、ヤン・クラインはプレトリアでもっとも高級なレストランの一つへ行って、食事をした。尾行者がシパースに請求書を出すときの心配を思って、彼はほくそ笑んだ。レストランで彼と反対側の壁の近くに男が座っているのが見えた。ヤン・クラインは頭の隅ですでに、シパースはこの国で生きるに値しない男だと決めていた。この国はあと二、三年もすれば、かつて築かれた揺るぎない立派なボーア人の国に再生するのだ。

だが、ヤン・クラインにも、すべてが失敗するという恐ろしい考えに打ちのめされる瞬間があった。もうやり直しはきかない、ボーア人は負けたのだ、この親愛なる国は、将来、白人の優位性をもはや許さない黒人たちに取って代わられるのだ、という思いだった。それはある種の否定的なヴィジョンで、彼はそれを完全に払いのけることはできなかった。しかし、そうしているうちにも、ふたたび彼は自信に満ちた自分を取り戻した。一瞬の心のひるみだ、と彼は思った。イギリス人がボーア人に対して下した評価が、いつもこの国の人々にわれわれボーア人に対して否定的な態度をとらせる、そんな風潮に自分がいっとき影響されたのだと思った。彼らはこの国の魂はボーア人だと知っている。この大陸で神に選ばれ、歴史に選ばれたのはわれわれで、彼らではないと知っている。そのために、汚れたねたみに縛られているのだ。

ヤン・クラインは勘定を済ませて、尾行者のテーブルのそばをほほえんで通り過ぎた。小太りで、汗かきの男だった。それから自宅へ車で向かった。バックミラーで尾行者が代わったのが見えた。自宅のガレージに車を入れ、ヤン・クラインはだれが自分を裏切ってシパースに情報を提供したのか、考え続けた。

小さなグラスにポートワインを一杯注いで、居間のソファに腰を下ろした。カーテンを引き、家じゅうの電気を消して、一枚の絵をぼんやりと照らす小ランプだけを残した。彼は薄暗い部屋にいるとき、もっとも明晰に考えることができる。

シパースに尋問されて過ごした二日間で、彼は以前にも増して南アフリカの現在の混乱を憎むようになった。彼は、この国の秘密情報機関で働く忠実な公務員で、しかも指揮を執る立場にある自分が、反社会的活動の疑いで逮捕されたことを、屈辱的に感じていた。彼の活動は、反社会的とは正反対なものだった。彼とコミッティーの内々の活動がなかったら、国家の崩壊は単に想像上のものではなく、ずっと前に現実のものとなっていただろう。いま、ポートワインを飲みながら、彼はネルソン・マンデラはどうしても殺さなければならないという思いを以前にも増して強くしていた。それはもはや暗殺ではなく、彼自身が代表する不文律の法律に基づく処刑だった。

彼の心の動揺をさらに大きなものにするもう一つの要素があった。大統領の執務室の外から信頼できる警備員が知らせてきたとき、彼の脳裏に浮かんだのは、だれか自分の身辺に裏切り者がいるということだった。それがだれかをすぐにでも突き止めなければならなかった。彼の心配をさらに強めたのは、フランス・マーランをその疑いの圏外におくことができないということだった。彼か、コミッティー・メンバーのだれか。これらの男たちをのぞけば、たぶんあとは、自分の個人生活を嗅ぎまわり、除外しようとしたのかもしれない秘密情報機関の同僚が二人、あるいは三人くらいいるかもしれない。

彼は薄暗がりに座って、一人ひとりこれらの男たちのことを考えた。記憶を手がかりにチェックしていった。

直感と事実で検討して、ちがう、これでもないという選別をしていった。自分を除外することで得をするのはだれか、たとえあとでばれても彼を売ることを選ぶほど自分を嫌っていたのはだれだろう、と考えた。考えられる男たちは十六人いた。それを八人まで減らした。そのようにしてチェックしていくとどんどん疑わしい人物は減っていった。

しまいには一人もいなくなった。裏切り者はだれかという問いだけが残った。

彼の頭にミランダが浮かんだのは、そのときだった。だれもいなくなり、最後に彼女をも疑わなければならなくなって初めて、その名前が浮かんだのだった。その疑問は彼を動揺させた。それは許されない、不可能な問いだった。だが、疑いは向けられた。それは避けられないもので、彼は彼女にその疑いを直接向けて問わざるを得ないと思った。また彼は、その疑惑は不当なものだと思った。ミランダは自分に嘘をつけない、嘘をついたら自分にはすぐに見破ることができると確信していたので、彼女に質問を向けたらすぐにその場で解決するだろうと思った。近いうちに、尾行者をまいてベスイデンホウトの家にミランダとマチルダに会いに行こう。犯人はきっと、自分がいまチェックしたリストの中にいるにちがいない。ただ、まだそれがだれかわからないだけなのだ。彼は頭の中のリストをひとまず片づけると、蒐集した古銭に集中した。どのコインも美しく、これらがどのくらいの価値があるかを考えると、気持ちが落ち着いた。彼は古い金のコインを指でもてあそんだ。それは初期のクルーガーゴールドで、ボーア人の伝統と同じような恒久的輝きを放っていた。それを机のランプで照らすと、コインの上にほんのわずかな曇りがあった。ていねいにたたんである磨き布を手に取ると、彼はコインがふたたび輝きを取り戻すまでゆっくりと磨いた。

四日後の水曜日の午後、彼はベスイデンホウトのミランダとマチルダに会いに行くことにした。尾行者にヨハネスブルグまでつけられたくなかったので、彼はプレトリアの中心街で彼らをまくことに決めた。簡単な工作で彼らの目をごまかすことができた。尾行者を振り払うことができたあとも、ヨハネスブルグまでの車の中で彼はバックミラーをチェックするのを怠らなかった。ヨハネスブルグまでくると、念のため彼は中心街を何度かぐるぐるまわった。それからやっとベスイデンホウトに通じる道に乗り入れた。彼女たちを週の真ん中に訪れることはめったになかった。しかも電話で予告もせずに。きっとびっくりするだろう。家に着く前に、食料品店で車を駐め、三人分の食事の材料を買った。五時半頃、彼は公園のそばの家がある通りに曲がった。

最初、自分の目の錯覚だと思った。

しかしすぐに、その男は間違いなくミランダとマチルダの家から出てきたと確信した。

黒人だった。

ヤン・クラインは歩行者通路に車を駐め、その男が道路の反対側を自分のほうに歩いてくるのをながめた。相手に見られないようにフロントガラスのシェードを両方とも下ろした。それから相手を観察した。

その男には見覚えがあった。それはヤン・クラインが長いあいだ監視していた男だった。疑惑は証明できなかったが、秘密情報機関ではその男がＡＮＣのもっとも過激なグループの活動家で、オフィスビルやレストランの爆弾テロの背後にいると確信していた。彼はマーティン、スティーヴ、あるいはリチャードという名前を使い分けていた。

ヤン・クラインは男が車を通り過ぎ、姿を消すのを見届けた。

彼は石のように動かなかった。頭の中が混乱して、落ち着くのに時間がかかった。しかし、いまはもはや疑問の余地はなかった。彼が真剣に取り上げるつもりがなかった疑念は事実だったのだ。彼が一人ひとり検討して、最後にだれも残らなかったのは、正しかった。ミランダしかいないのだ。それは真実であり、同時に信じられないことだった。一瞬、彼は悲しみに襲われた。それから冷たさが取って代わった。激怒が生まれたとき、体が急に冷えたように感じた。一瞬のうちに愛情が憎悪に変わった。ミランダだ。マチルダは無実だと思った。彼女もまた母親の裏切りの犠牲者なのだ。ヤン・クラインは車のハンドルを握りしめた。すぐさま家の前まで乗りつけ、ドアを破って入り、これでおまえはおしまいだとミランダをにらみつけてやりたい気持ちを抑えた。表面的に冷静さを取り戻すまで、彼は家に近づかない決心をした。抑えきれない動揺は弱さを表す。彼はそれをミランダにも娘にも見せたくなかった。

ヤン・クラインにはわからなかった。彼の人生では一つひとつの行動にははっきりした根拠と目的があった。なぜミランダは彼を裏切ったのだろう？　なぜ彼が娘と彼女のために用意したよい暮らしを失うような危険を冒したのか？

彼にはわからなかった。そしてわからないことが彼を激怒させた。彼は混乱を鎮圧するために人生を賭けてきた人間である。理解できない事柄はそのやり方で解決してきた。この問題もまた、社会に蔓延する混乱と崩壊のもろもろの原因と同じように鎮圧されなければならなかった。

彼は長いあいだ車に座っていた。闇が下りた。すっかり落ち着きを取り戻してから、彼は家の前に車をつけた。居間の大きな窓のカーテンのうしろで人影が動くのが見えた。食料品の袋を持つと、彼は門の中に入った。

彼女が玄関を開けたとき、彼はほほえんだ。一瞬、ほんの一瞬のことで自分でも認識できなかったほどだったが、すべてが想像の生み出したことであってほしいと彼は願った。だが彼は真実を知ってしまった。そしてその背後になにがあるのか知りたかった。

部屋の暗さのため彼女の黒い顔がはっきり見えなかった。

「突然だが」彼は言った。「おまえたちを驚かそうと思ったのだよ」

「いままでなかったことですね」ミランダは答えた。

ヤン・クラインは彼女のしゃがれ声を知らない人の声のように感じた。もっとはっきり彼女の顔を見たいと思った。自分がさっき家から出てきた男を見たのを察知しただろうか？

そのときマチルダが自分の部屋から出てきた。そしてなにも言わずに彼を見た。この子は知っているのだ、と彼は思った。この子は母親が私を裏切っていることを知っている。だから母親を守るために黙っているのだ。

彼は食料品の袋を置いて上着を脱いだ。

「出ていってください」ミランダが言った。

彼は初め、聞き間違いかと思った。彼は上着を持ったまま振り返った。

「私に出ていけと言ったのか？」

「ええ」

彼は一瞬上着に目を移してから、床に落とした。それから猛烈な勢いで彼女の顔を拳で殴った。彼女はバランスを失ったが意識は失わなかった。自分の力で立ち上がろうとする彼女を、ブラウスの襟もとを鷲掴みにして床から引きずり上げた。

「私に出ていけと言うのか、おまえが」と言って、荒く息を吐いた。「出ていかなければならないのは、おまえのほうだ。だが、どこへもやりはしない」

彼はそのまま彼女を引きずって居間まで行き、ソファに投げ倒した。マチルダが駆け寄って母親を助けようとしたが、彼は追い払った。

ヤン・クラインはミランダの正面に椅子を持ってきて腰を下ろした。部屋の暗さが彼を苛立たせた。彼は立ち上がり、部屋中の電気をつけてまわった。ミランダの鼻と口から血が流れているのが見えた。

「さっきこの家から男が一人出ていった」彼は言った。「黒人だ。どんな用事があったというのだ？」

彼女は答えなかった。彼を見さえしなかった。顔から流れ落ちる血にもかまわなかった。

これは無意味だと彼は思った。彼女がなにを言ったにせよしたにせよ、自分を裏切ったことにちがいはない。道は行き止まりだ。この先はない。彼女をどうすればいいのか、彼にはわからなかった。どのような報復措置をしても、足りない気がした。彼女は依然としてまったく動かない。その表情は、それまで彼が見たことのないものだった。どう表現していいかわからなかった。それは彼を不安に駆り立てた。そのとき、ミランダがふたたび彼に言った。

「いますぐあなたに出ていってほしいのです」彼女は言った。「これはあなたの家です。あなたがここに残るのなら、わたしたちが出ていきます。でも、決してわたしを捜さないでください」

彼女は挑戦しているのだ、と彼は思った。よくもぬけぬけと。ふたたびかっと頭に血が上った。殴りたくなるのをぐっと抑えた。

「出ていくな。話すのだ」

「なにを？」

「おまえがだれと話したのかを。私についてなにを言ったのか。なぜそうしたのか」

彼女はまっすぐに彼を見た。鼻の下とあごの血はすでに黒く固まっていた。

「あなたがここに泊まった日、あなたのポケットにあったもののことを話しました。あなたの寝言に耳を傾け、それを書き留めました。もしかするとなんの意味もないことだったかもしれません。でも、わたしはそれがあなたを破滅に導くことを望みました」

彼女は聞いたこともないしゃがれ声で言った。これが彼女の本当の声だったのだと、彼はいまわかった。いままでずっと彼女は偽りの声で話していたのだ。すべてがそうだったのだ。彼女との関係で真実はなにもないのだと彼はいま気がついた。

「私がいなかったらおまえはどうなったと思う？」

「きっと死んでいたでしょう」彼女は言った。「でも幸福だったかもしれない」

「おまえはスラムに住んでいたではないか？」

「でも、わたしたちはそれをなくすために働いたかもしれない」

「私の娘をいっしょにするな」

「確かにあなたは子どもの父親です、ヤン・クライン。でもあなたに娘はいません。あなたにはなにもない。自分自身の破滅しかないのです」

二人のあいだのテーブルに、重いガラスの灰皿があった。言葉も出ないほど腹を立てた彼はその灰皿をつかむと、全身の力を込めて彼女の頭にそれを投げつけた。彼女は身をかわした。灰皿はソファの彼女のそばに落ちた。彼は椅子から跳び上がると、テーブルをどかし、灰皿を手に取ると彼女の頭に振り下ろそうとした。そのとき背後から動物の発するようなうなり声が聞こえた。振り返るとマチルダが暗闇から現れるのが見えた。歯を食いしばった口からうなり声を発していた。なにを言っているかわからなかった。その手にはピストルが握られていた。

次の瞬間彼女は撃った。弾を胸に受けて、彼は仰向けに倒れた。

もはや見えなくなり始めた目で、彼は女たちが上から見下ろしているのを見た。彼はなにか言おうとした。彼の中から流れ出ていく命につかまろうとした。だが、つかまるものはなにもなかった。まったくなにもなかった。

ミランダは安堵を感じなかったが、恐怖も感じなかった。彼女は死んだ父親に背中を向けている娘を見た。彼女の手からピストルを取り上げた。それからいつかこの家にやってきて、シパースと名乗った男へ電話をかけた。彼の電話番号を調べて、電話の側に置いておいたのだった。そうした理由はこれだったのだ。

ジュディス・シパース、と名乗る女の声がした。彼女は夫を呼び、すぐに彼と代わった。ジョージ・シパースはすぐさまベスイデンホウトに行くと言い、彼が着くまで絶対になにもしてはいけないと言い渡した。

彼はジュディスに夕食に遅れると言った。だが理由は言わず、妻も訊きたいのをこらえた。まもなく特別任務は終わると彼はきのうの晩彼女に言ったばかりだった。そうしたらすべてはまたもとどおりの生活になる。そしてまたクルーガーパークへ行くのだ。そしてあの白い雌ライオンがあそこにいるか、まだあの雌ライオンを怖いと感じるか、もう一度確かめるのだ。

彼はボルストラップに電話をかけた。方々を捜してやっと彼を捜し当てた。住所を告げ、自分が行くまで中に入るなと言い渡した。

ベスイデンホウトに着くと、すでにボルストラップが車の外に立って待っていた。ミランダがドアを開けた。彼らは居間に入った。シパースはボルストラップの肩に手を置いた。まだ彼にはなにも話していなかった。

「床の上で死んでいるのは、ヤン・クラインだ」シパースは言った。

ボルストラップは驚きの表情でシパースを見た。話の続きを待ったが、シパースはそれ以上なにも言わなかった。

ヤン・クラインは死んでいた。青白さが目についた。そしてその痩せた、痩せすぎた顔も。これは残虐な結末と考えたらいいのか、それとも悲劇的な結末と見るべきなのか、わからなかった。

「この人はわたしを殴ったのです。それで、わたしが撃ちました」ミランダが言った。

ミランダがそう言ったとき、シパースの目の前にマチルダがいた。母親の言葉にマチルダがはっとしたのをシパースは見逃さなかった。彼を殺したのはマチルダだとシパースは思った。父親を殺したのだ。ミランダが殴られたのは、血まみれの顔を見ればわかる。ヤン・クラインは理解する時間があっただろうか？

自分が死ぬのだということを、自分の息の根を止めるのは自分の娘だということを？

シパースはなにも言わずにボルストラップに合図して台所へ行き、ドアを閉めた。

「手段は問わない」シパースは言った。「だが、きみに死体を片づけてもらいたい。そして、これは自殺であるように見せかけてほしいのだ。ヤン・クラインは取り調べを受けた。それが彼を精神的に追いつめた。自分の潔白を示すために自殺した。それで動機は成立する。秘密情報機関で起きたことを外に知らせせないように始末するのは、それほどむずかしいことではないはずだ。これを今晩中にやってくれ」

「みつかればクビになります」ボルストラップが言った。

「私が命令するのだ。決してクビになりはしない」シパースは言った。

ボルストラップは長いことシパースを見た。

「あの女たちはだれです？」ボルストラップが訊いた。

「きみがいままで会ったこともない人間たちだ」シパースは答えた。

「もちろんこれは南アフリカの安全のため、ですね？」ボルストラップが言った。その声に皮肉が込められているとシパースは感じた。

「そうだ」彼は答えた。「そのとおりだ」

「またもや嘘が作り出されるということですね」ボルストラップが言った。「われわれの国では二十四時間、ベルトコンベヤーで嘘が大量に作り出される。これらすべてが崩れたら、いったいどうなるんです？」

「われわれはなぜいま暗殺を阻止しようとしているんだ？」シパースは言った。

ボルストラップはゆっくりとうなずいた。

「わかりました。やりましょう」

「一人でだ」

「だれにも見られないようにします。死体をどこか外に放置してきます。もちろん発見後の捜査も自分がするよう手はずを調えます」

「彼女たちに話しておく。きみが戻ってきたとき、ドアを開けるようにと」シパースは言った。

ボルストラップは引き揚げた。

ミランダがヤン・クラインの上にシーツを掛けるところだった。シパースは自分のまわりを取り囲む嘘が急に嫌になった。彼の中にもその嘘はあった。

「彼を撃ったのはあなたの娘だということはわかっています」シパースは言った。「しかしそれはどうでもいいことだ、私にとっては。もしそれがあなたがたにとってどうでもいいことでないのなら、どうしようもない。私は手伝うことができません。だが、死体は今晩中にここから運び出される。さっき私といっしょにきた警官があとで運び出しにきます。そしてこれは自殺であるということにする。実際になにが起きたのかは、だれにも知られることはありません。それは保証できます」

ミランダの目に感謝の光が宿るのが見えた。

「ある意味では、これは本当に自殺かもしれない」と彼は言った。「彼のように生きてきた者には、これ以外の結末はなかったかもしれません」

「わたしは涙さえも出ない」ミランダが言った。「なんの感情も湧かないのです」

「あたしはあの人が憎かった」突然マチルダが言った。

シパースは彼女が泣いているのがわかった。

人を一人殺したのだ、とシパースは思った。どんなに憎んでいたとしても、またどんなにわれを失った状態だったとしても、決して癒されない傷を心に受けたはずだ。そのうえ、彼は彼女の父親だ。選ぶことも捨てることもできない関係だった。

シパースはそこに長くは留まらなかった。母娘はいま互いをもっとも必要とするときだった。ミランダはもう一度きてくれと彼に請い、彼は約束した。

「引っ越すつもりです」ミランダが言った。

「どこへ?」

彼女は両手を体の前で開き、肩をすくめた。

「自分では決められません。マチルダが選べばいいかもしれない」

シパースは車で帰宅し、食事をした。彼はうわのそらで、別のことを考えていた。ジュディスが特別任務はあとどのくらいで終わるのかと訊いたとき、彼は良心が痛んだ。

「まもなくだよ」と彼は答えた。

真夜中、ボルストラップが電話をかけてきた。

「ヤン・クラインが自殺しました」彼は言った。「明日の朝、彼の死体がヨハネスブルグとプレトリアのあいだで発見されることになっています」

ヤン・クラインがいなくなったいま、一番強い男はだれだろう? 電話を終えたシパースは思った。だれがいまコミッティーを仕切るのだろう?

ボルストラップ捜査官はヨハネスブルグでも古い地域、ケンジントンの一軒家に住んでいた。彼の妻は陸軍病院で看護婦をしていた。彼女はいつも夜勤で、また三人の子どもはみな大人になって家を出ていたので、ボルストラップはたいてい平日の夜は一人だった。帰宅後は疲れていて、テレビの前でぼうっとしているだけだったが、ときどき地下室の自分で造ったホビールームに降りていった。そこで彼はハサミで切り絵をした。それは父親から教えてもらったホビーだったが、父親のようにじょうずにはなれなかった。だがそれでもやわらかい黒い紙を、そっと切っていくのは、心が安まる営みだった。その晩、ヤン・クラインの死体を街灯の光が届かない、暗い駐車場に放置してきたその晩——その駐車場は最近そこで殺人事件があったために知っていたのだが——、彼は家に帰ってからも落ち着かなかった。子どもの切り絵を始めたが、心ではこのところシパースと取り組んでいる仕事のことを考えていた。この若い検事とは働きやすいと彼は思った。知的だし、やる気満々だ。ほかの人間の意見に耳を傾けるし、自分が間違ったことを言ったり、行動が間違っていたりすると謝った。だが、ボルストラップは彼が本当はなにを追及しているのか、よくわからなかった。それが重大であること、クーデター、ネルソン・マンデラの命を狙う陰謀を妨げることであるのは承知していた。だがそれ以上は、わからないことだらけだった。大規模な陰謀が計られているらしい。だが、ヤン・クラインのほかにだれが荷担しているのか、まったくわからなかった。ときどき彼は目隠しをつけて捜査に参加しているような気がした。シパースにそのように感じると伝えたが、彼はそうだろうと答えるのみだった。だが、ボルストラップにできることはなにもなかった。いまの仕事の秘密をのぞき込むには、彼の力は限られていた。

あの奇妙なファックスが彼の机の上に置いてあった月曜日の朝、シパースは即座にエネルギッシュに活動を開始した。そしてまもなくヴィクトール・マバシャはプロの殺し屋で、いままで何度か殺人の容疑を掛けられている人物であることが浮かび上がった。だが、マバシャは一度も有罪になっていない。報告の行間に、マバシャは非常に冷静で、いつも犯行のまわりにカモフラージュをほどこし、決して危険を冒さない知的な犯罪者であることが読みとれた。彼の住所はウムタタ付近のシティバネだとわかった。ダーバンから近いところだ。それもまた七月三日が決行の日という疑いが当たっていることを臭わせた。ボルストラップはすぐにウムタタの警察に連絡を入れて、マバシャがその地方の警察に常に監視されていることがわかった。その日のうちにシパースとボルストラップはウムタタに車で向かった。その地方の警察の協力を得て、火曜日の早朝、彼らはマバシャの家を手入れした。だが、家は空っぽだった。シパースは失望を隠すことができなかった。ボルストラップはこの先どう捜査を進めていいかわからなかった。だが彼らはヨハネスブルグに戻り、あらゆる手だてを使ってマバシャ捜索を全面展開した。二人はマバシャの表向きの容疑を、トランスケイ州の白人女性の暴行ということにした。

またマバシャの捜索については箝口令が敷かれ、決してマスメディアに漏らさないことが厳重に通達された。彼らはここのところ二十四時間体制で働いていた。しかしそれでも彼らはマバシャの消息をつかむことができなかった。そしていまヤン・クラインが死去した。

ボルストラップは切り絵をしていたハサミを脇に置いてあくびをした。

明日初めからやり直そうと彼は思った。まだ時間はある。決行の日が六月十二日であれ、七月三日であれ。

ボルストラップはシパースとちがって六月十二日のケープタウンが目をくらますための偽情報であるという確信はなかった。シパースの結論に惑わされることなく、ケープタウンである可能性も視野に入れて、これから行動していこうと思った。

五月二十八日木曜日、ボルストラップとシパースは朝八時に会った。

「ヤン・クラインは今朝六時に発見されました」ボルストラップが言った。「駐車しようとして車を降りた男が発見者です。彼はすぐに警察に通報した。私は一番に駆けつけたパトロール巡査と無線で話しましたが、これは間違いなく自殺だと言っていましたよ」

シパースはうなずいた。ボルストラップを相棒に選んだ自分の判断は正しかったと思った。

「六月十二日まであと二週間ある」彼は言った。「七月三日まではあと約一ヶ月だ。ヴィクトール・マバシャをみつけ出すだけの時間はまだあるのだ。私は警察官ではないが、それは十分な時間とみなすことができるのではないか？」

「さあ、それはどうですか」ボルストラップが言った。「ヴィクトール・マバシャは経験豊かな犯罪者です。彼のような人間は長いあいだ地下にもぐることができる。黒人居住区などにもぐり込まれたら、われわれはお手上げです」

「いや、絶対にみつけなければならない」シパースはボルストラップの話をさえぎって言った。「私にはあらゆる権限が与えられている。彼をみつけるためならどんなに金を使ってもいいのだ」

「いや、たくさん金を使えばみつけられるというものではないのですよ」ボルストラップが言った。「陸軍にソウェトを包囲させ、空からパラシュート隊に攻撃させても、あそこでは捜している人間をみつけることはできない。それどころか暴動が起きるだけですよ」

「それじゃ、どんな手があるのだ？」シパースが訊いた。

「内々に五万ランドの賞金をかけるのです」ボルストラップが言った。「そして犯罪者の社会に警察はヴィクトール・マバシャを捕まえるためにこの金額を払う用意があると知らしめるのです。これで彼に関する情報が寄せられることは確実です」

シパースは疑わしげに彼を見た。

「警察はそんなふうに働いているのか？」

「いつもじゃありません。が、そういう手を使うときもあります」

シパースは肩をすくめた。

「きみにまかせる」と彼は言った。「私は金を調達する」

「今晩この話が広まるように仕掛けます」

そのあと二人はダーバンの話に移った。シパースは、ネルソン・マンデラが七月三日に演説するスタジアムを見に行かなければならないと言った。管轄の警察がどのような安全対策を講じているか知る必要があった。万一、マバシャを時間内に捕まえられないときに備えて、あらかじめ戦略を立てておかなければならなかった。ボルストラップはシパースがケープタウンのほうを軽んじているのが心配だった。彼は密かにケープタウンの知り合いの警官に連絡して、いくつか気になることを調べてもらうことに決めた。

同じ晩、彼は警察にときどき情報を寄せるプロのタレコミ屋に連絡を取った。

五万ランドは大きな金額だった。

これでヴィクトール・マバシャの追跡は必ず結果が出ると彼は確信した。

34

六月十日水曜日から、クルト・ヴァランダーは疾病休暇をとることになった。ヴァランダーを無口で内向的人間と診た医者は、なにが彼を苦しめているのか原因はわからないと言った。ヴァランダーは悪夢、不眠、胃の不調、夜ごと心臓が止まるかと思うほどのパニックに襲われることなど、言い換えれば典型的なストレス症状で、そのために神経が参ってしまったと思われると診断した。ここのところヴァランダーは一日おきに医者に行っていた。症状はそのたびに変わった。医者に訴える一番悪いところが日によってちがうのだ。またときどき突然泣きだしてしまうこともあった。しまいに医者は深刻な鬱症状と診断し、セラピーに通うように勧め、抗鬱剤を処方した。そしてかなり深刻なケースだと言った。短い期間に彼は人を一人殺し、もう一人焼け死ぬ人間を放置した、いやそうなるようにしむけた。もう一人、娘のリンダを逃がすために自分の命を犠牲にした女にも間接的に責任を感じた。そしてなによりも殺されたヴィクトール・マバシャに責任を感じていた。コノヴァレンコの死に直接関連して現れた反動は、自然なものだった。もはや彼を追跡する必要はなくなったし、彼に追われる心配もなくなった。鬱状態が始まったのは皮肉なことに、ヴァランダーが安心したときだった。やっといま彼は個人的に事件の整理をすることができるようになったのだ。するといままで我慢していた腹立たしさが重い憂鬱となって現れたのである。ヴァランダーは病気と宣言された。

疾病休暇が始まった翌日の六月十一日の早朝、彼はイースタ署の自室にいた。風もなく暑い、南スコーネの夏の日だった。部屋を整理する前に、そして本格的に休暇をとる前に、まだ残っているデスクワークを片づけなければならなかった。頭の中では、いったいいつ自分はこの部屋に戻れるのだろうという問いがぐるぐるまわっていた。

彼は朝の六時に署の自分の部屋に入った。前の晩はまったく眠れなかった。朝の静かな時間に彼はやっとルイース・オーケルブロムとそれに続いて起きた事件の全貌を報告書にまとめ上げた。書き上がったそれを読み直し、彼はふたたび地獄へ降りたような気がした。二度と経験したくない旅だった。そのうえ報告書の一部は嘘だった。彼が不可解な失踪をしたこと、ヴィクトール・マバシャを家にかくまって短いあいだいっしょに暮らしたことが、だれにも追及されず、ばれなかったことが不思議でならなかった。不可解な行動の一部についての彼の説明は弱かったし、矛盾に満ちたものもあったのに、職場のだれにも正面切って問いただされなかった。それはきっと警察の同僚たちの団結心と、人を殺したことに対する同情心のようなもののせいにちがいないと彼は思った。

厚い報告書を机の上に置くと、彼は窓を開けた。どこかから子どもの笑い声が聞こえた。

おれ自身の総括はどういうものになるだろう？　おれは自分でコントロールできない状況に陥った。警官がしてはならない失敗ばかりしたし、なにより自分の娘の命を危険にさらした。あの地下室に鎖に繋がれて過ごした日々について、彼女はまったくおれを責めない。だが、そんな彼女を信じていいのか？　もしかすると彼女は将来これで苦しみ、悪夢を見、おかしなことになってしまうのではないか？　おれ自身の総括はそこから始めなければならないはず。決して書かれることのないおれ自身に対する報告書だ。そしてその報告書の終章が今日なのだ。医者が無期限に病気休暇をとらせるほど悪い精神状態だと診断し、休みに入る今日。

彼は机に戻り、どっかりと椅子に腰を下ろした。確かに昨晩は眠れなかった。だが、彼の疲れはどこか別のところからくるものだった。心の奥の重い気分。疲れと重い気分は同じものか？　彼はこれからのことを考えた。医者はすぐにでもセラピーを始めるようにと言った。ヴァランダーはそれを命令のように感じた。だが、いったいセラピーで自分はなにを話すことができるのだろう？

目の前に父親の結婚式の招待状があった。数日前に郵送されてきてから、何度それを見たか知れない。父親は家政婦と夏至祭の前の日に結婚する。あと十日である。何度か姉のクリスティーナと話し合った。彼女はヴァランダーが混乱の極みにいた数週間前にスコーネにやってきていた。ヴァランダーは、自分はこの結婚に反対であると彼女に伝えた。しかし彼の思いと関係なく、結婚式はおこなわれることになったようだ。ヴァランダーはずいぶん昔までさかのぼっても、こんなに上機嫌な父親は、思い出せなかった。父は結婚式がおこなわれる自宅のアトリエで、大きな背景画を描いた。それがまた驚いたことに、彼が生涯描いてきたのと同じモチーフだった。夕陽に沈むロマンティックな田舎の景色。ちがいはそれをこの際、とんでもなく大きなキャンバスに描いたことだった。ヴァランダーはまた、父親が結婚する女性、イェートルードとも話をした。彼女のほうから話をしたいと言ってきたのだった。そしてヴァランダーは彼女が本心から父親に好意をもっていることがわかった。彼は心を動かされ、二人が結婚することになってよかったと彼女に言った。

娘のリンダは一週間前にストックホルムに戻った。結婚式にはやってきて、そのあとまっすぐイタリアへ旅行するという。ヴァランダーはそれで自分はまったく一人になることを自覚し、恐ろしくなった。どっちを見ても、その宿命は変わらないようだった。コノヴァレンコが死んでまもなく、彼はステン・ヴィデーンの家に行き、彼のウィスキーをほとんど一人で空にしてしまった。そしてひどく酔っぱらって、自分の状況の惨めさをこぼした。それはヴィデーンと分かち合えることだと思った。たとえ彼が、馬の世話をしている少女たちとときどきベッドをともにすることがあっても。しかしそれもまたある種の関係と言えるのかもしれない。ヴァランダーはいままた付き合うようになったヴィデーンとの関係が、長続きするように願った。しかし、若いときのような夢のある関係に戻れるとは思っていなかった。それは二度と築くことができない、永遠になくしてしまったものだった。

ドアにノックの音がして、彼の思いは中断された。彼はどきっとした。ここ一週間、署にいるとほかの人間が恐ろしいような気分になっていた。ドアが開いて、スヴェードベリが顔をのぞかせ、邪魔してもいいかと訊いた。

「しばらく休みをとると聞いたもので」とスヴェードベリは言った。

ヴァランダーはすぐに喉が詰まった。

「どうもそうせざるを得ないらしい」と言って、鼻をかんだ。

スヴェードベリは自分の言葉でヴァランダーが動揺したらしいとわかり、すぐに話題を変えた。

「ルイース・オーケルブロムの家で発見したという手錠のこと、覚えてますか？　なにかのときについでに話してくれた件ですが」

ヴァランダーはうなずいた。彼にとってあれは、どんな人間にも不可解な面があるということを示すものだった。つい前日も、自分にとって目に見えない手錠はなんだろうと考えたばかりだった。

「きのう、うちの物置を掃除したんです。古い雑誌がたまっていて、整理するつもりでした。でも、よくあることで、そこに座り込んで読み始めてしまったんです。その中に、過去三十年間の有名バラエティショー・アーティストの記事がありました。名前はいみじくも〝フーディーニ（Harry Erich Weiss Houdini（一八七四－一九二六）ハンガリー生まれの米国の奇術師。脱出奇術で一世を風靡した）の息子〟というんですが、本名はダーヴィドソンといって、脱出奇術の名人だったのが、そのうちそれをやめたのです。その理由がまさに記事になったゆえんですが、なんだかわかりますか？」

ヴァランダーは首を振った。

「神の声を聞いたから、というんです。自由教会の信徒になったのです。どの宗派かわかりますか？」

「メソジスト教会、か？」ヴァランダーは少し考えてから言った。

「そのとおり。自分はその記事を最後まですっかり読みました。彼は幸福な結婚をし、子どもも数人もうけたとありました。その中に女の子が一人いて、名前がルイースなんです。旧姓ダーヴィドソン、現在結婚してオーケルブロムとありました」

「手錠か」ヴァランダーが言った。

「そうなんです。父親の思い出だったんですよ」スヴェードベリが言った。「そんなに簡単なことだったんです。警部はなにを考えたか知りませんが、自分は十八歳以下お断りの表示が掛かるようなものを想像してしまったことを、認めます」

「いや、それはおれも同じだった」ヴァランダーは言った。

スヴェードベリは立ち上がった。戸口で立ち止まり振り返った。

「あ、そうだ、もう一つあります」と言った。「ペーター・ハンソン、覚えていますか?」

「泥棒の?」

「ええ。警部のアパートから盗まれたものが盗品市場に現れたら、知らせてくれと言ってあったんですが、きのう電話がかかってきました。残念ながら、ほとんどのものは売りさばかれてしまったとのことです。もう二度と手もとに戻らないでしょう。しかしおかしなことに、彼はこの一枚は絶対に警部のだと確信するCDを手に入れたというんです」

「そのCDの名前を言ったか?」

「ええ、確か、書き取りました」

スヴェードベリはポケットを捜して、もみくちゃになった紙を取り出した。

「ヴェルディ作曲リゴレット、だそうです」

ヴァランダーは笑った。

「それがなくなって寂しかった」と言った。「ペーター・ハンソンによろしく言ってくれ。ありがとうと」

「彼は泥棒ですよ」スヴェードベリが言った。「泥棒にありがとうと言う必要はありません」

スヴェードベリは笑いながら廊下を歩いていった。ヴァランダーはまた机の上の書類に戻った。

時計は十一時を示していた。十二時には切り上げるつもりだった。

電話が鳴った。最初彼はかまわず鳴らさせておこうと思った。それから受話器を取った。

「ヴァランダー警部と話したいという人が受付にきています」という聞き覚えのない女性の声がした。エッバが夏期休暇のあいだの臨時雇いだろうと彼は思った。

「ほかのだれかに割り振ってくれないか。おれは今日は仕事をしない」

「ええ、でも、とてもしつこいんです」と受付係は言った。「ヴァランダー警部でなければだめだと言っています。重要な情報だそうです。デンマーク人です」

「デンマーク人？」ヴァランダーが訊き返した。「なんの用事だって？」

「アフリカ人に関することだと言っています」

ヴァランダーは一瞬考えた。

「通してくれ」

ヴァランダーの部屋に入ってきた男は、ドラグーの漁師でポール・ユルゲンセンと名乗った。上背があって体もがっしりしていた。握手したとき、ヴァランダーは万力に締め付けられたように感じた。椅子に座るように示した。ユルゲンセンは腰を下ろし、葉巻に火をつけた。窓が開いていてよかったとヴァランダーは思った。引き出しを捜して灰皿を取り出した。

「話があるんだが」ユルゲンセンが言った。「まだ話すべきかどうか、決めていない」

ヴァランダーは眉を上げた。

「それはここにくる前に決めてくるべきではないか？」

いつもなら、彼は腹を立てただろう。いま彼は自分の声が権威者のそれではないと思った。

「それは、あんたが少々の法律違反を大目に見てくれるかどうかにかかっている」ユルゲンセンが言った。

ヴァランダーはこの男は自分をからかいにきたのかと思った。もしそうなら、ずいぶんまずいときにやってきたものだ。聞く前から関係のない話のように思えたが、一応聞かざるを得ない。

「あるアフリカ人について重要な情報があるというので中に入ってもらったのだ。もしそれが本当に重要なものならば、小さな不法行為に目をつぶることができるかもしれない。だが、約束はできない。どうしたらいいかはあんたが自分で決めるしかない。だが、どっちにしてもいますぐに決めてほしい」

ユルゲンセンは葉巻の煙のうしろで目を細めて聞いていた。

「よし、いちかばちか、話してみよう」ユルゲンセンは言った。

「聞こう」ヴァランダーが言った。

「おれはドラグーの漁師だ」ユルゲンセンが話し始めた。「舟と家と毎晩のビールでやっとの生活だ。だから臨時収入の口がかかったら、断る手はない。たとえば観光客を舟に乗せることもある。もちろん、金をもらってのアルバイトだ。また、スウェーデンへ客を送り届けることもある。年に一度か二度のことで、めったにない。フェリーボートに乗り遅れた客とかだな。数週間前のことだが、おれはリンハムヌまで客を乗せた。客は一人だった」

彼は突然黙った。ヴァランダーの反応を待っているかのようだった。ヴァランダーはなにも言うべきことがなかったので、うなずいて話をうながした。

「それは黒人だった。英語しか話せなかった。ひどく行儀がよかった。海の上では初めから操縦室のおれの隣に座った。いま思えば、あれは少し特殊な仕事だったと言わなければならない。予約があったんだ。ある朝、デンマーク語を話すイギリス人の男が船着き場にやってきて、客を一人乗せてスウェーデンへ渡ってくれないかと訊くんだ。なんだか怪しいと思ったので、おれは高額をふっかけて追い払おうと思った。それで五千クローネなら、と言った。ところがその男は五千クローネを取り出すと、その場でおれに払った」

ヴァランダーは興味が湧いてきた。気がついたときは彼の話に聴き入っていた。彼はまたうなずいて話をうながした。

「若い頃、おれは船乗りをしていた。だから英語が話せる。その黒人に、スウェーデンへなにをしに行くのだと訊いた。友だちに会いに、とそいつは答えた。いつ国に帰るのかと訊くと、約一ヶ月後、遅くても六月十二日には帰国していなければならないと言った。おれはやっぱり少し怪しい話だと思った。この男はスウェーデンに不法に入国しようとしている、と思ったんだ。こんなに時間がたってからではそれも証明できないだろうから、もう話しても大丈夫だろう」

ヴァランダーは片手を上げた。

「基本的なことを聞かせてくれ」と言った。「これはいつの話だ？」

ユルゲンセンは身を乗り出してヴァランダーの机の上のカレンダーを見た。

「五月十三日水曜日」と言った。「夕方六時頃だ」

時間的には合っている、とヴァランダーは思った。マバシャの代わりの者かもしれない。

「六月十二日には帰国していなければならないと言ったんだな？」

「そうだと思う」

「思う？」

「確かだ」

「続けてくれ」ヴァランダーが言った。「細部を省かないで、全部話してくれ」

「おれたちはいろいろな話をした」ユルゲンセンが言った。「オープンで気のおけない男だった。だが、どこか緊張しているところがあるような気がした。ほかの言い方はできないな。リンハムヌに着くとおれは桟橋に舟をつけ、男は跳び降りた。金はもうもらっていたので、おれはすぐにバックして舟の方向を変えた。そしてこのことは、つい数日前、スウェーデンの古新聞を目にするまでまったく思い出しもしなかった。一面に写真が載っていた。その写真におれは見覚えがあった。それは警官に追っかけられて、車が爆発して焼け死んだのと同じ男だ」

彼はここでいったん黙った。

「あんたとだ」ユルゲンセンが言った。「あんたの写真もあった」

「いつの新聞だ？」知っていても、ヴァランダーはわざと訊いた。

「土曜日の新聞だったと思う」ユルゲンセンが自信なさそうに言った。「ひょっとするとその次の日、五月十七日だったかもしれない。おれは写真に見覚えがあったが、どこで見かけた男なのか、思い出せなかった。そしておとといやっと思い出せた。おれがそのアフリカ人をリンハムヌに送り届けたとき、ひどく太った男が桟橋に立っていた。その男のうしろにもう一人、隠れるようにして立っている男がいた。だが、おれは目がいいんだ。それが写真の男だった。それからおれは考えた。おれがその男を見たのは、もしかすると重要なことかもしれない、と思った。それで、一日休みをとって、こっちにきたんだ」

「そうしてくれてよかった」ヴァランダーが言った。「あんたが不法に外国人をスウェーデンに入国させたという報告は書かない。が、それはあんたがこれからは決してそんなことはしないという約束をしてくれたらのことだ」

「それはとっくにやめている」ユルゲンセンは言った。

「そのアフリカ人のことだが」ヴァランダーが言った。「どんな外見だった？」

「三十歳前後。体格がいい。頑丈で動きがなめらかだった」

「ほかには？」

「思い出せない」

ヴァランダーはペンをおいた。

「きてくれたのは正しかった」彼は言った。

「もしかするとなんの意味もないのではないか？」ユルゲンセンが訊いた。

「いや、大いに意味がある」ヴァランダーが答えた。

ユルゲンセンは立ち上がった。

「わざわざきてくれて、ありがたい」ヴァランダーは礼を言った。

「いいや、なんの」とユルゲンセンは言うと、部屋から出ていった。

ヴァランダーは南アフリカのインターポールに送ったファックスのコピーをどこかにとっておいたと思い、捜しだした。それを見ながら少し考え、それからストックホルムのスウェーデン・インターポール事務所へ電話をかけた。

「イースタのヴァランダー警部だ」と彼は電話に出た相手に言った。「五月二十三日に私は南アフリカのインターポールにファックスを送信してもらった。その後なにか反応がなかったか知りたいのだが」

「もしあったら、すぐにそちらに送られているはずです」という答えが返ってきた。

「調べてほしい。念のために」ヴァランダーは頼んだ。

数分後、相手は電話口に戻ってきた。

「一枚のファックスが南アフリカ・インターポールに五月二十三日に送られています。それを受け取ったという確認以外は、なんの反応もありません」

ヴァランダーは額にしわを寄せた。

「一枚?」と彼は訊いた。「私は二枚送ったのだが?」

「いまそのコピーが目の前にあります。確かにこの文章は途中で終わっていますね」

ヴァランダーは手に持っているコピーを見た。

一枚目しか送られなかったら、南アフリカの警察はヴィクトール・マバシャがすでに死んでいることも、彼の代わりにシコシ・ツィキが送り込まれていることも知らないことになる。

さらにシコシ・ツィキが遅くとも六月十二日には帰国していなければならないとユルゲンセンに話したことを考えると、暗殺は六月十二日に実行されると見ていい。

ヴァランダーは状況が読めた。

南アフリカ警察はほぼ二週間、すでに死んでいる男を捜索しているのにちがいない。

今日は六月十一日木曜日。暗殺はおそらく六月十二日に実行される。

明日だ。

「いったいどうしてこんなミスが起きたんだ?」彼は怒鳴った。「なぜ私のファックスを半分しか送らなかった?」

「それは知りません」相手は言った。「その日の当番に訊いてください」

「ああそうする。別のときに。これからもう一つファックスを送る。それはすぐに南アフリカに送るのだぞ!」

「いつもそうしています」

ヴァランダーは受話器を置いた。なぜこんなことが起こり得るのだ、と彼はまた思った。答えを追及する気はなかった。代わりに彼は紙をタイプライターに入れて、短い文章を書いた。


〝ヴィクトール・マバシャを追う必要はない。シコシ・ツィキという名前の男が問題の男だ。三十歳ほど、体格がいい(ここで彼は英語の辞書から well-proportioned という言葉を書き写した)こと以外は不明。この知らせをもって以前のファックス内容を反古にせよ。繰り返す。ヴィクトール・マバシャは問題外である。シコシ・ツィキが彼の後継者だ。写真はない。指紋を捜せ〟


この手紙にサインをすると彼は受付へ行った。

「これをすぐにストックホルムのインターポールへ送ってくれ」ヴァランダーは見覚えのない受付係に言った。

そのままそこに立って、彼女がファックスを送るのを見届けた。それから自室に戻った。おそらく間に合わないだろうと思った。

もし通常どおり勤務を続けたら、彼のファックスを半分しか送らなかったのがだれかを捜しだしたにちがいない。が、いまはもうどうでもよかった。それをする気力がなかった。

彼はまた机の上の書類を片づけ続けた。終わったとき、時計はすでに一時近かった。机の上はきれいになった。彼は私的なものが入っている引き出しに鍵をかけて、立ち上がった。一度も振り返らずに部屋を出てドアを閉めた。廊下ではだれにも会わなかった。彼は受付以外のだれにも見られずに警察署をあとにした。

あと一つだけ、やらなければならないことがあった。心に決めたそのことをやり終えたら、彼の心の手帳にはまったく予定がなくなる。

坂を下り、病院を通り過ぎて左に曲がった。通り過ぎる人みんなにじろじろ見られているという気がした。彼は目立たないように気を配った。広場まできたとき、彼は眼鏡屋に行って、サングラスを買った。それからハムヌガータンを歩き、交差したウスターレーデンを渡り、まもなく港に出た。そこに夏だけオープンするカフェがある。一年ほど前、彼はそこに座ってリガにいるバイバ・リエパに手紙を書いた。だが、その手紙は送らなかった。桟橋の端まで行って、それを小さく破き、海に捨てた。

いま彼はふたたび彼女に手紙を書くつもりだった。そして今回は絶対にそれを送るつもりだった。彼は上着の内ポケットから、便せんと切手を貼った封筒を取り出した。風が吹き込まない隅のテーブルに腰を下ろすと、コーヒーを注文して、一年前のことを思った。あのときも気分は憂鬱だった。しかしいまの状況とは比べものにならなかった。なにを書いたらいいかわからなかったので、当たり障りのないことから書き始めた。いま彼が座っているカフェのこと、天気のこと、すぐ近くにある緑色の魚網を積んだ舟のこと。海から吹き寄せる匂いのことも書いた。それから自分がどのように感じているか、書き始めた。正確な英語の単語をみつけるのがむずかしかったが、苦労しながら書き進めた。自分は今日から疾病休暇に入る。いつまで休むことになるのかわからない。ふたたび職場に戻れるのかどうかもわからない。もしかすると、いま最後の事件捜査を終わらせたのかもしれない、と彼は書いた。今度の仕事はうまくいかなかった。いや、まったくできなかった。自分の選んだこの職業は間違っているのかもしれないという気分になっている。ずっとその反対だと思っていたのだが。もはや、自分にはわからない。

書き上げた手紙に目を通した。言葉がいい加減ではっきりしないし、文章のスタイルにも不満足だったが、書き直す気力がなかった。彼は便せんを折って封筒に入れると、勘定を済ませた。すぐ近くの小舟置き場に郵便ポストがあった。そこまで行って、投函した。それから桟橋の端まで歩いていって、石の上に腰を下ろした。ポーランドからの船が港に入るところだった。海の色は灰色から青へ、そして緑へと変わった。突然、あの霧の中で自転車をみつけたことを思い出した。あれは南部電力の小屋のうしろにある。今晩にももとの場所に戻しておこうと思った。

三十分後立ち上がり、マリアガータンまで歩いた。ドアを開けて、彼はその場に棒立ちになった。

床の上に新しいステレオ装置が置いてあった。CDプレーヤーの上にカードが一枚あった。

〝快復を祈ります。早く戻ってきてください。同僚たちより〟

襲撃のあとの修理に大工が入るというので、アパートの鍵をスヴェードベリに預けたことを思い出した。彼は床に座ってステレオ装置をながめた。感激を抑えることができなかった。そして自分にはこんなことをしてもらう価値がないと思った。

同じ六月十一日、スウェーデンと南アフリカの電話回線が正午から夜の十時まで不通になった。そのためにヴァランダーからのファックスが夜勤の職員によってストックホルムのインターポールから南アフリカへ送られたのは、夜の十時半過ぎになった。ファックスは受信され、記録され、翌日関係者に配信されるためにかごの中に入れられた。だが、シパース検事がスウェーデンからきたファックスはすべて彼のオフィスに直ちに送信するようにという特別通達を出したことを覚えていた者がいた。ファックス受送信の部屋にいた警官たちは、夜受信したものはどうするべきなのか、覚えていなかった。そのうえ、日付順にファイルされているはずの特別通達の中にシパースからの通達はみつからなかった。ある者は明日でもいいのではないかと言い、ある者は通達がなくなったことに苛立った。眠気を覚ますために、それを捜すことにした警官は三十分後、間違ったファイルの中にそれをみつけた。シパースの通達にはしっかりと、夜受信したファックスは、時刻に関係なく直ちに彼の自宅へ電話して口頭で伝えるべし、とあった。すでに十二時近かった。これらすべての不運と遅延——ほとんどが人間の怠慢と惰性によるものだったが——のために、シパースが電話を受けたのは夜中の十二時を三分まわってからのことだった。日付はすでに六月十二日。

暗殺はダーバンで実行されると確信していたにもかかわらず、シパースは寝つけなかった。妻のジュディスはとっくに眠っていたが、彼自身は寝返りを繰り返していた。ボルストラップとケープタウンまで出かけなかったのは間違いだったかもしれないという気がしてならなかった。そこでなにも起きなくても、勉強にはなったはずだ。もう一つ気になるのは、あれほど多額の賞金をかけたにもかかわらず、いまだにヴィクトール・マバシャの行方に関する情報がまったく寄せられないことだった。それにはボルストラップも首をひねっていた。ボルストラップはこれほど情報が寄せられないということは奇妙だと言った。どういう意味だ、もっとはっきり言ってくれとシパースが迫ると、ただの直感だ、なんの根拠もないと言うばかりだった。

電話が鳴りだしたとき、妻はため息をついた。シパースはまるでその電話を待っていたかのように、受話器をもぎ取り、インターポールの夜勤職員が読み上げる内容に耳を傾けた。ベッドサイドテーブルの上にあったペンを取ると、繰り返すように言い、手のひらにその言葉を書き付けた。

シコシ・ツィキ。

受話器を戻すと、彼は固まったように動かなかった。ジュディスが目を覚まし、なにか起きたのかと訊いた。

「大変なことが起きるかもしれない」

ボルストラップへ電話をかけた。

「スウェーデンから新しいファックスが入った」と彼は言った。「ヴィクトール・マバシャではない。シコシ・ツィキという男だ。実行日はおそらく今日、六月十二日だ」

「ちくしょう！」ボルストラップが叫んだ。
すぐにシパースの部屋で落ち合うことにした。
ジュディスは夫の不安を読みとった。
「なにが起きたの？」彼女はもう一度訊いた。
「最悪のことだ」
シパースは真夜中に飛び出していった。
時刻は十二時十九分になっていた。

35

その日、六月十二日のケープタウンはいくぶん気温が低かった。明け方、海からやってきた霧がスリー・アンカー・ベイを包みこんだが、いまはすでに晴れていた。南半球はいま冬で、この寒い季節に霧はめずらしいことだった。すでに早朝仕事に出かける人びとが厚い毛糸の帽子や上着を着込んで歩いていた。
ネルソン・マンデラは前の晩にケープタウンに到着した。明け方に目が覚めたとき、彼は今日一日のことを考えた。それは囚人となってロベン島で過ごした二十数年のあいだにできあがった習慣だった。その日一日を生きることを、彼と彼の仲間の囚人たちは身につけた。解放されて二年以上になるのに、まだ彼は長いあいだの習慣から自由になれないでいた。

彼はベッドを出て窓辺へ行った。あの海のずっと先にロベン島がある。彼は考えに沈んだ。多くの思い出、多くの苦渋に満ちた瞬間、そして最後に得た大きな勝利。

自分は年寄りだと彼は思った。もう七十を過ぎている。時間は限られている。永遠に生きるわけではない。自分も、ほかの人間と同じだ。だが、あと数年は生きなければならない。デクラーク大統領といっしょに、困難と苦渋、そして喜びに満ちた道、この国からアパルトヘイトを永遠に消滅させる道を最後まで導くために。黒い大陸の最後の植民地帝国の要塞が陥落するのだ。その目的が達成されたら、引退できる。死を迎えることもできる。だが彼の生命力はまだ強かった。彼は黒人国民が数百年の服従と屈辱からどのように自分たち自身を解放するのか、その過程を最後の最後までいっしょにいて、目撃したかった。それはいばらの道だった。彼は十分にわかっていた。抑圧の根はアフリカ人の魂の中に深く入り込んでいた。

ネルソン・マンデラは、自分が南アフリカで最初の黒人大統領になることを知っていた。それは彼が目指してきたことではなかった。が、どうしても辞退したいと断る理由もなかった。長い道のりだ、と彼は思った。大人になってからの人生の半分以上を牢獄で過ごしてきた人間にとっては。

そう考えて、彼は一人ほほえんだ。それからまた真顔になった。一週間前、デクラークに会ったときに言われたことを思い出した。社会の重要なポストを占めるボーア人たちが、彼を殺す誓いをたてたというのだった。社会の混乱を狙い、国を内戦状態に導くのが目的だというのである。

そんなことが本当に可能なのだろうか？　狂信的ボーア人がいることは知っていた。彼らは黒人を憎み、彼らを魂のない獣のようにみなす。しかし、だからといって、彼らは本当に絶望的な陰謀を企ててまで、いまこの国に起こりつつあることを妨げようとするだろうか？　彼らは本当に憎悪——いや、もしかすると恐怖？——で、かつての南アフリカに後退させることができると信じるまで盲目になっているのだろうか？　本当に彼らは自分たちが消滅しつつあるマイノリティだということが見えないのだろうか？　確かにまだ強い影響力はある。しかし、だからといって、彼らは本当に未来を血だらけの祭壇に捧げるつもりだろうか？

ネルソン・マンデラはゆっくりと頭を振った。そんなことが可能とは、とうてい思えなかった。デクラークは情報を誤解したか、過大視したにちがいない。マンデラはこれからなにかが彼の身に起きるとはまったく思えなかった。


シコシ・ツィキもまた木曜日の夜ケープタウンに到着した。しかしネルソン・マンデラとはちがい、彼の到着は陰に包まれていた。ヨハネスブルグからはバスできた。ケープタウンに着くと、人目につかないように下車し、カバンを持って暗闇に姿を消した。

その夜、彼は外で寝た。トラファルガーパークの片隅に隠れて眠った。明け方、ネルソン・マンデラが窓辺に立ったのと同じころ、シグナルヒルの山頂に登って、準備をした。すべてハンマンスクラールでフランス・マーランから聞いたとおりだった。しっかりした組織が背後にいるという安心を感じた。あたりに人影はまったくなかった。裸の斜面からなる小高い山は、人が遠足にくるようなところではなかった。三百五十メートルほどのこの山の頂上までは、反対側からせん状の道で上がってくることができる。だが、彼は逃亡用の車を用意していなかった。歩くほうが自由だ。すべてが終わったら、頂上からすばやく降りて、マンデラの暗殺者を殺せと興奮している人々の中に紛れ込む。そしてケープタウンを抜け出すのだ。


シコシ・ツィキはいまでは標的がマンデラだと知っていた。それはマーランからいつ、どこで暗殺を実行するかの説明を受けたときにわかった。すでにそれまでに彼は、マンデラが六月十二日の午後、グリーンポイント・スタジアムで演説することを新聞で読んでいた。彼は七百メートルほど先にある楕円形のスタジアムの観客席を見下ろした。しかし距離が遠いことは心配なかった。望遠照準器と長距離射撃用のライフル銃で、正確さと破壊力を十分に発揮することができる。標的がマンデラであることがわかっても、彼は特別に動揺しなかった。最初に頭に浮かんだのは、言われなくても自分で簡単に推測できたはずだということだけだった。狂気のボーア人たちがこの国に混乱をもたらそうとしたら、マンデラを狙えばいいということはだれにでもすぐにわかる。彼が立ち上がって語りかけるかぎり、黒人は自らを抑制することができる。彼がいなくなったら、混乱が起きる。またマンデラには、だれもが認める後継者はいなかった。

シコシ・ツィキにとって、それは個人的な怨念をはらす機会だった。もちろん、マンデラ個人には彼がANCから除名されたことの責任はないが、その最高責任者がANCに対する恨みを引き受けるのは当然だ。

シコシ・ツィキは時計を見た。

あとは時間を待つばかりだ。

ジョージ・シパースとボルストラップは金曜日の朝十時過ぎにケープタウン郊外のマーラン空港に着いた。彼らは夜中の一時以来、シコシ・ツィキの情報を収集するのに奔走し、疲れ切っていた。犯罪捜査官たちは夜中にたたき起こされ、警察のコンピューター・オペレーターたちはパジャマにガウン姿で職場に連れてこられ夜通し検索した。しかし、飛行場に向かう時間になっても結果はゼロだった。シコシ・ツィキという名前はまったくどの記録にも載っていない名前だった。また彼の名前に覚えのある者もいなかった。彼は完全に無名の人間だった。八時半過ぎ、彼らはヨハネスブルグ郊外のヤン・スムッツ国際空港へ向かった。飛行中、彼らは必死に戦略を立てた。シコシ・ツィキという男をストップさせるのはほとんど不可能だということはすでに承知していた。男の外見もなにもわからなかった。ケープタウンに到着するとすぐに、シパースは大統領に電話をかけに行った。できるならば、ネルソン・マンデラが午後の演説を中止するように大統領から頼んでもらおうという考えだった。空港の警察詰め所へ行って、電話をかけるため部屋にいる人々すべてに外に出てくれと言ったが、だれも言うことを聞かなかった。彼が怒りを爆発させ、全員逮捕するぞと脅かしてやっと一人になることができた。大統領と連絡を取るのに十五分もかかった。彼はできるだけ手短に夜中に起きたことを話した。しかしデクラークはシパースの提案にはまったく冷淡で、それは無意味だと言い放った。マンデラは絶対に予定を中止することに同意しないだろう。なにしろ、きみは場所も日付も間違ったではないか。これもまた間違いかもしれない。マンデラは警備員を増やすことにはやっと同意したのだ。共和国大統領として自分にできることはなにもない。

通話が終わったあと、シパースはその場に呆然として立ち尽くした。大統領は、マンデラが暗殺されないためのあらゆる措置をとる用意はないのかもしれない、とシパースは思い、動揺した。自分は大統領の真意を誤解していたのかもしれない。しかしいま彼はそれ以上大統領について考える時間がなかった。彼はボルストラップに合流した。ボルストラップはこのあいだにヨハネスブルグから予約していた車を借り出していた。彼らは三時間後にマンデラが演説する予定のグリーンポイント・スタジアムへまっすぐに向かった。

「三時間はあまりにも短い」ボルストラップが言った。「なにができると思います?」

「なんであれ、できることはすべてしなければならない」シパースは言った。「男を止めること。それだけだ」

「あるいはマンデラに演説をやめさせること」ボルストラップが言った。「私にはほかの可能性が見えません」

「それはできない」シパースが言った。「マンデラは演台に二時ちょうどに立つ。デクラーク大統領はマンデラを説得することを拒絶した」

彼らは身分証明書を見せて、スタジアムの中に入った。演台はすでに用意されている。会場にはすみずみまでANCの旗や横断幕が掲げられている。楽隊と踊り手たちが準備をしていた。まもなく会場にはランガ、ググレツ、ンヤンガ地区の住民たちがやってくる。彼らは音楽と歌で迎えられる。政治集会は人々の祭りでもあるのだ。

シパースとボルストラップは演台のそばに立って会場を見渡した。

「知らなければならないことが一つある。決定的なことです」ボルストラップが言った。「このシコシ・ツィキという男は自爆テロもいとわぬやつか、それとも決行後逃亡するやつか?」

「後者だ」シパースが答えた。「それは確かだ。自分を犠牲にしてもいいという暗殺者は、行動が予測できない分危険な存在だ。だが、予測できないことは逆に失敗率も高い。われわれが相手にしているのは、マンデラを撃ってから姿をくらまそうとしている男だ」

「撃つ？　その男が銃を使うとどうしてわかるんですか？」ボルストラップが訊いた。

シパースは驚き、苛立った。

「それ以外にどんな方法がある？　近くからナイフで刺せばすぐに捕まり、リンチされてしまうに決まっている」

ボルストラップは憮然としてうなずいた。

「それじゃ、敵はなんでもできる」と言った。「まわりを見てください。屋根の上、無人の小屋。スタジアムの外から撃つことだってできる」

ボルストラップは七百メートルほど先の小高いシグナルヒルを指さした。

「敵はなんでもできる」彼は繰り返した。「どんなところからも撃てますよ」

「それでもわれわれは彼を止めなければならない」シパースが答えた。

二人ともそれがなにを意味するか、十分に理解していた。危険を承知で、選ばなければならないのだ。予測されるすべての場所を捜す時間はない。シパースは十カ所に一カ所の割合で捜すことができると思い、ボルストラップはそれよりもう少し多くできるかもしれないと思った。

「いまから二時間三十五分後だ」シパースが言った。「時間どおりに進めば、マンデラは二時に話し始める。暗殺者は彼が演台に立ったらすぐに撃つだろう」

シパースは優秀な警察官十人を用意させた。若い警察官が陣頭指揮官になった。

「われわれの任務はごく簡単である」シパースが話した。「二時間とすこしの時間で、このスタジアムを徹底的に捜索するのだ。目標の男は武器を持っている。黒人で、危険な男だ。彼を止めなければならない。できれば殺さずに捕まえてもらいたい。やむを得ないときは殺してもいい」

「それですべてですか？」若い指揮官は驚いた様子だった。「その男の特徴は？」

「詳しく話している時間がない」ボルストラップがさえぎった。「行動や態度がおかしい者は全部捕まえてくれ。立入禁止区域に入ろうとする者もだ。そうしておいて、あとで調べるんだ」

「しかし、なにか特徴がないと捜すのに困ります」若い指揮官は食い下がった。ほかの警官たちもそうだそうだと口々に言った。

「そんなことをいま話す必要はない」シパースが言った。だんだん腹が立ってきた。「二手に分かれてスタジアムを捜すんだ！」

警察官たちは掃除道具の入っている物置や倉庫などを見てまわった。ある者は屋根を歩き、ある者は突き出ているアーチ状の棒の先まで調べた。シパースはスタジアムを出て、ウェスターン・ブルヴァードを渡り、道路幅の広いハイ・レベルも渡って、シグナルヒルを登り始めた。二百メートルほど行ってから、彼は立ち止まった。ここからはあまりにも遠すぎる。暗殺者はここから狙うことはないだろう。汗をかき、息を切らしながら、彼はグリーンポイントへ引き返した。

隠れたやぶの中からその姿を見ていたシコシ・ツィキは、スタジアムの警備員があたりを見まわりにきたのだろうと思った。それはあり得ると思っていたので、彼は別段あわてなかった。彼が心配したのは、この周辺を犬がパトロールすることだった。しかし、急な坂道を上ってきた男は一人だった。シコシ・ツィキは地面に這いつくばって消音装置のついた銃を用意した。その男がてっぺんまではこず、途中で引き揚げたのを見て、シコシ・ツィキはこの計画はうまくいくと確信した。ネルソン・マンデラの命はあと二時間で終わりだ。

スタジアムにはすでにたくさんの聴衆が入場していた。シパースとボルストラップは大勢の人間たちに押されるようにして前に進んだ。ドラムの音が高らかに響き、歌声がして人びとが踊る姿が見えた。シパースは失敗した場合を思い、すでに恐怖で胸が張り裂けそうだった。ネルソン・マンデラを殺すためにヤン・クラインが雇った殺し屋をなんとしてでもみつけださなければならなかった。

それから一時間後、ネルソン・マンデラがスタジアムに到着する三十分前、シパースは完全にパニックに陥った。ボルストラップが彼を落ち着かせようと話しかけた。

「まだみつけていない。あと少ししか時間がない。なにを見過ごしたのだろう?」

ボルストラップはあたりを見渡した。その目がスタジアムの外の小山の上に留まった。

「あそこは私が見た」シパースが言った。

「なにを見たんです?」ボルストラップが訊いた。

「なにもなかった」シパースが答えた。

ボルストラップはうなずいた。この分では暗殺が実行される前に男を捕らえることはできないだろう。

彼らは黙って隣り合わせに立ち、あとからやってくる群衆に押されるのにまかせ、体を揺らせていた。

「私にはお手上げだ」ボルストラップが言った。

「遠すぎた」シパースの声が重なるように続いた。

ボルストラップは一瞬なんのことかわからなかった。

「なんのことです？　遠すぎたとは？」

「あんなに遠いところから撃てる人間はいない」シパースは苛立って言った。

　ボルストラップはシパースがまだスタジアムの外の小山の話をしているのだと気がついた。彼は急に真剣になった。

「あなたがあそこでなにをしたのか、正確に言ってください」と言って彼は山を指さした。

「少し登りかけた。それからやめて戻ってきた」

「シグナルヒルのてっぺんまでは行かなかったんですか？」

「遠すぎると言ったじゃないか！」

「全然遠すぎやしません」ボルストラップが言った。「射程距離が一キロ以上の銃もあるのですよ。それで標的に命中するのです。この距離はせいぜい八百メートルじゃないですか！」

　シパースは目を瞠《みは》った。そのとき、大歓声が観衆のあいだから湧き上がった。ネルソン・マンデラが会場に到着したのだ。シパースはマンデラの灰色の髪、にこやかな顔、観衆に応えて手を振る姿を垣間見た。

「行きましょう！」ボルストラップが叫んだ。「もしやつが本当にここにきているとすれば、あの山のてっぺん以外にない！」

　望遠レンズ付きの照準から、シコシ・ツィキはネルソン・マンデラがすぐ近くに見えた。望遠レンズを銃から外すと、彼はマンデラがスタジアムの外で車から降りるのを観察した。シコシ・ツィキはマンデラのボディガードは少人数だと判断した。この頭の白くなった老人のまわりには特別の警戒も用心もないように見えた。

レンズを銃に戻すと、装塡をチェックし、十分に吟味して選んだ場所に腹這いになった。目の前に簡単な金属の台がある。それは彼が自分で作った、腕を支えるものだった。

空を見上げた。太陽もまた問題なかった。影一つない。反射もない。まぶしくて目を閉じなければならないきらめきもない。小山のてっぺんにはほかにはなにもなかった。銃を構えた彼と、地面を飛び跳ねている小鳥しかいなかった。

あと五分。五百メートル以上も離れているのに、スタジアムからの歓声が響いてくる。

銃声は聞こえない、と彼は思った。

彼は予備の銃弾を二個持ってきた。それらはいま目の前に、ハンカチの上にあった。しかし彼はそれを使うことはないだろうと思っていた。記念として取っておくつもりだった。いつかそれで魔よけのお守りでも作ろうか？　将来彼に幸せを運んでくれるだろう。

彼は自分を待っている金のことは考えないようにした。まず任務を果たすのだ。

彼は銃を持ち、照準をのぞいた。マンデラは演台に向かって歩きだした。彼が演台に立ったら、できるだけ早い時点で撃つつもりだった。待たなければならない理由はなにもなかった。銃を下げると、肩の緊張をやわらげようとした。同時に大きな深呼吸をし、脈拍を数えた。通常どおりだった。すべてがいつもどおり。もう一度銃を持ち上げた。銃身を右の頰に当て、左の目を閉じた。マンデラは演台のすぐ近くにいた。一部、人々の陰になっている。それから彼は人々から離れ、演台に向かった。勝利者のように両手を高く上げている。大きな笑顔だった。

シコシ・ツィキは撃った。

銃弾が猛烈な勢いで銃口を離れる寸前に、彼は肩を叩かれたように感じた。彼は引き金に当てた指を止めることができなかった。銃弾は飛んだ。しかし肩に加わった力が彼の体を五センチほど動かした。銃弾はスタジアムには向かわず、そこから遠く離れた路上に駐車している車に当たった。

シコシ・ツィキが振り返った。

息を切らした男が二人、彼を見下ろしていた。

二人とも手にピストルを持っていた。

「銃を下に置け」ボルストラップが命じた。「ゆっくりとだ」

シコシ・ツィキは言われたことに従った。逃げ道はなかった。この二人の白人男は迷いなく撃つだろう。彼にはそれがわかった。

どこでおかしくなったのだ？　この男たちはだれだ？

「両手を組んで上にあげるんだ」ボルストラップが言って、手錠をシパースに渡した。シパースはシコシ・ツィキの手首に手錠をかけた。

「立て」シパースが言った。

シコシ・ツィキは立ち上がった。

「この男を車に連れていってくれ」シパースが言った。「私もすぐに行く」

ボルストラップはシコシ・ツィキを引っ張っていった。

シパースはそこに立って、スタジアムから聞こえる歓声に耳を澄ました。ネルソン・マンデラの独特の声がマイクを通して聞こえる。その声は四方に響きわたっている。

ジョージ・シパースは全身が汗でびっしょりと濡れていた。男をみつけるのが間に合わないかもしれないという恐怖感がまだ残っていた。喜びの感情はまだ湧いてこない。

いま過ぎた瞬間は、まさに歴史的なものなのだと思った。だが、決してこれからも人に知られることのない歴史的瞬間だった。もし山頂にくるのがあと一瞬遅かったら、あのとき銃を持った男の肩に必死の思いで投げた石が当たらなかったら、別の歴史的瞬間が現れただろう。それは歴史の教科書の脚注ではおさまらなかったことだろう。そしてそれはこの国に血の雨を降らせただろう。

自分はボーア人だ、と彼は考えた。あの狂った男たちのことが理解できるはずだ。だが、そうみなしたくはないが、彼らはいま自分の敵だ。彼らはきっと心の中では、南アフリカの将来は彼らにいままで経験したことのないことを経験させるだろうとわかっているのだ。だが、彼らの多くはそれを認めたくない。むしろ、この国が血と火によって崩壊するほうを見たいのだ。だが、それは決して成功しない。

シパースは海のほうを見た。そしてデクラーク大統領になんと報告するべきか考えた。ヘンリック・ヴァーヴィ首席検事も自分の報告を待っている。また、ベスイデンホウトにある家を訪ねるという重要な仕事も待っている。あの二人の女性には会いたい。

シコシ・ツィキにはどんな運命が待っているのか、彼にはわからなかった。それはボルストラップの仕事だった。シパースは銃と銃弾をカバンにしまった。金属の支柱はそこに残した。

突然彼は、月光の中、川のほとりで伏せていた白い雌ライオンを思い出した。

ジュディスにまたクルーガーパークへ行こうと誘うつもりだった。
もしかすると雌ライオンはまだあそこにいるかもしれない。
彼はさまざまなことを考えながら、山を降りた。
それまで彼には謎だったことがいまわかった。
ついにいま、月光の中の雌ライオンが彼になにを言いたかったのかがわかった。
彼はまず第一に、白人ボーア人ではないのだ。
彼はアフリカ人だった。

後記

　この物語は南アフリカ共和国の一部を舞台としている。長いあいだ混乱の淵に存在してきた国である。内なる人間性の問題も外の社会的なトラウマも極まり、もはやこれ以上の終末的大混乱はないというところまできたと多くの人間が思っている。しかしいっぽうで希望もないわけではない。人種差別主義者によって築かれた南アフリカ帝国は、近い将来崩壊する。いま私がこれを書いている一九九三年六月、南アフリカ共和国初の自由選挙の暫定的日程が一九九四年四月二十七日と決定された。ネルソン・マンデラの言葉を借りれば、決して逆戻りしない地点までついに到着した、ということになる。長期展望をすれば、結果はすでに現れていると言っていい。もちろんあらゆる政治的予測がそうであるように多少の不確かさは伴うが。結果とは、民主的な法治国家の誕生である。

　短期展望では事態はこれまで以上に混乱している。黒人多数者たちのもっともな怒りと、白人少数者の一部の活発な抵抗運動はさらに暴力を拡大させるだろう。内戦は避けられると断言できる者はいない。だが、それは避けられないと言う者もいない。わからないということが、いま唯一確実なことだ。

　たくさんの人々がときには私のまったく知らないうちに、南アフリカに関する章に協力してくれた。ウタン・イウオル・ウィルキンスとハンス・ストリードムスがボーア人秘密結社『兄弟の絆』の背景と真実を話してくれなかったら、秘密は私にとっても秘密のままになったことだろう。グレアム・リーチのボーア人文化についての文献を読むのは、私にとっても大いなる冒険だった。最後にトーマス・モフォロロの話は、深く受け継がれているアフリカの風習や習慣に光を当ててくれた。とくに精霊の世界に関して、そう言うことができる。

重要な個人的な経験や見たことを話してくれた人々もたくさんいる。ここで一人ひとりの名前を挙げずに、すべての人に礼を言う。

これは小説である。人物の名前、場所の名前、時代は必ずしも真実ではない。

結論は、物語全体はもちろんのこと、私の責任である。ここで名前を挙げた人にも挙げなかった人にも、まったく責任はない。

ヘニング・マンケル

一九九三年六月

モザンビーク、マプートにて

解説

吉野仁

本作『白い雌ライオン』は、スウェーデンの警察小説クルト・ヴァランダー・シリーズの第三弾である。すでに第一作『殺人者の顔』、続く『リガの犬たち』を読みおえ、シリーズの続編を待ち焦がれていた読者も少なくないだろう。

このシリーズは、スウェーデン本国で絶大な人気を得ているのに加え、世界各国に紹介され、年々ファンを増やしているようだ。ドイツをはじめイギリス、フランス、イタリア、スペインなどヨーロッパはもちろんのこと、隣の韓国でも出版されている。三十五もの言語に翻訳されており、すでに全世界で二千万部の売り上げをあげているという。また、世界的に有名なイギリス推理作家協会（CWA）ゴールド・ダガー賞のほか、スウェーデン推理小説アカデミー賞、スカンジナヴィア犯罪小説賞、ロサンゼルス・タイムズ・ブック賞など、ミステリ関連の文学賞を数多く受賞している。一級の作品として世界に認められているのだ。

英米以外の国の作家が、世界でこれほどまでに支持されているのは、きわめて異例のことである。その理由は、単に警察捜査小説としての面白さにとどまらず、人々の心をつかんで離さない魅力を備えているからではないだろうか。国を問わず、現代を生きる者ならば関心の高いテーマと共感せずにはおれない人間ドラマが描かれている。

これまでスウェーデンが生んだ警察小説といえば、なによりシューヴァル＝ヴァールー夫妻による刑事マルティン・ベック・シリーズが知られていた。世界的なベストセラーとしていまだ各国で読み継がれている。一九六四年から十年にわたり年一作ずつ刊行されたこのシリーズは、首都ストックホルム警察の殺人課による事件捜査が丹念に物語られる一方で、スウェーデンの社会状況とその変遷をたどる大河小説でもあった。そもそも世界的に有名なベストセラー警察小説といえば、まず筆頭に挙がるのが巨匠エド・マクベインによる現実のニューヨークをモデルにした架空都市アイソラが舞台の〈八十七分署〉シリーズだ。じつは、この〈八十七分署〉シリーズを翻訳して、スウェーデンに紹介したのがシューヴァル＝ヴァールー夫妻だったのだ。

ヘニング・マンケルによるクルト・ヴァランダー・シリーズもまた、この流れを受けて書かれた作品のようである。事件の真相解明や犯人追及を展開の軸にしているのは当然として、現代社会における特異な犯罪と警察による組織的な捜査を現実味たっぷりに活写し、さらには警察署員や事件の被害者ばかりか家族を含め町に生きる人々の生身の姿を作品のなかへ鮮やかに映しだしている。

かつてはニューヨークなどの大都市でしか起こらなかったような事件がいまや世界中どこで発生してもおかしくない時代になってしまった。むしろ平凡な田舎町に凶悪な事件が起こることこそリアルな感じがするほどだ。世界中を震撼させた9・11の実行犯たちはそれまでドイツのハンブルグを拠点にしていたというが、それこそ潜伏先はスウェーデンでも日本でも不思議はないのだ。実際、国際テロ組織アルカイダの幹部が偽造旅券をつかって幾度も来日し、新潟にいたとの報道があった。本シリーズは、スウェーデン南部スコーネ地方の田舎町イースタがおもな舞台ながら、一九九〇年以降における世界の現実ともいえる犯罪がテーマになっている。事件、エピソード、話の展開、会話、思考などがヴァランダーの視点をとおして語られるものの、ひとりのスウェーデン中年警官の物語にとどまらず、いまや近代化をはたした世界中のあらゆる国の人々の問題につながっているのである。

たとえば、第一作『殺人者の顔』のなかで、ヴァランダーは次のような言葉をもらしていた。

「いま自分がいるのは新しい世界なのだ。そのことがいままではよくわからなかった。警官としての自分は、ほかの、もっと古い世界に生きている。どうしたらこの新しい時代についていけるのだろう。世の中の大きな変化、それもとんでもない速さで変わる世の中に、自分は不安を抱いている。その不安を、どうしたらいいのだ？」

同じような科白は、シリーズのなかで再三語られている。本作でもヴァランダーの同僚のマーティンソンが「ふつうの犯罪というのはどこに行ってしまったんだろう」ともらしていたり、警察署長のビュルクが「イースタは静かな町だったのだがなあ」とため息まじりにぼやき「人目を引くような事件はめったに起きなかったものだが。いまでは夢のような話だ」と語るのに対して、ヴァランダーは「それはこの町だけではないですよ。署長が話しているのは、昔のことです」と応えていたりする。

いまやＥＵ（欧州連合）としてひとつになったヨーロッパは、二度にわたる世界大戦を経て、自由で豊かな社会になったかのように見えても、あらゆる問題が解決されたわけではない。東西冷戦の終結後に起きたユーゴ内戦をはじめとする民族紛争やアメリカを筆頭とする欧米諸国と中東イスラムとの対立など、二十世紀末に顕在化した世界的な規模での激しい混乱とその影響もさることながら、本シリーズで描かれているのは、理想的な福祉国家を実現したとして知られるスウェーデンにおいて、近代化こそが社会の悲劇や犯罪を生みだしているという皮肉な現実である。それはなにも寛容な社会へつけこむかのように発生する残虐な殺人事件や外国人による犯罪ばかりではない。家父長制による封建的な大家族主義の時代が終わり職業選択や結婚・離婚が自由にできるようになった反面、ばらばらになってしまった家族と個人の関係が現代人を苦しめているのだ。

主人公のヴァランダーは、ストックホルムにいる娘リンダの成長や自立にとまどったり、老いた父親に振りまわされたりしながら、いわゆるバツイチの中年男として独り暮らしをしている。ここにも新しい時代が映しだされ、先進国といわれる国のどこの町のだれの身にふりかかってもおかしくない現実が見てとれる。急激に変わる社会へのとまどいと、その流れに乗れず自分が見捨てられてしまったかのような不安。おそらく多くの人が、ヴァランダーと同じような気持ちを抱えているにちがいない。

もうひとつ、このシリーズを特徴づけている大きな要素は、どことなくあらわれているユーモアとペーソスではないか。思わず頬がゆるんでしまうような人間臭い一面があちこちに描かれている。オペラをこよなく愛する中年男のヴァランダーは、時代の変化にすんなり適応できないばかりか、捜査にせよ恋愛や家族の問題にせよ、なにごともうまくいかず悩みを抱える。そんな彼の人柄をあらわすエピソードが随所に織りこまれている。

とくに印象深かったのは『殺人者の顔』において、ヴァランダーが元妻のモナと逢い、もうふたりの関係が決定的に終ってしまったと感じて別れたあとのシーンである。飲んだワインがまだ体から抜けきっていないのに運転しているところを署の警官に見つかった。飲酒運転のかどで職務停止は避けられない。ところが同僚は、それを見逃してくれたばかりか、家まで送ってくれた。ヴァランダーは、そのことでますます自己嫌悪に陥り酒を飲む。やがて素面に戻ったとき「おれは最低の警官だ」とつぶやく。「どうしようもないやつだ」と。

ヴァランダー自身はあくまで真摯で精一杯に生きているつもりなのだが、どこかしら不器用な男の滑稽さがあらわれてしまうようだ。

本作でも、似たような状況があちこちに見られる。空き巣に入られたり、離れて暮している父親が結婚すると言いだしたりして困惑する。そして、『リガの犬たち』で知り合った女性バイバ・リエパへ酔って国際電話をかけたり幾度も手紙を書こうとする。迷惑かもしれないと分かっていながら未練を捨て切れない。

本シリーズは、近代社会ならではの異常な犯罪や国際的な事件をテーマにしている一方で、ごく普通の人がもつ感性を忘れていない。だれにも情けない面があり、それをどうにかしようと思えば思うほどよりみじめな結果に終ってしまう。まわりの人たちは、そんなダメ男のヴァランダーをいつもあたたかく見守っている。海外小説を読む大人の読者ならば、どの国の人であっても、こうした人情の機微に感じいるはずだ。どれほど時代が著しく変化しようとも、なお変わらない人間の自然な気持ちがそこにある。このシリーズが、世界中で愛される大きな要素のひとつだろう。

第三作となる『白い雌ライオン』は、よりスケールアップした長編作に仕上がっている。単に作品枚数がおよそ五割増しになったというだけではない。たとえば、プロローグは一九一八年における南アフリカの場面からはじまる。ここでは、前二作と異なりヴァランダー以外のさまざまな人物視点が導入され、過去と現在、スウェーデンと南アフリカなど、時間と空間がときに交錯しながらダイナミックに物語られているのだ。作品のもっとも大きなテーマは、南アフリカの人種差別問題と政治的陰謀である。

本作が発表されたのは一九九三年。当時、国家反逆罪で二十七年間服役していたネルソン・マンデラも釈放されておりアフリカ人のリーダーとして政治活動をおこなっていた。一九九四年になって、アパルトヘイト（人種隔離）政策が撤廃され、全人種が参加する初の自由選挙がおこなわれたのである。

冒頭こそ中年スウェーデン人女性の謎めいた失踪事件を捜査していく警察小説としての展開を中心にしながらも、ある現場に残された、黒人の指、南アフリカ製の銃、ロシア製の通信装置などの発見により、次第に国際的なスケールの謀略をめぐる冒険活劇へと趣を変えていく。すでに前作『リガの犬たち』では、バルト三国のひとつラトヴィアの独立運動に関係する事件が扱われており、後半はまるでスパイ小説のような展開だった。思えば刑事マルティン・ベック・シリーズの第二作『蒸発した男』は、東欧で失踪した男の行方をマルティン・ベックが追うという話。

なによりヘニング・マンケルは、英国のミステリー・サイト（TANGLED WEB UK'S CRIMESCENE）のなかのインタビューで、影響を受けた作家として、シューヴァル＝ヴァールー夫妻やエド・マクベインとともに英国スパイ小説の大家であるジョン・ル・カレの名を挙げていた。こうした警察ものと国際謀略ものの融合は、もともとの構想にあったのだろう。

作者は、長い期間アフリカに滞在していたが、帰国したときスウェーデンにおける人種差別が悪化していると感じたそうだ。それを犯罪小説のかたちで書こうとした、と述べている。これがクルト・ヴァランダー・シリーズを生みだすそもそものきっかけなのである。第一作『殺人者の顔』で外国人に対する偏見や移民排斥運動が事件に絡んでいたり、ヴァランダーの娘のリンダがアフリカ人とつきあっていたりするのも、みな作者自身の創作テーマにつながっていたのだ。すでに経歴として紹介されているとおり、ヘニング・マンケルは、現在スウェーデンのヨッテボリとモザンビークの首都マプトに半分ずつ暮している。(彼の主宰する劇団がマプトにあり、劇作家として活躍している。三度目の結婚による妻は映画監督イングマル・ベルイマンの娘、エヴァ・ベルイマンで、彼女はヨッテボリの劇場の専属演出家)。それだけに南アフリカの人種差別問題に対して、もともと強い関心をもっていたにちがいない。ときおり警察小説の枠をこえて国際謀略の世界へと迫っていくのも、こうした背景があればこそなのだろう。

作者はVOGUE(ヴォーグ)に発表されたインタビューで、アフリカを題材として扱った理由についておおむね次のように述べていた。

「子どものころ、世界の果てはアフリカだと思っていたんです。そこへ行ってみたかった。二十歳のとき初めてギニア・ビサウを訪れ、故郷に帰ったような不思議な気持ちを経験したんです。それ以来二十年ほどアフリカで暮らしました。アフリカは自分にとって、子どもの夢の果てであり、そして大人の生活の始まりだったんです。アフリカからものを見ると、ヨーロッパの視座からだけでない考え方が持てる。それはふたつのパースペクティヴを得るために必要なことなんです」

本作におけるさまざまな描写は、なるほど長年のあいだ北欧とアフリカを行き来している作者ならではのものだ。タイトルになっている「白い雌ライオン」のイメージもさることながら、とくに驚かされたのは、ヴィクトール・マバシャの人物造形だった。南アフリカから来たズールー族の殺し屋。精霊《ソンゴマ》のもとに生きる男。西欧人から見るとオカルト宗教じみた感覚が見事なほどリアルに描かれている。無論、どこまで現実に迫っているかは判断できないが、単なるアフリカ黒人の殺し屋という役割をこえた存在感が感じられるのだ。しかもマバシャは白人を深く憎悪していながら、白人の依頼による殺しを請けおうアフリカ人であり、その一方で、罪のない女性の殺害を非難するという、何重にもねじれ矛盾している人物である。

先に取りあげた英国ミステリ・サイトのインタビューによると、どうやら作者は、現代ミステリよりも、シェイクスピア『マクベス』やジョゼフ・コンラッド『闇の奥』などの古典をより重要な犯罪小説であると考えているようだ。

シェイクスピア四大悲劇のひとつ『マクベス』とは、ご存知のように、マクベスが三人の魔女の予言とマクベス夫人につき動かされ、ダンカン王を暗殺する物語。この冒頭で、魔女が唱和する「きれいは穢《きた》ない、穢ないはきれい」という両義性をもつ曖昧な言葉が重要なモチーフのひとつとされている。これはちょうど『殺人者の顔』において、ヴァランダーがかつて自分でひねり出したという箴言〈死ぬのも生きることのうち〉を連想させる。

そして、コンラッド『闇の奥』（一八九九年発表）は、当時ヨーロッパの支配下におかれていたアフリカ大陸を舞台とした小説である。そこに描かれているのは、未開で野蛮な地を拓き文明化するとのお題目を掲げながら、原住民を奴隷にし象牙を搾取していた西欧人の偽善的な姿である。進歩史観により帝国主義を推し進める近代国家のなかに、むしろ野蛮があり闇があり悪がある。すべての美談は嘘の上にしか成立しない。ここにも、光と闇の逆転、ねじれと矛盾が幾重にも物語られているのだ。

ちょうど本書の後半のある場面で、ヴァランダーがマバシャに対して、つぎのように話しかける。

「あんたは人を殺すのをためらわない男だ。しかも注文を受けて人を殺すプロだ。同時に、あんたは自分の国の現状を嘆く、情のある人のようにも見える。つじつまが合わない」

それに対して、マバシャは、「南アフリカの黒人にとっては、なにもかもつじつまが合わないのだ」と返答し、自国について話しはじめる。その話を聞いてヴァランダーは、次のように考える。

〝おれが生きているこの国では、真実は単純だと教えられる。そのうえ、純粋で唯一だと。法制度そのものがその考えの上に築かれている。だが、もしかすると現実はそのまったく反対なのかもしれない。真実は複雑で、幾層にもわたり、矛盾だらけなのかもしれない。反対に、嘘ははっきり白と黒に分けることができる。もし人間と人間の命が尊重されず軽視されるのであれば、命はなにものにも代えがたい大事なものという真実もまた、別なものになるだろう〟

そののち、作者は次のような文章を書きこんでいる。

〝ここ数年、ヴァランダーはさまざまな事件の捜査で外国人を取り調べる機会が多くなった。外国人は犯罪の被害者の場合も加害者の場合もあった。そしてこの間に、正と悪、有罪と無罪に関する絶対的真実はこうあるべき、と思っていたことが必ずしもそうではないことを学んだ。また、なにが犯罪か、軽い罪か重い罪かも、その人間が生きてきた文化によって考え方が異なるのだということも、それ以前はわからなかったことだった。そのような状況で、彼はしばしば方向を見失った。……〟

本シリーズでは、ときおりヴァランダー自身があえて法律を破ってまで捜査を進める。それはヘニング・マンケル自身の考えがもとになっているのだろう。西欧とアフリカというふたつの視座から物事をながめるとは、まさに「きれいは穢ない、穢ないはきれい」という両義性と曖昧さの渦中に身をおくことなのではないだろうか。

なにより一九九四年、マンデラ大統領のもと新生南アフリカ共和国が誕生したものの、この国はいまだ貧困と暴力を克服できずにいるようだ。本作の殺し屋マバシャが育った黒人居住区ソウエトは実際に存在する町だが、アパルトヘイトが撤廃されたのちも依然として二百万もの黒人が暮す貧困地区のままで、およそ人口の三分の一がエイズに感染しており、犯罪発生率は現在世界一だという（NHK「アフリカ」プロジェクト『アフリカ21世紀』日本放送出版協会）。そのほか黒人の武装集団が白人の農場を襲う事件が各地で多発しているなど、南アフリカの混沌は続いている。

ヴァランダーがしばしば方向を見失うのも当然である。「正と悪、有罪と無罪に関する絶対的真実はこうあるべき、と思っていたことが必ずしもそうではない」出来事ばかりなのだ。

本作では南アフリカをめぐる陰謀ばかりではなく、事件に関するありとあらゆる可能性を探る過程で、いわゆるストーカーらしき容疑者が浮かんだり、被害者の家から奇妙なものが発見されたりする。しかもヴァランダーは、あいかわらず父親や娘の問題に悩まされ続ける。それどころか仕事でも私生活でも失態を重ねてばかり。こうした出来事が細部まで生き生きと描かれ、登場人物それぞれの心理や情感が深くとらえられている。大胆かつ緻密な構成により、最後の最後まで予断を許さない。多くの読者が夢中になるのも当然だ。シリーズの続編がますます愉しみである。

なんでも、あるインタビューで作者とヴァランダーは似ていますか、というような質問に対してヘニング・マンケルは、「あまり似ていないが、三つほど共通点がある。年齢、イタリアオペラが好きなこと、そして働き過ぎ。あまり友だちになりたくない人物だね」と答えたという。作者の執筆への情熱は衰えるどころか、旺盛に新作を発表し続けており、今年二〇〇四年の八月には“DJUPHET”(「深さ、深淵」の意)を刊行した。どうやらこれは単発ものの長編らしい。

日本における作品の紹介はまだまだ始まったばかりであり、今後の刊行を期待したい。まずは既刊のクルト・ヴァランダー・シリーズ全作を一刻もはやく読みとおしたいものである。

ヘニング・マンケル作品リスト（＊は刑事クルト・ヴァランダー・シリーズ）

1 Bergsprängaren 1973, 1998
2 Sandmålaren 1974
3 Fångvårdskolonin som försvann 1979, 1997
4 Dödsbrickan 1980
5 En seglares död 1981
6 Daisy Sisters 1982, 1993
7 Apelsinträdet 1983
8 Älskade syster 1983
9 Sagan om Isidor 1984, 1997
10 Hunden som sprang mot en stjärna 1990『少年のはるかな海』偕成社
11 Leopardens öga 1990
12 ＊Mördare utan ansikte 1991『殺人者の顔』創元推理文庫
13 Skuggorna växer i skymningen 1991
14 ＊Hundarna i Riga 1992『リガの犬たち』創元推理文庫
15 Katten som älskade regn 1992
16 ＊Den vita lejoninnan 1993　本書
17 ＊Mannen som log 1994『笑う男』創元推理文庫

18 Comédia infantil 1995
19 Eldens hemlighet 1995『炎の秘密』講談社
20 ＊Villospår 1995『目くらましの道』創元推理文庫
21 ＊Den femte kvinnan 1996
22 Pojken som sov med snö i sin säng 1996
23 ＊Steget efter 1997
24 ＊Brandvägg 1998
25 Resan till världens ände 1998
26 I sand och lera 1999
27 ＊Pyramiden 1999
28 Danslärarens återkomst 2000『タンゴステップ』創元推理文庫
29 Labyrinten 2000
30 Vindens son 2000
31 Eldens gåta 2001
32 Tea-Bag 2001
33 Innan frosten 2002
34 Jag dör, men minnet lever 2003
35 Djuphet 2004

検 印
廃 止

訳者紹介 1943年岩手県生まれ。上智大学文学部英文学科卒業，ストックホルム大学スウェーデン語科修了。主な訳書にマンケル「殺人者の顔」，ウォーカー「喜びの秘密」など，著書に「女たちのフロンティア」「わたしになる！」などがある。

白い雌ライオン

2004年 9月30日　初版
2009年11月 6日　4版

著 者　ヘニング・マンケル

訳 者　柳《やなぎ》 沢《さわ》 由《ゆ》 実《み》 子《こ》

発行所　(株) 東京創元社
代表者　長谷川晋一

162-0814/東京都新宿区新小川町1-5
電 話 03・3268・8231-営業部
03・3268・8204-編集部
URL http://www.tsogen.co.jp
振 替 00160—9—1565
精 興 社・本 間 製 本

ISBN 4-488-20904-1　C0197

ヒラリー・ウォー
法村里絵 訳
待ちうける影
〈サスペンス〉

精神病院に収容された連続婦女暴行殺人犯エリオットが退院。九年前に妻を殺され、彼を撃って重傷を負わせた高校教師マードックを新たな不安が襲う。エリオットの復讐の念は今も消えずにいるのか？ 動こうとしない警察。ふたりを記事に仕立て、名声を狙う新聞記者コールズ。孤立無援、恐怖の45日間を描く練達のサスペンス！

15205-8

ドン・ウィンズロウ
東江一紀 訳
ストリート・キッズ
〈ハードボイルド〉

一九七六年五月。八月の民主党全国大会で副大統領候補に推されるはずの上院議員が、行方不明のわが娘を捜し出してほしいと言ってきた。期限は大会まで。ニールにとっての、長く切ない夏が始まった……。元ストリート・キッドが、ナイーブな心を減らず口の陰に隠して、胸のすく活躍を展開する！ 個性きらめく新鮮な探偵物語。

28801-4

ドン・ウィンズロウ
東江一紀 訳
仏陀の鏡への道
〈ハードボイルド〉

鶏糞から強力な成長促進エキスを作り出した研究者が、一人の姑娘に心を奪われ、新製品完成を前に長期休暇を決め込んだ。ヨークシャーの荒れ野から探偵稼業に引き戻されたニールは香港、そして大陸へ。文化大革命の余燼さめやらぬ中国で傷だらけのニールが見たものとは？ 喝采を博した前作に続く待望の第二弾。骨太の逸品！

28802-2

ドン・ウィンズロウ
東江一紀 訳
高く孤独な道を行け
〈ハードボイルド〉

中国の僧坊で修行をしていたニールに、父親にさらわれた二歳の赤ん坊を連れ帰れ、との指令がくだった。捜索のはてに辿り着いたのは、開拓者精神の気風をとどめるネヴァダ。不穏なカルト教団の影が見え隠れするなか、決死の潜入工作は成功するのか。悲嘆に暮れる母親の姿を心に刻んで、探偵ニール、みたびの奮闘の幕が上がる。

28803-0

R・D・ウィングフィールド
芹澤恵 訳
クリスマスのフロスト
〈警察小説〉

ここ田舎町のデントンでは、もうクリスマスだというのに大小様々な難問が持ちあがる。日曜学校からの帰途、突然姿を消した少女、銀行の玄関を深夜金梃でこじ開けようとする謎の人物。続発する難事件を前に、不屈の仕事中毒にして下品きわまる名物警部のフロストが一大奮闘を繰り広げる。構成抜群、不敵な笑い横溢する第一弾！

29101-5

R・D・ウィングフィールド
芹澤恵 訳
フロスト日和《びより》
〈警察小説〉

肌寒い秋の季節。デントンの町では、連続婦女暴行魔が跳梁し、公衆便所には浮浪者の死体が転がる。なに、これはまだ序の口で……。皆から無能とそしられながら、名物警部フロストの不眠不休の奮戦と、推理の乱れ撃ちは続く。中間管理職に春の日和は訪れるのだろうか？ 笑いも緊張も堪能できる、まさに得難い個性の第二弾！

29102-3

夜のフロスト
R・D・ウィングフィールド
芹澤恵 訳
〈警察小説〉

流感警報発令中。続出する病気欠勤にデントン署も壊滅状態。折悪しく、町には中傷の手紙がばらまかれ、連続老女切り裂き犯が暗躍を開始する。記録破りの死体の山が築かれる中、流感ウィルスにも見放されたフロスト警部に打つ手はあるのか……？ さすがの名物警部も、今回ばかりは青息吐息。人気の英国警察小説、好評第三弾。翻訳権所有

29103-1

氷の家
ミネット・ウォルターズ
成川裕子 訳
〈本格〉

十年前に当主が失踪した邸で、胴体を食い荒らされた無惨な死骸が発見された。はたして彼は何者？ 迷走する推理と精妙な人物造形が、伝統的な探偵小説に新たな命を与え、織りこまれた洞察の数々が清冽な感動を呼ぶ。現代の古典と呼ぶに足る、まさに斬新な物語。ミステリ界に新女王の誕生を告げる、CWA最優秀新人賞受賞作！ 翻訳権所有

18701-3

女彫刻家
ミネット・ウォルターズ
成川裕子 訳
〈本格〉

母と妹を切り刻み、それをまた人間の形に並べて、台所に血まみれの抽象画を描いた女。彼女には当初から謎がつきまとった。凶悪な犯行にも拘らず、精神鑑定の結果は正常。しかも罪を認めて一切の弁護を拒んでいる。わだかまる違和感は、いま疑惑の花を咲かせた……本当に彼女なのか？ MWA最優秀長編賞に輝く戦慄の第二弾！ 翻訳権所有

18702-1

鉄の枷
ミネット・ウォルターズ
成川裕子 訳
〈本格〉

資産家の老婦人は血で濁った浴槽の中で死んでいた。睡眠薬を服用した上で手首を切るというのは、よくある自殺の手段である。だが、現場の異様な光景がその解釈に疑問を投げかけていた。野菊や刺草で飾られた禍々しい中世の拘束具が、死者の頭に被せられていたのだ。これは何を意味するのか？ CWAゴールドダガー賞受賞作。翻訳権所有

18703-X

囁く谺
ミネット・ウォルターズ
成川裕子 訳
〈本格〉

ロンドンの裕福な住宅街の一角で、浮浪者の餓死死体が見つかった。取材に訪れたマイケルは、家の女性から奇妙な話を聞かされる。男は自ら餓死を選んだに違いないというのだ。だが、それよりも不可解なことは、彼女が死んだ男に強い関心を抱いていることだった。彼女を突き動かすものは何なのか？ ミステリの女王の傑作長編。翻訳権所有

18705-6

死者を起こせ
フレッド・ヴァルガス
藤田真利子 訳
〈本格〉

ボロ館に住む三人の失業中の若き歴史学者たち。中世専門のマルク、先史時代専門のマティアス、第一次大戦専門のリュシアン。隣家の元オペラ歌手は、突然庭に出現したブナの木に怯えていた。脅迫ではないか？ 夫はとりあわず、三人が頼まれて木の下を掘るが何も出ない……そして彼女が失踪した。ミステリ批評家賞受賞の傑作。翻訳権所有

23602-2